죄와 벌 2

Преступление и наказание

세계문학전집 285

죄와 벌 2

Преступление и наказание

표도르 도스토옙스키

김연경 옮김

민음사

차례

1권 차례

주요 등장인물

로지온(로쟈, 로젠카, 로지카, 로지멘키) 로마노비치(로마느이치) 라스콜니코프 휴학 중인 23세의 법학도.

아브도치야(두냐, 두네치카) 로마노브나 라스콜니코바 라스콜니코프의 여동생.

풀헤리아 알렉산드로브나 라스콜니코바 라스콜니코프의 어머니.

소피야(소냐, 소네치카) 세묘노브나 마르멜라도바 마르멜라도프의 친딸, 18세.

세묜 자하로비치(자하르이치) 마르멜라도프 실직한 관리.

카체리나 이바노브나 마르멜라도바 마르멜라도프의 아내.

폴리나(폴렌카, 폴랴, 폴레치카) 미하일로브나 카체리나의 큰딸.

드미트리 프로코피이치 라주미힌(브라주미힌) 휴학 중인 대학생, 라스콜니코프의 친구.

포르피리 페트로비치 예심판사, 라주미힌의 친척.

조시모프 의사, 라주미힌의 친구.

알료나 이바노브나 60세쯤 된 고리대금업자, 관리 미망인.

리자베타 이바노브나 알료나의 이복 여동생.

아르카지 이바노비치 스비드리가일로프 두냐가 가정교사로 있던 집의 가장.

마르파 페트로브나 스비드리가일로바 스비드리가일로프의 부인.

표트르 페트로비치 루쥔 마르파 페트로브나의 먼 친척, 두냐의 약혼자.

니코짐 포미치 경찰 서장.

일리야 페트로비치 포로흐 경찰 부서장, 중위.

알렉산드르 그리고리예비치 자묘토프 경찰서 서기.

프라스코비야(파셴카) 자르니츠이나 라스콜니코프의 하숙집 주인아주머니.

나스타시야(나스타시유쉬카, 나스첸카) 페트로브나(페트로바) 자르니츠이나의 하녀.

아말리야 이바노브나(표도로브나, 류드비고브나) 리페베흐젤 마르멜라도프 가족의 셋집 여주인.

안드레이 세묘노비치(세묘느이치) 레베쟈트니코프 마르멜라도프 가족의 이웃, 루쥔의 전(前) 피후견인.

니콜라이(미콜라이, 미콜카, 니콜라쉬카) 젊은 칠장이.

드미트리(미트레이, 미치카) 니콜라이의 동료.

일러두기

1. 번역 대본은 아카데미판(나우카 간행) 도스토옙스키 전집 6권이다.
2. 러시아어 고유명사의 한글 표기는 개정된 외래어표기법을 따르는 것을 원칙으로 하
되 발음상의 편의를 위해 구개음화 적용(로지온, 로쟈 등)을 비롯한 몇몇 예외를 두었다.
3. 작품 속에서 인용, 변주되는 성경 텍스트는 『성경』(한국 천주교 주교회의, 2006, 2쇄)
및 러시아어판 『성경』(모스크바, 러시아 성경 공동체, 2001)을 토대로 하여 옮겼다.
4. 원문의 이탤릭 강조는 고딕체로, 원문의 각종 따옴표 강조는 작은따옴표로 표현했다.
5. 프랑스어나 독일어, 라틴어 단어와 문장은 원문 그대로 표기하고 괄호 속에 그 뜻을
설명하였다. 러시아어 단어를 써야 할 경우에는 라틴문자로 전사했다.
6. 명백한 오기나 오식은 바로잡아서 옮겼고 애매한 경우에는 역주를 달았다.

4부

1

'정말 이건 꿈의 연속인 걸까?' 라스콜니코프는 다시 한 번 이런 생각이 들었다. 조심스럽고 의아스러운 얼굴로 그는 뜻밖의 손님을 뜯어보았다.

"스비드리가일로프라고요? 말도 안 되는 소리! 그럴 리가요!" 마침내 그가 의혹에 차서 큰 소리로 말했다.

손님은 이 외침에 전혀 놀라지 않는 눈치였다.

"두 가지 이유 때문에 이렇게 찾아왔습니다. 첫째, 오래전부터 당신 입장에서도 극히 흥미롭고 이로운 쪽으로 당신 얘기를 많이 들어 온 덕분에 개인적으로 인사를 나누고 싶었습니다. 둘째, 당신의 누이동생 아브도치야 로마노브나의 이해관계와 직접적으로 관련된 한 가지 계획에 있어 저를 꼭 좀 도와주십사 하는 바람이 있어서입니다. 제가 지금 누구의 추천도 없이 혼자 그분을 찾아가면 모종의 편견 탓에 마당에도 들이지 않을 것이고, 뭐 그래서 당신이 좀 도와주시면 오히려 잘 되지 않을까 싶은 생각에…….”

“잘못 생각하셨군요.” 라스콜니코프가 상대의 말을 가로막았다.

“여쭤 볼 것이 있는데, 그 두 분은 어제 막 도착하셨죠?”

라스콜니코프는 대답하지 않았다.

“어제가 맞습니다, 저도 압니다. 실은 저도 그저께야 막 도착했거든요. 해서, 그와 관련하여 드릴 말씀인즉, 로지온 로마노비치, 변명은 쓸데없을 것으로 생각되지만 그래도 몇 마디 하게 해 주십시오. 이 경우, 이 모든 일에 있어 정말로 제가 딱히 큰 죄를 저질렀다는 겁니까, 즉 어떤 편견도 없이 건전하게 판단해서요?”

라스콜니코프는 아무 말 없이 계속 그를 살펴보고 있었다.

“자기 집에 있는 의지할 데 없는 처자의 꽁무니를 쫓아다니고 ‘추잡한 제안을 해서 모욕했다.’, 뭐 이런 것입니까?(제가 알아서 앞서 가는군요!) 아니, 저도 인간이며 et nihil humanum (고로 인간적인 것이라면 그 어떤 것도)*라는 가정만 해 봐도……
한마디로, 저도 유혹에 빠지고 사랑할 수 있다는 것이고(물론 이건 우리 뜻대로 되는 일은 아니지만) 이걸로 모든 것이 가장 자연스럽게 설명되지요. 한데 이 경우 문제의 핵심은 제가 불한당이냐, 아니면 저야말로 희생양이냐, 하는 데 있습니다. 희

---

* 테렌티우스(BC 185?∼ BC 159? 로마의 극작가)의 희곡 「고행자」에 나오는 대사 “Homo sum, et nihil humanum a me alienum puto.”(“나는 인간이다, 따라서 인간적인 것은 그 어떤 것도 내게 낯설지 않다.)의 일부.

생양이라면 어떡합니까? 그 상대에게 함께 아메리카나 스위스로 도망가자고 제안했을 때, 그때 저는 가장 정중한 감정을 품었으며 더군다나 서로의 행복을 일구겠노라고 생각했습니다……! 이성이란 열정의 노예가 되기 십상이니까요. 오히려 저 자신을 더 망친 것이 아닌가 싶은걸요, 정말로……!"

"문제는 전혀 그게 아니죠." 혐오스러워하며 라스콜니코프가 말을 가로막았다. "당신 말이 맞든 틀리든 당신은 그냥 역겨운 인간이고, 뭐 당신과 알고 지내고 싶은 마음도 없으니까 당신을 쫓아낼밖에요, 그만 가 보시죠……!"

스비드리가일로프는 갑자기 웃음을 터뜨렸다.

"그나저나 당신은…… 그나저나 참 여간내기가 아니시군요!" 그는 아주 허심탄회하게 웃으며 말했다. "수작을 좀 부려 볼 생각이었는데, 이거 원, 때마침 정곡을 찌르셨으니!"

"그러는 이 순간에도 계속 수작을 부리면서."

"그래서 뭐요? 그래서 어쨌다고요?" 스비드리가일로프가 거리낌 없이 웃으며 같은 말을 반복했다. "사실 이건 이른바 bonne guerre(정정당당한 싸움)로서 그래도 가장 양해해 줄 만한 수작이죠……! 하지만 어쨌거나 제 말을 가로막으셨군요. 이러나저러나, 또 한 번 주장하거니와, 그 정원 사건만 아니었다면 불미스러운 일은 전혀 없었을 겁니다. 마르파 페트로브나가……."

"마르파 페트로브나도 당신이 죽인 셈이라면서요?" 라스콜니코프가 거칠게 말을 가로막았다.

"그 얘기도 들으셨습니까? 하긴 못 들었을 리가 없지…….

뭐, 그 질문에 관해서는, 사실, 무슨 말을 해야 할지 모르겠지만, 여하튼 그 점에 관한 한 제 양심은 조금도 거리낄 것이 없습니다. 즉, 제가 저어기 그런 쪽으로 뭘 두려워하리라고는 생각하지 마십시오. 그 일은 전부 한 치의 오차도 없이 완전히 순리대로 일어났습니다. 의학 감정 결과, 과식을 한 데다가 포도주를 거의 한 병이나 마신 직후에 목욕을 하는 바람에 뇌졸중이 일어난 것으로 밝혀졌고, 그 밖에 다른 것은 전혀 밝혀진 바가 없거든요……. 아니, 얼마간 혼자 속으로 생각한 것이 있는데요, 예, 특히 이곳에 오는 길에 기차 안에서 생각했지요. 혹시 내가 이 모든…… 불상사에 일조한 것은 아닐까, 어쩌다 정신적인 자극을 주었거나 그와 비슷한 짓을 함으로써? 하지만 결단코 그랬을 리는 없다는 결론을 내렸습니다."

라스콜니코프는 웃었다.

"걱정도 팔자군요!"

"왜 웃으십니까? 글쎄, 생각 좀 해 보십시오, 제가 채찍을 든 건 두 번뿐이고 그것도 자국도 남지 않을 정도였습니다……. 저를 냉소주의자로 생각하지 마십시오, 제발요. 제 입장에서 그것이 얼마나 추잡한지, 뭐가 또 어떤지 등은 저도 정확히 알거든요. 하지만 마르파 페트로브나가 저의 이런, 말하자면, 몰입을 은근히 기뻐했으리라는 것도 잘 압니다. 당신의 여동생 관련 사건도 밑바닥까지 다 써먹은 상황이었으니까요. 마르파 페트로브나는 벌써 사흘째 집에 틀어박혀 있지 않으면 안 됐습니다. 시내에 나갈 건수도 전혀 없고 그놈의 편지를 갖고 그곳 사람들을 죄다 질리게 만들었거든요.(일일이 편지를 읽어 주었다는 얘기는 들으셨지요?) 그때 갑자기 저 두 대의 채찍질 사건이 난데없이 발생한 겁니다! 그녀가 제일 먼저 한 일은 마차를 대령하라고 명령한 것이었죠……! 새삼스레 얘기할 것도 없이, 여자란 겉으로는 아무리 화를 내도 모욕받는 것이 몹시, 몹시 유쾌한 경우가 있습니다. 하긴 누구에게나 그런 경우가 있지요. 인간이란 대체로 심지어 모욕받는 것을 몹시, 몹시 좋아한다는 사실을 인지하신 적이 있습니까? 한데 여자는 특히 더 그렇지요. 그런 낙이라도 있어야 그나마 괜찮다고 해도 과언이 아닐 정도랍니다."

한순간 라스콜니코프는 그만 일어나 방을 나가야겠다는, 그로써 이 만남을 끝내야겠다는 생각이 들었다. 하지만 호기심도 발동하고 계산속 같은 것도 있어서 그냥 참고 있었다.

"싸움을 좋아합니까?" 그가 멍하게 물었다.

"아니, 별로요." 스비드리가일로프가 평온하게 대답했다. "마르파 페트로브나와는 거의 싸운 적이 없습니다. 우리는 극히 사이좋게 살았고 그녀는 항상 저에게 만족했지요. 제가 채찍을 휘두른 건 칠 년을 함께 사는 동안 내도록 두 번뿐이었습니다.(극히 애매한 제삼의 경우가 한 번 있긴 한데, 이걸 세지 않는다면 말이죠.) 첫 번은 결혼하고 두 달이 지나 시골에 내려간 직후였고, 자, 그리고 이번이 마지막 경우입니다. 당신은 저를 굉장한 불한당에 반동주의자, 농노제 지지자라고 생각하셨지요? 헤-헤……. 그나저나, 혹시 기억하실지 모르겠는데, 로지온 로마노비치, 몇 년 전, 자비롭게도 아직은 언론의 자유가 보장되던 시절, 우리 나라에서 한 귀족이 ── 성을 잊어버렸군요! ─ 온갖 신문 잡지에서 전 국민적으로 톡톡히 망신을 당한 사건이 있었는데, 기차 안에서 독일 여자에게 채찍을 휘둘렀기 때문이죠, 기억나십니까? 그 무렵에 또, 같은 해였지 싶은데, '세기의 추악한 행동'이 일어났지요(「이집트의 밤」을 공개적으로 낭독한 사건, 기억나시죠? 검은 눈동자여! 오, 그대, 황금시대 같은 우리 청춘은 어디에!*) 자, 제 의견은 이렇습니다. 독일 여자에게 채찍을 휘두른 신사를 깊이 동정하지는 않는데, 정말로 그것은…… 뭘 동정하겠습니까! 하지만 이참에 꼭 지적해 두어야 할 점이 있는데, 저 정도로 도발적인 '독일 여자'가 더러 있는 한, 단 한 명의 진보주의자도 자기는 그러지 않을 수 있다고 완전히 장담할 수는 없을 것 같습니다. 그때는 이 문제를 이런 관점에서 다룬 사람이 아무도 없었으나, 사실 이런 관점이야말로 진짜로 인도적이죠, 정말로 그렇잖습니까!"

이 말을 하고 스비드리가일로프는 갑자기 웃음을 터뜨렸다. 라스콜니코프가 보기에 이자는 뭔가 단단히 결심한 것이 있으며 엉큼한 속셈도 있는 것 같았다.

"요 며칠 동안 아무하고도 얘기를 나눈 적이 없나 보죠?" 그가 물었다.

"거의 그렇습니다. 아니, 그래서, 제가 성격이 좀 원만한 사람이라 놀라신 모양이죠?"

"아니요, 나는 당신이 너무 원만한 사람이라 놀랐습니다."

---

* 푸쉬킨(1799~1837. 러시아의 시인, 소설가, 극작가)의 미완성 소설 「이집트의 밤」 낭독을 둘러싸고 발생한 스캔들을 말한다. 《세기》는 당시 발간된 주간지 이름.

"당신이 무례한 질문을 툭툭 던지는데도 언짢아하지 않아서 그러시는 겁니까? 예, 그런 건가요? 예……. 하긴 뭐가 언짢겠습니까?" 그가 놀라울 정도로 순박한 표정을 지으며 덧붙였다. "사실 저는 아무것에도 거의 별달리 관심이 없습니다, 정말로요." 그는 어쩐지 생각에 골몰한 채 말을 이어 갔다. "특히 지금은 아무것에도 마음이 가지 않는군요……. 하긴 당신 입장에서야 충분히 제가 흑심이 있어서 아첨을 한다고 생각하실 수 있겠지요, 더군다나 당신의 여동생에게 용건이 있다고 제 입으로 말했으니. 하지만 탁 터놓고 말씀드리자면, 정말 지루하군요! 요 사흘간은 특히 더 그래서, 당신을 보니 여간 기쁜 것이 아닙니다……. 화내지 마십시오, 로지온 로마노비치, 하지만 제 눈에는 당신도 왠지 끔찍이도 이상한 사람으로 보입니다. 뭐라고 하시든 어쨌거나 당신에겐 뭔가가 있습니다. 그것도 정확히 지금, 즉 딱히 이 순간을 말하는 것이 아니라 대체로 지금……. 뭐, 뭐, 그만하렵니다, 그만하죠, 인상 쓰지 마십시오! 저는 당신이 생각하는 것과 같은 미련퉁이 곰은 아니니까요."

라스콜니코프는 음울한 표정으로 그를 바라보았다.

"곰하고는 완전히 거리가 먼 사람 같은데요." 그가 말했다. "내 생각으론 심지어 아주 훌륭한 계층 출신이거나 적어도 경우에 따라서는 말쑥한 사람처럼 굴 능력도 있는 사람 같군요."

"사실 저는 남의 견해에는 딱히 관심이 없습니다." 스비드리가일로프는 건조하게, 오만함의 뉘앙스마저 다소 곁들여 대답했다. "하지만 속물이 되지 않을 이유는 또 어디 있습니까, 우리 기후에는 이 옷을 걸치면 이렇게 편하고…… 또 특히나 그런 것에 자연스럽게 끌린다면야." 그는 이렇게 덧붙이며 또 웃었다.

"한데 내가 듣기론 당신은 여기에 아는 사람도 많다더군요. 이른바 '인맥도 없지 않은' 사람이라고요. 그러니 무슨 목적이 있지 않은 다음에야 대체 왜 내가 필요하겠습니까?"

"아는 사람이 있다는 그 말씀은 사실입니다." 스비드리가일로프는 핵심적인 부분에는 대답하지 않고 이렇게 말을 받았다. "벌써 더러 마주치기도 했습니다. 사흘째 빌빌대고 있으니까요. 제가 먼저 알아보기도 하고 저쪽에서 저를 알아보는 것 같기도 하고요. 그야 물론, 제가 차림새도 훌륭하고 가난뱅이 취급을 받을 리도 없지요. 농노해방도 우리는 용케 잘 넘겼답니다. 숲과 침수(沈水) 목초지가 있으니 수입에도 지장이 없고요. 하지만…… 저는 그치들한테는 가지 않습니다. 진즉에 싫증이 났거든요. 사흘째 이렇게 돌아다녀도 아무에게도 내색하지 않고……. 그런데 여기, 이 도시란! 다시 말해, 우리 나라에 어떻게 이런 도시가 만들어졌을까요, 말씀 좀 해 보시죠! 관청 직원들과 별별 신학생들의 도시입니다! 실은 팔년쯤 전에도 여기서 빈둥빈둥 허송세월을 했는데, 그때만 해도 미처 알아차리지 못한 것이 참 많았나 봅니다……. 지금은 오직 해부학에만 희망을 걸고 있습니다, 정말로요!"

"해부학이라니, 무슨 말이죠?"

"저 클럽이며 뒤소의 무도회며 당신들의 저 푸앙트* 무도회며 아마도 진보 같은 것 말인데, 이런 거야 우리 없이도 잘 나갈 테지요." 그는 이번에도 묻는 말에는 신경도 쓰지 않고 말을 이어 갔다. "사기 도박사가 되는 것도 신나지 않습니까?"

"그럼 사기 도박사 노릇도 해 봤단 말입니까?"

"안 해 봤을 리가 없잖습니까? 팔 년쯤 전이었는데, 우리는 날고뛰는 놈들만 모아 놓은, 완전히 한 팀이었지요. 그렇게 한때를 보냈습니다. 전부, 아시겠죠, 우아한 양반들로서 시인도 있고 자본가도 있었지요. 게다가 대체로, 우리 러시아 사회에서 최고로 우아한 양반들은 깨져 본 경험이 있는 사람이던데, 이 점, 인지하셨습니까? 저야 뭐 지금 시골에 틀어박혀 꼴이 영 말이 아니게 됐지만요. 어쨌거나 그 무렵만 해도 저는 도박빚을 못 갚아 감옥신세를 질 뻔한 몸이었지요, 네진 출신의 한 그리스 놈 때문에요. 그때 마르파 페트로브나가 난데없이 나타나 흥정 끝에 몸값으로 은화 30,000루블에 저를 풀어 주었습니다.(제 빚은 총 70,000이었고요.) 그 길로 우리는 정식으로 결혼했고 그녀는 저를 무슨 보물처럼 여기며 당장 자신의 시골로 데려갔습니다. 나이는 저보다 다섯 살이나 많았습니다. 저를 몹시 사랑했고요. 저는 칠 년 동안 시골에서 나가지 않았습니다. 그런데 말입니다, 그녀는 저에게 불리한, 타인 명의의 그 30,000루블짜리 증서를 평생 동안 거머쥐고 있었고, 때문에 저는 어떻게든 반항할 생각을 품기라도 할라치면 당장에 올가미에 묶일 처지였죠! 충분히 그러고도 남을 여자였거든

---

* 뒤소(Dussot)는 당시 페테르부르크의 유명한 레스토랑 소유주의 이름, 푸앙트(Pointe)는 옐라긴 섬에 있던 유흥지.

요! 여자에게는 이 모든 것이 함께 공존하잖습니까."

"만약 그 증서가 아니었더라면 줄행랑을 쳤겠습니까?"

"어떻게 말씀드려야 할지 모르겠군요. 그 증서는 저를 거의 압박하지 않았습니다. 그냥 아무 데도 가고 싶지 않았고, 제가 지루해하는 것을 본 마르파 페트로브나 쪽에서 외국에 좀 나갔다가 오자고 두어 번쯤 권유할 정도였지요. 하지만 뭐 하러요! 외국이라면 전에도 가 본 적이 있는데, 항상 역겹더라고요. 아니, 그런 것이 아니라 아침놀에 물드는 나폴리 만과 바다를 바라보고 있노라면 어쩐지 서글퍼집디다. 제일 역겨운 것은 뭔가를 두고 정말로 슬퍼한다는 사실입니다! 아니, 고국에 있는 편이 낫습니다. 여기서는 적어도 모든 것을 남 탓으로 돌리고 자신은 정당화할 수 있으니까요. 어쩌면 저는 지금 북극으로 탐험을 떠날지도 모르겠습니다만, j'ai le vin mauvais(술버릇이 고약한 데다가) 술 마시는 것이 역겨움에도 술 말고는 더 이상 아무것도 남아 있지 않으니까요. 시도도 해 봤답니다. 아참, 베르그*가 일요일에 유수포프 공원에서 거대한 기구(氣球)를 타고 하늘을 날아오른다면서 일정한 요금을 내고 같이 갈 승객을 모집한다던데, 사실입니까?"

"왜요, 날아 봤으면 해서요?"

"제가요? 아니요…… 그냥…….." 스비드리가일로프는 정말로 무슨 생각에 골몰하는 양 이렇게 중얼거렸다.

'아니, 이 양반 대체 뭐야, 진담이야?' 라스콜니코프가 생각

---

* 당시 페테르부르크의 놀이 기구 소유주.

했다.

"아니요, 그 증서는 저를 조금도 압박하지 않았습니다." 스비드리가일로프가 상념에 잠긴 채 말을 이어 갔다. "실은 저 스스로 시골에서 나오지 않았던 겁니다. 또 일 년쯤 전, 저의 영명축일에 마르파 페트로브나가 그 증서를 돌려주었을뿐더러 상당한 금액을 덤으로 선물해 주었습니다. 그녀에게는 거금이 있었거든요. '내가 당신을 얼마나 신뢰하는지 알겠죠, 아르카지 이바노비치.' 정말로 이런 표현을 썼습니다. 이런 표현을 썼다는 거, 믿기지 않으시죠? 어쨌거나 말이죠, 저는 시골에서 점잖은 바깥양반이 되었답니다. 그 근방에서도 저를 잘 알 정도로요. 책도 받아 보곤 했습니다. 처음에는 격려해 주던 마르파 페트로브나도 나중에는 제가 공부에 너무 매달려 몸이라도 상하지 않을까 계속 걱정했어요."

"마르파 페트로브나가 몹시 그리운 모양이죠?"

"제가요? 그럴지도 모르죠. 정말 그럴 수도 있겠군요. 그나저나 유령을 믿으십니까?"

"유령이라뇨, 어떤 유령 말입니까?"

"보통 유령 말입니다, 어떤 유령이라뇨!"

"당신은 믿습니까?"

"대략 그런데, pour vous plaire(당신의 비위를 맞추려면) 아닌 것 같고……. 즉, 안 믿는다는 얘기가 아니라……."

"나타나는 겁니까, 예?"

스비드리가일로프는 어쩐지 이상한 눈으로 그를 바라보았다.

"마르파 페트로브나가 찾아옵니다." 이렇게 말하면서 그는 어쩐지 이상야릇한 미소를 머금으며 입을 일그러뜨렸다.

"찾아온다니, 무슨 말이죠?"

"벌써 세 번이나 다녀갔습니다. 맨 처음 본 것은 장례식 날, 묘지에서 돌아온 지 한 시간쯤 지나서였습니다. 그러니까 제가 이곳으로 출발하기 전날 밤이었지요. 두 번째는 그저께 동틀 녘, 여기 오는 길에 말라야 비셰라 역에서였습니다. 세 번째는 두 시간 전, 제가 묵고 있는 아파트 방 안에서였습니다. 저 혼자 있었고요."

"생시에요?"

"그럼요, 생시였죠. 세 번 다 생시였습니다. 와서는 잠깐 말을 하고 문으로 나가 버립니다. 항상 문으로 나가요. 심지어 소리도 들리는 것 같습니다."

"왠지 당신에게는 꼭 그런 유의 일이 일어날 것 같은 생각이 들었습니다!" 라스콜니코프는 갑자기 이렇게 말했으며, 그 순간 곧 자기가 이런 말을 한 것에 놀랐다. 심히 흥분해 있었던 것이다.

"네-에? 그런 생각이 드셨다고요?" 스비드리가일로프가 놀라며 물었다. "정말로요? 그러게 제가 우리 사이에는 뭔가 공통점이 있다고 말하지 않았습니까, 예?"

"그런 말은 결코 한 적이 없는데요!" 라스콜니코프는 열을 올리며 퉁명스럽게 대답했다.

"그런 말을 한 적이 없다고요?"

"예!"

"저는 그런 말을 한 것 같은데요. 아까 이 방으로 들어왔을 때 당신이 눈을 감고 누워 자는 시늉을 하고 있는 것을 보자마자 당장 저 자신에게 말했지요. '이 사람이 바로 그 사람이다!'라고."

"그게 뭡니까, 바로 그 사람이라니요? 뭘 두고 하는 말입니까?" 라스콜니코프가 소리쳤다.

"뭘 두고? 사실 뭘 두고 그러는지 저도 모르겠군요……." 스비드리가일로프는 그 스스로도 뭐가 뭔지 모르겠다는 투로 진솔하게 중얼거렸다.

잠시 침묵이 찾아왔다. 둘 다 서로를 뚫어져라 응시했다.

"하나같이 말도 안 되는 소리야!" 라스콜니코프가 신경질을 내며 소리쳤다. "그렇게 당신을 찾아온 그녀는 대체 무슨 말을 합니까?"

"그녀요? 글쎄, 그게 아주 시시껄렁한 소리를 지껄여 대니 놀랄 수밖에요. 사실 저는 그래서 더 화가 납니다. 첫 번째는 방에 들어와서(저는 실은 피곤했어요. 장례 미사와 찬송, 이어서 기도회와 추도회까지 전부 끝내고 마침내 서재에 혼자 남아 시가를 피우면서 생각에 잠겼더랬지요.) 그러니까 문으로 들어와서 '아르카지 이바노비치, 오늘 이런저런 일이 많아서 식당 시계에 태엽 감는 걸 잊었네요.'라고 하더군요. 이 시계는 정말로 칠 년 내내 매주 제가 직접 태엽을 감아 주던 것인데, 어쩌다 깜박하면 그녀가 항상 그렇게 상기시켜 주곤 했지요. 그다음 날 저는 이미 이곳에 오는 중이었습니다. 동틀 녘에 역사(驛舍)로 들어가 — 밤새도록 자는 둥 마는 둥 하여 녹초가 다 됐고 눈은 게슴츠레했는데 ─ 커피를 시켰습니다. 보니까, 갑자기 마르파 페트로브나가 손에 카드 패를 들고 제 옆에 앉아 있더군요. '여행길이 어떨지 점 한번 쳐 보지 않을래요, 아르카지 이바노비치?' 그녀는 점치는 데 고수였답니다. 아니, 왜 점을 봐 달라고 하지 않았는지, 그런 제가 용서가 안 되는군요! 소스라치게 놀라 도망쳤는데, 실은 마침 발차 신호가 울렸거든요. 오늘은 간이식당에서 후줄근한 식사를 하고서 뱃속이 더부룩한 상태로 앉아 있는데, 앉아서 담배를 피우고 있는데, 갑자기 또 마르파 페트로브나가 들어오더군요, 새로 맞춘, 치맛자락이 긴 초록색 실크 원피스를 멋지게 차려입고서요. '안녕하세요, 아르카지 이바노비치! 내 원피스 어때요, 마음에 들어요? 아니시카도 이렇게 만들지는 못할걸요.'(아니시카는 한때는 농노였던 우리 시골 마을의 재봉사로 모스크바에서 기술을 배운 예쁘장한 소녀였지요.) 그러고는 제 앞에 서서 한 바퀴 빙그르 돌더군요. 저는 원피스를 살펴보고 그다음에는 그녀의 얼굴을 유심히 바라보았습니다. '이렇게 하찮은 일로 수고스럽게 나를 찾아오다니, 마르파 페트로브나, 별 취미도 다 있구려.' 하고 제가 말했습니다. '아휴, 세상에, 여보, 당신을 좀 심란하게 만들면 안 되나요!' 이런 그녀를 골려 주려고 저는 이렇게 말합니다. '나는, 마르파 페트로브나, 결혼을 하고 싶소.' '당신이야 그러고도 남을 사람이죠, 아르카지 이바노비치. 마누라 장례를 치르기가 무섭게 곧장 결혼할 참이라니, 남우세스러운 일이에요. 신붓감을 잘 고르면 모를까, 안 그러면, 나도 잘 알지만, 그쪽도, 당신도 괜히 선남선녀들의 웃음거리나 될걸요.'

그러고는 갑자기 나가 버렸는데, 꼭 치맛자락이 바스락거리는 것 같더군요. 정말 얄궂지 않습니까, 예?"

"하긴 계속 당신이 거짓말을 하는 것일 수도 있잖습니까?" 라스콜니코프가 응수했다.

"저는 거짓말은 좀처럼 하지 않습니다." 스비드리가일로프는 생각에 잠긴 나머지 질문이 무례했음은 전혀 인지하지 못한 양 대답했다.

"예전에는, 그 일이 있기 전에는 유령을 본 적이 전혀 없습니까?"

"아…… 아니요, 본 적이 있습니다, 평생에 딱 한 번, 육 년 전에. 우리 집에 필카*라는 종복이 있었습니다. 그의 장례를 치른 직후였는데, 그만 깜박하고서 '필카, 담배 파이프!' 하고 소리쳤습니다. 그러자 그가 들어오더니 곧장 제 파이프를 얹어 두는 선반 쪽으로 가더군요. 저는 앉아서 '어라, 이 녀석이 나한테 복수를 하려는 거로군.' 하고 생각했습니다. 죽기 직전에 저와 심하게 말다툼을 했거든요. '팔꿈치가 너덜너덜한 옷을 걸치고 내 방에 드나들다니, 무슨 배짱이냐, 썩 꺼져 버려, 이 망나니 같은 놈!' 그러자 몸을 획 돌리고 나가더니 더 이상은 찾아오지 않았습니다. 그때 마르파 페트로브나에게는 말하지 않았습니다. 그를 위해 추도식을 할까 싶은 마음도 있었지만 좀 창피하더군요."

"의사에게 가 보시죠."

---

* 필립의 애칭, 비칭.

"그야, 당신이 말씀하지 않으셔도 제가 건강하지 못하다는 것쯤은 잘 알고 있습니다, 사실 왜 그런지는 모르겠지만. 그래도 제 생각으론 당신보다는 제가 다섯 배는 더 건강할걸요. 제가 여쭤 본 것은 유령이 나타난다는 것을 믿느냐, 아니냐, 하는 것이 아닙니다. 유령이 있다는 것을 믿느냐, 하는 것을 여쭤 본 것이지요."

"아니요, 절대로 믿지 못하겠습니다!" 어떤 악의마저 내비치며 라스콜니코프가 소리쳤다.

"보통은 어떻게들 말할까요?" 스비드리가일로프가 엉뚱한 쪽을 보고 머리를 약간 숙인 채 혼잣말처럼 중얼거렸다. "대체로 이렇게들 말하지요. '너는 아프다, 고로, 네 앞에 나타나는 것은 오직 존재하지 않는 미망일 따름이다.' 한데 여기에는 엄격한 논리도 없습니다. 저도 유령이 아픈 사람에게만 나타난다는 점에는 동의합니다. 하지만 이건 그저 유령이 아픈 사람들에게만 나타날 수 있음을 증명할 따름이지, 유령이 없다, 그 자체로는 존재하지 않는다는 것을 증명하는 건 아니죠."

"물론 아니죠!" 라스콜니코프가 짜증을 내며 고집을 부렸다.

"아니라고요? 그렇게 생각하십니까?" 스비드리가일로프는 천천히 그를 바라보며 말을 이어 갔다. "그럼, 이렇게 생각해 보면 어떨까요.(자, 좀 도와주시죠.) '유령이란 말하자면 다른 세계의 조각이자 파편, 그것의 시작이다. 건강한 인간은 물론 그런 것을 볼 이유가 전혀 없다, 왜냐면 건강한 인간은 무엇보다도 지상적인 인간이고, 고로 충만함과 질서를 위해서 이곳의 삶 하나만을 살아야 하니까. 뭐, 하지만 조금이라도 병이 나면, 그래서 유기체 속의 정상적이고 지상적인 질서가 조금이라도 무너지면 당장에 다른 세계의 가능성이 나타나기 시작하고, 아프면 아플수록 다른 세계와의 접촉도 더 잦아지며, 그리하여 인간이 완전히 죽게 될 때 곧장 다른 세계로 옮겨 갈 것이다.' 저는 이 점에 대해 오래전부터 생각해 왔습니다. 만약 내세를 믿는다면 이런 생각도 믿을 수 있을 겁니다."

"나는 내세를 믿지 않습니다." 라스콜니코프가 말했다.

스비드리가일로프는 생각에 잠긴 채 앉아 있었다.

"혹시 그곳에 거미나 뭐든 그런 유의 것들밖에 없다면 어떨까 싶군요." 갑자기 그가 말했다.

'이자는 정신이 나갔군.' 라스콜니코프가 생각했다.

"우리에게는 왜, 영원이라는 것이 항상 이해할 수 없는 관념처럼, 뭔가 거대한, 대단히 거대한 것처럼 떠오르지 않습니까! 아니, 왜 반드시 거대한 것이어야 합니까? 갑자기 이 모든 것 대신에, 한번 상상해 보십시오, 그곳에는 시골 목욕탕 같은 그을음투성이의 작은 방 한 칸만 달랑 있고 그 방 구석구석에 거미들이 진을 치고 있다, 이것이야말로 영원의 전부이다, 라고. 저는 말이죠, 때때로 이런 유의 것이 어른거립니다."

"도무지, 도무지 그런 것보다 좀 더 위안이 되고 좀 더 올바른 것은 전혀 떠오르지 않는 겁니까!" 라스콜니코프가 병적인 감정에 사로잡히며 소리쳤다.

"좀 더 올바른 것이라고요? 혹시 또 압니까, 이것이야말로 올바른 것일지도 모르고 사실 저는 일부러라도 꼭 그렇게 했을 것 같군요!" 스비드리가일로프가 애매한 미소를 지으며 대답했다.

이 기괴한 대답에 라스콜니코프는 갑자기 웬지 오싹 소름이 돋았다. 스비드리가일로프는 고개를 들어 유심히 그를 쳐다보다가 갑자기 껄껄 웃음을 터뜨렸다.

"아니, 이런 거나 한번 생각해 보십시오." 그가 소리쳤다. "반시간 전만 해도 우리는 서로 본 적도 없는 사이였으며 서로를 적대시하고 또 우리 사이에는 해결되지 못한 일도 있습니다. 한데 정작 일은 내팽개치고 무슨 얼어 죽을 문학이나 파고들다니! 그래, 우리가 동류라고 했던 제 말이 사실이지 않습니까?"

"대단히 죄송하지만" 하고 라스콜니코프가 짜증을 내며 말을 이어 갔다. "제발 좀 부탁인데, 어서 빨리 용건이나 말하고 무슨 이유로 이렇게 나를 찾아왔는지 알려 주고…… 또…… 또…… 나는 좀 급합니다, 시간이 없어요, 외출할 일이 있어서……."

"그럼요, 그렇고말고요. 당신의 누이동생 아브도치야 로마노브나께서 루쥔 씨, 즉 표트르 페트로비치에게 시집을 가신다죠?"

"내 동생에 관한 질문은 아무것도 하지 말고 그 애 이름도 들먹이지 않을 수 없겠습니까? 도무지 이해가 안 되는군요, 당신이 정말로 스비드리가일로프라면 감히 어떻게 내 앞에서 그 애의 이름을 입에 담을 수가 있죠?"

"아니, 그분 얘기를 하러 왔는데 어떻게 그 이름을 들먹이지 않을 수 있습니까?"

"좋습니다. 말해요, 하지만 좀 빨리!"

"확신하건대, 저의 처가 쪽 친척인 루쥔이라는 양반에 대해서는 이미 당신 나름대로 견해가 있을 겁니다, 그를 반시간 정도라도 만나 보셨거나 그에 대해 뭐든 확실하고 정확한 얘기를 들으셨다면 말이죠. 아브도치야 로마노브나의 짝이 될 사람은 아닙니다. 제 생각으로, 아브도치야 로마노브나는 이 일에 있어 잇속을 따지지 않는 극히 관대한 마음에서 자신을 희생하는 것이며 그것은…… 자신의 가족을 위해서지요. 제가 들은 당신에 관한 얘기를 모두 종합한 결과, 이 혼담이 별다른 손실 없이 결렬될 수 있다면 당신 쪽에서는 오히려 몹시 만족하실 것 같더군요. 더욱이 지금 이렇게 친히 만나 뵈니, 그러리라는 확신마저 서는군요."

"늘어놓는 얘기가 하나같이 참 순진하군요. 죄송하지만, 뻔뻔스럽다고 말하고 싶었는데." 라스콜니코프가 말했다.

"그 말씀인즉, 제가 제 호주머니에 신경을 쓴다는 것이로군요. 걱정하지 마십시오, 로지온 로마노비치, 저의 이익에 신경을 썼다면 그렇게 직설적인 표현을 쓰지도 않았을 겁니다, 저도 완전히 바보는 아니니까요. 이와 관련하여 당신에게 심리적으로 이상한 점을 한 가지 털어놓겠습니다. 아까 제가 아브도치야 이바노브나를 향한 사랑을 두고 변명을 하면서 저 자신이 희생양이었다고 말했잖습니까. 하지만, 꼭 알아 주셨으면 하는데, 지금은 어떤 사랑도 느끼지 않습니다, 어-떤 사랑도. 그래서 저 자신도 이상할 정도입니다, 예전에는 정말로 뭔가를 느꼈거든요……."

"무위도식하며 방탕하게 살았기 때문일 테죠." 라스콜니코
프가 말을 가로막았다.

"정말로 저는 방탕과 무위도식을 일삼는 인간입니다. 하지
만 당신의 누이동생은 훌륭한 점이 많아서 저로서도 모종의
감동을 받지 않을 도리가 없었습니다. 그래 본들 다 허튼소리
입니다, 이제는 저도 알겠습니다."

"그걸 안 지 오래 됐습니까?"

"훨씬 예전부터 깨닫기 시작했지만 결정적인 확신이 선 것
은 그저께, 거의 페테르부르크에 도착한 바로 그 순간이었습
니다. 하긴 모스크바에 있을 때만 해도 아브도치야 로마노브
나에게 청혼하고 루쥔 씨와 한 판 겨루러 가는 것이라고 생각
했지만."

"말을 끊어서 미안하지만, 제발 사정하는데, 말을 좀 줄이
고 그만 화제를 돌려 이렇게 찾아온 목적을 얘기해 주면 안 되
겠습니까. 정말 급합니다, 외출을 해야 한다니까요……."

"그럼요, 그러시지요. 저는 이곳에 와서 지금 어디 좀……
여행을 할까 결심했기 때문에 그 전에 꼭 필요한 일을 처리하
고 싶었습니다. 제 아이들은 고모 집에 맡겨 놓았는데, 아이들
이 다 부자라서 저라는 인간은 필요도 없는 존재랍니다. 게다
가 제가 또 무슨 아비입니까! 저는 마르파 페트로브나가 일 년
전에 저에게 선물해 준 것만 챙겼습니다. 저로서는 그 정도면
충분하거든요. 죄송합니다, 지금 곧 본론으로 들어가죠. 정말
로 여행을 떠나게 될지도 모르니까 그에 앞서 루쥔 씨와의 문
제를 끝내고 싶습니다. 제가 그 작자를 정말 참을 수 없었던

것은 아니지만, 마르파 페트로브나가 주먹구구식으로 이 결혼을 주선했다는 것을 알고 난 다음에는 그 작자 때문에 부부 싸움까지 하게 됐거든. 저는 지금 당신을 통해 아브도치야 로마노브나를 만나고 싶고, 괜찮으시다면 당신이 동석하신 가운데, 첫째, 루쥔 씨와 맺어진들 무슨 이득은 고사하고 분명히 손해 볼 일만 있을 것이 명백함을 그분에게 설명하고 싶습니다. 그다음, 최근에 있었던 저 모든 불미스러운 일을 사과하고 10,000루블을 드릴 테니 받아 주십사, 이로써 루쥔 씨와의 파혼으로 인한 손실을 상쇄하도록 허락해 주십사, 부탁했으면 합니다만, 제 확신으론 할 수만 있다면 그분 쪽에서도 파혼을 서슴지 않을 것 같거든요.”

“하지만 이 양반이 정말, 정말로 미쳤군요!” 라스콜니코프는 숫제 화가 나서가 아니라 오히려 너무 놀라워서 이렇게 소리쳤다. “어떻게 감히 그런 말을 할 수 있죠!”

“그렇게 소리치실 줄 알았습니다. 하지만, 첫째, 제가 비록 부자는 아니지만 이 10,000루블은 놀고 있는 돈, 다시 말해 저에게는 전혀, 전혀 필요 없는 돈입니다. 아브도치야 로마노브나가 받아 주시지 않으면 아마 이 돈을 더욱더 엉뚱한 데 써 버릴 겁니다. 이것이 첫 번째 이유입니다. 둘째, 저의 양심은 전적으로 평온합니다. 어떤 이해타산도 없이 제안하는 것이란 말입니다. 제 말을 믿으시든 마시든, 나중에 가서는 당신도, 아브도치야 로마노브나도 알게 될 겁니다. 문제는 제가 존경해 마지않는 아브도치야 로마노브나에게 정말로 다소간의 근심거리와 불미스러운 일을 안겨 드렸다는 점입니다. 그리하여 진심으로 뉘우치는 마음에서 진정으로 바라건대, 제 잘못을 봐 달라거나 불미스러운 일을 돈으로 보상하겠다는 것이 아니라 그냥 그분을 위해 뭐든 이로운 일을 하고 싶을 따름입니다. 말이야 바른 말이지, 저라고 해서 사실 나쁜 짓만 할 특권을 가진 것은 아니니까요. 만약 저의 제안에 백만 분의 일이라도 무슨 이해타산이 섞여 있다면, 이렇게까지 직설적으로 제안했겠습니까. 더군다나 오 주 전만 해도 더 많은 돈을 제안했는데 이제 와서 겨우 10,000루블만 제안하지도 않았을 테고요. 그 밖에도 저는 극히, 극히 빠른 시일 내에 어느 처자와 결혼할지도 모르며, 따라서 아브도치야 로마노브나에게 위해가 될 무슨 꿍꿍이속이 있을 것이라는 의심은 마땅히 없어질 겁니다. 결론적으로 말씀드리자면, 루쥔 씨에게 시집을 가도 아브도치야 로마노브나는 그와 똑같은 돈을 받는 셈입니다, 다만 출처가 다를 뿐이죠……. 화내지 마시고, 로지온 로마노비치, 침착하고 냉정하게 판단하십시오.”

이렇게 말하는 스비드리가일로프야말로 굉장히 냉정하고 침착했다.

“이제 그만 끝내 주시죠.” 라스콜니코프가 말했다. “어쨌거나 이것은 용서할 수 없을 정도로 뻔뻔한 짓입니다.”

“전혀 그렇지 않습니다. 그렇게 나오시면, 이 세상에서 사람은 다른 사람에게 오직 악만 행할 수 있는 반면 선은 손톱만큼도 행할 권리가 없다, 더욱이 흔히 통용되는 허황된 형식적 절차 때문에 그렇다, 하는 소리가 되잖습니까. 참 터무니없는 일이지요. 제가 예컨대 죽으면서 이 금액을 유산으로 남긴다면 당신의 누이동생은 과연 그때도 거절하실까요?"

"그러고도 남죠."

"글쎄요, 그건 아닌데요. 하긴 아니면 아닌 거고, 뭐 그렇게 하라지요. 다만, 10,000루블이란 때에 따라서는 썩 훌륭한 녀석인데요. 어쨌거나 제가 한 말을 아브도치야 로마노브나에게 전해 주십사 부탁드립니다."

"아니요, 전하지 않겠습니다."

"그렇다면, 로지온 로마노비치, 저도 따로 만날 기회를 만들 수밖에, 고로 심려를 끼쳐 드릴 수밖에 없겠군요."

"그럼 내가 그 말을 전해 준다면, 따로 만날 기회를 만들려고 하지 않겠습니까?"

"글쎄요, 사실 어떻게 말씀드려야 할지 모르겠습니다. 한번 만났으면 하는 마음은 간절하군요."

"기대하지 마시죠."

"유감이군요. 하긴 당신은 저를 모르시니까. 이제 더 가까워질지도 모르지요."

"왜 우리가 더 가까워질 것이라고 생각하죠?"

"그러지 못할 이유는 또 뭡니까?" 스비드리가일로프는 웃으며 이렇게 말한 다음 자리에서 일어나 모자를 집었다. "실은 이렇게 폐를 끼칠 생각은 별로 없었고, 여기 올 때만 해도 이런 건 염두에 두지도 않았습니다, 하긴 아까 아침에 당신의 얼굴을 보고 충격을 받긴 했지만……."

"아까 아침에 어디서 나를 봤다는 겁니까?" 불안해하며 라스콜니코프가 물었다.

"어쩌다 우연히……. 제가 보기에는 아무래도 당신에게는 어딘가 저와 비슷한 구석이 있는 것 같습니다……. 뭐, 걱정하지 마십시오, 저란 놈이 그렇게 지긋지긋한 상대는 아니니까요. 사기 도박사들과도 무난히 잘 지냈고, 저의 먼 친척이자 고관인 스비르베이 공작도 지긋지긋하게 만들지 않았고, 프릴루코바 부인의 앨범에다 라파엘로의 마돈나 얘기를 몇 자 써넣을 줄도 알았고, 마르파 페트로브나와도 칠 년 동안 시골 밖을 나가는 일 없이 잘 살았고, 옛날 옛적에는 센나야 광장의 뱌젬스키 집*에서 밤을 보내기도 했고, 베르그와 함께 기구를 타고 날아갈지도 모르죠."

"뭐, 좋습니다. 물어보고 싶은 것이 있는데, 곧 떠나는 겁니까?"

"떠난다니, 무슨 말씀이십니까?"

"아니, 그 '여행' 말입니다……. 당신 입으로 말했잖습니까."

"여행? 아, 예……! 맞아요, 제가 여행 얘기를 했지요……. 뭐, 그건 광범위한 질문입니다만……. 그나저나 그 질문의 내용이 무엇인지를 아신다면!" 이런 말을 덧붙인 그는 갑자기 큰 소리로 짧게 웃었다. "어쩌면 여행 대신 결혼을 할지도 모르겠습니다. 신붓감을 물색해 주고들 있거든요."

"여기서요?"

"예."

---

* 페테르부르크의 하층민들이 이용하던 숙박, 유흥 시설.

"언제 그런 것까지 다 했습니까?"

"어쨌거나 아브도치야 로마노브나를 한 번 만나고 싶은 마음 간절하군요. 진지하게 부탁드립니다. 그럼, 이만…… 아, 맞아요! 이걸 깜박했군요! 당신의 여동생에게 전해 주십시오, 로지온 로마노비치, 마르파 페트로브나의 유언장에 그분 앞으로 3,000루블이 명시돼 있다고요. 이건 정말로 확실합니다. 마르파 페트로브나는 죽기 일주일 전에 이렇게 해 놓았고 제가 있는 자리에서 있었던 일입니다. 이삼 주쯤 뒤면 아브도치야 로마노브나는 그 돈을 받을 수 있습니다."

"정말입니까?"

"정말입니다. 그렇게 전해 주십시오. 그럼, 이만. 실은 저는 당신 댁에서 그다지 멀지 않은 곳에 묵고 있습니다."

방을 나가다가 스비드리가일로프는 라주미힌과 문간에서 딱 마주쳤다.

2

이미 거의 8시였다. 둘은 루쥔보다 먼저 도착하기 위해 바
칼레예프 여관으로 가는 걸음을 재촉했다.

"아니, 그자는 누구였어?" 거리로 나오자마자 라주미힌이
물었다.

"그자가 스비드리가일로프였어, 여동생이 가정교사로 있
을 때 수모를 겪은 집의 지주 말이야. 그가 치근덕대는 바람
에 그 애는 그의 아내인 마르파 페트로브나에게 쫓겨나 그들
집을 나왔지. 이 마르파 페트로브나는 나중에 두냐에게 용서
를 구했는데, 지금 갑자기 죽었대. 아까 그 부인 얘기를 하고
있었어. 왜인지는 모르겠지만 나는 이 사람이 참 무서워. 그는
아내의 장례식을 치르자마자 곧장 이리로 온 거야. 아주 이상
한 사람이고 뭔가 결심을 했어……. 뭔가를 아는 것 같고…….
이 사람에게서 두냐를 지켜 줘야 해…… 너한테 바로 이 얘기

를 하고 싶었어, 듣고 있어?"

"지켜 준다고! 그 작자가 아브도치야 로마노브나에게 무슨 짓을 할 수 있겠어? 뭐, 고마워, 로쟈, 나한테 그렇게 말해 줘서……. 지켜 줘야지, 암, 지켜 주자……! 어디 살아?"

"몰라."

"왜 안 물어봤어? 에잇, 아쉽군! 하긴 알아내면 되지!"

"그를 봤지?" 라스콜니코프가 얼마간 침묵한 뒤에 물었다.

"그럼, 눈에 새겨 뒀지. 똑바로 새겨 뒀다고."

"그럼 정확히 본 거지? 똑똑히 본 거지?" 라스콜니코프가 고집스럽게 나왔다.

"그럼, 똑똑히 기억한다니까. 천 명 속에 섞여 있어도 알아볼걸, 원래 나는 사람 얼굴을 잘 기억하는 편이야."

또다시 둘은 침묵했다.

"음…… 그래……." 라스콜니코프가 중얼거렸다. "그런데 말이야…… 문득 든 생각이…… 줄곧 나는…… 아무래도 이게 환상인 것 같아."

"무슨 말을 하는 거야? 통 이해가 안 되는걸."

"요새 너희들이 입을 모아 하는 얘기는" 하고 라스콜니코프는 미소로 입을 일그러뜨리며 말을 이어 갔다. "내가 정신이 나갔다는 거잖아. 지금은 내가 생각해도 내가 정말로 정신이 나갔고 오직 환영을 봤을 뿐인지도 모르겠어."

"아니, 그게 무슨 소리야?"

"사실 누가 알겠어! 나는 그야말로 정신이 나갔고 요 사흘 내내 있었던 일은 전부, 전부 그냥 상상인지도 모르잖아……."

"에잇, 로쟈! 또 머릿속이 엉망이 됐구나……! 대체 그 작자
가 무슨 말을 했어, 무슨 용건으로 온 거야?"

라스콜니코프는 대답하지 않았고, 라주미힌은 잠시 생각에
잠겼다.

"그럼 내가 보고를 할 테니 좀 들어 봐." 그가 말문을 열었
다. "네 방에 들렀더니 너는 자고 있었어. 그다음엔 밥을 먹었
고, 그다음엔 포르피리에게 갔어. 자묘토프는 계속 거기 있더
군. 말을 꺼내고 싶었지만 아무 말도 나오지 않았어. 아무리
해도 제대로 된 말이 나오지 않더란 말이지. 그자들은 꼭 내
말을 알아먹지 못하겠다는, 그럴 수도 없다는 투였지만 그러
고도 도무지 당황하는 기색도 보이지 않았어. 나는 포르피리
를 창가로 데려가 말을 꺼내 보았지만 이번에도 왠지 제대로
되지 않았어. 그쪽에서 딴청을 피우자 나도 딴청만 피웠지. 결
국엔 그 형의 낯짝에 주먹을 바싹 갖다 대고서 친척답게 묵사
발을 만들어 놓겠다고 말했어. 형은 그냥 나를 쳐다보기만 하
더군. 나는 침을 뱉어 주고 나왔어, 이게 다야. 정말 바보 같지.
자묘토프와는 한마디도 안 했어. 다만 말이야, 일을 망쳤다고
생각했는데, 계단을 내려올 때 문득 한 가지 생각이 떠올라 아
차, 싶더라. 즉, 우리가 무엇 때문에 이렇게 법석을 떠는 걸까?
사실 너에게 위험이 닥쳤다거나 뭐 그 비슷한 일이라도 있으
면, 물론, 모를까. 하지만 지금 넌 아무렇지도 않잖아! 너는 이
일과 아무 상관도 없고, 녀석들한테는 침이나 탁 뱉어 주면 될
일이야. 나중에 우리 저들을 실컷 비웃어 주자. 내가 네 입장

이라면 오히려 녀석들을 굶겨 줬을 거야. 녀석들, 나중엔 얼마나 부끄러울까! 침이나 탁 뱉어 줘. 혼쭐을 내 주는 건 나중에 해도 되니까 지금은 그냥 비웃어 주자!"

"그야 물론이지!" 라스콜니코프가 대답했다. '내일이면 네가 무슨 말을 할까?' 그는 속으로 생각했다. 참 이상한 노릇인데 '라주미힌이 알게 됐을 때 무슨 생각을 할까?' 하는 의문이 지금까지 단 한 번도 그의 머릿속에 떠오르지 않았던 것이다. 이런 생각을 하고서 라스콜니코프는 그를 유심히 쳐다보았다. 포르피리를 방문한 후 지금 라주미힌이 늘어놓은 보고에는 별로 관심이 가지 않았다. 그때 이후로 얼마나 많은 일이 있었던가……!

복도에서 그들은 루쥔과 딱 마주쳤다. 그는 8시 정각에 나타나 방을 찾고 있던 중이었다. 그래서 셋이 다 함께 안으로 들어갔지만 서로를 쳐다보지도, 인사를 주고받지도 않았다. 청년들이 앞장섰고, 표트르 페트로비치는 예의를 차리느라 외투를 벗으며 현관에서 다소 꾸물댔다. 풀헤리야 알렉산드로브나는 얼른 그를 맞으려고 문지방까지 나갔다. 두냐는 오빠와 인사를 나누었다.

안으로 들어온 표트르 페트로비치는 이전보다 두 배는 더 점잔을 빼긴 했어도 제법 상냥하게 여인들과 인사를 나누었다. 그래도 약간 갈팡질팡하고 아직 뭘 어떻게 해야 될지 모르겠다는 눈치였다. 풀헤리야 알렉산드로브나도 역시 당황한 듯, 즉시 서둘러 모두를 사모바르가 끓고 있는 원탁에 앉혔다. 두냐와 루쥔은 원탁의 양쪽 끝에 서로 마주보고 앉았다. 라주미힌과 라스콜니코프는 풀헤리야 알렉산드로브나의 맞은편에 앉게 됐는데, 라주미힌은 루쥔 쪽에 가까운 자리였고 라스콜니코프는 여동생 옆 자리였다.

순간적인 침묵이 찾아왔다. 표트르 페트로비치는 유유자적하게 향수 냄새를 풍기는 목면 손수건을 꺼내 코를 풀었는데, 자기와 같은 호인이 어떻든 다소간 체면에 손상을 입었으니 꼭 해명을 요구하겠노라는 확고한 결의가 담긴 표정이었다. 현관에 있을 때만 해도 코트도 벗지 말고 그냥 가 버리자, 그럼으로써 두 여인이 모든 것을 단번에 통감하도록 엄중하고 호되게 혼쭐을 내 주자는 생각이었다. 하지만 차마 그러지는 못했다. 더욱이 이 사람은 매사에 흐리멍덩한 것을 싫어하는 성미라 이 일도 분명히 밝혀 둘 필요가 있었다. 자기의 명령이 이토록 노골적으로 무시됐다면 뭔가 있다는 소리이고 그렇다면 우선 그것을 알아내는 편이 좋겠다 싶었던 것이다. 혼쭐을 내 줄 시간은 얼마든지 있고 게다가 그건 자기 손에 달린 일이니까.

"모쪼록, 여행길은 편안하셨겠지요?" 그가 풀헤리야 알렉산드로브나에게 의례적인 인사말을 건넸다.

"덕분에 잘 왔습니다, 표트르 페트로비치."

"다행입니다. 아브도치야 로마노브나께서도 피곤하지 않으셨는지요?"

"저야 젊고 튼튼하니까 피곤할 리 없지만, 어머니께서는 몹시 힘드셨답니다." 두네치카가 대답했다.

"어쩌겠습니까, 우리 나라의 철도가 좀 길어야 말이지요.

이른바 '어머니 러시아'는 그야말로 광활하니까…… 어제는 꼭 마중을 나가고 싶었습니다만 도무지 짬을 못 내겠더군요. 모쪼록 별 탈은 없으셨겠지요?"

"아휴, 아니에요, 표트르 페트로비치, 우리는 무척 낙담했답니다." 풀헤리야 알렉산드로브나가 독특한 억양으로 다급하게 말했다. "그래서 어제 하느님께서 이 드미트리 프로코피이치를 보내 주지 않으셨다면, 우리는 그야말로 낭패였을 거예요. 바로 이분, 드미트리 프로코피이치 라주미힌 말입니다." 그녀는 이렇게 덧붙이며 그를 루쥔에게 소개했다.

"아니, 인사는 나눴습니다…… 어제요." 루쥔은 적의에 찬 눈초리로 라주미힌을 째려보며 이렇게 중얼거린 다음, 인상을 팍 쓰고 입을 다물었다. 표트르 페트로비치라는 사람은 대체로 모임에 나가면 겉으로는 굉장히 상냥하고 또 유달리 상냥하게 굴고 싶어 하지만 조금이라도 자기 입맛에 맞지 않으면 그 모든 처세술을 잃어버리고서 모임에 활기를 불어넣는 발랄한 신사보다는 차라리 보릿자루처럼 돼 버리는 부류에 속했다.*다들 또다시 입을 다물었다. 라스콜니코프는 집요하게 침묵을 고수했고 아브도치야 로마노브나는 때가 올 때까지는 침묵을 깨지 않으려 했고 라주미힌은 할 말이 전혀 없었는데, 때문에 풀헤리야 알렉산드로브나는 또다시 마음을 졸이기 시작했다.

"마르파 페트로브나가 돌아가셨는데, 들으셨어요?" 그녀는 이 어마어마한 화젯거리에 의지해 말문을 열었다.

"그럼요, 듣다마다요. 그것도 제일 먼저 접했고 지금도 아르카지 이바노비치 스비드리가일로프가 부인의 장례식을 치르자마자 당장 서둘러 페테르부르크로 출발했다는 소식을 알려 주려고 온 것입니다. 적어도 제가 얻은 가장 정확한 정보에 따르면 그렇습니다."

"페테르부르크로요? 여기로요?" 두네치카가 불안스럽게 물으며 어머니와 눈짓을 주고받았다.

"정확히 그렇고, 몹시 서둘러 출발했다는 점과 대체로 그 이전의 정황을 고려한다면, 물론 목적이 없지는 않겠지요."

"맙소사! 그 사람이 혹시 여기서도 두네치카를 가만히 놔두지 않을까요?" 풀헤리야 알렉산드로브나가 소리쳤다.

"제 생각으론, 부인도, 아브도치야 로마노브나도 유달리 불안해하실 건 전혀 없는데, 물론 두 분 쪽에서 그와 어떤 식으로든지 관계를 맺고 싶어 하지 않으신다면 말입니다. 저도 뒷조사를 하고 있으며 지금 그가 어디에 묵고 있는지 찾고 있는 중입니다……."

"아휴, 표트르 페트로비치, 못 믿으시겠지만 저는 방금 간이 철렁했어요!" 풀헤리야 알렉산드로브나가 말을 이어 갔다. "그 사람을 본 것은 겨우 두 번뿐이지만 제 눈에는 끔찍한, 끔찍한 사람으로 보였거든요! 돌아가신 마르파 페트로브나도 그 사람 때문에 그리되셨다고 확신해요."

"그 점에 관해서는 결론을 내릴 수 없습니다. 정확한 정보가 있거든요. 그가 말하자면 모욕이라는 정신적인 영향을 끼쳐 사태의 흐름을 가속화시켰을 수도 있다는 점에는 이론을 제기하지 않겠습니다. 한편 이 인물의 평소 소행과 정신적인 자질 전반에 관한 한 부인의 말씀에 동의합니다. 그가 지금 부자인지, 마르파 페트로브나가 그에게 정확히 무엇을 남겼는지는 모르겠습니다. 아주 빠른 시일 내에 곧 알게 되겠지요. 하지만 물론, 그에게 얼마간이나마 금전이 있는 이상 여기 페테르부르크에서 곧장 옛날 버릇이 나올 겁니다. 이자는 이런 부류의 인간을 통틀어 방탕과 악덕에 제일 많이 찌든 인간이거든요! 저는, 팔 년 전에 불행히도 그만 사랑에 빠져 빚더미에서 그를 구해 준 마르파 페트로브나가 또 다른 점에서도 그의 뒤를 봐주었다고 가정할 수 있는 상당한 근거를 갖고 있습니다. 오로지 그 부인의 노력과 희생 덕분에 짐승 같은, 말하자면 환상적인 살인의 성격마저 가미된 형사 사건이 아주 초기에 무마되었는데, 그 건으로 그는 시베리아에 박힐 수도 있었지요. 자, 이런 위인이란 말입니다, 정 알고 싶으시다면."

"아휴, 맙소사!" 풀헤리야 알렉산드로브나는 소리를 질렀다. 라스콜니코프는 주의 깊게 듣고 있었다.

"그 일에 관해 정확한 정보가 있다는 말씀, 사실인가요?" 두냐가 엄격하고 야무지게 물었다.

"저는 고인이 되신 마르파 페트로브나에게서 은밀하게 직접 들은 얘기만 말하는 겁니다. 한마디 지적하자면, 법률적 관점에서 볼 때 이 사건은 극히 애매한 것입니다. 여기에 레슬리흐라는 외국 여자가 살고 있었고 또 지금도 그런 것 같습니다만, 푼돈 갖고 돈놀이를 하고 다른 일도 좀 하지요. 그 레슬리흐와 스비드리가일로프 씨는 옛날부터 극히 가깝고 은밀한 모종의 관계를 맺고 있었습니다. 그 여자 집에는 먼 친척뻘 되는 조카딸이 살고 있었는데, 벙어리에 귀머거리인 열다섯, 아니 열네 살 정도밖에 안 된 그 소녀를 그 레슬리흐라는 여자가 어마어마하게 미워해서 사사건건 야단을 치고 무자비하게 때리기도 했습니다. 그러던 어느 날 그 애가 다락방에서 목을 맨 채로 발견됐습니다. 판결이야 자살로 났지요. 그래서 사건은 통상적인 절차를 거쳐 그대로 일단락되었는데 나중에 밀고가 들어왔고 그 아이가…… 스비드리가일로프에게 참혹하게 능욕당했다는 것이었습니다. 사실 이 모든 것이 애매했으며 밀고한 또 다른 독일 여자도 워낙에 악명이 높아 별로 신임을 얻지 못했지요. 결국, 마르파 페트로브나의 노력과 돈 덕분에 본질적으로 밀고도 없던 셈이 됐고 모든 일이 소문에 그치고 말았습니다. 그럼에도 이 소문은 많은 의미를 지녔습니다. 아브도치야 로마노브나, 그 집에 계실 때 육 년쯤 전, 즉 아직 농노제가 있던 무렵 필립이라는 아랫사람이 모진 고문 끝에 죽었다는 얘기도 물론 들으셨을 테지요."

"저는 정반대로, 그 필립이라는 사람이 직접 목을 맸다고 들었어요."

"정확히 그렇지만, 그렇게 되도록 강요한 것, 더 정확히 말해 죽지 않고는 못 배기게끔 그를 몰아간 것은 스비드리가일로프 씨가 끊임없이 가한 체계적인 박해와 징계였습니다."

"저는 그런 건 몰라요." 두냐가 건조하게 대답했다. "제가 들은 건 그냥 몹시 이상한 어떤 이야기였는데, 그 필립이라는 사람은 무슨 우울증 환자에 집안의 철학자를 자처했으며 사람들 말로는 '책을 너무 많이 읽었고' 목을 맨 것도 스비드리가일로프 씨의 구타 때문이 아니라 차라리 조롱 때문이었다던데요. 제가 있을 무렵에 그는 아랫사람들과 무난히 잘 지냈고 그들도 그를 좋아했어요, 필립의 죽음에 관해서는 정말로 그를 비난하긴 했지만요."

"그러고 보니, 아브도치야 로마노브나, 왠지 갑자기 그를 변호하고 싶어지신 모양이군요."루쥔이 애매모호한 미소로 입을 일그러뜨리며 일침을 가했다. "실제로 그는 여인들에 관한 한 음흉한 마수와 같은 사람인데, 참으로 이상한 죽음을 맞은 마르파 페트로브나가 개탄스러운 예이지요. 그자는 보나마나 조만간에 새로운 시도를 할 텐데, 저는 그저 당신과 당신의 어머니에게 충고를 해 드리고 싶었을 따름입니다. 제 생각을 말씀드리지만, 철저히 확신하는바, 이자는 틀림없이 또 채무자 감옥에서 썩게 될 겁니다. 마르파 페트로브나는 아이들을 생각해 결코, 절대 그의 이름으로 무슨 소유권을 인정해 줄 계획은 없었으며, 만약 그에게 뭔가를 남겼다고 할지라도 꼭 필요한 것, 별로 가치도 없는 한시적인 것에 지나지 않을 것이고 그나마도 그런 습벽을 가진 사람이라면 일 년도 못 갈 겁니다."

"표트르 페트로비치."두냐가 말했다. "제발 스비드리가일로프 씨 얘기는 그만둡시다. 그 얘기를 듣자니 우울해지는군요."

"그 사람, 방금 내 방에 왔다 갔어."갑자기 라스콜니코프가 처음으로 침묵을 깨며 말했다.

사방에서 감탄이 터져 나오며 모든 시선이 그에게 쏠렸다. 심지어 표트르 페트로비치도 흥분했다.

"한 시간 반쯤 전에 내가 자고 있을 때 들어와서 나를 깨우고 자기소개를 하더군." 라스콜니코프가 계속했다. "상당히 발랄하고 명랑하던데, 내가 자기와 친해지길 몹시 바랐어. 그나저나, 두냐, 너를 몹시 만나고 싶다고 하면서 나한테 중간에서 다리를 좀 놓아 달라고 부탁하더라. 너에게 한 가지 제안할 것이 있대. 그게 뭔지도 알려 주었어. 그 밖에도 확실한 얘기라고 못 박으면서 마르파 페트로브나가 죽기 일주일 전에, 두냐, 네 앞으로 3,000루블의 유산을 남겼다는 말도 하던데, 그 돈은 지금 아주 가까운 시일 내에 받을 수 있을 것이라고 했어."

"이런 고마울 데가!" 풀헤리야 알렉산드로브나가 소리를 지르며 성호를 그었다. "그분을 위해 기도해라, 두냐, 기도해!"

"그건 정말로 사실입니다." 루쥔의 입에서 이런 말이 튀어나왔다.

"자, 그래서, 그다음은?" 두네치카가 서둘렀다.

"그러고 나서는 하는 말인즉, 자기는 딱히 부자가 아니다, 모든 재산은 지금 고모들 집에 맡겨진 그의 아이들 몫이다, 라는 거야. 그러고 나서는 내 하숙방 근처 어디에 묵고 있다고 했는데 어디인지는 몰라, 물어보지 않았으니까⋯⋯."

"하지만 두네치카에게 뭘, 뭘 제안하고 싶어 하던?" 깜짝 놀란 풀헤리야 알렉산드로브나가 물었다. "너한테 말했다면서?"

"예, 말했어요."

"뭐라던?"

"나중에 말씀드리죠." 라스콜니코프는 입을 다물고 찻잔을 들었다.

표트르 페트로비치는 시계를 꺼내 시간을 봤다.

"저는 볼일이 있어서 그만 가 봐야겠습니다, 그러면 방해가 되지도 않을 테고요." 그가 제법 떨떠름한 표정을 지으며 이렇게 덧붙인 다음 의자에서 일어났다.

"그냥 계세요, 표트르 페트로비치." 두냐가 말했다. "저녁 내내 여기 계실 작정이셨잖아요. 게다가 편지에도 직접 엄마와 뭔가 하고 싶은 말씀이 있다고 쓰셨고요."

"정확히 그렇습니다, 아브도치야 로마노브나." 표트르 페트로비치는 힘을 잔뜩 주어 이렇게 말하며 다시 의자에 앉았지만 모자는 여전히 손에 들고 있었다. "저는 정말로 당신과, 또 존경해 마지않는 당신의 모친과 나누고 싶은 얘기가 있었으며, 심지어 극히 중요한 사항이었습니다. 하지만 당신의 오빠도 제가 있는 자리에서는 스비드리가일로프 씨가 한 모종의 제안에 대해 말할 수 없는 것과 마찬가지로 저 역시…… 다른 사람이 있는 자리에서는…… 극히, 극히 중대한 몇몇 사항에 관해 말하고 싶지 않고 또 그럴 수도 없습니다. 게다가 저의 크나큰, 아주 간곡한 부탁도 이행되지 않았고……."

루쥔은 씁쓸한 표정을 짓고 점잔을 빼며 입을 다물었다.

"우리의 만남에 오빠가 참석하지 않도록 해 달라는 당신의 부탁이 이행되지 않은 것은 오로지 제가 고집을 부린 탓이에요." 두냐가 말했다. "당신은 오빠에게 모욕을 당했다고 쓰셨어요. 저는 이 점을 즉시 해명해야 한다고, 두 분은 화해를 해야 한다고 생각해요. 만약 로쟈가 정말로 당신을 모욕했다면, 마땅히 당신에게 사과해야 하며 또 그렇게 할 것이에요."

표트르 페트로비치는 금방 기고만장해졌다.

"아브도치야 로마노브나, 사람이 아무리 호의를 갖고 있어도 결코 잊을 수 없는 모욕이 더러 있잖습니까. 무슨 일이든 넘어서면 위험한 일정한 선이 있는 법이지요. 한번 넘으면 되돌아갈 수 없습니다."

"제 말은 원래 그런 뜻이 아니에요, 표트르 페트로비치." 약간 조바심을 내며 두냐가 말을 가로막았다. "우리의 미래는 이제 전부 이 모든 일이 가능한 한 어서 빨리 해명되어 잘 마무리되느냐, 아니냐에 달려 있다는 점, 좀 헤아려 주세요. 첫마디부터 단도직입적으로 말씀드리지만 이 사태는 어떻게 달리 생각할 수 없으며, 당신이 저를 조금이라도 아끼신다면 힘이 드실지라도 오늘 당장 이 모든 문제를 매듭지어야 해요. 거듭 말씀드리지만, 오빠는 자기가 잘못이 있다면 용서를 빌 거예요."

"당신이 이런 식으로 문제를 제기하시다니 놀라울 따름입니다, 아브도치야 로마노브나." 루쥔은 점점 짜증을 냈다. "당신을 높이 평가하고, 또 말하자면 숭배하는 동시에 저는 당신의 집안사람 중 누군가를 전혀, 전혀 좋아하지 않을 수도 있습니다. 당신에게 청혼하는 행복을 누린다고 해서 마음에 없는 의무를 짊어질 수는 없으며……."

"아휴, 그 모욕 어쩌고 하는 소리는 이제 그만 좀 하세요, 표트르 페트로비치." 두냐는 격한 감정을 담아 말을 가로막았다. "그리고 현명하고 고결한 사람이 되어 주세요, 저는 늘 당신을 그렇게 여겨 왔고 또 그렇게 여기고 싶어요. 저는 당신에게 크나큰 약속을 한, 당신의 약혼녀입니다. 이 일은 저에게 맡겨 주시고, 제가 공정하게 판단할 수 있다고 믿어 주세요. 제가 재판관의 역할을 맡는 것은 당신은 물론 오빠에게도 똑같이 뜻밖의 일입니다. 오늘 당신의 편지를 보고 오빠에게 우리의 이 만남에 꼭 와 달라고 권유했을 때도 저의 의중은 전혀 알리지 않았어요. 만약 두 분이 화해하지 않는다면 저는 두 분 중에서 선택을 해야 해요, 이 점 이해해 주세요. 즉, 당신이냐, 오빠냐, 예요. 오빠 쪽에서 봐도, 당신 쪽에서 봐도 문제가 이렇게 돼 버렸지 뭐예요. 저는 이 선택에 있어 실수를 하고 싶지도 않고 또 그래서도 안 됩니다. 당신을 위하려면 오빠와 인연을 끊어야 하고, 오빠를 위하려면 당신과 또 그래야 합니다. 제가 지금 정확히 알고 싶고 또 그럴 수 있는 것은, 이 사람이 나에게 정녕 오빠인지 아닌지, 하는 문제예요. 또 당신에 관해서도, 제가 당신에게 소중한 존재인지, 당신이 저를 높이 평가하는지, 당신이 저의 남편감인지 아닌지, 말이에요."

 "아브도치야 로마노브나." 루쥔이 오만상을 꽉 쓰며 말했다. "당신의 말은 저에게 너무나 의미심장하며, 더 정확히 말하자면, 제가 당신과의 관계에서 처한 입장을 고려할 때는 모욕적이기까지 하군요. 저와 저…… 오만불손한 청년을 똑같이 취급하여 모욕적이고 이상한 비교를 한 것은 이미 말할 것도 없거니와, 그 말씀을 통해 저에게 한 약속을 깰 수 있는 가능성마저 용납하시는군요. '당신이냐, 아니면 오빠냐?'라고 말씀하시는데, 그렇다면 그 말씀을 통해 제가 당신에게 있어 얼마나 보잘것없는 존재인지를 보여 주시는 셈이고…… 저는 우리의 관계나…… 우리 사이에 존재하는 의무로 보아 이런 것은 용납할 수 없습니다."

"세상에!" 두냐가 발끈했다. "저는 당신의 이해관계를 지금까지 제 인생에서 소중했던 모든 것, 지금까지 저의 전 인생이나 다름없었던 모든 것과 똑같이 여기고 있는데, 갑자기 제가 당신의 가치를 별로 평가해 주지 않는다며 화를 내시다니!"

라스콜니코프는 말없이 독기 어린 미소만 지었고 라주미힌은 얼굴이 왕창 찌그러졌다. 하지만 표트르 페트로비치는 이 반박을 받아들이기는커녕 오히려 말을 할 때마다 점점 더 트집을 잡고 신경질적으로 굴었는데, 그쪽이 구미가 당기는 모양이었다.

"앞으로 인생의 반려자가 될 남편에 대한 사랑은 오빠에 대한 사랑을 능가해야 합니다." 그가 훈계조로 말했다. "어떤 경우에도 저는 그와 똑같이 취급될 수 없습니다……. 저는 비록 아까 당신의 오빠가 있는 자리에서는 저의 용건을 전부 털어 놓고 싶지도 않거니와 그럴 수도 없다고 주장했지만, 그럼에도 지금 존경해 마지않는 당신의 모친께 극히 중대하고 저로서는 모욕적인 한 가지 사항에 관해 반드시 해명을 해 달라고 할 생각입니다. 부인의 아들은" 하고 그가 풀헤리야 알렉산드로브나에게 말을 걸었다. "어제 라수드킨* 씨(아닌가…… 이랬던 것 같은데요? 죄송합니다, 당신의 성함을 잊었군요 ─ 그가 라주

---

* 라주미힌의 어근인 '라줌'(razum)은 '이성'이라는 뜻인데, 라수드킨의 어근 (rassudok)에도 '이성', '판단력'이라는 뜻이 있다.

미힌을 향해 상냥하게 몸을 숙였다.)가 있는 자리에서 저의 생각을 왜곡함으로써 저를 모욕했습니다. 그 생각이란, 그때 제가 커피를 마시면서 사적인 대화를 나누던 중 부인에게 얘기했던 것, 즉 이미 인생의 쓴맛을 다 경험한 가난한 처녀와 결혼하는 것이 별 부족 없이 자란 처녀보다 내 생각으론 부부 관계에서 더 이로울 것 같다, 도덕성의 측면에서 더 유용하기 때문이다, 하는 것이었지요. 부인의 아드님은 머리를 굴려 이 말의 의미를 어처구니없을 정도로 과장하고 저에게 간악한 의도가 있다고 비난했는데, 제 견해로는 바로 부인이 직접 쓰신 서신에 근거한 것 같습니다. 풀헤리야 알렉산드로브나, 부인이 저의 이런 확신을 불식하고 그로써 저를 충분히 진정시킬 수 있다면 저는 그걸로 만족하겠습니다. 그럼, 로지온 로마노비치에게 쓴 편지에서 정확히 어떤 표현으로 제 말을 전달하셨는지 알려 주실까요?"

"기억이 안 나요." 풀헤리야 알렉산드로브나는 안절부절못했다. "그냥 제가 이해한 대로 전했어요. 로쟈가 당신에게 어떻게 전했는지는 모르겠지만……. 아마 이 애가 뭘 과장했을 수도 있고요."

"부인의 암시 없이 과장을 했을 리는 없잖습니까."

"표트르 페트로비치." 풀헤리야 알렉산드로브나가 위엄 있게 말했다. "저와 두냐가 당신의 말을 별로 고약한 쪽으로 받아들이지 않았다는 증거가 바로, 우리가 여기 있다는 사실입니다."

"잘했어요, 엄마!" 두냐가 맞장구를 치며 말했다.

"그렇다면 이 일도 제가 잘못했다는 거로군요!" 루쥔은 대번에 삐쳤다.

"실은, 표트르 페트로비치, 줄곧 로지온을 비난하시지만 당신이야말로 아까 편지에서 이 애에 관해 틀린 얘기를 쓰셨잖아요." 기운이 난 풀헤리야 알렉산드로브나가 이렇게 덧붙였다.

"무슨 틀린 얘기를 쓴 기억은 없는걸요."

"당신은 편지에서" 하고 라스콜니코프는 루쥔을 향해 몸을 돌리지도 않고 날카롭게 말했다. "어제 제가 마차에 치인 어떤 분의 미망인이 아니라 그 딸에게(어제까지는 결코 본 적도 없는 사람인데) 돈을 주었다고 썼는데, 실제 있었던 일과는 정반대죠. 저와 가족 사이에 싸움을 붙이려고 그런 말을 쓴 것이며 또 그러기 위해 자기가 알지도 못하는 아가씨의 행실을 두고 추잡한 말을 덧붙이기도 했습니다. 이 얼마나 천박한 날조입니까."

"죄송하지만" 하고 루쥔은 너무 분한 나머지 부들부들 떨면서 대답했다. "제가 편지에서 당신의 자질과 행동에 대해 늘어놓은 것은, 제가 당신을 어떻게 생각하고 어떤 인상을 받았는지를 써 달라는 당신의 여동생과 어머니의 부탁을 들어주기 위해서였습니다. 당신이 보시기에 제 편지에 언급된 내용과 관련하여 혹시 뭐든 부당한 문구라도 있습니까, 즉, 실은 돈을 낭비하지 않았다든지, 좀 불행하긴 하지만 어떻든 그 가족 중에 형편없는 인물은 없었다든지?"

"제 생각으론 당신의 장점을 몽땅 긁어모아도 당신이 지금 돌을 던지고 있는 저 불행한 아가씨의 새끼손가락만 한 가치도 없습니다."

"그렇다면 그 아가씨를 당신의 어머니, 여동생과 어울리게 할 결심도 능히 하실까요?"

"정 그렇게 알고 싶으시다면 벌써 그렇게 했습니다. 그 아가씨를 오늘 엄마, 두냐와 나란히 앉혔거든요."

"로쟈!" 풀헤리야 알렉산드로브나가 소리를 질렀다.

두네치카는 얼굴을 붉혔고, 라주미힌은 눈썹을 쭈뼛했다. 루쥔은 오만불손하고 독기 어린 미소를 지었다.

"거 보십시오, 아브도치야 로마노브나." 그가 말했다. "이러니 무슨 화해를 할 수 있겠습니까? 이제 이 일은 완전히 끝났고 전부 해명된 셈이지요. 그럼 저는 이제부터 가족끼리 오붓한 자리를 갖고 서로 비밀을 털어놓는 데 방해가 되지 않도록 이만 물러가겠습니다.(그는 의자에서 일어나 모자를 집었다.) 하지만 떠나기에 앞서 감히 한 말씀 드리자면, 앞으로는 이런 유의 만남, 말하자면 이런 타협 같은 것은 부디 없었으면 하는 마음입니다. 존경해 마지않는 풀헤리야 알렉산드로브나, 이 점은 특히 부인께 부탁드리는데, 제 편지는 다른 누구도 아닌 부인께 쓴 것이었으니까 더더욱 그렇습니다."

풀헤리야 알렉산드로브나는 슬며시 언짢아졌다.

"어째 우리를 당신 멋대로 마구 대하시네요, 표트르 페트로비치. 두냐는 당신의 바람을 왜 들어주지 못했는지 그 이유를 얘기했잖아요. 이 애는 좋은 의도로 그랬던 거예요. 게다가 당신은 저에게 꼭 명령을 하는 것 같은 투로 편지를 쓰시더군요. 아니, 우리가 당신의 바람 하나하나를 전부 명령으로 생각해야 하나요? 오히려 저는 이제 당신이야말로 우리에게 특히 더 세심하고 관대하게 대해 주셔야 한다고 말하겠어요. 우리는 모든 것을 버리고서 당신만 믿고 이곳까지 왔고 따라서 가뜩이나 거의 당신의 손아귀에 쥐어진 형국이니까요."

"꼭 그렇다고 볼 수도 없거니와, 풀헤리야 알렉산드로브나, 특히 마르파 페트로브나가 3,000루블의 유산을 남겼다는 얘기가 나온 이 순간에는 더 그렇지요. 때마침 잘된 것 같은데요, 당장 저에게 말하는 어조가 사뭇 새로운 것을 봐도 말입니다." 그가 표독스럽게 덧붙였다.

"그런 말씀을 하시다니, 정말로 의지할 데 없는 우리의 처지를 염두에 두셨다고 생각할 법한걸요." 두냐가 짜증스럽게 지적했다.

"하지만 적어도 지금은 그런 건 염두에 둘 수도 없으며 특히 아르카지 이바노비치 스비드리가일로프가 당신의 오빠에게 일임한바, 그 은밀한 제안을 알려야 하는 이 자리에서 방해가 되고 싶지는 않군요. 제가 보기에는 당신에게 중대한, 어쩌면 극히 유쾌한 의미를 지니는 내용일 것 같은데요."

"아휴, 세상에!" 풀헤리야 알렉산드로브나가 소리쳤다.

라주미힌은 의자에 제대로 앉아 있지도 못했다.

"이래도 부끄럽지 않니, 두냐?" 라스콜니코프가 물었다.

"부끄러워, 로쟈." 두냐가 말했다. "표트르 페트로비치, 그만 가 주세요!" 그녀는 너무 분해 새하얗게 질린 얼굴로 그를 향해 말했다.

표트르 페트로비치는 이렇게 끝날 줄은 꿈에도 생각지 못한 것 같았다. 자기 자신에게, 자신의 권력과 자신의 희생양들의 의지할 데 없는 처지에 너무나 큰 기대를 걸고 있었던 탓이다. 지금도 믿어지지 않았다. 그는 창백해졌고, 입술이 파르르 떨리기 시작했다.

"아브도치야 로마노브나, 지금 제가 이런 배웅을 받으면서 저 문을 나서면 ─ 이 점 유념하십시오 ─ 절대 돌아오지 않을 겁니다. 찬찬히 잘 생각해 보십시오! 제 말은 확고합니다."

"뻔뻔스럽기 짝이 없군요!" 두냐는 재빨리 자리에서 일어나며 소리쳤다. "저도 당신이 다시 돌아오는 건 싫어요!"

"뭐라고요? 아니, 어떻게 이-럴-수-가!" 루쥔은 이렇게 소리쳤는데, 마지막 순간까지도 이렇게 대단원의 막을 내리게 되리라고는 전혀 생각지 못했던 터라 이제는 완전히 실마리를 잃어버렸다. "그-렇-단 말씀이죠! 하지만 아실지 모르겠지만, 아브도치야 로마노브나, 저는 항의할 수도 있습니다."

"아니, 무슨 권리로 이 애에게 그딴 식으로 말하는 거죠!" 풀헤리야 알렉산드로브나가 발끈하며 나섰다. "무슨 건수로 항의할 수 있다는 거예요? 대체 무슨 권리가 있어서 이러시는 거예요? 아니, 내가 당신 같은 양반한테 우리 두냐를 내줄 줄 아세요? 그만 가 주세요, 아주 가 버리란 말이에요! 하긴 우리 잘못이 크다, 이런 옳지 못한 일에 손을 댔으니, 내 잘못이 제일 크지……."

"하지만 풀헤리야 알렉산드로브나" 하고 루쥔이 미쳐 날뛰었다. "부인은 약속을 통해 저를 옭아매 놓고 이제 와서 그 말을 부정하고…… 결국엔…… 결국, 저는 그 때문에 어쩔 수 없

이 말하자면 괜한 비용까지⋯⋯.″

이 마지막 불평으로 인해 표트르 페트로비치의 성격이 너무도 적나라하게 드러났고 그 바람에, 치밀어 오르는 분노를 억누르기 위해 안간힘을 쓰느라 새하얗게 질려 있던 라스콜니코프가 갑자기 더는 참지 못하고서 큰 소리로 웃음을 터뜨렸다. 하지만 풀헤리야 알렉산드로브나는 그만 앞뒤를 잃고 말았다.

″비용이라고요? 무슨 비용을 말씀하시는 거예요? 설마 우리 트렁크를 말씀하시는 건 아니겠죠? 아니, 그건 차장이 당신을 위해 공짜로 날라 줬잖아요. 맙소사, 우리가 당신을 옭아맸다니! 정신 차리세요, 표트르 페트로비치, 당신이야말로 우리의 손발을 옭아맸지요, 우리가 당신한테 그런 게 아니라!″

″됐어요, 엄마, 제발, 됐다니까요!″ 아브도치야 로마노브나가 말렸다. ″표트르 페트로비치, 제발 그만 가 주세요!″

″갑니다, 하지만 마지막으로 딱 한마디만 하죠!″ 그는 이미 거의 자제력을 상실한 채 말했다. ″당신의 어머니는 까맣게 잊으신 모양인데, 저는 당신의 평판에 관한 소문이 동네방네 파다하게 나돌았음에도 당신을 아내로 맞을 결심을 한 몸입니다. 당신을 위해 세간의 통념을 무시하고 당신의 평판을 회복시켜 줌으로써, 물론, 저는 충분히, 충분히 당신의 보답을 기대하고 심지어 감사를 요구할 수도 있었는데⋯⋯. 이제야 비로소 눈을 떴습니다! 이제야 세간의 통념을 무시한 것이 얼마나, 얼마나 무모한 행동이었는지 알겠군요⋯⋯.″

″아니, 이놈, 간이 배 밖에 나온 거 아냐, 어!″ 라주미힌이

의자에서 벌떡 일어나며 소리쳤는데, 이미 단단히 혼쭐을 내줄 기세였다.

"천하고 못된 인간 같으니!" 두냐가 말했다.

"한마디도 하지 마! 손도 꿈쩍 말고!" 라스콜니코프가 라주미힌을 말리며 소리쳤다. 그런 다음에는 루쥔 쪽으로 바투 다가섰다.

"썩 좀 꺼져 주실까!" 그는 조용히, 또박또박 말했다. "더이상 입도 뻥긋하지 말고, 안 그러면……."

표트르 페트로비치는 몇 초 동안 제 분을 못 이겨 창백하고 일그러진 얼굴을 하고 그를 노려보다가 몸을 획 돌려 나가 버렸는데, 물론, 지금 이 인간이 라스콜니코프를 향해 마음속에 품은 증오는 누가 누구에게 좀처럼 품기 힘들 만큼 독기 어린 것이었다. 모든 일이 다 이놈 탓, 이놈 하나 탓이라고 여겨졌다. 한데 주목할 만한 것은 이미 계단을 내려가는 중에도 그가 줄곧 이 일은 아직 말짱 도루묵은 아닐 것이다, 두 여인만 놓고 보면 심지어 '충분히, 충분히' 만회할 수 있다, 라고 생각했다는 점이다.

3

중요한 것은 그가 그야말로 마지막 순간까지도 이렇게 대
단원의 막이 내릴 줄은 꿈에도 생각지 못했다는 점이다. 그는
헐벗고 의지할 데 없는 두 여자가 자신의 손아귀에서 벗어날
수 있는 가능성은 아예 전제하지도 않고 마지막 선까지 기고
만장했다. 이런 확신을 품게 된 것은 많은 부분 허영심 때문,
그리고 자아도취라고 부르는 것이 제일 나을 법한 단계에 이
른 자신감 때문이었다. 표트르 페트로비치는 보잘것없는 형
편을 이겨 내고 출세한 사람으로서 자신에게 도취되는 병적
인 습관이 있었고 자신의 지성과 능력을 높이 평가했으며 더
러 혼자 있을 때는 거울에 비친 자기 얼굴에 도취되기도 했다.
아무리 그래도 그가 세상에서 제일 좋아하고 높이 평가한 것
은 온갖 수단과 방법을 가리지 않고 피땀 흘려 손에 넣은 자
신의 돈이었다. 그것이 그를 자기보다 더 높은 곳에 있던 모든

것과 동등하게 만들어 주었으니까.

　방금 두냐에게 나쁜 소문에도 불구하고 그녀를 아내로 맞을 결심을 했다는 것을 상기시켰을 때, 표트르 페트로비치는 전적으로 진심이었으며 이런 '배은망덕'에 깊은 분노를 느끼기도 했다. 그런데 실은 그 무렵 두냐에게 혼담을 넣을 때부터 그것이 전부 터무니없는 유언비어임을, 마르파 페트로브나가 직접 나서서 사실무근이라고 공공연하게 선언하고 온 도시 사람들이 진즉에 두냐의 무고함을 알고서 귓등으로도 듣지 않던 유언비어임을 굳게 확신하고 있었다. 그때 이미 그 모든 것을 알았다는 사실을 지금도 그는 부인하지 않았을 것이다. 그럼에도 어쨌거나 두냐를 자신의 지위까지 끌어올리려 한 자신의 결단을 높이 평가하고 또 그것을 위업으로 여겼다. 방금 이 점을 두냐에게 발설한 것은 그가 애지중지해 온 은밀한 생각을 발설한 것이거니와, 그는 벌써 몇 번이나 자기 생각에 도취되었으며 어떻게 다른 사람들은 그의 위업에 도취되지 않을 수 있는지 이해할 수가 없었다. 그때 라스콜니코프를 방문했을 때도 은인의 심정으로 열매를 거둬들일, 극히 달콤한 찬사의 말을 들을 준비를 하고서 들어간 것이었다. 그러니 계단을 내려가는 지금은, 물론, 자기가 제대로 된 대접은 고사하고 극도의 모욕을 받았다고 생각했다.

　두냐는 그에게 정말 꼭 필요한 존재였다. 그녀를 포기한다는 것은 그로서는 생각도 할 수 없는 일이었다. 벌써 오래전부터, 벌써 몇 년째 결혼이라는 달콤한 꿈에 젖어 있으면서도 줄곧 돈을 모으며 기다려 왔다. 내심 비밀리에, 행실이 바르고 가난하면서도(반드시 가난해야 한다.) 아주 젊고 아주 예쁘며 고결하고 교양 있는 처녀, 불행한 일을 수없이 많이 겪은 탓에 몹시 위축돼 있고 그의 앞에 납작 엎드려 평생 동안 그를 자기의 구세주로 여기며 경건한 마음을 갖고 그에게, 오직 그에게만 복종하고 또 놀라는 그런 처녀를 꿈꾸며 희열을 느껴 왔던 것이다. 이 유혹적이고 달뜨는 주제를 두고서, 잠시 일손을 놓고 조용히 쉴 때면 상상의 나래를 펴며 얼마나 많은 장면, 얼마나 많은 달콤한 에피소드를 창조했던가! 그리고 드디어, 오랜 세월 동안 키워 온 이 꿈이 거의 실현되려는 찰나였다. 아브도치야 로마노브나의 미모와 교양은 그를 사로잡았고, 그녀의 의지할 데 없는 처지는 그를 극도로 고무시켰다. 여기에는 심지어 그가 꿈꾸었던 이상의 것도 있었다. 즉, 오만하고 강단이 있으면서도 덕성스럽고 교양과 지적 발달에서는 자기보다 우월한(그는 이 점을 절감했다.) 처녀가 나타난 것이며, 이런 존재가 평생 동안 노예마냥 그의 위업을 감사히 여겨 그의 앞에서 경건하고 조신하게 굴 것이고 반면 그는 무한히, 오롯이 군림할 것이다……! 하필이면 또 이 일이 있기 얼마 전에 그는 오랜 숙고와 기대 끝에 마침내 출세를 위한 경로를 완전히 바꾸어 활동 영역을 보다 더 넓힘과 동시에, 이미 오래전부터 달콤한 꿈에 젖어 생각해 온 더 높은 사회에 점차 발을 들여놓기로 결심했다……. 한마디로, 페테르부르크를 시험해 보기로 결심했던 것이다. 그는 여자의 힘을 빌리면 '극히, 극히' 많은 승산을 올릴 수 있음을 알고 있었다. 미모와 덕성과 교양을 겸비한 여자가 매력을 발휘하면 그의 앞길이 경이롭게 장식되고 후광이 생기고…… 한데 이제 모든 것이 와르르 무너져 버렸다! 방금 전의 이 느닷없고 추악한 결렬은 그에게 마른하늘에 날벼락 같았다. 그것은 어딘가 추악한 농담 같은, 너무 어처구니없는 일이다! 아주 살짝만 기고만장하게 굴었을 뿐이다. 심지어 속내 얘기를 다 털어놓을 겨를도 없이 그냥 장난을 좀 치고 좀 몰입했을 뿐인데, 이렇게 심각한 결과가 나오다니! 끝으로, 그는 이미 두냐를 자기 식으로 사랑하기도 했거니와 자신의 몽상 속에서는 이미 그녀 위에 군림하고 있었건만, 그런데 갑자기……! 아니다! 내일, 내일 당장 이 모든 것을 수습하고 치유하고 바로잡아야 하며, 무엇보다도 이 오만 불손한 애송이를, 모든 일의 원흉인 이 녀석을 해치워야 한다. 병적인 느낌이 들면서 왠지 저도 모르게 라주미힌의 모습도 떠올랐으나…… 이쪽으론 곧 안심했다. '어디, 그런 놈과 동급에 놓다니!' 하지만 그가 정말 진지하게 무서워하는 자가 있었으니, 바로 스비드리가일로프였다……. 한마디로, 많은 골칫거리가 눈앞에 나타난 것이다.

....

"아니, 내 잘못이 제일, 제일 커요!" 두네치카가 어머니를 껴안고 입을 맞추며 말했다. "그 사람의 돈에 현혹된 것이지만, 맹세코, 오빠, 이 정도로 형편없는 사람일 줄은 상상도 못했어. 그 됨됨이를 좀 더 일찍 알아보았다면, 아무것에도 현혹되지 않았을 거야! 나를 탓하지 말아 줘, 오빠!"

"하느님께서 구해 주셨다! 하느님께서 구해 주셨어!" 풀헤리야 알렉산드로브나는 이렇게 중얼거렸으나, 어쩐지 무의식적으로 튀어난 말인 데다가 사태 파악도 제대로 못한 것 같았다.

다들 기뻐했고 오 분 뒤에는 심지어 웃고 있었다. 이따금씩 두네치카만 아까 일을 상기하며 창백해지고 눈썹을 찌푸릴 따름이었다. 풀헤리야 알렉산드로브나는 자기도 이렇게 기뻐할 줄은 상상도 못했다. 아침만 해도 루쥔과의 결렬이 끔찍한 재앙처럼 여겨지지 않았던가. 라주미힌은 환희에 들떠 있었다. 아직은 그것을 완전히 표현할 용기는 없었지만 마음속에서 5푸드나 되는 저울추를 들어낸 것처럼, 열병이라도 걸린 것처럼 온몸을 벌벌 떨고 있었다. 이제는 이들에게 자신의 인생을 오롯이 내줄 권리가, 이들에게 봉사할 권리가 생긴 것이다…… 아니, 지금이라고 문제가 없으랴! 그럼에도 흠칫 겁을 내며 이어지는 상념을 쫓아냈고 자신의 상상을 무서워했다. 오직 라스콜니코프만이 계속 원래 자리에 앉아 무뚝뚝하다 못해 넋이 나간 것 같은 표정을 짓고 있었다. 루쥔을 쫓아내는 데 제일 앞장섰던 그가 정작 방금 일어난 일에는 제일 무관심한 것 같았다. 두냐는 저도 모르게 그가 여전히 자기에게 몹시 화가 나 있다고 생각했고 풀헤리야 알렉산드로브나는 겁을 내며 그의 눈치를 살피고 있었다.

"스비드리가일로프가 오빠한테 무슨 말을 했어?" 두냐가 그의 곁으로 다가갔다.

"아, 그래, 그래!" 풀헤리야 알렉산드로브나가 소리쳤다.

라스콜니코프는 고개를 들었다.

"너에게 꼭 10,000루블을 줘야겠고 덧붙여 내가 동석한 가운데 너를 한 번 봤으면 좋겠다고 하더라."

"본다고! 세상이 두 쪽이 나도 안 된다!" 풀헤리야 알렉산드로브나가 소리쳤다. "그리고 감히 어떻게 이 애에게 돈을 제안할 수가 있니!"

이어서 라스콜니코프는(상당히 건조한 어조였다.) 스비드리가일로프와의 대화 내용을 전했다. 쓸데없는 얘기를 구질구질 늘어놓지 않으려고 마르파 페트로브나의 환영 부분은 생략했는데, 꼭 필요한 것이 아닌 이상 어떤 종류든 대화를 나누기가 딱 싫었던 탓이다.

"오빠는 뭐라고 대답했어?" 두냐가 물었다.

"처음에는 너에게 아무 말도 전하지 않겠다고 했어. 그러자 자기가 직접 온갖 수단을 동원해서 꼭 만나고야 말 것이라고 단언하더라. 너를 향한 열정은 일시적인 변덕이었고 지금은 너에게 아무 감정도 없다고 주장했고…… 네가 루쥔에게 시집가는 건 싫대…… 대체로 말이 갈팡질팡, 앞뒤가 안 맞더군."

"그 사람이 어떻게 생각돼, 로쟈? 오빠가 보기엔 어땠어?"

"솔직히 아무것도 잘 모르겠어. 10,000루블을 제안하면서도 제 입으로 부자가 아니라고 말했어. 어디론가 떠나고 싶다고 단언하더니만, 십 분 뒤에는 그런 말을 한 것조차 잊어버렸어. 역시나 갑자기 결혼하고 싶고 중매가 들어오는 중이라고 말했고…… 물론 그에게는 목적이 있고 그 목적은 분명히 고약한 것이겠지. 그렇다고 한들 그가 너한테 고약한 꿍꿍이속이 있다면 그렇게 바보같이 곧장 본론으로 들어갔을까, 하는 생각을 해 보는 것도 어째 이상하고……. 나는 물론 너를 생각해서 그 돈은 단칼에 거절했어. 대체로 내 눈에는 그가 몹시 이상한 사람처럼 보였고…… 심지어…… 정신이상의 조짐 같은 것마저 보였어. 하지만 내가 잘못 봤을 수도 있잖아. 그냥 그 나름대로 허풍을 떨었을지도 모르니까. 마르파 페트로브나의 죽음이 적잖은 충격을 준 것 같긴 하던데…….”

“주님, 그분의 영혼에 안식을 주소서!” 풀헤리야 알렉산드로브나가 탄식을 내질렀다. “영원히, 영원히 그분을 위해 하느님께 기도하겠다! 그래, 저 3,000루블이 없다면 우리는 지금 어떻게 됐을까! 세상에, 꼭 하늘에서 떨어진 것 같구나! 아휴, 로쟈, 실은 아침까지만 해도 우리 수중에 있는 돈이 탈탈 털어도 3루블밖에 안 됐단다. 나와 두네치카는 그 사람이 먼저 눈치를 채기 전에 그에게 빌리기는 정말 싫어서 얼른 어디에다 시계라도 전당 잡힐 생각이었지 뭐냐.”

두냐는 스비드리가일로프의 제안에 왠지 너무나 충격을 받은 모양이었다. 줄곧 생각에 잠긴 채 한자리에 서 있었다.

“그 사람, 뭔가 끔찍한 일을 꾸미고 있어!” 그녀는 전율하다시피하며 거의 혼잣말로 속삭이듯 말했다.

라스콜니코프는 이 과도한 공포를 인지했다.

“아무래도 나는 앞으로 그 사람을 몇 번 더 보게 될 것 같아.” 그가 두냐에게 말했다.

“예의 주시합시다! 그 작자의 거처를 꼭 알아내겠어요!” 라주미힌이 정력적으로 소리쳤다. “눈을 떼지 않겠습니다! 로쟈가 저에게 허락했어요. 아까 직접 ‘동생을 지켜 줘.’라고 말했거든요. 허락하시겠습니까, 아브도치야 로마노브나?"

두냐는 미소를 지으며 그에게 손을 내밀었지만 얼굴에는 여전히 수심이 가득했다. 풀헤리야 알렉산드로브나는 조심조심 그녀를 쳐다보았다. 그래도 3,000루블 덕분에 한결 안심이 되는 모양이었다.

십오 분쯤 지났을 때는 다들 몹시 활기찬 대화를 나누고 있었다. 라스콜니코프도 말은 안 했지만 얼마 동안은 주의 깊게 듣고 있었다. 라주미힌이 열변을 토했다.

"대체 왜, 왜 떠나시려고요?" 희열을 느끼며 그는 열광적인 말을 쏟아 냈다. "그런 시골 같은 소도시에서 무엇을 하시려고요? 무엇보다도 여기 다 함께 있으면 서로서로 의지가 되고, 정말 얼마나 의지가 될지, 제 말을 이해해 주세요! 뭐, 당분간이라도 말입니다……. 저를 친구로, 가족의 일원으로 삼아 주시고, 분명히 훌륭한 일을 기획하는 겁니다. 들어 보십시오, 저는 두 분께 이 얘기를 상세히 풀어 놓겠습니다, 모든 계획을요! 제 머릿속에서는 아직 아무 일도 일어나지 않았던 아침부터 한 가지 생각이 번쩍 떠올랐는데……. 바로 이렇습니다. 즉, 저는 숙부님이 한 분 계신데(두 분께 소개해 드리겠습니다, 몹시 원만한 성격에 몹시 존경할 만한 어르신이시죠!) 이 숙부님께는 1,000루블의 거금이 있지만 정작 당신은 연금으로 생활하고 있기 때문에 별로 필요가 없답니다. 한데 이 년째 이 1,000루블을 빌려 쓰고 6퍼센트씩 이자만 내라고 저를 조르고 계십니다. 무슨 속셈인지 훤히 보이지 않습니까, 그저 저를 도와주고 싶으신 거죠. 하지만 작년에는 저도 그 돈이 필요 없었는데, 올해는 그분이 오시기만 학수고대하면서 돈을 빌리기로 결심했습니다. 자, 그다음, 두 분께서 저에게 두 분의 3,000 중에서 1,000을 또 주시면 시작치고는 제법 괜찮고, 이렇게 우리는 결합되는 겁니다. 그럼, 우리는 무엇을 하게 될까요?"

여기서 라주미힌은 자신의 계획안을 펼쳐 놓기 시작했는데 구구절절이 설명한 바에 따르면, 우리의 서적상과 출판업자는 거의 모두 자신의 상품에 대해 별로 아는 바 없어서 대개는 나쁜 출판업자가 되지만 훌륭한 책만 내면 대체로 수지가 잘 맞고 때로는 이윤도 상당히 많이 남는다는 것이었다. 출판업은 벌써 이 년 동안 다른 출판업자들을 위해 일해 왔고 세 개의 유럽어에 제법 능통한 라주미힌이 꿈꾸던 일이었다. 비록 엿새 전에 라스콜니코프에게 독일어는 '젬병'이라고 말하긴 했지만, 그건 친구가 번역 일감의 절반과 3루블의 선금을 맡도록 설득할 목적에서였다. 그때 그의 말은 거짓말이었고 라스콜니코프도 그런 줄 잘 알고 있었다.

"절호의 기회를 놓칠 이유가 어디, 어디 있습니까, 가장 중요한 밑천 중 하나가 우리 손에 떨어진 판에, 우리의 돈이 있는데?" 라주미힌이 열을 올렸다. "물론 노력은 많이 해야겠지만, 우리 함께 노력합시다, 어머니와 아브도치야 로마노브나, 저, 로지온 이렇게…… 어떤 출판물은 지금도 톡톡히 이윤을 남기고 있거든요! 이 사업에서 가장 기본적인 것은 정확히 무엇을 번역할지를 알아야 한다는 점입니다. 번역이든 출판이든 공부든 모두 함께 해 나갑시다. 지금 저는 경험이 있으니까 도움이 될 수 있습니다. 조금만 있으면 출판업계에서 구른 지

벌써 이 년이나 돼서 그쪽 사정은 속속들이 알고 있거든요. 위대한 사람들만 하는 일이 아닙니다, 믿어 주십시오! 또 굴러 들어온 호박을 걷어찰 이유가 어디, 어디 있습니까! 제가 알고 있는, 그래서 비밀리에 몰래 간직하고 있는 저작만도 두세 권인데, 번역하여 출간한다는 생각만으로도 권당 100루블쯤은 받을 수 있고, 그중 한 권은 그 생각 값으로 500루블을 쳐준다고 해도 팔지 않을 겁니다. 어떻게들 생각하십니까, 제가 누구한테 알리면 저런 얼간이가 다 있나, 하고 고개를 갸우뚱할 테지요! 여러 잡무나 인쇄소, 종이, 판매 등에 관한 사항은 저에게 맡겨 주십시오! 구석구석 모르는 것이 없거든요! 조금씩 시작해서 점점 키워 가는 겁니다, 적어도 어떻게든 밥은 먹고 살 테고 어쨌거나 본전은 찾을 테지요."

두냐의 눈이 반짝였다.

"지금 하신 말씀, 무척 마음에 들어요, 드미트리 프로코피이치." 그녀가 말했다.

"물론 나야 그런 건 전혀 모르겠네요." 풀헤리야 알렉산드로브나가 응수했다. "잘될 것도 같지만, 그것도 하느님만이 아시겠죠. 어째 새롭고 아리송한 일이라서 말이에요. 물론, 우리는 꼭 여기 있어야 해요, 하다못해 얼마간이라도……."

그녀는 로쟈를 바라보았다.

"어떻게 생각해, 오빠?" 두냐가 말했다.

"아주 좋은 생각인 것 같은데." 그가 대답했다. "회사를 차리는 것이라면 물론 미리부터 꿈꿔서는 안 되겠지만 책 대여섯 권을 내는 것쯤은 정말 틀림없이 성공할 수 있어. 나도 틀림없이 잘 나갈 저작을 하나 알고 있어. 이 녀석의 사업 수완은 의심의 여지가 없어, 요령을 알고 있으니까……. 하긴 앞으로 같이 의논할 시간이 더 있겠지……."

"만세!" 라주미힌이 소리쳤다. "이제 잠깐만요, 여기, 바로 이 건물에 빈 집이 하나 있어요, 집주인은 같은 사람들이고요. 이쪽 숙소와는 연결이 안 된, 따로 떨어진 별채인데, 가구도 딸려 있고 방세도 저렴하고 방도 허름하긴 해도 세 칸이나 돼요. 우선 이걸 빌리도록 하세요. 그 시계는 제가 내일 전당 잡히고 돈을 갖고 오겠습니다, 그럼 만사가 잘 풀릴 겁니다. 무엇보다도, 셋이 함께 사실 수 있습니다, 로쟈와 두 분이 함께……. 아니, 어디 가는 거야, 로쟈?"

"세상에, 로쟈, 벌써 가니?" 풀헤리야 알렉산드로브나가 소스라치게 놀라며 물었다.

"하필 이런 순간에!" 라주미힌이 소리쳤다.

두냐는 믿기지 않는다는 듯 놀라워하며 오빠를 쳐다보았다. 그의 손에는 학생모가 들려 있었다. 아무래도 나갈 태세였다.

"이건 뭐, 다들 나를 매장하거나 영영 떠나보내는 것 같군요." 어딘가 이상야릇한 어조로 그가 말했다.

그는 미소를 짓는 것도 같았지만 어째 또 미소가 아닌 것도 같았다.

"하긴 누가 알겠어요, 이게 마지막으로 보는 것일지도 모르죠." 무심코 이런 말도 덧붙였다.

속으로만 생각했던 말인데, 어쩐지 말이 알아서 큰 소리로 튀어나와 버렸다.

"아니, 너 대체 무슨 일이냐!" 어머니가 소리쳤다.

"어딜 가는 거야, 로쟈?" 어딘가 이상야릇한 어조로 두냐가 물었다.

"그냥, 꼭 가 볼 데가 있어." 그는 하고 싶은 말이 있지만 망설여지는 듯 흐리멍덩하게 대답했다. 하지만 그의 창백한 얼굴에는 어떤 날카로운 결의가 서려 있었다.

"꼭 하고 싶은 말이 있었는데…… 여기 올 때 말이야…… 엄마, 엄마에게 하고 싶었던 말은…… 또, 두냐, 너에게도 말인데, 우리는 당분간 떨어져 있는 편이 더 나을 것 같아. 나는 요즘 상태가 썩 좋지 않아, 마음도 편치 않고…… 나중에 내가 알아서 직접 올게…… 그럴 수 있을 때. 나는 두 사람을 기억하고 사랑하고……. 그냥 날 내버려 두세요! 혼자 내버려 두세요! 예전부터 그럴 결심이었는데……. 그렇게 결심했던 것이 분명해요……. 나에게 무슨 일이 일어나든, 파멸하든 말든 혼자 있고 싶어요. 나를 완전히 잊으세요. 차라리 그게 나아요……. 나에 대해 여기저기 물어보지도 마시고요. 필요하면 내가 직접 오든지…… 엄마와 두냐를 부를게요. 모든 것이 회복될지도 몰라요……! 하지만 나를 사랑한다면 지금은 단념해 주세요……. 안 그러면 두 사람을 다 증오할 거예요, 그런 느낌이 들어요……. 안녕히 계세요!"

"세상에!" 풀헤리야 알렉산드로브나가 소리를 질렀다.

어머니도, 여동생도 까무러칠 만큼 놀랐다. 라주미힌도 마찬가지였다.

"로쟈, 로쟈! 우리와 화해하고 옛날처럼 지내자꾸나!" 가련한 어머니가 소리쳤다.

그는 천천히 문 쪽으로 몸을 돌려 천천히 방을 나갔다. 두냐는 그의 뒤를 쫓아갔다.

"오빠! 어머니한테 이게 무슨 짓이야!" 이렇게 속삭이는 그녀의 눈은 분노로 이글거리고 있었다.

그는 힘겨운 시선으로 그녀를 바라보았다.

"아무것도 아니야, 또 올게, 자주 오도록 할게!" 그는 자기가 무슨 말을 하려는지 제대로 의식하지 못하는 듯 반쯤 기어들어가는 목소리로 말한 뒤 방을 나갔다.

"무정한 인간, 아주 못된 이기주의자야!" 두냐가 소리쳤다.

"저 녀석은 무정한 것이 아니라 미-친 겁니다! 정신이 나갔어요! 정말로 안 보이십니까? 이러는 당신이야말로 무정한 겁니다……!" 라주미힌은 그녀의 손을 꽉 움켜쥔 채 그녀의 귀에다 대고 열렬하게 속삭였다.

"금방 오겠습니다!" 그는 사색이 된 풀헤리야 알렉산드로브나를 향해 이렇게 소리친 다음 방을 뛰어나갔다.

라스콜니코프는 복도 끝에서 그를 기다리고 있었다.

"네가 뛰어나올 줄 알았어." 그가 말했다. "저들에게로 돌아가, 저들과 함께 있어 줘……. 내일도 저들 곁에 있어 주고…… 항상 그래 줘. 나는…… 올지도 모르겠군…… 그럴 수만 있다면. 잘 있어!"

그러고는 손도 내밀지 않고 그에게서 멀어져 갔다.

"대체 어딜 가? 왜 이래? 아니, 무슨 일이야? 어떻게 이럴 수가 있어……!" 어안이 벙벙해진 라주미힌이 중얼거렸다.

라스콜니코프는 한 번 더 걸음을 멈추었다.

"이걸로 영영 끝이야. 나에게 절대 아무것도 묻지 마. 대답해 줄 것이 전혀 없어……. 나한테 오지도 마. 내가 이리로 올 테니까……. 나를 좀 내버려 두고, 저들은…… 내버려 두지 마. 내 말 알아듣겠어?"

복도는 어두웠다. 그들은 램프 옆에 서 있었다. 잠깐 동안 그들은 서로를 말없이 바라보았다. 라주미힌은 평생을 두고 그 순간을 기억했다. 라스콜니코프의 불타오르는 듯 집요한 시선이 순간순간 강렬해지는가 싶더니 그의 영혼을, 의식을 꿰뚫어 버렸다. 라주미힌은 갑자기 몸서리를 쳤다. 뭔가 이상한 것이 그들 사이를 지나간 것 같았다……. 어떤 생각이 암시처럼 스쳐 갔다, 뭔가 끔찍하고 흉악한 것이, 갑자기 둘 다 이해할 수 있을 법한 것이……. 라주미힌의 얼굴이 망자처럼 창백해졌다.

"이제는 이해가 돼……?" 갑자기 라스콜니코프가 병적으로 일그러진 얼굴을 하고 말했다. "그만 돌아가, 저들에게 가 보라고." 갑자기 이런 말을 덧붙이고는 재빨리 몸을 돌려 건물 밖으로 나갔다…….

이제 그날 저녁 풀헤리야 알렉산드로브나의 숙소에서 있었던 일은 구구절절이 늘어놓지 않겠다. 되돌아온 라주미힌은 그들을 안심시켰고, 몸이 편치 않은 로쟈를 좀 쉬게 해 주어야 한다는 둥, 로쟈는 꼭 올 것이고 앞으로는 매일 올 것이라는 둥, 심신이 몹시, 몹시 망가진 상태이므로 자극해서는 안 된다는 둥 자기가, 즉 라주미힌이 그를 예의 주시할 것이고 그

를 위해 훌륭한 의사를, 최고의 의사를 주선해 제대로 진찰을
받도록 하겠다는 둥 갖은 맹세를 다 했던 것이다……. 한마디
로, 그날 저녁을 계기로 라주미힌은 그들에게 있어 아들이자
오빠가 되었다.

4

라스콜니코프는 곧장 소냐가 사는 운하 위의 건물을 향해 걸어갔다. 낡은 3층짜리 초록색 건물이었다. 그는 문지기를 찾아내어 재봉사 카페르나우모프가 어디에 사는지 대충 알아냈다. 마당 한쪽 구석에 비좁고 어두운 계단으로 이어지는 출구가 있는 것을 발견하자, 마침내 2층으로 올라가 마당 쪽에서 그 층을 두르고 있는 복도로 나갔다. 카페르나우모프 집의 출구가 어딜까 기웃거리며 어둠 속을 헤매는 동안, 갑자기 세 걸음쯤 떨어진 곳에서 문이 하나 열렸다. 그는 기계적으로 그 문을 붙잡았다.

"거기 누구세요?" 여자의 목소리가 불안에 떨며 물어 왔다.

"접니다…… 당신을 찾아왔습니다." 라스콜니코프는 이렇게 대답하고는 자그마한 현관으로 들어섰다. 거기 망가진 의자 위에 놓인 찌그러진 놋쇠 촛대에는 촛불이 밝혀져 있었다.

"당신이었군요! 맙소사!" 소냐는 가냘픈 소리를 지르며 그 자리에 붙박인 듯 우뚝 섰다.

"당신 방은 어디죠? 이쪽인가요?"

그러고서 라스콜니코프는 그녀를 보지 않으려고 애쓰면서 빨리 방 안으로 들어갔다.

잠시 후 소냐도 촛불을 들고 들어와 촛불을 내려놓고 그의 앞에 섰는데, 말로 표현할 수 없을 정도로 흥분하고 어쩔 줄 몰라 절절매는 모습이 그의 뜻밖의 방문에 어지간히 놀란 모양이었다. 그녀의 창백한 얼굴이 갑자기 확 붉어졌고 눈에는 눈물마저 고였다……. 그녀는 메스껍기도 하고 부끄럽기도 하고 달콤하기도 했다……. 라스콜니코프는 빨리 몸을 돌려, 탁자 앞 의자에 앉았다. 그동안에 힐끔 방을 훑어볼 수 있었다.

방은 크기는 컸지만 천장이 굉장히 낮았으며 카페르나우모프 가족이 내준 유일한 셋방으로서 그 집으로 통하는, 왼쪽 벽의 문은 잠겨 있었다. 맞은편의 오른쪽 벽에도 문이 하나 더 있었는데 역시나 항상 굳게 잠겨 있었다. 그곳은 아예 다른 사람 집으로 호수도 달랐다. 소냐의 방은 어쩐지 창고 같았고 몹시 비뚤한 사각형 모양이어서 방 자체가 어딘가 불구 같다는 느낌이 들었다. 운하 쪽으로 세 개의 창문이 나 있는 벽은 어쩐지 방을 비스듬히 잘라 놓았고, 그 때문에 한쪽 구석은 지나친 예각이 되어 어딘가로 깊숙이 푹 꺼져 버렸고 흐릿한 불빛 아래서는 잘 분간도 되지 않았다. 반면, 다른 쪽 구석은 아예 너무도 흉한 둔각이 돼 버렸다. 이 커다란 방 안에 가구는 거의 없었다. 오른쪽 구석에 침대가 있고 그 옆, 문 가까이에 의자가 있었다. 침대가 있는 벽 쪽, 남의 집으로 통하는 문 바로 옆에는 푸른 식탁보를 씌워 놓은, 허름한 판자를 엮어 만든 탁자가 있었다. 탁자 주위에는 두 개의 왕골 의자가 있었다. 그다음, 맞은편 벽, 예각을 이루는 구석에서 가까운 쪽에 크지 않은, 허름한 목재 장롱이 허공 속에 묻힌 양 서 있었다. 이 정도가 방 안에 있는 가구의 전부였다. 닳아서 너덜너덜해진 누르스름한 벽지는 구석구석이 시커메져 있었다. 분명히 겨울이면 습기가 차고 탄산가스가 배어들기 때문이리라. 눈에 훤히 보이는 가난이었다. 오죽하면 침대에 커튼도 없었다.

소냐는 그토록 유심히, 또 염치없이 방 안을 뜯어보고 있는 손님을 말없이 바라보다가 결국에는 자신의 운명을 결정지을 재판관 앞에 서 있는 것처럼 무서워하며 바들바들 떨기 시작했다.

"시간이 너무 늦었지요……. 11시인가요?" 그는 이렇게 물었지만 여전히 그녀를 향해 눈을 들지는 못했다.

"그래요." 소냐가 중얼거렸다. "아, 예, 그렇군요!" 그녀는 여기에 자기가 빠져나갈 출구라도 있는 양 갑자기 서둘러 댔다. "방금 주인댁의 시계가 울렸고…… 나도 들었어요……. 그래요."

"마지막으로 온 겁니다." 지금 처음 온 것임에도 라스콜니코프는 음울한 얼굴로 이렇게 말을 이어 갔다. "당신을 더 이상 못 볼지도 모르겠어요……."

"어디…… 가세요?"

"모르겠어요…… 내일이면 전부 다…….”

"그럼 내일 카체리나 이바노브나 댁에도 못 오시나요?” 소냐의 목소리가 떨렸다.

"모르겠어요. 전부 다 내일 아침에……. 문제는 그게 아닙니다. 실은 할 말이 있어서 왔습니다…….”

그는 그녀를 향해 생각에 잠긴 시선을 들어 올렸고, 그러다 갑자기 자기는 앉아 있는데 그녀는 계속 그 앞에 서 있다는 사실을 알아차렸다.

"아니, 왜 서 있어요? 앉아요.” 그는 갑자기 어조를 바꾸어 조용하고 부드러운 목소리로 말했다.

그녀가 앉았다. 그는 상냥한, 거의 연민이 어린 시선으로 그녀를 잠깐 동안 바라보았다.

"왜 이리 말랐을까! 이 손 좀 봐요! 완전히 투명하군요. 손가락은 죽은 사람 같고.”

그는 그녀의 손을 잡았다. 소냐는 가냘픈 미소를 지었다.

"항상 이랬는걸요.” 그녀가 말했다.

"집에 살 때도?”

"예.”

"하긴 물론 그랬겠죠!” 그는 툭툭 끊기는 말투로 말했는데, 얼굴 표정과 목소리가 갑자기 또다시 바뀌었다. 그는 한 번 더 주위를 둘러보았다.

"이렇게 카페르나우모프에게 방을 빌려 쓰는 건가요?”

"예…….”

"저들은 저쪽, 저 문 건너편에 삽니까?”

"예⋯⋯. 저쪽에도 똑같은 방이 있어요."

"온 식구가 한 방에?"

"예, 그래요."

"나라면 이 방에 있으면 밤에는 무서울 것 같군요." 그가 음울하게 지적했다.

"주인들이 아주 좋아요, 아주 친절한 사람들이에요." 소냐는 이렇게 대답했는데, 여전히 정신을 못 차리고 상황이 잘 납득되지도 않는 모양이었다. "가구도 전부⋯⋯ 모든 것이 주인 거예요. 아주 착한 사람들이에요, 아이들도 종종 나한테 놀러 오고⋯⋯."

"그 말더듬이 부부 말이죠?"

"예⋯⋯. 그분은 말을 더듬고 다리도 절어요. 아내도 그렇죠⋯⋯. 더듬는다기보다는 발음을 제대로 못하는 것 같아요. 아주 착한 여자예요. 남편은 옛날에는 문지기였어요. 아이들은 일곱인데⋯⋯ 맏아들만 말을 더듬고 나머지 아이들은 그냥 몸이 좀 약할 뿐⋯⋯ 말을 더듬지는 않아요⋯⋯. 그런데 어떻게 그분들 얘기를 알고 있는 거죠?" 그녀가 다소 놀라며 덧붙였다.

"당신의 아버지가 그때 모두 이야기해 주셨습니다. 당신 얘기를 전부 해 주셨죠⋯⋯. 당신이 6시에 나가서 8시가 지날 무렵 돌아왔다는 얘기도, 카체리나 이바노브나가 당신의 침대 옆에서 무릎을 꿇고 있었다는 얘기도."

소냐는 당혹스러워했다.

"나는 오늘 꼭 그분을 뵌 것 같았어요." 그녀가 주저하며 속삭였다.

"누구를요?"

"아버지 말이에요. 그쪽 근처 골목, 거리를 걷고 있는데, 9시가 좀 지났을까, 아버지가 앞에서 걸어가시는 것 같더라고요. 어찌나 아버지 같던지. 원래 카체리나 이바노브에게 들를 생각이었는데……."

"그냥 걷고 있었나요?"

"예."소냐가 툭툭 끊기는 목소리로 속삭이더니 또다시 당혹스러워하며 눈을 내리깔았다.

"카체리나 이바노브나가 당신을 거의 때리다시피 했다면서요, 아버지 집에 살 때?"

"아휴, 아니에요, 무슨 말씀, 무슨 말씀이세요, 아니에요!"소냐가 왠지 화들짝 놀라며 그를 쳐다보았다.

"그럼 그분을 좋아합니까?"

"그분요? 그야 물-론-이-죠!"소냐는 애처롭게 말끝을 길게 빼고 갑자기 고통스러워하며 두 손을 꼭 움켜쥐었다. "아휴! 당신은 그분을……. 당신이 알기만 한다면. 사실 완전히 어린애 같은 분이거든요……. 정신이 완전히 오락가락하는 것 같아요…… 너무 괴로워서요. 원래는 참 현명하고…… 마음도 참 넓고…… 참 착했는데! 당신은 아무것도, 아무것도 모르면서…… 아휴!"

소냐는 이 말을 하면서 절망에 빠진 사람처럼 흥분하고 고통스러워하며 두 손을 비벼 댔다. 그녀의 창백한 뺨이 또다시 빨갛게 달아오르고 눈에는 고뇌의 빛이 어렸다. 그녀 내부에

쌓여 있던 것이 너무나 많은 자극을 받은 탓에 뭔가를 표현하고 말하고 또 옹호하고 싶어 미칠 것 같은 모양이었다. 어떤 채워지지 않는 연민이, 이렇게 표현할 수 있다면, 갑자기 그녀의 얼굴선 하나하나에 어리었다.

"때렸다니요! 대체 그게 무슨 말이에요! 세상에, 때렸다니! 설령 때렸다고 한들, 아니, 그래서요! 그래서, 뭐가 어쨌다고요? 아무것도, 아무것도 모르면서……. 얼마나 불행한 분인데, 아휴, 정말 너무 불행한 분이에요! 몸도 편치 않고……. 그분은 정의를 추구해요……. 순결한 분이죠. 모든 일에 정의가 있어야 한다고 믿고 있고 또 그걸 요구하고……. 그분은 남이 아무리 괴롭혀도 정의롭지 않은 일은 하지 않을 거예요. 그분은 세상만사가 왜 마냥 정의로울 수는 없는지 깨닫지 못하고 그래서 짜증을 내는 거예요……. 어린애, 어린애 같다니까요! 그분이 정의로운, 정의로운 분이니까요!"

"그럼 당신은 어떻게 될까요?"

소냐는 의문에 찬 시선을 보냈다.

"저들은 당신에게 매달려 있잖아요. 사실 그 전에도 계속 그랬고, 고인은 술값을 얻으려고 당신을 찾아가곤 했죠. 자, 그럼 이제는 어떻게 될까요?"

"모르겠어요." 소냐가 슬픈 듯 말했다.

"저들은 그 집에 계속 있을 건가요?"

"모르겠어요, 식구들은 그 집에 있어야 하는데, 주인아주머니는 오늘 내쫓고 싶다고 말했고 카체리나 이바노브나는 또 자기도 일 분도 더 있고 싶지 않다고 말한 모양이에요."

"대체 뭘 믿고 그렇게 호기를 부리는 거죠? 당신을 믿는 건가요?"

"아휴, 아니에요, 그렇게 좀 말하지 마세요……! 우리는 한 가족이고 같이 살고 있는걸요." 소냐는 갑자기 또 흥분하고 짜증까지 냈는데, 그 모습이 카나리아나 그렇게 작은 무슨 새가 성질을 부리며 파닥거리는 것 같았다. "정말 그분은 어떻게 해야 되죠? 예, 어떻게, 어떻게 해야 될까요?" 그녀가 열을 올리고 흥분하며 물었다. "오늘 그분은 얼마나, 얼마나 울었는지 몰라요! 정신도 오락가락하고 있는데, 알아채지 못했어요? 정신이 오락가락하고 있어요. 내일은 모든 것이 점잖아야 하고 음식도 있어야 한다면서 어린애처럼 불안에 떠는가 하면…… 또 계속 두 손을 비벼대고 피를 토하고 울고 갑자기 절망에 찬 듯 머리를 벽에 찧기 시작하죠. 그런가 하면 또 위안을 얻고 줄곧 당신만 믿고 있어요. 이제 당신이 자기를 도와줄 것이라고 말하면서, 자기는 어디서든 돈을 좀 빌려 나와 함께 고향 도시로 가서 귀족 처자들을 위한 기숙사를 설립하고 나를 사감으로 쓸 것이고 우리에겐 완전히 새롭고 아름다운 삶이 시작될 것이라고 말하면서 나에게 입을 맞추고 껴안고 위로를 하는데, 정말로 그렇게 믿고 있다니까요! 이런 공상을 굳게 믿고 있어요! 아니, 이런 분한테 무슨 반박을 할 수 있겠어요? 그러면서도 오늘도 하루 종일 쓸고 닦고 수선하고 가뜩이나 힘도 없는 양반이 혼자서 빨래통을 방 안으로 끌고 들어오고, 결국 숨을 헐떡이다 그대로 침대에 쓰러져 버렸어요. 안 그래도 아침에는 나와 함께 시장을 다녀왔는데, 폴레치카와 레냐*의 신발이 너무 닳아서 새로 사려고요. 다만, 계산을 해 보니 우리 돈이 모자라는 거예요, 그것도 아주 많이 모자랐죠. 한데 그분은 너무 귀여운 신발을 고른 거예요, 당신은 잘 모르겠지만 보는 눈이 있는 양반이거든요……. 대뜸 상점 안에서, 상인들도 다 있는 데서 그만 울음을 터뜨렸지 뭐예요, 돈이 모자란다고……. 아휴, 그냥 보기도 어찌나 딱하던지."

"뭐, 그렇게 나오니 알 만하군요, 당신이…… 왜 이렇게 사는지." 씁쓸한 냉소를 보이며 라스콜니코프가 말했다.

"그럼 딱하지 않나요? 딱하지 않냐고요?" 소냐가 또다시 달려들었다. "당신도, 당신이야말로 아무것도 보지 않은 상태에서 마지막 남은 것까지 내주었잖아요, 나도 알고 있어요. 당신이 모든 것을 봤더라면, 오, 맙소사! 그분이 나 때문에 얼마나, 얼마나 많이 눈물을 흘렸는지! 지난주만 해도! 아, 나도 참! 아버지가 돌아가시기 겨우 일주일 전이었어요. 정말 매정하게 굴었지 뭐예요! 그것도 여러 번이나 그랬어요. 아휴, 지금도 하루 종일 그 일이 생각나서 마음이 아파 죽겠어요!"

소냐는 그 생각이 떠오르자 마음이 아파서 말을 할 때도 두 손을 비벼 댔다.

"그러니까 당신이 매정했다고요?"

"예, 내가, 내가 그랬다고요! 내가 그때 가니까" 하고 울면서 그녀는 말을 이어 갔다. "돌아가신 아버지가 말씀하시더라고요. '이거 좀 읽어 다오, 소냐, 왠지 머리가 아프구나……. 여

---

* 2부에서는 막내딸 이름이 리다였다.

기 이 책 좀 읽어 주렴.' 아버지에게는 어떤 책이 있었는데, 안드레이 세묘느이치, 즉 같은 집에 사는 레베쟈트니코프에게 빌려 오신 것이었어요, 항상 그렇게 웃긴 책을 빌려 오셨죠. 나는 '그만 가 봐야겠어요.'라고 말했어요. 그냥 읽어 주기도 싫은 데다가 집에 들른 이유도 무엇보다도 카체리나 이바노브나에게 옷깃을 보여 주기 위해서였거든요. 장사를 하는 리자베타가 나에게 옷깃과 덧소매를 헐값에 가져왔는데, 당초 무늬가 들어간, 훌륭한 새 물건이었어요. 카체리나 이바노브나는 그게 몹시 마음에 들었는지 한 번 달아 보고는 거울에 비추어 보더군요, 정말, 정말 마음에 들었던 거죠. '이거, 나 주렴, 소냐, 제발.' 제발 하고 부탁했으니 정말 탐이 났던 거예요. 하지만 그걸 달고 뭘 하겠어요? 그냥 행복했던 옛날이 떠오를 뿐이겠죠! 거울에 자기 모습을 비춰 보며 도취되지만, 그분에게는 멀쩡한 원피스는커녕 아예 물건이랄 것이 전혀 없는걸요, 더욱이 벌써 몇 년째! 그래도 절대 누구에게 뭐 하나 부탁하는 법이 없는 분이에요. 워낙 오만한 성격이라 차라리 마지막 남은 것마저 내줄 분이지만, 그런데 그때는 그렇게 부탁을 하더라고요, 얼마나 마음에 들었으면! 나도 그냥 주고 싶었지만 '이걸 어디다 쓰시려고요, 카체리나 이바노브나?'라고 말해 버렸어요. 예, '어디다 쓰시려고요.'라고 했지 뭐예요. 그런 말은 하지 말았어야 했는데! 그분은 그냥 나를 바라볼 뿐이었는데, 내가 거절한 것이 무척이나 괴로웠나 봐요, 보기도 딱하더라고요……. 옷깃 때문이 아니라 내가 거절했기 때문에, 또 내가 봤기 때문에 괴로웠던 거죠. 아휴, 이제라도 전부 되돌릴 수 있다면, 모든 것을, 전에 한 모든 말을 바꿀 수 있다면…….
이런, 나도 참…… 이게 뭐람……! 당신과는 아무 상관도 없는
얘기인데!"

"그 장사하는 리자베타를 알고 있었단 말이죠?"

"예……. 설마 당신도 알고 있었나요?" 다소 놀라며 소냐가
되물었다.

"카체리나 이바노브나는 폐병에 걸렸어요, 그것도 지독하
게. 곧 죽을 테죠." 라스콜리코프가 잠깐 침묵했다가 묻는 말
에는 대답도 하지 않고 이렇게 말했다.

"저런, 아니, 아니에요, 아니라고요!" 그러면서 소냐는 무
의식적인 몸짓으로 그의 두 손을 꼭 잡았는데, 꼭 그렇게 되지
않도록 애원하는 것 같았다.

"사실 죽는 편이 더 낫습니다."

"아니에요, 낫기는 뭐가 더 나아요!" 그녀는 경악한 나머지
무턱대고 같은 말을 되뇌었다.

"그럼 아이들은? 그때는 저 아이들을 어디다 맡길 건가요,
당신이 직접 거두지 않는다면?"

"아, 모르겠어요!" 소냐가 거의 절망에 사로잡혀 이렇게 소
리치며 머리를 움켜쥐었다. 그녀 스스로도 벌써 수없이 이런
생각에 시달렸음이 분명했고, 그는 그저 이 생각을 또 화들짝
일깨웠을 따름이었다.

"그럼 지금처럼 카체리나 이바노브가 있는 상황이라도 당
신이 병이 나서 병원에 실려 가면, 그때는 어떻게 될까요?" 그
가 무자비하고 집요하게 나왔다.

"아휴, 무슨 말을 그렇게 해요! 그런 일은 있을 수 없어요!"
소녀의 얼굴이 섬뜩한 경악으로 일그러졌다.

"있을 수 없다니요?" 라스콜니코프가 잔인한 냉소를 머금으며 말을 이어 갔다. "당신이라고 뭐가 보장된 것도 아니잖아요? 그때는 저들은 어떻게 될까요? 온 식구가 몽땅 거리에 나앉을 테고, 부인은 연신 기침을 해 대며 구걸하고 오늘처럼 어디 벽에 머리를 찧을 테고 아이들은 울고불고……. 그러다 쓰러지면 경찰서로, 병원으로 실려 가서 죽을 테고 아이들은……."

"아, 아니에요……! 하느님께서 그렇게 되도록 내버려 두시지 않을 거예요!" 결국, 소녀의 미어터질 것 같은 가슴에서 이런 말이 튀어나왔다. 그녀는 애원하는 눈빛으로 그를 바라보며 모든 것이 그에게 달려 있는 양 무언의 간청을 담아 두 손을 꼭 모아 쥔 채 귀를 기울였다.

라스콜니코프는 자리에서 일어나 방을 서성이기 시작했다. 일 분 정도가 지났다. 소냐는 무서운 우수에 젖어 두 손과 머리를 축 늘어뜨리고 서 있었다.

"저축은 할 수 없나요? 힘들 때를 대비해 따로 좀 떼 둔다거나?" 그가 갑자기 그녀 앞에서 걸음을 멈추고 물었다.

"아니요." 소냐가 속삭였다.

"당연히 그렇겠지요! 시도는 해 봤던가요?" 그가 거의 냉소를 머금으며 덧붙였다.

"예, 시도는 해 봤어요."

"그러다 그냥 말았군요! 뭐, 당연하겠죠! 물어볼 것도 없지!"

그러고서 또다시 그는 방을 서성이기 시작했다. 일 분 정도가 더 지났다.

"매일 받지는 않는 거죠?"

소냐는 아까보다 더 당황하며 또다시 얼굴을 확 붉혔다.

"예." 그녀가 고통스러워하며 마지못해 속삭였다.

"폴레치카도 분명히 똑같은 신세가 될걸요." 그가 갑자기 말했다.

"아니에요! 아니에요! 그럴 리 없어요, 절대로!" 절망에 사로잡힌 소냐는 갑자기 칼에 베인 사람처럼 큰 소리로 외쳤다. "하느님, 하느님께서 그런 끔찍한 일은 용납하지 않으실 거예요……!"

"다른 사람들에게는 용납하시죠."

"아니, 아니에요! 그 애는 하느님께서 지켜 주실 거예요, 하느님께서……!" 그녀가 앞뒤를 잃고 되뇌었다.

"아니, 어쩌면 하느님은 아예 없을지도 몰라요." 라스콜니코프는 어떤 심술궂은 쾌감마저 느끼며 이렇게 대답하고는 웃으면서 그녀를 쳐다보았다.

갑자기 소냐의 얼굴이 무섭도록 심하게 변했고 그 위로 경련이 일었다. 그녀는 말로 표현할 수 없는 책망이 담긴 눈으로 그를 쳐다보았는데, 뭔가 하고 싶은 말이 있었지만 아무 말도 내뱉지 못하고 그저 두 손으로 얼굴을 가린 채 갑자기 서럽고 또 서럽게 흐느껴 울기 시작했다.

"카체리나 이바노브나의 정신이 오락가락한다고 말하지

만, 당신이야말로 정신이 오락가락하고 있어요." 얼마간 침묵하던 그가 말했다.

오 분 정도가 지났다. 그는 그녀에게 눈길도 주지 않고 말 없이 계속 앞뒤를 서성였다. 그러다 마침내 그녀 쪽으로 다가갔다. 그의 눈이 번득였다. 그는 두 손으로 그녀의 어깨를 붙잡더니 울고 있는 그녀의 얼굴을 똑바로 응시했다. 그의 시선은 건조하게, 날카롭게 이글거렸으며 입술은 떨리고 있었다……. 갑자기 그는 재빨리 온몸을 숙여 마룻바닥에 엎드리더니 그녀의 발에 입을 맞추었다. 소냐는 공포에 사로잡힌 나머지, 미친 사람을 피하듯 뒤로 움찔 물러났다. 정말로 그는 완전히 미친 사람처럼 보였다.

"대체 이게 무슨, 무슨 짓이에요? 나 같은 사람에게!" 그녀는 새파랗게 질린 채 이렇게 중얼거렸는데, 갑자기 가슴이 너무도 아프게 죄어 왔다.

그는 당장 일어났다.

"나는 당신에게 절을 한 것이 아니라 모든 인류의 고통 앞에 절을 한 거야." 그는 어쩐지 기괴한 어조로 이렇게 말하고는 창문 쪽으로 물러났다. "들어 봐." 곧 되돌아온 그가 이런 말을 덧붙였다. "나는 아까 나를 모욕한 어떤 놈한테 말해 줬어, 당신의 새끼손가락만 한 가치도 없는 놈이라고…… 또 오늘 내 여동생에게 당신과 나란히 앉을 수 있는 영광을 누리게 했다고."

"아휴, 왜 그런 말을 했어요! 그것도 동생분이 있는 자리에서?" 소냐는 소스라치게 놀라며 소리쳤다. "나와 나란히 앉다

니! 영광이라니! 아니, 나는…… 치욕스럽고…… 죄 많은, 정
말 죄 많은 여자인걸요! 아휴, 왜 그런 말을 했어요!"

"당신을 두고 그런 말을 한 것은 치욕과 죄악 때문이 아니
라 당신의 그 크나큰 고통 때문이야. 당신이 죄 많은 여자라는
건, 그건 그렇지." 그가 거의 열광하며 덧붙였다. "당신이 죄
인인 것은 무엇보다도 아무 쓸모없이 스스로를 죽이고 배반했
기 때문이야. 이거야말로 끔찍한 일 아닐까! 자기가 그토록 증
오하는 진흙탕 속에 살면서 동시에 (눈만 똑바로 뜬다면) 그래
본들 아무도 도와주지 못하고, 또 아무도 그 무엇으로부터도
구원하지 못한다는 사실을 당신이 더 잘 아는 것이야말로 끔
찍한 일이 아니냔 말이야! 그리고 끝으로 말이야." 하고 그가
거의 미친 듯 흥분하여 말했다. "이따위 치욕과 천함이 당신
의 내부에서 어떻게 정반대되는 다른 성스러운 감정들과 공
존할 수 있는 거지? 차라리 곧장 물속에 몸을 던져 단번에 끝
장을 내는 것이 옳지 않을까, 그것이 천배는 더 정의롭고 더
이성적이지 않을까 말이야!"

"그럼 저들은 어떻게 되겠어요?" 소냐가 고통스러운 눈으
로 그를 쳐다보며 힘없이 물었는데, 그러면서도 그의 제안에
는 전혀 놀라지 않는 눈치였다. 라스콜니코프는 이상한 눈으
로 그녀를 바라보았다.

그는 그녀의 시선만으로 모든 것을 읽어 낼 수 있었다. 그러
니까 정말로 그녀에게도 이미 이런 생각이 있었던 것이다. 아
마 절망에 빠진 나머지 단번에 끝장을 내 버리자고 수도 없이,
또 진지하게 생각에 생각을 거듭했을 것이며, 너무나 진지했

기 때문에 지금 그의 제안에 거의 놀라지도 않은 것이리라. 그의 말이 얼마나 잔인한지도 인지하지 못했다.(그의 질책과 그녀의 치욕에 대한 그의 독특한 시각이 지닌 의미도 물론 인지하지 못했으며, 이것이 그의 눈에는 훤히 보였다.) 하지만 그는 그녀가 자신의 수치스럽고 치욕적인 신세를 생각할 때마다 벌써 오래전부터 기괴할 정도로 큰 고통에 시달리며 괴로워했음을 완전히 이해했다. 이런 생각도 해 보았다. 즉, 대체 무엇, 무엇 때문에 그녀는 단번에 끝장을 내 버리자는 결의를 여태까지 실행에 옮기지 못했을까? 그러자 비로소 저 불쌍한 어린 고아들과 반쯤 미쳐 버린, 벽에다 머리를 찧어 대는 저 가엾은 폐병 환자 카체리나 이바노브나가 그녀에게 어떤 의미를 지니는지 완전히 이해할 수 있었다.

하지만 그럼에도 또, 소냐가 타고난 성품에 덧붙여 어쨌거나 교육도 받은 만큼 어떤 경우에도 계속 이대로 있을 수는 없으리라는 것도 분명해 보였다. 어쨌거나 그는 한 가지 의문이 생겼다. 물속에 몸을 던질 힘은 없었다손 치더라도 어떻게 이토록 오랫동안 이런 상태로 있으면서도 미치지 않을 수 있었을까? 물론, 그는 소냐의 처지가 불행히도 그녀 혼자만 겪는 예외적인 현상은 아닐지라도 어떻든 이 사회에서 우연한 현상임을 알고 있었다. 하지만 바로 이 우연성과 이 얼마간의 교육과 그 전까지의 삶 때문에 그녀는 이 혐오스러운 길에 첫발을 내딛는 그 순간 단번에 죽어 버렸을 수도 있었으리라. 무엇이 그녀를 지탱해 주었던 것일까? 설마 음탕은 아니었을 테지? 이 모든 치욕은 분명히 그녀를 기계적으로만 건드렸을 뿐, 진짜 음탕은 아직 그녀의 마음속에 단 한 방울도 스며들지 않았다. 그는 이것을 알 수 있었다. 그녀가 생시에 이렇게 그 앞에 서 있지 않는가…….

'그녀에게는 세 가지 길이 있다.' 그는 생각했다. '운하에 몸을 던지거나 정신병원에 떨어지거나 혹은…… 혹은, 끝으로, 정신을 혼탁하게 하고 가슴을 돌처럼 굳게 하는 음탕에 몸을 던지거나.' 마지막 생각이 그는 제일 혐오스러웠다. 하지만 그는 이미 회의주의자였고, 젊고 추상적이고 그렇기에 잔인했으며, 따라서 마지막 출구, 즉 음탕이야말로 제일 그럴듯하다고 믿을 수밖에 없었다.

'하지만 과연 이게 사실일까.' 그는 속으로 외쳤다. '과연 아직까지 순결한 정신을 간직한 이 존재도 결국 이 더럽고 구린 내 나는 수렁 속에 의식적으로 빨려 들어가고 말 것인가? 아니, 벌써 그러기 시작했고 정녕 죄악이 그녀에겐 이미 별로 혐오스럽게 여겨지지 않기 때문에, 오직 그 때문에 지금까지 참을 수 있었던 것일까? 아니, 아니다, 그럴 리 없다!' 그는 좀 전의 소녀처럼 울부짖었다. '아니다, 지금까지 운하에 몸을 던지지 못하도록 그녀를 붙들어 준 것은 죄에 대한 생각 때문이며 저들, 저자들 때문이다…….. 그녀가 아직까지 미치지 않았다면 그것도……. 하지만 누가 그녀가 아직 미치지 않았다고 말했던가? 아니, 그녀가 지금 멀쩡한 정신인가? 아니, 멀쩡한 사람이 그녀처럼 말할 수 있을까? 멀쩡한 사람이 그녀처럼 판단할 수 있을까? 아니, 파멸 속에, 벌써 그녀를 빨아들인 구린내 나는 수렁 속에 들어앉아, 위험하다는 말이 들려오는 데도 두 손을 내젓고 귀를 틀어막을 수 있을까? 아니, 설마 그녀는 기적을 기다리는 것일까? 분명히 그럴 것이다. 과연 이 모든 것이야말로 정신이상의 징후가 아닐까?'

그는 이 생각에 집요하게 매달렸다. 심지어 이런 귀결이 다른 어떤 것보다 마음에 들었다. 그는 그녀를 더 유심히 들여다보기 시작했다.

"그럼 하느님에게 열심히 기도를 하겠지, 소냐?" 그가 그녀에게 물었다.

소냐는 침묵했고, 그는 그녀 옆에 서서 대답을 기다렸다.

"하느님이 안 계셨더라면 나는 어떻게 됐겠어요?" 그녀는 빨리, 정력적으로 이렇게 속삭인 다음, 갑자기 눈을 번득이며 그를 힐끗 쳐다보더니 한 손으로 그의 손을 꼭 쥐었다.

'그래, 역시 그렇군!' 그가 생각했다.

"하느님이 그 대가로 당신에게 뭘 해 주지?" 그는 계속 그녀를 고문하며 캐물었다.

소냐는 대답할 수가 없는지 오랫동안 침묵했다. 흥분한 탓에 그녀의 연약한 가슴이 온통 들썩였다.

"아무 말도 말아요! 묻지도 말고요! 당신은 그럴 자격도 없어요……!" 그녀가 갑자기 엄중하고 분노 어린 눈으로 그를 쳐다보며 소리쳤다.

'역시 그렇군! 바로 이거야!' 그는 속으로 집요하게 같은 말을 반복했다.

"모든 것을 해 주신단 말이에요!" 그녀는 또다시 눈을 내리깔며 빨리 속삭였다.

'바로 이게 결론이다! 이걸로 그 귀결이 다 설명된다!' 그는 호기심에 차 게걸스럽게 그녀를 뜯어보며 속으로 이렇게 단정 지었다.

새롭고 이상한, 거의 병적인 감정을 느끼면서 그는 창백하고 여원, 고르지 못하고 각진 이 얼굴을, 이와 같은 불꽃과 냉혹하고 정력적인 감정을 뿜어낼 수 있는 이 온순한 푸른 눈을, 아직도 설움과 분노에 사로잡혀 바들바들 떨고 있는 이 작은 몸을 들여다보았다. '유로지브이*! 유로지브이!' 그가 속으로 되뇌었다.

서랍장 위에는 어떤 책이 놓여 있었다. 방을 앞뒤로 서성일 때마다 알아보았지만, 이제야 손에 들고 제대로 살펴보았다. 그것은 러시아어로 번역된 신약성경이었다. 가죽 장정을 한, 손때가 묻은 낡은 책이었다.

"어디서 났어?" 그는 한쪽 구석에서 그녀를 향해 소리쳤다. 그녀는 계속 같은 자리에, 탁자에서 세 걸음쯤 떨어진 곳에 서 있었다.

"누가 갖다 줬어요." 그녀는 내키지 않는지 그를 보지 않고 대답했다.

"누가 갖다 줬지?"

"리자베타가요, 내가 부탁했거든요."

'리자베타! 이상하군!' 그는 생각했다. 시간이 가면 갈수록 소냐와 관련된 모든 것이 어쩐지 더욱더 이상하고 절묘하게

---

* 자주 백치에 가깝지만 동시에 성스럽게 여겨지는 존재, '성(聖) 바보'.

여겨졌다. 그는 책을 촛불 쪽으로 가져가 책장을 넘기기 시작했다.

소냐는 집요하게 바닥만 내려다보며 아무 대답도 하지 않았다. 그녀는 탁자 옆에 약간 비스듬히 서 있었다.

"라자로의 부활 부분이 어디 있지? 좀 찾아 줘, 소냐."

그녀는 그를 곁눈질로 훔쳐보았다.

"그쪽이 아니에요…… 제4복음서*예요……." 그를 향해 몸도 꿈쩍 않고 그녀가 냉혹하게 속삭였다.

"좀 찾아서 나에게 읽어 줘." 이렇게 말한 뒤 그는 자리에 앉아 탁자에 팔꿈치를 괴고 한 손으로 머리를 받치더니 들을 준비를 하며 음울한 표정으로 한 곳을 응시했다.

'삼 주쯤 뒤면, 정신병원입니다, 어서 오십시오, 가 되겠군! 더 나쁜 일만 없으면 나도 거기 있겠지만.' 그가 속으로 중얼거렸다.

소냐는 라스콜니코프의 이상한 바람을 듣고 미심쩍어하며 머뭇머뭇 탁자 쪽으로 왔다. 그래도 책을 집어 들긴 했다.

"설마 안 읽었어요?" 그녀는 탁자 너머로 그를 힐끔 쳐다보며 물었다. 그녀의 목소리는 점점 더 냉혹하고 또 냉혹해졌다.

"읽은 지 오래됐어……. 학교 다닐 때 읽었으니까. 읽어 줘!"

"교회에서 들은 적도 없고요?"

"나는…… 교회는 나가지 않았어. 당신은 자주 다녀?"

---

* 「요한복음」을 말한다.

"아-아니요." 소냐가 중얼거렸다.

라스콜니코프는 씩 웃었다.

"알 만하군……. 그럼 내일 아버지 장례식에도 안 갈 건가?"

"가요. 지난주에도 갔어요…… 추도 미사를 드리느라."

"누구의 추도 미사였지?"

"리자베타요. 도끼에 맞아 죽었어요."

그는 신경이 점점 더 예민해졌다. 머리가 어지러워지기 시작했다.

"리자베타와 친한 사이였어?"

"예……. 정의로운 분이었어요…… 나를 찾아오곤 했는데…… 어쩌다 한 번씩…… 오기가 힘들어서요. 우리는 함께 읽고…… 얘기를 나누곤 했어요. 그분은 하느님을 볼 거예요."

이 문어적인 말들이 그에게는 이상한 울림을 냈으며, 새로운 얘기도 있었다. 리자베타와 어딘가 신비스러운 만남을 가졌고 또 둘 다 유로지브이라니.

'이러다가는 나도 유로지브이가 되겠는걸! 전염성이 있어!' 이런 생각이 들었다. "읽어 줘!" 갑자기 그가 고집스레 신경질적으로 소리쳤다.

소냐는 계속 망설였다. 심장이 쿵쾅거렸다. 어쩐지 그에게 읽어 줄 용기가 나지 않았다. 그는 거의 고통에 찬 눈으로 '정신 나간 이 불행한 여자'를 바라보았다.

"대체 왜 읽어 달라는 거예요? 믿지도 않잖아요……?" 그녀가 어쩐지 숨을 헐떡이며 조용히 속삭였다.

"읽어 줘! 그랬으면 좋겠거든!" 그가 고집을 부렸다. "리자베타한테는 읽어 줬잖아!"

소냐는 책을 펼치고 그 부분을 찾기 시작했다. 손이 떨려 오고 목이 턱턱 막혀 왔다. 두 번이나 시작을 했지만 계속 첫 구절도 제대로 발음하지 못했다.

"어떤 이가 병을 앓고 있었는데, 베타니아 마을에……"* 마침내 그녀는 안간힘을 쓰며 읽어 나갔으나 세 번째 단어에서부터 갑자기 목소리가 울리더니 너무 팽팽하게 조여진 현처럼 탁 끊겨 버렸다. 숨이 멎고 가슴이 죄어 왔다.

라스콜니코프는 소냐가 왜 선뜻 읽어 줄 결심을 못했는지 조금은 이해했으나, 그 이유를 이해하면 할수록 더욱더 거칠고 신경질적으로 읽어 달라고 졸랐다. 그는 지금 그녀가 자신의 모든 것을 내보이고 폭로하는 것이 얼마나 힘겨울지 너무도 잘 이해했다. 정말로 이런 감정이야말로 그녀의 진짜 비밀, 즉 아마 아주 어린 시절부터, 추악한 비명과 질책이 가득한 가운데 불행한 아버지, 괴로움 때문에 미쳐 버린 계모, 배를 곯는 아이들 등 가족과 함께 살 때부터 생겨난 해묵은 비밀이라는 것을 깨달았던 것이다. 하지만 동시에 지금에야, 또 확실히 알게 된 것인데, 지금 읽기를 시작하면서 번민하고 뭔가를 끔찍이 두려워하지만 그럼에도, 모든 번민과 모든 위험에도 불구하고 그녀 스스로 다름 아닌 이 사람에게, 그것도 지금 들려주고 읽어 주고 싶은 마음이 간절했던 것이다 — '나중에 어

---

* 이하, 소냐가 낭독하는 부분은 「요한복음」 11장 1-44절에 근거한 것이다.

떤 일이 벌어질지라도……!' 그는 그녀의 눈에서 이런 말을 읽어 냈고, 그녀의 환희에 찬 흥분을 통해 그것을 깨달을 수 있었다……. 그녀는 자신을 추스른 다음, 그 절을 막 읽기 시작할 때 그녀의 목소리를 끊어 놓은 목의 경련을 억누르며 요한복음 11장을 계속 읽어 나갔다. 그렇게 19절에 이르렀다.

"많은 유대인이 오빠를 잃은 슬픔에 젖은 마르타와 마리아를 위로하러 와 있었다. 마르타는 예수님께서 오신다는 말을 듣고 그분을 맞으러 나가고, 마리아는 그냥 집에 앉아 있었다. 그때 마르타가 예수님께 말하였다. '주님! 주님께서 여기에 계셨더라면 제 오빠가 죽지 않았을 것입니다. 그러나 하느님께서는 주님께서 청하시는 것은 무엇이나 들어주신다는 것을 저는 지금도 알고 있습니다.'"

여기서 그녀는 다시 멈추었는데, 또 목소리가 떨려 와 탁 끊길 것 같은 예감이 들어 부끄러웠던 것이다…….

"예수님께서 마르타에게 '네 오빠는 다시 살아날 것이다.' 하시니, 마르타가 '마지막 날 부활 때에 오빠도 다시 살아나리라는 것을 알고 있습니다.' 하였다. 그러자 예수님께서 그에게 이르셨다. '**나는 부활이요 생명이다.** 나를 믿는 사람은 죽더라도 살고, 또 살아서 나를 믿는 모든 사람은 영원히 죽지 않을 것이다. 너는 이것을 믿느냐?' 마르타가 대답하였다.

(소냐는 고통스러운지 숨을 몰아쉬며 단어 하나하나를 또박또박 힘주어 읽었는데, 만인이 듣고 있는 가운데 그녀 자신이 고백을 하는 것 같았다.)

'예, 주님! 저는 주님께서 이 세상에 오시기로 되어 있는 그리스도이시며 하느님의 아드님이심을 믿습니다.'"

그녀는 또 멈추고 재빨리 그를 향해 눈을 들어 올리는가 싶더니 서둘러 스스로를 억누르고 계속 읽어 갔다. 라스콜니코프는 자리에 앉아 몸을 돌리지도 않고 탁자에 팔꿈치를 괸 채 꿈쩍도 않고 딴 곳을 바라보며 듣고만 있었다. 32절까지 왔다.

"마리아는 예수께서 계신 곳으로 가서 그분을 뵙고 그 발앞에 엎드려 '주님! 주님께서 여기에 계셨더라면 제 오빠가 죽지 않았을 것입니다.' 하고 말하였다. 마리아도 울고 또 그와 함께 온 유대인들도 우는 것을 보신 예수님께서는 마음이 북받치고 산란해지셨다. 예수님께서 '그를 어디에 묻었느냐?' 하고 물으시니, 그들이 '주님! 와서 보십시오.' 하고 대답하였다. 예수님께서는 눈물을 흘리셨다. 그러자 유대인들이 '보시오, 저분이 라자로를 얼마나 사랑하셨는지!' 하고 말하였다. 그러나 그들 가운데 몇몇은 '눈먼 사람의 눈을 뜨게 해 주신 저분이 이 사람을 죽지 않게 해 주실 수는 없었는가?' 하였다."

라스콜니코프는 그녀 쪽으로 몸을 돌리더니 흥분하며 그녀를 바라보았다. 역시, 그렇다! 그녀는 정말 진짜로 열병에 걸린 것처럼 진즉부터 온몸을 벌벌 떨고 있었다. 바로 그가 기대했던 것이다. 그녀는 지금껏 들어 본 적도 없는 이 위대한 기적의 말에 다가가고 있었으며 위대한 승리감에 사로잡혀 버렸다. 그녀의 목소리가 금속처럼 낭랑해졌다. 승리감과 기쁨이 밴 목소리는 한층 더 다부졌다. 눈앞이 캄캄해졌기 때문에 그 앞의 글귀들이 서로 뒤엉켰지만 지금 읽고 있는 부분은 다

외우다시피 잘 알고 있었다. "눈먼 사람의 눈을 뜨게 해 주신 저분이 이 사람을 죽지 않게……."라는 마지막 절에서는 목소리를 낮추고서 믿음이 없는 자들, 이제 일 분 후면 곧 벼락이라도 맞은 양 쓰러져 울부짖으면서 믿게 될 저 눈먼 자들과 유대인들의 의심과 질책과 비방을 열렬하고 열정적인 어조로 전달했다……. '이 사람, 역시나 눈멀고 믿음이 없는 이 사람도 지금 듣게 될 것이고 믿게 될 것이다, 그렇다, 그렇다! 지금 당장, 이제 곧.' 이런 꿈이 생겨나자 그녀는 기쁜 기대에 차 몸을 벌벌 떨었다.

"예수님께서는 다시 속이 북받치시어 무덤으로 가셨다. 무덤은 동굴인데 그 입구에 돌이 놓여 있었다. 예수님께서 '돌을 치워라.' 하시니, 죽은 사람의 누이 마르타가 '주님! 죽은 지 나흘이나 되어 벌써 냄새가 납니다.' 하였다."

그녀는 나흘이라는 단어에 한껏 힘을 주었다.

"예수님께서 마르타에서 말씀하셨다. '네가 믿으면 하느님의 영광을 보리라고 내가 말하지 않았느냐?' 그러자 사람들이 돌을 치웠다. 예수님께서는 하늘을 우러러보시며 말씀하셨다. '아버지, 제 말씀을 들어주셨으니 아버지께 감사드립니다. 아버지께서 언제나 제 말씀을 들어주실 줄 저는 알고 있습니다. 그러나 이렇게 말씀드린 것은, 여기 둘러선 군중이 아버지께서 저를 보내셨다는 것을 믿게 하려는 것입니다.' 예수님께서는 이렇게 말씀하시고 나서 큰 소리로 외치셨다. '라자로야! 이리 나와라.' 그러자 죽었던 이가 손과 발은 천으로 감기고 얼굴은 수건으로 감싸인 채 나왔다.

(그녀는 이 장면이 자기 눈앞에 보이는 것처럼 오한을 느끼고 몸을 떨며 큰 소리로, 열광적으로 읽었다.)

예수님께서 사람들에게 '그를 풀어 주어 걸어가게 하여라.' 하고 말씀하셨다.

마리아에게 갔다가 예수님께서 하신 일을 본 유대인들 가운데서 많은 사람이 예수님을 믿게 되었다."

그녀는 더 이상은 읽지 않았고 읽을 수도 없었기에 책을 덮고 재빨리 의자에서 일어났다.

"라자로의 부활은 이게 전부예요." 그녀는 툭툭 끊기는 냉혹한 어조로 이렇게 속삭이더니 꿈쩍도 하지 않고 그 자리에 선 채로 고개를 옆으로 돌렸는데, 부끄러운지 차마 그를 쳐다보지는 못했다. 열병이 난 것 같은 전율도 계속되었다. 우그러진 촛대에 꽂힌 양초 토막은 이미 오래전부터 꺼져 가면서, 이 가난에 찌든 방에서 영원한 책을 읽으며 이상하게 가까워진 살인자와 매춘부를 희미하게 비추고 있었다. 오 분 혹은 그 이상의 시간이 흘렀다.

"나는 할 얘기가 있어서 왔어." 라스콜니코프가 얼굴을 찌푸리며 큰 소리로 말하더니 자리에서 일어나 소냐에게로 다가갔다. 상대방은 그를 향해 말없이 눈을 들었다. 그의 시선은 유달리 냉혹했으며 어떤 사나운 결의가 어려 있었다.

"오늘 가족을 버렸어." 그가 말했다. "어머니와 동생을 말이야. 이제는 그들에게 가지 않을 거야. 인연을 완전히 끊었거든."

"대체 왜요?" 어안이 벙벙해진 소냐가 물었다. 아까 그의 어머니, 여동생과 만났던 일이 그녀에게도 불분명하긴 하지만 어떻든 예사롭지 않은 인상을 남겼다. 인연을 끊었다는 얘기를 들으며 그녀는 거의 공포감에 사로잡혔다.

"지금 나한테는 당신밖에 없어." 그가 덧붙였다. "함께 가는 거야……. 그래서 난 당신을 찾아온 거야. 우리는 모두 저주받은 몸이니까, 함께 가는 거야!"

그의 눈이 번득였다. '반쯤 미친 사람 같아!' 소냐는 자기대로 이렇게 생각했다.

"어디를 가자는 거예요?" 그녀가 두려움에 떨며 이렇게 묻더니 저도 모르게 뒤로 움찔 물러섰다.

"난들 어떻게 알겠어? 내가 아는 건 오직 우리의 길이 같다는 것뿐이야, 이 점은 확실히 알고 있지, 그뿐이야. 목적지가 같다는 것!"

그녀는 그를 바라보면서도 아무것도 이해하지 못했다. 오직 그가 끔찍이, 더없이 불행하다는 것만을 이해했을 뿐이다.

"당신이 저들에게 말해도 저들 중 누구도, 아무것도 이해하지 못할 거야." 그가 계속했다. "그런데 나는 깨달았어. 나에겐 당신이 필요해, 그래서 이렇게 당신을 찾아온 거야."

"무슨 말인지 모르겠어요……." 소냐가 중얼거렸다.

"나중에 이해하게 될 거야. 결국 당신도 똑같은 짓을 한 셈이잖아? 당신도 역시 넘어섰으니까…… 넘어설 수 있었으니까. 당신은 자살을 한 거나 다름없어, 삶을…… 당신 자신의 삶을 파멸시켰으니까.(이거나 저거나 매한가지야!) 맑은 정신과 이성으로 살아갈 수도 있었으련만, 결국 센나야 광장에서 끝장을 보게 되겠지……. 하지만 당신은 견딜 수 없을 테고, 혼자 남게 되면 나처럼 미쳐 버리고 말 거야. 당신은 지금도 정신이 나간 여자 같아. 그러니까 우리는 함께 가야 해, 같은 길을! 가자!"

"대체 왜요? 왜 그런 말을 하는 거예요?" 소냐가 그의 말에 이상하고도 격렬하게 흥분하며 말했다.

"왜냐고? 어쨌든 이대로 있을 수는 없으니까, 바로 그 때문이야! 끝으로, 진지하고 직접적으로 판단해야 해, 하느님이 용납하지 않을 거라며 어린애처럼 울고불고 소리를 지를 게 아니라! 자, 정말로 내일이라도 당신이 병원에 실려 가면, 어떻게 되겠어? 저쪽은 제정신도 아닌 데다가 폐병쟁이라서 곧 죽을 텐데, 그럼 아이들은? 과연 폴레치카가 파멸하지 않을 것 같아? 정말로 여기 골목골목마다 애 엄마들이 내보내서 구걸하고 다니는 아이들을 보지 못했어? 나는 그들의 엄마들이 어디 살고 어떤 처지인지도 알아봤어. 그런 곳에서는 아이가 아이로 지낼 수도 없어. 거기서는 일곱 살만 돼도 음탕에 절고 도둑이 되거든. 사실 아이야말로 그리스도의 형상인데. '하늘 나라는 그들의 것이다.'* 그분은 아이들을 존경하고 사랑하라고 명령했지, 그들이 미래의 인류라고……."

"그래서 어떻게, 어떻게 하란 말이에요?" 소냐가 히스테릭하게 울고 두 손을 비비며 되뇌었다.

"어떻게 하냐고? 부숴야 할 것을 단번에 영원히 부숴야지,

---

* 「마태복음」 19장 14절.

그뿐이야. 그리고 고통은 혼자 짊어지는 거야! 어때? 이해가 안 돼? 나중에 이해하게 될 거야……. 자유와 권력을, 무엇보다도 권력을! 벌벌 떨고 있는 모든 피조물과 모든 개미집에 대한 권력을……! 바로 이게 목적이야! 이걸 기억해 둬! 이것이 당신에게 보내는 나의 송별사야! 어쩌면 당신과 얘기를 나누는 것도 이게 마지막일지도 몰라. 내가 내일 오지 않고 당신 스스로 모든 얘기를 듣게 된다면, 그때 지금의 이 말을 기억해 줘. 나중에 세월이 좀 흐르면 살아가면서 언젠가는 이 말이 무슨 뜻인지 이해하게 될 거야. 만약 내가 내일 또 온다면 누가 리자베타를 죽였는지 말해 주겠어. 잘 있어!"

소냐는 소스라치게 놀란 나머지 온몸을 부르르 떨었다.

"그럼 누가 죽였는지 안단 말이에요?" 그녀는 너무 무서워 온몸이 얼어붙는 가운데 기괴한 시선으로 그를 바라보며 물었다.

"알고 있으니까 말해 주겠다는 거야……. 당신, 당신 한 사람에게만! 내가 당신을 선택했으니까. 용서를 구하러 오는 것이 아니야, 그냥 말해 주겠다는 거야. 나는 그 말을 할 상대로 오래전에 당신을 선택했어, 당신의 아버지가 당신 얘기를 하던 그때, 리자베타가 살아 있던 그때부터 그럴 생각이었지. 잘 있어. 손은 내밀지 마. 그럼 내일 또!"

그는 나가 버렸다. 소냐는 정신 나간 사람 대하듯 그를 쳐다보았다. 하지만 그녀야말로 미친 사람 같았으며 그녀 자신도 그렇게 느꼈다. 머리가 빙빙 돌았다. '맙소사! 누가 리자베타를 죽였는지 그가 어떻게 알지? 그 말은 무슨 뜻이었을까? 정말 무서운 일이야!' 하지만 그럼에도 그 생각은 그녀의 머릿속에 떠오르지 않았다. 어떤 일이 있어도! 절대……! '오, 그는 틀림없이 몹시 불행한 사람이야……! 어머니와 동생을 버렸댔어. 대체 왜? 무슨 일이 있었던 걸까? 무슨 의도로 그랬을까? 그녀에게 한 말은 대체 무슨 뜻이었을까? 그녀의 발에 입을 맞추며 말했는데…… 이제 그녀* 없이는 살 수 없다고 말했지…….(그래, 분명히 그렇게 말했다.) 오, 맙소사!'

소냐는 밤새도록 신열에 들떠 미망 속을 헤맸다. 이따금씩 벌떡 일어나 울면서 두 손을 비비다가 또다시 신열에 들떠 꿈속으로 빠져들기도 했는데, 꿈에 폴레치카, 카체리나 이바노브나, 리자베타가 나오고 복음서를 읽는 장면이며 그가…… 그가 창백한 얼굴에 눈을 이글거리고 있다……. 그가 그녀의 발에 입을 맞추며 울고 있다……. 오, 맙소사!

오른쪽 문 저편, 즉 소냐의 아파트와 게르트루다 카를로브나 레슬리흐의 아파트를 갈라 놓은 바로 그 문 저편에 중간 방이 있었는데, 오래전부터 비어 있었다. 레슬리흐 부인의 아파트에 딸린, 세를 주는 방으로서 대문과 도랑 쪽으로 나 있는 창문 유리에 빈방이 있다고 종잇장을 붙여 놓았다. 소냐는 옛날부터 습관적으로 이 방을 사람이 살지 않는 방으로 생각해 왔다. 한데 그동안 쭉 스비드리가일로프 씨가 텅 빈 방의 문 옆에 몸을 숨긴 채 서서 그들의 말을 엿듣고 있었다. 라스콜니코프가 나가자 그는 잠깐 더 서서 생각을 좀 하다가 발끝을 들

---

* 이 부분의 '그녀'는 맥락상 '나'가 되어야 한다.

고 텅 빈 방과 붙어 있는 자기 방으로 가 의자를 들고 와서는 소리 나지 않게 소냐의 방으로 통하는 문 바로 옆에 놓아 두었다. 대화 내용이 흥미진진하고 의미심장한 것 같고 그의 마음에 쏙, 정말 쏙 들었다. 얼마나 마음에 들었으면 앞으로도, 가령 내일이라도 꼬박 한 시간이나 두 발로 서 있어야 하는 불편함을 감수하지 않으려고, 모든 점에서 완벽한 만족을 얻도록 좀 더 편안한 자리를 만들려고 의자를 옮겨다 놓은 것이다.

5

이튿날 아침, 11시 정각에 라스콜니코프는 ○○구역의 건물, 예심 분과로 들어가 포르피리 페트로비치에게 자기가 왔다고 보고해 달라고 부탁했는데, 너무 오랫동안 들어오라는 말이 들리지 않아 깜짝 놀랐다. 그의 이름을 부르기까지 적어도 십 분은 족히 지났다. 그의 계산으론 냉큼 그에게 달려들어야 마땅할 것 같았다. 한데 실은 그는 응접실에 서 있고 그의 옆을 오가고 지나는 사람들은 그의 존재 따위는 안중에도 없어 보였다. 사무실인 것 같은 옆방에서는 서기 몇 명이 앉아서 뭘 쓰고 있었는데, 그들 중 누구도 라스콜니코프가 누구이며 어떤 인간인지 아무 개념도 없는 것이 분명했다. 그는 의심에 찬 불안한 시선으로 주위를 두리번거리며, 혹시 자기가 어디로 가 버리지 않도록 주변에서 비밀스럽게 훔쳐보고 감시하는, 그런 임무를 띤 시선은 없는지 살펴보았다. 하지만 그런 것은 전혀 없었다. 보이는 건 그저 시시한 일로 부산을 떠는 관청 직원들과 또 그렇고 그런 사람들의 얼굴뿐, 그가 지금 당장 아무 데로 가 버려도 누구 하나 아랑곳하지 않을 것 같았다. 그의 내부에서는 다음과 같은 생각이 점점 더 확고하게 굳어졌다. 즉, 어제의 그 수수께끼 같은 인간이, 땅 밑에서 솟아난 그 환영이 정말로 모든 것을 알고 모든 것을 보았다면 과연 지금 라스콜니코프가 이렇게 서 있도록, 조용히 기다리도록 내버려 뒀을까? 그리고 그가 알아서 왕림해 주실 때까지, 11시가 될 때까지 무작정 기다리고만 있었을까? 결과적으로, 그 사람이 아직 아무것도 밀고하지 않았거나…… 아니면 그냥 그도 아무것도 모르고 자기 눈으로는 아무것도 보지 못한 것이며(아니, 어떻게 볼 수 있었겠는가?) 고로, 어제 그, 즉 라스콜니코프에게 일어난 일은 모두 이번에도 병적으로 예민해진 그의 상상력이 과장해 낸 환영이었던 것이리라. 이런 추측은 불안과 절망이 최고로 극성을 부리던 어제부터 그의 내부에서 확고해지기 시작했다. 이제 와서 이 모든 일을 다시 곱씹고 새로운 전투에 임할 준비를 하면서 그는 갑자기 자신이 떨고 있음을 느꼈으며, 자기가 저 증오스러운 포르피리 페트로비치 앞에서 공포에 사로잡혀 벌벌 떨고 있다는 생각이 들자 내부에서 분노가 끓어올랐다. 제일 끔찍한 일은 이 인간을 다시 만나는 것이었다. 그를 한없이, 끊임없이 증오했으며 증오에 사로잡힌 나머지 어쩌다 그만 자기 정체를 폭로하지나 않을까 두렵기도 했다. 이 분노가 너무도 강렬했기 때문에 전율은 당장 멎어 버렸다. 그는 냉정하고 대범한 모습으로 안으로 들어갈 준비를 했고, 가능한 한 침묵을 고수하며 눈을 부릅뜨고 귀를 쫑긋 세우고 있자고, 적어도 이번만은 무슨 일이 있더라도 병적으로 예민해지는 천성을 이겨 내자고 스스로에게 다짐했다. 마침 그때 포르피리 페트로비치의 호출을 받았다.

알고 보니 그 순간 포르피리 페트로비치는 자기 집무실에 혼자 있었다. 집무실은 크지도, 작지도 않았다. 거기에는 방수포를 씌운 소파 앞에 큰 탁자와 사무용 책상이 있고 구석에는 장롱과 의자 몇 개가 있었는데, 전부 광택을 낸 노르스름한 목재로 만든 관청용 가구였다. 구석의 뒤쪽 벽, 더 정확히 말해 칸막이에는 잠가 놓은 문이 하나 있었다. 그러니까 그곳 너머, 칸막이 뒤로 무슨 방들이 더 있는 것이 분명했다. 라스콜니코프가 들어가자 포르피리 페트로비치는 즉시 그 문을 닫았고, 그들은 단둘이 있게 되었다. 그는 겉보기에 아주 명랑하고 반가운 태도로 손님을 맞이했고, 때문에 라스콜니코프는 몇 분이 지난 뒤에야 몇몇 징후를 통해 상대방이 어딘가 좀 난처해하는 것을, 갑자기 어리둥절해질 만한 일이 있었거나 완전히 고립되어 몰래 무슨 짓을 하다가 들킨 사람처럼 구는 것을 알아차렸다.

"아, 형씨! 드디어 오셨군요…… 우리 바닥에……." 포르피리가 그를 향해 두 손을 내밀며 말을 시작했다. "자, 앉으시죠, 선생! 혹시, 선생이나…… 형씨 같은 말로 불리는 것이 싫으신 가요, 그러면 tout court?(너무 막역해 보여서?) 너무 허물없이 군다고 생각하지는 말아 주십시오……. 자, 이쪽, 소파로."

라스콜니코프는 그에게서 눈을 떼지 않으며 앉았다.

'우리 바닥에'라는 말, 허물없는 태도에 대한 사과, 'tout court'와 같은 프랑스어 단어 등 ─ 이 모든 것이 두드러지는 특징이었다. '하지만 나에게 두 손을 내밀어 놓고서도 한 손도 제대로 잡기 전에 적시에 거둬 버렸다.' 그는 내심 이런 의구심이 들었다. 둘은 서로를 살폈으나 시선이 마주치자 둘 다 번 개처럼 재빨리 서로에게서 시선을 싹 거두어 버렸다.

"그 서류를 갖고 왔습니다만…… 시계 건에 관한…… 여기 있습니다. 이대로 괜찮을지, 아니면 다시 써야 할까요?"

"예? 서류라고요? 그렇죠, 그래요…… 걱정하지 마십시오, 맞습니다." 포르피리 페트로비치는 급히 가 볼 데라도 있는 사람처럼 말했으며, 이미 이 말을 한 다음에야 서류를 들고 살펴보았다. "맞습니다. 더 이상은 아무것도 필요 없습니다." 그는 예의 그 빠른 말투로 이렇게 확인해 준 다음 서류를 탁자 위에 얹었다. 그러고 나서 잠시 후에는 딴 얘기를 하다가 그것을 탁자에서 다시 집어 자신의 사무용 책상에 옮겨 놓았다.

"어제, 저에게…… 공식적으로…… 저와 저…… 피살된 사람의 관계에 대해 물어보고 싶다고 하신 것 같은데요?" 라스콜니코프가 또다시 말문을 열었다. '아니, 왜 같다라는 말을 덧붙였지?'라는 생각이 그의 내부에서 번개처럼 스쳐 갔다. '아니, 이 같다라는 말을 덧붙였다는 사실에 왜 이토록 불안해하는 걸까?' 그의 내부에서는 그 즉시 또 다른 생각이 번개처럼 스쳐 갔다.

그러자 갑자기 포르피리와 접촉하기가 무섭게, 기껏 두어 마디, 두어 번 시선을 주고받기가 무섭게 예의 그 의심증이 이

미 한순간에 괴물처럼 거대해지는 느낌이 들었고…… 또 그
것이 끔찍이 위험하다는 느낌도 들었다. 신경이 곤두서고 흥
분이 고조되었다. '큰일 났다! 큰일이야……! 또 말실수를 하
고 말 거야.'

"예-예-예! 걱정하지 마십시오! 시간이 철철 남아돕니다,
남아돌아요." 포르피리 페트로비치는 이렇게 중얼거리며 탁
자 주변을 앞뒤로 오갔지만 왠지 아무 목적도 없이 창문 쪽으
로 냅다 달려가는가 하면 사무용 책상이나 탁자 쪽으로 달려
갔으며, 라스콜니코프의 의심에 찬 시선을 피하는가 하면 또
갑자기 자리에 멈춰 서서 그를 뚫어져라 응시했다. 그 와중에
그의 동그랗고 땅딸막한 몸뚱이는 굉장히 얄궂어 보였으며
사방팔방으로 구르다가 온 벽과 구석을 다 받고 튕겨 나오는
공 같았다.

"시간이야 충분합니다, 충분해요……! 혹시 담배 피우십니
까? 지금 갖고 계십니까? 자, 여기 한 대 피우시죠……." 그는
손님에게 궐련을 내밀며 말을 이어 갔다. "실은 말입니다, 제
가 선생을 이리로 모시긴 했지만, 제 숙소는 바로 여기, 칸막
이 뒤에 있습니다, 관사인데…… 지금은 임시로 사택(私宅)에
살고 있습니다. 이곳은 손봐야 할 데가 좀 있어서요. 이제는
거의 다 끝났습니다만…… 관사라니, 거참, 멋지지 않습니까,
예? 어떻게 생각하십니까?"

"예, 멋집니다." 라스콜니코프가 거의 냉소를 머금은 채 그
를 바라보며 대답했다.

"멋지죠, 참 멋집니다……." 포르피리 페트로비치는 갑자

기 뭔가 전혀 딴 생각에 골몰한 양 같은 말을 반복했다. "예! 멋지다마다요!" 끝에 가서는 숫제 소리를 지르다시피 하며 갑자기 라스콜니코프 쪽으로 시선을 획 던지더니 그에게서 두 걸음 떨어진 곳에 딱 멈춰 섰다. 관사가 멋진 것이라며 바보처럼 수차례에 걸쳐 되풀이한 것은, 그것이 속되다는 점에서, 지금 손님에게 집중된, 생각에 잠긴 진지하고 수수께끼 같은 시선과 너무나 모순되었다.

하지만 그 때문에 더욱더 부아가 치밀어 오른 라스콜니코프는 이미 자제력을 잃고 상당히 부주의하고 냉소적인 도전장을 던지고 말았다.

"이런 걸 아시는지 모르겠습니다만." 그가 갑자기 거의 뻔뻔한 표정으로 그를 쳐다보며 물었는데, 자신의 뻔뻔함에 쾌감을 맛보는 것 같았다. "실은 너 나 할 것 없이 모든 예심판사에게 뭐랄까, 어떤 법률적 규칙이, 어떤 법률적 수법이 있는 것 같은데요, 즉, 우선은 에둘러서 시작할 것, 시시한 것이든 진지한 것이든 어쨌거나 일단은 전혀 엉뚱한 것에서부터 시작할 것, 그리하여 말하자면 피심문자를 격려하거나, 혹은 더 정확히 말해, 즐겁게 해 주어 경계심을 풀어 놓은 다음 갑자기 아주 뜻밖의 방식으로 무슨 가장 치명적이고 위험한 질문을 던짐으로써 그의 정수리를 곧장 내리쳐 넋을 빼놓을 것, 이런 겁니다. 그렇지 않습니까? 지금까지도 모든 규칙과 지침에 이런 얘기가 금과옥조처럼 언급되는 것 같은데요?"

"그럼요, 그렇습니다…… 아니, 그럼, 선생 생각으론 제가 관사 얘기를 끄집어낸 것도 선생을 저어기…… 뭐 그래서라는 겁니까, 예?" 이 말을 하고 나서 포르피리 페트로비치는 눈을 가늘게 뜨며 윙크를 했다. 뭔가 즐겁고 간특한 것이 그의 얼굴을 스쳐 가면서 이마에는 주름살이 펴지고 눈매는 좁아지고 얼굴의 선들이 쫙 늘어났다. 갑자기 그는 연신 신경질적인 웃음을 쏟아 내며 흥분에 들떠 온몸을 들썩이면서 라스콜니코프의 눈을 똑바로 응시했다. 그쪽도 억지로라도 웃으려고 해 보았다. 하지만 상대방도 웃고 있는 것을 본 포르피리가 거의 얼굴이 새파랗게 질릴 정도로 자지러지게 웃었기 때문에 라스콜니코프의 혐오감은 갑자기 모든 경계심을 능가해 버렸다. 그는 웃음을 멈추고 얼굴을 찌푸린 채, 무슨 꿍꿍이속이 있는지 멈출 줄 모르고 계속 웃어 대는 포르피리를 눈을 떼지 않고 오랫동안 증오에 찬 시선으로 쏘아보았다. 하긴 조심성이 없기는 양쪽 다 마찬가지였다. 결국, 포르피리 페트로비치는 이 웃음을 증오의 마음으로 받아들이는 손님을 대놓고 비웃은 셈이고 그러고서도 이런 정황에 별로 당황하지 않았으니 말이다. 이것이 라스콜니코프는 몹시 마음에 걸렸다. 포르피리 페트로비치는 분명히 아까도 전혀 당황하지 않았는데 오히려 그 자신이, 즉 라스콜니코프가 덫에 걸린 것일 수 있음을 깨달은 것이다. 여기에는 명백히 그가 모르는 뭔가, 어떤 목적이 도사리고 있고 이미 만반의 준비가 갖추어져 있어서 지금 당장 마수를 드러내며 덤벼들지도 모른다는 것을…….

그는 당장 단도직입적으로 본론으로 들어갔고 자리에서 일어나며 학생모를 집었다.

"포르피리 페트로비치." 단호하지만 상당히 심한 짜증이 섞인 어조로 그는 말문을 열었다. "어제 저에게 심문할 것이 좀 있으니 와 줬으면 좋겠다는 바람을 피력하지 않으셨습니까.(그는 심문이라는 단어에 유달리 힘을 주었다.) 이렇게 왔으니 필요한 것이 있으면 바로 물어 주십시오, 그렇지 않으면 그만 가 봐야겠습니다. 시간이 없거든요, 볼일이 있어서요……. 저는 그 마차에 치인 관리의 장례식에 가야 합니다…… 이 사건은 당신도 아실 테고요……." 그는 이런 말을 덧붙였지만, 이런 말을 덧붙였다는 사실에 당장 화가 났고 그래서 당장 짜증도 더 커졌다. "이 모든 일에 정말 신물 나는군요, 듣고 계십니까, 이미 오래전부터…… 얼마간은 이 일 때문에 몸도 좋지 않았고…… 한마디로" 하고 그는 몸 상태에 관한 얘기가 가뜩이나 더 적절치 않았다는 느낌이 들어 거의 소리를 질러 댔다. "한마디로 말해서, 저를 심문하시든지 아니면 지금 당장 풀어 주시고…… 심문을 하시려면 반드시 절차에 따라 해 주십시오! 그러지 않으면 용납하지 않겠습니다. 그럼 이만, 안녕히 계십시오, 이제 우리 둘이 할 일은 전혀 없으니까요."

"맙소사! 무슨 말씀을 그렇게 하십니까! 아니, 선생에게 물어볼 것이 딱히 뭐가 있겠습니까." 포르피리 페트로비치는 갑자기 어조와 표정을 싹 바꾸고 순식간에 웃음도 그치며 꿸꿸거렸다. "염려하지 마십시오, 제발." 그는 다시 사방팔방으로 돌진하는가 하면 갑자기 라스콜니코프를 자리에 앉히며 호들갑을 떨었다. "시간은 철철 남아돌고, 이건 전부 시시하잖습니까! 저는 오히려, 선생이 마침내 우리를 찾아 주셔서 얼마나 기쁜지 모르겠습니다……. 그래서 선생을 이렇게 손님으로 모시고 있는걸요. 이 망할 놈의 웃음에 관해서는, 로지온 로마노비치 선생, 저를 용서해 주십시오. 로지온 로마노비치가 맞죠? 부칭이 이랬던 것 같은데……? 참, 신경도 날카로우시지, 그렇게 예리한 말장난을 하시니 저로서는 웃음을 터뜨릴 수밖에요. 사실 한번 발동이 걸리면 어떨 때는 반시간씩이나 고무 인형처럼 온몸을 부들부들 떤답니다……. 워낙에 웃음이 헤퍼서요. 체질이 이러니 중풍이라도 올까 봐 걱정입니다. 좀 앉으시지요, 왜 이러십니까……? 제발 좀, 선생, 앉으시지 않으면 화가 나셨다고 생각하겠습니다……."

라스콜니코프는 여전히 격분한 듯 인상을 쓴 채 입을 꾹 다물고 상대편의 말을 들으며 사태를 예의 주시했다. 그래도 앉긴 않았으나 학생모는 손에서 내려놓지 않았다.

"저 자신에 대해, 로지온 로마노비치 선생, 한 가지 드릴 말씀이 있는데요, 말하자면 성격을 설명하는 차원에서요." 그는 아까처럼 손님과 눈이 마주치는 것을 피하는 듯 방을 분주하게 오가며 말을 계속했다. "저는 아시다시피 독신에다 별로 사교적이지도, 유명하지도 않을뿐더러 볼 장 다 보고 손발도 곱아 버린 인간입니다, 씨 뿌릴 때가 됐달까요…… 그리고…… 그리고 알아차리셨습니까, 로지온 로마노비치, 우리, 즉 우리 러시아, 특히 우리 페테르부르크 사회에서는 먹물깨나 먹은 사람 둘이, 가령 지금 저와 선생처럼 아직 서로를 잘 몰라도 말하자면 서로를 존경하는 사람 둘이 자리를 함께 하게 되면, 꼬박 반시간 동안 도무지 화젯거리를 찾지 못하고 서로 상대방 앞에서 몸이 굳어진 채 멀뚱히 앉아 함께 당황하곤 합니다.

누구에게나 화젯거리는 있게 마련인데, 가령 부인들이나……
가령 상류층 사교계 인간들은 항상 그런데, c'est de rigueur(반
드시 그런데), 어째 우리 같은 중류층 인간들은 다들 곧잘 당황
하고 과묵한 편이랄까요…… 즉 사색을 즐기는 편이지요. 대
체 왜 이런 일이 일어나는 것일까요, 선생? 사회적인 관심사
가 없는 탓인지, 아니면 우리가 너무 정직해서 서로를 속이기
싫어하는 탓인지 잘 모르겠습니다. 어떻습니까? 어떻게 생각
하십니까? 그 학생모는 좀 내려놓으시지요, 금방이라도 나가
실 것처럼 구시니 솔직히 보고 있기 민망합니다……. 저는 오
히려 이렇게 기쁜걸요……."

라스콜니코프는 학생모를 내려놓고 계속 침묵을 고수하며
얼굴을 찌푸린 채 심각하게 포르피리의 횡설수설, 실속 없는
수다에 귀를 기울였다. '이 양반이 정말, 이렇게 바보처럼 수
다를 떨어서 내 주의를 딴 데로 돌리려는 수작인가, 뭔가?'

"커피를 마시자고는 하지 않겠습니다, 자리가 마땅치 않아
서요. 하지만 기분 전환도 할 겸 친구와 한 오 분쯤 이렇게 앉
아 있지 못할 이유는 또 어디 있습니까." 포르피리는 쉬지 않
고 입을 놀렸다. "아시겠지만, 이런 공무들은 죄다…… 아참,
선생, 제가 줄곧 이렇게 앞뒤로 왔다 갔다 한다고, 언짢아하
지 마십시오. 죄송합니다만, 선생, 언짢아하실까 봐 많이 걱
정이 되지만 저에게는 이런 운동이 정말 꼭 필요하거든요. 계
속 앉아 있다가 오 분 정도만 걸어도 기분 참 좋습니다……
치질이 있어서요…… 계속 맨손체조를 해서 치료할 참입니
다. 저쪽에서는 5등관이나 4등관은 물론 3등관까지도 흔쾌

히 줄넘기를 한다더군요. 이런 것도 우리 세기에는 과학이라나요…… 그렇지요……. 이곳의 이런 직무며 심문이며 이 모든 형식적 절차에 관한 한…… 선생, 방금 선생이 직접 심문 얘기를 하셨지만…… 그게 말입니다, 사실, 로지온 로마노비치 선생, 이런 심문 때문에 피심문자보다 오히려 심문자 쪽이 더 갈팡질팡하는 경우도 더러 있습니다…… 이 점은 방금 선생이 전적으로 올바르고 재기발랄하게 지적하신 그대로입니다.(라스콜니코프는 그 같은 지적은 전혀 하지 않았다.) 갈피를 못 잡거든요! 사실 갈피를 잡을 수가 없습니다! 그리고 계속 한 소리만, 똑같은 소리만 내는 것이 영락없이 북입니다! 저쪽에서는 한창 개혁이 진행 중이니 우리는 하다못해 이름이라도 바꾸게 될 테죠, 헤-헤-헤! 한데 우리의 법률적 수법에 관한 한 ─ 선생의 재기발랄한 표현대로 ─ 선생의 의견에 완전히 전적으로 동의합니다. 글쎄요, 어디 한번 말씀해 보시죠, 모든 피고를 통틀어, 그야말로 산골 무지렁이라도, 가령 처음에는 전혀 엉뚱한 질문 공세를 퍼붓다가 (당신의 기막힌 표현대로) 나중에 갑자기 도끼 등으로 정수리를 후려친다는 사실을 과연 누가 모르겠습니까, 헤-헤-헤! 정확히 정수리를 말이죠, 당신의 기막힌 비유대로 말입니다, 헤-헤헤! 해서 선생도 정말로 제가 관사 얘기를 꺼낸 데 그렇고 그런 속셈이 있다고 생각하셨으니…… 헤-헤! 선생, 참 아이러니한 사람입니다. 뭐, 그만하렵니다! 아참, 겸사겸사, 한마디 말이 또 다른 말을 부르고 한 가지 생각이 또 다른 생각을 불러내지만 ─ 방금 선생이 형식 얘기를 꺼내셨으니 말인데, 심문의 형식 말이죠……. 형식에 따른다는 것이 대체 뭡니까! 형식이란 많은 경우 허튼소리가 아닙니까. 어떨 때는 그냥 사이좋게 몇 마디 주고받으면 그게 더 유익하거든요. 형식은 절대 어디로 달아나지 않을 겁니다, 이 점은 제가 안심시켜 드리지요. 게다가, 어디 한번 물어봅시다, 형식이란 것이 본질적으로 무엇입니까? 어느 때든 형식이 예심판사를 억압해서는 안 되지요. 예심판사의 일이란, 이건 말하자면 그 나름의 자유로운 예술이랄까요, 혹은 그 비슷한 뭐라고 할까요…… 헤-헤-헤……!"

포르피리 페트로비치는 잠깐 숨을 돌렸다. 그는 지칠 줄 모르고 공허한 말들을 무의미하게 남발하는가 하면 갑자기 무슨 수수께끼 같은 말을 마구 주워섬기다가 당장 또다시 얼토당토않은 소리를 늘어놓았다. 또 이제는 거의 방을 뛰어다녔는데, 줄곧 바닥만 쳐다보며 피둥피둥한 발을 점점 더 빨리 연신 놀려 댔고 오른손은 등 뒤로 돌리고 왼손은 끊임없이 흔들면서 번번이 자신의 말과는 놀라울 정도로 어울리지 않는 갖은 몸짓을 취했다. 라스콜니코프가 갑자기 알아챈 것이지만, 그는 방을 뛰어다니며 두어 번 정도 잠깐 문 옆에서 걸음을 멈추고 귀를 기울이는 것도 같았다……. '설마 뭘 기다리고 있는 걸까?'

"그건 정말로 선생 말씀이 전적으로 옳습니다." 포르피리는 다시 말을 받으며 명랑하고 이례적일 만큼 순박한 눈으로 라스콜니코프를 쳐다보았다.(그 때문에 그는 흠칫 몸을 떨며 순식간에 준비 태세를 갖추었다.) "정말 옳다마다요, 법률적 형식을 그토록 재기발랄하게 조롱하시다니, 헤-헤! 우리가 사용하는 이런 심오한 심리적 수법들은 (물론 몇 가지가 그렇다는 얘기지만) 극도로 우스꽝스럽고, 게다가 지나치게 형식에 얽매일 경우에는 무용지물일 수도 있습니다. 예, 그렇지요…… 이런, 또 형식 얘기군요. 뭐, 내가 맡은 어떤 사건에서 이놈이든 저놈이든 그놈이든 여하튼 누구를 말하자면 범인으로 본다면, 더 정확히 말해, 그런 혐의를 둔다면……. 실은 법학을 공부하고 계시지요, 로지온 로마노비치?"

"예, 그랬습니다……."

"그럼, 뭐 말하자면 앞으로 참고가 되도록 한 말씀 드릴까 하는데, 다시 말해 제가 감히 선생을 가르치려 든다고 생각하지는 마십시오. 더군다나 선생은 범죄에 관한 논문도 발표하시는 분인걸요! 해서, 그런 건 절대 아니고 그저 사실의 형태로 감히 한 가지 예를 제시하자면, 가령 제가 이놈이든 저놈이든 그놈이든 누구를 범인으로 여긴다면, 여쭙겠는데, 그 범인에게 불리한 증거를 갖고 있다 할지라도 기한보다 더 빨리 그를 괴롭힐 이유가 있을까요? 가령 어떤 자는 한시바삐 체포해야 하지만 또 어떤 자는 사실 그런 성질이 아닐 수도 있거든요. 그렇다면 그냥 시내나 좀 돌아다니도록 내버려 두지 못할 이유가 어디 있겠습니까, 헤-헤! 아니, 보아하니 선생이 제 말을 완전히 이해하지는 못한 것 같으니까 좀 더 명료하게 묘사해 드리죠. 가령 그를 너무 빨리 잡아넣으면, 그로써 저는 그에게 말하자면 정신적인 지렛대를 제공하는 셈이랄까요, 헤-헤! 웃으시는 겁니까?(라스콜니코프는 웃는 건 생각조차 하지 않았거니와 포르피리 페트로비치의 눈에서 이글이글 타오르는 시선을 떼지 않고 입술을 앙다문 채 앉아 있었다.) 하여간 정말 그렇습니다만, 어떤 사람을 대할 때는 특히 더 그렇습니다만, 사람이란 천차만별인데 실제로 적용할 수 있는 방법은 하나밖에 없으니까요. 선생은 방금 증거 얘기를 하셨지요. 하지만 사실 증거가 있다고 한들 그 증거라는 것은, 선생, 대개의 경우 양날의 칼인 반면, 저는 한낱 예심판사, 따라서 약자이기 때문에, 솔직히 고백하지만, 심리(審理)를 말하자면 수학적으로 분명하게 제시하고 2×2=4와 비슷할 법한 증거를 얻어 내고 싶단 말입니다! 이론의 여지가 없는 직접적인 증명과 비슷할 법한 증거를! 한데 그를 엉뚱한 때에 잡아넣으면, 제가 비록 그놈이다 확신한다 할지라도 앞으로 그의 죄를 폭로할 수단을 저 스스로 포기하는 것이나 다름없이 될 텐데, 왜 그렇겠습니까? 왜냐면 그런 식으로 저는 그에게 말하자면 일정한 정황을 제공하는 셈, 말하자면 심리적인 정황을 굳혀 주어 안심시키는 셈이고, 그는 저를 피해 자기만의 껍질 속에 숨어들어 마침내는 자기가 죄수라는 것을 깨닫게 될 겁니다. 듣자니 세바스토폴의 식자들은 알마 강 전투* 직후에 이제 곧 적이 정면공격을 감행하여 당장에 세바스토폴을 점령하지나 않을까 정말 노심초사했다더군요. 한데 적이 정공법의 포위전으로 나와 첫 평행호(平行壕)를 파는 것을 보자마자, 웬걸, 바로 그 식자들이 크게 기뻐하며 안도의 한숨을 내쉬었다지요. 정공법의 포위전으로는 언제 점령할지 모르는 일, 적어도 두 달은 질질 끌 테니까

---

* 크림 전쟁(1853~1856) 중에 있었던 알마 강 전투를 말한다.

요! 또 웃으시는데, 또 믿기지 않으십니까? 하긴 그야 물론 선생이 옳습니다. 옳지요, 옳다마다요! 이건 어쨌거나 특수한 경우니까, 선생 생각에 동의합니다. 제가 제시한 예는 정말로 특수한 경우이지요! 하지만 그럼에도, 로지온 로마노비치 선생, 눈여겨봐야 할 점이 있습니다. 보편적인 경우, 즉, 모든 법률적 형식과 규칙을 측정하고 계산하여 책에 기록하도록 해 줄 만한 보편적인 경우란 절대 존재하지 않는데, 그 이유인즉 어떤 사건이든, 가령 범죄만 해도 전부 그렇지만, 그것이 실제로 발생하기가 무섭게 즉시 완전히 특수한 경우로 바뀌기 때문이지요. 게다가 때로는 어떠냐면, 예전 경우와는 조금도 닮지 않은 경우로 바뀐다는 말이지요. 때로는 이런 유로 무척 희극적인 경우도 생기고요. 만약 제가 어떤 양반을 완전히 혼자 내버려 둔다고 칩시다. 체포하지도, 괴롭히지도 않되 대신 이쪽에서 모든 것을 속속들이 알고 있고 밤낮으로 그의 일거수일투족을 예의 주시하고 잠도 자지 않고 감시하고 있다는 사실만은 매 시각, 매 순간 알도록, 적어도 그런 의심을 품도록 한다면, 즉 그가 의식적으로 저의 영원한 의심과 공포의 덫에 걸려 있다면 아닌 게 아니라 빙빙 맴돌다가 제 발로 찾아올뿐더러 아마 무슨 짓이든 서슴지 않을 겁니다. 이건 이미 2×2 같은 것, 말하자면 수학적인 양상을 띠게 될 테니 ─ 통쾌한 일이기도 하지요. 이런 일이 산골 무지렁이한테도 일어날 수 있는데 하물며 우리 같은 사람들, 식자연하는 현대인들, 더욱이 어떤 방면으로는 남달리 발달된 사람은 오죽하겠습니까! 그러니까 선생, 그 사람이 어떤 방면으로 발달됐는지를 이해하는 것이 그야말로 관건이란 말입니다. 한데 신경, 신경, 이걸 선생은 까맣게 잊으셨군요! 요즘은 이 모든 것이 병적이고 나쁘고 신경질적이지 않습니까……! 또 다들 발끈, 발끈하는 일은 얼마나 많은지! 그래서 드리는 말씀인데, 사실 이것이 경우에 따라서는 일종의 광맥입니다! 그가 어디에도 얽매이지 않은 채 도시를 활보한들 제가 왜 불안하겠습니까! 뭐, 어떻습니까, 일단 좀 놀라고 내버려 두는 거죠. 어차피 저는 그가 저의 제물임을, 저를 피해 아무 데로도 도망치지 못할 것임을 알고 있는걸요! 아니, 어디로 도망치겠습니까, 헤-헤! 외국으로요, 예? 폴란드인이라면 외국으로 도망칠까, 그는 아니며, 더욱이 제가 예의 주시하고 있고 조치도 취해 놓았습니다. 그럼 국내의 어디 벽지로 도망칠까요, 예? 그런 곳에는 농부들, 진짜 러시아 농부들, 무지렁이들이 살고 있지요. 이러니 지적으로 발달된 현대인이라면 외국인이나 다름없는 우리네 농부들과 같이 살 바에는 차라리 감옥을 선호할 겁니다, 헤-헤! 하긴 이런 건 전부 시시껄렁하고 표피적인 얘기입니다. 도망친다는 것이 대체 무엇일까요! 이건 형식적인 것일 뿐, 핵심은 그게 아닙니다. 도망칠 곳이 아무 데도 없다는 그 이유 하나 때문에 그가 저에게서 도망치지 못하는 것은 아닙니다. 그는 심리적으로 제 손아귀에서 도망치지 못하는 겁니다, 헤-헤! 표현 한번 멋지죠! 자연의 법칙상 그는 제 손아귀에서 도망치지 못하며, 설령 어디 도망칠 데가 있다고 할지라도 그렇습니다. 촛불 앞을 맴도는 나방을 보신 적이 있습니까? 자, 그는 바로 그렇게 촛불 주위를 맴돌듯 계속, 계속 제 주위를 맴돌 겁니다. 자유도 달갑지 않고 생각도 많아져 갈피를 잡지 못하고 스스로 자신을 그물 같은 것으로 꽁꽁 옭아매면서 죽도록 불안하게 만들 테죠⋯⋯! 그뿐이겠습니까. 그 스스로 2×2와 같은 무슨 수학적인 증거까지 마련해 줄걸요, 제가 막간 휴식 시간만 좀 넉넉히 준다면⋯⋯. 그러면 그는 제 주위에서 계속, 계속 원을 그리며 계속, 계속 반경을 좁히고 그러다가 탁 걸렸다! 곧장 제 입으로 날아들 테고 저는 꿀꺽 삼키면 되니까, 몹시 통쾌한 일 아닙니까, 헤-헤-헤! 믿기지 않으십니까?"

라스콜리코프는 대답도 하지 않고 창백한 얼굴로 꿈쩍도 않고 앉아 예의 그 긴장된 표정으로 포르피리의 얼굴을 계속 들여다보고 있었다.

'수업 한번 멋지군!' 그는 몸이 오싹해지는 가운데 이렇게 생각했다. '이쯤 되면 어제처럼 고양이가 쥐를 갖고 노는 수준이 아니다. 이 작자가 내 앞에서 괜히 자기 힘을 과시하는 것도 아닐 테고⋯⋯ 괜히 그런 암시를 하는 것도 아니겠지. 그러기에는 훨씬 더 똑똑하니까! 여기에는 다른 목적이 있을 텐데, 대체 무엇일까? 에잇, 허튼수작 작작 하시지, 형씨, 나를 놀래고 잔꾀를 부리는데! 네놈에겐 증거도 없고, 어제의 그 사람도 아예 존재하지 않아! 네놈은 내 넋을 빼놓고 초장부터 자극하여 그 상태에서 단칼에 작살내려고 안달하지만, 그렇게 거짓말만 지껄이다가는 된통, 된통 당할걸! 하지만 이 정도로까지 나에게 암시를 주는 이유는 대체, 대체 뭘까⋯⋯? 나의 병적인 신경을 이용할 속셈인가, 어⋯⋯? 천만에, 형씨, 그렇게 거짓말을 지껄이다가는 네놈이 뭘 준비해 놨다고 할지라도 된

통 당할걸……. 자, 그럼 대체 뭘 준비해 놨는지 한번 볼까.'

그러고서 그는 무서운 미지의 파국에 맞설 태세를 취하며 온 힘을 다해 몸을 다잡았다. 때로는 그 자리에서 당장 포르피리에게 달려들어 목을 조르고 싶어졌다. 실은 여기 들어올 때부터 이렇게 증오가 치밀어 오를까 봐 두려웠다. 그는 입술이 바싹 타들어 가고 심장이 요동치고 입가에 침이 말라붙는 것이 느껴졌다. 하지만 어쨌거나 때가 될 때까지 입을 꾹 다물고 한마디도 하지 않기로 결심했다. 지금 그의 처지에서는 이것이 최상의 전략임을 깨달았던 것인데, 그러면 자기 쪽에서 말실수를 하는 일도 없을뿐더러 오히려 침묵함으로써 적수를 자극하여 저쪽에서 말실수를 하도록 할 수 있지 않겠는가. 적어도 그는 그렇게 기대했다.

"아니요, 선생은 제 말은 믿지도 않으시고 계속 제가 순진한 농담이나 늘어놓는다고 생각하시는군요, 훤히 보입니다." 포르피리는 이렇게 말을 받았는데, 점점 더 명랑해지고 만족감에 젖어 끊임없이 히히거리면서 또다시 방을 맴돌기 시작했다. "그야 물론 선생이 옳습니다. 저는 꼬락서니 자체가, 하느님도 참 어떻게 이렇게 만드셨는지, 남들한테 웃긴 생각만 불러일으키게 생겨 먹었지요. 어릿광대 같잖습니까. 하지만 제가 선생에게 드릴 말씀은, 거듭 반복하거니와, 로지온 로마노비치 선생, 늙은이 입장에서 죄송하지만, 선생은 아직 젊기 때문, 말하자면 젊음이 막 피어나는 시기이기 때문에 모든 청년들처럼 인간의 지성을 무엇보다도 높이 평가하십니다. 지성의 유희적인 기지, 이성의 추상적인 논증에 곧잘 유혹되시겠지요. 그리고 이것은 정확히 가령 예전 오스트리아의 황실 전쟁 위원회와 같은데, 다시 말해 제가 군사(軍事)에 관해 판단할 수 있는 한은 그렇습니다. 서류상으로는 나폴레옹을 박살 내 포로로 만들었고, 저어기 뭐냐, 자기들 집무실에서는 계속 아주 멋지게 전략을 짜고 속여 넘겼지만, 어럽쇼, 마크 장군은 전군을 이끌고 항복*하지 않았습니까, 헤-헤-헤! 알겠습니다, 알겠어요, 로지온 로마노비치 선생, 문관 주제에 계속 전사(戰史)의 예만 들먹거린다고 비웃으시는군요. 하지만 어쩌겠습니까, 약점인걸요, 군사를 좋아하고 또 이런 전황 보고서를 읽어 보는 걸 좋아해서요…… 직업을 영 잘못 골랐지 뭡니까. 사실 군대에서 복무하는 편이 나았을 텐데. 나폴레옹이 됐을 리야 없지만, 뭐 소령쯤은 됐겠죠, 헤-헤-헤! 자, 그럼 이제는, 친애하는 선생, 저 특수한 경우에 관한 일을 전부 있는 그대로 속속들이 말씀드리겠습니다. 현실과 천성이란, 친애하는 선생, 워낙 중대한 것이라, 맙소사, 어떨 땐 가장 주도면밀한 계산의 밑동마저도 싹둑 잘라 버린답니다! 에이, 이 늙은 이의 말을 귀담아 들으십시오, 진지하게 하는 말입니다, 로지온 로마노비치.(이런 말을 하니, 서른다섯 살 정도밖에 안 된 포르피리 페트로비치가 정말로 갑자기 폭삭 늙어 버린 것 같았다. 심지어 목소리도 변하고 어쩐지 몸도 구부정해졌다.) 게다가 저는 솔직한 사람이거든요……. 저, 참 솔직하지 않습니까, 예? 선생 생각은 어떻습니까? 제 생각으로는 아주 그런 것 같은데요. 이

---

* 아우스터리츠 전투(1805년)를 말한다.

런 것을 선생에게 거저 알려 주면서도 무슨 보상도 요구하지 않잖습니까, 헤-헤! 자, 그럼, 계속하죠. 번득이는 재치란 제 생각으론 훌륭한 것입니다. 이것은 말하자면 자연의 아름다움이요 삶의 위안이며 또 어떤 마법도 부릴 법한 것이니, 어떨 때는 빈약한 예심판사가 무슨 수로 짐작인들 하겠습니까, 그 역시 사람인지라 항상 그렇듯 자기만의 공상에 흠뻑 빠져 있는데! 한데 천성이 나서서 빈약한 예심판사를 구해 주니, 바로 이게 큰일입니다! 재치에 몰입한 청년들, '모든 장애를 뛰어넘으려는'(선생의 아주 재치 있고 교묘한 표현을 빌리자면) 청년들은 이런 점은 생각도 하지 않거든요. 가령, 그가 거짓말을 한다고, 즉 특수한 경우에 해당하는 한 인간이 incognito(몰래) 멋들어지게, 아주 교묘한 방식으로 거짓말을 한다고 칩시다. 승리의 쾌재를 울리며 자신의 재치의 열매를 음미하는 찰나, 웬걸, 그는 탁 걸리고 맙니다! 그것도 가장 흥미진진한, 가장 자극적인 순간에 기절을 할 것이란 말입니다. 이거야 병 때문일 수도, 또 때로는 방 안이 너무 갑갑한 탓일 수도 있지만, 어쨌거나! 어쨌거나 생각의 빌미는 제공한 셈이지요! 거짓말이야 더할 나위 없이 잘했지만 천성을 계산에 넣을 줄 몰랐던 겁니다. 자기 꾀에 넘어가는 격이죠! 어떨 때는 자신의 발랄한 재치에 몰입한 나머지 자기에게 혐의를 두고 있는 사람을 우롱하느라 꼭 일부러 그러는 양, 꼭 놀이를 하는 양 창백해지는데, 그것도 어찌나 자연스럽게, 어찌나 진짜에 가깝게 창백해지는지, 웬걸, 그러다 또 그만 생각의 빌미를 제공해 주는 거죠! 처음 한 번은 속여 넘긴다 쳐도, 상대방도 머리를 굴릴 줄 아는 녀석이라면 밤새 생각에 생각을 거듭하게 되지요. 실은 발걸음을 뗄 때마다 이런 식이란 말입니다! 뭐냐면, 괜히 혼자 앞질러 달리고 딱히 요구하지도 않는데 코를 들이밀고 정반대로 침묵해야 할 것을 두고 끊임없이 지껄이고 온갖 알레고리를 남발하기 시작할 테죠, 헤-헤! 그러다간 제 발로 와서 물어볼 겁니다. 대체 왜 나를 이토록 오랫동안 잡아가지 않는 거요? 라고. 헤-헤-헤! 이런 일이 실은 가장 재치 있는 사람, 심리학자나 문학가에게도 일어날 수 있다는 말씀! 천성이야말로 거울, 가장 투명한 거울이거든요! 거울을 들여다보며 찬찬히 감상하라, 바로 이거죠! 아니, 왜 그렇게 창백해지셨습니까, 로지온 로마노비치, 갑갑하십니까, 창문이라도 활짝 열까요?"

"오, 염려하지 마십시오, 제발." 라스콜니코프는 소리를 지르더니 갑자기 껄껄 웃음을 터뜨렸다. "염려는 붙들어 매시죠!"

포르피리는 그의 맞은편에 멈춰 서서 잠깐 기다리다가 갑자기 그를 따라 껄껄 웃기 시작했다. 라스콜니코프는 소파에서 일어나면서 그야말로 발작과 같던 웃음을 갑자기 탁 그쳤다.

"포르피리 페트로비치!" 그는 두 다리가 후들후들 떨려서 간신히 서 있었지만 그래도 큰 소리로 또박또박 말했다. "드디어 분명히 알겠는데, 당신은 확실히 저에게 그 노파와 그녀의 여동생 리자베타 살인 혐의를 두고 있군요. 제 입장에서 한 말씀 드리자면, 이 모든 소리에 저는 이미 오래전에 신물이 났습니다. 저를 합법적으로 추궁할 권리가 있다고 생각하시면 추궁하십시오. 체포할 권리가 있으면 체포하시고요. 하지만 이렇게 눈을 맞댄 채 비웃고 괴롭히는 것은 용납하지 못하겠습니다."

갑자기 그의 입술이 부들부들 떨리고 눈이 미칠 것 같은 분노로 타오르면서 지금까지 억눌렀던 목소리가 쩌렁쩌렁 울렸다.

"용납하지 못하겠어요!" 그는 있는 힘껏 주먹으로 탁자를 치며 갑자기 고함을 질렀다. "듣고 계십니까, 포르피리 페트로비치? 용납하지 못하겠습니다."

"아휴, 맙소사, 또 왜 이러십니까!" 포르피리 페트로비치는 보아하니 완전히 경악한 듯 소리쳤다. "선생! 로지온 로마노비치! 로지멘키*! 하느님 아버지! 대체 무슨 일입니까?"

"용납하지 못하겠습니다!" 라스콜니코프가 한 번 더 고함을 질렀다.

"선생, 좀 조용히 해 주십시오! 밖에서 소리를 듣고 달려오겠어요! 그럼 뭐라고 말할까요, 생각 좀 해 보십시오!" 포르피리 페트로비치는 공포에 사로잡혀 이렇게 속삭대면서 자기 얼굴을 라스콜니코프의 얼굴에 바싹 갖다 댔다.

"용납하지 못하겠습니다, 용납하지 못하겠어요!" 라스콜니코프는 이 말을 기계적으로 반복했지만 목소리는 역시나 갑자기 완전히 속닥대는 것처럼 변했다.

포르피리는 후다닥 몸을 돌리더니 창가로 달려가 창문을 열었다.

---

* 로지온의 애칭.

"환기를 시켜야겠어요, 신선한 공기를 마시도록! 선생은 물도 좀 마셔야겠습니다, 선생, 이쯤 되면 숫제 발작입니다!" 그러고서 그는 물을 내오게 하려고 문 쪽으로 달려갔지만 마침 구석에 물병이 있었다.

"좀 마셔요, 선생." 물병을 들고 달려오며 그가 말했다. "한결 나아질 겁니다……." 포르피리 페트로비치가 소스라치게 놀라며 마음을 써 주는 모습이 너무 자연스러워, 라스콜니코프는 입을 다물고 의아스러운 듯 호기심을 갖고 그를 뜯어보기 시작했다. 그래도 물은 받아 들지 않았다.

"로지온 로마노비치! 친애하는 선생! 계속 이러시다가는 선생 스스로 미치고 말 겁니다, 정말입니다, 에-에이! 아-아휴! 좀 마시십시오! 조금이라도 마셔요!"

결국에는 그에게 물 잔을 들게 했다. 상대방은 그것을 기계적으로 입에 갖다 대려고 했지만 정신이 번쩍 들자 혐오스러워하며 탁자 위에 내려놓았다.

"예, 우리 경찰서에서 발작을 일으키신 적도 있잖습니까! 계속 이러시면, 선생, 지난번의 병이 도질 겁니다." 포르피리 페트로비치는 친구처럼 마음을 쓰면서도 여전히 왠지 어찌할 바를 모르겠다는 표정을 지으며 꽥꽥거렸다. "맙소사! 어쩌자고 이렇게 자기 몸을 돌보지 않는 겁니까? 마침 어제 드미트리 프로코피이치가 저를 찾아왔는데요, 그나저나 제 성격이 독살스럽고 더럽다는 것은 저도 십분, 십분 동의하지만, 아무리 그렇기로서니 저쪽에서는 무슨 결론을 끄집어 냈는지……! 맙소사! 어제 선생이 나간 다음 찾아와서는 함께 식사도 했는데 무슨 말을 그리 많이 하는지 저는 그냥 두 손 두 발 다 들고 말았습니다. 뭐, 생각해 보니…… 아, 이런! 설마 선생이 보내서 저를 찾아왔던 겁니까, 예? 좀 앉으십시오, 선생, 제발 좀 앉으세요!"

"아니요, 제가 왜요! 하지만 그 녀석이 당신을 찾아갔고 또 왜 갔는지는 알고 있었습니다." 라스콜니코프가 딱 잘라 대답했다.

"아셨다고요?"

"예. 아니, 그게 뭐 어때서요?"

"그게 말입니다, 로지온 로마노비치 선생, 제가 선생의 그런 위업만 알고 있는 것은 아닙니다. 모든 것을 다 알고 있단 말입니다! 실은 선생이 땅거미가 지고 날이 어둑어둑해질 무렵 집을 구하러 다녔고 설렁을 울렸고 피에 대해 물어서 일꾼들과 문지기들을 어리둥절하게 만들었다는 것도 알고 있습니다. 저는 그 무렵 선생이 기분 상태가 어땠을지도 이해합니다만…… 어쨌거나 이러시다간 선생 스스로 그냥 미치고 말 겁니다, 틀림없이! 빙빙 돌아 버릴걸요! 선생의 내부에서는 분노가, 고결한 분노가 부글부글 끓어오르겠지요, 처음에는 운명으로부터, 그다음에는 경찰서 사람들로부터 받은 모욕 때문에. 선생은 이 바보 같은 짓거리, 이 모든 의심에 신물이 났기 때문에 사방팔방으로 뛰어다니며 말하자면 다들 어서 빨리 입을 열도록 하고 그럼으로써 모든 것을 단번에 결판내려 들겠지요. 그렇지 않습니까? 기분 상태를 제대로 알아맞혔지요……? 그러시다간 선생 자신뿐만 아니라 우리 라주미힌도 빙빙 돌아 버리게 만들 겁니다. 사실 워낙 착한 녀석이라 그러고도 남겠지요, 선생도 잘 아시잖습니까. 선생은 병에 걸렸고 그 녀석은 마음이 착하니까 병은 응당 그 녀석에게 전염되겠지요……. 저는, 선생, 이제 선생이 좀 진정되시면 얘기하겠습니다만…… 일단 앉으십시오, 선생, 제발! 좀 쉬셔야죠, 얼굴이 말이 아닙니다. 좀 앉으세요."

라스콜니코프는 자리에 앉았다. 전율이 가라앉자 온몸에서 열이 났다. 그는, 경악한 나머지 친구처럼 자기를 돌봐 주고 있는 포르피리 페트로비치의 말을 심히 놀랍고 바싹 긴장한 상태로 듣고 있었다. 하지만, 믿고 싶은 어떤 야릇한 끌림을 느꼈음에도, 그의 말을 한마디도 믿지 않았다. 집을 구하고 어쩌고 하며 포르피리가 흘린 뜻밖의 말에는 완전히 충격을 받았다. '이럴 수가, 그렇다면 이 작자는 그 집 얘기까지 알고 있단 말인가?' 갑자기 이런 생각이 들었다. '게다가 제 입으로 얘기하고 있지 않는가!'

"예, 우리가 취급한 법률 사건 중에도 거의 그와 똑같은 경우가, 그런 심리적이고 병리적인 경우가 있었습니다." 포르피리가 빠른 말투로 계속했다. "어떤 사람이 역시나 스스로 살인죄를 뒤집어쓴 것인데, 그 수법이 참 가관이었습니다. 완전히 한 편의 대본을 만들고 물증도 내놓고 상황도 소상히 이야기하는 바람에 너 나 할 것 없이 갈피를 잡지 못하고 다 넘어갔는데, 왜 그랬을까요? 실상 그는 그야말로 어쩌다가, 또 일정 부분만 살인에 연루되었지만, 오직 일정 부분만 그랬지만, 자기가 살인자들에게 빌미를 제공했다는 사실을 알게 되자마자 절절매고 정신이 멍해지고 상상에 몰입하고 완전히 돌아 버려서는 자기가 바로 살인자라고 확신하게 된 겁니다! 결국 원로원에서 이 사건을 조사하여 그 불행한 자는 누명을 벗고 보호감호소로 보내졌지요. 원로원에 감사할 일이죠! 어휴, 맙소사, 아이고, 참! 그러니, 선생, 어떻습니까? 이렇게 자신의 신경을 자극하고 밤마다 설렁을 울리러 다니고 피 얘기나 묻고 하는 식의 충동에 휩싸이면 열병에 걸릴 수도 있거든요! 이런 심리학을 저는 전부 실제 사건을 통해 연구한 사람입니다! 그런 식으로 가면 때때로 사람이 창문이나 종루에서 뛰어내리고 싶은 마음마저 드는데, 이런 감각이 제법 유혹적이거든요. 설렁도 마찬가지이고요……. 병입니다, 로지온 로마노비치, 병이란 말입니다! 자신의 병을 너무 대수롭지 않게 여기시는군요. 경험이 풍부한 의사와 상의를 해 보는 것이 좋을 겁니다, 선생을 봐 주는 그 뚱뚱보 의사는 영 신통치 않아요……! 선생은 의식이 혼미해질 때가 있잖습니까! 이 모든 일이 의식이 혼미한 상태에서만 일어나잖습니까!"

순간, 모든 것이 라스콜니코프 주위를 맴돌기 시작했다.

'과연, 과연 이자는 지금도 거짓말을 하는 걸까?' 그의 머릿속에서 이런 생각이 번득였다. '그럴, 그럴 리 없다!' 그는 이 생각을 떨치려고 했는데, 그것에 골몰하다 보면 얼마나 광분하고 분개할지 미리부터 느낌이 와서, 또 그렇게 광분하다가 진짜 미쳐 버릴지도 모른다는 느낌이 들어서였다.

"그건 의식이 혼미한 상태가 아니라 맨 정신에서 한 일입니다!" 그는 이렇게 소리치며 포르피리의 술수를 꿰뚫기 위해 판단력을 최대한 긴장시켰다. "맨 정신, 맨 정신이었단 말입니다! 듣고 있습니까?"

"예, 이해하고 또 듣고 있습니다! 선생은 어제도 혼미 상태가 아니었노라고 말씀하셨고, 혼미 상태가 아니었다는 사실을 유달리 강조하셨지요! 선생이 무슨 말씀을 하시든 저는 다 이해합니다! 에-에이……! 자, 이제 제 말을 좀 들어 보십시오, 로지온 로마노비치, 친애하는 선생, 뭐 하다못해 이런 정황이라도 좀 들어 주십시오. 선생이 정말로, 실제로 범죄를 저질렀거나 저어기 어쩌다 이 빌어먹을 사건에 연루되었다면, 굳이 선생 입으로 이 모든 것은 혼미 상태가 아니라 말짱한 정신 상태에서 한 일이라고 강조하셨을까요? 그것도 그렇게 유달리 우기며 강조에 강조를 거듭하다니, 그래, 그럴 수 있었겠습니까, 그럴 수 있었을까요, 예? 제 생각으로는 완전히 정반대였을 것 같은데요. 만약 선생이 뭔가 켕기는 것이 있었다면 다름 아니라, 틀림없이 혼미 상태에서 한 일이다, 하고 강조하셨겠지요! 그렇지 않습니까? 그렇죠, 예?"

이 질문에는 뭔가 간특한 것이 도사리고 있었다. 라스콜니코프는 자기 쪽으로 몸을 기울이는 포르피리를 피해 소파의 등받이 쪽으로 몸을 움찔 뺀 다음 의혹에 잠긴 채 말없이 그를 뚫어져라 살펴보았다.

"사실 저 라주미힌 씨도 그런데, 즉, 그가 어제 할 말이 있어 자진해서 온 것인지, 아니면 선생의 사주를 받고 온 것인지요? 선생은 정확히, 그가 자진해서 간 것이라고 말해야 하고 또 선생의 사주를 받았다는 사실은 숨겨야 할 거 아닙니까! 하지만 보십시오, 선생은 숨기시지 않잖습니까! 정확히 선생의 사주를 받았노라고 고집하시지 않습니까!"

라스콜니코프는 결코 그런 고집을 부린 적이 없었다. 오싹 소름이 그의 등줄기를 훑고 지나갔다.

"계속 거짓말을 하는군요." 그가 병적인 미소로 입술을 일그러뜨리며 천천히, 힘없이 말했다. "당신은 이번에도 저의 술수를 전부 알고 있고 저의 답변도 전부 미리부터 알고 있음을 보여 주고 싶겠죠." 이렇게 말하면서 그는 자기가 무슨 말을 해야 할지 제대로 가늠해 보지도 않고 있다는 사실을 어렴풋이 느꼈다. "저에게 겁을 주고 싶거나⋯⋯ 아니면 그냥 저를 조롱하는 것이거나⋯⋯."

그는 이 말을 하면서 계속 상대를 뚫어져라 쳐다보았는데, 눈에서는 갑자기 또 무한한 증오가 번득였다.

"거짓말 좀 작작 하시지!" 그가 소리쳤다. "범인에게 있어 최상의 발뺌은 숨기지 않아도 되는 것은 가능한 한 숨기지 않는 것이라는 점, 당신도 잘 알고 있잖습니까. 당신의 말 따위는 믿지 않아요!"

"거참, 변덕하곤!" 포르피리가 히히거리기 시작했다. "선생, 선생 비위를 맞추기 참 힘듭니다. 선생은 왠지 편집광 같은 데가 있거든요. 그래, 제 말을 못 믿으시겠다고요? 제 입장에서 말씀드리자면, 선생은 이미 제 말을 믿고 계시고, 4분의 1아르쉰만큼이라도 믿으셨으니 저는 선생이 1아르쉰을 통째로 믿도록 만들겠습니다. 진실로 선생을 사랑하고 진실로 선생이 잘되길 바라거든요."

라스콜니코프의 입술이 파르르 떨려 왔다.

"정말 그러길 바라 마지않기에 끝으로 한 말씀 드리겠습니다." 그가 라스콜니코프의 위팔 부분을 다정스럽게 살짝 붙잡으며 말을 이어 갔다. "끝으로 드릴 말씀인즉, 선생의 병에 주의를 기울이십시오. 지금은 가족도 와 있잖습니까. 가족 생각도 하셔야죠. 그분들을 안심시키고 보살펴야 할 선생이 오히려 그분들에게 겁만 주고 계시니……."

"당신이 무슨 상관입니까? 아니, 어떻게 그런 것까지 알고 있죠? 왜 그렇게까지 관심을 갖는 겁니까? 그러니까 저를 감시하고 있고 그것을 저에게 보여 주고 싶다, 이 말씀입니까?"

"선생! 전부 선생, 선생한테서 직접 들어 알게 된 내용이올시다! 선생은 너무 흥분한 나머지 혼자 앞서 가서 저와 다른 사람에게 죄다 털어놓으시고도 알아채지 못하시는군요. 어제 라주미힌 씨, 즉 드미트리 프로코피이치를 통해서도 역시나 흥미로운 얘기를 많이 알게 되었습니다. 아니, 또 제 말을 가로막으시는데요, 저도 한 말씀 드리자면, 선생은 대단히 명민한 분임에도 그 의심 많은 성격 때문에 사물을 보는 건강한 시각마저 상실하셨습니다. 자, 가령, 예의 그 주제, 즉 설령 건만 해도 그렇습니다. 이렇게 귀중한 것을, 이런 물증을(이거야말로 온전한 물증 아닙니까!) 저는 그러니까 성심성의껏 선생 앞에 내놓았습니다, 예심판사인 제가 말입니다! 그런데도 선생은 아무것도 못 보십니까? 제가 선생을 조금이라도 의심했더라면 그렇게 행동했겠습니까? 오히려 우선 선생의 의심을 잠재우고 제가 이 사실을 이미 알고 있다는 티를 내지 않도록 했을 겁니다. 그렇게 선생을 반대편으로 끌고 간 다음 갑자기 (선생의 표현대로) 도끼 등으로 정수리를 내려치듯 넋을 빼놓았겠지요. '이보시오, 어젯밤 10시, 거의 11시가 다 된 시각에 그 피살자의 집에서 무엇을 했소? 왜 설렁을 울렸던 거요? 왜 피 얘기를 묻고 다녔소? 대체 왜 문지기를 당황하게 만들고 경찰서로, 부서장에게 가자고 했소?' 하는 식으로요. 제가 선생에게 손톱만큼이라도 혐의를 품었더라면 바로 이런 식으로 행동해야 했을 겁니다. 형식을 다 갖추어 선생에게서 진술을 받아 내고 가택수색을 하고 어쩌면 체포도 했겠지요…… 고로, 그와 다른 식으로 행동했다 함은 선생에게 혐의를 품고 있지 않은 뜻이 아닙니까! 선생은 건강한 시각을 상실하신 탓에 아무것도 보지 못하시는 겁니다, 거듭 드리는 말씀입니다!"

라스콜니코프는 온몸을 부들부들 떨었는데, 포르피리 페트로비치도 너무나 분명히 알아차릴 만큼 심한 정도였다.

"정말 거짓말의 향연이군요!" 그가 소리쳤다. "당신의 목적이 뭔지는 모르지만, 당신은 계속 거짓말만 하고 있어요……. 아까 한 말도 그런 뜻이 아니었을걸요, 제가 오해를 했을 리도 만무하고……. 거짓말만 하면서!"

"제가 거짓말을 한다고요?" 발끈하는 기색이었으나 그럼에도 아주 명랑하고 조롱 섞인 표정을 유지하며 포르피리가 말을 받았는데, 이 라스콜니코프 씨가 자기를 어떻게 생각하는지는 전혀 신경이 쓰이지 않는 모양이었다. "제가 거짓말을 한다는 말씀이시죠……? 자, 아까 제가 선생을 어떻게 대했습니까(예심판사인 제가 말입니다.) 제 입으로 선생에게 온갖 방어 수단을 암시하고 또 알려 주었으며 '병이다, 혼미 상태다, 심한 모욕에 골이 났다, 우울증이다, 경찰서 사람들이 어떻다.' 등등하며 제 입으로 이 모든 심리학까지 개진하지 않았습니까? 예? 헤-헤-헤? 하긴 그야 — 겸사겸사 드리는 말씀인데 — 이 모든 심리적 방어 수단과 변명과 발뺌은 극히 부실한 데다가 양날의 칼 같은 것이지요. '병에다 혼미에다 환각에다 요상한 것이 어른거려 기억이 안 난다.' 하는 식, 죄다 그런 식이거든요. 한데 선생, 병을 앓거나 혼미 상태일 때는 대체 왜 항상 그런 환각만 어른거리는 것일까요, 다른 것은 다 제쳐 두고요? 다른 환각도 있을 수 있잖습니까? 안 그렇습니까? 헤-헤-헤-헤!"

라스콜니코프는 경멸에 찬 오만한 눈초리로 그를 쳐다보았다.

"요컨대 제가 알고 싶은 것은 말입니다." 그가 자리에서 일어나며, 또 그러는 김에 포르피리를 약간 밀치며 고집스레 큰 소리로 말했다. "요컨대, 결국 제가 무혐의임을 인정해 주는 겁니까, 그러지 않는 겁니까? 말씀해 주시죠, 포르피리 페트로비치, 끝으로 확실히 말씀해 주시죠, 어서 빨리, 지금 당장!"

"거참, 갈수록 태산이군요! 선생, 참, 태산이올시다." 포르피리는 자못 명랑하고 간특한, 불안한 기색이 전혀 보이지 않는 표정을 지으며 소리쳤다. "아니, 선생이 뭐 하러 그렇게 많은 것을 아셔야 합니까, 뭐 하러 그럴 필요가 있냐고요, 아직 저쪽에서 선생을 괴롭힐 생각도 전혀 하지 않는 마당에! 참 어린애 같은 양반이군요. 손아귀에 불을 쥐여 달라고 보채는 격입니다! 그리고 왜 그렇게 걱정하십니까? 대체 왜 우리를 못 잡아먹어 안달이십니까, 당최 무슨 이유로? 예? 헤-헤-헤!"

"거듭 말씀드리겠습니다." 라스콜니코프가 광분하여 소리쳤다. "더 이상은 참을 수 없군요……."

"뭘요? 어딘가 애매한 상황 말입니까?" 포르피리가 말을 가로막았다.

"독설은 그만 좀 하시죠! 싫습니다……! 싫다고 하잖습니까……! 그럴 수도 없고 그러기도 싫어요……! 듣고 있습니까! 듣고 있냐고요!" 그는 또다시 주먹으로 탁자를 쾅쾅 내리치며 고함을 질렀다.

"조용히, 조용히 좀 하십시오! 밖에서 듣겠습니다! 진지하게 경고하지만, 몸을 좀 아끼세요. 농담이 아닙니다!" 포르피리가 속삭이듯 말했지만, 지금 그의 얼굴에는 마음씨 좋은 여자가 소스라치게 놀란 것 같은, 아까 같은 표정은 이미 없었다. 오히려 이제 그는 엄격하게 눈썹을 찌푸리며 단번에 모든 비밀과 애매모호한 상황을 허물어 버리겠다는 듯 대놓고 명령했다. 하지만 이것은 한순간에 지나지 않았다. 어안이 벙벙해진 라스콜니코프는 갑자기 진짜 미칠 듯 흥분해 버렸다. 하지만 이상한 노릇이었다. 아주 격렬한 광란의 발작에 사로잡혔음에도 그는 또다시 조용히 말하라는 명령에 복종하고 말았다.

"저를 이렇게 괴롭히도록 내버려 두지 않겠습니다!" 그는 갑자기 아까처럼 속삭였는데, 순간적으로 명령에 복종할 수밖에 없다는 사실을 의식하자 고통과 증오가 치밀어 올랐고 이런 생각 때문에 또 더더욱 광란에 사로잡혔다. "저를 체포

하시고 가택수색도 하십시오, 하지만 형식을 갖추어 행동할
것이지, 저를 갖고 놀지는 마십시오! 감히 어떻게 그런…….”

“형식에 대해서는 염려하지 마시라니까요.” 포르피리는 아
까처럼 간특한 냉소를 머금고 쾌감마저 느끼는 듯 라스콜니
코프의 모습을 음미하며 말을 가로챘다. “선생, 저는 지금 선
생을 완전히 친구처럼 여겨 편한 마음으로 초대한 겁니다!”

“당신의 우정 따위는 바라지 않습니다, 그따위 것, 엿이나
먹어라! 듣고 있습니까? 자, 이제 학생모를 들고 그만 가겠
습니다. 자, 체포할 생각이 있거든 지금 무슨 말을 좀 해 보시
지?”

그는 학생모를 거머쥐고 문 쪽으로 걸어갔다.

“그럼 깜짝쇼를 볼 마음은 없으십니까?” 포르피리가 히히
대며 또다시 그의 위팔을 붙잡고 문 옆에서 걸음을 멈추었다.
그는 분명히 점점 더 명랑해지고 장난기가 많아졌는데, 이 때
문에 라스콜니코프는 결정적으로 이성을 잃고 말았다.

“깜짝쇼라뇨? 그건 또 뭐죠?” 그는 갑자기 멈칫하더니 경
악한 얼굴로 포르피리를 바라보며 물었다.

“깜짝쇼는 바로 여기 제 집무실 문 뒤에 앉아 있습니다,
헤-헤-헤!(그는 손가락으로 칸막이에 나 있는, 관사로 통하는 닫힌
문을 가리켰다.) 달아나지 못하도록 잠가 놨습니다.”

“그게 뭡니까? 어디? 뭘 말하는 거죠……?” 라스콜니코프
는 그쪽으로 다가가 문을 열려고 했지만 잠겨 있었다.

“잠가 놨다니까요, 자, 열쇠는 여기!”

정말로 그는 호주머니에서 열쇠를 꺼내 보여 주었다.

"전부 거짓말이야!" 라스콜니코프는 이미 자제력을 상실한 채 울부짖었다. "순 거짓말만 하고, 빌어먹을 피에로 같은 놈!" 그러고서는, 문 쪽으로 뒷걸음질 쳤어도 조금도 기가 죽지 않은 포르피리에게 달려들었다.

"전부, 전부 알겠어!" 그는 포르피리를 향해 펄쩍 뛰어올랐다. "네놈은 거짓말만 하고 나를 살살 골리고 있어, 본색을 드러내게 할 심산으로⋯⋯."

"아니, 더 이상 본색이고 뭐고 할 것도 없잖습니까, 로지온 로마느이치 선생. 이렇게 미친 듯 흥분하셨으니, 원. 소리 좀 지르지 마십시오, 저도 사람을 부르겠습니다!"

"거짓말이야, 아무것도 없을걸! 사람을 불러 봐! 네놈은 내가 아프다는 것을 알고서, 나를 미쳐 날뛸 때까지 자극해서 본색을 드러내도록 하고 싶었던 거야, 바로 이게 네놈의 목적이야! 천만의 말씀, 물증을 내놔! 나는 모든 것을 이해했어! 네놈에겐 물증이란 전혀 없어, 걸레처럼 시시껄렁한 추측들만 있을 뿐이지, 자묘토프처럼⋯⋯! 네놈은 내 성격을 알고서, 나를 미칠 지경으로 몰아 간 다음 갑자기 사제들이며 대표 위원들을 갖다 놓고 내 넋을 빼놓고 싶었겠지⋯⋯. 네놈은 그놈들을 기다리고 있는 거지? 어? 뭘 기다리는 거야? 어디 있어? 대령해 봐!"

"아니, 대표 위원은 무슨 대표 위원입니까, 선생! 이 양반 별별 상상을 다 하는군! 이러시면 선생 말마따나 형식을 갖추고 자시고 할 수도 없잖습니까, 예, 선생이 일을 전혀 모르시니, 원⋯⋯. 형식이야 어디로 달아나지도 않을 겁니다, 이제 직접 아시게 될 테고요……!" 포르피리는 문 쪽에다 귀를 기울이며 중얼거렸다.

정말로 그때 다른 방의 문 바로 옆에서 시끄러운 소리가 들리는 것도 같았다.

"아, 오는군!" 라스콜니코프가 소리쳤다. "네놈이 저놈들을 데려오라고 사람을 보냈지……! 네놈은 저놈들을 기다리고 있었어! 원래 그럴 속셈이었지……. 자, 전부 여기에 대령해 봐. 대표 위원들이며 증인들이며 뭐든 원하는 대로…… 내놔 보시지! 나는 준비가 돼 있어! 준비됐다고……!"

하지만 그때 이상한 사건이 발생했는데, 일의 통상적인 흐름에 비춰볼 때 너무 뜻밖의 사건이라 라스콜니코프도, 포르피리 페트로비치도 물론 이런 대단원은 예상할 수도 없었다.

6

홋날 라스콜니코프의 머릿속에서 이 순간이 떠오르면 모든 일이 다음과 같은 모습으로 그려졌다.

문 뒤에서 들려온 시끄러운 소리가 갑자기 급속도로 커지더니 문이 살짝 열렸다.

"대체 무슨 일이야?" 포르피리 페트로비치가 짜증을 내며 소리쳤다. "내가 미리 일러두지 않았나……."

순간, 대답은 없었으나 문 뒤에 몇 사람이 서 있고 누군가를 떠밀고 있는 것 같았다.

"아니, 거기 무슨 일이야?" 포르피리 페트로비치가 불안한 듯 질문을 반복했다.

"죄수를 데려왔습니다, 니콜라이요." 누군가의 목소리가 들려왔다.

"안 돼! 저리 데려가! 좀 기다리란 말이야……! 저 자식은 대체 어쩌자고 여기까지 기어 왔담! 정말 엉망진창이군!"포르피리가 문 쪽으로 달려가며 소리쳤다.

"아니, 이 자식이……."아까 그 목소리가 또 말을 하려다가 갑자기 툭 끊기고 말았다.

이 초도 안 되는 사이에 진짜 전쟁이 일어났다. 다음 순간 갑자기 누가 누구를 힘껏 밀쳤고 그 뒤를 따라 누군가 몹시 창백한 사람이 포르피리 페트로비치의 집무실로 곧장 성큼성큼 들어왔다.

그 사람은 첫눈에도 몹시 이상한 모습이었다. 곧장 앞을 보고 있었지만 아무도 보이지 않는 모양이었다. 눈에는 결의가 번득였으나 그와 동시에 얼굴에는 사형장으로 끌려가는 사람처럼 죽음 같은 창백함이 드리워져 있었다. 완전히 하얗게 질린 입술은 파르르 떨리고 있었다.

그는 아직 몹시 젊었는데 평민 같은 옷차림에 키는 중간쯤 되고 몸은 마른 편이었으며 머리는 막깎이를 해 놓았고 얼굴 선은 오목조목 가는 데다가 좀 수척한 것 같았다. 얼떨결에 떠밀렸던 사람이 제일 먼저 그의 뒤를 따라 방으로 달려와서 그의 어깨를 붙잡았다. 호송병이었다. 하지만 니콜라이는 한쪽 팔을 빼내며 또다시 그에게서 빠져나갔다.

문간으로 호기심에 몸이 단 사람 몇 명이 몰려들었다. 그중 어떤 자들은 안으로 들어오려고 용을 쓰고 있었다. 위에 묘사된 일은 전부 거의 삽시간에 일어났다.

"저리 데려가, 아직 일러! 부를 때까지 기다리란 말이야……! 대체 어쩌자고 더 일찍 데려왔나?"포르피리 페트로비치는 어쩔 줄 모르겠다는 듯 극도로 짜증을 내며 중얼거렸다. 하지만 갑자기 니콜라이가 무릎을 꿇었다.

"네놈은 뭐야?" 포르피리가 깜짝 놀라며 소리쳤다.

"잘못했습니다! 죄를 지었습니다! 제가 살인자입니다!" 숨을 약간 헐떡였지만 니콜라이는 갑자기 상당히 큰 목소리로 말했다.

십 초가량 침묵이 흘렀으며 다들 얼어붙은 것 같았다. 호송병도 뒤로 움찔 물러나면서, 더 이상 니콜라이에게 다가가지도 못하고 기계적으로 문 쪽으로 뒷걸음질 쳐 꿈쩍도 하지 않고 그 자리에 섰다.

"그게 무슨 소리야?" 순간적인 마비 상태에서 풀려난 포르피리 페트로비치가 소리쳤다.

"저는…… 살인자입니다……." 잠깐 침묵한 다음 니콜라이가 반복했다.

"어떻게…… 네놈이……. 어떻게……. 누구를 죽였다는 거냐?"

포르피리 페트로비치는 당황하는 기색이 역력했다.

니콜라이는 또다시 잠깐 침묵했다.

"알료나 이바노브나와 그 여동생 리자베타 이바노브나는 제가…… 죽였습니다…… 도끼로요. 뭣에 씌어서 그만……." 갑자기 이렇게 덧붙이고는 다시 입을 다물었다. 그는 줄곧 무릎을 꿇고 있었다.

포르피리 페트로비치는 잠깐 생각에 골몰한 듯 서 있었지만, 갑자기 다시 푸드덕거리며 정신을 차리더니 부르지도 않앉는데 와 있는 구경꾼들을 향해 손을 내저었다. 그들은 냉큼 모습을 감추었고 문은 닫혔다. 그러자 그는, 한구석에 서서 의아한 눈으로 니콜라이를 쳐다보고 있는 라스콜니코프를 보고서 그쪽으로 방향을 틀려고 했다. 하지만 갑자기 걸음을 멈추고 그를 쳐다보다가 그 즉시 시선을 니콜라이에게로 옮겼고 그런 다음에는 또 라스콜니코프에게, 또 그런 다음에는 니콜라이에게 시선을 옮기더니 갑자기 뭣에 열광한 사람처럼 또 니콜라이에게 달려들었다.

"아니, 어쩌자고 혼자 선수를 치는 거야, 뭣에 씌었네 마네 하면서?" 그는 거의 악의에 사로잡혀 상대방을 향해 소리쳤다. "뭣에 씌었냐고 아직 묻지도 않았는데…… 어디 말해 봐. 네놈이 죽인 거냐?"

"저는 살인자입니다…… 진술을 하겠습니다……." 니콜라이가 말했다.

"에-에잇! 무엇으로 죽였나?"

"도끼로요. 미리 준비해 뒀습니다."

"에잇, 호들갑하곤! 혼자서 했나?"

니콜라이는 질문을 이해하지 못했다.

"혼자 죽였냐고?"

"예. 미치카는 아무 죄가 없습니다, 이 일과는 아무 상관없어요."

"미치카는 또 왜 들먹이나, 호들갑하곤! 에-에엣……! 아니, 그럼, 어떻게, 대체 어쩌자고 그때 계단을 뛰어 내려간 거지? 문지기들이 너희 두 녀석을 봤다던데?"

"그건 주의를 돌리려고…… 그때…… 미치카와 같이 뛰어 내려갔어요." 니콜라이는 미리 준비해 둔 듯한 답변을 마구 서둘러 대며 내놓았다.

"뭐, 그럴 테지!" 포르피리가 잔뜩 골이 나서 소리쳤다. "자기 말을 하는 것이 아니로군!" 그는 혼잣말처럼 중얼댔는데, 갑자기 또 라스콜니코프가 눈에 들어왔다.

니콜라이에게 온통 정신이 팔려 있다가, 한순간 라스콜니코프의 존재마저 잊어버린 모양이었다. 이제 갑자기 정신이 들자 당황하기까지 했다…….

"로지온 로마노비치, 선생! 죄송합니다." 그는 상대방에게 달려들었다. "이래서는 안 되겠는걸요. 부디…… 여기 계셔도 별수 없으니…… 저도…… 보시다시피, 정말 깜짝쇼가 따로 없군요……! 부디……!"

그러고서는 그의 손을 잡고 문 쪽을 가리켰다.

"당신도 예상하지 못한 일인 모양이죠?" 라스콜니코프가 이렇게 말했는데, 물론 아직 아무것도 분명히 이해하지는 못했지만 진즉부터 한결 기운을 되찾았다.

"그야, 선생, 선생도 마찬가지겠지요. 아이고, 저 손 떨리는 것 좀 봐! 헤-헤!"

"그야 그쪽도 마찬가지인걸요, 포르피리 페트로비치."

"저도 떨고 있군요. 하긴 워낙에 예상하지 못한 일이라……!"

그들은 이미 문간에 서 있었다. 포르피리는 라스콜니코프가 나가길 초조하게 기다렸다.

"그럼 깜짝쇼는 안 보여 주는 겁니까?" 갑자기 라스콜니코프가 말했다.

"말씀은 그렇게 하시지만 입안에서는 이가 달달 떨리고 있는걸요, 헤-헤! 선생은 참 아이러니한 사람입니다! 뭐, 그럼, 또 뵙겠습니다."

"제 생각으론 안녕히 가십시오!가 좋겠군요."

"하느님이 알아서 하실 일이지요, 하느님이 알아서 하실 겁니다!" 포르피리가 어쩐지 일그러진 미소를 지으며 중얼거렸다.

사무실을 지나면서 라스콜니코프는 많은 사람들이 자기를 유심히 쳐다보고 있음을 알아챘다. 대기실에 모여 있는 사람들 틈에, 그날 밤 자기가 경찰서로 가자고 했던 그 집 문지기 두 명이 섞여 있는 것도 알아보았다. 그들은 서서 뭔가를 기다리고 있었다. 그런데 그가 계단으로 나오자마자 갑자기 뒤에서 또 포르피리 페트로비치의 목소리가 들렸다. 몸을 돌려서 보니 상대방이 헐레벌떡 뒤쫓아 오고 있었다.

"한마디만 더 합시다, 로지온 로마노비치. 저어기 이 나머지 일은 전부 하느님이 알아서 하실 테지만, 어쨌거나 형식을 갖추어 뭐를 좀 물어봐야 할 것 같은데…… 또 한 번 만납시다, 그렇게 하시죠."

그러면서 포르피리는 미소를 지으며 그의 앞에 멈추어 섰다.

"그렇게 합시다." 그가 한 번 더 덧붙였다.

아무래도 아직 뭔가 하고 싶은 말이 더 있는 눈치였지만 어쩐지 말이 잘 나오지 않는 모양이었다.

"아까 일은, 포르피리 페트로비치, 죄송합니다……. 제가 그만 발끈했습니다." 이미 완전히 기운을 차린 라스콜니코프는 여유를 부리고 싶은 마음을 뿌리치지 못하고 이렇게 말을 시작했다.

"괜찮습니다, 괜찮아요……." 포르피리 페트로비치가 거의 기뻐하며 말을 받았다. "저야말로……. 저란 인간이 성격이 독살스러워서, 후회합니다, 후회막심이올시다! 자, 그럼, 또 만납시다. 하느님이 이끄시는 대로, 그 뜻대로, 예, 또 만납시다……!"

"그때는 서로를 철저히 알게 될까요?" 라스콜니코프가 말을 받았다.

"예, 철저히 알게 될 겁니다." 포르피리 페트로비치는 맞장구를 치더니 한쪽 눈을 가늘게 뜨며 극히 진지한 표정으로 그를 쳐다보았다. "이제 영명축일 파티에 가십니까?"

"장례식이죠."

"아, 맞다, 장례식이었지! 건강 좀 챙기세요, 건강을……."

"제 쪽에서는 뭐라고 인사를 드려야 할지 모르겠군요!" 라스콜니코프는 이렇게 말을 받아쳤는데, 이미 계단을 내려가던 참이었으나 갑자기 다시 포르피리 쪽으로 몸을 돌렸다. "더욱더 성공하길 바란다고 할까 싶지만, 보다시피 당신의 직무라는 것이 얼마나 희극적입니까!"

"아니, 왜 희극적입니까?" 포르피리 페트로비치도 그만 가려고 몸을 돌렸다가 당장에 귀를 쫑긋 세웠다.

"그렇지 않습니까, 저 불쌍한 미콜카를 당신의 그 수법, 그 심리전으로 얼마나 고문하고 괴롭혔을까요, 자백할 때까지 그랬겠죠. 밤낮으로 '네가 살인자이다, 너는 살인자이다…….'

하고 증명을 거듭했을 겁니다. 뭐 이제는 이미 자백했으니까 당신은 또 그를 뼛속까지 짓뭉개기 시작할 테죠. '거짓말이야, 너는 살인자가 아니야! 네가 살인을 했을 리 없어! 너는 자기 말을 하는 게 아니야!' 하는 식으로. 자, 이러니 어떻게 희극적인 직무가 아닐 수 있습니까?"

"헤-헤-헤! 그러니까 제가 방금 니콜라이에게 '자기 말을 하는 것이 아니다!'라고 말한 것을 인지하셨군요?"

"어떻게 인지하지 못할 수가 있습니까?"

"헤-헤! 영특하십니다, 영특해요. 모든 것을 인지하시니! 머리가 정말 잘 돌아간다니까요! 게다가 가장 희극적인 핵심도 포착할 줄 아시고……. 헤-헤! 작가들 중에서는 고골이 이런 재주가 제일 많았다고들 하죠?"

"예, 고골이 그렇지요."

"예, 고골이…… 그럼 또 만납시다."

"예, 그러죠……."

라스콜니코프는 곧장 집으로 갔다. 너무 정신이 없고 혼란스러웠던 탓에 집에 도착하자 소파로 몸을 던졌고 얼마간이라도 생각을 가다듬으려고 애쓰며 십오 분 정도 그냥 앉아서 쉬었다. 니콜라이에 관한 한, 아예 생각하려고 하지도 않았다. 그는 심히 충격을 받았음을 느꼈다. 니콜라이의 자백에는 지금으로서는 자기가 도무지 이해할 수 없는 뭔가 불가해하고 놀라운 것이 있다는 느낌도 들었다. 하지만 니콜라이의 자백은 엄연한 사실이었다. 그 사실의 결과가 어떨지 그의 눈에는 이내 분명히 보였다. 거짓은 탄로 나지 않을 수 없고 그때는 또다시 그를 붙잡고 늘어질 것이다. 하지만 적어도 그때까지는 자유의 몸이며 자신을 위해 반드시 뭐든 해야 한다, 위험은 피할 수 없으니까.

하지만 그 위험은 대체 어느 정도일까? 상황이 또렷해지기 시작했다. 전반적인 관계를 더듬어 아까 포르피리와 만났던 모든 장면을 대충 떠올리자 다시 한 번 공포에 사로잡혀 전율하지 않을 수 없었다. 물론, 아직은 포르피리의 목적을 다 알지는 못했고 아까 그의 속셈을 다 간파할 수도 없었다. 하지만 그 술수의 일부는 드러났으며, 포르피리의 술수에서 이 '수(手)' 가 그에게 얼마나 끔찍한 것인가는 그가 제일 잘 이해했다. 자칫하면 그는 사실상 완전히 본색을 드러냈을 수도 있었을 것이다. 그의 성격에 병적인 구석이 있음을 잘 아는 포르피리는 첫눈에 그것을 포착하고 간파하여, 지나치게 단호하긴 하지만 거의 확실한 태도로 행동했다. 물론, 라스콜니코프는 아까 이미 못난 모습을 보였지만 어쨌거나 아직까지 물증을 흘리지는 않았다. 이 모든 것이 아직은 상대적일 따름이다. 하지만 과연, 과연 지금 그가 이 모든 것을 제대로 파악하고 있는 것일까? 잘못 알고 있는 것은 아닐까? 오늘 포르피리는 정확히 어떤 결론으로 기울었을까? 오늘 정말로 뭔가를 준비해 뒀던 것일까? 그렇다면 정확히 무엇이었을까? 정말로 그는 뭔가를 기다리고 있었던 것일까, 아닐까? 니콜라이 덕분에 뜻밖의 파국이 찾아오지 않았더라면, 그들은 오늘 정확히 어떤 모습으로 헤어졌을까?

포르피리는 자신의 술수를 거의 유감없이 보여 주었다. 물론 위험을 감수하긴 했지만 여하튼 보여 주었으며 (라스콜니코프는 계속 이런 생각이 들었는데) 포르피리에게 정말로 뭔가가 더 있었다면 그것마저도 보여 주었을 것이다. 그 '깜짝쇼'란 대체 무엇일까? 그냥 냉소였을까, 그런 걸까? 그것이 무슨 의미가 있는 것이었을까, 아니었을까? 그 속에 어떤 증거나 무슨 확실한 혐의 내용 같은 것이 숨겨져 있었던 건 아닐까? 어제의 그 인간일까? 그자는 대체 어디로 사라졌을까? 오늘은 어디에 있었을까? 만약 포르피리에게 정말 뭐든 확실한 것이 있다면, 그것은 물론 어제의 그 인간과 관련된 것이리라…….

그는 소파에 앉아 머리를 아래로 떨어뜨리고 팔꿈치를 무릎에 괸 채 두 손으로 얼굴을 가렸다. 아직도 온몸에 신경질적인 전율이 일고 있었다. 마침내 그는 자리에서 일어나 학생모를 집어 들고 잠시 생각을 한 다음 문 쪽으로 향했다.

어쩐지 적어도 오늘 하루는 거의 확실히 신변에 위험이 없는 것으로 생각해도 괜찮겠다는 예감이 들었다. 갑자기 그는 마음속에서 거의 기쁨 같은 감정이 솟구쳐 오르는 것을 감지했다. 한시바삐 카체리나 이바노브나에게 가고 싶었다. 장례식이라면 물론 이미 늦었지만 추도식 시간에는 충분히 댈 수 있을 테고, 이제 곧 그곳에서 소냐를 보게 될 것이다.

걸음을 멈추고 잠깐 생각에 잠긴 그의 입술에 병적인 미소가 어렸다.

"오늘이다! 오늘!" 그는 혼잣말로 되뇌었다. "그래, 오늘 당장! 응당 그래야 한다……."

그가 문을 열려는 순간, 갑자기 문이 알아서 저절로 열렸다.

그는 몸을 떨며 뒤로 움찔 물러났다. 천천히, 조용히 문이 열리면서 갑자기 한 형상이 모습을 드러냈는데, 땅 밑에서 솟아난 것 같은 어제의 그 인간이었다.

그자는 문지방에 멈추어 서서 말없이 라스콜니코프를 바라보더니 방 안으로 한 발짝을 내딛었다. 그는 어제와 똑같은 모습, 즉 똑같은 외양에 똑같은 차림새였지만 얼굴과 눈빛은 심히 달라져 있었다. 지금은 어쩐지 풀이 죽은 것 같은 데다가 잠깐 서 있다가 한숨을 푹 내쉬었다. 그러면서 손바닥을 뺨에 갖다 대고 고개를 한쪽으로 기울이기만 하면 영락없이 여자 같았을 것이다.

"무슨 일이죠?" 사색이 된 라스콜니코프가 물었다.

그자는 좀 침묵했다가 갑자기 거의 땅바닥에 닿을 정도로 몸을 숙였다. 적어도 오른손 손가락은 땅에 닿았다.

"무슨 일이냐니까요?" 라스콜니코프가 소리쳤다.

"잘못했습니다." 그 사람이 조용히 말했다.

"대체 뭘요?"

"몹쓸 생각을 품었습니다."

둘은 서로를 쳐다보았다.

"속상했거든요. 그때 당신이 왔을 때, 아마 술에 취한 상태였겠지만, 문지기더러 경찰서에 가자고 하고 피 얘기를 물었을 때 당신을 그냥 술주정뱅이로 치부하고 내버려 둔 것이 속상했습니다. 얼마나 속상했는지 잠도 못 잤지 뭡니까. 마침 주소를 기억해 두었기 때문에 어제 여기 와서 수소문을 해 봤지요……"

"누가 왔다고요?" 라스콜니코프가 순간적으로 기억을 더듬으며 말을 가로막았다.

"다시 말해 제가 그랬다는 얘기입니다. 죄송하게 됐습니다."

"그러니까 당신은 그 건물에 사는 사람인 거죠?"

"예, 저는 그때 그곳의 대문 옆에 사람들과 함께 서 있었는데, 잊으신 모양이지요? 저는 옛날 옛적부터 거기서 밥벌이를 하고 있습니다. 모피를 취급하는 소시민인데 그 집에서 일감을 만지지요…… 한데 제일 속상했던 것은 아무래도…….."

그러자 라스콜니코프는 갑자기 그저께 대문 근처에서 일어났던 소동이 전부 또렷이 떠올랐다. 그때 거기에는 문지기 말고도 몇 사람이 더 서 있었고 여자들도 있었던 것이 생각났다. 이놈을 곧장 경찰서로 데려가자고 했던 어떤 목소리도 떠올랐다. 그 말을 했던 자의 얼굴은 기억도 나지 않고 지금 만나도 못 알아보겠지만, 그때 자기가 그를 향해 몸을 돌려 뭐라고 대답까지 했던 일은 기억에 남아 있었다…….

자, 그렇다면 이로써 어제의 그 공포는 모두 해결된 셈이다. 제일 소름 돋는 일은 이토록 시시껄렁한 일 때문에 정말로 거의 파멸했다고, 거의 파멸을 자초했다고 생각했다는 사실이다. 그렇다면 집을 구하는 일과 피에 관한 대화를 빼면 이 사람은 아무것도 말할 수 없으리라. 그렇다면 포르피리도 역시 이 혼미 상태를 빼면 아무것도, 아무것도 없는 것이며 양날의 칼에 불과한 심리 수법을 빼면 어떤 물증도, 어떤 결정적인 물증도 없는 것이다. 그렇다면 더 이상 어떤 물증도 나타나지 않을 경우(더 이상 나타나지도 말아야 한다, 그래야, 그래야 한다!), 그럴 경우엔…… 그들도 뭘 어쩌겠는가? 그를 체포한들 무엇으로 그의 죄상을 확실히 폭로할 것인가? 그러니까 포르피리는 지금 막, 이제야 비로소 그 집을 구하던 일을 알게 됐을 뿐, 지금까지는 전혀 몰랐다는 소리이다.

"그럼 당신이 오늘 포르피리에게 그 얘기를 했던 거로군요…… 내가 다녀갔다는 얘기 말입니다?" 그가 느닷없이 든 생각에 충격을 받아 이렇게 소리쳤다.

"포르피리라니요?"

"예심판사 말입니다."

"예, 제가 얘기했습니다. 그때 문지기들은 안 가고 제가 갔거든요."

"오늘요?"

"당신이 오기 일 분 전쯤에 가 있었지요. 그래서 전부 들었습니다, 그분이 당신을 얼마나 못살게 구는지 전부."

"어디서? 무엇을? 언제요?"

"어디긴요, 바로 거기 그분의 집무실 칸막이 뒤에 쭉 앉아 있었는걸요."

"뭐라고요? 그럼, 당신이 그 깜짝쇼의 주인공이었단 말입니까? 아니, 어떻게 그랬을 수가 있죠? 세상에!"

"그러게 말입니다." 소시민이 말을 시작했다. "문지기들이 경찰서로 가자는 제 말은 듣지도 않고 벌써 시간도 늦었으니 가 봤자 제때 안 왔다고 잔소리나 듣기 십상이라고 하자, 저는 하도 속이 상해 밤새 잠도 못 잤고 그래서 수소문을 하게 됐습니다. 어제 알아낸 것이 있어서 오늘 갔던 것이지요. 처음에 갔을 때는 자리에 없더라고요. 한 시간 뒤에 갔더니 면회를 허락하지 않았는데, 세 번째 갔을 때는 들여보내더라고요. 저는 어떤 일이 있었는지 낱낱이 아뢰었고, 그러자 그분은 방을 펄쩍펄쩍 뛰어다니며 주먹으로 자기 가슴을 치더군요. '이놈들, 나한테 대체 무슨 짓을 하는 거야, 이 날강도들아? 그런 줄 알았으면 호송병과 함께 가서 그 녀석을 잡아 왔을걸!' 하고 말하면서요. 그런 다음 뛰어나가더니 어떤 자를 불러와 구석에서 몇 마디를 나누었고, 그런 다음에는 또 저에게 다가와 질문을 던지고 욕을 해 대기 시작했습니다. 참 많이도 꾸짖더군요. 한편 저는 그분에게 모든 일을 낱낱이 고해바쳤으며, 어제 당신이 나에게 감히 아무 대답도 하지 못하더라고, 숫제 나를 제대로 알아보지도 못하더라고 말했습니다. 그러자 그분은 당장 또 방방 뛰기 시작했는데, 계속 자기 가슴을 치고 성질을 부리고 방방 뛰어다녔는데, 당신이 왔다는 보고가 들어왔지 뭡니까. 그러자, 자, 칸막이 뒤로 가서 일단 앉아 있어라, 무슨 소리가 들려도 꿈쩍도 하지 마라, 하고 말하면서 몸소 의자를 그리로 갖다 주고 저를 가두었습니다. 너를 심문할지도 모른다, 하고 말하면서요. 한데 사람들이 니콜라이를 데려왔고, 당신을 보낸 연후에 저를 꺼내 주었습니다. 또 너를 불러 심문하도록 하겠다, 하고 말하면서요……."

"그럼 니콜라이는 자네가 있는 데서 심문했나?"

"당신을 보내자마자 곧 저도 보내 주었고, 니콜라이를 심문하기 시작했어요."

소시민은 여기서 말을 끊고 갑자기 또 손가락이 마룻바닥에 닿을 만큼 몸을 숙였다.

"악의를 품고 모함을 한 저를 용서해 주십시오."

"하느님께서 용서해 주실 걸세." 라스콜니코프가 대답했다. 이 말을 떨어지자마자 소시민은 또 절을 하고, 하지만 이제는 땅바닥까지는 아니고 그냥 허리를 숙인 다음 천천히 몸을 돌려 방을 나갔다. '전부 양날의 칼이다, 이제는 전부 양날의 칼이야.' 라스콜니코프는 이렇게 되뇌며 그 어느 때보다도 더 기운차게 방을 나섰다.

'이제 다시 싸워 보자.' 계단을 내려가면서 그는 적의에 찬 냉소를 머금고 말했다. 적의는 자기 자신을 향한 것이었다. 자기가 얼마나 '옹졸'했는지를 떠올리자 경멸과 수치심이 느껴졌다.

5부

1

두네치카와 풀헤리야 알렉산드로브나를 상대로 자기로서
는 숙명적인 담판을 지은 이튿날 아침, 표트르 페트로비치는
술이 확 깨는 것 같은 느낌이 들었다. 그로서는 대단히 불쾌한
노릇인데, 어제만 해도 거의 환상적인 일, 일어나긴 했으나 그
럼에도 도무지 불가능해 보였던 일을 시나브로 돌이킬 수 없
는 확고한 사실로 받아들이지 않으면 안 됐다. 상처받은 자존
심이 시커먼 뱀처럼 밤새도록 그의 심장을 빨아 댔다. 침대에
서 일어나자마자 표트르 페트로비치는 당장 거울부터 봤다.
간밤의 부아가 얼굴을 망친 건 아닐까, 걱정이 앞섰던 것이다.
하지만 이쪽으로는 일단은 다 무난했다. 최근 들어 살이 더 붙
은 곱상하고 뽀얀 얼굴을 바라보자 표트르 페트로비치는 어
디 다른 데서 신붓감을, 그것도 아마 훨씬 더 순결한 신붓감을
구할 수 있으리라는 확신에 가득 차 한순간 위안을 얻기도 했

다. 하지만 이내 정신이 번쩍 들어 한쪽으로 침을 힘껏 탁 뱉었는데, 때문에 그의 동거인인 젊은 친구 안드레이 세묘노비치 레베쟈트니코프는 말없이 비아냥대는 조소를 머금었다. 이 조소를 눈치채기가 무섭게 표트르 페트로비치는 속으로 이 젊은 친구에 대한 복수를 다짐하며 외상값을 달아 놓았다. 최근 들어 그 앞으로 벌써 많은 외상값이 달렸다. 갑자기 어제 일의 결과를 안드레이 세묘노비치에게 알려 주지 말았어야 했다는 생각이 들자 그의 적의는 더욱더 배가되었다. 그것은 괜히 감정이 격앙되고 발끈한 나머지 짜증이 나서 저지른, 어제의 두 번째 실수였다……. 이어, 설상가상으로 오늘 아침 내내 불미스러운 일만 꼬리에 꼬리를 물고 일어났다. 원로원 쪽 일 하나도 심혈을 기울였건만 아무래도 패소할 형편이었다. 그 와중에 코앞에 닥친 결혼을 위해 임대해서 자기 돈으로 손을 보고 있던 아파트의 주인이 유달리 속을 썩였다. 이 주인이라는 자는 어쩌다 벼락부자가 된 독일인 수공업자인데, 이제 막 체결한 계약을 어떤 일이 있어도 해지하려 하지 않았을 뿐더러 표트르 페트로비치가 거의 새롭게 단장한 아파트를 돌려주겠다는데도 계약서에 명시된 위약금을 전액 지불하라고 요구했다. 가구점 쪽도 만만치 않아, 구입만 해 둔 채 아직 아파트로 들이지도 않은 가구에 대해 선금 중 단 1루블도 절대 돌려주지 않겠다는 것이었다. '가구가 아까워서 일부러 결혼을 할 수도 없잖은가!' 표트르 페트로비치는 속으로 이를 갈았으나 동시에 필사적인 희망이 다시 한 번 내부에서 번득였다. '과연, 정말로 모든 일이 이렇게 돌이킬 수 없을 만큼 영망이 되고 끝장났단 말인가? 과연 다시 한 번 애써 보면 안 될까?' 두네치카 생각이 다시 한 번 유혹적인 가시처럼 그의 심장을 콕 찔렀다. 표트르 페트로비치는 이 순간을 고통스럽게 견뎌 냈으며, 오직 소원만으로 라스콜니코프를 죽일 수 있다면 물론 당장에 그 소원을 말로 내뱉었을 것이다.

'그뿐이 아니다, 그들에게 돈을 전혀 주지 않은 것도 실수였다.' 침울한 모습으로 레베쟈트니코프의 골방으로 돌아오는 길에 그는 계속 생각했다. '어쩌자고, 제기랄, 그렇게 유대인처럼 쩨쩨하게 굴었을까? 무슨 속셈이 있어서 그런 것도 아니란 말이다! 그들을 마구 고생시킨 다음 그들이 나를 하느님처럼 우러러보도록 몰아갈 심산이었는데, 저딴 식으로 나올 줄이야……! 쳇……! 아니, 요 기간 내도록 가령 1,500루블쯤 내주면서 지참금이나 선물 값이라며, 이런저런 케이스며 액세서리며 홍옥수(紅玉髓), 옷감이나 크노프* 상점이나 영국 상점에서 파는 그따위 온갖 걸레쪽이라도 사라고 했더라면, 그렇게만 했더라도 일은 좀 더 깔끔하고…… 좀 더 확실했을 텐데! 이제 와서 이렇게 쉽사리 나를 거절하지도 못했을 테고! 저들은 타고나길 거절을 할 경우엔 선물이고 돈이고 전부 반드시 되돌려주어야 한다고 생각할 만한 족속이니까. 그래도 되돌려주려면 괴롭고 아까웠을 테지! 게다가 양심에도 거리꼈을 것이다. 지금까지 이토록 선심을 쓰고 마음 씀씀이도 고왔던 사람을 어떻게 갑자기 뿌리칠 수 있을까, 하는 식이었겠

---

* 네프스키 거리에 있던 보석상 주인.

지……. 음! 이만저만한 실수가 아니었어!' 그러고서 표트르 페트로비치는 다시 한 번 이를 갈고서 이내 자기를 바보라고 불렀다, 물론, 속으로 말이다.

이런 결론에 다다른 터라, 집에 돌아왔을 때 그는 집을 나설 때보다 두 배는 더 골이 나고 짜증스러운 상태였다. 카체리나 이바노브나의 방에서 추도식을 준비하는 것에는 어느 정도 호기심이 발동했다. 어제도 이 추도식에 관해 뭔가 들은 얘기가 있었고, 자기도 초대받은 것 같은 기억이 났다. 하지만 자기 일에 부산을 떠느라 그 나머지 일은 신경 쓸 겨를이 없었다. 카체리나 이바노브나가 집을 비운 틈에(묘지에 가 있었다.) 거의 다 차려진 식탁 주변에서 부산을 떠는 리페베흐젤 부인에게 서둘러 물어 알아낸 바로는, 성대한 추도식이 될 것이고 거의 모든 세입자들이 초대받았고 그중에는 고인과 안면이 없는 사람들도 끼여 있고 심지어 카체리나 이바노브나와 말다툼을 한 적도 있는 안드레이 세묘노비치 레베쟈트니코프도 초대받았고 끝으로 그, 즉 표트르 페트로비치는 초대받았을 뿐만 아니라 모든 세입자 중 거의 가장 비중 있는 손님으로서 큰 기대를 모으고 있다는 것이었다. 아말리야 이바노브나도 예전에 온갖 불미스러운 일이 있었음에도 대단히 정중히 초대를 받았으며, 지금은 안주인 노릇을 하느라 거의 쾌감을 맛보며 부산을 떨었고 상복이긴 해도 전부 새로 장만한 비단옷을 칭칭 휘감고서 한껏 뽐을 내기도 했다. 이 모든 사실과 정보를 접한 표트르 페트로비치는 어떤 생각이 떠올랐고, 그 생각에 골몰한 채 자기 방, 즉 안드레이 세묘노비치 레베쟈트니코프의 방으로 들어왔다. 문제는 초대받은 사람 중에 라스콜니코프도 들어 있음을 알게 되었다는 점이다.

안드레이 세묘노비치는 웬일인지 이날 아침 내내 집에 틀어박혀 있었다. 이 신사와 표트르 페트로비치 사이에는 어딘가 이상하지만 일정 부분 자연스럽기도 한 관계가 형성돼 있었다. 표트르 페트로비치는 그의 방에 들어온 거의 바로 그날부터 그를 정도 이상으로 경멸하고 증오했지만, 동시에 그를 다소 두려워하는 것도 같았다. 그가 페테르부르크에 도착한 후 이 방에 묵은 것은 쩨쩨한 절약 정신 탓만은 아니었는데, 비록 이것이 거의 주된 이유였지만 다른 이유도 있었다. 지방에 있을 때부터 한때 자신의 피후견인이던 안드레이 세묘노비치 얘기를, 즉 그가 가장 선도적인 젊은 진보주의자 중 한 명이며 어떤 흥미롭고 전설적인 서클에서 중대한 역할을 맡고 있다는 얘기를 들었던 것이다. 그것에 표트르 페트로비치는 충격을 받았다. 모든 것을 알고 모든 사람을 경멸하고 폭로하는 이런 막강한 서클들은 이미 오래전부터 표트르 페트로비치에게 어딘가 특별하되 아주 막연한 불안을 야기하고 겁을 주었다. 물론, 그는 아직 지방에 있었던 탓에 이런 유에 관한 한 대략적이나마 무슨 정확한 개념을 갖고 있지도 못했다. 요즘 사람들, 특히 페테르부르크에 있는 사람들은 전부 무슨 진보주의자에 니힐리스트에 폭로자 등이라는 얘기를 들었지만, 많은 사람들처럼 그도 이런 명칭의 의미와 뜻을 터무니없을 정도로 과장하고 왜곡했다. 그가 벌써 몇 년째 제일 무서워한 것은 폭로였으며, 특히 자신의 활동 무대를 페테르부르크로 옮기려는 꿈에 젖어 있었을 때는 그것이 지속적이고 과장된 불안의 진앙이 되었다. 이 점에 관한 한 그는 흔한 말로, 어린아이들이 이따금씩 경기(驚氣)를 하듯 그야말로 경기를 했다. 몇 년 전 지방에서 출셋길을 막 닦으려고 할 무렵, 그때까지 자기가 의지하고 후원도 받았던, 도의 상당한 유력 인사들이 무참히 폭로당하는 경우를 두 번이나 목도한 바 있었던 것이다. 한 경우는 폭로당한 인물에게 뭔가 유별난 스캔들을 안겨 준 것으로 끝났고, 다른 경우는 결국 극히 골치 아픈 지경에까지 이를 뻔했다. 바로 이 때문에 표트르 페트로비치는 페테르부르크에 도착하자마자 서둘러 문제의 핵심이 무엇인지를 알아보자고, 또 필요하다면 만일의 경우에 대비해 좀 앞질러 가서 '우리 젊은 세대'에게 아부를 하자고 결심했다. 이 경우에 그가 희망을 걸었던 사람이 안드레이 세묘노비치였으며, 라스콜니코프를 방문했을 때만 해도 남에게 들은 어떤 문구들을 대충 읊조릴 수 있을 만큼 익혀 두었던 것이다…….

물론, 그는 안드레이 세묘노비치가 굉장히 속되고도 질박한 사람이라는 것을 이내 간파할 수 있었다. 하지만 그렇다고 해서 표트르 페트로비치의 걱정이 사라졌거나 절로 힘이 나는 것은 전혀 아니었다. 설령 진보주의자들이 전부 저런 바보 멍청이라는 확신이 선다고 할지라도 그의 불안은 사그라지지 않았을 것이다. 원래 그는 이 모든 학설이나 사상, 체계(안드레이 세묘노비치는 이런 것을 갖고 그에게 달려들었지만)에는 어떤 관심도 없었다. 그에게는 자기 나름의 목적이 있었다. 그는 오직 어서 빨리, 즉시 알아야 했을 뿐이다. 즉, 여기서 무슨 일이 어떻게 일어났는가? 이 작자들은 세력을 갖고 있는가, 아닌가? 본질적으로 그가 무서워할 만한 것이 있는가, 없는가? 그가 무슨 일에 착수할 경우, 그들이 그를 폭로할 것인가, 아닌가? 만약 폭로한다면 정확히 무슨 건수로 그럴 것이며, 당장 지금은 무슨 건수로 폭로하는가? 그뿐만이 아니다. 만약 그들이 정말로 강자라면 어떻게 아첨이라도 해서 당장에 그들을 구워삶을 수는 없을까? 그럴 필요가 있을까, 없을까? 가령, 정확히 그들을 이용해 그의 출셋길에 무슨 토대를 마련할 수는 없을까? 한마디로, 산더미 같은 질문이 눈앞에 나타난 것이다.

안드레이 세묘노비치라는 사람은 체액부조(體液不調)에 선병질(腺病質)로 어디에서 근무한 적이 있고 키가 작고 이상할 정도로 색이 옅은 금발에 커틀릿 모양의 구레나룻을 몹시 뿌듯해하며 기르고 다녔다. 덧붙여 그는 거의 항상 눈병을 앓았다. 마음은 상당히 여렸지만 말투는 자신감이 철철 넘치고 때로는 굉장히 오만불손하기도 했는데, 그것이 그의 외양에 어울리지를 않아 거의 언제나 우스꽝스러운 꼴이 됐다. 그래도 아말리야 이바노브나의 집에서는 그가 상당히 점잖은 세입자 축에 들었으니, 즉 술주정을 부리지도 않고 집세도 꼬박꼬박 지불했다. 이런 자질을 두루 갖추고 있음에도 안드레이 세묘노비치는 사실 좀 멍청했다. 그가 진보 진영에, '우리 젊은 세대'에 뛰어든 것은 열정의 소산이었다. 이자는 속물과 부실한 조산아와 뭐 하나 제대로 배우지 못한 독불장군으로 이루어진 저 형형색색의 무수한 무리 중 하나로서 이런 치들은 반드시 순식간에 최신 유행 사상에 들러붙어 대번에 그것을 속화하고 또 때로는 자기들이 가장 진실한 마음으로 섬기는 것마저도 모조리 순식간에 희화하려 든다.

여하튼 레베쟈트니코프가 참 착한 사람이었음에도 불구하고 그도 역시 자신의 동거인이자 옛 후견인인 이 표트르 페트로비치가 슬슬 참을 수 없어졌다. 쌍방 간에 상호적으로, 왠지 우연스레 그렇게 된 것이었다. 안드레이 세묘노비치가 아무리 질박한 사람이라도 어떻든 표트르 페트로비치가 자기를 속이고 내심 경멸하고 있다는 것, '사람이 영 보기와는 다르다는 것'은 조금씩 간파하기 시작했다. 푸리에의 체계나 다윈의 이론을 설명해 주려고 했지만 표트르 페트로비치는 특히 최근 들어 어쩐지 너무 비아냥대며 듣는 둥 마는 둥 하더니 아주 최근에는 욕까지 퍼붓기 시작했다. 핵심인즉, 그는 레베쟈트니코프가 속되고 멍청한 인간일 뿐만 아니라 거짓말쟁이일지도 모르고 자기 서클에서도 그럴듯한 인맥도 전혀 없으면서 그냥 이런저런 남의 말을 주워들었을 뿐임을 본능적으로 간파하기 시작한 것이다. 뿐더러, 선전이라는 자기 일도 제대로 알지 못해 왠지 심하게 갈팡질팡하는 주제에 어떻게 폭로자가 될 수 있겠는가! 겸사겸사 말이 나온 김에 지적하자면, 표트르 페트로비치는 요 한 주 반 동안(특히 초기에) 안드레이 세묘노비치의 극히 이상하기까지 한 찬사를 기꺼이 받아들였다. 가령 안드레이 세묘노비치가 그에게 앞으로 곧 메샨스카야 거리 어디에 새로운 '코뮌'을 건설하는 데 촉매제가 되어 줄 사람이라고 했을 때, 혹은 가령 두네치카가 결혼 첫 달부터 정부를 만들 생각을 할지라도 방해하지 않고 또 앞으로 태어날 자기 아이들에게 세례를 받지 않도록 할 용의가 있는 사람이라고 했을 때, 뭐 등등 이런 유의 얘기를 할 때도 반박하지 않고 침묵을 고수했다. 상대가 이런 자질을 부여해도 표트르 페트로비치가 자기 습관대로 반박하기는커녕 그렇게 칭찬하도록 내버려 둔 것은 칭찬이라면 종류를 막론하고 사족을 못 썼기 때문이다.

이날 아침 표트르 페트로비치는 무슨 이유에서인가 5퍼센트 이자가 붙은 채권 몇 장을 현금으로 바꿔 온 다음, 책상 앞에 앉아 지폐와 채권 다발을 세고 있었다. 수중에 돈이 있어 본 적이 거의 없는 안드레이 세묘노비치는 방을 서성이며 그 돈다발을 무심한, 심지어 멸시의 눈초리로 쳐다보는 척했다. 표트르 페트로비치는 안드레이 세묘노비치가 이만한 돈을 정말로 무심하게 쳐다볼 수 있으리라곤 가령 어떤 일이 있어도 믿지 않았을 것이다. 한편 안드레이 세묘노비치 쪽에서는, 표트르 페트로비치라면 정말로 그를 그렇게 생각하고도 남을 위인이고 이렇게 돈다발을 펼쳐 놓아 그가 얼마나 형편없는 존재인지, 그들 둘 사이에 얼마나 큰 차이가 존재하는지를 상기시키고 그로써 자신의 젊은 친구를 자극하고 약 올릴 수 있는 기회가 생겨 내심 기뻐하고 있으리라는 생각이 들어 속이 쓰렸다.

안드레이 세묘노비치는 그의 앞에서 새롭고 특수한 '코뮌'의 창설이라는 자기의 단골 주제를 풀어 놓기 시작했지만, 이번에는 상대방이 이례적으로 골이 나 있고 마음이 콩밭에 가 있음을 알 수 있었다. 주판을 튕기는 와중에 표트르 페트로비치가 툭툭 내뱉는 짧은 반박이나 지적에서는 아주 노골적인, 아예 작정한 무례한 냉소의 냄새가 풍겼다. 하지만 '인도적인' 안드레이 세묘노비치는 표트르 페트로비치의 그런 기분 상태를 어제 두냐와의 관계가 결렬된 탓이라고 생각했고, 때문에서 빨리 그쪽으로 화제를 돌리고 싶은 마음에 애가 탔다. 이 문제와 관련하여 존경하는 벗에게 위로가 될 뿐만 아니라 장차 그의 지적인 계발에 '틀림없이' 이익이 될 뭔가 진보적이고 선전적인 얘기를 할 것이 있었던 것이다.

"저쪽에서 무슨 추도식을 준비하고 있는 거요, 저…… 과부집 말이오?" 표트르 페트로비치는 안드레이 세묘노비치가 한창 신나게 떠들고 있을 때 갑자기 말을 가로채며 물었다.

"통 모르신다는 투로군요. 바로 어제 저는 이 문제로 당신과 얘기를 나눴고 이 모든 의식들에 관한 제 사상을 피력했는데……. 게다가 그 부인이 당신도 초대했다면서요, 저도 들은걸요. 어제 직접 부인과 얘기도 하셨으면서……."

"저 바보 같은 빈털터리 여자가 또 다른 바보인 저…… 라스콜니코프에게 받은 돈을 몽땅 추도식에 퍼부을 줄은 진짜 생각도 못했소. 방금 지나오면서도 좀 놀랐지. 음식이며 술이며 장난이 아니더군……! 손님도 몇 명이나 초대했던데 대체 무슨 심산인지 알 게 뭐요!" 표트르 페트로비치는 무슨 꿍꿍이속이 있는지 자꾸 캐물으며 대화를 그쪽으로 몰아갔다. "뭐라고요? 나도 초대를 받았다고 했소?" 갑자기 그가 고개를 들며 이런 말을 덧붙였다. "그게 언제 일이오? 기억이 안 나는걸. 어쨌거나 가지 않겠소. 내가 거길 가서 뭘 하게? 나는 그저 어제 지나는 길에 극빈 상태의 관리 미망인으로서 일시적 보조의 형식으로 일 년치 연금을 받을 수 있다는 얘기를 했을 뿐이오. 혹시 그 보답으로 나를 초대한 건가? 헤-헤!"

"저도 갈 생각은 없습니다." 레베쟈트니코프가 말했다.

"여부가 있나! 제 손으로 두들겨 패 놓고선. 창피한 것도 이해할 만하지, 헤-헤-헤!"

"누가 두들겨 팼다는 겁니까? 누구를요?" 레베쟈트니코프는 갑자기 난감해하며 얼굴까지 붉혔다.

"아니, 한 달쯤 전에 카체리나 이바노브나를 두들겨 팼잖소, 어! 나도 어제 들었지……. 그런 주제들이 신념은 무슨……! 여성 문제도 꼴좋게 됐군. 헤-헤-헤!"

그러고서 표트르 페트로비치는 속이 좀 풀렸는지 다시 주판을 튕기기 시작했다.

"그건 죄다 얼토당토않은 모함입니다!" 그 사건이 도마에 오를까 봐 항상 벌벌 떨고 있던 레베쟈트니코프가 발끈했다. "게다가 실은 전혀 그렇지 않았어요! 전혀 다른 상황이었단 말입니다……. 잘못 들으셨어요. 그냥 유언비어인걸요! 저는 그때 자기방어를 했을 뿐입니다. 그 부인이 먼저 손톱을 세우며 달려들었어요……. 저의 구레나룻을 모조리 잡아 뜯었단 말입니다……. 사람이라면 누구나 자신의 인격을 방어하는 것쯤은 허용해 줘야 할 것 같은데요. 게다가 저는 상대가 누구든 저에게 폭력을 행사하는 건 허용하지 못하겠습니다……. 원칙상 그렇습니다. 그건 거의 전횡이나 다름없거든요. 그럼, 제가 어떻게 해야 했을까요, 그냥 그 부인 앞에 가만히 서 있어야 했을까요? 저는 그냥 그 부인을 밀쳐 냈을 뿐입니다."

"헤-헤-헤!" 루쥔이 계속 표독스럽게 비웃었다.

"분한 마음에 괜히 성질이 나시니까 이렇게 생트집을 잡으시는데…… 사실 그건 허튼소리일뿐더러 여성 문제와는 아무, 아무 상관도 없어요! 잘못 이해하신 겁니다. 제 생각으론, 일반적으로 여성이 모든 점에서, 심지어 힘에 있어서도 남성과 평등하다고 여겨진다면(이미 이렇게들 주장하고 있지만) 이 경우에도 평등이 이루어져야 합니다. 물론, 나중에는 이런 질문은 본질적으로 존재하지 말아야 할 것 같다는 판단이 섰는데, 싸움질은 없어야 하고 또 미래 사회에서는 싸움질은 생각조차 할 수 없는 일이고…… 물론, 싸움질에서 평등을 추구하는 것은 이상한 일이긴 합니다. 저도 그 정도로 멍청하지는 않고…… 하긴 그래도 싸움질은 계속 일어나고…… 다시 말해 앞으로는 없어지겠지만 지금은 여전히 일어나니까…… 쳇! 젠장! 당신을 상대하다 보면 갈팡질팡하기 일쑤라니까요! 저는 그런 불미스러운 일이 있었기 때문에 추도식에 가지 않으려는 것은 아닙니다. 그냥 원칙상, 추도식이라는 더러운 편견에 동참하지 않기 위해 가지 않는다, 바로 이겁니다! 하긴 그냥 조롱해 주기 위해서라도 가 볼 수는 있겠네요……. 하지만 사제들이 없을 테니 참 유감입니다. 안 그랬으면 반드시 갔을 텐데."

"다시 말해, 남이 열심히 차려 놓은 상을 끼고 앉아 그 자리에서 그 음식에, 또 마찬가지로 당신을 초대한 사람들에게 침을 뱉어 주기 위해 가시겠다는 거로군. 흠, 그런 거요?"

"침을 뱉어 주기 위해서가 절대 아니고 저항하기 위해서입니다. 유익한 목적이 있어 이러는 겁니다. 간접적으로 계발과 선전을 도모할 수 있거든요. 사람은 누구나 계발하고 선전할 의무가 있으며, 과격할수록 더 좋을지도 모르겠습니다. 저는 이념을, 그 씨앗을 뿌릴 수 있습니다……. 그 씨앗에서 사실이 자라날 겁니다. 그러니 제가 무엇으로 그들을 모욕한단 말입니까? 처음에는 모욕을 느껴도 나중에는 제가 자기들에게 이익을 주었다는 것을 직접 깨닫게 될 텐데요. 한데 우리 중 체레비예바가(지금은 코뮌에 들어와 있는데) 비난의 표적이 되다시피 했는데, 즉 그녀가 가족을 떠나…… 몸을 내맡겼을 때 어머니와 아버지에게 각종 편견 속에서 살고 싶지 않아 동거를 시작한다는 편지를 썼는데, 아버지에게 말이 너무 심한 거 아니냐, 부모를 생각해 좀 부드럽게 쓸 수도 있지 않으냐, 하는 것이었지요. 제 생각으론, 그게 전부 허튼소리인데, 좀 부드럽게 쓸 필요는 전혀 없거니와 오히려, 오히려 그때야말로 저항해야 하는 것입니다. 저어기 바렌츠는 남편과 칠 년을 함께 살아왔건만 두 아이까지 버렸고 남편에게 보낸 편지에서 단번에 딱 잘라 말했습니다. '저는 당신과 함께 있는 한 행복할 수 없다는 것을 깨달았습니다. 코뮌이라는 방식의 또 다른 사회 체제가 존재한다는 사실을 숨김으로써 저를 기만해 온 당신을 절대 용서하지 않겠습니다. 최근에야 어느 관대한 분을 통해 이 모든 것을 알게 되었기에, 저는 그분에게 몸을 내맡겼고 그분과 함께 코뮌을 창설하려는 겁니다. 이렇게 단도직입적으로 말씀드리는 까닭은 당신을 기만하는 일이 불명예스럽다고 생각하기 때문입니다. 당신은 당신 좋을 대로 사세요. 제 결심을 되돌릴 수 있다는 희망은 갖지 말고요, 너무 늦었거든요. 행복하길 바랍니다.' 이런 유의 편지는 바로 이렇게 써야지요!"

"그 체레비예바라는 여자가 그때 당신이 세 번째 동거 생활을 하고 있다고 말한 바로 그 여자요?"

"제대로 판단하자면, 겨우 두 번째 동거입니다! 비록 네 번째, 다섯 번째 동거라고 해도 죄다 허튼소리이지만! 제가 부모님이 돌아가신 것을 유감스러워한 적이 있다면, 물론 바로 지금입니다. 몇 번이나 꿈꾸었는데요, 당신들이 아직 살아 계셨다면 저항의 매질을 해 주었을 텐데! 일부러라도 그렇게 했을 걸……. 이건 당최 뭡니까, 저어기 무슨 '잘린 빵 조각' 신세니, 쳇! 부모님 앞에서 보여 주었을 텐데! 깜짝 놀래 주었을 텐데! 솔직히, 아무도 없으니 정말 유감입니다!"

"깜짝 놀래 준다? 헤-헤! 뭐, 그야 당신 맘대로 해 보시지." 표트르 페트로비치가 말을 가로막았다. "그나저나 저 고인의 딸 말인데, 알고 있죠, 어찌나 비썩 말랐는지! 그 아가씨에 대한 소문이 정말 사실이오, 예?"

"그게 대체 뭡니까? 제 생각으론, 즉 저의 개인적인 신념으론 그것은 여성의 가장 정상적인 상태입니다. 왜 아니겠습니까? 즉 distinguons.(구분을 해야지요.) 현재 사회에서는 강요된 것이므로 물론 완전히 정상적이지는 않지만, 미래 사회에서는 자유로운 것이므로 완전히 정상적인 것이 될 테지요. 지금도 그녀는 권리가 있습니다. 그녀는 고통을 겪었고, 그것이야말로 그녀의 자산, 말하자면, 그녀가 온전한 권리를 행사하며 사용할 수 있는 밑천입니다. 물론, 미래 사회에서는 자산도 필요 없을 겁니다. 하지만 그녀의 역할은 다른 의미를 부여받게 될 것이며 정연하고 합리적인 토대를 갖게 되겠지요. 소피야 세묘노브나 개인에 관한 한, 저는 현재 그녀의 행동을 사회 체제에 맞서는 정력적인 저항의 구현으로 보고 있으며, 이 점에 있어 그녀를 깊이 존경합니다. 그녀를 보고 있으면 기쁨까지 느낍니다!"

"내가 들은 이야기에 따르면, 그녀를 이 집에서 쫓아낸 것도 바로 당신이었다던데!"

레베쟈트니코프는 숫제 길길이 날뛰었다.

"그건 또 다른 유언비어군요!" 그가 울부짖었다. "전혀 그렇지 않습니다, 전혀! 그야말로 사실무근입니다! 그건 전부 그때 카체리나 이바노브나가 아무것도 이해하지 못하는 바람에 거짓말을 한 것에 지나지 않아요! 게다가 제가 소피야 세묘노브나의 환심을 사려고 애쓴 것도 전혀 아닙니다! 저는 아무런 사심 없이 그냥 그녀의 정신을 계발하고 그녀의 내면에 깃든 저항 정신을 일깨우려고 애썼을 따름입니다……. 저에게 필요한 건 오직 저항뿐이고 소피야 세묘노브나는 어차피 더는 이 집에 살 수 없는 형편이었어요."

"아니, 코뮌에 들어가자고 했소?"

"줄곧 비웃기만 하시는데, 그것도 무척 어설프게 말이죠, 이 말씀을 드려야겠군요. 아무것도 이해하지 못하시니! 코뮌에 그런 역할은 없습니다. 코뮌은 그런 역할이 없어지도록 하자는 것입니다. 코뮌에서는 그런 역할이 현재와 같은 본질을 전부 바꿀 것이며, 여기서는 멍청한 일이 거기서는 현명한 일이 될 것이며, 여기 현 상황에서는 부자연스러운 일이 거기서는 완전히 자연스러운 일이 될 것입니다. 모든 것은 인간이 어떤 상황에, 어떤 환경에 처해 있느냐에 달려 있습니다. 모든 것이 환경에 달려 있고, 인간은 그 자체로는 아무것도 아닙니다. 저는 지금도 소피야 세묘노브나와 무난히 잘 지내고 있는데, 이것만 봐도 그녀가 결코 저를 자기를 모욕한 원수로 여기지 않는다는 것을 알 수 있잖습니까. 그렇고말고요! 저는 지금 코뮌에 들어오라고 그녀를 꼬이고 있지만, 단, 전혀, 전혀 다른 근거에서 그런 겁니다! 뭐가 웃기십니까? 우리는 우리만의 특별한 코뮌을 창설하고 싶습니다, 단, 예전의 코뮌들보다 더 광범위한 근거에서요. 우리는 신념에 있어서 더 멀리 나간 것입니다. 우리는 더 많은 것을 부정하고 있거든요! 만약 도브롤류보프*가 관 속에서 벌떡 일어난다면, 저는 그와 한바탕 논쟁을 벌일 겁니다. 벨린스키**도 귀양을 보내 버릴 겁니다! 하지만 일단은 계속 소피야 세묘노브나를 지적으로 계발하고 있습니다. 아름다운, 아름다운 천성을 타고난 사람이거든요!"

"그래서 그 아름다운 천성을 이용하시겠다, 이 말이오? 헤-헤!"

"아니, 아닙니다! 오, 아니고말고요! 정반대입니다!"

---

* N. A. 도브롤류보프(1836~1861). 19세기 러시아의 사상가이자 비평가.
** V. G. 벨린스키(1811~1848). 19세기 러시아의 사상가이자 비평가로서 도스토옙스키를 등단시켰다.

"뭐, 정반대라니! 헤-헤-헤! 거참, 말 한번 잘했군!"

"제발 사람 말 좀 믿으십시오! 제가 무슨 이유로 당신 앞에서 뭘 감추려 들겠습니까, 예? 정반대로, 저 자신도 이 점이 이상하다니까요. 저를 대할 때면 그녀는 어쩐지 힘겨운 듯, 어쩐지 겁을 집어먹은 듯 숫기가 없고 부끄러움을 많이 타거든요!"

"그래서 물론 그녀를 지적으로 계발하여…… 헤-헤! 그녀에게 그 모든 부끄러움이 허튼소리라는 것을 증명해 주는 거요……?"

"전혀 아닙니다! 전혀 아니에요! 오, 계발이라는 말을 정말 조잡하게, 심지어 멍청하게 ― 죄송하지만 ― 이해하시는군요! 제대로 이해하는 것이 아-무-것도 없는 양반! 오 맙소사, 당신은 아직…… 준비가 안 돼 있어요! 우리는 여성의 자유를 추구하는데 당신 머릿속에는 한 가지 생각밖에 없으니……. 순결을 비롯하여 여성의 부끄러움에 관한 문제는 그 자체로 무용하고 편견마저 섞인 것이니까 완전히 제쳐 두고 저는 저와의 관계에서 그녀의 순결성을 십분, 그야말로 십분 인정하는 바인데, 그것은 전부 그녀의 의지이자 권리에 따른 것이니까요. 물론, 그녀 쪽에서 저에게 '나는 당신을 갖고 싶어.'라고 말한다면, 사실 이 아가씨가 무척 마음에 드니까 저로서는 굉장히 큰 성공이라고 생각할 겁니다. 지금, 적어도 지금은, 물론, 저보다 더 그녀의 장점을 존중하고 이렇게 정중히, 깍듯이 대해 준 사람은 결코 아무도 없으며…… 저는 희망을 갖고 기다리고 있을 뿐 ― 그뿐입니다!"

"차라리 무슨 선물이라도 해 보시지. 장담하건대, 이런 쪽은 생각도 못했을 것 같은데."

"아까도 말했지만, 정말 아-무-것도 이해하지 못하시는군요! 그야 물론, 그녀의 처지야 그렇지만, 그건 다른 문제입니다! 전혀 다른 문제라고요! 당신은 무작정 그녀를 경멸하고만 있어요. 어떤 사실을 보되 그것을 경멸받아 마땅한 것으로 여기는 오류를 범함으로써 이미 그것에 대한, 인간 존재의 인도주의적 시각을 부정하는 셈입니다. 그 아가씨가 어떤 천성을 타고났는지도 모르시잖습니까! 저로서는 몹시 신경질이 나는 일이 딱 하나 있는데, 그녀가 최근 들어 왠지 독서를 완전히 그만두고 더 이상 책을 빌려 가지 않는군요. 전에는 빌려 가곤 했거든요. 또 한 가지 유감스러운 일은 그녀가 저항할 수 있는 에너지와 결단력을 두루 갖추고 있음에도 ― 벌써 한 번은 그것을 증명했고요 ― 여전히 자립심이, 말하자면, 독립심이 부족하고 또 부정의 능력이 부족하여 어떤 편견과…… 우매한 것에서 완전히 벗어나지 못하고 있다는 점입니다. 그럼에도 불구하고 그녀는 어떤 문제들은 아주 잘 이해하고 있습니다. 가령, 손에 키스하는 문제, 즉 남성이 여성의 손에 키스하는 것은 여성을 차별함으로써 모욕하는 일이라는 사실을 훌륭하게 이해했습니다. 이 문제가 우리 사이에서 토론의 대상이 됐기 때문에 즉시 전해 주었지요. 프랑스의 노동조합 얘기도 그녀는 주의 깊게 들었습니다. 지금은 그녀에게 미래 사회에서의 자유로운 방 출입 문제를 설명해 주고 있습니다."

"그건 또 뭐요?"

"최근에 코뮌의 회원은 남녀를 불문하고 어느 때나 다른 회원의 방에 들어갈 권리가 있는가, 하는 문제가 토론의 대상이 됐는데…… 뭐, 그럴 권리가 있다는 결론이 났지요…….”

"그럼, 마침 그 순간에 그 남자나 그 여자가 불가피한 욕구를 충족하고 있는 중이라면 어쩌나, 헤-헤!”

안드레이 세묘노비치는 숫제 분통을 터뜨렸다.

"거참, 계속 그 얘기만, 그 빌어먹을 ‘욕구’ 얘기만 하는군요!” 그가 증오에 찬 목소리로 외쳤다. "쳇, 정말 열 받고 신경질이 다 납니다, 그때 체제에 관해 설명하면서 당신에게 너무 섣불리 그 빌어먹을 욕구 얘기를 언급했으니! 젠장! 당신 같은 부류에게는 전부 그것이 무슨 걸림돌이라도 되는 모양인데, 무엇보다도 문제의 핵심이 무엇인지 알기도 전에 비꼬고 있잖습니까! 그런 주제에 꼭 자기가 옳은 것처럼 굴고! 꼭 뭔가를 두고 뻐기는 것처럼 굴고! 쳇! 제가 몇 번이나 주장했듯, 이런 모든 문제를 초보자들에게 설명하는 일은 꼭 가장 마지막에, 즉 그 사람이 체제에 대한 확신을 갖고 있으며 그가 이미 지적으로 계발돼 있고 어느 정도 방향이 잡혔을 때에 가능하단 말입니다. 더욱이, 한 말씀 여쭙겠는데, 당신 생각으론 하다못해 시궁창도 그렇게 수치스럽고 경멸할 만한 것입니까? 저는, 제가 제일 먼저 나서서 어떤 시궁창이라도 치울 용의가 있습니다! 이것은 심지어 무슨 자기희생 같은 것도 아닙니다! 이것은 그저 고결한 노동, 사회에 유용한 활동일 따름이며, 고로 다른 어떤 활동, 가령 무슨 라파엘로나 푸쉬킨의 활동보다 훨씬 더 높은 가치가 있습니다, 더 유익하니까요!”

"그리고 더 고결할 테지요, 고결하마다요, 헤-헤-헤!"

"'더 고결하다.'라는 것이 뭡니까? 저는 인간 활동을 정의함에 있어 그런 표현이 있는지 잘 모르겠군요. '더 귀족적이다.', '더 관대하다.', 이 모든 것이 허튼소리요 터무니없는 소리에 케케묵은 편견이 섞인 말이므로, 저는 그것을 부정하는 바입니다! 인류에게 유익한 것은 전부 고결하다! 제가 아는 말은 단 하나, 유익하다, 입니다! 히히거리는 거야 당신 자유지만, 사실이 그렇습니다!"

표트르 페트로비치는 몹시 웃었다. 그는 이미 계산도 끝내고 돈도 감추었다. 한데 무슨 까닭인지 일부는 탁자 위에 그대로 있었다. 이 '시궁창 문제'는 참 속된 것임에도 표트르 페트로비치와 그의 젊은 친구 사이에서 벌써 몇 번이나 결렬과 불화의 싹이 되었다. 정말 멍청한 일은 안드레이 세묘노비치가 진짜로 화를 냈다는 점이다. 루쥔은 그것을 은근히 즐겼는데, 이 순간에는 유달리 레베쟈트니코프의 성질을 돋우고 싶었다.

"당신은 어제 일이 뜻대로 되지 않았기 때문에 괜히 심술이 나서 트집을 잡는 겁니다." 마침내 레베쟈트니코프가 폭발했지만, 원래 그는 자신의 '독립심'과 '저항'에도 불구하고 표트르 페트로비치에게 감히 무슨 반박도 못하거니와 대체로 여전히 옛날부터 습관처럼 몸에 밴 어떤 공손한 태도를 유지해 온 터였다.

"차라리 묻고 싶은 건 따로 있는데 말이오." 표트르 페트로비치가 신경질까지 섞어 오만불손하게 말을 가로챘다. "혹시 해 줄 수 있을지…… 아니, 차라리 이렇게 말해야겠군. 당신이 앞서 언급한 그 젊은 여성과 정말로 가까운 사이라면 지금 당장 이 방으로 좀 와 달라고 부탁할 수 있겠소? 저쪽에서는 다들 벌써 묘지에서 돌아온 것 같은데……. 우르르 발소리가 나는 걸 보니……. 그 젊은 여성을 좀 봤으면 하는데."

"무슨 일로요?" 레베쟈트니코프가 놀라며 물었다.

"그냥 그럴 일이 좀 있소. 나는 오늘내일 이 집을 나갈 몸이라 알려 주고 싶은 것이 있어서……. 하지만 얘기를 나누는 동안 당신은 그냥 여기 있어도 돼요. 심지어 그편이 더 낫겠군. 안 그러면 당신이 무슨 생각을 할지 누가 알겠소."

"저는 그야말로 아무 생각도 하지 않을 겁니다……. 그저 물어봤을 따름이고, 당신에게 용건이 있다면 그녀를 불러 오는 것보다 쉬운 일은 없거든요. 지금 다녀오지요. 확신하셔도 됩니다, 방해는 하지 않을 테니."

과연 오 분쯤 뒤 레베쟈트니코프는 소네치카를 데리고 왔다. 그녀는 굉장히 놀란 표정에 평소 습관대로 멈칫멈칫 겁을 내며 안으로 들어왔다. 그녀는 이런 경우에는 항상 겁을 먹었고 모르는 사람을 만나 처음 인사를 나누는 일을 몹시 두려워했는데, 옛날, 어린 시절부터 그랬지만 지금은 더 심해졌다……. 표트르 페트로비치는 그녀를 '상냥하고 정중하게' 맞이했지만 어딘가 명랑하고 허물없는 기색이 살짝 덧붙여졌는데, 이는 표트르 페트로비치의 생각으론 자기처럼 점잖고 엄정한 사람이 이토록 젊고 어떤 의미에서는 흥미진진한 존재를 대할 때 꼭 취해야 될 법한 태도였다. 그는 서둘러 그녀의 '기운을 북돋아 주며' 책상 앞, 자기 맞은편에 앉혔다. 소냐는 앉아서 주위를 두리번거리며 레베쟈트니코프에게서 책상 위에 놓인 돈으로 시선을 옮기다가, 이어 갑자기 또 표트르 페트로비치를 쳐다보더니 이제는 그에게 붙박인 양 더 이상 눈을 떼지 않았다. 레베쟈트니코프는 문 쪽으로 가려고 했다. 표트르 페트로비치는 소냐에게 그냥 앉아 있어도 좋다고 손짓을 한 다음 레베쟈트니코프를 문간에 불러 세웠다.

"저쪽에 그 라스콜니코프라는 사람이 있소? 왔던가요?" 그가 속삭이듯 물었다.

"라스콜니코프요? 저기 있습니다. 아니, 왜요? 예, 저기에⋯⋯. 지금 막 들어오는 걸 봤어요⋯⋯. 왜요?"

"뭐, 그냥, 특별히 부탁드리는데, 우리와 함께 여기에 그대로 있어 주었으면 해서요, 이⋯⋯ 아가씨와 단둘이 있는 일이 없도록 말이오. 별일도 아닌데 무슨 얄궂은 소리를 할지 모르잖소. 라스콜니코프가 저쪽에서 말을 옮기고 다니는 것도 싫고⋯⋯. 무슨 말인지 알겠지요?"

"알겠습니다, 알다마다요!" 레베쟈트니코프가 갑자기 눈치를 챘다. "예, 당신은 권리가 있습니다⋯⋯. 그야 물론, 저의 개인적인 신념으론, 그런 위구심은 상당히 지나친 감이 있지만⋯⋯ 어쨌거나 그럴 권리는 있지요. 그럼, 저는 그냥 여기 있겠습니다. 여기 창가로 가서 방해가 되지 않도록 하지요⋯⋯. 제 생각에 당신은 그럴 권리가 있습니다⋯⋯."

표트르 페트로비치는 소파로 돌아와 소냐 맞은편에 앉은 다음 그녀를 유심히 쳐다보다가 갑자기 굉장히 엄정한, 심지어 다소간은 준엄한 표정을 지었다. 꼭 '아가씨, 아가씨도 무

슨 엉뚱한 생각은 하지 마시지.'라고 말하는 것 같았다. 소냐
는 급기야 완전히 당황해 버렸다.

"첫째, 소피야 세묘노브나, 존경해 마지않는 당신의 모친께
사과 말씀을 전해 드려야겠는데……. 그런 것 같던데요? 카체
리나 이바노브나가 당신에게 어머니나 다름없지요?" 표트르
페트로비치가 극히 엄정하지만 그래도 상당히 상냥하게 말문
을 열었다. 아주 우호적인 의도가 있는 모양이었다.

"예, 그래요, 말씀하신 대로 어머니나 다름없어요." 소냐가
겁을 내며 서둘러 대답했다.

"그럼, 당신의 모친께 사과 말씀을 전해 주시지요, 모처럼
친히 불러 주셨음에도 부득이한 사정이 있어서 그 잔치……
즉, 추도식에는 못 갈 것 같군요."

"그렇군요. 그럼 지금 가서 그렇게 말씀드릴게요." 그러고
서 소네치카는 서둘러 의자에서 벌떡 일어났다.

"아직 다 안 끝났습니다." 표트르 페트로비치는 그녀가 너
무 질박한 탓에 예의범절를 전혀 모르는 것에 미소를 지으면
서 만류했다. "저를 잘 몰라서 그렇게 생각하신 모양인데, 친
애하는 소피야 세묘노브나, 설마 제가 오직 저와 관련이 있는,
별로 중요하지도 않는 이런 이유로 당신 같은 분에게 수고스
럽게 제 방까지 와 달라는 개인적인 부탁을 했겠습니까. 제 목
적은 다른 것입니다."

소냐는 서둘러 자리에 앉았다. 치우지 않고 책상 위에 놓아
둔 회색 지폐와 무지갯빛 지폐가 또다시 눈앞에서 어른거렸
지만 그녀는 얼른 얼굴을 돌려 표트르 페트로비치를 쳐다보

왔다. 남의 돈을 쳐다보는 것, 특히 자기 같은 사람이 그러는 것이 갑자기 엄청난 실례로 여겨졌던 것이다. 그녀는 표트르 페트로비치가 왼손에 들고 있는 금테 안경이며 또 왼손의 가운뎃손가락에 끼고 있는 노란 보석이 박힌 큼직하고 묵직한, 굉장히 아름다운 반지를 응시하려다가 갑자기 눈길을 딴 데로 돌렸지만, 마땅히 어디다 눈을 둬야 할지 몰라 결국 또다시 곧장 표트르 페트로비치의 눈을 응시했다. 상대방은 아까보다 더 엄정한 태도로 침묵을 고수한 다음 말을 이어 갔다.

"어제 지나가는 길에 저 불행한 카체리나 이바노브나와 한두 마디를 주고받을 기회가 있었습니다. 이런 표현을 써서 좀 그렇지만, 그 정도만 얘기를 해 봐도 그분의 상태가 부자연스럽다는 것은 충분히 알겠더군요……."

"예…… 부자연스러운 상태이지요." 소냐가 서둘러 맞장구를 쳤다.

"글쎄, 더 간단하고 명료하게 말씀드리자면, 편찮은 상태이지요."

"예, 더 간단하고 명료하게는…… 그래요, 편찮으세요."

"그렇습니다. 바로 그래서 인도주의적인 감정과 또-또-또, 그분이 저 불운한 운명을 피할 길 없음이 훤히 보이는 까닭에, 말하자면 동정심의 발로에서 제가 어떻게든 유익한 존재가 되었으면 합니다. 가엾기 짝이 없는 저 가족이 이제는 모두 당신 한 분만 의지하고 있는 것 같은데요."

"여쭤 볼 것이 있는데요." 갑자기 소냐가 일어났다. "혹시 어제 그분에게 연금을 받을 수 있다는 말씀을 하셨나요? 어제 그분 말씀으론, 그분이 연금을 받을 수 있도록 당신이 힘쓰기 시작하셨다고 하던데요. 정말인가요?"

"절대 그렇지 않으며, 심지어 어떤 의미에서는 얼토당토않은 소리입니다. 저는 그저 그 관리의 부서에서 고인의 미망인에게 일시적인 원조를 해 줄지도 모르겠다는 암시를 했을 뿐이며, 그나마도 누가 뒤를 봐줄 때의 얘기인데, 고인이 된 당신의 부친은 근무 기간도 다 채우지 못했을뿐더러 최근에는 아예 출근도 하지 않았잖습니까. 한마디로, 희망이 있다고 한들 극히 희박한 희망이고 따라서 이 경우엔 본질적으로 원조를 받을 어떤 권리도 없을뿐더러 오히려……. 그런데도 벌써 연금 생각까지 하다니, 헤-헤-헤! 그 부인도 참 보통내기가 아니군요!"

"예, 연금 생각까지……. 그분은 워낙 남의 말을 잘 믿고 착해서, 또 착하기 때문에 아무 말이든 잘 믿고 또…… 또…… 또…… 그분은 정신이 좀…… 좀 그렇네요……. 그럼 이만 실례하겠습니다." 소냐는 이렇게 말하며 그만 나가려고 또 일어섰다.

"죄송하지만, 제 말을 아직 끝까지 안 들으셨는걸요."

"예, 그랬군요." 소냐가 중얼거렸다.

"그럼 좀 앉으시지요."

소냐는 당황해서 어쩔 줄 몰라 하며 또다시, 세 번째로 자리에 앉았다.

"불행한 어린것들까지 딸린 그 형편을 보고 있자니, 벌써 말씀드렸듯이, 힘이 닿는 데까지 어떻게든 유익한 존재가 되고 싶은 마음입니다, 즉 더도 덜도 말고 소위 힘이 닿는 데까지 말이지요. 가령, 그분을 위해 성금 모금이나 말하자면 복권 판매 같은 것이나…… 뭐 그런 유의 일을 꾸려 보면 어떨까 싶습니다. 이와 같은 경우에는 가까운 이들이나 하다못해 제삼자라도 대체로 도움을 주고 싶은 사람들이 나서서 항상 그렇게 하잖습니까. 실은 바로 이 점을 알려 드릴 생각이었습니다. 이 정도는 가능하거든요."

"예, 좋은 말씀이세요……. 이렇게 신경을 써 주시니 하느님께서……." 소냐는 표트르 페트로비치를 주의 깊게 바라보며 이렇게 중얼거렸다.

"충분히 가능한 일이지만…… 그건 우리 나중에…… 즉, 오늘이라도 시작할 수 있겠네요. 저녁에 만나서 의논하고 말하자면 기본적인 사항을 정합시다. 7시쯤에 여기 제 방으로 와 주시지요. 바라건대, 안드레이 세묘노비치도 우리와 함께 해 줄 테고……. 그나저나…… 미리부터 꼼꼼히 지적해 둬야 할 사항이 하나 있습니다. 그 때문에 당신을 수고스럽게 이리로 오시라고 한 것이기도 하고요, 소피야 세묘노브나. 다름 아니라, 저의 견해로는, 카체리나 이바노브나의 손에 직접 돈을 쥐여 주어서는 안 됩니다, 위험한 일이거든요. 그건 바로 저 것, 즉 오늘 마련한 저 추도식만 봐도 알 수 있습니다. 말하자면 내일 먹을 빵 껍질도 없는 형편에…… 신발도 뭐도 전혀 없는 형편에 오늘 자메이카산(産) 럼주며 마데이라 포도주며 또-또-또 커피까지 잔뜩 사다니, 원. 지나 오면서 본 것입니다. 내일이면 또 마지막 빵 조각까지 전부 당신이 장만해 줘야 겠지요. 이쯤 되면 정말 터무니없는 일이잖습니까. 그래서 저의 개인적인 견해로는 성금 모금도, 저 불행한 미망인은 말하자면 돈 얘기를 전혀 모르도록, 가령 오직 당신만 알도록 하는 식으로 진행되어야 합니다. 제 말이 맞지요?"

"저는 모르겠어요. 그냥 오늘만 저러시는 거예요…… 평생에 한 번이고…… 꼭 추도식이라도 해서 경의를 표하고 명복을 빌고 싶은 마음이 너무 커서…… 원래는 몹시 현명한 분이세요. 하지만 당신 뜻대로 하세요, 저는 몹시, 몹시, 몹시 감사드리고…… 저들 모두 당신에게 감사할 것이고…… 하느님께서 당신을…… 또 저 고아들을……."

소냐는 말을 다 끝맺지 못하고 울음을 터뜨렸다.

"그렇군요. 뭐, 아무튼 그렇게 알아 두십시오. 우선 지금은 모친의 형편에 도움이 되도록 개인적으로 제 형편껏 준비를 했으니 받아 주십시오. 그래도 부디, 부디 제 이름은 입 밖에 나지 않았으면 합니다. 자, 여기…… 저도 말하자면 나름 여러 일이 있는 관계로 더 이상은 어렵군요……."

그러고서 표트르 페트로비치는 10루블짜리 지폐를 야무지게 펴서 소냐에게 내밀었다. 소냐는 그것을 받아들고 얼굴을 확 붉히면서 벌떡 일어났고 뭐라고 중얼거리며 허겁지겁 몸을 숙여 가며 절을 해 댔다. 표트르 페트로비치는 의기양양하게 그녀를 문까지 배웅했다. 마침내 그녀는 완전히 흥분하고 기진맥진하여 방을 뛰쳐나갔고 굉장히 당혹스러워하며 카체리나 이바노브나에게 돌아갔다.

이 장면이 연출되는 동안 안드레이 세묘노비치는 대화의 흐름을 끊을까 봐 조심하며 줄곧 창가에 서 있거나 방을 서성였다. 소냐가 나가자 갑자기 표트르 페트로비치에게 다가가 의기양양하게 한 손을 내밀었다.

"전부 다 들었고 전부 다 보았습니다." 이렇게 말하며 그는 특히 마지막 단어에 힘을 주었다. "정말 고결한 일이며, 다시 말해, 제 말인즉, 인도주의적인 일입니다! 그러면서도 굳이 감사받는 일은 피하고 싶어 하셨습니다, 다 봤습니다! 솔직히, 저는 원칙상 사적인 자선 행위에는 공감할 수 없지만, 그것이 악을 철저히 근절하기는커녕 오히려 그것을 더 조장하기 때문에 그런 것이지만, 그럼에도 당신의 행동을 보며 만족감을 느꼈음을 고백하지 않을 수 없군요. 예, 예, 정말 제 마음에 쏙 드는 일입니다."

"에이, 별일도 아닌 걸 갖고서!" 표트르 페트로비치는 다소간 흥분하여 왠지 레베쟈트니코프를 유심히 살펴보며 이렇게 중얼거렸다.

"아니요, 별일이 아니라니요! 당신처럼 어제 일로 수모를 겪어 기분이 언짢음에도 동시에 남의 불행에 대해 생각할 수 있는 사람, 그런 사람은…… 비록 그 행위가 사회적으로는 오류를 범하는 것일지라도, 그럼에도…… 존경받을 가치가 있습니다! 저는 당신이 이러실 줄은 정말 몰랐습니다, 표트르 페트로비치, 더군다나 당신의 사고방식에 따르면! 오, 당신의 사고방식이 당신에게 얼마나 방해가 되는지! 가령 어제 일이 그렇게 틀어져서 무척 심란하실 테지요." 참 착한 안드레이 세묘노비치는 표트르 페트로비치를 향해 또다시 한층 더 강렬해진 호감을 느끼며 감탄을 내질렀다. "그 결혼, 그 합법적인 결혼이 당신에게 무엇, 무엇 때문에 꼭 필요한 겁니까? 결혼의 그 합법성이 무엇 때문에 꼭 필요합니까? 뭐, 저를 두들겨 패도 할 수 없지만, 그 결혼이 성사되지 않아서, 당신이 자유의 몸이어서, 당신이 인류를 위하여 아직 완전히 파멸하지는 않아서 기쁩니다, 정말 기뻐요……. 거 보십시오, 제 생각을 말해 버렸군요!"

"왜 그러냐 하면, 당신이 말하는 그 동거를 하다가 오쟁이 지기도* 싫고 남의 아이들을 키우고 싶지도 않기 때문이오. 바로 이것이 나에게 합법적인 결혼이 필요한 이유이고." 그냥 뭐라도 대답하기 위해 루쥔은 이렇게 말했다. 그는 뭔가에 유달리 정신을 빼앗겨 그 생각에 골몰해 있었다.

"아이들이라고요? 아이들 얘기를 하신 겁니까?" 안드레이 세묘노비치는 군대 나팔 소리를 들은 군마처럼 몸을 부르르 떨었다. "아이들은 사회적인 문제이며 그중에서도 가장 중대한 문제라는 것, 그 점에 저는 동의합니다. 하지만 아이들 문제는 다른 식으로 해결될 겁니다. 어떤 사람들은 가족에 관한 온갖 암시와 마찬가지로 아이라는 것도 전적으로 부정합니다. 아이들 얘기는 나중에 하고 지금은 오쟁이 얘기나 합시다! 솔직히 말씀드려서, 이것이 저의 약점입니다. 이 추악한 경기병식 표현, 푸쉬킨적인 표현**은 미래 어휘 사전에서는 상상조

---

* 러시아어 표현으론 '뿔을 달다.'이며 이하 레베쟈트니코프의 말에서 언급되는 '오쟁이'도 원문에서는 '뿔'이다.
** 푸쉬킨의 『예브게니 오네긴』 1장 12절에 나오는 표현인 "위풍당당하게 오쟁이 진 자"를 말한다.

차 할 수 없는 것이지요. 아니, 오쟁이가 다 뭡니까? 오, 얼마나 방종한 표현입니까! 오쟁이는 무슨 오쟁이람? 대체 왜 오쟁이입니까? 정말 허튼소리입니다! 동거를 하면 오히려 그런 것은 없어질 겁니다! 오쟁이라니, 이것은 온갖 합법적인 결혼의 자연스러운 결과일 따름, 말하자면 그것의 수정이요 저항일 따름이므로 그런 의미에서 보자면 굴욕적일 것도 없습니다……. 그리고 만약 제가 언제 — 터무니없는 짓이라는 전제 하에 — 합법적인 결혼 생활을 하게 된다면 저는 당신들의 그 빌어먹을 오쟁이에 기쁨을 금하지 못할 것입니다. 그 경우 저는 저의 아내에게 이렇게 말할 겁니다. '나의 벗이여, 지금까지는 그저 당신을 사랑하기만 했지만 이제는 존경하는 바요, 왜냐면 당신은 저항할 줄 알았으니까!' 비웃으시는 겁니까? 그건 당신이 편견을 떨쳐 낼 힘이 없기 때문입니다! 젠장, 하긴 저도, 합법적인 결혼 상태에서 속임을 당하는 일이 정확히 왜 불쾌한지는 이해합니다. 하지만 그것은 그저 이쪽저쪽 다 굴욕적인 상태에 있다는 비열한 사실이 낳은 비열한 결과일 따름입니다. 동거의 경우처럼 오쟁이가 공공연한 사실이 되면 그때는 이미 그런 것은 존재하지도 않고 생각할 수조차 없을뿐더러 오쟁이라는 명칭조차 사라집니다. 오히려, 당신의 아내는 그로써 오직 자기가 당신을 얼마나 존경하는지를 증명하게 될 것인데, 당신을 아내의 행복을 막을 수 없는 자로, 새 남편이 생겼다고 아내에게 복수를 하지는 않을 만큼 지적으로 계발된 사람으로 여기는 셈이니까요. 젠장, 어떨 때는 꿈에 젖곤 하는데, 즉 제가 시집을 간다면, 쳇! 아니지, 장가를 간다면(동거든 합법적인 결혼이든 상관없고요.) 그런데도 아내가 오랫동안 정부를 만들지 않을 경우에는 제가 나서서 아내에게 정부를 얻어 줄 겁니다. 그러면서 이렇게 말할 겁니다. '나의 벗이여, 나는 당신을 사랑하지만 덧붙여 당신이 나를 좀 존경해 줬으면 하는 바람이오, 자!' 제 말이 맞지 않습니까, 예……?"

표트르 페트로비치는 이 얘기를 들으며 히히거렸지만 딱히 열중하지는 않았다. 심지어 건성으로 듣고 있었다. 그는 정말로 뭔가 다른 생각에 골몰해 있었고 레베쟈트니코프도 마침내 이 점을 알아차렸다. 표트르 페트로비치는 심지어 흥분한 상태에서 양손을 비비면서 생각에 잠겼다. 안드레이 세묘노비치는 나중에 이 모든 정황을 곱씹게 되었고 그러자 뭔가 짚이는 것이 있었다…….

2

카체리나 이바노브나의 교란된 머릿속에서 어떻게 저 무모한 추도식 생각이 싹텄는지, 그 원인을 정확히 명시하기란 어려울 법하다. 정말로, 라스콜니코프가 원래 마르멜라도프 장례비로 건넨 20루블 남짓한 돈 중에서 거의 10루블을 거기다 써 버렸다. 어쩌면 카체리나 이바노브나는 '격식을 갖추어' 고인의 명복을 빌어 주는 것이, 그리하여 모든 세입자들, 특히 아말리야 이바노브나에게 고인이 '그들보다 절대 못하기는커녕 아마 훨씬 더 나은' 사람이었고 그들 중 누구도 고인 앞에서 '콧대를 세울' 권리가 없음을 똑똑히 알리는 것이 고인에 대한 자신의 의무라고 생각했는지도 모르겠다. 아마 이 경우 제일 큰 영향력을 발휘한 것은 가난한 사람 특유의 자존심이었을 텐데, 그런 것 때문에 우리의 일상생활에서 너 나 할 것 없이 누구에게나 의무적인 어떤 사회적인 의식을 치러야 할 경우 많은 가난뱅이들이 오직 '남들에게 뒤지지 않기' 위해, 남들한테 '손가락질을 당하지 않기' 위해 마지막 남은 힘까지 쥐어짜고 애써 모아 놓은 마지막 한 닢까지 다 써 버리지 않는가. 그러니까 분명히 카체리나 이바노브나도 바로 이번 기회에, 세상의 모든 사람에게 버림받은 것 같은 바로 이 순간에 자기도 '여봐란듯이 살 줄 알고 여봐란듯이 손님 대접을 할 줄 안다.', 뿐더러 절대 이런 팔자로 살 몸도 아니고 '점잖은 집, 심지어 말하자면 귀족이나 다름없는 대령의 집에서' 자랐다, 마룻바닥이나 닦고 밤마다 아이들의 걸레쪽이나 빨 신세도 절대 아니었다, 하는 것을 이 모든 '시답잖고 추악한 세입자들'에게 보여 주고 싶었던 것이리라. 이와 같은 자존심과 허영심의 발작이 가난에 찌들고 짓눌린 사람들에게 찾아들어 억누를 수 없는 초조한 욕구로 바뀌는 일이 더러 있잖은가. 하지만 카체리나 이바노브나는 더욱이 짓눌린 사람들 축에 들지도 않았다. 그녀는 상황에 짓눌려 아예 죽을 수는 있을망정 정신적으로 짓눌리는 인물, 즉 겁을 집어먹고 자기 의지를 꺾을 인물은 아니었다. 더욱이 소네치카가 그녀를 두고 정신이 오락가락한다고 말한 것은 충분히 근거 있는 얘기였다. 사실 아직은 확실히 단정할 수는 없지만 정말로 그녀의 가엾은 머리는 최근, 요 최근 일 년 동안 너무나 많이 시달려 왔기 때문에 얼마간이나마 손상을 입지 않을 수 없었다. 폐결핵이 심해져도, 의학자들 말마따나, 지적 능력이 더 빨리 손상되지 않는가.

술은 양이 많지도, 종류가 다양하지도 않았으며 마데이라도 없었다. 과장이 심했던 것이지만 그래도 술이 나오긴 했다. 보드카, 럼주, 리스본산(産) 포도주 등이 있었는데 죄다 지독한 싸구려였지만 양은 충분했다. 차려 놓은 음식으로는 쿠치야 말고도 서너 종류의 요리가 더 있었는데(겸사겸사 블린도 있었다.) 전부 아말리야 이바노브나의 부엌에서 온 것이었고 더욱이 식사 후에 내놓을 차와 펀치를 준비하려고 사모바르도 한꺼번에 두 개나 올려놓았다. 장 보는 일은 카체리나 이바노브나가 직접 지휘하되, 무슨 목적으로 리페베흐젤 부인 집에 살고 있는지 통 알 수 없는 어느 불쌍한 폴란드 세입자가 도와주었다. 그는 당장에 카체리나 이바노브나의 심부름꾼을 자처하여 어제 하루 종일, 또 오늘 아침 내내 혀를 쑥 내밀고 허겁지겁 뛰어다녔는데, 이렇게 고생하는 모습이 남의 눈에 띄도록 유달리 애쓰는 것 같았다. 또 일이 생길 때마다 사사건건 쉴 새 없이 카체리나 이바노브나에게 물어보고 그녀를 찾으러 고스친느이 드보르*까지 달려가고 그때마다 끊임없이 그녀를 '파니 호루쥐나'**라고 불러 대고 하는 바람에, 처음에는 이렇게 '싹싹하고 속이 넓은' 사람이 없었더라면 자기는 완전히 망했을 것이라고 말하던 그녀도 마침내 진저리를 치고 말았다. 카체리나 이바노브나의 성격에는 좀 특이한 면이 있었는데, 처음 마주치는 사람을 아무나 다 서둘러 가장 훌륭하고 밝은 색으로 치장하여 사람에 따라서는 민망해질 정도로 그를 칭찬하고 또 그러느라 전혀 있지도 않은 온갖 정황을 꾸며

---

* 네프스키 거리에 있던 백화점.
** '마님'이라는 뜻의 폴란드어.

내 그것이 실제 사실인 양 완전히 진심으로, 성심성의껏 믿고 그러다가 나중에는 갑자기 단번에 환멸을 느끼고 불과 몇 시간 전만 해도 문자 그대로 경배하던 사람을 못살게 굴며 침을 뱉고 밀쳐 버리기 일쑤였다. 타고나길 그녀는 웃음이 많고 명랑하고 온순한 성격이었지만 끊임없이 불행과 실패를 겪은 탓에 모든 사람들이 평화와 기쁨을 누리며 살기를, 감히 다른 식으로 살지는 않기를 너무나 맹렬히 바라고 또 요구하게 되었으며, 때문에 삶 속의 아주 가벼운 불화나 아주 사소한 실패에도 대번에 거의 미칠 것만 같은 상태가 되었고, 가장 찬연한 희망과 환상을 품었다가도 한순간에 운명을 저주하고 손에 잡히는 대로 모든 것을 찢어발기고 내던지고 벽에다 머리를 찧어 대기 시작했다. 아말리야 이바노브나도 갑자기 왠지 카체리나 이바노브나에게서 예사롭지 않은 의미와 예사롭지 않은 존경을 얻었는데, 이는 오로지 이 추도식이 열린 덕분, 또 아말리야 이바노브나가 충심으로 모든 수고를 떠맡아 주기로 한 덕분인 것 같았다. 그녀는 식탁을 차리고 식탁보, 식기 등을 마련하고 음식도 자기 부엌에서 만들기로 했다. 카체리나 이바노브나는 그녀에게 모든 권한을 위임하며 일을 맡겨 놓은 다음 묘지로 갔다. 정말로 모든 것이 훌륭하게 갖추어졌다. 식탁은 상당히 말끔하게 차려졌으며 식기, 포크, 나이프, 술잔, 컵, 찻잔 등 이 모든 것이 물론 여러 세입자들에게서 가져와 모아 놓은 것이라 모양도, 크기도 제각각이었지만 전부 정해진 시각에 제자리에 놓여 있었다. 맡은 바 소임을 훌륭히 완수했다고 느낀 아말리야 이바노브나는 새 상장(喪章)을 단 모자에 검은색 원피스로 한껏 멋을 부린 채 다소 으스대기까지 하며 묘지에서 돌아온 사람들을 맞이했다. 이렇게 으스댈 만도 했지만 카체리나 이바노브나는 웬지 그것이 영 못마땅했다. '정말이지, 아말리야 이바노브나가 없었으면 식탁도 차릴 수 없었을 거라는 투군!' 새 상장을 단 모자도 못마땅했다. '이 덜떨어진 독일 여자, 자기가 주인이라고, 자비심에서 가난한 세입자들을 선뜻 도와준다고 뻐기는 거야, 뭐야? 자비심이라니! 제발 좀 베풀어 주시지! 이 카체리나 이바노브나의 아버지는 대령에다가 거의 도지사나 다름없는 분이어서, 어떨 때는 집에서 40인분의 식탁을 차린 적도 있는데 말이야, 저 아말리야 이바노브나 같은 여자, 더 정확히, 류드비고브나 같은 여자는 부엌에도 얼씬도 못했을 텐데…….' 그래도 카체리나 이바노브나는 때가 될 때까지는 자신의 감정을 드러내지 않기로 마음먹었다. 내심 반드시 오늘 당장 아말리야 이바노브나의 콧대를 꺾어 놓기로, 가뜩이나 어디까지 기어오를지 모를 이 여편네에게 자기 분수를 톡톡히 깨닫게 해 주겠노라고 결심했음에도 일단은 그냥 냉랭하게 대했던 것이다. 또 다른 불쾌한 일도 카체리나 이바노브나의 짜증을 얼마간 부채질했다. 장례식에 초대받은 세입자 중 정작 참석을 한 자는, 묘지까지 달려온 그 폴란드인을 제외하면, 거의 아무도 없었다. 추도식, 즉 식사에는 그중에서도 가장 시시껄렁하고 가난한 자들만 잔뜩 나타났고 그나마 대부분이 꼬락서니조차 시원찮은, 무슨 걸레 같은 자들이었다. 개중에 나이도 좀 있고 점잖은 축에 드는 자들은 전부 아주 작당을 한 듯, 서로 말이라도 맞춘 듯 쏙 빠져 버렸다. 가령 표트르 페트로비치 루쥔은 이곳 세입자를 통틀어 말하자면 가장 점잖은 축에 들었으나 나타나지 않았다. 그런데 카체리나 이바노브나는 이미 어제 저녁에 온 세상 사람들, 즉 아말리야 이바노브나, 폴레치카, 소냐, 저 폴란드인 등에게 이분은 가장 고결하고 가장 관대한 사람으로서 아주 대단한 인맥과 재산을 가진 분이며 그녀의 첫 남편의 친구로서 그녀의 아버지 집에 드나들기도 했고 그녀가 상당한 연금을 받을 수 있도록 온갖 수단과 방법을 동원해 주기로 약속했다고 마구 지껄여 버렸던 것이다. 여기서 한 가지 지적하자면, 만약 카체리나 이바노브나가 누구의 인맥이며 재산을 두고 칭찬을 했다면, 그건 어떤 이해관계도, 어떤 개인적인 타산도 없이 전적으로 사심 없이, 말하자면 그저 감정에 겨워 상대를 칭송하고 더 많은 가치를 부여하고 싶은 만족감의 발로였을 따름이다. 분명히 루쥔을 '본떴는지' '저 추잡하고 썩을 레베쟈트니코프 놈'도 나타나지 않았다. '정말 이놈은 자기가 뭐라도 되는 줄 아는 모양이지? 이놈을 초대한 건 오직 자비심 때문이었는데, 표트르 페트로비치와 한방에 살고 그의 지인이어서 초대하지 않으면 좀 민망하니까.' '과년한 처녀'가 된 딸과 함께 사는, 거들먹거리기 좋아하는 어느 부인도 나타나지 않았다. 그들은 아말리야 이바노브나의 집에 산 지 두 주밖에 안 됐지만 벌써 몇 번이나 마르멜라도프의 방이 너무 시끄럽고 고함 소리도 들린다고 투덜거렸으며 특히 고인이 술에 취해 귀가할 때면 더 그랬다. 이 일은 물론, 아말리야 이바노브나가 카체리나 이바노브나와 거센 말싸움을 하며 가

족을 전부 쫓아내겠다고 윽박지르고 그들이 '언감생심 따라
가지도 못할 고결한 분들에게' 폐를 끼치고 있다고 목청껏 소
리치는 와중에 카체리나 이바노브나의 귀에까지 들어가게 된
것이다. 카체리나 이바노브나는 이 부인과 그녀의 딸이 '언감
생심 따라가지도 못할 분들'이고 지금까지도 우연히 마주칠
일이 있으면 그쪽에서 오만불손하게 외면했기 때문에 더더
욱, 지금 일부러 그들을 초대하기로 마음먹은 것이었다. 그리
하여 이 집 사람들은 '사고방식과 마음 씀씀이가 한층 더 고결
하여 나쁜 일을 마음에 담아 두는 일 없이 초대도 한다는 것'
을 그녀가 알도록, 또 카체리나 이바노브나가 이렇게 살 팔자
가 아니었음을 저들이 똑똑히 보도록 할 목적이 있었다. 식사
를 하면서 이 얘기를 반드시 할 참이었으며, 마찬가지로 돌아
가신 아버지는 도지사나 다름없었다는 얘기도 하고 이와 더
불어 서로 마주칠 일이 있을 때 그렇게 외면할 이유는 전혀 없
었다고, 그건 굉장히 바보 같은 짓이었다고 은근슬쩍 일침을
가할 생각도 하고 있었다. 뚱보 중령(실은 퇴역한 2등 대위에 불
과했지만)도 오지 않았는데, 알고 보니 어제 아침부터 '뻗어'
있었다. 한마디로, 나타난 사람이라곤 오직 그 폴란드인, 그다
음엔 땟국이 좔좔 흐르는 연미복을 입고 여드름투성이에 역
한 냄새를 풍기는 꾀죄죄하고 과묵한 어느 관청 직원, 그다음
엔 언젠가 무슨 우체국에서 근무한 적이 있고 호랑이 담배 피
우던 시절부터 어떤 연유에서인가 아말리야 이바노브나 집에
서 먹고 살고 있는, 귀머거리에 눈도 거의 다 먼 어느 노인 등
이었다. 술 취한 퇴역 중위도 한 명 나타났는데, 그는 원래 식

품 관리국 관리였으나 점잖지 못하게 큰 소리로 마구 웃어 댔으며 '세상에, 상상 좀 해 보시라.', 조끼도 입지 않고 있었다! 어떤 사람은 카체리나 이바노브나에게 조문조차 하지 않고 곧장 식탁 앞에 떡하니 앉았고, 끝으로 또 어떤 사람은 마땅한 옷이 없는지 잠옷 바람으로 나타났는데 너무나 점잖지 못한 짓거리인지라 아말리야 이바노브나와 폴란드인이 갖은 애를 써 가며 끌어내 버렸다. 한데 이 폴란드인이 또 다른 폴란드인을, 아말리야 이바노브나의 집에 산 적도 없거니와 지금까지 누구 하나 본 적도 없는 위인들을 두 명 더 데려왔다. 이런 것들이 몽땅 카체리나 이바노브나의 신경을 박박 긁어 놓았다. '이럴 바에는 대체 누구를 위해 이 모든 준비를 했담?' 심지어 자리를 넉넉히 마련하기 위해 아이들은 가뜩이나 방을 전부 차지해 버린 식탁에 앉지도 못하고 뒤쪽 구석의 궤짝에 따로 상을 차렸는데, 두 어린것은 의자에 앉히고 폴레치카는 다 큰 아이로서 동생들을 돌보고 밥을 먹이고 또 '고상한 어린것들'의 콧물을 닦아 주어야 했다. 한마디로, 카체리나 이바노브나는 한층 더 근엄한, 심지어 오만불손한 태도로 모두를 맞이할 수밖에 없었다. 몇몇 사람은 유달리 엄격한 눈초리로 훑어보며 사람을 깔보는 듯 식탁에 앉으라고 권하기도 했다. 나타나지 않은 자들에 관해서는 왠지 모두 아말리야 이바노브나가 책임을 져야 한다고 생각하여 갑자기 그녀를 극도로 마구대하기 시작했고, 상대편도 이 점을 즉각 알아차리고는 극도로 열을 받아 버렸다. 시작이 이러했으니 결말이 좋지 못하리라는 것은 불 보듯 뻔했다. 마침내, 다들 자리를 잡고 앉았다.

라스콜니코프는 사람들이 묘지에서 돌아온 거의 바로 그 순간에 들어왔다. 카체리나 이바노브나는 그를 보자 기뻐서 어쩔 줄 몰랐는데, 첫째, 그는 손님을 통틀어 유일하게 '교양 있는 분'으로서 '주지하다시피 이 년 후에는 이곳 대학에서 교수직을 얻을 분'이기 때문이고, 둘째, 정말로 장례식에 참석하고 싶었으나 그럴 수 없었노라고 그녀에게 즉시, 그리고 공손하게 사과했기 때문이다. 그녀는 부리나케 그에게 달려들어 식탁 앞, 자기 바로 왼쪽에 앉힌 다음(오른쪽에는 아말리야 이바노브나가 앉았다.) 음식이 제대로 나와 모두에게 돌아가는지 어떤지 끊임없이 신경을 쓰고 부산을 떠는 와중에도, 또 요 이틀간 유달리 기승을 부리는 기침이 쉴 새 없이 터져 나와 그녀의 말을 끊고 숨통을 틀어막는 와중에도 연신 라스콜니코프에게 말을 걸어 속에 쌓아 둔 감정이며 엉망이 된 추도식에 대한 지당한 분노를 반쯤 속삭이듯 모조리 토로하느라 여념이 없었다. 게다가 이 분노는 종종 여기 모인 손님들을 겨냥한, 도무지 억누를 수 없는 아주 명랑한 웃음으로 바뀌었으며 아무래도 여주인이 주된 표적이 되었다.

"이건 전부 저 뻐꾸기 잘못이에요. 누구 얘기를 하는지 아실 거예요. 바로 저 여자, 저 여자 말이에요!" 카체리나 이바노브나는 여주인을 가리키며 고갯짓을 했다. "저 여자 좀 보세요. 우리가 자기 얘기를 한다는 것을 감으로 알아채곤 눈알을 부라리는군요, 이해도 못하는 주제에 눈을 부릅뜨긴. 흥, 부엉이 같은 년! 하-하-하……! 캑-캑-캑! 뭘 보여 주고 싶어서 저런 모자를 다 썼을까! 캑-캑-캑! 알아채셨는지 모르겠지만, 저 여자는 다들 자기가 이렇게 참석해 준 것만으로도 나에게 후원을 아끼지 않는 것이며 큰 영광을 베푸는 것으로 생각해 주길 바라는 거예요. 나는 저 여자를 괜찮은 사람으로 생각해, 좀 훌륭한 분들을, 정확히 고인의 지인들을 초대하라고 부탁했는데, 어쩜 데려다 놓은 사람들 좀 보세요. 하나같이 다 어릿광대들이야! 땟물에 전 거지들하며! 얼굴에 때를 잔뜩 묻힌 저 더러운 사람 좀 보세요. 저건 두 발 달린 콧물 덩어리지 뭐예요! 저 폴란드인들도 만만치 않고……. 하-하-하! 캑-캑-캑! 저들은 이 집 사람들 중 누구 하나도 절대 본 적이 없고 나도 절대 본 적이 없는 작자들이에요. 아니, 저들은 대체 왜 왔을까요, 예? 점잔을 빼며 줄줄이 사탕처럼 앉아 있는 꼬락서니하곤. 파네*, 여보세요!" 그녀가 갑자기 그들 중 한 명에게 소리쳤다. "블린은 드셨어요? 더 드세요! 맥주도 마시고요, 맥주 말이에요! 보드카는 어떠세요? 보세요, 벌떡 일어나서 절까지 꾸벅 하잖아요, 봐요, 좀 보세요. 분명히 쫄쫄 굶은 가난뱅이들일 거예요! 됐어요, 배 좀 채우라죠. 적어도 소란을 피우지는 않으니, 다만…… 다만, 사실 나는 여주인의 은 숟가락이 걱정이에요……! 아말리야 이바노브나!" 갑자기 거의 큰 소리로 그녀에게 말을 걸었다. "혹시 당신 숟가락을 누가 슬쩍 해도, 미리 말해 두지만, 나는 아무 책임 없어요! 하-하-하!" 그녀는 자지러지게 웃더니 또다시 라스콜니코프에게 말을 걸고 또다시 여주인을 향해 고갯짓을 했는데, 자신의 행동거지가

---

* 폴란드어로, 남성을 부르는 호칭.

즐거운 모양이었다. "이런 데도 못 알아들었어요, 또 못 알아들었어! 입을 헤 벌리고 앉아 있는 꼬락서니하곤. 보세요, 부엉이, 진짜 부엉이라니까요, 새 상장을 단 부엉이 새끼라니까, 하-하-하!"

여기서 웃음은 다시 참을 수 없는 기침으로 바뀌어 오 분 동안 지속되었다. 손수건에는 피가 좀 묻어 나왔고 이마에는 땀방울이 맺혔다. 그녀는 라스콜니코프에게 말없이 피를 보여 주었으며 간신히 한숨 돌릴 수 있게 되자 이내 다시금 굉장히 활기를 띠고 뺨에 붉은 반점이 번지는 가운데 속삭대기 시작했다.

"보세요, 나는 저 여자에게 그 모녀를 초대하라는, 말하자면 아주 섬세한 소임을 맡겼는데, 누구를 말하는지 아시겠죠? 이런 일을 할 때는 아주 세심한 배려가 필요하거든요. 한데 저 여자가 일을 어떻게 처리했는지, 그 외지에서 온 여자, 그러니까 보잘것없는 촌년 주제에 콧대만 세우는 저 망할 년이, 실은 그저 무슨 소령의 미망인인가 그렇고 여기에 온 이유도 연금을 타내려고 온갖 관청을 문지방이 닳도록 돌아다니기 위해서라는데, 쉰다섯이나 먹었으면서도 눈썹을 새카맣게 칠하고 얼굴에는 뽀얗게 분칠을 하고 입술도 뻘겋게 바르고…….(모르는 사람이 없을 정도예요.) 그런데 이 망할 년이 코빼기도 안 보인 건 고사하고, 못 올 것 같으면 사람을 보내 사과라도 해야 마땅하건만, 이런 경우에 흔히 요구되는 가장 평범한 예의범절도 무시했지 뭐예요! 이해할 수가 없어요, 표트르 페트로비치는 또 왜 안 오셨을까요? 그런데 소냐는 어디 있죠? 어디

갔을까요? 아, 드디어, 저기 있군! 아니, 소냐, 어디 갔었니? 너도 참 얄궂다, 네 애비 장례식인데도 어쩜 이렇게 칠칠치 못하니…… 로지온 로마느이치, 이 애를 옆에 앉히세요. 그래, 거기가 네 자리다, 소네치카…… 아무거나 먹고 싶은 대로 먹으렴. 잘리브노예*는 어떠냐, 이게 좋겠다. 지금 블린을 내올 거야. 아이들은 음식을 받았니? 폴레치카, 거기 너희들도 전부 다 받았니? 캑-캑-캑! 그래, 좋아. 똑똑하게 굴어야지, 레냐, 너도, 콜랴, 발 놀리지 말고. 앉아라, 귀족집 아이 같은 자세로 말이야. 뭐라고, 소냐?”

소냐는 즉시 서둘러, 모두에게 들릴 만큼 큰 소리로 말하려고 애쓰면서 표트르 페트로비치의 말 중 엄선된 가장 정중한 표현, 심지어 그녀가 직접 지어내고 다듬은 표현을 써 가며 표트르 페트로비치의 사과의 뜻을 전했다. 표트르 페트로비치가 형편이 되는 대로 당장 업무상 단둘이 얘기를 나누면서 앞으로 무엇을 할지, 무엇을 추진할지 등을 논의하러 가겠노라는 말을 전해 달라고 각별히 부탁했다는 말도 덧붙였다.

소냐는 이런 말이 카체리나 이바노브나에게 안정과 위안, 기쁨을 주고 무엇보다도 그녀의 자존심을 만족시켜 줄 것임을 알고 있었다. 그녀는 라스콜니코프 옆에 앉을 때 얼른 인사를 하며 호기심에 찬 눈으로 그를 힐끔 쳐다보았다. 하지만 왠지 그 후로는 계속 그를 보는 것도, 그와 말을 하는 것도 피했다. 그녀는 카체리나 이바노브나의 비위를 맞추려고 그녀의

---

* 교병(膠餠)으로 만든 생선이나 고기 요리.

얼굴을 마냥 바라보았지만 어딘가 넋이 나간 것 같았다. 그녀
도, 카체리나 이바노브나도 상복 차림이 아니었는데, 옷이 없
어서였다. 소냐는 좀 짙은 갈색 옷을 입고 있었고, 카체리나
이바노브나 옷은 하나밖에 없는, 어두운 색깔의 사라사 줄무
늬 원피스였다. 표트르 페트로비치의 전언은 일사천리로 보
고되었다. 근엄한 표정으로 소냐의 말을 경청한 카체리나 이
바노브나는 예의 그 근엄함을 유지하며 표트르 페트로비치의
안부를 물었다. 그런 다음, 즉시 라스콜니코프에게 거의 큰 소
리로 속닥대길, 표트르 페트로비치처럼 존경할 만하고 엄정한
사람이 이런 '예사롭지 않은 무리'에 끼게 된다면 그가 그녀의
가족에게 아무리 헌신적이고 그녀의 아버지와 오랜 우정을
나눈 사이일지라도 정말로 이상하지 않았겠느냐는 것이었다.

"그러니 당신에겐 특히 더 감사드릴밖에요, 로지온 로마느
이치, 이런 상황에서도 나의 변변찮은 대접을 마다하지 않으
셨잖아요." 그녀가 거의 큰 소리로 덧붙였다. "하긴 오직 돌아
가신 우리 남편과 각별한 친분을 쌓은 덕분에 그 약속을 지키
셨으리라 확신하지만요."

그런 다음 그녀는 다시 한 번 오만하게 거들먹거리며 손님
들을 둘러보고 갑자기 유난스럽게 마음을 쓰면서 큰 소리로
식탁 너머 귀먹은 노인에게 "따뜻한 음식을 더 드시겠어요,
리스본 포도주는 내왔던가요?" 하고 물었다. 노인은 대답도
하지 않았고, 옆에서 사람들이 재미 삼아 쿡쿡 찌르는데도 자
기한테 뭘 물어보는지도 한동안 알아먹지 못했다. 그는 그저
입을 헤 벌린 채 주위를 둘러볼 뿐이었고, 그 때문에 좌중은

너욱더 흥거워했다.

"어쩜, 완전히 얼간이지 뭐예요! 보세요, 좀 봐요! 어쩌자고 저 양반을 데려왔을까요? 표트르 페트로비치라면, 저는 그분에게는 늘 확신이 있었어요." 카체리나 이바노브나가 계속 라스콜니코프에게 말했다. "물론, 그분은 저 모녀에 비할 수도 없는 분이지만⋯⋯." 그녀는 굉장히 험악한 표정에 날카롭고 큰 소리로 이렇게 말하면서 아말리야 이바노브나 쪽을 보았고, 그 때문에 상대방은 기가 팍 죽었다. "암, 비할 수가 있나요, 어디, 당신이 끌고 온, 뭣처럼 사치나 부리고 치맛자락을 질질 끌고 다니는 저 모녀는 우리 아버지 같으면 부엌데기로도 안 썼을 거예요. 돌아가신 우리 남편이라면 물론 은혜를 베푸느라 써 줬을 테지만, 그나마도 그저 사람이 워낙 속없이 착한 탓이었겠죠."

"그러게, 한잔 걸치는 걸 좋아했지. 어찌나 좋아했는지 아예 입에 달고 살았지!" 갑자기 퇴역한 식품 관리국 관리가 이렇게 소리쳤는데, 벌써 보드카를 열두 잔째 바닥내는 중이었다.

"돌아가신 우리 남편은 정말 그게 큰 약점이었어요, 알 만한 사람은 다 아는걸요." 갑자기 카체리나 이바노브나는 대뜸 그를 붙잡고 늘어졌다. "하지만 그분은 처자식을 사랑하고 존중한, 착하고 고결한 분이었어요. 사람이 너무 착하다 보니 온갖 방탕한 어중이떠중이들을 턱없이 믿어 버린 것이 문제였지요, 당최 어떤 자들과 퍼마셨는지, 그분 발톱의 때만큼도 가치 없는 작자들이었어요! 한번 상상해 보세요, 로지온 로마노비치, 그분의 호주머니에서 수탉 모양의 당밀 과자가 나왔어

요. 고주망태가 되어 오면서도 아이들을 잊지 않았다는 소리
죠.”

“수-탉이라고요? 수-탉이라고 하셨습니까?” 식품 관리국
양반이 소리를 질렀다.

카체리나 이바노브나는 대답할 가치도 없다고 생각했다.
그녀는 뭔가를 곰곰이 생각하더니 한숨을 내쉬었다.

“당신도 분명히 다른 사람들처럼 내가 그분을 너무 험악하
게 대했다고 생각하실 테죠.” 그녀는 라스콜니코프를 보며 계
속 말했다. “하지만 실은 그렇지 않아요! 그분은 나를 존경했
어요, 몹시, 몹시 존경했지요! 마음이 참 착한 사람이었는데!
그래서 어떨 때는 그분이 정말 불쌍해졌어요! 구석에 가만히
앉아 나를 바라볼 때도 있었는데, 어찌나 불쌍해지던지 좀 얼
러 주고 싶었지만 이내 속으로 드는 생각이 ‘얼러 주면 또 술
을 퍼 댈 거야.’ 싶더군요. 그나마 험악하게 대해야만 얼마간
이라도 감당할 수 있었거든요.”

“예, 머리털을 잡아 뜯으며 싸운 적이 있었지요, 그것도 여
러 번이나.” 식품 관리국 관리가 또 으르렁대며 보드카 한 잔
을 목구멍에다 들이부었다.

“어떤 바보들은 머리털을 잡아 뜯는 정도가 아니라 빗자루
로 싹 쓸어 버리는 편이 더 유익할걸요. 지금 이건 돌아가신
분을 두고 하는 얘기는 아니에요!” 카체리나 이바노브나가 식
품 관리국 관리에게 딱 잘라 말했다.

그녀의 뺨에 번진 붉은 반점은 점점 더 짙어졌고 가슴도 들
썩였다. 한순간만 더 있으면 이미 한 판 뒤집어엎을 기세였다.

많은 사람이 히히거리는 것이 이 일에 흥이 나는 모양이었다. 식품 관리국 관리를 쿡쿡 찔러 대고 뭐라고 귀엣말이 오가기 시작했다. 싸움을 붙이고 싶어 안달이 난 게 분명했다.

"저-어-기 여쭤 볼 것이 있는데요." 식품 관리국 관리가 운을 뗐다. "무슨 얘기를 하는 건지, 그러니까 대체…… 지금…… 어떤 고결한 사람을 두고 하는 얘기인지……. 하긴 물어볼 필요도 없지! 허튼소리야! 허튼소리! 어차피 과부잖아! 눈감아 준다……. 넘어갑시다!" 그러고서 그는 다시 보드카를 들이켰다.

라스콜니코프는 앉아서 혐오감을 느끼며 묵묵히 듣고만 있었다. 식사라면 카체리나 이바노브나가 쉴 새 없이 그의 접시에 담아 준 음식 조각에 그냥 예의상 손을 대는 정도였고 그나마도 그녀의 기분을 상하지 않게 하려는 마음에서였다. 그는 소냐를 유심히 살펴보고 있었다. 하지만 소냐는 점점 더 불안하고 근심이 많아졌다. 그녀도 추도식이 곱게 끝나지 않으리라는 예감이 들어, 카체리나 이바노브나가 자꾸만 더 초조해하는 모습을 두려운 마음으로 지켜보고 있었다. 사실 그녀는 외지에서 온 그 모녀가 카체리나 이바노브나의 초대를 그렇게 무시한 주된 원인이 그녀, 즉 소냐 자신에게 있다는 것을 알고 있었다. 그쪽 어머니가 초대를 받자 '어떻게 자기 딸을 그런 아가씨와 나란히 앉힐 수 있겠느냐?'라고 물으며 모욕감까지 느끼더란 얘기를 아말리야 이바노브나에게서 직접 들은 것이다. 소냐는 그 얘기가 어떻게든 이미 카체리나 이바노브나의 귀에 들어갔으리라는 예감이 들었는데, 그녀, 즉 소냐에

대한 모욕이 카체리나 이바노브나에게는 그녀 자신이나 그녀
의 아이들, 그녀의 아버지에 대한 모욕보다 더 큰 의미를 지
닌 것, 한마디로 치명적인 것이었으리라. 때문에 소냐는 카체
리나 이바노브나가 '치맛자락을 질질 끌고 다니는 저 모녀에
게 그들의 처지가 어떻고 뭐 등등을 톡톡히 깨닫게 해 주기 전
까지는' 이제 결코 진정하지 않을 것임을 알고 있었다. 설상가
상으로, 누군가가 식탁의 다른 쪽 끝에서 흑빵으로 만든 두 쪽
의 심장 중간에 화살을 꽂은 다음 접시에 담아 소냐에게 보내
왔다. 카체리나 이바노브나는 발끈하며 탁자 너머로 당장, 이
따위 것을 보낸 자는 물론 '술주정뱅이 당나귀'라며 큰 소리로
으름장을 놓았다. 아말리야 이바노브나도 뭔가 좋지 않은 예
감이 듦과 동시에 카체리나 이바노브나의 오만불손한 태도에
마음속 깊이 상처를 받은 탓에, 좌중의 찜찜한 분위기를 다른
쪽으로 몰아가려고, 또 겸사겸사 자기에 대한 사람들의 평판
을 높이려고 갑자기 밑도 끝도 없이, 그녀가 아는 사람인 '약
사 카를'이 밤에 마차를 타고 돌아다녔다, '마부가 그를 죽이
려 하자 카를은 자기를 죽이지 말라고 그야말로 애걸복걸하
고 울며불며 두 손을 싹싹 빌고 깜짝깜짝 놀라고 얼마나 무서
웠는지 심장에 칼이 꽂힌 것 같았다.' 하는 얘기를 늘어놓기
시작했다. 카체리나 이바노브나는 미소를 머금었으나, 대뜸
아말리야 이바노브나에게 러시아말로 무슨 얘기를 들려줄 깜
냥은 못 된다고 따끔하게 일침을 가했다. 상대방은 더욱더 성
질을 내며 그녀의 '아버지는 베를린 출신으로서 굉장히 높은
사람이었고 항상 두 손으로 호주머니를 훑고 다녔다.'며 대거

리를 했다. 가뜩이나 웃음이 헤픈 카체리나 이바노브나는 더는 참을 수 없어 배꼽이 빠져라 웃어 댔고, 때문에 아말리야 이바노브나도 이미 인내력이 바닥날 참이었으나 간신히 몸을 다잡았다.

"저 봐요, 진짜 부엉이 새끼라니까!" 카체리나 이바노브나는 즉시 또, 거의 흥에 겨워 라스콜니코프에게 속닥댔다. "두 손을 호주머니에 넣고 다녔다는 얘기를 하고 싶었던 모양인데, 남의 호주머니를 털고 다녔다는 뜻이 돼 버렸어요, 캑-캑! 단번에 잘 알아차리셨겠지만, 로지온 로마노비치, 여기 페테르부르크에 사는 외국인들, 즉 주로 어디선가 우리 나라로 들어오는 독일인들은 전부 우리보다 멍청해요! 뭐, 그렇지 않나요, 아니, '약사 카를이 너무 무서워서 심장에 칼이 꽂힌 것 같았다.'니, 그 녀석이(코흘리개 같으니!) 마부를 옭아매는 대신 '두 손을 싹싹 빌고 울며불며 애걸복걸했다.'니, 이런 얘기를 할 수가 있냐고요. 아휴, 어쩜 저런 푼수가 다 있담! 저러고서도 딴엔 몹시 감동적인 얘기라고 생각하고는 자기가 얼마나 멍청한지는 의심조차 하지 않잖아요! 내 생각으론, 저 술주정뱅이 식품 관리국 관리가 저 여자보다는 훨씬 더 똑똑한 것 같아요. 적어도 난봉꾼에 술을 퍼마시다 마지막 남은 정신까지 잃어버렸다는 건 훤히 보여도 이 작자들은 어떻든 점잔을 빼고 엄숙하게 굴잖아요…… 어쩜, 저것 좀 봐, 앉아서 눈을 부라리고 있는 꼴 하곤. 화가 난 모양이야! 단단히 화가 났군! 하-하-하! 캑-캑-캑!"

흥겨워진 카체리나 이바노브나는 이내 온갖 얘기를 속속

들이, 정신없이 늘어놓다가 갑자기 연금을 타기만 하면 그 돈으로 반드시 자기 고향인 T 시에 귀족 아가씨들을 위한 기숙학교를 설립하겠다는 얘기를 꺼냈다. 이 얘기를 자기가 직접 라스콜니코프에게 해 준 적은 없었던 탓에 카체리나 이바노브나는 즉시 이 매혹적인 구상을 상세히 늘어놓느라 정신이 없었다. 도무지 어쩌다 그리 됐는지는 알 수 없으나 그녀의 손에는 갑자기 '상장'이 들려 있었는데, 고인이 된 마르멜라도프가 술집에서 라스콜니코프에게 카체리나 이바노브나, 즉 그의 아내가 대학 졸업식 때 '도지사와 그 밖의 인물들이 참석한 가운데' 숄을 두르고 춤을 추었다는 얘기를 하면서 언급한 그것이었다. 이 상장은 분명히 지금 카체리나 이바노브나가 기숙학교를 설립할 권리가 있다는 증명서 구실을 해야 했다. 하지만 그것을 준비해 둔 가장 주된 목적은 '뭣처럼 사치나 부리고 치맛자락을 질질 끌고 다니는 저 모녀'가 추도식에 참석했을 때 그들의 코를 완전히 납작하게 만들고 카체리나 이바노브나가 가장 점잖은, '말하자면 심지어 귀족 집안 출신이며 대령의 딸로서 최근 들어 부쩍 많아진 무슨 여자 모험가들보다 분명히 더 낫다.'라는 것을 증명하기 위해서였다. 상장은 즉시 술 취한 손님들의 손에서 손으로 옮겨 갔으며 카체리나 이바노브나도 구태여 그것을 막지 않았는데, 거기에는 정말로 그녀가 7등 문관이자 작위를 받은 자의 딸, 고로 실제로도 거의 대령의 딸이나 다름없다는 사실이 en toutes lettres(또렷이) 명시되어 있었기 때문이다. 감흥에 휩싸인 카체리나 이바노브나는 즉시, 앞으로 T 시에서 펼쳐질 아름답고 평온한 인생 얘기를 시시콜콜 장황하게 늘어놓았다. 기숙학교의 수업을 위해 이런저런 김나지움 교사들을 초빙하겠다, 대학 시절 카체리나 이바노브에게 프랑스어를 가르쳤던 망고라는 존경할 만한 프랑스 노인이 지금도 T 시에 살면서 여생을 보내고 있으니 분명히 보수가 어느 정도만 돼도 그녀의 학교로 올 것이다, 하는 것이었다. 마침내는 소냐 얘기까지 나왔으니, 그녀는 '카체리나 이바노브나와 함께 T 시로 가서 그곳에서 그녀의 모든 일을 도와줄 것'이었다. 하지만 그 순간 갑자기 누군가가 식탁 끝에서 피식 콧방귀를 뀌었다. 카체리나 이바노브나는 그 즉시 식탁 끝에서 나온 코웃음을 깡그리 무시하고 못 들은 척하려고 애썼음에도 그 즉시 일부러 언성을 높이고 활기에 차서 소피야 세묘노브나가 조력자로서의 능력은 물론 '온순함과 인내력과 자기희생 정신과 고결한 성품과 교양'을 틀림없이 두루 갖추고 있다고 얘기하기 시작했다. 그러면서 소냐의 뺨을 톡톡 때리고 급기야 자리에서 일어나 그녀에게 두 번에 걸쳐 열렬한 키스를 퍼부었다. 소냐는 얼굴을 확 붉혔고, 카체리나 이바노브나는 갑자기 울음을 터뜨리며 곧장 '자기는 신경이 약할 대로 약해진 바보이다, 심신이 너무 망가졌다, 그만 자리를 거둘 때가 됐다, 또 식사는 벌써 다 끝났으니 차를 내와야 할 것 같다.'라고 말했다. 바로 그 순간, 대화에도 전혀 끼지 못하고 사람들이 자기 말도 전혀 들어 주지 않아 결정적으로 골이 나 버린 아말리야 이바노브나가 갑자기 마지막 시도를 감행했다. 즉, 속이 부글부글 끓는 가운데 감히 겁도 없이 카체리나 이바노브나에게, 미래의 기숙학교에서는 아가씨들(아카씨들)이 속옷을 청결히 하도록 각별히 주의해야 한다, '훌륭한 부인(푸인) 한 명을 꼭 붙여 두어 속옷을 잘 살펴야 한다.', 둘째, '누구든 젊은 아가씨들이 밤마다 몰래 소설을 읽는 일이 없도록 해야 한다.'라는 굉장히 사무적이고 심오한 지적을 한 것이다. 정말로 심신이 망가지고 피곤해 죽겠고 이미 추도식에도 완전히 신물이 난 카체리나 이바노브나는 당장에 아말리야 이바노브나에게 아무것도 모르는 주제에 '시답잖은 소리나 지껄이고 있다.'고 '딱 잘라' 말해 버렸다. 아카씨들 속옷 걱정은 세탁 담당자의 일이지, 기숙학교 교장의 일이 아니다, 소설을 읽고 말고의 문제는 아예 입에 담기도 뭣한 얘기이니 제발 입 좀 다물어 달라, 라고 말이다. 발끈한 아말리야 이바노브나는 악에 받쳐서 그저 '잘되라고', '정말로 만사가 다 잘되라고' 한 말일 뿐이다, 당신은 '오래전부터 방세도 땡전 한 푼 내지 않았잖느냐.' 하고 쏘아붙였다. 카체리나 이바노브나는 그 즉시 '잘되라고' 그런다는 말은 순 거짓말이다, 어제만 하더라도 고인이 아직 방 안에 있는 상황이건만 방세를 내라고 사람을 들들 볶지 않았느냐고 하면서 그녀의 '콧대를 납작하게 만들었다.' 그러자 아말리야 이바노브나도 당신이 '저 모녀를 초대했으나 저쪽에서 오지 않았다, 왜냐면 저 모녀는 고결한 사람들이라 고결하지 않은 여자 집에는 올 수 없기 때문이다.' 하고 야무지게 쏘아붙였다. 카체리나 이바노브나는 그 즉시, 당신도 무식쟁이이기 때문에 진정으로 고결한 것이 무엇인지 판단할 수도 없지 않느냐고 '쐐기를 박았다.' 아말리야 이바노브나는 참지 못하고서 그 즉시 자기 '아버지는 베를린 출신으로서 굉장히, 굉장히 높은 사람이었고 항상 두 손으로 호주머니를 훑고 다녔고 항상 훅! 훅! 소리를 냈다.'라고 말했다. 그러고는 자기 아버지의 모습을 보다 더 생생하게 보여 주려고 의자에서 일어나 두 손을 호주머니에 쑤셔 넣고 뺨을 부풀린 뒤 입으로 훅-훅과 비슷한 어딘가 애매모호한 소리를 냈으며, 그 와중에 세입자들은 기어코 한 판 붙겠구나 싶은 예감에 전부 큰 소리로 껄껄 웃어 대면서 일부러 아말리야 이바노브나를 격려하고 부추겼다. 하지만 이쯤 되자 카체리나 이바노브나는 더 이상 참지 못하고 당장 모두 똑똑히 들으라는 듯 큰 소리로, 아말리야 이바노브나에게는 아예 아버지라는 것이 없었을 것이다, 아말리야 이바노브나는 그냥 페테르부르크의 술주정뱅이 핀란드 년일 뿐이다, 분명히 전에는 어디서 식모살이를 했을 것이다, 아니 아마 그보다 더 형편없었을 것이다, 하고 '야무지게' 말했다. 아말리야 이바노브나는 삶은 가재처럼 얼굴을 붉히며 카체리나 이바노브나야말로 '아버지가 아예 없었던 모양이다, 하지만 자기에게는 베를린 출신의 아버지가 있었다, 게다가 긴 프록코트를 입고 다녔고 항상 훅, 훅, 훅 소리를 냈다!'라고 새된 목소리로 외쳤다. 그러자 카체리나 이바노브나가 경멸스럽다는 듯 쏘아붙이길, 그녀의 출신이 어떤지는 삼척동자도 다 안다, 바로 이 상장에 인쇄체로 그녀의 아버지가 대령이라고 명시돼 있지 않느냐, 하지만 아말리야 이바노브나의 아버지는 (그녀에게 아버지라는 것이 정말 있다면) 분명히 페테르부르크의 무슨 핀란드 놈으로서 우유나 팔았을 것이다, 아니 그보다는 아버지가 아예 없었을 것이다, 왜냐면 지금까지도 아말리야 이바노브나의 부칭이 무엇인지, 이바노브나인지 류드비고브나인지도 모르지 않는가, 하는 것이었다. 이쯤 되자 아말리야 이바노브나는 완전히 노발대발하여 주먹으로 탁자를 쾅 치고 새된 소리로 악다구니를 쓰길, 그녀는 아말-이반이지 류드비고브나가 아니다, 그녀의 아버지는 '요한이라 불렸고 시장이었다.', 카체리나 이바노브나의 아버지는 '절대, 결코 시장이었던 적이 없었다.'라고 하는 것이었다. 카체리나 이바노브나는 의자에서 벌떡 일어나 엄정하고도 겉보기에는 침착한 목소리로(비록 얼굴은 하얗게 질리고 가슴은 벌렁벌렁 솟아올랐지만) 만약 그녀가 한 번만 더 '그녀의 걸레 같은 아버지를 자기 아버지와 동급으로 취급한다면, 자기, 즉 카체리나 이바노브나는 그녀의 머릿수건을 잡아뜯고 발로 짓밟아 버리겠다.'라고 쏘아 댔다. 이 말을 듣자 아말리야 이바노브나는 방을 뛰어다니며 자기가 집주인이니 카체리나 이바노브나는 '지금 당장 방을 빼라.'라고 고래고래 고함을 질렀다. 그런 다음엔 뭘 위해서인지 식탁에서 은 숟가락을 긁어모으기 시작했다. 웅성웅성 소란이 일고 아이들은 울기 시작했다. 소냐는 카체리나 이바노브나를 말리려고 달려들었다. 하지만 아말리야 이바노브나가 갑자기 황색 감찰 어쩌고 하며 떠들어 대자 카체리나 이바노브나는 소냐를 밀쳐 내고는 머릿수건을 잡아뜯겠다는 협박을 곧장 실행에 옮기려고 아말리야 이바노브나에게 달려들었다. 그 순간, 문이 열리더니 갑자기 문지방에 표트르 페

트로비치 루쥔이 모습을 드러냈다. 그는 우뚝 선 채 엄정하고
주의 깊은 시선으로 좌중을 둘러보았다. 카체리나 이바노브
나는 그에게 달려들었다.

3

"표트르 페트로비치!" 그녀가 소리쳤다. "당신만이라도 우리를 보호해 주세요! 저 바보 같은 망할 년에게 불행에 처한 고결한 부인을 이렇게 대하는 법은 없다고 따끔하게 일러 주세요, 그런 짓을 하면 재판을 받게 될 거라고…… 제가 직접 도지사인 장군 나리를 찾아갈 테고……. 저 여자는 톡톡히 책임을 져야 될 테고……. 제 아버지에게 받은 은혜를 기억해 주시고 고아들을 보호해 주세요."

"죄송합니다만, 부인……. 죄송, 죄송하지만, 부인." 표트르 페트로비치는 상대편을 뿌리쳤다. "부인의 아버지라면, 부인도 아시다시피, 저로서는 아예 알 기회조차 갖지 못했고…… 죄송합니다, 부인!(누군가가 큰 소리로 껄껄 웃었다.) 부인과 아말리야 이바노브나의 끊임없는 불화에는 관여할 생각도 없습니다……. 저는 제 나름의 용건이 있어서…… 부인의 의붓딸에게 즉시 해명을 듣고 싶거든요, 소피야…… 이바노브나였던가……. 여하튼 그런 이름이었던 것 같은데요? 좀 들어갑시다……."

그러고서 표트르 페트로비치는 몸을 비스듬히 틀어 카체리나 이바노브나 옆을 지나, 소냐가 있는 맞은편 구석으로 갔다.

카체리나 이바노브나는 벼락이라도 맞은 것처럼 그 자리에 우뚝 선 채 꿈쩍도 하지 못했다. 그녀는 표트르 페트로비치가 어떻게 그녀의 아버지에게 입은 은혜를 부인할 수 있는지 납득할 수가 없었다. 언젠가 이 은혜 얘기를 지어낸 후로 이미 그것을 신성한 마음으로 믿어 온 것이다. 표트르 페트로비치의 사무적이고 건조한, 어딘가 깔보는 것 같고 협박마저 담긴 어조도 충격을 주었다. 게다가 그가 나타나자 다들 왠지 시나브로 잠잠해졌다. 이 '사무적이고 진지한' 사람은 이 무리와는 너무나 현격한 부조화를 이루었을뿐더러 척 보기에도 이런 걸음을 한 데는 뭔가 중대한 용건이 있기 때문, 즉 이런 무리 앞에 나타난 데는 분명히 어떤 예사롭지 않은 이유가 있기 때문이었고, 따라서 이제 곧 무슨 일이, 뭔가가 일어날 것만 같았다. 소냐 옆에 서 있던 라스콜니코프는 그가 지나가도록 옆으로 비켜섰다. 하지만 표트르 페트로비치는 아예 그가 있는지 어떤지도 알아보지 못한 것 같았다. 잠시 후 문지방에는 레베쟈트니코프도 나타났다. 그는 방 안으로 들어오지는 않았지만 역시나 거의 놀라움에 가까운 어떤 특별한 호기심을 내비치며 서 있었다. 귀를 쫑긋 세우고 있으면서도 오랫동안 뭔가 통 이해할 수 없다는 눈치였다.

"대화를 중단시킨 것 같아 죄송하지만, 상당히 중요한 일이 있어서요." 표트르 페트로비치는 딱히 누구랄 것도 없이 대체로 좌중을 향해 말했다. "사람들이 이렇게 모여 있어서 더없이 기쁘군요. 아말리야 이바노브나, 몹시 정중히 부탁드리건대, 집주인으로서 앞으로 저와 소피야 이바노브나가 나누는 대화에 주의를 기울여 주십시오." 그는 굉장히 놀라다 못해 미리부터 겁을 집어먹은 소냐를 똑바로 쳐다보며 말을 이어 갔다. "당신이 다녀간 직후, 저의 벗인 안드레이 세묘노비치 레베쟈트니코프의 방에 있는 저의 책상에서 제 소유인 100루블 상당의 지폐 한 장이 사라졌습니다. 그 돈이 지금 어디에 있는지 당신이 어떤 식으로든 알고 계신다면, 그래서 그 소재를 알려 주신다면, 분명히 약속드리지만, 여기 모든 사람들이 증인이 되는 가운데 일은 그냥 이 선에서 마무리될 것입니다. 그렇지 않을 경우에는 극히 진지한 조치를 취하도록 할 것이며 그때는…… 이미 자업자득이 될밖에요!"

방 안은 찬물을 끼얹은 듯 침묵에 빠졌다. 울고 있던 아이들마저 조용해졌다. 소냐는 시체처럼 새파랗게 질린 채 루쥔을 쳐다볼 뿐, 아무 대답도 하지 못했다. 아직 뭐가 뭔지 이해하지 못한 것 같았다. 몇 초가 더 지났다.

"자, 어떻게 하시겠습니까?" 루쥔이 그녀를 뚫어져라 쳐다보며 물었다.

"저는 몰라요……. 아무것도 몰라요……." 마침내 소냐가 기어 들어가는 목소리로 말했다.

"모른다? 모르신다고요?" 루쥔은 다시 물어본 뒤 몇 초간 더 침묵했다. "생각해 보십시오, 마드무아젤." 그는 엄격한 어조로 말을 열었으나 시종일관 타이르는 말투였다. "찬찬히 생각해 보십시오, 고민할 시간은 기꺼이 더 드리겠습니다. 아시다시피, 저도 산전수전 다 겪은 사람인데 이 정도의 확신이 없었더라면, 물론, 이렇게 대놓고 당신에게 죄를 묻는 위험은 무릅쓰지 않았을 겁니다. 이처럼 대놓고 공공연하게 죄를 뒤집어씌웠다가는 잘못 알고 그랬든 그냥 실수였든 어떤 의미에서는 제가 책임을 지게 되니까요. 이 점은 저도 잘 알고 있습니다. 오늘 아침에 저는 나름대로 쓸 일이 있어서 5퍼센트 이자가 붙은 지폐 몇 장을 액면가 3,000루블의 현금으로 바꾸었습니다. 영수증은 지갑에 넣어 두었고요. 집에 와서는 ─ 안드레이 세묘노비치가 그 증인입니다만 ─ 돈을 세기 시작했고, 2,300루블을 센 다음 지갑에 넣고 그 지갑은 프록코트의 옆 주머니에 넣었습니다. 책상 위에는 500루블 정도가 남아 있었는데, 그중에 100루블짜리 지폐가 석 장 섞여 있었습니다. 바로 그때 당신이 (제가 불러서) 오셨고, 그런 다음 당신은 제 방에서 줄곧 굉장히 당혹스러워하셨으며 대화가 끝나지도 않았건만 도중에 왠지 세 번씩이나 일어나 황급히 방을 나가려고 하셨습니다. 이 모든 것은 안드레이 세묘노비치가 증언해 주실 겁니다. 마드무아젤, 분명히 당신도 인정하시고 동의하시겠지만, 제가 안드레이 세묘노비치를 통해 당신을 부른 것은 오로지 당신의 친척인 카체리나 이바노브나(이분이 연 추도식에는 참석할 수 없었지만)의 고아나 다름없는 의지할 데 없는 처지를 생각하여 성금 모금이나 복권 같은 것을 해 보면 어떻게 도움이 되지 않을까, 하고 당신과 이야기를 나누기 위해서였습니다. 당신은 저에게 감사하다고 하시며 눈물까지 흘리셨습니다.(제가 이 모든 일을 그대로 이야기하는 것은, 첫째, 당신에게 상기시켜 주기 위해서이며, 둘째, 아주 사소한 것도 제 기억에서 전혀 지워지지 않았음을 보여 주기 위해서입니다.) 그런 다음, 책상에서 10루블짜리 지폐를 집어, 당신의 친척에게 우선 조금이나 보탬이 되고자 원조의 명목으로 당신에게 건넸습니다. 이 모든 것을 안드레이 세묘노비치가 보았고요. 그런 다음 저는 당신을 문까지 바래다주었고 — 당신 쪽에서는 계속 당혹스러워하셨지만 — 그런 다음 안드레이 세묘노비치와 단둘이 남아 십 분 정도 얘기를 나누었고, 안드레이 세묘노비치가 나가자 다시 돈이 놓여 있는 책상으로 갔는데, 돈을 다 세서 그 전에 생각했던 대로 따로 떼놓을 목적이었지요. 한데 지폐 중에 100루블짜리 한 장이 없어졌으니, 얼마나 놀랐겠습니까. 상황을 좀 생각해 보십시오, 안드레이 세묘노비치는 도저히 의심할 수 없습니다. 아니, 이런 가정을 하는 것조차 부끄럽군요. 계산을 잘못했을 리도 없는 것이, 당신이 오기 일 분 전에 계산을 다 끝내고 확인한 바로 총액이 정확했거든요. 당신도 인정하시겠지만, 당신이 계속 당혹스러워하며 황급히 방을 나가려 했으며 얼마 동안 두 손을 책상 위에 얹어 놓고 있었던 것이 상기되더군요. 끝으로, 당신의 사회적 처지 및 그와 결부된 여러 습벽을 고려한 결과, 저는 말하자면 공포를 느끼며, 심지어 제 본의가 아님에도 어쩔 수 없이 혐의를, 물론 잔인하지만 타당한 혐의를 두지 않을 수 없었습니다! 더 덧붙이고 반복하건대, 저로서는 명백한 확신이 있음에도 어쨌거나 지금 이렇게 당신에게 죄를 묻는 것이 제 입장에서는 다소간의 모험이라는 것쯤은 잘 알고 있습니다. 하지만 보시다시피, 저는 이 일을 그냥 묻어 두지 않고 과감히 들고 나왔습니다. 왜 그런지 말씀드리겠습니다. 오로지, 아가씨, 오로지 당신의 그 못된 배은망덕함 때문입니다! 어떻게 이러실 수 있습니까? 저는 당신의 몹시 가련한 친척을 위해 당신을 불러 제 힘이 닿는 한 10루블이나 적선했건만, 바로 그 자리에서 대뜸 이 같은 행동으로 은혜에 보답하시다니! 아니, 이건 좋지 않습니다! 톡톡히 혼쭐을 내줘야 합니다. 제발 좀 따져 보십시오. 아니, 당신의 진실한 벗으로서 부탁드릴 테니(이 순간 당신에게 저보다 더 좋은 벗은 있을 수 없으니까요.) 정신 좀 차리십시오! 그러지 않으면 저도 인정사정 봐주지 않겠습니다! 자, 어쩌시렵니까?"

"저는 당신 댁에서 아무것도 훔치지 않았어요." 소냐가 공포에 사로잡혀 속삭였다. "저에게 10루블을 주셨잖아요, 여기 있어요, 가져가세요." 소냐는 호주머니에서 손수건을 꺼내 매듭을 찾아 푼 다음 10루블짜리 지폐를 꺼냈고 그 손을 루쥔에게 내밀었다.

"그럼 나머지 100루블은 계속 시치미를 떼실 참이군요?" 그는 지폐는 받지도 않고 집요하게 질책하며 말했다.

소냐는 주의를 둘러보았다. 다들 살벌하고 험악한, 냉소와 증오에 찬 얼굴로 그녀를 쏘아보고 있었다. 그녀는 라스콜니코프를 보았고…… 그는 벽 옆에 서서 팔짱을 낀 채 이글이글

타오르는 시선으로 그녀를 바라보고 있었다.

"오 맙소사!" 소냐의 입에서 탄식이 터져 나왔다.

"아말리야 이바노브나, 경찰에 알려야겠으니 수고스럽겠지만 우선 문지기부터 불러 주시면 감사하겠습니다." 조용히, 심지어 상냥하게 루쥔이 말했다.

"세상에, 별일이 다 있군! 내 저 애가 도둑질을 할 줄 알았어!" 아말리야 이바노브나는 손뼉을 탁 쳤다.

"그럴 줄 아셨다고요?" 루쥔이 말을 받았다. "그렇다면 그런 결론을 내릴 만한 근거가 이미 예전에도 다소간은 있었다는 말씀이로군요. 부탁드리건대, 존경하는 아말리야 이바노브나, 어차피 증인들도 있지만 지금 하신 그 말씀 꼭 기억해 두십시오."

사방팔방에서 갑자기 큰 소리로 웅성웅성 떠들었다. 다들 술렁이기 시작했다.

"뭐-라-고!" 정신이 번쩍 든 카체리나 이바노브나가 갑자기 고함을 지르면서 어디서 튕겨 나온 것처럼 루쥔에게 달려들었다. "뭐라고! 이 애가 도둑질을 했다고 몰아붙이는 건가요? 우리 소냐가 그런 짓을? 아휴, 야비한, 야비한 놈들!" 그러고서 그녀는 소냐에게 달려들어 앙상한 두 팔로 으스러지듯 꼭 껴안았다.

"소냐! 어쩌자고 이런 놈한테서 10루블을 받아 갖곤! 오, 멍청한 것! 이리 내놔라! 지금 당장 그 10루블을 내놔, 옳지!"

카체리나 이바노브나는 소냐에게서 지폐를 낚아채서 손으로 마구 구긴 다음 곧장 루쥔의 얼굴을 향해 있는 힘껏 내던졌다. 구겨진 지폐는 상내의 눈에 맞고 마룻바닥으로 툭 떨어졌다. 아말리야 이바노브나는 냅다 돈을 주우러 뛰어갔다. 표트르 페트로비치는 화를 냈다.

"이 미친 여자 좀 말려 주십시오!" 그가 소리쳤다.

그 순간, 문간에는 레베쟈트니코프 옆으로 몇 명이 더 나타났는데 그들 사이로 외지에서 온 모녀의 얼굴도 보였다.

"뭐라고! 미친 여자? 나보고 미친 여자라고? 이 바보 같은 놈아!" 카체리나 이바노브나가 새된 소리를 내질렀다. "그러는 네놈은 바보 멍텅구리에 법원 끄나풀이지, 이 천박한 놈! 소냐가, 우리 소냐가 이런 놈의 돈을 훔친다고! 소냐가 도둑이라고! 오히려 이 애가 네놈한테 뭘 주겠지, 바보 같은 놈아!" 그러고서 카체리나 이바노브나는 히스테릭하게 웃기 시작했다. "여러분, 바보를 본 적이 있나요?" 그녀는 모두에게 루쥔을 가리키며 사방팔방으로 날뛰었다. "세상에! 네년도 한통속이지?" 여주인이 눈에 들어온 것이다. "그래, 한통속이야, 이 독일 년아, 이 애가 '도둑질'을 했다며 맞장구를 치다니, 네년은 크리놀린을 두른 야비한 프러시아 닭발이야! 아휴, 다들 정말! 아휴, 다들! 이 애는 방 밖을 나간 적도 없고, 야비한 네놈 방에서 돌아와서는 곧장 로지온 로마노비치 옆에 앉았단 말이다……! 이 애의 몸을 뒤져 봐도 좋아! 이 애가 아무 데도 가지 않은 이상, 돈은 이 애 몸 어디에 있을 거 아냐! 뒤져 봐, 뒤져 봐, 뒤져 보라니까! 다만, 아무것도 나오지 않으면, 이 양반아, 용서를 빌고 톡톡히 책임을 져야 할걸! 나라님, 나라님께, 곧장 자비로운 황제 폐하님께 달려가 발밑에 엎드릴 테다, 지금, 지금 당장! 나는 고아나 다름없는 몸이라고! 그러니 저들도 들여보내 주겠지! 왜, 안 들여보내 줄 것 같냐? 흥, 웃기지 마, 가고야 말 테다! 가-아고야! 이건 이 애가 온순하다는 걸 노린 수작이렷다? 그래서 만만하게 봤던 거지? 그래, 하지만 대신 이 몸은 한 성깔 한단 말씀! 이놈, 신세를 톡톡히 망칠걸! 뒤져 봐, 뒤져 봐, 자, 뒤져 보라고!"

그러고서 카체리나 이바노브나는 미친 듯 흥분하여 루쥔을 붙들고 소냐 쪽으로 끌어당겼다.

"저는 기꺼이 각오가 돼 있고 책임도 집니다만…… 진정하십시오, 부인, 좀 진정하세요! 부인이 보통내기가 아니라는 것쯤은 충분히 알겠습니다……! 그나저나 이런…… 이런…… 이걸 참 어쩐담?" 루쥔이 중얼거렸다. "이런 일은 경찰이 있는 가운데 해야 할 텐데…… 하긴 지금도 증인이야 충분히 있지만……. 저는 준비가 돼 있습니다……. 하지만 어쨌거나 남자가 하기는 좀 곤란한 일이군요…… 남녀가 유별하다 보니……. 혹시 아말리야 이바노브나께서 좀 거들어 주시면…… 원래 이런 일은 이런 식으로 하지 않지만……. 이걸 어떻게 하죠?"

"아무나 시키면 될 거 아냐! 아무나 내키는 사람이 뒤져 보라 그래!" 카체리나 이바노브나가 소리를 질렀다. "소냐, 저놈들한테 호주머니를 뒤집어 보여 줘라! 자, 자! 봐라, 이 불한당아, 자, 텅 비었네, 손수건만 있고 호주머니는 텅 비었잖아, 보이지! 다른 호주머니도 자, 자! 보이지! 보이냐고!"

그러고서 카체리나 이바노브나는 양쪽 호주머니를 뒤집어

보이는 정도가 아니라 하나씩 차례차례 바깥쪽으로 잡아 뺐다. 그런데 두 번째, 즉 오른쪽 호주머니에서 갑자기 종이쪽이 튀어나와 공중에서 포물선을 그리며 루쥔의 발밑으로 툭 떨어졌다. 다들 이 광경을 보고 있었고, 많은 이들이 소리를 질렀다. 표트르 페트로비치는 몸을 굽히고 두 손가락으로 마룻바닥에서 종이쪽을 집어 모두가 볼 수 있도록 들어 올려 펼쳤다. 그것은 여덟 겹으로 접어 놓은 100루블짜리 지폐였다. 표트르 페트로비치는 지폐를 쥔 손으로 한 바퀴 원을 그리며 모두에게 보여 주었다.

"이 도둑년! 당장 방 빼! 경찰, 경찰!" 아말리야 이바노브나가 으르렁대기 시작했다. "이년들은 시베리아로 쫓아 버려야 해! 썩 나가!"

사방팔방에서 탄식이 터져 나왔다. 라스콜니코프는 입을 꾹 다문 채 계속 소냐에게서 눈을 떼지 않았으며 간혹, 하지만 재빨리 루쥔을 쳐다보았다. 소냐는 넋을 잃은 사람처럼 그 자리에 서 있었다. 심지어 별로 놀란 것 같지도 않았다. 갑자기 그녀의 얼굴이 새빨갛게 타올랐다. 그녀는 비명을 지르며 두 손으로 얼굴을 가렸다.

"아니에요, 제가 한 짓이 아니에요! 저는 훔치지 않았어요! 저는 모르는 일이에요!" 그녀는 가슴이 갈기갈기 찢어지는 것처럼 울부짖으며 카체리나 이바노브나에게 달려들었다. 상대방은 그녀를 부둥켜안고 자기 가슴으로 이 애를 모두에게서 지켜 주고 싶다는 듯 품에 꼭 껴안았다.

"소냐! 소냐! 난 믿지 않는다! 알겠지, 믿지 않아!" 카체리나 이바노브나는 이렇게 소리치며 (모든 상황이 명백해졌음에도) 그녀를 어린아이처럼 자기 품 안에서 어르고 얼굴에 수없이 키스를 퍼붓고 또 그녀의 두 손을 잡아 입에 갖다 댄 채 키스를 퍼부었다. "네가 훔쳤을 리 없어! 정말 멍청한 인간들이야! 세상에! 어쩜 그렇게들 멍청할까, 멍청해도 유분수지." 그녀가 모두를 향해 소리쳤다. "여러분은 아직 몰라요, 이 애가 어떤 심성을 지녔는지, 이 애가 어떤 아이인지 몰라요! 이 애가 남의 물건을 훔친다니, 이 애가! 이 애는 누가 필요하다면, 마지막 남은 옷마저도 벗어서 팔아 버리고 그 돈도 내주고 자기는 맨발로 갈 애예요, 바로 그런 애란 말이에요! 이 애가 황색 감찰을 받은 건 내 아이들이 배를 쫄쫄 굶고 있었기 때문이에요, 우리를 위해 제 몸을 팔았던 거라고요……! 아휴, 세상을 떠난 양반, 이 야속한 양반! 아휴, 야속하게도 세상을 떠난 양반! 보여요? 보이죠? 당신을 위한 추도식이 이 꼴이군요! 맙소사! 이 애를 지켜 주세요, 왜 다들 그냥 서 있는 거죠! 로지온 로마노비치! 왜 나서 주지 않으세요? 설마 저 얘기를 믿으시는 건가요, 예? 다들 이 애의 새끼손가락만 한 가치도 없으면서, 전부, 전부, 전부! 맙소사! 제발 좀 지켜 주세요!"

고아나 다름없는 불쌍한 처지의 폐병쟁이 카체리나 이바노브나의 울음이 좌중에 강렬한 인상을 남긴 것 같았다. 그 순간, 고통에 일그러지고 바싹 여윈 저 폐병쟁이의 얼굴, 피가 엉겨 붙은 저 마른 입술, 목쉰 소리로 질러 대는 저 비명, 어린아이의 울음 같은 저 흐느낌, 무작정 사람들에게 좀 지켜 달라고 외치는 저 절망에 찬 어린아이 같은 애원이 어쩌나 처량하고 괴로운지, 다들 불행한 여인을 동정하는 것 같았다. 적어도 표트르 페트로비치는 그 즉시 동정해 주었다.

"부인! 부인!" 그가 위풍당당한 목소리로 소리쳤다. "이 사건은 부인과는 무관합니다! 어느 누구도 부인이 계략을 꾸몄거나 동조를 했다고 생각할 결심은 하지 못할 것입니다, 더군다나 부인은 호주머니까지 뒤집어 폭로를 하셨잖습니까. 그렇다면 아무것도 모르셨다는 뜻이지요. 만약 소피야 세묘노브나가 말하자면 극도의 가난을 이기지 못해 이런 짓을 저지른 것이라면, 저는 동정할 준비가 돼 있습니다, 그야 여부가 있습니까. 하지만 무엇을 위해, 마드무아젤, 자백하지 않으려 하셨던 겁니까? 치욕이 두려우셨습니까? 처음이라서요? 혹시 당황하셨던가요? 뭐, 이해할 만한 일입니다. 이해하고도 남을 일이지요……. 하지만 그럼에도, 무엇을 위해서 이런 짓을 감행했는지! 여러분!" 그는 그 자리에 있는 모든 사람을 향해 말했다. "여러분! 저는 비록 개인적으로 모욕감을 느꼈음에도 불구하고, 동정심에, 말하자면 애도의 감정에 사로잡힌 나머지 이제라도 용서를 베풀 준비가 돼 있습니다. 지금의 수치심이, 마드무아젤, 앞으로 교훈이 될 겁니다." 그는 소냐를 향해 말했다. "나머지는 그냥 덮어 두도록 하겠습니다, 달리 수가 있습니까, 그만 말하렵니다. 이것으로 충분하니까요!"

표트르 페트로비치는 라스콜니코프를 곁눈질로 힐끔 쳐다보았다. 그들의 시선이 마주쳤다. 활활 타오르는 라스콜니코프의 시선이 그를 잿더미로 만들어 놓을 기세였다. 한편, 카체리나 이바노브나의 귀에는 더 이상 아무 소리도 들리지 않는 것 같았다. 그녀는 미친 여자처럼 소냐를 껴안고 입을 맞추었다. 아이들도 고사리손으로 사방에서 소냐를 부둥켜안았고, 폴레치카는 뭐가 뭔지 제대로 이해하지도 못했으면서 온통 눈물범벅이 된 채 엉엉 울고 너무 울어서 퉁퉁 부은 예쁘장한 얼굴을 소냐의 어깨에 파묻었다.

"정말 천하군!" 갑자기 문간에서 커다란 목소리가 울려 퍼졌다.

표트르 페트로비치는 재빨리 주변을 둘러보았다.

"이렇게 천할 수가!" 레베쟈트니코프가 그의 눈을 뚫어져라 노려보며 같은 말을 반복했다.

표트르 페트로비치는 심지어 몸서리를 치는 것 같았다. 그것을 다들 인지했다.(나중에는 다들 그것을 상기했다.) 레베쟈트니코프는 방 안으로 성큼 걸어왔다.

"감히 저를 증인으로 내세우시겠다고요?" 표트르 페트로비치 쪽으로 다가가며 그가 말했다.

"그게 무슨 뜻이오, 안드레이 세묘노비치? 지금 무슨 얘기를 하는 거요?" 루쥔이 중얼거렸다.

"무슨 뜻이냐 하면, 제 말인즉 당신은…… 모함이나 일삼는 인간이다, 바로 이 뜻입니다!" 레베쟈트니코프는 잘 보이지도 않는 눈으로 그를 험악하게 노려보며 열띤 어조로 말했다. 어마어마하게 화가 난 것이다. 라스콜니코프는 그를 뚫어져라 응시하면서 한마디도 놓치지 않고 저울질을 하는 것 같았다. 표트르 페트로비치는 당황한 나머지 거의 절절맸는데 특히 첫 순간에는 더 그랬다.

"이건 혹시 나에게⋯⋯." 그가 더듬거리며 말을 시작했다. "아니, 대체 무슨 일이오? 제정신이오?"

"저야 제정신이지만 당신은 그러니까⋯⋯ 사기꾼입니다! 아휴, 정말 너무 천하군! 저는 모든 것을 이해하기 위해 모든 얘기를 들으며 일부러 계속 기다렸는데, 솔직히 지금까지도 이건 그다지 논리적으로 보이지 않거든요⋯⋯. 아니, 무엇을 위해 이 모든 짓을 저지른 겁니까, 이해가 안 됩니다."

"아니, 내가 무슨 짓을 저질렀다는 거요! 얼토당토않은 추측은 그만 집어치우시지! 아니, 혹시 술이라도 마신 거요?"

"당신같이 천한 사람이야 술을 마실지 모르지만 저는 아닙니다! 저는 보드카는 절대, 아예 마시지 않습니다, 저의 신념에 어긋나니까요! 글쎄, 상상이 되십니까, 이 인간, 이 인간은 자기 손으로 직접 소피야 세묘노브나에게 그 100루블짜리 지폐를 주었습니다. 제 눈으로 똑똑히 봤습니다, 제가 증인입니다, 선서라도 하겠습니다! 이 인간, 이 인간 짓입니다!" 레베쟈트니코프가 사람들을 하나하나 쳐다보며 같은 말을 반복했다.

"지금 머리가 돈 거 아니오, 이 애송이 양반?" 루쥔이 새된 소리로 고함을 쳤다. "본인이 직접 여기 당신 앞에서, 바로 이 자리에서 말이오 — 본인이 직접 지금 여기 모든 사람들이 있는 데서 10루블 말고는 나에게서 아무것도 받지 않았다고 했잖소. 그렇다면 대체 내가 어떤 식으로 이 아가씨에게 그것을 건넬 수 있었겠소?"

"제가 봤어요, 제 눈으로 봤어요!" 레베쟈트니코프는 소리를 치며 거듭 말했다. "이것이 비록 저의 신념에는 어긋나는 일일지라도 지금 당장 법정에서 어떤 선서라도 할 각오가 돼 있습니다. 당신이 그녀에게 그것을 슬쩍 찔러 넣어 주는 것을 봤으니까요! 다만, 저는 바보같이 당신이 은혜로운 마음에서 그런다고 생각했지 뭡니까! 문간에서 작별 인사를 나눌 때 그녀가 몸을 돌리자 당신은 한 손으로는 그녀와 악수를 하면서 다른 손, 즉 왼손으로는 그녀의 호주머니에 지폐를 슬쩍 집어 넣었습니다. 제가 봤어요! 제 눈으로 봤단 말입니다!"

루쥔은 창백해졌다.

"무슨 거짓말을 하는 거요!" 그가 뻔뻔스럽게 소리쳤다. "아니, 창가에 서 있었으면서 어떻게 그게 지폐인 줄 알 수 있었다는 거요? 그냥 그렇게 보였을 뿐이겠지…… 눈이 보통 나쁜 게 아니니까. 잠꼬대 좀 작작 하시지!"

"아니, 그렇게 보였을 뿐인 건 아닙니다! 좀 멀리 떨어져 있긴 했어도 전부, 전부 보았으며, 정말로 창가에서는 그게 지폐인 줄 알아보기는 힘들었지만 — 이건 당신 말씀이 옳습니다 — 특수한 계기로 그것이 100루블짜리 지폐라는 것을 확실히 알았습니다. 소피야 세묘노브나에게 10루블짜리 지폐를 내밀 때 — 제 눈으로 직접 봤어요 — 바로 그때 당신은 책상에서 100루블짜리 지폐도 같이 집었거든요.(이건 그때 제가 가까이 서 있었기 때문에 똑똑히 보았고, 제 머릿속에서 즉시 한 가지 생각이 떠올랐던 탓에 당신 손에 지폐가 들려 있다는 사실을 잊지 않았습니다.) 당신은 그것을 접어서 계속 손안에 꼭 쥐고 있었습니다. 그러고 나서 저는 다시 잊었지 싶은데, 자리에서 일어나면서 당신이 오른손에 쥐고 있던 지폐를 왼손으로 옮기는 와중에 거의 떨어뜨릴 뻔했습니다. 그러자 저는 또 기억이 났고, 그때 머릿속에서는 당신이 또 나 몰래 자선을 베풀려고 하나 보다, 하는 생각이 떠올랐지요. 충분히 짐작하실 테지만, 저는 눈여겨보기 시작했고 그래서 당신이 그녀의 호주머니에 그것을 쑤셔 넣는 것을 똑똑히 보았습니다. 봤어요, 제 눈으로 봤습니다, 선서라도 하겠습니다!"

레베쟈트니코프는 거의 숨을 헐떡였다. 사방에서 온갖 외침이 터져 나왔는데, 아무래도 놀라움을 드러내는 소리가 많았다. 하지만 위협적인 어조가 가미된 외침도 들려왔다. 다들 표트르 페트로비치에게 몰려들었다. 카체리나 이바노브나는 레베쟈트니코프에게 달려들었다.

"안드레이 세묘노비치! 내가 사람을 잘못 봤군요! 이 애를 지켜 주세요! 당신만이 이 애 편이군요! 이 애는 고아나 다름없는데, 하느님이 당신을 보내 주셨어요! 안드레이 세묘노비치, 이 고마운 양반!"

그러고서 카체리나 이바노브나는 자기가 무슨 짓을 하는지도 거의 잊고 그의 앞에서 무릎을 꿇었다.

"얄궂은 소리!" 루쥔은 분노에 사로잡혀 펄쩍 뛰며 고함을 질렀다. "계속 얄궂은 소리나 지껄이고 있군요, 형씨. '잊었다, 기억났다, 잊었다.'라니, 대체 뭐요! 그럼, 내가 일부러 슬쩍 쑤셔 넣었다는 거요? 뭘 위해서? 무슨 목적으로? 나와 이 여자 사이에 무슨 관계가 있다고……."

"뭘 위해서냐고요? 바로 그 점을 저도 이해하지 못하겠지만, 제 이야기는 진짜 사실입니다, 틀림없습니다! 제가 착각을 했을 리도 없는데, 이 추잡하고 죄스러운 인간 같으니, 그때 제가 당신에게 감사하다고 말하며 당신 손을 꼭 쥐었을 때 즉시 제 머릿속에 그와 관련된 의문이 떠올랐던 일이 정확히 기억나거든요. 정확히 무엇을 위해 그녀의 호주머니에 저렇게 몰래 찔러 넣었을까? 다시 말해, 왜 하필이면 몰래 그랬을까? 정말로 오직, 내가 정반대되는 신념을 갖고 있으며 사적인 자선으로는 아무것도 근본적으로 치료할 수 없다는 이유로 그것을 부정한다는 사실을 잘 알고 있기 때문에 나에게 숨기고 싶었던 것일까? 하여간 그래서 제 나름으로는 내 앞에서 그렇게 거금을 내놓는 것이 당신으로서는 정말로 창피스러운가 보다, 하는 결론을 내렸고, 그 밖에도 또 저렇게 깜짝 선물을 주어 그녀가 호주머니에 100루블이 떡하니 들어 있는 것을 발견했을 때 깜짝 놀래 주고 싶어서 저런다, 하고 생각했는지도 모르겠습니다.(어떤 자선가들은 이런 식으로 자신의 자선 행위를 치장하는 것을 몹시 좋아하잖습니까, 저도 알고 있거든요.) 그런 다음에 또 든 생각인즉, 그러니까 그녀가 돈을 발견한 뒤 감사하러 올지 어떨지 시험하고 싶어 하는 것이 아닐까, 하는 것이었습니다. 그렇게 되면 감사받는 일을 피하고 싶어 할 테고, 흔히 하는 말로 오른손이 하는 일을 왼손이 모르도록 어쩌고…… 한마디로 그냥 그런 식이지요……. 뭐, 그때 제 머릿속에는 갖가지 생각이 떠올랐기에 그 모든 것을 나중에 찬찬히 따져 보기로 했지만, 어쨌거나 그 비밀을 안다는 사실을 당신 앞에서 발설하는 것은 세련되지 못하다고 생각했습니다. 하지만 그럼에도 제 머릿속에는 즉시 또, 혹시 소피야 세묘노브나가 그 돈을 발견하기 전에 잃어버리면 어떡하나, 하는 의문이 생겼습니다. 바로 이 때문에 저는 이리로 와서 그녀를 불러낸 다음 누가 그녀의 호주머니에 100루블을 넣어 주었다는 사실을 알려 주기로 결심했던 겁니다. 그리고 그 전에 지나는 길에 코브일랴트니코바 부인들 방에 들러 『실증적 방법의 보편적 결론』*을 갖다 주고 특히 피데리트의 논문을 읽어 보라고 (하긴 바그너의 논문도 권했지만) 권했지요. 그러고 나서 이리로 와 본 것인데, 이게 대체 무슨 난리입니까! 당신이 그녀의 호주머니에 100루블을 집어넣는 것을 정말 제 눈으로 보지 않았다면 제가 어떻게 이 모든 생각을 품고 조목조목 따질 수 있었겠습니까, 예?"

이렇게 많은 말을 하며 조목조목 따지고 연설의 말미에 이르러 논리적인 결론을 도출했을 때 안드레이 세묘노비치는 완전히 녹초가 되어 얼굴에 구슬땀까지 흘리고 있었다. 아, 그는 러시아어로도 자기 생각을 제대로 표현할 줄 몰랐기 때문에(하긴 다른 언어는 아는 것도 없었지만) 변호사의 위업을 달성하자 어쩐지 기력이 한꺼번에 다 소진되고 부쩍 수척해진 것도 같았다. 그럼에도 그의 연설은 굉장한 효과를 낳았다. 그가 워낙 열을 올리고 워낙 확신에 찬 태도로 말했기 때문에 다들 그의 말을 믿게 된 것 같았다. 표트르 페트로비치는 일이 고약하게 돌아가고 있음을 직감했다.

---

* 서구의 자연과학, 사회학 이론에 관한 논문 모음집으로 1866년 번역, 출간되었다. 피데리트, 바그너 등은 논문의 필자들.

"당신의 머릿속에서 무슨 바보 같은 의문이 떠올랐든 말든 나하고 무슨 상관이오." 그가 소리쳤다. "그건 증거가 아니오! 자다가 봉창 두드리는 소리일 뿐, 그뿐이오! 내 말은 당신이 거짓말을 하고 있다는 거요, 형씨! 나에게 무슨 악의를 품은 나머지, 그러니까 내가 당신의 자유사상과 무신론에서 나온 사회적 제안에 찬성하지 않자 앙심을 품고서 거짓말을 늘어놓으며 모함하고 있는 거요, 바로 그거야!"

하지만 이런 어설픈 변명에도 표트르 페트로비치의 입장은 별로 유리해지지 않았다. 오히려 사방에서 불평불만의 소리가 높아졌다.

"어라, 이 양반이 무슨 얼토당토않은 소리를 하는 거야!" 레베쟈트니코프가 고함을 질렀다. "거짓말 한번 잘한다! 경찰을 불러, 선서라도 하겠어! 다만, 한 가지는 통 이해할 수가 없군. 이 양반, 도무지 무엇을 위해서 이런 천한 짓을 감행했을까! 아, 애처롭고 야비한 인간 같으니!"

"그가 무엇을 위해서 그런 행동을 감행했는지 저는 설명할 수 있습니다. 필요하다면 저도 선서를 하겠습니다!" 마침내, 라스콜니코프가 단호한 목소리로 이렇게 말하며 앞으로 나섰다.

그는 겉보기에도 단호하고 침착했다. 슬쩍 보기만 해도 다들 그가 정말로 문제의 진상을 알고 있으며 또 사건이 대단원을 앞두고 있다는 것을 왠지 또렷이 느꼈다.

"이제 저 스스로도 모든 것을 완전히 이해하게 됐습니다." 라스콜니코프가 곧장 레베쟈트니코프를 보며 말을 이어 갔다. "저는 이 소동이 일어났을 때부터 이미 여기에 뭔가 추잡한 속임수가 있으리라는 의심을 품게 되었습니다. 오직 저만이 알고 있는 다소 특별한 사정 때문에 의심을 품었던 것인데, 이제 여러분께 말씀드리겠습니다. 그게 문제의 핵심이거든요! 안드레이 세묘노비치, 당신의 귀중한 증언 덕분에 저는 모든 것을 완전히 이해하게 됐습니다. 여러분 모두 부디 귀를 기울여 주십시오. 이 신사는(그는 루쥔을 가리켰다.) 최근에 한 아가씨, 정확히 저의 여동생 아브도치야 로마노브나 라스콜니코바에게 혼담을 넣었습니다. 하지만 페테르부르크에 온 다음 그저께 우리가 처음 만난 자리에서 저와 다투었고 저는 그를 제 방에서 쫓아냈는데, 이 일에는 두 명의 증인이 있습니다. 이자는 아주 못된 인간입니다······. 그저께만 해도 저는 그가 여기, 안드레이 세묘노비치, 당신의 방에 묵고 있는 줄 몰랐으며, 그래서 우리 사이에 다툼이 있었던 그날, 즉 그저께 제가 돌아가신 마르멜라도프 씨의 친구로서 그분의 부인인 카체리나 이바노브나에게 장례비로 얼마간을 건네주는 장면을 목격한 사실도 몰랐습니다. 그는 그 즉시 저의 어머니에게 편지를 보내 제가 모든 돈을 카체리나 이바노브나가 아닌 소피야 세묘노브나에게 줘 버렸다고 알렸으며, 그 와중에 아주 야비한 표현을 써 가며 소피야 세묘노브나의······ 성격에 관해 언급했는데, 다시 말해 소피야 세묘노브나와 저의 관계가 무슨 독특한 성격이라도 갖는 양 넌지시 말을 흘렸습니다. 충분히 이해되시겠지만, 이 모든 것이 제가 어머니와 여동생이 저를 도와주려고 마련한, 마지막 남은 돈을 전부 점잖지 못한 목적에 써 버렸다고 주입함으로써 저와 가족을 이간질할 목적에서 한 짓이었습니다. 어제 저녁, 저는 어머니와 여동생, 또 이 사람이 있는 자리에서, 그 돈은 소피야 세묘노브나가 아닌 카체리나 이바노브나에게 장례비로 건네준 것이며 소피야 세묘노브나와는 그저께만 해도 알지도 못하는 사이, 심지어 안면조차 없는 사이였음을 증명하여 진상을 밝혔습니다. 그러면서 저는 그, 즉 표트르 페트로비치 루쥔의 장점을 다 합쳐도 그가 그토록 나쁘게 평가하는 소피야 세묘노브나의 새끼손가락만큼의 가치도 없다고 덧붙였습니다. 그가 소피야 세묘노브나를 당신의 여동생 옆에 나란히 앉힐 수 있겠느냐고 묻자 바로 그날 벌써 그렇게 했노라고 대답했습니다. 어머니와 여동생이 자기 계략과는 달리 저와 다툴 마음이 없자 그는 앙심을 품고서 말끝마다 차마 용서할 수 없는 폭언을 퍼붓기 시작했습니다. 결국 완전히 결별했고, 그는 집에서 쫓겨났습니다. 이 모든 것이 어제 저녁에 일어난 일입니다. 이제부터 특별히 주의를 기울여 주십시오. 한번 상상해 보십시오. 만약 지금 소피야 세묘노브나가 도둑이라는 사실을 용케 증명한다면, 그는, 첫째, 저의 여동생과 어머니에게 자신의 의심이 거의 옳았음을 증명하는 셈입니다. 즉, 제가 저의 여동생과 소피야 세묘노브나를 동등하게 취급한 일에 분개한 것도 정당했으며, 저를 공격한 것은 저의 여동생, 아니, 자신의 약혼녀의 명예를 지킨, 그것을 수호한 행위가 되는 셈이지요. 한마디로, 이 모든 일을 통해 그는 저와 가족 사이를 다시 이간질할 수 있을뿐더러 물론, 또다시 그들의 환심을 살 수 있으리라는 희망을 가졌겠지요. 그가 저에게 개인적인 복수를 기도했다는 애기는 굳이 할 필요도 없겠는데, 소피야 세묘노브나의 명예와 행복이 저에게 몹시 소중한 것이라고 가정할 만한 근거는 충분히 있으니까요. 바로 이것이 그의 속셈의 전부입니다! 이 일을 저는 바로 이렇게 이해합니다! 바로 이것이 이유의 전부이며 다른 이유는 있을 수도 없습니다!"

이런 식, 혹은 거의 이런 식으로 라스콜니코프는 자신의 연설을 끝맺었는데, 좌중이 열심히 경청하는 와중에도 곧잘 탄성을 내질러 더러 중단되기도 했다. 하지만 그런 단절에도 불구하고 그는 예리하고 침착하고 정확하고 명쾌하고 확고하게 말했다. 날카로운 목소리, 신념에 찬 어조, 엄격한 얼굴이 모두에게 굉장한 효과를 불러일으켰다.

"그렇습니다, 그래요, 바로 그겁니다!" 레베쟈트니코프가 환희에 들떠 맞장구를 쳤다. "분명히 그런 것이 이 양반은 소피야 세묘노브나가 우리 방에 들어오자마자 대뜸 '당신이 거기 있던가? 카체리나 이바노브나의 손님 중에 혹시 당신이 보이지 않던가?' 하고 물었습니다. 그러려고 저를 창가로 따로 불러 거기서 몰래 물어보더라고요. 그러니까 이 양반으로서는 당신이 반드시 그 자리에 있어야 했던 겁니다! 그래요, 정말 그렇습니다!"

루쥔은 입을 굳게 다물고 경멸의 미소를 지었다. 그래도 얼굴은 몹시 창백했다. 어떻게 빠져나갈지 궁리를 하는 것 같았다. 아마 기꺼이 모든 것을 내팽개치고 그냥 나가 버렸을 것을, 지금으로서는 그마저도 거의 불가능했다. 그렇게 했다가는 곧 자기에게 씌워진 혐의가 정당한 것이며 자기가 정말로 소피야 세묘노브나를 모함했음을 인정하는 꼴이 되기 때문이다. 게다가 좌중은 그렇잖아도 이미 거나하게 취한 데다가 너무 흥분해 있었다. 식품 관리국 관리는 사태를 제대로 이해하지도 못하고서 제일 큰 소리로 고함을 치고 루퀸으로서는 극히 불쾌한 몇몇 조치를 내놓았다. 하지만 술에 취하지 않은 자도 있었다. 이 방 저 방에서 떼를 지어 모여든 자들이었다. 폴란드인 세 명은 모두 끔찍이도 열을 올리며 그에게 끊임없이 '파네 라이닥*!' 하고 외쳐 댔고 그 와중에 폴란드어로 협박 같은 말을 웅얼거리기도 했다. 소냐는 바짝 긴장하며 귀를 기울였지만 기절했다가 정신을 차린 사람처럼 역시나 사태를 제대로 이해하지 못하는 것 같았다. 그저 이 사람만이 자기를 지켜 줄 수 있다고 느끼며 라스콜니코프에게서 눈을 떼지 못할 따름이었다. 카체리나 이바노브나는 괴로운 듯 숨을 씩씩 내쉬는 것이 완전히 기진맥진한 것 같았다. 제일 어리둥절한 건 아말리야 이바노브나였는데, 그녀는 입을 쩍 벌리고 그야말로 영문을 모르겠다는 듯 서 있었다. 그저 표트르 페트로비치가 어쩌다 된통 걸려들었다는 것만을 깨달았을 뿐이다. 라스콜니코프는 또다시 말할 기회를 달라고 부탁할 참이었으나, 그에게 말을 끝낼 겨를도 주지 않았다. 다들 고함을 지르고 욕설과 협박을 퍼부으며 루퀸 주위로 몰려들었다. 그럼에도 표트르 페트로비치는 전혀 기가 죽지 않았다. 소냐에게 죄를 뒤집어씌우는 일이 이미 실패로 돌아간 것을 깨닫자 곧장

---

* '한심한 놈' 정도의 뜻을 지닌 폴란드어.

뻔뻔스러운 태도로 나왔다.

"죄송하지만, 여러분, 실례 좀 합시다, 밀지 마시고요, 길 좀 비켜 주시죠!" 사람들 사이를 헤치고 나가며 그가 말했다. "그리고 제발 협박하지 마십시오. 분명히 말씀드리지만, 그래 본들 아무 소용도 없고 또 아무 일도 못 하실걸요, 이 몸도 겁쟁이가 아니란 말입니다, 여러분, 오히려 형사 사건을 완력으로 은폐한 것에 책임을 져야 할 겁니다. 도둑이 누구인지 만천하에 드러난 이상, 끝까지 추적하겠습니다. 법정 사람들은 저런 장님도 아니고…… 술고래도 아니니, 저 악명 높은 무신론자이자 선동가이자 자유사상가 둘이서 개인적인 복수심에서 나를 모함하면서 하는 말을 믿지 않을 것이며, 저들도 워낙 어리석은지라 다 자백할 테지요……. 예, 실례 좀 합시다!"

"지금 당장 내 방에서 당신 냄새도 나지 않도록 해 주십시오. 그만 나가 주십시오, 우리 관계는 다 끝났습니다! 내가 이것저것 설명하며 저 인간을 환골탈태시키려고 한 일을 생각하면…… 꼬박 두 주씩이나……!"

"안 그래도, 안드레이 세묘노비치, 나도 아까 나간다고 말했지만 당신이 만류했잖소. 이제 와서 덧붙일 말은 오직 당신이 바보라는 것뿐이오. 당신의 그 머리와 봉사 같은 눈이나 좀 잘 고쳐 보쇼. 실례하겠습니다, 여러분!"

그는 사람들 사이를 헤치고 나갔다. 하지만 식품 관리국 관리는 그냥 욕설만 퍼붓고 그를 그렇게 가뿐히 풀어 주는 것이 못마땅해서, 식탁 위의 컵을 움켜쥐고 있는 힘껏 표트르 페트로비치를 향해 던져 버렸다. 하지만 컵은 곧장 아말리야 이바노브나에게 떨어졌다. 그녀는 새된 소리로 비명을 질렀고, 식품 관리국 관리는 팔을 휘두르다가 균형을 잃고 털썩하며 식탁 밑으로 나뒹굴었다. 표트르 페트로비치는 자기 방으로 돌아갔고, 반시간 뒤에는 이미 이 집에 없었다. 타고나길 소심한 소냐는 전부터 자기는 다른 누구보다도 쉽게 파멸시킬 수 있는 존재이고 누구든 거의 처벌받는 일 없이 자기를 모욕할 수 있음을 알고 있었다. 하지만 어쨌거나 바로 이 순간까지도 누구 앞에서나 신중하고 온순하고 공손하게 행동함으로써 어떻게든 재앙을 피할 수 있을 것 같았다. 그녀의 환멸은 너무나 괴로운 것이었다. 그녀는 물론, 모든 것을, 심지어 이 일조차도 인내력을 갖고 거의 아무 불평 없이 참아 낼 수 있었다. 하지만 첫 순간에는 너무나 괴로워졌다. 자신의 무고함이 밝혀져 쾌재를 불러야 함에도, 처음에 느낀 경악과 멍함의 순간이 지나자, 그래서 모든 것을 분명히 알고 이해하게 되자 자신이 의지할 데 없는 처지에 모욕을 받았다는 느낌이 가슴을 고통스럽게 죄어 왔다. 히스테리가 시작됐다. 마침내 그녀는 더 이상 참지 못하고 방을 뛰쳐나가 자기 집으로 달려갔다. 거의 루쥔이 나간 직후의 일이었다. 아말리야 이바노브나도 좌중이 큰 소리로 웃는 가운데 컵에 얻어맞는 불상사를 겪자 남의 일로 봉변을 겪는 것을 더 이상 참을 수 없었다. 이 모든 일의 원흉이 카체리나 이바노브나라고 생각한 그녀는 새된 소리로 비명을 지르며 미친 여자처럼 달려들었다.

"방 빼! 지금 당장! 썩 나가란 말이야!" 이런 말을 퍼부으며 카체리나 이바노브나의 물건을 손에 잡히는 대로 몽땅 마룻바닥에 내동댕이쳤다. 그렇잖아도 거의 초주검이 된, 기절하기 일보 직전인 카체리나 이바노브나는 새파랗게 질린 채 숨을 헐떡이며 침대에서 벌떡 일어나서는(기진맥진해서 침대에 쓰러져 있었다.) 아말리야 이바노브나에게 달려들었다. 하지만 도무지 짝이 맞지 않는 싸움이었다. 아말리야 이바노브나는 그녀를 깃털처럼 가뿐히 밀쳐 냈다.

"세상에! 하늘 무서운 줄 모르고 모함한 걸로도 모자라, 이 망할 년이 이제 나한테 덤비네! 세상에! 내가 차린 음식을 실컷 얻어먹고 나서, 남편의 장례식 날 나를 저 고아들과 함께 길바닥으로 내쫓다니! 아니, 어디로 가란 말이야!" 불쌍한 여인은 숨을 헐떡이고 흐느끼며 울부짖었다. "주님!" 갑자기 그녀가 눈을 번득이며 소리를 질렀다. "정말 정의란 없는 것일까요! 우리가, 이 고아들이 아니라면 대체 누굴 지켜 주시려고요? 그래, 두고 보자! 세상에는 심판도, 진리도 있어, 내가 찾아내겠어! 이제 기다려 보란 말이야, 하늘 무서운 줄 모르는 이 망할 년! 폴레치카, 아이들 옆에 있어라, 내 곧 돌아오마. 길거리에서라도 나를 기다리고들 있으셔! 세상에 진리가 있는지 없는지 두고 보자고, 어?"

그러고서 카체리나 이바노브나는 고(故) 마르멜라도프가 무슨 얘기 끝에 언급한 그 초록색 모직 숄을 머리에 뒤집어쓰더니, 아직도 방 안에 모여 있는 무질서하고 술 취한 세입자들 무리를 헤치며 눈물을 흘리고 울부짖으면서 거리로 뛰쳐나갔다. 지금 당장 무슨 수를 써서라도 어디선가 정의를 찾아내겠다는 막연한 목적을 갖고서 말이다. 폴레치카는 무서움에 사로잡혀 아이들과 함께 방구석 궤짝 위에 꼭 붙어 앉아서는 어린것 둘을 껴안고 온몸을 바들바들 떨며 어머니가 오길 기다렸다. 아말리야 이바노브나는 방 안을 휘젓고 다니며 새된 소리를 질러 대고 흐느껴 울고 손에 잡히는 대로 물건을 죄다 마룻바닥에 내동댕이치며 난동을 부렸다. 세입자들은 각자 제멋대로 목청을 높였는데, 혹자는 지금 일어난 사건을 두고 콩나라 팥 나라 난리였고 또 혹자는 말다툼을 벌이며 서로 욕설을 퍼부었고 개중에는 노래 자락을 뽑는 자도 있었다…….

'이제 나도 슬슬 가 볼까!' 라스콜니코프가 생각했다. '자, 소피야 세묘노브나, 이제 무슨 말씀을 하실지, 어디 한번 봅시다!'

그러고서 그는 소냐의 집으로 갔다.

4

라스콜니코프는 그 스스로 마음속에 담고 있는 공포와 고통만도 어마어마했지만 루쥔에게 맞서 소냐의 성실하고 늠름한 변호사가 되어 주었다. 하지만 아침 녘에 그토록 괴로운 일을 겪었던 터라 점점 더 참을 수 없어진 기분을 바꾸어 줄 기회가 생겨 기뻐하는 것 같았으며, 소냐를 지켜 주고 싶은 갈망 속에 사적이고 애틋한 감정이 그토록 많이 깃들어 있었음은 이미 말할 것도 없었다. 뿐더러, 곧 소냐와 만날 생각을 하니 유달리 시시각각으로 무서운 불안에 사로잡혔다. 누가 리자베타를 죽였는지 알려 주어야 했으니 말이다. 그는 무서운 고통을 예감하며 꼭 그 예감을 떨쳐 버리겠다는 듯 두 손을 내저었다. 그러니까 카체리나 이바노브나의 집을 나오며 '자, 이제 무슨 말씀을 하시렵니까, 소피야 세묘노브나?' 하고 소리친 것은 분명히 아직은 아까 늠름하고 도발적으로 루쥔을 이겨

낸 후 어딘가 외적으로 흥분한 상태였기 때문이다. 하지만 그에게 이상한 일이 일어났다. 카페르나우모프의 집까지 오자 갑작스레 힘이 쫙 빠지고 무서운 느낌이 들었다. 생각에 잠긴 채 문 앞에 선 그는 이상한 의문에 사로잡혔다. '누가 리자베타를 죽였는지 꼭 얘기해야 할까?' 이것은 실로 이상한 의문이었던 것이, 갑자기 말하지 않을 수 없을뿐더러 그 순간을 잠시나마 미루는 것조차 불가능함을 동시에 느꼈기 때문이다. 왜 불가능한지는 아직 모른 채 오직 그렇게 느꼈을 따름이다. 그리고 그렇게 할 수밖에 없는 상황 앞에서 자기가 얼마나 무력한가 하는 통렬한 의식이 그를 거의 짓눌러 놓았다. 더 이상은 생각도 하지 말고 괴로워하지도 않으려고 그는 재빨리 문을 열고 문지방에서 소냐를 바라보았다. 그녀는 탁자에 팔꿈치를 괴고 두 손으로 얼굴을 가린 채 앉아 있었지만 라스콜니코프를 보자마자 기다렸다는 듯 얼른 일어나 그를 맞으러 나왔다.

"당신이 없었다면 나는 어떻게 됐을까요!" 그녀는 방 한가운데서 그와 마주 서자 서둘러 말했다. 오직 어서 빨리 이 말을 하고 싶었다는 것이 훤히 보였다. 그러고서 그녀는 잠자코 기다렸다.

라스콜니코프는 탁자 쪽으로 다가가 방금까지 그녀가 앉아 있던 의자에 앉았다. 그녀는 정확히 어제처럼 두 걸음쯤 거리를 두고 그의 앞에 섰다.

"어때요, 소냐?" 그는 이렇게 말했고 갑자기 자신의 목소리가 떨리는 것을 느꼈다. "모든 일이 '사회적 처지와 그에 따른 습관'에 근거하지 않습니까. 아까 이 점을 깨달았겠죠?"

그녀의 얼굴에는 고통이 배어 나왔다.

"나에게 어제와 같은 투로 말하지는 말아 줘요!" 그녀가 그의 말을 가로막았다. "아예 말도 꺼내지 말아요. 이대로도 충분히 괴로우니까……."

그녀는 이런 책망이 행여 그에게 거슬리지나 않을까 싶어 흠칫 놀라면서 서둘러 미소를 지었다.

"거길 그렇게 나오다니, 나도 참 바보 같았어요. 지금 그쪽은 어때요? 방금 가 볼까 싶었지만 계속…… 당신이 올 것 같은 생각이 들었어요."

그는 아말리야 이바노브나가 그들을 집에서 쫓아내고 카체리나 이바노브나는 '진리를 찾아' 어디론가 뛰쳐나갔다고 말해 주었다.

"아, 세상에!" 소냐는 소리를 질렀다. "어서 빨리 가 봐요……."

그러고서 그녀는 망토를 집어 들었다.

"항상 똑같군!" 라스콜니코프가 신경질적으로 외쳤다. "당신 머릿속엔 그들 생각밖에 없군요! 나와 같이 좀 있어 줘요."

"그럼…… 카체리나 이바노브나는요?"

"카체리나 이바노브나는, 물론, 집을 뛰쳐나간 이상 당신을 지나치지 않고 몸소 당신 집에 들를 겁니다." 그가 못마땅하다는 듯 덧붙였다. "그때 당신이 집에 없으면 또 당신 잘못이 되는 셈이잖습니까……."

소냐는 괴로운 듯 망설이며 의자에 앉았다. 라스콜니코프는 입을 꾹 다문 채 땅바닥만 내려다보며 뭔가를 곰곰이 생각했다.

 "사실 지금은 루쥔이 생각을 접었기에 망정이지" 하고 그가 소냐를 쳐다보지도 않고 말문을 열었다. "뭐, 만약 계속 그럴 생각이었거나 어떻게든 그것이 계략의 일부였다면, 더군다나 나와 레베쟈트니코프가 그 자리에 없었더라면, 그는 당신을 감옥에 처넣을 겁니다! 그렇잖습니까?"

 "그렇죠." 그녀는 가냘픈 목소리로 말했다. "그렇고말고요!" 그녀가 넋이 나간 듯 불안해하며 반복했다.

 "한데 나는 자칫 그 자리에 없을 수도 있었어요! 레베쟈트니코프, 이 양반도 그야말로 우연히 나타났던 것이고요."

 소냐는 말이 없었다.

 "자, 감옥에 가야 하는 상황이었다면, 그때는 어떻게 됐을까요? 어제 내가 한 말, 기억납니까?"

 그녀는 이번에도 대답하지 않았다. 상대는 좀 기다렸다.

 "나는 당신이 또 '아휴, 말도 말아요, 그만 좀 해요!' 하고 소리칠 줄 알았습니다." 라스콜니코프는 웃었지만 어쩐지 억지웃음이었다. "아니, 왜요, 또 침묵인가요?" 잠시 후 그가 물었다. "무슨 얘기든 해야 할 거 아닙니까? 내가 알고 싶은 것은 바로, 레베쟈트니코프의 말마따나 이제 당신이 한 가지 '문제'를 어떻게 해결할 것이냐 하는 겁니다.(그는 어쩌 갈팡질팡하는 것 같았다.) 아니, 정말로 진지하게 하는 말입니다. 한번 상상해 봐요, 소냐, 당신이 루쥔의 모든 속셈을 미리 알았다면, 또 그 때문에 카체리나 이바노브나는 물론 아이들까지도 완전히 파멸할 것이고 당신도 덤으로(당신은 스스로를 아무것도 아닌 것처럼 생각하니까 덤이라는 겁니다.) 그럴 것임을 알았다면(즉 정확히 알았다면) 어땠을지. 폴레치카도 마찬가지로…… 그 애도 그 길밖에 없으니까. 자, 그런데 갑자기 이 모든 일이 지금 당신의 결정에 달려 있다고 합시다. 그자와 저들 중 누가 이 세상에 살아야 할까, 즉, 루쥔이 살아서 온갖 추잡한 짓을 해야 할까, 아니면 카체리나 이바노브나가 죽어야 할까, 하는 문제 말입니다. 어떤 결정을 내리겠습니까, 그들 중 어느 쪽이 죽어야 할까요? 한번 물어봅시다."

소냐는 불안한 시선으로 그를 바라보았다. 이 견고하지 못한, 왠지 에둘러 핵심에 다가가려는 이 말 속에 뭔가 특별한 울림이 깃들어 있었다.

"나는 벌써부터 당신이 뭔가 그 비슷한 것을 물어볼 것이라는 예감이 들었어요." 그녀는 속내를 살피듯 그를 쳐다보며 말했다.

"좋아요, 그건 그렇다 치고 어쨌거나 어떤 결정을 내리겠습니까?"

"대체 왜 불가능한 것을 물어보는 거죠?" 소냐가 딱 질색이라는 투로 말했다.

"그렇다면 루쥔이 살아서 온갖 추잡한 짓을 하는 편이 더 낫다는 겁니까! 이런 것조차 결정할 용기가 없습니까?"

"내가 하느님의 섭리를 알 수는 없잖아요……. 게다가 어째서 물어서는 안 될 것을 묻는 거예요? 뭐 하러 그런 헛된 질문을 던지나요? 그것이 나의 결정에 달려 있다니, 어떻게 그럴 수 있죠? 또 누가 나더러 누구는 살아야 하고 누구는 살지 말아야 할지 심판하라고 했나요?"

"하느님의 섭리가 개입된다면, 그렇다면 아무것도 할 수 없지."라스콜니코프가 침울하게 투덜거렸다.

"대체 뭐가 필요한지 차라리 탁 터놓고 말해요!"소냐는 고통스러워하며 소리쳤다. "또 무슨 생각이 있어서 이러는 거잖아요…… . 정말로 오직 사람을 괴롭히려고 왔군요!"

그녀는 더 이상 참지 못하고 갑자기 울음을 터뜨렸다. 그는 음울한 우수에 사로잡혀 그녀를 바라보았다. 오 분 정도가 지났다.

"사실 당신 말이 맞아, 소냐."마침내 그가 조용히 말했다. 갑자기 그는 확 변해 버렸다. 억지로 뻔뻔스러움을 가장한, 무기력한 도발이 담긴 어조도 사라졌다. 목소리조차 갑자기 힘이 빠졌다. "어제 내 입으로 용서를 구하러 오지는 않을 것이라고 말해 놓고서 거의 용서를 구하는 거나 다름없이 말을 꺼냈군…… . 루쥔이나 신의 섭리 얘기는 나 자신을 위해 꺼낸 거야…… . 그런 식으로 용서를 구한 셈이지, 소냐…… ."

그는 미소를 지으려 했지만, 그의 창백한 미소에는 뭔가 무기력하고 불완전한 것이 어리었다. 그는 고개를 숙이고 두 손으로 얼굴을 감쌌다.

그러자 갑자기 전혀 뜻밖의 이상한 감각, 소냐를 향한 어떤 신랄한 증오의 감각이 그의 심장을 파고들었다. 그 스스로도 이 감각에 깜짝 놀란 듯 움찔하며 갑자기 고개를 들고 그녀를 유심히 쳐다보았다. 하지만 그는 자기를 응시하고 있는, 염려스럽다 못해 고뇌에 가까울 만큼 근심에 찬 그녀의 시선을 발견했다. 거기에는 사랑이 있었다. 그의 증오는 환영처럼 사라졌다. 이건 그것이 아니었다. 어떤 감정을 다른 감정으로 착각했던 것이다. 이것은 오직 그 순간이 왔음을 의미할 뿐이었다.

또다시 그는 얼굴을 감싼 채 고개를 밑으로 숙였다. 갑자기 얼굴이 창백해진 그는 의자에서 일어나 소냐를 바라보더니 아무 말도 하지 않고 기계적으로 그녀의 침대로 옮겨 앉았다.

이 순간은, 그 감각에 있어서, 노파 뒤에 서서 이미 올가미에서 도끼를 빼들고 '더 이상 단 한 순간도 허비해서는 안 된다.'라고 느꼈던 순간과 무섭도록 비슷했다.

"왜 그래요?" 소냐가 무섭도록 겁을 집어먹고서 물었다.

그는 아무 말도 할 수 없었다. 자기가 이런 식으로 알리게 될 줄은 꿈에도 생각지 못했고 때문에 지금 자기에게 무슨 일이 일어나고 있는지 그 스스로도 이해하지 못했다. 그녀는 조용히 그의 곁으로 다가가더니 침대 위에 나란히 앉아 그에게서 눈을 떼지 않고 기다렸다. 심장이 너무 두근거려 멎어 버릴 것만 같았다. 참을 수 없어졌다. 그는 죽음처럼 창백해진 얼굴을 그녀 쪽으로 돌렸다. 그의 입술이 무슨 말을 하기 위해 애쓰느라 힘없이 일그러졌다. 공포가 소냐의 심장을 파고들었다.

"왜 그래요?" 그녀가 그에게서 살짝 물러나며 같은 말을 반복했다.

"아무것도 아니야, 소냐. 겁먹을 것 없어……. 허튼소리야! 사실, 찬찬히 따져 보면, 허튼소리지." 그는 정신이 나가 의식이 혼미해진 사람 같은 표정을 지으며 중얼거렸다. "도무지 왜 나는 오직 당신을 괴롭히러 온 걸까?" 그녀를 바라보며 그는 갑자기 덧붙였다. "정말 그래. 왜일까? 스스로 계속 이 질문을 던지고 있어, 소냐……."

아마 십오 분 전에도 스스로 이런 질문을 던졌겠지만, 지금은 완전히 기진맥진하여 스스로를 거의 의식하지 못한 채 온몸에 끊임없는 전율을 느끼며 말한 것이었다.

"아, 어쩜 이렇게 괴로워하는 거예요!" 그를 들여다보며 그녀가 고통스러운 표정으로 말했다.

"다 허튼소리야……! 그러니까 말이야, 소냐(그는 갑자기 무슨 영문인지, 이 초 정도 어딘가 창백하고 힘없는 미소를 지었다.), 내가 어제 당신에게 무슨 말을 하려고 했는지 기억나?"

소냐는 불안하게 기다렸다.

"여길 나갈 때 말했지, 영원히 작별인사를 나누는 것일 수도 있지만 오늘 또 오게 되면 당신에게…… 누가 리자베타를 죽였는지 말해 주겠다고."

그녀는 갑자기 온몸을 바들바들 떨기 시작했다.

"자, 그래서 이제 그 말을 해 주러 온 거야."

"그럼 어제 그 말이 정말로……." 그녀는 간신히 이렇게 속삭였다. "대체 어떻게 아는 거죠?" 그녀가 갑자기 정신이 번쩍 드는지 재빨리 물었다.

소냐는 숨쉬기가 점점 더 힘들어졌다. 얼굴도 점점 더 창백해져 갔다.

"알고 있다니까."

그녀는 잠시 침묵했다.

"그 사람을 찾았대요, 예?" 그녀가 조심스럽게 물었다.

"아니, 못 찾았어."

"그럼 당신이 그것을 어떻게 알죠?" 그녀는 또다시 잠시 침묵했다가 거의 직후에 또다시 거의 들릴락 말락 한 소리로 물었다.

그는 그녀 쪽으로 몸을 돌려 그녀를 뚫어져라, 그야말로 뚫어져라 바라보았다.

"알아맞혀 봐." 그가 아까처럼 힘없이 일그러진 미소를 지으며 말했다.

그녀는 온몸에 경련이 이는 것만 같았다.

"당신은…… 나를…… 대체 왜 나를 이렇게…… 놀래는 거예요?" 그녀가 어린아이처럼 미소를 지으며 말했다.

"그러니까 나는 그 사람과 절친한 친구란 소리지…… 내가 알고 있다면 말이야……." 라스콜니코프는 이미 그녀의 얼굴에서 눈을 뗄 힘이 없는지 계속 집요하게 그녀를 바라보며 말을 이어 갔다. "그는 이 리자베타는…… 죽일 생각이 없었어……. 그는 그녀를…… 어쩌다 그만 죽인 거야……. 그는 노파를 죽일 생각이었지…… 노파가 혼자 있을 때…… 그리고 갔던 거야……. 한데 그때 리자베타가 들어왔어……. 그래서 그만…… 그녀도 죽인 거야."

끔찍한 순간이 더 흘러갔다. 둘 다 계속 서로를 쳐다보고 있었다.

"이래도 못 알아맞히겠어?" 그는 갑자기 이렇게 물었는데, 종루 아래로 몸을 던진 것 같은 느낌이었다.

"아-아뇨." 소냐가 거의 들릴락 말락 속삭였다.

"잘 생각해 봐."

이 말을 하자마자 또다시 예의 그 익숙한 어떤 감각에 사로잡히며 갑자기 영혼이 얼어붙었다. 그녀를 쳐다보니 갑자기 그녀의 얼굴에서 리자베타의 얼굴이 보이는 것 같았다. 그는 그때 자기가 도끼를 들고 리자베타 쪽으로 다가갈 때 그녀의 얼굴 표정이 어땠는지 생생하게 기억했다. 그녀는 그를 피해 벽 쪽으로 물러나며 한 손을 앞으로 내밀었는데, 꼭 어린아이가 갑자기 뭔가에 소스라치게 놀란 나머지 자기를 겁주는 대상을 꼼짝도 하지 못하고 불안한 시선으로 쳐다보면서 뒤로 움찔 물러나 고사리손을 앞으로 뻗고 금방이라도 울음을 터뜨릴 것만 같은 모습, 그야말로 어린아이다운 경악의 표정이었다. 지금 소냐에게도 거의 똑같은 일이 일어났다. 그녀는 역시나 힘없이, 역시나 그런 경악의 시선으로 얼마 동안 그를 쳐다보더니 갑자기 왼손을 앞으로 살짝, 아주 살짝 뻗으며 손가락으로 그의 가슴팍을 꽉 누른 채 천천히 침대에서 몸을 일으키면서 점점 더 그에게서 멀어졌고, 그를 응시하던 시선도 점점 더 굳어졌다. 그녀의 공포가 갑자기 그에게도 전해졌다. 똑같은 경악이 그의 얼굴에도 어리는 것 같았고, 그도 꼭 그런 표정으로, 거의 저 어린아이 같은 미소를 지으며 그녀를 쳐다보기 시작했다.

"알아맞혔어?" 그가 마침내 속삭였다.

"맙소사!" 그녀의 가슴속에서 끔찍한 절규가 터져 나왔다. 그녀는 맥없이 침대로 쓰러져 베개에 얼굴을 파묻었다. 하지만 금방 몸을 일으켜 재빨리 그에게 다가가서는 양손을 붙잡고 자신의 가느다란 손가락으로 꼭 움켜쥐었으며, 또다시 그 자리에 들러붙은 것처럼 꼼짝도 않고 그의 얼굴을 들여다보기 시작했다. 이 최후의 필사적인 응시를 통해 뭐든 최후의 희망이라도 찾아내 붙잡고 싶었다. 하지만 희망은 없었다. 의심의 여지가 전혀 없었던 것이다. 모든 것이 그대로였다! 나중에, 훗날 이 순간이 떠올랐을 때도 그녀는 이상하고 또 경이로운 느낌이 들었다. 즉, 그때 대체 어떻게 그토록 즉시 더 이상 의심의 여지가 전혀 없다는 것을 알았을까? 가령 그녀가 원래부터 이런 종류의 뭔가를 예감했노라고 말할 수는 없잖은가? 그런데도 지금 그가 이 말을 하자마자 그녀는 갑자기 정말로 바로 이런 것을 예감한 것 같은 느낌이 들었다.

"됐어, 소냐, 충분해! 나를 괴롭히지 마!" 그가 고통스러워하며 애원했다.

그는 그녀에게 이런 식으로 털어놓게 될 줄은 꿈에도 생각지 못했지만 이런 식이 돼 버렸다.

그녀는 정신이 나간 사람처럼 벌떡 일어나 양손을 비비며 방 한가운데까지 갔다. 하지만 재빨리 되돌아와 다시, 거의 어깨가 맞닿을 정도로 그의 옆에 나란히 붙어 앉았다. 갑자기 그녀는 무엇에 찔린 것처럼 몸을 부르르 떨며 소리를 지르더니 왜 그러지는 자신도 모른 채 그의 앞에 몸을 내던지고 무릎을 꿇었다.

"어쩌자고, 어쩌자고 자기 자신에게 그런 짓을 저질렀어요!" 그녀는 절망에 차 이런 말을 내뱉으면서 무릎을 펴고 벌떡 일어나더니 그의 목으로 달려들어 그를 끌어안고 두 손에 꼭-꼭 힘을 주었다.

라스콜니코프는 뒤로 움찔 물러나더니 서글픈 미소를 지으며 그녀를 바라보았다.

"당신은 정말 이상한 여자야, 소냐. 그것을 얘기했는데도 나를 끌어안고 입을 맞추다니. 제정신이 아닌 모양이지."

"아니, 아니, 지금 온 세상을 통틀어 당신보다 더 불행한 사람은 아무도 없어!" 그녀는 그의 말을 듣지도 않고 미친 듯 흥분하여 이렇게 외치더니 갑자기 히스테리 발작이라도 난 것처럼 목 놓아 울기 시작했다.

이미 오랫동안 맛보지 못한 감정이 파도처럼 그의 영혼 속으로 밀려 들어와 순식간에 영혼을 부드럽게 해 주었다. 그는 그 감정에 저항하지 않았다. 눈에서 눈물 두 방울이 흘러나와 속눈썹에 맺혔다.

"그럼 나를 버리지 않겠지, 소냐?" 그는 희망 같은 것이 담긴 시선으로 그녀를 바라보며 말했다.

"그럼, 언제까지나, 그 어디서도!" 소냐가 소리쳤다. "당신을 따라가겠어, 어디라도 따라가겠어! 오, 맙소사……! 아, 나는 불행한 여자야……! 왜, 대체 왜 당신을 더 빨리 알지 못했을까! 왜 당신은 더 빨리 와 주지 않았지? 오, 맙소사!"

"자, 이렇게 왔잖아."

"이제야! 오, 이제 어떡한담……! 함께, 함께!" 그녀는 인사불성이 된 사람처럼 같은 말을 되뇌며 다시 그를 끌어안았다. "유형지라도 당신과 함께 가겠어!" 이 말에 갑자기 그의 얼굴이 일그러졌고 입술에는 아까처럼 증오에 찬, 거의 오만불손한 냉소가 어리었다.

"나는 말이야, 소냐, 아직 유형까지 갈 마음은 없는지도 몰라." 그가 말했다.

소냐는 재빨리 그를 쳐다보았다.

이 불행한 사람을 향해 처음에 느꼈던 열정적이고 괴로운 연민이 가라앉자 또다시 살인이라는 끔찍한 생각이 그녀에게 충격을 주었다. 그의 돌변한 어투에서 갑자기 살인자의 목소리가 들린 것이다. 그녀는 깜짝 놀라 그를 쳐다보았다. 어쩌다가, 어떻게, 무엇 때문에 그런 일이 있었는지는 아직 전혀 모르는 상태였다. 이제 이 모든 의문이 한꺼번에 그녀의 의식 속에서 확 불붙었다. 그러자 그녀는 또 믿어지지가 않았다. '이 사람이 살인자라니, 이 사람이! 설마, 어떻게 그럴 수가!'

"대체 이게 다 웬일이야! 대체 여기가 어디야!" 그녀는 아직도 정신이 들지 않는지 깊은 의혹에 빠져 이렇게 말했다. "아니, 당신, 당신 같은 사람이…… 어떻게 그런 일을 감행할 수 있었죠……? 대체 이게 웬일이람!"

"뭐 그냥, 금품을 훔치기 위해서였어. 그만하지, 소냐!" 왠지 피곤한 듯 신경질까지 내며 그가 대답했다.

소냐는 한 방 맞은 것처럼 멍하니 서 있다가 갑자기 소리쳤다.

"배가 고팠던 거야! 당신은…… 어머니를 도우려고 그랬던 거지? 그렇지?"

"아니, 소냐, 아니야." 그는 몸을 돌리고 고개를 숙인 채 중얼거렸다. "그렇게까지 배가 고팠던 것도 아니고…… 어머니

를 돕고 싶은 마음이야 정말로 있었지만…… 그것도 정확한
이유는 아니야……. 나를 그만 좀 괴롭혀, 소냐!"

소냐는 두 손을 탁 쳤다.

"그럼 정말, 정말 전부 사실이로군요! 맙소사, 설마 사실일
리가! 누가 그 말을 믿겠어요? 세상에, 마지막 남은 돈까지 내
주는 당신이 금품을 훔치려고 사람을 죽이다니! 아……!" 그
녀가 갑자기 비명을 질렀다. "카체리나 이바노브나에게 준 돈
도…… 그 돈도……. 맙소사, 설마 그 돈도……."

"아니야, 소냐." 그가 서둘러 말을 끊었다. "그 돈은 아니야,
안심해! 그 돈은 어머니가 어느 상인을 통해 송금해 주신 것
이고 앓아누워 있을 때 받았는데, 바로 그날 부인에게 줬던 거
야……. 라주미힌도 봤어…… 녀석이 나를 대신해서 받아 왔
으니까…… 그 돈은 내 돈, 나 자신의 돈, 진짜 내 돈이야."

소냐는 의혹을 품은 채 그의 말을 들으면서 뭔가 생각을 가
다듬으려고 안간힘을 썼다.

"그 돈이라면…… 하긴 그 안에 돈이 있었는지 어땠는지도
잘 모르겠군." 그가 상념에 잠긴 사람처럼 조용히 덧붙였다.
"나는 그때 노파의 목에서 지갑을 뜯어냈는데 양피 지갑이었
고…… 속이 꽉 차서 빽빽했는데…… 안에 뭐가 있는지 보지
도 않았어. 분명히 그럴 겨를이 없었을 거야……. 뭐, 물건이
라면 전부 단추며 목걸이뿐이었는데, 그 모든 물건과 지갑은
이튿날 아침 V 거리 어디에 있는 남의 집 마당의 돌 밑에 묻었
어……. 지금도 거기에 고스란히 묻혀 있지……."

소냐는 온 힘을 다해 귀를 기울였다.

"그럼 대체 왜…… 아니, 왜 금품을 훔치기 위해 그랬다고 말한 거죠, 정작 아무것도 가져가지 않았으면서?" 그녀가 지푸라기라도 잡는 심정으로 재빨리 물었다.

"모르겠어……. 아직 결정을 못 했거든, 그 돈을 가질지, 어쩔지." 그는 다시 상념에 잠긴 듯 이렇게 말하더니, 갑자기 정신이 번쩍 들었는지 빨리, 짧게 웃었다. "에잇, 나도 참, 지금 무슨 병신 같은 소리를 지껄인 거야, 어?"

소냐는 언뜻 '이 사람, 미친 거 아닐까?' 하는 생각이 들었다. 하지만 이내 그 생각을 버렸다. 아니다, 여기에는 뭔가 다른 것이 있다. 여기서 그녀는 아무것도, 아무것도 이해하지 못한 것이다!

"있잖아, 소냐." 그가 갑자기 어떤 영감에 사로잡혀서 말했다. "내가 지금 무슨 말을 할 거냐 하면 말이야, 만약 내가 오직 굶주림 때문에 사람을 찔러 죽였다면" 하고 그는 말 한마디 한마디에 힘을 주고 아리송하지만 진심 어린 눈으로 그녀를 바라보며 말을 이어 갔다. "그랬다면 나는 지금…… 행복했을 거야! 이 점, 똑똑히 알아 둬!"

"한데 그게 당신과 무슨, 무슨 상관일까." 잠시 후 그는 어떤 절망마저 보이며 이렇게 외쳤다. "그래, 내가 지금 당장 고약한 짓을 저질렀노라고 자백한들 당신과 무슨 상관이 있을까? 나를 상대로 그런 바보 같은 승리를 거둔들 그게 당신과 무슨 상관이냐고? 아휴, 소냐, 내가 지금 이러자고 당신을 찾아온 걸까!"

소냐는 또다시 무슨 말을 하려다가 그만 입을 다물었다.

"내가 어제 당신더러 함께 가자고 한 건 나에게는 당신밖에 남지 않았기 때문이야."

"어딜 가자는 거지?" 소냐가 겁먹은 듯 물었다.

"도둑질을 하자는 것도, 살인을 하자는 것도 아니니까 염려하지 마, 그런 일 때문은 아니야." 그가 신랄한 조소를 머금었다. "우리는 전혀 다른 부류의 인간이니까…… 그런데 소냐, 나는 이제야 비로소, 지금에야 비로소 내가 어제 당신더러 어디를 함께 가자고 한 것인지 깨달았어. 어제 그렇게 권유할 때만 해도 나도 어디인지는 잘 몰랐거든. 함께 가자고 한 것도, 그렇게 다녀갔던 것도 목적은 하나야. 나를 버리지 말아 달라는 거지. 버리지 않을 테지, 소냐?"

그녀는 그의 손을 꼭 쥐었다.

"왜, 대체 왜 이 여자에게 말해 버렸을까, 왜 모조리 털어놓은 걸까!" 잠시 후 그는 무한한 고통이 담긴 눈으로 그녀를 바라보며 절망적으로 소리쳤다. "이제 나의 해명을 기다리고 있군, 소냐, 그렇게 앉아서 기다리고 있다는 거, 나도 알아. 한데 당신에게 무슨 말을 한담? 사실 당신은 이 일을 전혀 이해하지 못한 채 마냥 괴로워하기만 할 텐데…… 나 때문에 말이야! 이봐, 또 울면서 나를 끌어안잖아, 아니, 무엇 때문에 나를 끌어안는 거지? 내가 스스로 견뎌 내지 못해 '너도 괴로워해라, 그럼 나는 좀 홀가분해지겠지!' 하며 다른 사람에게 짐을 떠넘기러 왔기 때문이겠지. 이렇게 야비한 놈을 사랑할 수 있겠어?"

"당신도 괴로워하고 있잖아?" 소냐가 소리쳤다.

예의 그 감정이 또다시 파도처럼 그의 영혼 속으로 밀려와 또다시 일순간에 그것을 부드럽게 해 주었다.

"소냐, 나는 마음이 못됐어, 당신도 유념해 둬. 이걸로 다른 것도 설명할 수 있지. 내가 이렇게 온 것도 못됐기 때문이야. 어떤 사람이라면 오지 않았을 텐데. 하지만 나는 겁쟁이에…… 야비한 놈이야! 하지만…… 어쩌겠어! 아니, 이건 아니야……. 이제는 말해야 하는데 어떻게 시작해야 할지 모르겠어……."

그는 말을 멈추고 생각에 잠겼다.

"에-에잇, 우리는 전혀 다른 부류의 인간이야!" 그가 또다시 소리쳤다. "서로 어울릴 상대가 아니라고. 한데 왜, 대체 왜 왔을까! 이런 나를 절대 용서하지 못하겠어!"

"아니, 아니, 이렇게 와 준 건 잘한 일이야!" 소냐가 소리쳤다. "내가 알길 잘했어! 이러는 편이 훨씬 더 나아!"

그는 고통스러워하며 그녀를 바라보았다.

"정말로 어떻게 됐느냐 하면!" 그는 생각을 굳혔는지 이렇게 말했다. "실은 이랬던 거야! 그러니까 나는 나폴레옹이 되고 싶었고 그 때문에 사람을 죽였어……. 자, 이제 이해가 돼?"

"아-아니." 소냐가 순진하게, 소심하게 속삭였다. "그래도…… 말해 줘, 말해 줘! 어떻든 이해할 거야, 마음속으론 전부 이해할 거야!" 그녀가 그에게 강청했다.

"이해할 거라고? 그래 좋아, 어디 한번 보자!"

그는 입을 다물고 오랫동안 곰곰 생각에 잠겼다.

"문제는 뭐냐면, 한번은 나 자신에게 이런 질문을 던진 적이 있었어. 예를 들어 나폴레옹이 내 입장이었다면, 그래서 출셋길을 열어 줄 툴롱도, 이집트도, 몽블랑을 넘는 일도 없고 그 모든 아름답고 기념비적인 것 대신에 말단 관리의 미망인인 무슨 우스꽝스러운 노파만 있는 데다가 그녀의 트렁크에서 돈을 훔치기 위해서는(출셋길을 위해서 말이야, 이해하겠지?) 덤으로 그녀를 죽여야 했다면, 자, 다른 출구는 없었다면, 그는 그런 일을 감행했을까? 그것이 전혀 기념비적인 일도 아니고…… 또 죄스러운 일이라는 이유로 움찔하지 않았을까? 그러니까 내 말인즉, 이 '문제'를 두고 얼마나 오랫동안 괴로워했는지 마침내(갑자기 어쩌다) 그였다면 움찔하기는커녕 그것이 기념비적인 일이 아니라는 생각조차 하지 않았을 것이라는 사실을 깨닫게 되자 죽도록 부끄러워졌어……. 그였다면 여기에 움찔할 일이 뭐가 있는지 전혀 이해하지도 못했겠지. 그에게 다른 길이 없다면, 생각을 곱씹을 것도 없이 그냥 목을 졸라 버리고 찍소리도 못하게 했을걸……! 뭐 그래서 나도…… 생각을 곱씹는 건 집어치우고…… 권위 있는 전범에 따라…… 목을 졸라 버린 셈이지……. 정확히 이런 식이었어! 우습지? 그래, 소냐, 여기서 제일 우스운 것은 아마 정확히 이런 식이었다는 점일 거야……."

소냐는 전혀 우습지 않았다.

"차라리 단도직입적으로 말해 봐요…… 예를 들지 말고." 더욱더 소심하게, 거의 들릴락 말락 한 목소리로 그녀가 부탁했다.

그는 그녀 쪽으로 몸을 돌리고 슬픈 눈으로 그녀를 바라보면서 그녀의 손을 잡았다.

"이번에도 당신 말이 맞아, 소냐. 이건 전부 허튼소리야, 거의 수다에 불과해! 사실 당신도 알다시피 우리 어머니는 거의 빈털터리야. 여동생은 우연찮게 교육을 받은 덕분에 가정교사로 여기저기를 전전하는 팔자였지. 이들의 모든 희망이 나였어. 나는 대학을 다니다가 학비를 조달할 형편이 못 돼 잠깐 쉬지 않으면 안 됐어. 그런 식으로라도 계속 끌었다면, 십 년이나 십이 년쯤 뒤에는 (상황이 호전됐을 경우에) 어떻든 1,000루블 정도의 연봉을 받는 무슨 교사나 관리쯤은 될 수도 있었겠지……(그는 암기한 것 같은 말을 읊조리려 댔다.) 한데 그 무렵이면 어머니는 근심걱정 탓에 바싹 말라 버리셨을 테고 그런데도 나는 어머니를 안심시키지 못했을 테고 여동생은…… 뭐, 여동생에게는 더 험한 일이 일어날 수도 있었겠지……! 아니, 무슨 영화를 누리겠다고 평생 이 모든 것을 그냥 지나치고 모든 것을 외면하고 어머니를 잊고, 가령 여동생의 모욕을 정중히 참아 내야 하지? 대체 무엇을 위해서? 저 둘의 인생을 망치고 새로운 가족, 즉 아내와 아이들을 만든 다음 땡전 한 푼 없이, 땟거리도 없이 내팽개치기 위해? 그래…… 그래서 나는 노파의 돈을 빼앗아 어머니를 괴롭힐 것도 없이 그 돈을 첫 몇 년간 학비로, 또 대학 졸업 후 첫걸음을 내딛는 데 쓰자고 결심했어. 이 모든 일을 폭넓고 철저하게 하자고, 완전히 새로운 출셋길을 닦고 새롭고 독립적인 길로 나아가자고 말이야…… 그래…… 그래, 이게 다야……. 뭐, 물론, 노파를 죽인 것은, 이건 나쁜 짓이었지…… 뭐, 됐어!"

왠지 힘없이 얘기를 끝낸 다음 그는 고개를 떨어뜨렸다.

"아, 그건 아니야, 그건 아니지." 소냐가 애달파하며 소리쳤다. "설마 그럴 리가……. 아니, 그렇지, 그렇지 않아!"

"그렇지 않다는 걸 당신도 아는군……! 어쨌거나 나는 진심으로 얘기한 거야, 사실 그대로!"

"사실 그대로라니, 이게 무슨! 오 맙소사!"

"나는 그저 이(蝨)를 죽였을 뿐이야, 소냐, 아무 쓸모도 없고 더럽고 해롭기만 한 이를."

"사람을 두고 이(蝨)라니!"

"이(蝨)가 아니라는 것쯤은 나도 알아." 이상한 눈으로 그녀를 바라보며 그가 대답했다. "하긴 내 말은 거짓말이야, 소냐." 그가 덧붙였다. "이미 오래전부터 나는 거짓말을 하고 있어……. 실은 전혀 그게 아니야. 당신 말이 맞아. 여기에는 전혀, 전혀, 전혀 다른 원인이 있어……! 오랫동안 누구와도 얘기를 나누지 못했어, 소냐……. 지금 머리가 너무 아프다."

그의 눈은 열병에 걸린 듯 불꽃처럼 타올랐다. 그는 거의 헛소리를 하기 시작했다. 불안한 미소가 그의 입가를 맴돌았다. 몹시 흥분한 상태였지만 그 와중에 벌써 끔찍한 무기력함이 엿보였다. 소냐는 그가 얼마나 괴로워하는지 알 수 있었다. 그녀도 현기증이 났다. 그의 말투가 너무 이상했다. 뭔가 이해될 것도 같지만…… '하지만 어떻게! 어떻게 그럴 수가! 오 맙소사!' 그러고서 그녀는 절망에 차 두 손을 비볐다.

"아니, 소냐, 그건 아니야!" 그가 갑자기 고개를 들며 또다시 말을 시작했는데, 급작스러운 생각의 전환에 충격을 받아 다시 흥분한 것 같았다. "그게 아니야! 차라리…… 이를 테면 (그래! 이러는 편이 정말로 더 낫겠군.) 내가 자존심도 강하고 질투심도 많고 못됐고 추잡하고 원한도 깊고…… 게다가 미칠 조짐까지 보인다고 치자.(몽땅 다 갖춘 셈이지! 주위에서는 전부 터 미친 것 같다고 수군댔고, 나도 알아차렸거든!) 아까 난 당신한테 학비를 조달할 수 없었다고 말했어. 한데 그럭저럭 조달할 수도 있었으리라는 거, 알아? 필요한 만큼은 어머니가 부쳐 주셨을 테고 신발 값이나 옷 값, 밥값 정도는 내 손으로 벌 수도 있었을 거야. 확실히 그랬을 거야! 과외 자리도 들어왔는데, 50코페이카씩 준다고 했지. 라주미힌은 그렇게 일을 하고 있거든! 하지만 난 악에 받쳤기 때문에 하기 싫었어. 그야말로 악에 받쳤지.(이거 좋은 단어군!) 난 그때 거미처럼 내 방구석에 틀어박혔어. 당신도 내 골방에 와서 직접 봤잖아……. 한데 알겠지, 소냐, 낮은 천장과 비좁은 방이 영혼과 이성의 숨통을 조인다는 걸! 오, 나는 이 골방을 정말 증오했어! 그럼에도 거기서 나가기는 싫었어. 일부러 나가기 싫었던 거야! 몇 날 며칠을 밖에 나가지도 않았고, 일도 하기 싫고 숫제 먹는 것도 싫어서 줄곧 누워만 있었어. 나스타시야가 뭘 갖다 주면 좀 먹고 안 갖다 주면 그냥 그대로 하루를 보내는 거야. 악에 받쳐서 일부러 부탁도 안 했어! 밤에도 불도 없이 어둠 속에 누워 있는데, 양초 값을 벌기도 싫은 거야. 공부를 해야 했지만 책도 다 팔아 버렸어. 지금 내 책상은 물론이고 수첩과 공책 위에도 먼지만 수북이 쌓여 있지. 나는 드러누워서 생각을 하는

편이 더 좋았어. 그래서 계속 생각했지……. 계속 참 이상한
꿈을, 딱히 뭐라고 얘기할 것도 없는 온갖 꿈을 꾸었어! 하지
만 그때 또 비로소 그것이 내 머릿속에서 어른거리기 시작했
어……. 아니야, 그렇지 않아! 또다시 잘못된 얘기를 늘어놓고
있군! 있잖아, 그때 나는 줄곧 자문하곤 했어. 어쩌자고 나는
이토록 바보 같을까, 만약 다른 놈들도 바보 같고 그놈들이 바
보 같다는 것을 내가 확실히 알고 있다면 왜 나라도 더 현명해
지려고 하지 않는 것일까? 그러다가 나는 알게 되었어, 소냐,
다들 현명해질 때까지 기다린다면 시간이 너무 오래 걸릴 것
임을……. 그러다가 결코 그렇게 되지 않을 것이고 사람들은
변하지 않을 것이며 그 누구도 그들을 개조할 수도 없으니 그
러려고 애쓸 가치도 없다는 것을 또 알게 되었지! 그래, 정말
그래! 이것이 그들의 법칙이야……. 법칙이란 말이야, 소냐!
정말 그래……! 나는 이제는, 소냐, 이성과 정신이 튼튼하고
강한 자가 그들의 지배자라는 걸 알겠어! 많은 것을 감행할 수
있는 자, 그가 그들 사이에서는 옳은 거야. 보다 많은 것에 침
을 뱉을 수 있는 자, 그가 그들 사이에서 입법자이며, 제일 많
은 것을 감행할 수 있는 자, 그가 제일 옳은 거야! 지금까지도
그래 왔고 앞으로도 항상 그럴 거야! 오직 장님만 알아보지 못
할 뿐이지!"

라스콜니코프는 이런 말을 하면서 소냐를 쳐다보았지만,
그녀가 말을 알아듣는지 어떤지 더 이상 신경도 쓰지 않았
다. 신열이 확 올랐다. 그는 어떤 음울한 황홀경에 빠져 있었
다.(정말로 너무나 오랫동안 누구와도 얘기를 나누지 못했던 것이

다!) 소냐는 이 음울한 신조가 그의 신앙이자 법칙이 되었음을 이해했다.

"나는 그때 깨달았어, 소냐." 그가 황홀해하며 말을 이어 갔다. "권력이란 오직 감행하는 자, 즉 그것에 마음을 두고 쟁취하려는 자에게만 주어진다는 것을. 여기에는 하나, 오직 하나만 있으면 돼. 오직 감행하기만 하면 된다는 것! 그때 내 평생처음으로 한 가지 생각이 떠올랐는데, 나 이전에는 아무도 결코 생각도 하지 못했던 것이지! 아무도! 갑자기 내 눈앞에 태양처럼 선명하게 떠오른 생각이란, 어떻게 지금까지 단 한 명도 이 모든 터무니없는 현상을 지나칠 때 그냥 그것의 꼬리라도 붙잡아 내동댕이치지 못했을까, 어떻게 지금도 그러지 못할까, 하는 거야! 나는…… 나는 감행하고 싶었고 그래서 죽였어…… 그저 감행하고 싶었을 따름이야, 소냐, 바로 이게 이유의 전부야!"

"오, 아무 말 말아요, 아무 말도!" 소냐가 손뼉을 탁 치며 소리쳤다. "당신은 하느님에게서 멀어졌어요, 하느님의 저주를 받아 악마에게 넘겨진 사람이에요……!"

"말이 나왔으니 말인데, 소냐, 내가 어둠 속에 드러누워 줄곧 뭔가에 골몰했을 때 그거야말로 악마가 나를 홀린 것은 아니었을까? 어?"

"아무 말도 하지 말라니까요! 비웃지도 말아요, 신성모독이나 일삼고 아무것도, 아무것도 이해하지 못하면서! 오, 주님! 이 사람은 아무것도, 아무것도 이해하지 못할 거예요!"

"아무 말 하지 마, 소냐, 비웃다니, 악마의 꾐에 빠졌다는 것쯤은 나도 알아. 아무 말 하지 마, 소냐, 아무 말도!" 그는 음울하고 집요하게 되뇌었다. "전부 알고 있어. 이 모든 것을 몇 번이나 곱씹으며 스스로에게 계속 속삭였지, 그때 어둠 속에 드러누워서……. 이 모든 것을 두고 제일 사소한 점까지 나 자신과 논쟁에 논쟁을 거듭했으니까 전부, 전부 알아! 그래서 신물이 났어, 그때 이 모든 잡념에 정말 신물이 났어! 나는 모든 것을 잊고 새롭게 시작하고 싶었어, 소냐, 이따위 잡념을 그만두고 싶었다고! 설마 내가 바보처럼 무턱대고 나섰다고 생각해? 나는 영리한 놈으로 나섰고 바로 그 때문에 망하고 말았어! 설마 당신은 내가 가령 나 스스로에게, 내가 권력을 가질 권리가 있을까, 하고 물어보고 또 추궁하기 시작했다면, 고로 내가 권력을 가질 권리가 없다는 뜻임을 몰랐을 것이라고 생각해? 혹은, 인간이 이[蝨]인가, 하고 질문을 던진다면, 고로 나에게는 인간은 이[蝨]가 아니라는 사실을, 머릿속에 이런 생각이 떠오르지도 않고 무슨 질문을 던질 것도 없이 곧장 제 갈 길을 가는 자에게는 이[蝨]라는 사실을……. 내가 그토록 많은 날들을, 나폴레옹이라면 나섰을까 아닐까, 하는 문제로 괴로워했다면, 실은 내가 나폴레옹이 아니라는 사실을 또렷이 느꼈다는 뜻이야……. 이 모든 잡념이 주는 고통을 나는 모조리, 모조리 견뎌 냈고, 소냐, 그 고통을 모조리 어깨에서 떨쳐 버리고 싶었어. 나는, 소냐, 궤변을 늘어놓을 것도 없이 그냥 죽이고 싶었어, 나를 위해, 나 하나만을 위해 죽이고 싶었던 거야! 이 점을 나 자신에게까지 거짓말로 덮어 두고 싶지는 않았어! 어머니를 돕기 위해 죽인 것이 아니야, 허튼소리지! 비용과 권력을 얻기 위해, 인류의 은인이 되기 위해 죽인 것도 아니야. 허튼소리! 나는 그냥 죽였어. 나 자신을 위해, 나 하나만을 위해 죽인 거야. 행여 내가 누구의 은인이 되든, 아니면 한평생 거미처럼 모두를 거미줄에 꽁꽁 옭아매고 그 모두의 싱싱한 즙을 빨아먹든 그 순간 나로서는 아무 상관없었을 거야, 틀림없이……! 무엇보다도, 소냐, 살인을 했을 때 필요한 것은 돈이 아니었어. 돈이 필요했다기보다는 뭔가 다른 것이……. 나는 이제야 이 모든 것을 알겠어……. 나를 이해해 줘. 만약 똑같은 길을 간다고 해도, 절대 두 번 다시 살인은 하지 않을 거야. 그때는 다른 것을 알아야만 했어, 다른 것이 내 겨드랑이를 콕콕 찔렀거든. 나는 그때 내가 다른 사람들처럼 이〔蝨〕에 불과한지, 아니면 인간인지를 알아야만 했어, 그것도 어서 빨리 알아야만 했지. 즉, 내가 넘어설 수 있는지, 아니면 그럴 수 없는지를! 감히 몸을 숙여 취할 수 있을까, 아닐까? 벌벌 떨기만 하는 피조물인가, 아니면 권리를 갖고 있는가……."

"죽일 권리? 죽일 권리를 갖는단 말이에요?" 소냐가 손뼉을 탁 쳤다.

"에-에잇, 소냐!" 그가 짜증 난다는 듯 소리를 치며 그녀에게 뭐라고 반박하려고 했지만, 경멸스럽다는 듯 입을 다물었다. "내 말 좀 끊지 마, 소냐! 내가 당신에게 증명하고 싶었던 것은 딱 하나야. 그때 악마는 나를 꾀었지만 나중에 설명해 주더군, 나는 다른 사람들과 똑같이 이〔蝨〕에 불과하니까 그리로 갈 권리를 갖지 못했노라고! 그 녀석은 나를 우롱했고, 그때문에 나는 지금 당신을 찾아온 거야! 손님을 맞아 주시라!

만약 내가 이(虱)가 아니라면 당신을 찾아왔겠어? 들어 봐. 내가 그때 노파에게 간 것은 그저 시험하기 위해 들렀던 것일 뿐이야……. 그렇게 알아 둬!"

"그러고는 죽였군요! 죽였어요!"

"죽였다니, 대체 그게 무슨 소리야? 과연 사람을 그런 식으로 죽이나? 사람을 죽이러 갈 때 과연 그때 내가 한 것처럼 할까 말이야! 언제 당신에게 이야기해 주지, 내가 어떤 식으로 갔는지……. 내가 과연 노파를 죽인 걸까? 나는 나 자신을 죽인 거야, 노파가 아니라! 어쨌거나 그로써 나 자신을 작살낸 거야, 단번에 영원토록……! 그 노파를 죽인 것은 악마지, 내가 아니야……. 됐어, 됐어, 소냐, 됐다고! 나를 내버려 둬." 그는 경련이 일만큼 비탄에 잠기며 갑자기 소리쳤다. "그냥 내버려 둬!"

그는 무릎에 팔꿈치를 괴고 두 손바닥으로 머리를 펜치처럼 꽉 움켜쥐었다.

"이렇게 고통스러워하면서!" 소냐의 입에서 괴로움에 찬 절규가 터져 나왔다.

"자, 이제 어떻게 하지, 말해 봐!" 그가 갑자기 고개를 들고서, 절망에 빠져 추하게 일그러진 얼굴로 그녀를 바라보며 물었다.

"어떻게 하냐니!" 그녀는 갑자기 자리에서 벌떡 일어나며 이렇게 외쳤는데, 지금까지 눈물범벅이던 그녀의 눈이 갑자기 번득이기 시작했다. "일어나!(그녀는 그의 어깨를 움켜쥐었다. 그는 거의 깜짝 놀란 눈으로 그녀를 쳐다보며 몸을 일으켰다.)

지금, 지금 당장 나가서는 교차로에 서서 우선 당신이 더럽힌 저 땅에 절을 하고 입을 맞춘 다음 온 세상을, 사방을 향해 절을 하고 모든 사람들에게 큰 소리로 '나는 사람을 죽였습니다!'라고 말해. 그러면 하느님께서 당신에게 다시 생명을 보내 주실 거야. 갈 거야? 갈 거지?" 그녀는 발작을 하듯 온몸을 벌벌 떨며 이렇게 묻고 그의 두 손을 붙잡아 자신의 두 손 안에 꽉 쥐면서 이글거리는 시선으로 그를 응시했다.

그는 그녀의 느닷없는 환희에 너무 놀라 충격까지 받았다.

"혹시 유형살이를 말하는 건가, 어, 소냐? 자수해야 한다, 그런 소리?" 그가 음울하게 물었다.

"고통을 받아들이고 그것을 통해 속죄하는 것, 바로 그렇게 해야 해."

"아니! 나는 놈들한테는 가지 않겠어, 소냐."

"그럼 사는 건, 아니 어떻게 살아가려고? 대체 뭘 믿고 살려고?" 소냐가 절규했다. "과연 지금 그럴 수 있을까? 어머니한테는 어떻게 말하려고?(오, 그분들, 그분들은 이제 어떻게 될까!) 하긴 나도 참! 당신은 이미 어머니와 동생을 버렸는걸. 그래, 벌써 버렸어, 버렸는걸. 오, 맙소사!" 그녀가 소리쳤다. "이 사람 스스로 이미 이 모든 것을 알고 있으니! 사람과 인연을 끊고 어떻게, 대체 어떻게 살아갈 수 있을까! 이제 당신은 어떻게 될까!"

"어린애처럼 굴지 마, 소냐." 그가 조용히 말했다. "내가 놈들에게 무슨 죄를 지었지? 대체 왜 가야 되냐고? 놈들에게 무슨 말을 하겠어? 이 모든 것이 그저 환영일 뿐이야…… 그놈

들이야말로 사람을 수백만 명이나 진을 빼 놓고서는 선행이
라고 생각하지. 사기꾼에 비열한 놈들이야, 소냐……! 난 가
지 않겠어. 게다가 내가 무슨 말을 하겠어? 죽이긴 했지만 돈
을 훔칠 용기가 나지 않아 돌 밑에 숨겼다고?"그가 신랄한 냉
소를 담아 덧붙였다. "그러면 놈들은 나를 조롱하며 돈도 훔
치지 못한 바보라고 말할 테지. 겁쟁이에 바보, 라고! 놈들은
아무것도, 아무것도 이해하지 못할 거야, 소냐, 이해할 자격도
없는 작자들이지. 내가 왜 가야 하지? 가지 않겠어. 어린애처
럼 굴지 마, 소냐……."

"죽도록, 죽도록 괴로워할 텐데." 이렇게 되뇌면서 그녀는
필사적으로 애원하며 그에게 두 손을 뻗었다.

"아직은 나 자신을 너무 비하했는지도 모르겠어." 그는 생
각에 잠기며 음울한 어조로 말했다. "아직은 난 이〔蝨〕가 아니
라 인간인지도 몰라, 나 자신의 운명을 너무 서둘러 결정했는
지도……. 아직은 싸워 볼 거야."

오만방자한 냉소가 그의 입가로 삐죽 배어 나왔다.

"그런 고통을 짊어지겠다니! 평생, 평생 동안……!"

"익숙해질 테지……." 그가 생각에 잠긴 듯 암울한 표정으
로 말했다. "들어 봐." 잠시 후 그가 말문을 열었다. "이제 그만
울어, 용건을 얘기해야 될 때니까. 당신을 찾아온 것은 지금 놈
들이 나를 찾고 잡으려 한다는 말을 하기 위해서야……."

"아!" 소냐가 경악하며 소리를 질렀다.

"아니, 왜 소리를 질러? 내가 유형을 가길 바라더니 이제
와서 경악하는 건 또 뭐야? 다만, 나는 호락호락 넘어가지는

않을 거야. 아직은 놈들과 싸워 볼 테고 놈들도 아무 짓도 못 할 거야. 놈들은 진짜 증거가 없거든. 어제 나는 큰 위험에 처했기 때문에 완전히 끝장났다고 생각했어. 한데 오늘은 사정이 좋아졌지. 놈들의 증거란 죄다 양날의 칼이라서 나는 놈들의 기소 내용을 나에게 유리한 쪽으로 돌릴 수 있어, 이해하겠어? 또 그렇게 할 거야. 이제 요령도 터득했거든…… 하긴 그래 본들 분명히 나를 감옥에 집어넣을 거야. 한 가지 사건이 아니었으면 오늘이라도 분명히 집어넣었을 테고, 심지어 오늘 중으로 이제라도 집어넣을지 모르지……. 단, 이건 아무것도 아니야, 소냐. 좀 틀어박혀 있으면 풀어 줄 테니까…… 놈들에게 진짜 증거란 하나도 없고 앞으로도 없을 거야, 장담해. 놈들이 갖고 있는 것만으로는 사람을 처넣을 수 없거든. 그래, 됐어……. 나는 그저 당신이 알았으면 해서……. 동생과 어머니라면, 어떻게든 그들이 실망하지 않도록, 또 놀라지 않도록 노력할 거야……. 하긴 동생은 이제 형편이 제법 안정된 것 같고…… 그러니까 어머니도 마찬가지야……. 자, 이게 다야. 어쨌거나 조심해. 내가 감옥에 있으면 와 줄 건가?"

"오, 그럼! 가고말고!"

두 사람은 폭풍우에 휩쓸려 외따로 텅 빈 해안가에 버려진 자들처럼 슬픔에, 비탄에 잠긴 채 나란히 앉아 있었다. 그는 소냐를 바라보며 그를 향한 그녀의 사랑이 얼마나 깊은지를 느꼈는데, 이상하게도 자신이 이렇게 사랑을 받는 것이 갑자기 힘겹고 고통스러워졌다. 그렇다, 이것은 이상하고 끔찍한 감각이었다! 소냐에게 올 때만 해도 자신의 모든 희망과 모든 출구가 그녀에게 있다고 느꼈다. 자기 고뇌를 일부분이나마 덜어 낼 수 있으리라는 생각도 했다. 한데 지금 갑자기 그녀의 모든 마음이 자기에게로 향하자 그는 갑자기 자기가 이전과 비교할 수도 없을 만큼 불행해졌음을 느끼고 의식했다.

"소냐." 그가 말했다. "내가 감옥에 있으면 차라리 오지 마."

소냐는 대답도 하지 않고 울고만 있었다. 몇 분이 지났다.

"혹시 십자가 갖고 있어?" 그녀가 갑자기 생각이 났는지 느닷없이 물었다.

그는 처음에는 질문을 이해하지 못했다.

"없지, 그렇지? 자, 이 삼나무 십자가를 가져가. 나는 다른 것이 하나 더 있으니까, 청동 십자가인데, 리자베타 것이지. 나와 리자베타는 서로 십자가를 교환했어, 그분은 자기 십자가를 주었고 나는 나의 성상을 주었어. 이제 나는 리자베타 것을 걸고 다니고 이건 당신에게 줄게. 가져가…… 내 것이잖아! 내 것이니까!" 그녀가 애원했다. "함께 고통받으러 가는 거야, 십자가도 함께 지고……!"

"그럼 줘!" 라스콜니코프가 말했다. 그녀를 실망시키고 싶지 않았던 것이다. 하지만 그는 십자가를 받으려고 내밀었던 손을 얼른 움찔 빼 버렸다.

"지금 말고, 소냐. 나중이 좋겠어." 그녀를 진정시키려고 이렇게 덧붙였다.

"그래, 그게 더 좋겠다, 그럼 그렇게 해." 그녀는 열광하며 말을 받았다. "고통받으러 갈 때, 그때 걸면 되니까. 나를 찾아오면 내가 걸어 줄 테니까 함께 기도하고 함께 가자."

그 순간 누군가가 세 번에 걸쳐 문을 두드렸다.

"소피야 세묘노브나, 실례해도 괜찮겠습니까?" 누군가 몹시 귀에 익은 정중한 목소리가 들렸다.

소냐는 경악하며 문 쪽으로 내달았다. 금발의 레베쟈트니코프 씨가 방 안을 들여다보고 있었다.

5

레베쟈트니코프는 어수선한 표정이었다.

"접니다, 소피야 세묘노브나. 죄송합니다……. 당신도 여기 있을 줄 알았습니다." 그가 갑자기 라스콜니코프에게 말을 걸었다. "그러니까 제 말은…… 그런 쪽으론…… 아무 생각도 안 했고 제가 생각한 건 정확히……. 저어기 그나저나 우리 카체리나 이바노브나가 미치고 말았어요." 그가 갑자기 라스콜니코프는 내버려 두고 소냐를 보며 딱 잘라 말했다.

소냐가 비명을 내질렀다.

"즉, 적어도 그런 것 같습니다. 하긴……. 우리로서는 어떻게 해야 할지 알 수가 있어야지요, 정말! 부인은 돌아오긴 했는데, 어디서 쫓겨난 눈치입니다, 얻어맞은 것도 같고요…… 적어도 그렇게 보이더라고요……. 부인은 세묜 자하르이치의 상관 집으로 달려갔지만, 역시나 무슨 장군 집에서 식사를 하느라 마침 집을 비웠던 모양입니다……. 그런데 상상이 되십니까, 부인은 그리로…… 다들 식사를 하고 있는 그 다른 장군 집으로 냉큼 달려갔고, 글쎄, 상상이 되십니까, 아직 식사 중이었을 세묜 자하르치의 상관을 불러 달라고 억지를 썼습니다. 그 후에 어떤 일이 벌어졌을지 충분히 짐작이 되실 겁니다. 당연히 쫓겨났지요. 한데 부인 말로는 자기도 그 양반한테 욕설을 퍼붓고 뭘 집어던졌다더군요. 충분히 그러고도 남았을 테니…… 어떻게 잡아가지 않았는지, 그게 더 이해가 안 됩니다! 지금 부인은 아말리야 이바노브나든 누구든 붙잡고 한참 이 얘기를 하고 있지만 통 알아먹을 수가 있어야죠, 비명을 지르고 몸부림을 치고 하니……. 아, 맞아요. 부인은 또 소리를 지르며 말하길, 이제 모두 자기를 버렸으니까 자기는 어린 것들을 데리고 길거리로 나가 손풍금을 들고 어린것들은 노래를 부르고 춤을 추고 자기도 그렇게 하면서 돈을 모으고 매일 그 장군 집 창문 밑으로 가겠다고……. '관리 아버지를 둔 귀족 아이들이 거지처럼 길거리를 헤매는 꼴을 똑똑히 보라지.' 하면서요. 그러고는 아이들을 다 쥐어 패고, 아이들은 아이들대로 울고불고 난리입니다. 레냐에게는 '작은 시골 마을' 부르는 법을, 사내애에게는 춤추는 법을 가르치고, 폴리나 미하일로브나에게도 그러고 옷은 모조리 갈기갈기 찢었어요. 또 아이들이 배우라도 되는 양 모자 같은 것을 만들어 씌우고요. 부인 자신은 악기 대신 두들긴다며 세숫대야를 들겠다고 하고……. 남의 말은 통 듣지 않아요……. 대체 이게 다 뭔지 상상이 되십니까? 정말 이래서는 안 되지요!"

레베쟈트니코프는 얘기를 더 계속할 기세였지만, 간신히 숨을 가누며 그의 말을 듣고 있던 소냐가 갑자기 망토와 모자를 집어 들고 달리는 와중에 몸에 걸치면서 방을 뛰쳐나갔다. 라스콜니코프는 그녀의 뒤를, 레베쟈트니코프는 그의 뒤를 따라 나갔다.

"정신이 나간 것이 틀림없어요!" 라스콜니코프와 함께 밖으로 나가며 그가 말했다. "그저 소피야 세묘노브나를 놀래지 않으려고 '그런 것 같다.'라고 말했지만 의심의 여지가 없습니다. 결핵에 걸리면 뇌 속에 무슨 결절이 생겨서 그렇다고 하더군요. 의학을 잘 모르니 유감입니다. 하긴 부인을 설득하려고 해 봤지만 통 말을 듣질 않더라고요."

"부인에게 결절 얘기도 했습니까?"

"그러니까 정확히 결절 얘기를 한 것은 아닙니다. 또 어차피 아무것도 알아듣지 못했을 테고요. 하지만 제 말인즉 이렇습니다. 본질적으로 울 일은 아무것도 없다고 어떤 사람을 논리적으로 납득시키면 그는 울음을 그칠 겁니다. 이건 분명합니다. 그래도 그치지 않으리라 확신하십니까?"

"그런 식이라면 살기가 너무 쉽겠군요." 라스콜니코프가 대답했다.

"죄송, 죄송하지만, 물론, 카체리나 이바노브나로서는 이해하기 상당히 힘들 테지요. 하지만 파리에서는 오직 논리적 설득만 갖고 광인을 치료할 수 있는 가능성을 두고 이미 진지한 실험을 했는데, 알고 계십니까? 그쪽에, 최근에 사망한 진지한 학자이자 교수 한 명이 그런 식의 치료가 가능하다고 생각했답니다. 그의 기본적인 생각인즉, 광인이라고 해서 유기체에 특별한 손상이 있는 것은 아니다, 광기는 말하자면 논리적인 오류이자 판단의 오류이며 사물에 대한 옳지 못한 시각이다, 하는 것입니다. 그는 환자를 점차적으로 논박하여, 상상이 되십니까, 글쎄, 성과를 얻었다는군요! 하지만 그 과정에서 샤워 요법까지 병행했기 때문에 이 치료법의 성과는 물론 의심스러운 측면이 있습니다……. 적어도 그런 것 같아요…….”

라스콜니코프는 진즉부터 그의 말을 듣고 있지 않았다. 자기 집 앞까지 오자 그는 레베쟈트니코프에게 고갯짓을 하고는 대문 쪽으로 방향을 틀었다. 레베쟈트니코프는 퍼뜩 정신을 차리고 주위를 쓰윽 둘러본 뒤 앞으로 달려갔다.

라스콜니코프는 자신의 골방으로 들어와 방 한복판에 우뚝 섰다. ‘무엇을 위해 여기로 돌아왔을까?’ 그는 이 누르스름하고 너덜너덜한 벽지, 이 먼지와 침대의자를 둘러보았다……. 마당에서는 무엇을 두드리는 것 같은 날카로운 소리가 끊임없이 들려왔다. 어디서 뭔가 못 같은 것을 박는 모양이었다……. 그는 창가로 다가가서 까치발을 하고 굉장히 주의를 기울이는 표정으로 오랫동안 마당을 살펴보았다. 하지만 마당은 텅 비어 있었고 뭘 두드리는 사람도 보이지 않았다. 왼쪽 곁채 어딘가에는 창문이 열린 것이 보였고 창턱에는 듬성듬성한 제라늄 화분이 있었다. 창밖에는 빨래가 널려 있고……. 그가 훤히 아는 풍경이었다. 그는 몸을 돌려 소파에 앉았다.

이렇게 죽도록 외롭다고 느낀 적이 한 번도, 단 한 번도 없었다!

그렇다, 소냐를 더욱 불행하게 만든 바로 지금, 그녀를 정말로 증오하게 될지도 모르겠다는 느낌이 다시 한 번 들었다. '대체 왜 그 여자의 눈물을 구걸하러 갔을까? 그 여자의 삶을 좀먹는 것이 왜 그토록 필요했던 걸까? 오, 비열한 짓이야!'

　"혼자가 되는 거야!" 그가 갑자기 단호하게 말했다. "그 여자가 감옥에 올 것도 없고!"

　오 분쯤 뒤 그는 고개를 들고 이상한 미소를 지었다. 이상한 생각이 들었다. '유형살이가 정말로 더 나을지도 모르지.' 갑자기 이런 생각이 들었던 것이다.

　머릿속에서 온갖 막연한 생각이 뒤죽박죽되는 가운데 그는 자기가 방에 얼마나 오래 앉아 있었는지도 기억하지 못했다. 갑자기 문이 열리면서 아브도치야 로마노브나가 들어왔다. 그녀는 우선 걸음을 멈추고 아까 그가 소냐에게 했듯 문지방에 서서 그를 바라보았다. 그런 다음 방 안으로 들어와 그의 맞은편 의자에, 어제 앉았던 그 자리에 앉았다. 그는 말없이, 왠지 아무 생각 없이 그녀를 바라보았다.

　"화내지 마, 오빠, 그냥 잠깐 들른 거니까." 두냐가 말했다. 생각에 잠긴 표정이었으나 냉혹한 기색은 없었다. 시선은 맑고 차분했다. 그는 이 아이도 사랑의 마음을 갖고 자기를 찾아왔다는 것을 알 수 있었다.

　"오빠, 나는 지금은 모든 것을, 모든 것을 알고 있어. 드미트리 프로코피이치가 다 설명해 주고 이야기해 주었거든. 오빠가 얼토당토않은 추잡한 혐의를 받고서 쫓기고 괴롭힘을 당하고 있다고……. 드미트리 프로코피이치 말로는, 아무 위험도 없는데 오빠가 괜히 공포에 사로잡혀 그렇게 받아들인다고 했어. 내 생각은 좀 다른데, 내심 오빠가 얼마나 분개했을지, 그 분노가 영원토록 흔적을 남길 수 있다는 것도 십분 이해해. 나는 그게 또 걱정이야. 오빠가 우리를 버렸다고 해서 오빠더러 뭐라고 하는 것도 아니고 감히 그럴 용기도 없고, 일전에 오빠를 책망한 것도 용서해 줘. 나라도 그만큼 큰 괴로움이 있었으면 모든 사람들에게서 떠났을 거라는 느낌이 들어. 이 일은 어머니에게는 전혀 얘기하지 않겠지만, 오빠 얘기는 끊임없이 해 주고 오빠가 오빠 입으로 곧 찾아가겠다고 말했노라고 전할게. 어머니 때문에 마음 아파하지는 마. 내가 안심시킬 테니까. 하지만 오빠도 어머니를 괴롭히지는 말고, 제발 한 번이라도 와 줘. 어머니는 어머니라는 것을 기억해 주고! 지금 내가 온 건 그냥 하고 싶은 말이 있어서인데(두냐는 슬슬 자리에서 일어났다.) 만약 무슨 일이 있으면, 오빠에게 어떻든 내가 필요해지거나 아니면…… 내 목숨이든 뭐든 필요해지면…… 나를 불러, 올 테니까. 잘 있어!"

그녀는 몸을 획 돌려 문 쪽으로 걸어갔다.

"두냐!" 라스콜니코프는 그녀를 불러 세워 놓고는 일어나서 그쪽으로 다가갔다. "그 라주미힌 녀석, 드미트리 프로코피이치 말인데, 아주 좋은 사람이야."

두냐는 보일락 말락 얼굴을 붉혔다.

"그래서!" 잠깐 기다렸다가 그녀가 물었다.

"일솜씨도 있고 부지런하고 성실한 녀석이야, 또 사람을 열렬히 사랑할 줄 알고……. 잘 가라, 두냐."

두냐는 완전히 발끈했다가 갑자기 펄쩍 뛰었다.

"아니, 왜 이래, 오빠, 정말로 꼭 영원히 헤어지는 것처럼 나한테 왜…… 그런 유언 같은 말을 하는 거야?"

"아무렴 어때…… 잘 가라……."

그는 몸을 돌려 그녀에게서 떨어져 창가로 갔다. 그녀는 잠시 서서 걱정스러운 듯 그를 바라보다가 불안한 마음으로 방을 나갔다.

아니, 그가 그녀를 냉랭하게 대한 것은 아니었다. 한순간은 (아주 마지막 순간 말이다.) 그녀를 꼭 껴안고 작별 인사를 나누고 심지어 말해 버리고 싶어 미칠 것 같았지만 손을 내밀 결단조차 내리지 못했다.

'훗날 내가 지금 자기를 껴안은 것이 생각나면 몸서리칠 거야, 그리고 내가 키스를 훔쳤다고 말할 거야!'

'한데 이 아이는 견뎌 낼 수 있을까, 아니면 그러지 못할까?' 그가 잠시 후 속으로 덧붙였다. '아니야, 견뎌 내지 못할 거야. 이런 부류는 견뎌 내지 못해! 이런 부류는 절대 견뎌 내는 법이 없어……'

그러고서 그는 소냐에 대해 생각했다.

창문으로 상쾌한 공기가 흘러들었다. 밖에는 이미 어스름이 깔리고 있었다. 그는 갑자기 학생모를 집어 들고 밖으로 나갔다.

그는 물론 자신의 병적인 상태에 신경을 쓸 수도 없었고 그러고 싶지도 않았다. 하지만 이 끊임없는 불안과 이 심적인 공포가 아무런 흔적도 남기지 않은 채 그냥 사라질 리는 없었다.

그가 아직까지 진짜 열병에 걸려 몸져눕지 않았다면 바로 이 끊임없는 내적인 불안이 아직까지 그의 두 다리와 의식을 지탱해 주고 있기 때문이겠지만, 그래 본들 왠지 억지스럽고 또 일시적이었다.

그는 목적 없이 배회했다. 해가 지고 있었다. 최근 들어 그에게는 어딘가 특별한 우수가 엿보이기 시작했다. 거기에 특별히 자극적이고 강렬한 뭔가는 없었다. 하지만 거기에서 뭔가 지속적이고 영원한 것이 풍겨 나왔으며 이렇게 죽음처럼 싸늘한 우수로 가득 찬 출구 없는 세월의 예감이, '1아르쉰의 공간'에서 맛볼 어떤 영원성의 예감이 들었다. 이런 감각은 보통 저녁 시각이면 훨씬 더 강하게 그를 괴롭히기 시작했다.

"왠지 해가 질 때면, 참 한심한 노릇인데, 순전히 육체적으로 힘이 빠지니, 이러다 한심한 짓을 저지르지 않도록 잘 버텨야겠어! 소냐한테 간다면서 두냐한테 가 버릴지도 모르잖아!" 그는 증오에 차서 중얼거렸다.

누가 그를 불렀다. 주위를 둘러보니 레베쟈트니코프가 그를 향해 달려오고 있었다.

"상상 좀 해 보십시오, 저는 당신 댁에 가 봤습니다, 당신을 찾아서요. 상상이 되십니까, 부인이 자신의 계획대로 아이들을 데리고 나가 버렸어요! 저와 소피야 세묘노브나가 간신히 찾아냈습니다. 부인은 프라이팬을 두드리고 아이들에게 노래를 부르고 춤을 추게 하고 있어요. 아이들은 울고만 있고요. 교차로의 상점들 옆에 그렇게 진을 치고 있습니다. 멍청한 사람들이 그들 뒤를 졸졸 따르고요. 자, 가 봅시다."

"소냐는요⋯⋯?" 라스콜니코프가 서둘러 레베쟈트니코프의 뒤를 따르며 불안한 듯 물었다.

"그냥 광란 상태지요. 그러니까 소피야 세묘노브나가 아니라 카체리나 이바노브나가 광란 상태라고요. 하긴 소피야 세묘노브나도 광란 상태입니다. 카체리나 이바노브나는 그야말로 광란에 빠져 있고요. 단언하건대, 완전히 정신이 나갔어요. 몽땅 경찰서에 끌려갈 겁니다. 그렇게 되면 어떤 결과가 나올지 상상이 되시지요⋯⋯. 저들은 지금 ○○ 다리 옆 운하에 있는데, 소피야 세묘노브나의 집에서 얼마 떨어지지 않은 곳입니다. 가깝지요."

운하 위, 다리에서 별로 떨어지지 않은 곳, 소냐가 사는 집에서 두어 건물도 채 못 간 곳에 군중들이 빼곡히 모여 있었다. 특히 사내애들과 계집애들이 잔뜩 몰려들었다. 애간장을 녹일 것처럼 쉬어 버린 카체리나 이바노브나의 목소리가 다리에서부터 들려왔다. 정말로 그것은 충분히 길거리 군중의 주의를 끌 만한 얄궂은 광경이었다. 예의 그 낡아 빠진 원피스를 입고 얇은 모직 숄을 두르고 볼썽사납게 한쪽이 툭 삐져나온, 찌그러진 밀짚모자를 쓴 카체리나 이바노브나는 정말로 진짜 광란 상태였다. 그녀는 지쳐서 숨을 헐떡거리고 있었다. 기진맥진한 폐병 환자의 얼굴이 어느 때보다 더 처절해 보였다.(게다가 폐병 환자는 바깥의 햇볕 아래 있으면 항상 집에 있을 때보다 더 환자 같고 추해 보인다.) 하지만 그녀의 흥분은 가라앉을 줄 몰랐고 짜증은 시시각각 더 커져만 갔다. 그녀는 아이들에게 달려들어 소리를 지르기도 하고 타이르기도 하고 그 자리에서 사람들이 지켜보는 가운데 춤을 어떻게 출지, 무슨 노래를 불러야 할지 가르치기도 하고 무엇 때문에 이래야 하는지 설명하기도 하고, 그러다 아이들이 말귀를 잘 못 알아들으면 절망에 빠져 손찌검을 하기도 했다……. 또 그러다 말고는 군중에게 달려들었다. 행여 옷차림이 조금이나마 괜찮은 사람이 걸음을 멈추고 구경하는 것을 발견할라치면 냉큼 '기품 있는 집안, 말하자면 귀족 가문 출신이라고 해도 과언이 아닌' 아이들이 어떤 지경에 이르렀는지 설명하기 시작했다. 군중 속에서 비웃음이나 속을 긁는 무슨 말이라도 들리면 당장 그 뻔뻔한 사람들에게 달려들어 욕설을 주고받기 시작했다. 어떤 이들은 정말로 비웃었고 어떤 이들은 고개를 내저었다. 아무튼 겁에 질린 아이들을 데리고 있는, 정신 나간 여자를 구경하는 것은 대체로 누구에게나 흥미진진한 일이었다. 레베쟈트니코프가 말한 프라이팬은 없었다. 적어도 라스콜니코프의 눈에는 보이지 않았다. 하지만 카체리나 이바노브나는 폴레치카에게 노래를 부르게, 또 레냐와 콜랴에게 춤을 추게 시켰을 때 프라이팬을 두드리는 대신 자신의 말라빠진 손바닥을 치면서 박자를 맞추기 시작했다. 그녀 자신도 노래를 따라 불렀지만 번번이 두 번째 소절에서 고통스러운 기침이 터져 나오는 바람에 노래가 끊어졌고, 때문에 다시 절망에 빠져 자신의 기침을 원망하고 엉엉 울기도 했다. 무엇보다도 열불 나는 것은 콜랴와 레냐의 울음과 공포에 질린 모습이었다. 정말로 아이들을 거리의 남녀 가수처럼 치장하려고 했던 모양이다. 사내애는 터키 사람처럼 보이도록 빨간색과 흰색이 섞인 터번 같은 것을 둘렀다. 레냐는 마땅히 입힐 옷이 없어서 머리에 고(故) 세묜 자하르이치의 붉은 털실 모자(더 정확히 말해 고깔 모자)만 달랑 씌우고 그 모자에다 카체리나 이바노브나의 할머니의 유품으로서 지금까지 가보처럼 궤짝에 모셔 둔 하얀 타조 깃털 한 가닥을 꽂아 두었다. 폴레치카는 평소 입던 옷 그대로였다. 당황한 아이는 흠칫흠칫 겁을 내며 어머니를 쳐다보면서도 그 곁을 떠나지 않고 눈물을 훔쳤으며 어머니가 정신이 나갔음을 알아채고는 불안한 눈으로 주위를 두리번거렸다. 거리와 군중 때문에 아이는 거의 까무러칠 지경이었다. 소냐는 카체리나 이바노브나를 졸졸 따라다니면서 울먹이고 그만 집에 가자고 쉴 새 없이 애원했다. 하지만 카체리나 이바노브나는 막무가내였다.

"그만해라, 소냐, 그만해!" 그녀는 가쁜 숨을 몰아쉬고 기침을 해 대면서 빠른 말투로 소리쳤다. "네가 지금 뭘 부탁하고 있는지 너 자신도 잘 모르잖니, 꼭 어린애 같아! 그 술 취한 독일 여자 집으로는 돌아가지 않겠다고 진즉부터 말했잖니. 다들, 온 페테르부르크가 평생 동안 신념과 진실을 갖고 근무했으며 말하자면 순직한 것이나 다름없는 기품 있는 아버지의 자식들이 이렇게 구걸하고 있는 꼴을 보란 말이다.(카체리나 이바노브나는 이미 이런 환상을 창조한 다음 맹목적으로 믿어 버렸다.) 그 너절한 장군 놈도 보란 말이야, 보라고. 소냐 너도 참 멍청하구나. 이제 뭘 먹을 거냐, 엉? 우리는 너를 충분히 발라먹었어, 더 이상은 그러고 싶지 않다! 아, 로지온 로마느이치, 당신이군요!" 그녀는 라스콜니코프를 보자 이렇게 소리치며 달려들었다. "이 바보 같은 애한테 제발 좀 잘 설명해 주세요, 이보다 더 영리한 방법은 절대 없다고요! 심지어 손풍금장이도 수입이 있는데, 다들 우리가 색다른 부류라는 것을 알아주겠지요. 다들 우리가 거지 신세가 됐을망정 원래는 가난하되 기품 있는 집안의 고아라는 것을 알게 될 것이고 그 장군 놈은 자리를 잃을 거예요, 두고 보세요! 우리는 매일 그놈 집 창문 밑으로 갈 것이고 나라님이 지나가시면 무릎을 꿇고 이 어린것들을 죄다 앞에 내세워 보여 줄 거예요. '지켜 주십시오, 아버지!' 하고요. 그분은 고아들의 아버지요 자비로우신 분이시니까 꼭 지켜 주실 테고, 두고 보세요, 그 장군 놈을 아주 그냥······. 레냐! Tenez-vous droite!(똑바로 서야지요!) 콜랴, 넌 이제 또 춤을 추게 될 거다. 왜 훌쩍대는 거냐? 또 훌쩍대는군! 아니, 뭐가, 뭐가 무섭다고, 바보 같으니! 맙소사! 정말 이것들을 어떻게 해야 할까요, 로지온 로마느이치! 어쩜 이렇게 말귀를 못 알아들을까요, 예! 그래, 이것들을 어떡하죠······!"

그러고서는 그녀 자신도 거의 울먹이며(그래 본들 지칠 줄 모르고 빠른 말투로 끊임없이 쏟아지는 그녀의 넋두리를 막지 못했다.) 그에게 훌쩍대는 아이들을 가리켜 보였다. 라스콜니코프는 집으로 돌아가자고 그녀를 타일러 보기도 하고 심지어 자존심을 건드려 볼 생각에, 손풍금장이처럼 거리를 헤매는 것은 당치도 않은 일이다, 어떻든 부인은 귀족 아가씨를 위한 기숙학교의 교장이 되실 분이 아닌가, 하는 말도 해 보았다······.

"기숙학교라니, 하-하-하! 그림의 떡이지요!" 카체리나 이바노브나는 이렇게 소리치며 웃어 젖혔지만 이내 기침이 터져 나왔다. "아니, 로지온 로마느이치, 꿈은 사라졌어요! 다들 우리를 버렸어요……! 그 장군 놈이……. 실은 말이에요, 로지온 로마느이치, 나는 그놈한테 잉크병을 던졌어요. 마침 거기 하인 방의 책상 위 방명록 옆에 잉크병이 있기에, 나도 서명을 하고서 그것을 집어 던진 다음 냉큼 도망쳤지요. 오, 비열한 놈들, 비열한 놈들 같으니. 흥, 놈들이야 뭘 어쩌든 이제는 내 손으로 이것들을 먹여 살릴 거예요, 아무에게도 굽실대지 않고! 우리는 이 애를 충분히 괴롭혔어요!(그녀는 소냐를 가리켰다.) 폴레치카, 얼마나 거뒀니, 보여 줄래? 뭐? 겨우 2코페이카라고? 오, 야박한 놈들! 땡전 한 푼 주지 않고 혀만 쑥 내민 채 우리 뒤를 졸졸 쫓아다닌단 말이지! 아니, 저 얼간이는 왜 실실 웃는 거죠?(그녀는 군중 속의 한 사람을 가리켰다.) 이건 전부 이 콜카 녀석이 사람 말귀를 못 알아먹기 때문이에요, 정말 골칫덩어리지 뭐예요! 아니, 넌 또 왜 그래, 폴레치카? 엄마랑 프랑스어로 얘기하자꾸나, parlez-moi français.(프랑스어로 얘기해 보세요.) 엄마가 가르쳐 줬잖아, 너도 몇 마디는 알고 있잖니……! 그렇지 않으면 너희들이 기품 있는 집안 출신에 제대로 교육받은 아이들이라는 것을, 여느 손풍금장이와는 전혀 다르다는 것을 남들이 어떻게 알아주겠니. 우리는 거리에서 '페트루쉬카'* 같은 것을 올리는 것도 아니고 점잖은 로망스를 부를 거란 말이야……. 아참, 그렇지! 이제 무슨 노래를 부른담? 당신은 계속 제 말을 가로막는데요, 우리는……

---

* 러시아 민중 인형극의 일종.

보시다시피, 우리가 여기에 멈추어 선 것은 무슨 노래를 부를지 고르기 위해서예요, 로지온 로마느이치, 그 노래에 맞추어 콜랴도 춤을 출 수 있어야 하고…… 실은, 충분히 짐작하시겠지만, 우리는 아무 준비도 못했거든요. 서로 손발을 맞추어 완벽하게 무대 연습을 해야 하고, 그런 다음 네프스키 거리로 나갈 텐데, 그곳에는 상류사회 사람들이 훨씬 더 많으니까 우리를 즉시 알아볼 거예요. 레냐는 '작은 시골 마을'을 알고 있는데……. 다만, 계속 다들 '작은 시골 마을', '작은 시골 마을'만 부르잖니! 우리는 뭐든 훨씬 더 고상한 노래를 불러야 하는데……. 그래, 폴랴, 무슨 노래를 생각해 냈니, 너라도 이 어미를 도와주면 좋으련만! 나는 기억력이, 기억력이 통 나빠졌어, 안 그랬으면 내가 기억해 냈으련만! '경기병은 사벨에 몸을 기대고'*를 부를 수도 없는 노릇이고, 정말! 아, 프랑스어로 'Cinq sous'(땡전 한 푼)**를 부르기로 하자! 너희들한테 가르쳐 줬잖니, 이 엄마가 가르쳐 줬잖아! 무엇보다도 프랑스어로 부르니까 너희들이 귀족 집안의 아이들이라는 것을 대번에 알아볼 것이고 그럼 훨씬 더 감동적일 테지……. 'Malborough s'en va-t-en guerre'(말보르가 출정했다네)***도 괜찮을 것 같구나, 완전히 동요라서 귀족 집안이면 어디서나 자장가로 부르

* 바츄쉬코프(1787~1855. 러시아의 낭만주의 시인)의 시 「이별」에 곡을 붙인 로망스.
** 데네리(A. P. d'Ennery. 1811~1899)와 르무안(G. Lemoine. 1802~1885)의 희곡 「신의 자비, 혹은 신(新) 팡숑」에 나오는 거지들의 노래.
*** 당시 유행한 프랑스 노래로서 자장가로 많이 불렸다.

니까 말이야."

　　Malborough s'en va-t-en guerre(말보르가 출정했다네)
　　Ne sait quand reviendra…… — (언제 돌아올지 누가 알까
나…… —)

　이렇게 그녀는 노래를 부르기 시작했다……. "아니야, 차라
리 'Cinq sous'가 좋겠어! 자, 콜랴, 양손을 허리에 대렴, 어서
빨리, 레냐, 너도 반대 방향으로 돌고, 그럼 이 엄마와 폴레치
카는 노래를 부르면서 박자를 맞추는 거야!"

　　Cinq sous, cinq sous(땡전 한 푼, 땡전 한 푼)
　　Pour monter notre ménage……(이걸로 살림을 살자니……)

　"캑-캑-캑!(그러고서 그녀는 기침을 하느라 자지러졌다.) 옷
을 바로잡아라, 폴레치카, 어깨 쪽이 처졌잖니." 기침이 쏟아
지는 가운데 겨우 숨을 몰아쉬며 그녀가 한 소리 했다. "너희
들은 이제 몸가짐을 각별히 점잖고 세련되게 해야 돼, 너희들
이 귀족 집안의 아이들이라는 것을 다들 알도록 말이야. 그
때 내가 허리 부분을 좀 더 길게 하고 또 두 겹으로 마름질해
야 된다고 말했잖니. 한데 그때, 소냐, 네가 '짧게, 더 짧게' 하
라고 충고하는 바람에 아이 꼬락서니가 이렇게 볼품없어졌잖
니……. 이런, 또 다들 우는구나! 대체 왜 이래, 이 멍청한 것
들아! 자, 콜랴, 어서 빨리 시작해 보렴, 어서 빨리, 어서, 아,

이 애는 정말 못 참아 주겠어……!"

Cinq sous, cinq sous……(땡전 한 푼, 땡전 한 푼……)

"또 군인이군! 대체 무슨 용건이야?"

아닌 게 아니라 군중 사이를 헤치고 순경이 나타났다. 하지만 그와 동시에 제복에 외투를 입은 한 신사가, 목에 훈장을 단 쉰 살가량의 위엄 있는 관리가(이 훈장 때문에 카체리나 이바노브나는 기분이 몹시 좋아졌고 순경도 그것에 다소 감화되었다.) 다가오더니 카체리나 이바노브나에게 말없이 3루블짜리 초록색 지폐를 내밀었다. 그의 얼굴에는 진정한 연민이 어리어 있었다. 카체리나 이바노브나는 정중하게, 심지어 의식을 거행하듯 돈을 받아 쥐며 그에게 몸을 숙였다.

"감사합니다, 나리." 그녀가 거만을 떨며 말을 시작했다. "우리가 이 지경이 된 이유는…… 돈 챙겨 둬라, 폴레치카. 거보렴, 불행에 처한 불쌍한 귀부인을 도와줄 용의가 있는 고결하고 너그러운 분들도 있단다. 나리, 지금 보고 계시는 고아들은 고결한, 말하자면 가장 귀족적인 혈통을 자랑하는 아이들이랍니다……. 한데 저 장군 놈은 앉아서 들꿩을 뜯어 먹으며…… 내가 자기를 귀찮게 했다고 두 발을 굴렀지요……. '각하, 고아들을 지켜 주세요, 돌아가신 세묜 자하르이치를 잘 아시잖아요, 아버지가 죽은 바로 그날 그의 친딸이 세상에서 제일 야비한 놈한테 중상모략을 당해서…….' 또 저 군인이군! 지켜 주세요!" 그녀가 관리에게 소리쳤다. "저 군인은 왜 자꾸

나한테 들러붙는 거야? 메샨스카야 거리에서도 한 놈한테 쫓겨 여기로 도망 왔는데…… 아니, 당신이 무슨 상관이야, 바보 같으니!"

"길거리에서 이러는 것은 금지돼 있기 때문입니다. 추태 좀 그만 부리십시오."

"당신이야말로 추태를 일삼는 놈이야! 손풍금을 들고 다니든 말든 당신이 무슨 상관이야?"

"손풍금도 허가증이 있어야 하는데, 당신은 이렇게 멋대로 사람들을 교란하고 있잖습니까. 사는 곳은 어디입니까?"

"뭐, 허가증이라고?" 카체리나 이바노브나가 울부짖었다. "나는 오늘 남편을 땅에 묻은 몸이야, 이런 마당에 허가증은 무슨 허가증이야!"

"부인, 부인, 진정하십시오." 관리가 말을 꺼내 보았다. "갑시다, 제가 바래다 드리지요……. 여기는 사람들도 많은데 점잖지 못하게…… 그것도 편찮으신 몸으로……."

"나리, 나리, 나리께서는 아무것도 모르세요!" 카체리나 이바노브나가 소리쳤다. "우리는 네프스키 거리로 갈 거예요. 소냐, 소냐! 얘는 대체 어디 있담? 얘도 울고 있군! 아니, 너희들 모두 왜 이러니……! 콜랴, 레냐, 어딜 가는 거냐?" 그녀가 갑자기 경악하며 소리쳤다. "오, 멍청한 것들! 콜랴, 레냐, 저 애들이 대체 어딜……!"

실은, 콜랴와 레냐가 거리의 군중과 정신 나간 어머니의 행동에 가뜩이나 극도로 겁을 집어먹은 상태에서 급기야 자기들을 붙잡아 어디론가 데려가려는 군인을 보자 서로 말이라도 맞춘 듯 손을 꼭 잡고 도망치기 시작했던 것이다. 가엾은 카체리나 이바노브나는 울고불고 난리를 치며 그들을 따라잡으려고 내달렸다. 숨을 헐떡이면서 울며불며 달려가는 그녀의 모습은 보기에도 처참하고 딱했다. 소냐와 폴레치카는 그 뒤를 따라 돌진했다.

"데려와, 저 애들을 다시 데려와라, 소냐! 오, 멍청한 것들, 어미 마음도 몰라 주고……! 폴랴! 저 애들을 좀 잡아라……. 너희들을 위해서 나는……."

그녀는 기를 쓰고 달리다가 뭔가에 채여 넘어지고 말았다.

"돌부리에 채여 피투성이가 됐어! 오 맙소사!" 소냐가 그녀 쪽으로 몸을 숙이며 소리쳤다.

다들 달려와서 앞을 다투며 주위를 빙 둘러쌌다. 라스콜니코프와 레베쟈트니코프는 제일 먼저 달려온 축에 속했다. 그 관리도 서둘러 왔고 순경도 뒤따라 왔는데, 일이 번거로워질 것 같은 예감이 들자 "에이, 거참." 하고 투덜대며 한 손을 내저었다.

"그만들 가세요! 그만들!" 그는 주위에 몰려든 사람들을 쫓아냈다.

"죽어 가고 있어!" 누가 소리쳤다.

"미쳤어!" 또 다른 사람이 말했다.

"하느님, 맙소사!" 한 여자가 성호를 그으며 말했다. "계집애와 사내애는 붙잡았을까? 저기 데려오는군, 큰언니가 붙잡은 모양이야……. 정말 되바라진 애들이지 뭐야!"

하지만 카체리나 이바노브나를 잘 살펴보니 포장도로를 붉게 물들인 피는 소녀가 생각한 것처럼 돌부리에 채여서 난 것이 아니라 그녀의 가슴에서 목구멍으로 터져 나온 각혈이었다.

"이건 저도 압니다, 본 적이 있거든요." 관리가 라스콜니코프와 레베쟈트니코프에게 중얼거렸다. "이건 폐결핵입니다. 이런 식으로 피가 솟구쳐 숨을 틀어막지요. 제 친척 되는 여자분도 아주 최근에, 제가 직접 봤는데, 이렇게 한 컵 반의 피를 토하던데…… 그것도 갑자기……. 하지만 어떡하죠, 지금 당장 죽을지도 모르는데요?"

"이쪽으로, 이쪽, 제 방으로!" 소냐가 애원했다. "저는 바로 여기 살아요……! 바로 이 집, 여기서 두 번째 집에서……. 제 방으로, 어서, 어서 빨리요……!" 그녀는 발을 동동 구르며 아무에게나 매달렸다. "의사를 좀 불러 주세요……. 오, 맙소사!"

관리의 노력으로 일은 수습됐고 순경도 카체리나 이바노브나를 옮기는 일을 도왔다. 그녀는 거의 빈사 상태로 소냐의 방으로 옮겨져 침대에 눕혀졌다. 각혈은 계속 되었지만 의식은 차츰 돌아오는 것 같았다. 방 안에는 소냐 말고도 라스콜니코프, 레베쟈트니코프, 관리, 순경도 들어왔으며, 순경이 사전에 그렇게 쫓아냈음에도 몇몇 사람들은 바로 문간까지 따라왔다. 폴레치카는 벌벌 떨면서 우는 콜랴와 레냐의 손을 잡고 안으로 데리고 들어왔다. 카페르나우모프 집 사람들도 모여들었다. 우선 절름발이에 애꾸눈, 위로 뻗친 뻣뻣한 머리카락과 구레나룻이 두드러지는, 얄궂은 모습의 카페르나우모프, 어쩐지 항상 겁먹은 표정을 짓고 있는 그의 아내, 꾸준히 놀라기만 하여 얼굴 표정도 그렇게 굳어 버린 채 입을 쩍 벌리고 있는 아이들 몇 명 등이었다. 이 숱한 사람들 사이로 갑자기 스비드리가일로프도 나타났다. 라스콜니코프는 그가 어디서 나타났는지 알 수도 없고 사람들 틈에서 그를 본 기억도 없었기 때문에 마냥 놀라워하며 그를 쳐다보았다.

의사와 사제를 불러 오자는 얘기가 오갔다. 관리는 라스콜니코프에게 이제는 의사가 와도 소용이 없을 것 같다고 속닥댔지만 그래도 사람은 보내도록 했다. 카페르나우모프가 직접 달려갔다.

그러는 동안 카체리나 이바노브나는 호흡이 정상으로 돌아왔고 각혈도 잠깐 멎었다. 그녀는 손수건으로 자기 이마에 맺힌 땀방울을 닦아 주며 바들바들 떨고 있는 창백한 소냐를 병적이지만 주의 깊고 날카로운 시선으로 바라보았다. 그러다 마침내는 자기를 좀 일으켜 달라고 부탁했다. 사람들이 그녀를 양쪽에서 부축해 침대에 앉혔다.

"아이들은 어디 있니?" 그녀가 힘없는 목소리로 물었다. "애들을 데리고 왔니, 폴랴? 오, 멍청한 것들……! 뭣 때문에 도망을 쳤을까……. 어휴!"

그녀의 바싹 마른 입술은 아직도 피로 뒤덮여 있었다. 그녀는 눈을 두리번거리며 주변을 쭉 살펴보았다.

"이렇게 살고 있구나, 소냐! 한 번도 네 방에 와 본 적이 없었는데…… 이렇게 됐구나……."

그녀는 고통스러워하며 소냐를 바라보았다.

"우리는 네 피를 빨아먹었다, 소냐……. 폴랴, 레냐, 콜랴, 이리로 와 보렴……. 자, 이제 다 모였구나, 소냐, 얘들을 맡아

주렴…… 손에서 손으로…… 나는 이제 그만이다……! 무도회는 끝났어! 하……! 나를 그만 놓아줘요, 죽을 때만이라도 편히 죽게 해 줘요…….”

사람들이 그녀를 다시 베개 위에 눕혔다.

“뭐라고? 사제……? 필요 없어……. 너희한테 그런 여윳돈이 어디 있어……? 나는 지은 죄도 없는걸……! 굳이 그러지 않아도 하느님은 용서해 주셔야 해……. 내가 얼마나 고통스러워했는지 잘 아실 테니까……! 용서하시지 않는다면야 그럼 뭐 필요 없는 거고……!”

그녀는 서서히 불안한 혼미 상태로 접어들었다. 때때로 몸을 부들부들 떨면서 사방을 둘러보다가 잠시나마 모두를 알아보기도 했다. 하지만 그렇게 의식을 되찾았다가도 이내 혼미 상태가 됐다. 그녀는 씩씩대며 가쁜 숨을 몰아쉬었고 목구멍에서는 뭔가가 끓어오르는 것 같았다.

“나는 그 양반에게 ‘각하……!’라고 말했어.” 그녀는 말 한마디를 내뱉을 때마다 숨을 내쉬며 소리를 질렀다. “그러자이 아말리야 류드비고브나는…… 아휴! 레냐, 콜랴! 두 손을 허리에 대고, 어서, 어서 빨리, 글리세-글리세, 파-드-바스크!* 두 발을 구르고……. 우아한 아이가 돼야지.”

Du hast Diamanten und Perlen…….(너는 다이아몬드와 진

---

* 발레 용어로 글리세-글리세(glissez-glissez)는 미끄러지는 듯한 스텝을, 파-드-바스크(pas-de-basque)는 빠른 스텝을 말한다.

주가 있어…….)*

"그다음은 뭐더라? 옳지, 이렇게 불러야지……."

　　Du hast die schönsten Augen(그렇게 아름다운 눈을 가졌으
면서)
　　Mädchen, was willst du mehr?(아가씨, 무엇을 더 바라지?)

"뭐, 그렇지 않냐고! was willst du mehr ─ 얼간이 같은 놈,
생각하는 것 하곤……! 아참, 이런 것도 있지."

　　한낮의 열기, 다게스탄의 계곡에서…….**

"아, 난 이 로망스를 정말 좋아했지……. 숭배할 정도로 좋
아했단다, 폴레치카……! 실은 말이야, 너의 아버지가…… 약
혼자였던 시절에 즐겨 불러 주던 노래란다……. 오, 세월이
란……! 그래, 이 노래를 불러야겠어! 자, 어떻게, 어떻게 되더
라…… 이런, 잊어버렸어…… 좀 상기시켜 줘 봐요, 어떻게 되
더라?" 그녀는 굉장히 흥분한 상태에서 몸을 일으키려고 안
간힘을 썼다. 마침내, 소름 돋도록 쉬어 터진, 애간장이 녹는
것 같은 목소리로 노래를 부르기 시작했는데 가사 하나하나

───────────

* 하이네의 시에 슈베르트가 곡을 붙인 로망스.
** 레르몬토프(1814~1841. 러시아의 낭만주의 시인)의 시 「꿈」(1841)에 곡
을 붙인 로망스.

를 읊조릴 때마다 비명을 꽥꽥 지르고 숨을 헐떡였으며 어쩐지 점점 더 경악하는 것 같은 표정이었다.

한낮의 열기에……! 다게스탄의……! 계곡에서……!
가슴속에 총알이 박힌 채……!

"각하!" 갑자기 그녀는 가슴이 미어질 듯 통곡하고 눈물범벅이 되어 울부짖었다. "고아들을 지켜 주세요! 돌아가신 세묜 자하르이치의 은혜를 아시잖아요……! 귀족이나 다름없던 분인데……! 헉!" 그녀는 갑자기 온몸을 부르르 떨었는데, 정신이 번쩍 드는지 어딘가 공포에 질린 눈초리로 모두를 둘러보다가 이내 소냐를 알아보았다. "소냐, 소냐!" 그녀는 이렇게 소냐가 자기 눈앞에 보이는 것이 놀랍다는 듯 온순하고 상냥하게 말했다. "소냐, 애야, 너도 여기 있었니?"

사람들이 다시 그녀를 일으켜 앉혔다.

"그만 됐어……! 갈 때가 됐다……! 잘 있거라, 이 박복한 것아……! 여윈 말을 죽도록 부려 먹었지……! 녹-초-가 다 됐다!" 그녀는 절망과 증오에 차서 비명을 내지르더니 베개 위로 머리를 털썩 내려놓았다.

그녀는 다시 혼수상태에 빠졌지만 이 마지막 혼수상태는 그리 오래가지 않았다. 창백하면서도 누리끼리하고 바싹 여윈 얼굴은 뒤로 축 젖혀졌고 입은 쩍 벌어졌으며 두 다리는 경련을 일으키며 쭉 뻗었다. 그녀는 깊이, 아주 깊이 숨을 내쉬며 죽었다.

소냐는 그녀의 시신 위로 쓰러져 고인을 두 팔로 부둥켜안고 바싹 마른 가슴팍에 머리를 갖다 댄 채 그렇게 잦아들었다. 폴레치카는 어머니의 발밑에 엎드려 두 발에 입을 맞추면서 엉엉 흐느껴 울었다. 콜랴와 레냐는 아직은 무슨 일이 일어났는지도 잘 몰랐지만 뭔가 몹시 무서운 예감이 들어 두 팔로 서로의 어깨를 감싸 안고 서로의 눈을 응시한 채 갑자기 둘이 함께, 한꺼번에 입을 쩍 벌리고 비명을 지르기 시작했다. 둘 다 여전히 복장은 그대로였다. 한 아이는 터번을 두르고 또 다른 아이는 타조 깃털이 달린 고깔모자를 쓰고 있었던 것이다.

한데 침대 위, 카체리나 이바노브 옆의 그 '상장'은 갑자기 어떤 식으로 나타나게 된 것일까? 그곳, 베개 옆에 놓여 있었는데 말이다. 라스콜니코프는 그것을 보았다.

그는 창가로 물러났다. 레베쟈트니코프가 얼른 그에게 다가왔다.

"돌아가셨어요!" 레베쟈트니코프가 말했다.

"로지온 로마노비치, 두 가지 꼭 전할 말이 있습니다만." 스비드리가일로프가 다가왔다. 레베쟈트니코프는 즉시 자리를 양보하고 세련되게 물러났다. 스비드리가일로프는 깜짝 놀라는 라스콜니코프를 좀 더 멀리, 구석진 곳으로 데려갔다.

"장례식을 비롯하여 온갖 궂은일은 제가 떠맡도록 하겠습니다. 사실 돈만 있으면 되는 일인데, 일전에 말씀드렸듯 저는 여윳돈이 좀 있거든요. 저 어린것들 둘과 폴레치카는 어디 훌륭한 고아원에 맡기고 소피야 세묘노브나도 충분히 안심이 되도록 각각의 아이 앞으로 성년이 될 때까지 1,500루블의 돈을 기탁하겠습니다. 그리고 그녀도 수렁에서 끌어내야지요, 훌륭한 아가씨니까요, 그렇잖습니까? 그럼, 아브도치야 로마노브나에게 그분의 10,000루블을 제가 이렇게 썼노라고 전해 주십시오."

"대체 무슨 목적으로 그런 자비를 베푸는 거죠?" 라스콜니코프가 물었다.

"에-에잇! 어지간히 의심 많은 양반이군요!" 스비드리가일로프가 웃었다. "그 돈은 완전히 여윳돈이라고 말씀드렸잖습니까. 뭐, 그냥 인도적인 차원에서 허용하지 않으시렵니까, 예? 그녀는(그는 손가락으로 숨을 거둔 여인이 누워 있는 구석 쪽을 가리켰다.) 무슨 전당포 노파 같은 '이〔蝨〕'가 아니었잖습니까. 자, 인정하시겠지만, '정말로 루쥔이 살아서 추잡한 짓을 해야 할까요, 아니면 그녀가 죽어야 할까요?' 제가 돕지 않으면 '가령 폴레치카 역시 그 길, 똑같은 길을 밟게 될 텐데……'"

이 말을 하면서 그는 왠지 윙크를 하는 것처럼 경쾌하고 교활한 표정을 지었고 라스콜니코프에게서 눈을 떼지 않았다. 라스콜니코프는 소냐와 얘기할 때 자기가 썼던 표현을 듣게 되자 얼굴이 새파랗게 질리고 등골이 오싹해졌다. 그는 몸을 움찔 뒤로 빼면서 의아한 표정으로 스비드리가일로프를 쳐다보았다.

"당신이 어-어떻게…… 알고 있는 거죠?" 그는 간신히 숨을 내쉬며 속삭였다.

"그야 제가 이쪽에, 벽 하나를 사이에 두고 마담 레슬리흐의 집에 묵고 있거든요. 이쪽은 카페르나우모프의 집이고, 저쪽은 마담 레슬리흐의 집인데, 이 부인은 아주 충직한 죽마고우입니다. 이웃사촌이랄까요."

"당신이요?"

"예, 제가요." 스비드리가일로프는 자지러질 듯 웃으며 말을 이어 갔다. "솔직히 말씀드리는데, 친애하는 로지온 로마노비치, 당신은 놀라울 정도로 제 흥미를 자극하는군요. 그러게 우리가 친해질 것이라고 말하지 않았습니까, 그렇게 예언도 했지요. 자, 보십시오, 이렇게 친해졌군요. 두고 보면 제가 얼마나 원만한 사람인지 아실 겁니다. 저와 제법 잘 지낼 수 있다는 것도 아실 테고……."

6부

1

라스콜니코프에게는 이상한 시간이 찾아왔다. 갑자기 눈앞
에 안개가 자욱이 깔리면서 출구도 없는 묵직한 고독 속에 감
금된 것 같았다. 훗날, 오랜 세월이 흐른 뒤 이 시절을 회상할
때면, 이따금씩 의식이 혼미해지는 듯하고 그런 상태가 다소
간의 간격을 두고서 최후의 파국 직전까지 지속되었음을 깨
닫곤 했다. 그는 그 당시 자신이 많은 것을, 가령 몇몇 사건의
기한과 시간을 잘못 알고 있었다는 굳은 확신이 있었다. 적어
도 훗날 기억을 더듬어 기억나는 것을 스스로 설명해 보려고
애쓸 때 자신에 대해서도 제삼자에게서 받은 정보에 비추어
알게 된 점이 많았다. 가령 한 사건을 다른 사건과 혼동하는가
하면 어떤 사건을 자신의 상상 속에서만 존재하는 사건의 결
과로 여기기도 했다. 때로는 병적일 만큼 고통스러운 불안이
공황에 가까운 두려움으로 변하여 그를 사로잡았다. 하지만

어떤 순간, 어떤 시간, 심지어 어떤 날들에는 예전의 두려움과는 정반대인 아파테이아 상태에, 죽어 가는 자들의 병적일 만큼 무심한 상태와 비슷한 아파테이아 상태에 사로잡혀 있던 것도 기억했다. 대체로 최근 며칠 동안에는 자신의 상태를 또렷이, 완전히 이해하는 것을 그 스스로 피하려고 애쓰는 것 같았다. 즉각적인 해명을 요구하는 어떤 긴급한 사실들이 유달리 부담이 되었다. 그 어떤 근심걱정에서 해방되어 도망칠 수 있다면 얼마나 기뻤을까마는, 지금 그의 처지에서 그것을 망각했다가는 피할 길 없이, 완전히 파멸할 위험이 컸다.

그를 특히 불안하게 한 것은 스비드리가일로프였다. 심지어 그의 신경이 온통 스비드리가일프에게 쏠려 있다고 해도 과언이 아닐 정도였다. 카체리나 이바노브나가 죽은 순간 소냐의 집에서 스비드리가일로프가 너무나 분명하게 발설한, 너무나 위협적인 말을 들은 이래 사고의 통상적인 흐름이 와해된 것 같았다. 하지만 이 새로운 사실 때문에 굉장히 심란했음에도 라스콜니코프는 왠지 일을 서둘러 해명하려 들지 않았다. 때때로 갑자기 자신이 도심에서 멀리 떨어진 어디 외딴 곳, 무슨 변변찮은 술집의 탁자 앞에 홀로 앉아 상념에 잠겨 있는 것을 발견하고 어쩌다 이런 곳엘 다 왔을까 어리둥절해 할 때면 갑자기 스비드리가일로프가 떠올랐다. 그리고 갑자기 가능한 한 빨리 이 사람과 얘기를 나누고 확실히 담판을 지어야겠다는 생각이 너무나 분명하게, 또 불안하게 드는 것이었다. 한 번은 어디 도시의 관문을 잠깐 나갔다가 자기가 여기서 스비드리가일로프를 기다리는 중이고 그들은 여기서 만날 약속을 했다는 망상에 빠지기도 했다. 또 한 번은 새벽녘에 어디 관목 덤불 속, 땅바닥 위에서 눈을 떴는데, 어쩌다 이런 곳까지 오게 됐는지 영 이해가 안 됐다. 하긴 카체리나 이바노브나가 죽은 후 이삼 일 사이에 스비드리가일로프를 벌써 두어 번쯤 만나긴 했다. 장소는 거의 항상 소냐의 집이었는데, 별 목적 없이 들렀다가 항상 거의 잠깐만 머물렀다. 그들은 항상 한두어 마디만 주고받을 뿐, 핵심적인 부분에 대해서는 때가 될 때까지 침묵하자고 저절로 약속이 된 것처럼 한 번도 말을 꺼낸 적이 없었다. 카체리나 이바노브나의 시신은 여전히 관 속에 안치돼 있었다. 스비드리가일로프는 장례식을 지휘하느라 부산을 떨었다. 소냐도 몹시 바빴다. 마지막으로 만났을 때 스비드리가일로프는 라스콜니코프에게 카체리나 이바노브나의 아이들 일은 끝마쳤다고, 더욱이 성공리에 끝마쳤다고 했다. 어떤 인맥을 이용하여 즉시 고아 셋을 모두 극히 점잖은 시설에 넣도록 도와줄 인물들을 찾았다고, 무일푼 고아보다는 거금을 가진 고아를 넣는 것이 훨씬 쉬운지라 그들 앞으로 따로 떼 놓은 돈이 역시 여러 모로 도움이 됐다고 말이다. 그는 소냐에 대해서도 뭐라고 말한 다음 어떻게든 근일 내에 직접 라스콜니코프의 집에 들르겠다고 약속했다. "의논할 일이 좀 있습니다. 꼭 해야 할 얘기가, 그럴 만한 용건이 있거든요……."라는 언질도 주었다. 이 대화는 현관 근처, 계단 옆에서 이루어졌다. 스비드리가일로프는 라스콜니코프의 눈을 주의 깊게 응시하며 갑자기 침묵했다가 목소리를 낮추고 물었다.

"왜 그러십니까, 로지온 로마느이치, 어째 제정신이 아닌 것 같은데요? 정말 그렇군요! 사람을 쳐다보고 그 말을 듣기도 하지만 통 영문을 모르겠다는 표정이거든요. 힘내십시오. 거참, 얘기 좀 했으면 싶은데요. 그저 일이 많아서 유감입니다, 남의 일이고 내 일이고…… . 에잇, 로지온 로마느이치." 하고 그가 갑자기 덧붙였다. "사람은 누구나 공기가 필요한 법입니다, 공기, 공기가…… 그 무엇보다도!"

그는 계단으로 들어선 사제와 부제(副祭)에게 길을 내주려고 갑자기 옆으로 비켜섰다. 그들은 추도 미사를 드리러 가는 길이었다. 미사는 스비드리가일로프의 지시에 따라 하루에 두 번씩 꼬박꼬박 거행했다. 스비드리가일로프는 제 갈 길을 갔다. 라스콜니코프는 잠깐 서서 생각을 하다가 사제의 뒤를 따라 소냐의 집으로 들어갔다.

그는 문간에 섰다. 미사는 조용하고 근엄하고 구슬프게 시작됐다. 아주 어린 시절부터 죽음을 의식하고 죽음의 존재를 느낄 때면 항상 뭔가 육중한 것, 신비스럽게 끔찍한 것이 있었던 데다가 추도 미사를 듣는 것도 오랜만이었다. 더군다나 여기에는 뭔가 다른 것, 너무나 끔찍하고 불안한 것이 있었다. 그는 아이들을 바라보았다. 모두 관 옆에 무릎을 꿇고 있었으며 폴레치카는 울고 있었다. 아이들 뒤에서 소냐가 뭔가 저어하듯 조용히 울면서 기도하고 있었다. '사실 요 근래에는 나에게 눈길 한 번 준 적 없고 말 한마디 건넨 적도 없었지.' 갑자기 라스콜니코프는 이런 생각이 들었다. 햇빛이 방을 환히 비추었다. 향 연기가 자욱이 피어오르는 가운데 사제는 '주여, 안식을 주소서'를 읽고 있었다. 라스콜니코프는 미사가 진행되는 동안 쭉 서 있었다. 축복과 작별 인사를 하던 사제는 어쩐지 이상한 눈초리로 주위를 둘러보았다. 미사가 끝나자 라스콜니코프는 소냐에게 다가갔다. 그녀는 갑자기 그의 두 손을 잡으며 어깨에 머리를 기댔다. 이 친밀한 몸짓에 충격을 받은 라스콜니코프는 의혹에 사로잡혔다. 이상하기도 했다. 어떻게 이럴 수가 있을까? 그녀의 손길에는 그를 향한 일말의 거리낌도, 일말의 혐오감도, 일말의 전율도 없었다! 이것은 뭔가 무한히 자신을 낮추는 것이었다. 적어도 그는 그렇게 이해했다. 소냐는 아무 말도 하지 않았다. 라스콜니코프는 그녀의 손을 꼭 쥐어 보고는 밖으로 나왔다. 너무 괴로워 견딜 수가 없었다. 그 순간 어디론가 떠나 완전히 혼자 있을 수 있다면 설령 평생 그래야 할지라도 그는 행복하다고 생각했을 것이다. 하지만 문제는 최근 들어 거의 항상 혼자였음에도 결코 자기가 혼자라는 느낌을 가질 수 없었다는 점이다. 교외로 나가거나 큰길로 나가는 일도 더러 있었고 한 번은 무슨 숲으로 나간 적도 있었다. 하지만 장소가 외지면 외질수록 누군가가 가까이 불안스레 함께 있는 것 같은, 무섭다기보다는 어쩐지 몹시 짜증스러운 의식이 더 강해졌으며, 그 때문에 어서 빨리 도시로 돌아와 사람들 틈에 섞이고 음식점이나 술집으로 들어가거나 톨쿠치 시장이나 센나야 광장으로 걸어가기도 했다. 그런 곳이 더 편하고 더 외진 것도 같았다. 어느 싸구려 음식점에서 저녁을 앞두고 사람들이 노래를 부르고 있었다. 그는 그 노래를 듣느라 꼬박 한 시간을 죽치고 앉아 있었는데, 심지어 몹시 유쾌했던 것으로 기억됐다. 하지만 끝에 가서는 갑자기 또 불안해졌다. 갑자기 양심의 가책이 그를 괴롭히기 시작하는 것 같았다. '앉아서 노래나 듣고 있다니, 과연 이래야 하는 걸까!' 이런 생각이 드는 것 같았다. 하지만 그는 자신을 불안하게 하는 것이 이것만은 아님을 이내 알아챘다. 뭔가 즉시 해결하지 않으면 안 되지만 도무지 이해할 수도, 말로 표현할 수도 없는 것이 있었다. 모든 것이 실타래처럼 뒤엉켜 버렸다. '아니, 어떤 식이든 차라리 싸우는 편이 낫겠어! 이번에도 포르피리이든…… 아니면 스비드리가일로프이든……. 기왕이면 어서 빨리, 어떤 도전이든, 누구의 공격이든……. 그래! 그렇다!' 이런 생각을 했다. 그는 싸구려 음식점을 나와 거의 도망치다시피 내달렸다. 두냐와 어머니 생각이 나자 왠지 갑자기 공황에 가까운 두려움이 엄습했다. 그날 밤, 아침이 밝기 전 잠에서 깨 보니 크레스토프스키 섬의 관목 덤불이었고 오한이 나면서 온몸이 와들와들 떨려 왔다. 그는 집에 갔고 이른 아침이 돼서야 도착했다. 몇 시간 자고 나자 오한은 가라앉았지만 잠에서 깼을 때는 이미 늦은 시각이었다. 오후 2시였으니 말이다.

그는 그날 카체리나 이바노브나의 장례식이 있다는 사실이 기억났고 거기에 참석하지 못한 것을 기뻐했다. 나스타시야가 먹을 것을 가져왔다. 그는 왕성한 식욕을 보이며 거의 게걸스럽게 먹고 마셨다. 머릿속은 최근 사흘간 어느 때보다 더 맑고 마음도 더 평온했다. 아까만 해도 공황에 가까운 두려움에 사로잡혔다는 사실이 언뜻 놀라워질 정도였다. 문이 열리면서 라주미힌이 들어왔다.

"아! 뭘 먹는 걸 보니 아프지는 않나 본데!" 라주미힌은 이렇게 말하며 의자를 갖고 와 식탁을 사이에 두고 라스콜니코프와 마주 앉았다. 어딘가 심란해 보였으나 그것을 감추려고 애쓰지도 않았다. 말하는 것도 신경질이 난 것은 분명했으나 서두르는 기색도 없고 딱히 언성을 높이지도 않았다. 아무래도 뭔가 유별나고 심지어 예사롭지 않은 꿍꿍이속이 있는 모양이었다. "이봐." 그가 단호한 태도로 말을 꺼냈다. "너희들이 몽땅 어떻게 되든, 젠장, 내 알 바 아니야, 이제는 내가 아무것도 이해할 수 없다는 것을 똑똑히, 똑똑히 알겠거든. 그렇다고 너를 심문하러 왔다고는 생각하지 말아 줘, 제발. 그따위 것, 엿이나 먹어라! 나도 딱 질색이다! 이제는 네가 직접 모든 것을, 모든 비밀을 털어놓는다고 해도 듣지도 않을뿐더러 그냥 침이나 탁 뱉어 주고 나가 버릴지도 몰라. 내가 온 것은 오직 개인적으로, 또 최종적으로 알아보고 싶은 것이 있어서야. 첫째, 네가 미쳤다는 것이 사실이야? 너를 두고서, 너도 알겠지만, 미친 것 같거나 그런 기미가 역력하다는 확신이 (뭐, 저기 어디에) 만연해 있어. 솔직히 말해서, 나도 그런 견해를 열렬히 지지하는 쪽인데, 첫째, 너의 한심하고 약간은 추잡한 행동(도무지 설명할 수 없는)을 봐서 그렇고, 둘째, 최근에 네가 어머니와 동생에게 보인 작태를 봐서 그래. 미친놈이 아니라면 불한당에 비열한 놈만이 가족한테 너처럼 그렇게 대할 수 있을 테니까. 고로, 너는 미친놈이야……."

"그들을 본 지 오래됐어?"

"지금 막 만나고 오는 길이야. 너는 그 뒤로는 못 봤지? 어딜 그렇게 싸돌아다니는지 말 좀 해 봐라, 네 방에 세 번이나 들렀단 말이다. 어머니가 어제부터 심하게 편찮으셔. 너한테 가시겠다는 걸 아브도치야 로마노브나가 만류했지. 하지만 통 사람 말을 들으려 하지도 않으시고 '혹시 그 애가 아프다면, 혹시 정신이 오락가락한다면 이 어미가 돌봐야지, 누구한테 맡기겠니?'라고 하시더군. 결국 다 같이 여기로 왔지, 어머니를 혼자 버려 둘 수가 있냐. 우리는 문 앞에 다다를 때까지 계속 마음 편히 가지시라고 달랬어. 한데 들어와 보니 네가 없는 거야. 어머니는 바로 이 자리에 앉아 계셨어. 그렇게 십 분쯤 앉아 계셨고 우리는 그분을 내려다보며 말없이 서 있었어. 그러다 일어나시면서 말씀하셨어. '그 애가 외출한 거라면 몸도 건강하고 이 어미를 잊었다는 소리인데, 그렇담 어미 입장에서 동냥하듯 이렇게 문지방에 서서 애정을 베풀어 달라고 조르는 것은 꼴사납고 창피한 일이구나.' 집에 오셔서는 곧 몸져누우셨어. 지금은 열에 들떠 계시지. '훤히 알겠다, 그 애도 제 여자를 위해서는 시간이 있는 거야.'라고 하시더군. 제 여자란 소피야 세묘노브나를 두고 하시는 말씀인데, 그 여자가 네 약혼녀인지 정부인지 나야 모르지. 나는 사정을 알고 싶은 마음에 당장 소피야 세묘노브나를 찾아갔어. 가서 보니 관이 놓여 있고 아이들이 울고 있는 거야. 소피야 세묘노브나는 아이들의 상복 치수를 재고 있고. 너는 없더라고. 그렇게 잠깐 보고 사과를 하고서 나온 다음, 아브도치야 로마노브나에게 그대로 전해 주었어. 그러니까 이 모든 것이 허튼소리이다, 이건 제 여자 문제도 뭣도 전혀 아니다, 그러니까 아무래도 미쳤다는 소리밖에 안 된다, 하고. 자, 그런데 너는 이렇게 앉아서 사흘은 족히 굶은 사람처럼 삶은 쇠고기를 처먹고 있단 말이지. 하긴 미친놈들도 먹기는 먹지만 아무튼 네가 나와 말 한마디 하지 않았어도 너는…… 미친놈은 아니야! 이 점은 내가 장담한다. 다른 건 몰라도 미친 건 아니야. 그러니까 너희들 모두, 젠장, 알게 뭐람. 여기엔 뭔가 수수께끼와 비밀이 있는 모양이지만 나는 너희들의 비밀을 캐느라 골머리를 앓을 생각은 없어. 그냥 욕이나 한바탕 퍼부어 주려고 들렀을 뿐이야." 이렇게 말을 끝맺으면서 그는 자리에서 일어났다. "속이 후련해졌으면 하거든. 지금 내가 뭘 해야 할지는 알고 있으니까!"

"지금 대체 뭘 하고 싶은데?"

"내가 지금 뭘 하고 싶은지 무슨 상관이야?"

"두고 봐, 또 잔뜩 퍼마실걸!"

"어떻게…… 어떻게 그런 줄 알았냐?"

"뭐, 당연한 거 아냐!"

라주미힌은 잠시 입을 다물었다.

"너는 항상 몹시 사려 깊은 녀석이었지, 결코, 결코 미친 적이 없었어." 그가 갑자기 열을 올리며 일침을 가했다. "그래, 네 말대로 나는 잔뜩 퍼마실 거다! 잘 있어!" 그러고서는 그만 가려고 몸을 들썩였다.

"그저께였던 것 같은데, 동생과 네 얘기를 했어, 라주미힌."

"내 얘기를! 그럼…… 대체 그저께 어디서 그 사람을 만날수 있었지?" 갑자기 라주미힌이 멈칫했는데, 얼굴마저 약간 창백해졌다. 가슴팍 밑에서 심장이 천천히, 바싹 긴장하며 고동치기 시작했음을 충분히 짐작할 수 있었다.

"그 애가 혼자 여기에 왔고, 여기 앉아서 나와 얘기를 나누었어."

"그 사람이!"

"그래, 그 애가."

"너는 대체 무슨 얘기를 했는데…… 그러니까 내 얘기를 했다며?"

"나는 네가 몹시 훌륭하고 성실하고 부지런한 사람이라고 말해 주었어. 네가 그 애를 사랑한다는 말은 하지 않았어, 그건 그 애가 더 잘 알 테니까."

"더 잘 안다고?"

"뭐, 당연한 거 아냐! 내가 어딜 가든, 나에게 무슨 일이 일어나든 너는 그들 곁에 하느님처럼 남아 있어 주었으면 해. 나는 그들을, 말하자면, 네 손에 넘기는 거야, 라주미힌. 이런 말을 하는 것은 네가 그 애를 얼마나 사랑하는지 아주 잘 알기 때문이고 또 네 마음이 얼마나 순수한지 확신하기 때문이야. 그 애도 너를 사랑할 수 있다는 것도 알겠어, 하긴 벌써 사랑하는지도 모르지. 이제 어떻게 하면 좋을지 직접 결정해. 잔뜩 퍼마셔야 할까, 그러지 말아야 할까 말이다."

"로지카…… 있잖냐……. 뭐, 그래……. 아휴, 젠장! 너 대체 어딜 가려고? 이봐, 혹시 이 모든 것이 비밀이라면, 뭐 할 수 없지! 하지만 나는…… 나는 그 비밀을 알아내겠어……. 그것도 틀림없이 무슨 허튼소리에 끔찍하도록 시시한 일인데 전부 너 혼자 꾸며 낸 것일걸, 내 확신한다. 하긴 넌 퍽이나 뛰어난 인간이지! 뛰어난 인간……!"

"꼭 덧붙이고 싶은 말이 있었는데 네가 말을 가로막았어. 뭐냐면, 네가 방금 이 수수께끼와 비밀을 캐내려고 하지 않겠다고 판단한 건 참 잘한 일이야. 때가 될 때까지는 그냥 내버려 둬, 걱정하지 말고. 때가 되면, 바로 그래야 할 그때가 되면 전부 알게 될 테니. 어제 어떤 사람이 나에게 사람에게는 공기가 필요하다고 말하더군, 공기, 공기가! 나는 지금 그 사람에게 가서 그 말이 무슨 뜻인지 알아볼 생각이야."

라주미힌은 생각에 골몰한 채 흥분한 상태로 서 있었는데, 뭔가 짚이는 것이 있었다.

'이 녀석, 정치 음모에 가담했다! 확실해! 그리고 무슨 결정적인 걸음을 내딛기 직전인 거야, 확실히 그렇다! 그렇지 않고서야…… 그리고 두냐는 알고 있는 거야…….' 그는 갑자기 속으로 이렇게 생각했다.

"그러니까 아브도치야 로마노브나가 더러 너를 찾아온다는 소리군." 그가 단어 하나하나에 강세를 찍으며 말했다. "또 너는 공기가, 더 많은 공기가 필요하다고 말하는 사람을 만날 생각이고…… 그렇다면 그 편지는…… 그것도 역시 그 사람한테서 온 것이겠군." 그가 혼잣말을 하듯 결론을 내렸다.

"편지라니?"

"오늘 그 사람이 편지를 한 통 받았는데, 몹시 심란해하더라고. 몹시 그랬어. 너무 심하다 싶을 정도로. 내가 네 얘기를 꺼냈더니 아무 말 말아 달라고 부탁했고. 그러고는…… 그러고는 우리가 아주 빠른 시일 내에 헤어질지도 모른다고 말했

고 그러고는 무슨 일로 나에게 열렬히 감사를 표했어. 또 그러
고는 자기 방으로 가서 틀어박혔어."

"그 애가 편지를 받았다고?" 라스콜니코프가 생각에 잠기
며 다시 물었다.

"응, 그랬어. 몰랐어? 흠."

그들은 둘 다 잠깐 침묵했다.

"잘 있어, 로지온. 나는, 이봐…… 한때는 말이야…… 어쨌
거나, 잘 있어, 실은 말이야, 한때는 그러니까……. 뭐, 잘 있
어라! 나도 때가 됐군. 술은 안 마실 거다. 이제는 필요 없으니
까…… 허튼수작이지, 뭐!"

그는 서둘러 댔다. 하지만 이미 방을 나가 문을 거의 다 닫
은 다음 갑자기 다시 문을 열고 어디 먼 산을 보며 말했다.

"기왕지사! 그 살인 사건 기억나지, 왜, 포르피리가 맡았
던 그 노파 사건 말이야? 글쎄, 그 살인범이 잡혔대, 자백도 하
고 모든 증거를 제시했대. 바로 그 일꾼들, 칠장이들 중 하나
라니, 세상에, 그때 내가 그들을 변호했던 일, 기억나? 잘 믿기
지 않겠지만, 그때 문지기와 증인 두 명이 올라갔을 때 계단에
서 동료와 주먹다짐을 하며 웃어 댄 장면은 전부 주의를 딴 데
로 돌리려고 일부러 연출한 거래. 정말 교활하지 않냐, 강아지
새끼가 주제에 제법 간이 컸지 뭐야! 믿기 힘들지만 자기 입
으로 낱낱이 늘어놓고 모조리 자백했다니까! 나도 멋지게 한
방 먹었다! 뭐 사실, 내 생각으론, 이 녀석은 기껏해야 연기력
이 뛰어나고 잔꾀가 많은 천재, 법망을 피하는 데 천재일 뿐
이야. 고로 특별히 놀랄 건 전혀 없어! 이런 녀석이 없으란 법

도 없잖아? 그 녀석이 제 성질을 못 이기고 그만 자백을 했으니 더더욱 녀석의 말을 믿을 수밖에 없지. 더 그럴듯해 보이거든……. 아무튼 나는 그때 정말 멋지게 한 방 먹었어! 놈들 편을 들며 난리굿을 벌였으니!"

"한데 그런 건 어떻게 알았고 또 그 일에 왜 그토록 관심을 갖는 거지, 엉?" 라스콜니코프가 눈에 뜨일 만큼 흥분하며 물었다.

"당연한 거 아니냐! 왜 관심을 갖냐니! 그걸 질문이라고 하냐……! 포르피리를 통해서 알게 됐어, 다른 출처도 좀 있고. 그래 봤자 대부분 다 이 형 덕분에 알게 됐지만."

"포르피리라고?"

"응, 포르피리 말이야."

"뭐래…… 그 사람이 뭐라던?" 라스콜니코프가 경악하며 물었다.

"그 사건을 훌륭하게 풀어 주던걸. 그 나름의 심리학적 방식으로 말이야."

"그 사람이 그랬다고? 너한테 직접?"

"직접, 직접 해 줬어. 그럼, 잘 있어! 나중에 좀 더 이야기해 줄게, 지금은 볼일이 있거든. 저어기…… 한때는 나도 어떤 생각을 했냐면……. 뭐, 관두자, 나중에 얘기하지……! 이제 내가 뭐 하러 술을 퍼마시겠어. 네가 나에게 술 아닌 술을 퍼먹였는걸. 사실 난 취했어, 로지카! 지금 술 없이도 취해 버렸지 뭐냐. 그럼 잘 있어. 또 들를게. 빠른 시일 내에."

그는 나갔다.

'이 녀석, 이 녀석은 정치 음모에 가담했어, 확실해, 확실히 그렇다!' 라주미힌은 천천히 계단을 내려가며 속으로 최종적인 결론을 내렸다. '그리고 여동생을 끌어들인 거야. 아브도치야 로마노브나의 성격으론 그러고도 남지. 저 둘이 몰래 만났고……. 그녀도 나에게 그런 암시를 하지 않았던가. 그녀가 했던 많은 말…… 몇 마디 말과…… 암시에 따르면 이 모든 것이 정확히 그렇다는 결론이 나온다! 그렇지 않고서야 이런 뒤죽박죽을 전부 어떻게 설명하겠는가? 흠! 하긴 나도 그렇게 생각한 적이……. 오, 맙소사, 내가 왜 그런 생각을 했을까. 그래, 한순간 흐리멍덩해진 탓인데 그 녀석한테는 미안한 일이야! 그때 그 녀석이 복도의 램프 옆에서 나를 흐리멍덩하게 만들었지. 쳇! 나도 참, 정말 추악하고 조잡하고 비열한 생각이었어! 미콜카, 이 장한 녀석이 자백을 해 줬기에 망정이지……. 이걸로 이제 예전의 의문도 다 풀린 셈이다! 그때 그 녀석이 병을 앓았던 것도, 이상한 행동을 보였던 것도, 그런 거야 옛날에도, 옛날에 학교 다닐 때도 녀석은 항상 침울하고 무뚝뚝했으니까……. 하지만 지금 이 편지는 무엇을 의미하는 것일까? 여기에도 뭔가 있을 것이다. 대체 누구한테서 온 편지일까? 의심스러운걸……. 흠. 아니야, 이 모든 일을 꼼꼼히 알아봐야겠어.'

두냐에 관한 것을 모조리 떠올려 곱씹어 보니 심장이 멎는 것 같았다. 그는 갑자기 자리를 박차고서 달리기 시작했다.

라스콜니코프는 라주미힌이 나가자마자 자리에서 일어나 창문 쪽으로 몸을 돌리더니 자신의 골방이 얼마나 좁은

지도 잊은 듯 이 구석, 저 구석을 서성였고 그러다가…… 다시 소파에 앉았다. 완전히 되살아난 기분이었다. 다시 투쟁이다 ─ 즉, 출구가 생겼다!

'그렇다, 출구가 생겼다! 안 그래도 모든 것이 짓눌리고 꽉 틀어막혀 고통스러운 압박감이 몰려오고 왠지 머리가 멍해졌다. 포르피리의 집무실에서 미콜카 소동이 있던 이래 그는 출구 없는 어둠 속에서 숨을 헐떡이고 있었다. 미콜카 소동 이후, 바로 그날 소냐 집에서 또 소동이 있었다. 더군다나 그는 그것을 자기가 옛날에 상상했을 법한 방식과는 전혀, 전혀 다르게 연출했고 또 그렇게 끝냈으니…… 다시 말해, 한순간 극도로 약해진 것이다! 단번에! 그래서 그때 소냐의 말에 동의하지 않았던가, 이런 일을 가슴속에 품은 채 그냥 혼자 살아갈 수는 없다는 말에 그 자신도 진심으로 동의하고 말았다! 그럼 스비드리가일로프는? 스비드리가일로프야말로 수수께끼이다……. 스비드리가일로프가 그를 불안하게 한다, 정말로 그렇지만 어쩐지 그런 쪽으론 아니다. 그래도 스비드리가일로프와도 빠른 시일 내에 한바탕 싸움을 치러야 될지도 모른다. 스비드리가일로프 역시 빠져나갈 출구가 돼 줄지도 모른다. 하지만 포르피리는 전혀 다른 문제이다.

자, 그러니까 포르피리가 라주미힌에게 직접 사건을 풀어 주었다, 심리학적 방식으로 풀어 주었다, 이 말씀! 또다시 예의 그 빌어먹을 심리학을 써먹었다는 말씀이군! 과연 포르피리는? 그때 그들 사이에 그런 일이 있었건만, 미콜카가 나타나기 직전 서로 눈을 맞댄 채 그 한 가지 외엔 올바른 해법을 찾을 수 없는 장면을 연출했건만 그 마당에 과연 포르피리가 한순간이라도 미콜카가 범인이라고 믿을 수 있었을까?(라스콜니코프의 머릿속에서는 요 며칠 동안 포르피리와 연출한 이 장면이 몇 번이나 조각처럼 어른어른 떠올랐다. 통째로 상기하는 것은 참을 수 없었으리라.) 그때 그들 사이에 그런 말들이 오가고 그런 몸짓과 동작이 있고 그런 시선을 주고받고 그런 목소리로 뭔가를 말하고 그런 지경까지 이르렀건만 그 마당에 미콜카가(포르피리는 그의 첫마디, 첫 몸짓에 정체를 낱낱이 파악했을 것이다.) 미콜카 따위가 그의 신념을 뿌리째 흔들어 놓을 리 만무하지 않은가.

한데 어떤가! 라주미힌마저도 슬슬 의심을 품지 않았나! 그때 복도의 램프 옆에서 연출한 장면도 그냥 허투루 넘어가지 않았다. 그 녀석, 포르피리에게 달려갔다니…… 하지만 그 작자는 대체 무슨 까닭으로 녀석을 그렇게 속여 넘긴 것일까? 대체 무슨 목적으로 라주미힌의 시선을 미콜카 쪽으로 돌린 것일까? 틀림없이 뭔가 꿍꿍이속이 있는 것이리라. 여기에는 무슨 속셈이 있을 텐데, 대체 뭘까? 사실, 그날 아침 이후 많은 시간이 — 너무, 너무나 많은 시간이 흘렀지만 포르피리에 대해서는 들리는 얘기가 전혀 없었다. 뭐냐, 이건 물론 더 고약한 일이다…….'* 라스콜니코프는 학생모를 집어 들고 생각에 잠겼다가 방을 나섰다. 요 근래에 처음으로 자신이 적어도 의식은 건강한 상태라고 느꼈다. '스비드리가일로프와 담판을 지어야 한다.' 그가 생각했다. '무슨 일이 있더라도 가능한

---

* 313쪽에서 이 부분까지의 작은따옴표는 없는 것이 자연스럽다.

한 빨리. 이자도 내가 직접 찾아와 주길 기다리는 것 같고.' 그러자 그 순간 갑자기 그의 지친 마음속에서 너무나 지독한 증오가 치밀어 올라, 스비드리가일로프와 포르피리, 저 둘 중 아무나 죽일 수도 있을 것 같았다. 적어도 지금이 아니라면 나중에라도 그럴 수 있으리라는 느낌이 들었다. '두고 보자, 두고 봐.' 그는 속으로 이렇게 되뇌었다.

그런데 현관문을 열자마자 갑자기 포르피리와 마주쳤다. 상대는 그의 방으로 들어오는 중이었다. 라스콜니코프는 한순간 얼어붙고 말았다. 하지만 이상하게도, 포르피리를 보고 특별히 놀란 것도, 겁먹은 것도 아니었다. 다만 몸서리를 쳤을 뿐, 순식간에 얼른 준비 태세를 갖추었다. '대단원일지도 몰라! 하지만 어쩌면 저렇게 고양이처럼 살금살금 들어왔을까, 난 아무 소리도 못 들었는데? 혹시 엿들은 건 아닐까?'

"손님이 올 줄은 모르셨나 보군요, 로지온 로마느이치." 포르피리 페트로비치가 웃으면서 소리쳤다. "진즉부터 한번 들를까 했는데, 마침 지나는 길에 오 분쯤 살짝 들러 안부나 여쭙자는 생각이 들더라고요. 어디 가시는 길입니까? 오래 붙잡지는 않겠습니다. 괜찮으시다면 담배나 한 대 피우게 해 주시죠."

"그럼 앉으시죠, 포르피리 페트로비치, 앉으세요." 손님을 자리에 앉힐 때 라스콜니코프의 표정이 겉보기에도 너무나 흡족하고 우호적이었기 때문에 자기 얼굴을 직접 볼 수 있었다면 아닌 게 아니라 그 자신도 놀랐을 것이다. 말하자면 최후의 잔여물, 찌꺼기까지 긁어 냈던 것이다! 이따금씩 인간은 강

도와 마주한 채 이런 식으로 반시간은 족히 죽음의 공포를 맛볼 테지만, 막상 저쪽에서 자기 목에 칼을 들이대면 오히려 당장에 공포가 사라질 것이다. 그는 포르피리의 맞은편에 앉았고, 눈 하나 깜빡이지 않고 그를 쳐다보았다. 포르피리는 눈을 가늘게 뜨고서 담배를 피우기 시작했다.

'자, 말해 봐, 말해 보란 말이다.' 라스콜니코프의 가슴속에서는 금방이라도 이런 말이 튀어나올 것만 같았다. '자, 대체 왜, 왜 말이 없는 거냐?'

2

"참, 이놈의 담배란!" 한 대를 다 피우고 한숨을 돌린 포르 피리 페트로비치가 마침내 말문을 열었다. "해로워요, 순전히 해롭기만 한데 끊을 수가 있어야죠! 기침이 나고 목구멍이 간질간질한 데다가 숨까지 턱턱 막혀 오거든요. 제가 또 실은 겁이 많은 편이라 최근에 B를 찾아가지 않았겠습니까. 환자라면 누구나 minimum(최소한) 반시간씩 진찰하는 양반인데, 저를 보더니 무작정 웃음을 터뜨리더군요. 두들겨 보고 들어 보고 하더니, 어쨌거나 담배는 아무 짝에도 쓸모가 없소, 라고 말합디다. 폐가 부었다나요. 뭐, 하지만 제가 어떻게 이놈을 끊겠습니까? 뭐로 대체하죠? 술도 안 마시는걸요, 거봐요, 술을 안 마시는 것도 참 탈입니다, 헤-헤-헤, 탈이죠! 모든 것이 상대적이지 않습니까, 로지온 로마느이치, 예, 상대적입니다!"

'이건 또 뭐야, 또 그 케케묵은 관청식 수법을 쓰는 건가!'

라스콜니코프는 혐오감을 느끼며 이렇게 생각했다. 그들이 얼마 전 마지막으로 만났을 때의 장면이 느닷없이 떠오르면서 그때의 감정이 파도처럼 그의 가슴속으로 밀려 들어왔다.

"실은 그저께 저녁에도 들렀습니다. 모르십니까?" 포르피리 페트로비치가 방을 둘러보며 말을 이어 갔다. "방 안까지, 바로 이 방 안까지 들어왔지요. 역시나 오늘처럼 지나는 길에 한번 방문해 보자는 생각이 들었던 거죠. 살짝 들어왔더니 방문이 활짝 열려 있더군요. 주위를 좀 둘러보고 기다리다가 당신의 하녀에게도 별말 하지 않고 그냥 나왔습니다. 문을 안 잠그십니까?"

라스콜니코프의 얼굴이 점점 더 어두워졌다. 포르피리가 그의 생각을 알아맞힌 것 같았다.

"해명하러 왔습니다, 로지온 로마느이치 선생, 해명하러! 선생 앞에서 해명해야 하고 그럴 의무가 있거든요." 그는 미소를 띠며, 심지어 손바닥으로 라스콜니코프의 무릎을 살짝 치기도 하며 말을 이어 갔지만, 거의 그 순간 그의 얼굴은 갑자기 근심 어린 심각한 표정이 되었다. 심지어 슬픈 기색마저 보이며 일그러지는 바람에 라스콜니코프는 깜짝 놀라고 말았다. 그가 이런 표정을 짓는 것을 전혀 본 적이 없거니와 그럴 수 있으리라고 생각해 본 적도 없었던 것이다. "마지막으로 만났을 때 우리 사이에는 이상한 장면이 연출됐지요, 로지온 로마느이치. 하긴 처음 만났을 때도 우리 사이에는 이상한 장면이 연출됐지만, 그래도 그때는……. 뭐 이제 와서는 그놈이 그놈이지요! 그래서 하는 얘기인데요, 제가 선생에게 몹시 큰 잘못을 저지른 것 같습니다. 그런 느낌이 들어요. 사실 우리가 헤어질 때 어땠습니까, 기억나십니까. 선생이나 저나 모두 신경이 곤두서고 무릎이 부들부들 떨렸지요. 그러게, 그때 우리 사이는 어쩐지 깔끔하지 못하게, 신사적이지 못하게 돼 버렸지 뭡니까. 사실 우리는 어쨌거나 신사인데 말이죠. 즉, 어쨌거나 그 무엇보다도 신사지요. 이 점을 이해하셔야 합니다. 어떤 지경까지 갔는지 기억나실 텐데…… 그쯤 되면 숫제 무례했던 셈이지요.”

‘이 양반이 왜 이러지, 나를 뭐로 보고서?’ 라스콜니코프는 고개를 들고 눈을 휘둥그렇게 뜬 채 포르피리를 쳐다보며 자문했다.

“이제부터 우리는 탁 터놓고 행동하는 편이 낫겠다는 판단이 섰습니다.” 포르피리 페트로비치는 고개를 약간 뒤로 젖히고 눈을 내리깐 채 말을 이어 갔는데, 더 이상 시선으로써 자신의 옛 희생양을 곤혹스럽게 하고 싶은 마음도 없거니와 예의 그 수법과 계략은 깡그리 무시하는 투였다. “예, 그런 혐의와 그런 장면이 오래갈 수야 없지요. 그때 미콜카가 해결해 주었기에 망정이지, 안 그랬으면 우리 사이의 일이 어느 지경까지 갔을지 저도 모르겠군요. 그 빌어먹을 소시민이 그때 제 집무실의 칸막이 뒤에 죽치고 있었는데, 상상이 되십니까? 선생은 물론 이 사실을 알고 계시겠지요. 저도 그가 나중에 당신 댁에 들렀다는 것을 알고 있습니다. 하지만 그때 선생이 추정하신 것 같은 일은 없었습니다. 즉, 누구를 불러 오라고 하기는커녕 그때는 아직 아무 지시도 내리지 않고 있었습니다.

궁금하시죠, 왜 그랬는지? 어떻게 말씀드려야 할까나. 그때는 이 모든 일 때문에 저야말로 간이 철렁했습니다. 문지기들을 불러 오라는 지시도 간신히 내렸을 정도로요.(지나시는 길에 문지기들을 보셨을 테지요.) 그때 제 머릿속으로 어떤 생각이 번개처럼 퍼뜩 스쳐 갔습니다. 그때만 해도 제 딴에는 굳은 확신이 있었거든요, 로지온 로마느이치. 한 놈을 잠깐 놓쳐도 다른 놈의 꼬리를 잡으면 된다, 자기 것, 적어도 자기 것만 놓치지 않으면 된다, 하고 생각했던 것이지요. 로지온 로마느이치, 선생은 천성적으로 참 신경질적입디다. 제 나름으로 선생의 성격이나 성정의 다른 근본적인 특징을 모두 간파했다고 믿는데, 그런 것과는 별개로 선생은 너무 신경질적이랄까요. 뭐, 물론, 저는 그때도 사람이 벌떡 일어나 우리에게 속사정을 낱낱이 지껄여 주는 일이 항상 일어나지는 않는다는 것쯤은 생각할 수 있었습니다. 그런 일이 일어나도, 특히 어쩌다 사람이 마지막 남은 인내력을 상실하는 지경에 이르러 그리 돼도, 어쨌거나 드물지요. 그런 것쯤은 저도 판단할 수 있었습니다. 글쎄, 그래서 저는 단 하나의 단서라도 좋겠다고 생각했지요! 아주 실낱 같은 단 하나의 단서라도 좋으니 그저 손으로 붙잡을 수 있는 단서, 심리학이 아니라 물건으로 존재하는 단서 말입니다. 그래서 어떤 사람이 범인이라면 물론 어쨌거나 그에게서 뭔가 본질적인 것을 기다려 볼 수 있겠다고 생각했습니다. 심지어 아주 뜻밖의 결과를 염두에 둘 수도 있겠지요. 저는 그때 선생의 성격을 염두에 두었습니다, 로지온 로마느이치, 무엇보다도 그 성격을! 그 무렵엔 선생에게 큰 기대를 품었더랬지요."

"아니…… 아니 지금 대체 왜 그런 얘기를 하는 거죠?" 마침내 라스콜니코프가 이렇게 중얼거렸는데, 자기가 뭘 묻고 있는지도 제대로 파악하지 못한 상태였다. '이 양반, 무슨 얘기를 하는 걸까.' 그는 내심 당황했다. '설마 정말로 내가 무고하다고 생각하는 걸까?'

"왜 이런 얘기를 하냐고요? 해명하러 왔고, 말하자면 그것을 신성한 의무로 간주한다니까요. 전부 어떻게 된 일인지, 그때 말하자면 어쩌다 그런 혼란상에 빠졌는지 그 모든 과정을 남김없이 풀어 놓고 싶습니다. 저 때문에 고생이 많으셨을 줄 압니다, 로지온 로마느이치. 저도 불한당은 아닌데 말입니다. 사실 기가 좀 죽긴 했지만 오만하고 권위적이고 성마른 성격, 무엇보다도 성마른 성격을 지닌 사람이 이 모든 것을 감당하는 것이 어떤 것일지 저도 십분 이해합니다! 어쨌거나 저는 선생이 몹시 고결할 뿐만 아니라 관대함의 맹아마저 갖춘 사람이라고 생각하는데, 그렇다고 선생의 모든 신념에 전적으로 동의하는 것은 아닙니다. 미리부터 솔직하고 완전히 진실하게 이 말씀을 드리는 것을 제 의무로 여기는데, 무엇보다도 속이고 싶은 마음은 없거든요. 선생을 알고부터 선생에게 모종의 애정을 느꼈습니다. 아마 이런 말을 비웃으시겠죠? 하긴 그럴 권리가 있으시죠. 저도 잘 알고 있지만 선생은 첫눈에 저를 좋아하지 않으셨고 본질적으로 저를 좋아할 만한 어떤 이유도 없고요. 하지만 생각하는 것이야 자유라도, 제 입장에서는 지금 온갖 수단을 동원하여 저의 첫인상을 말끔히 지우고 저도 나름 마음과 양심이 있는 사람이라는 것을 증명하고 싶군요. 진심으로 드리는 말씀입니다."

포르피리 페트로비치는 위엄 있게 말을 멈추었다. 라스콜니코프는 뭔가 새로운 경악이 밀려오는 것을 느꼈다. 포르피리가 자기를 무고한 자로 여긴다는 생각에 갑자기 겁이 난 것이다.

"그때 그 일이 갑자기 어떻게 시작됐는지 전부 순서대로 얘기할 필요는 없겠지요." 포르피리 페트로비치가 말을 이어 갔다. "심지어 괜한 일이겠다는 생각도 들고요. 제 깜냥으로는 힘들기도 하겠고요. 사실 어떻게 그 일을 적절히 잘 설명할 수 있겠습니까? 처음에는 소문이 나돌았습니다. 어떤 소문이었고 언제 누구에게서 나왔으며⋯⋯ 또 원래 어떤 계기로 일이 선생에게까지 미치게 됐는지, 그 역시도 괜한 얘기라는 생각이 듭니다. 저 개인의 경우에는 우연한 일, 일어날 가능성이 몹시 높으면서도 일어나지 않을 수도 있는 그야말로 우연한 어떤 일에서 시작된 것인데, 자, 어떤 우연이냐? 흠, 제 생각으론 이 역시 말할 게 없습니다. 소문이나 우연은 모두 그 당시 제 머릿속에서 한 가지 생각으로 귀결됐습니다. 기왕지사 전부 고백할 바엔 탁 터놓겠는데, 실은 그때 제가 먼저 선생을 공격했던 겁니다. 저어기 가령 노파가 물건에 표시를 해 뒀다느니 뭐니 하는 것은 죄다 허튼소리입니다. 그런 예라면 수백 개는 족히 꼽을 수 있을걸요. 그때 또 저는 경찰서 소동도 자세히 알아낼 수 있는 기회가 있었습니다. 역시나 우연한 기회였는데, 그렇다고 지나는 길에 들은 것은 아니고 자기도 모르는 사이에 그 소동을 놀라울 만큼 잘 알고 있던 어떤 특별하고 대단한 사람에게서 전해 들은 것이지요. 이 모든 것이 하나씩, 둘씩, 계속 쌓여 간 것이랍니다, 로지온 로마느이치 선생! 자, 이러니 특정한 쪽으로 생각이 기울지 않았을 리 없잖습니까? 토끼 백 마리를 모은들 말〔馬〕을 만들 수 없고 혐의 백 개를 모은들 증거를 만들 수 없다는 말이 영국 속담에도 있잖습니까. 하지만 이건 오직 분별력이 있을 때 얘기이지, 예심판사도 사람인데 격정에, 격정에 휘둘리면 그것부터 수습해야 되지 않겠습니까. 그때 마침 잡지에 실렸던 선생의 논문도 떠올랐는데, 기억나시죠, 선생이 처음 방문했을 때 그 얘기를 자세히 했지요. 그때 저는 조롱조로 말했지만 그건 앞일을 생각해 선생을 도발하기 위해서였습니다. 거듭 말씀드리지만, 선생은 참 성마른 성격에 어지간히 병적이십니다, 로지온 로마느이치. 대담하고 거만하고 진지하고…… 감수성이, 감수성이 참 예민한 분이라는 것, 이 모든 것을 저는 이미 오래전부터 알았습니다. 그런 모든 감정은 저에게도 친근한 것이어서, 선생의 논문 역시 친근한 느낌을 갖고 읽었습니다. 불면의 밤을 지새우며 미칠 것처럼 흥분한 상태에서 심장이 벌렁거리고 고동치는 가운데 억눌린 열정을 갖고 구상했겠지요. 한데 청춘의 내면에 깃든, 이 억눌린 오만한 열정이 위험한 겁니다! 그때 저는 조롱했습니다만, 이제 와서 드리는 말씀인데, 저는 청춘의 이런 열렬한 첫 습작을 대체로 무척 좋아합니다, 애호가랄까요. 연기와 안개, 그 안개 속에서 현(絃)이 울려 댑니다. 선생의 논문은 터무니없고 환상적이지만, 그 속에는 진실함이 번득이고 또 그 무엇으로도 매수할 수 없는 청춘의 오만함이, 절망의 대담함이 번득입니다. 음울한 논문입니다만, 그것도 좋습니다. 선생의 논문을 읽은 다음 따로 간직해 두었는데…… 그때 그러면서 생각했지요. '그래, 이 사람, 그냥 넘어가지는 않을걸!' 뭐, 이제 말씀해 보시죠, 이런 전사(前事)가 있었으니 어떻게 그다음 일에 몰입하지 않을 수 있었겠습니까! 아, 맙소사! 그렇다고 뭐가 어떻다는 말이냐? 지금 제가 무슨 주장을 하는 것이냐? 그때만 해도 그냥 그렇게 유념해 두었을 따름이란 말입니다. 대체 이건 뭐냐, 하는 생각이 들었거든요. 이건 아무것도, 즉 그야말로 아무것도 아니다, 어쩌면 극도로 아무것도 아니다, 하는 생각이요. 게다가 저 같은 예심 판사가 그렇게 몰입하는 것도 점잖지 못한 일이고요. 사실 미콜카도 제 손아귀에 들어와 있고 이미 물증도 있고, 어쨌거나 물증이 있잖습니까! 또 그 녀석도 나름대로 심리 수법을 쓰니까 손을 좀 봐 줘야 하고요. 이건 생사가 달린 문제거든요. 제가 지금 무엇을 위해 이 모든 일을 설명하는 걸까요? 바로 선생이 예의 그 머리와 마음으로써 사태를 잘 알 수 있도록, 그당시 악의에 찬 저의 행동을 탓하지 않도록 하기 위해서랍니다. 사실 악의는 없었습니다, 진심으로 드리는 말씀입니다, 헤-헤! 어떻게 생각하십니까, 제가 그때 선생 댁을 수색하러 오지 않았을까요? 왔지요, 오다마다요, 헤-헤, 선생이 여기 이 침대에 몸져누워 계실 때 왔습니다. 공식적인 행보도, 그렇다고 개인적인 행보도 아니었지만 여하튼 왔지요. 그리고 선생의 이 집을 생생한 흔적을 짚어 가며 머리카락 한 올까지 살펴보았습니다. 하지만 umsonst!(허사였죠!) 저는 이렇게 생각했습니다. 이제 이 사람이 올 것이다, 제 발로 올 것이다, 그것도 조만간에 곧. 만약 유죄라면 꼭 올 것이다. 다른 사람은 오지 않아도 이 사람은 올 것이다. 한데 기억하십니까, 라주미힌 씨가 어쩌다 선생에게 헛말을 하기 시작했는지? 실은 우리가 선생을 흥분시키려고 그렇게 조장한 것인데, 우리는 그가 헛말을 하도록 일부러 소문을 퍼뜨렸고 라주미힌 씨는 원래 분을 잘 못 참는 사람이거든요. 또 자묘토프 씨는 무엇보다도 선생의 분노와 노골적인 대담함이 눈에 확 들어왔던 모양입니다. 세상에, 술집에서 갑자기 '내가 죽였습니다!'라고 지껄이다니요. 너무 대담하고 뻔뻔스러운 일이라서, 만약 이자가 범인이라면 정말 무서운 적수다, 하는 생각이 들더군요! 그때 생각은 그랬습니다. 기다리자! 그러고는 열심히 선생을 기다렸는데, 그때 선생은 자묘토프를 멋지게 눌러 버리셨고…… 사실 핵심은 이 모든 빌어먹을 심리학이 양날의 칼이라는 겁니다! 뭐, 그렇게 선생을 기다리며 지켜보니, 하느님이 보우하사, 선생이 오셨습니다! 가슴이 철렁하더군요. 에잇! 왜 하필 그때 오셨을까요? 그 웃음, 그때 선생이 들어오실 때의 그 웃음을 기억하시겠지만, 저는 유리를 통해 보는 것처럼 모든 것을 알아챘답니다. 제가 특별히 선생을 기다리지 않았더라면 선생의 그 웃음 속에서 아무것도 알아채지 못했을 테지만 말입니다. 기분이 어째 그렇다는 것은 바로 이런 뜻이겠지요. 그리고 그때 라주미힌 씨가, 아참! 돌, 그 돌 기억나시죠, 물건을 숨겨 놓고 덮어 둔 돌? 뭐, 저어기 어디 텃밭의 돌이 눈에 선하던데,

자묘토프에게 그 텃밭 얘기를 했고 그다음 우리 집에서 얘기한 것이 두 번째이지요? 그때 우리가 선생의 논문을 검토하기 시작하자, 또 선생이 그 내용을 풀어 놓자, 선생의 말은 한마디 한마디가 다른 뜻을 담은 것처럼 중의적으로 받아들여지겠더군요! 자, 그래서, 로지온 로마느이치, 바로 이런 식으로 마지막 기둥까지 가서 이마를 쾅 부딪쳤고 그러자 정신이 번쩍 들었습니다. 아니, 대체 이게 뭐 하는 짓인가! 사실 마음만 있으면 이 모든 것을 마지막 단서까지 다른 쪽으로 설명할 수 있고 심지어 훨씬 더 자연스러운 결과가 나올 것이다, 하고 말했지요. 괴로워죽겠더군요! '아니다, 차라리 조그마한 단서라도 붙잡는 편이 더 낫겠어……!' 하고 생각했지요. 그때 그 설렁 얘기를 듣자 심지어 온몸이 그대로 마비되고 오싹 전율이 일더군요. '그래, 바로 이게 단서다! 바로 이거야!' 하는 생각이 듭디다. 아니, 제대로 생각해 보지도 않았습니다, 그냥 그러기 싫더군요. 오직 그때 선생의 얼굴을 제 눈으로 볼 수 있다면, 그 순간 1,000루블이라도 제 돈으로 내놓을 겁니다. 즉, 그때 그 소시민이 선생의 얼굴을 똑바로 쳐다보며 '살인자'라고 말한 직후 선생은 그자와 나란히 백 걸음을 걸으면서도, 백 걸음을 다 걷도록 그자에게 뭘 물어볼 엄두도 내지 못했잖습니까, 그때 선생의 얼굴 말입니다……! 어땠습니까, 등골이 오싹해졌겠지요? 그 설렁은 편찮으신 중에 반쯤 혼미 상태에서 당긴 것이던가요? 자, 고로, 로지온 로마느이치, 제가 그때 선생에게 그런 농담을 한 것이 뭐 그리 놀랄 일이겠습니까? 그리고 하필이면 대체 왜 그런 순간에 오셨습니까? 꼭 누가 선생의 등을 떠민 것 같았고, 미콜카가 우리를 떼 놓지 않았더라면 맹세코…… 한데 그때 미콜카, 기억나십니까? 잘 새겨 두셨습니까? 사실 그건 천둥번개였지요! 먹장구름 사이로 천둥이 치고 번개가 번쩍했습니다! 그래, 제가 그 녀석을 어떻게 맞이합니까? 그 번개를 저는 손톱만큼도 믿지 않았습니다, 직접 보셨잖습니까! 하긴 어떻게 믿겠습니까! 나중에 선생이 가신 다음 녀석이 어떤 부분에 대해 극히, 극히 조리 있는 답변을 하는 바람에 저도 놀랐지만 그 나중에도 녀석의 말은 손톱만큼도 믿지 않았습니다! 자, 철석같다는 것은 바로 이런 뜻이지요. 제 생각으론, 아니, 모르겐 프리*! 여기에 미콜카는 무슨 얼어 죽을!"

"방금 라주미힌이 한 말로는, 당신은 지금도 니콜라이를 지목하고 라주미힌에게도 그렇게 단언했다고…….'"

그는 숨이 턱 막혀 와 말을 다 끝내지도 못했다. 이루 표현할 수 없는 흥분에 휩싸여, 그의 속을 훤히 꿰뚫어 본 사람이 자신의 말을 부정하는 과정을 듣고만 있었다. 믿기가 무서웠고 그래서 믿지 않았다. 그는 상대방의 모호한 말 속에서 좀 더 명확하고 결정적인 뭔가를 게걸스럽게 찾고 또 포착하려는 중이었다.

"라주미힌 씨라!" 포르피리 페트로비치는 침묵을 고수하던 라스콜니코프가 질문을 던져 주어 기뻤는지 소리를 질렀다. "헤-헤-헤! 라주미힌 씨는 그렇게 멀리 떼 놔야 했습니

---

* 독일어 morgen früh의 음차로 여기서는 대략 '어럽쇼.' 정도의 뜻.

다. 둘이면 족한 걸, 제삼자가 끼어들 이유는 없지요. 라주미힌 씨는 이 부류도 아니고 국외자인데도 완전히 새파랗게 질려서는 저에게 달려왔더군요……. 뭐, 이 양반은 그냥 내버려 둡시다, 굳이 끌어들일 이유가 어디 있습니까! 한데 미콜카 말입니다만, 이것이 어찌된 영문인지, 즉 제가 이 일을 어떻게 이해하고 있는지 알고 싶지 않으십니까? 무엇보다도 그 녀석은 아직 성년도 되지 않은 어린아이인 데다가 겁쟁이라기보다는 예술가 부류입니다. 사실 제가 녀석을 이런 식으로 설명한다고 비웃지는 마십시오. 순진무구하고 매사에 감수성이 예민한 아이입니다. 마음도 여리고 상상력도 풍부하지요. 노래와 춤 솜씨도 일품이고 옛날 얘기를 어찌나 잘하는지 다른 동네에서 들으러 몰려올 정도랍니다. 학교도 다니고 손가락만 내밀어도 배꼽이 빠져라 웃어 대고 술이라면 인사불성이 될 때까지 마시지만 방탕해서라기보다는 그냥 더러 기회가 될 때 어린아이처럼 그런다지요. 그때도 도둑질을 해 놓고서도 정작 자신은 그 사실을 모르더란 말입니다. '땅바닥에 떨어진 걸 주었는데 훔치긴 뭘 훔쳐요?' 하는 식이지요. 혹시 아시는지 모르겠지만, 녀석은 분리파 교도*, 아니, 분리파라기보다는 그냥 무슨 종파의 일원입니다. 집안에 베군 종파**가 있었는데, 녀석도 최근까지 꼬박 이 년이나 시골의 어떤 장로 밑에서 수도 생활을 했답니다. 이런 얘기는 전부 미콜카와 녀석의

---

* 17세기 니콘 대주교의 개혁에 반발한 구교도를 일컫는다.
** 분리파의 일종으로 농부, 소시민, 탈영병 등이 많았다.

고향인 자라이스크 출신 사람들을 통해 알게 됐습니다. 그뿐이겠습니까! 그냥 황야로 달아나려고 했답니다! 대단한 열의를 갖고 밤마다 하느님에게 기도하고 오래된 '참된' 책들을 읽고 또 읽은 나머지 맛이 갈 정도였다더군요. 페테르부르크가 녀석에게 강한 영향을 미쳤는데, 특히 여자와 뭐, 술이 문제였지요. 감수성이 예민한 아이니까 장로고 뭐고 다 잊은 겁니다. 제가 알기론 이곳의 어떤 화가가 녀석을 좋아하게 돼서 녀석 집을 드나들기 시작했는데 마침 이 사건이 터졌지 뭡니까! 그래서 그만 겁을 집어먹은 것이지요. 목을 매자! 달아나자! 우리네 민중의 머릿속에 떠오르는 법률 개념으로 달리 무슨 수가 있겠습니까! 어떤 자는 '재판에 부친다.'라는 말만 나와도 무서워하니까요. 과연 누구의 잘못입니까! 이제 새로운 재판 제도가 무슨 답을 줄 테지요. 아, 제발 좀 그래 줘야 할 텐데! 한데 감옥에 있다 보니 이제야 그 정직한 장로가 생각난 모양입니다. 성경도 다시 나타났고요. 로지온 로마느이치, 그들 중 어떤 자들 사이에서 '고통받는다.'라는 것이 무엇을 의미하는지 아십니까? 이건 누구를 위해서라기보다는 그냥 그렇게 '고통받는 것'입니다. 고로, 고통을 받아들일 것이요, 권력층으로부터의 고통은 더더욱 그렇게 해야지요. 한때 몹시 온순한 죄수 하나가 꼬박 일 년 동안 감옥에 갇혀 있으면서 밤마다 벽난로 위에 앉아 계속 성경을 읽었는데, 어찌나 읽어 댔는지 결국 머리가 완전히 맛이 가서 말입니다, 무슨 모욕을 받은 것도 아니면서 밑도 끝도 없이 벽돌을 집어 간수장에게 던졌습니다. 그것도 어떤 식으로 던졌는지, 조금도 해를 끼지 않으려고 일부러 1아르쉰쯤 옆을 겨냥했지 뭡니까! 뭐, 흉기를 들고 간수 장에게 덤벼든 죄수의 말로가 어땠을지는 알 만하지요. 그러니까 '고통을 받아들인 것'이지요. 자, 그래서, 저는 지금 미콜카가 '고통을 받아들이고' 싶거나 여하튼 그 비슷한 종류가 아닐까 추정해 봅니다. 이 점은 심지어 몇몇 사실에 근거하여 확실히 알고 있는 바입니다. 다만, 제가 알고 있다는 사실을 녀석은 통 모를 따름이지요. 어떻습니까, 이런 족속 중에서 환상적인 사람들이 나오지 못할 것 같습니까, 예? 실은 천지랍니다! 이제 와서 또 장로가 슬슬 효력을 발휘하기 시작했는데, 특히 올가미 사건 이후에 생각이 난 모양입디다. 하긴 어떻든 제 발로 저를 찾아와 제 입으로 모든 것을 얘기할 테지만요. 글쎄, 녀석이 버텨 낼 것 같습니까? 잠깐 기다리면 녀석 스스로 다 뒤집을걸요! 저는 녀석이 자신의 증언을 취소하러 오길 이제나저제나 기다리고 있습니다. 이 미콜카 녀석이 좋아져서 녀석을 낱낱이 연구하고 있거든요. 선생이라면 어떻게 생각하시려나! 헤-헤! 녀석, 어떤 부분에서 대해서는 극히 조리 있게 답변하던데, 분명히 어디서 필요한 정보를 입수하여 날렵하게 준비해 뒀을 겁니다. 한데 다른 부분에 대해서는 그냥 실수 연발에 뭐 하나 제대로 아는 것이 없던데, 아무것도 모르면서도 자기가 모른다는 것을 의심조차 하지 않는 겁니다! 아니, 로지온 로마느이치 선생, 여기에 미콜카는 무슨! 이것은 환상적이고 음울한 사건, 현대적인 사건이며, 인간의 마음이 혼탁해지고 피가 '상쾌함을 준다.'라는 어구가 인구에 회자되고 안락이야말로 인생의 핵심이라고 떠들어 대는 우리 시대에나 일어날 법한 사건입니다. 여기에는 책에서 나온 몽상이, 이론의 자극을 받은 마음이 있습니다. 여기에는 첫걸음을 향한, 특수한 종류의 결의가 엿보입니다. 일단 결심을 하자 산에서 굴러 떨어지듯, 종루에서 뛰어내리듯 자기 발이 아닌 걸로 범죄에 뛰어든 셈이 됐겠지요. 문 닫는 것도 잊고 이론에 따라서 사람을 죽였습니다, 그것도 둘이나 죽였습니다. 죽인 다음 돈을 챙길 줄도 몰랐고 그나마 손에 쥔 것은 돌 밑에 갖다 놓았고요. 문 뒤에 선 채 바깥에서 문을 때려 부술 것처럼 두드리고 설렁줄을 울릴 때 감내했던 고통으로는 성이 차지 않았는지, 세상에, 나중에 그 설렁 소리를 상기하기 위해 반쯤 혼미 상태에서 텅 빈 아파트로 갑니다, 등골이 오싹해지는 느낌을 또다시 맛보고 싶은 욕구가 생겼겠지요…… 뭐, 이런 거야 병 때문이라고 쳐도, 자, 이건 어떻습니까. 즉, 사람을 죽이고도 자신을 떳떳한 인간이라 여기고 사람들을 경멸하고 창백한 천사처럼 거리를 활보하다니, 아니요, 미콜카는 무슨, 로지온 로마느이치, 이건 미콜카 짓이 아닙니다!"

앞서 나온 말이 모두 부정에 가까웠던 까닭에 이 마지막 말은 너무나 뜻밖이었다. 라스콜니코프는 무엇에 찔린 사람처럼 온몸을 와들와들 떨었다.

"그럼…… 도무지 누가…… 죽인 겁니까……?" 그가 더는 참지 못하고 숨이 찬 것 같은 목소리로 물었다. 포르피리 페트로비치는 너무 뜻밖이라는 듯, 이 질문에 깜짝 놀란 듯 의자 등받이 쪽으로 몸을 움찔 뺐다.

"아니, 누가 죽였냐니요……?" 그는 자신의 귀를 못 믿겠다는 듯 되물었다. "그야 선생이 죽였지요, 로지온 로마느이치! 선생이 죽였잖습니까……." 완전히 확신에 찬 목소리로 거의 속삭이며 그가 덧붙였다.

라스콜니코프는 소파에서 벌떡 일어나 몇 초간 그대로 서 있다가 한마디도 하지 않고 다시 앉았다. 갑자기 미세한 경련 이 그의 얼굴을 훑고 지나갔다.

"그때처럼 입술이 또 파르르 떨리는군요." 포르피리 페트 로비치는 모종의 애정마저 보이며 속삭였다. "제 말을 잘못 이해하신 것 같습니다만, 로지온 로마느이치." 그가 다소 침 묵했다가 이렇게 덧붙였다. "그래서 그렇게 놀라셨을 테지요. 제가 온 것은 바로 모든 것을 탁 털어놓고 속 시원히 얘기하기 위해서입니다."

"제가 죽인 것이 아닙니다." 라스콜니코프는 나쁜 짓을 하 다가 들켜 소스라치게 놀란 어린아이처럼 속삭였다.

"아니요, 선생입니다, 로지온 로마느이치, 선생이지요, 달 리 누가 있겠습니까." 포르피리가 확신에 찬 엄격한 어조로 속삭였다.

둘 다 침묵했고, 그 침묵은 이상할 정도로 오래, 십여 분이 나 지속됐다. 라스콜니코프는 책상에 팔꿈치를 괴고 손가락 으로 말없이 머리카락을 헤적였다. 포르피리 페트로비치는 얌전히 앉아서 기다렸다. 갑자기 라스콜니코프가 경멸스럽다 는 듯 포리피리를 쳐다보았다.

"또 그 낡아 빠진 수법을 쓰는군요, 포르피리 페트로비치! 당신의 예의 그 수법 말입니다. 이제 정말 신물이 나지도 않습니까?"

"에잇, 됐습니다, 제가 이제 와서 뭐 하러 무슨 수법을 씁니까! 여기에 증인이라도 있다면 모를까, 우리는 이렇게 단둘이 속닥대고 있는걸요. 잘 아시겠지만, 저는 선생을 토끼몰이 하듯 내몰아 붙잡으려고 온 것이 아닙니다. 자백을 하시든 마시든, 이 순간 저는 아무 상관없습니다. 어차피 속으론 그렇게 확신하고 있으니까요."

"그렇다면 대체 왜 온 거죠?" 라스콜니코프가 신경질적으로 물었다. "예전의 질문을 다시 하겠는데요, 저를 범인으로 생각한다면 대체 왜 감옥에 잡아넣지 않는 겁니까?"

"거참, 좋은 질문입니다! 조목조목 대답해 드리지요. 첫째, 선생을 그렇게 곧장 체포한들 저는 이로울 것이 없습니다."

"이로울 것이 없다니! 확신한다면 마땅히 그렇게 해야……."

"에잇, 뭐라고요, 확신이라고요? 사실 이 모든 것이 일단은 저의 몽상에 불과합니다. 게다가 선생을 거기다 가둠으로써 영원한 안식을 줄 이유는 어디 있습니까? 직접 그래 달라고 하는 걸 보니 선생도 잘 아시겠지요. 또 가령 제가 그 소시민을 이용해 선생의 죄를 폭로하려고 하면 선생은 그놈에게 이렇게 말할 테지요. '취한 거 아냐, 어? 내가 형씨와 있는 걸 누가 봤대? 내 눈에 형씨는 그냥 술 취한 놈에 불과했고, 실제로도 형씨는 고주망태였잖아.' 자, 그럼 저는 뭐라고 응수하겠습니까, 더욱이 선생 말이 그놈 말보다는 훨씬 더 그럴듯한걸요. 왜냐면 그놈의 진술이란 오직 심리학일 뿐이지만 ─ 그놈 낯짝에는 가당치도 않지만요 ─ 선생은 바로 정곡을 찌르신 셈인데, 사실 그 추잡한 놈이 술고래라는 건 삼척동자도 다 아는 사실이거든요. 게다가 제가 선생에게 벌써 몇 번이나 솔직히 고백했지만 이놈의 심리학은 양날의 칼인 데다가 두 번째 칼날이 더 날카롭고 더 그럴듯할 것이며, 그 밖에도 저는 선생을 고발할 만한 건수가 지금으로서는 전혀 없습니다. 그래서 어쨌거나 선생을 수감할지라도, 심지어 선생에게 모든 것을 미리 알려 주러 이렇게 직접 왔을지라도(흔한 일은 절대 아닌데요.) 어쨌거나 이래 본들 저에겐 이로울 것이 없음을 솔직히 말씀드리는 겁니다.(역시나 흔한 일은 아니지요.) 자, 제가 선생을 찾아온 두 번째 이유는……."

"그래, 두 번째는요?"(라스콜니코프는 여전히 숨을 헐떡이고 있었다.)

"두 번째 이유는 아까 말씀드렸듯 저 스스로 선생에게 해명해야 할 의무가 있다고 생각하기 때문입니다. 선생이 저를 불한당으로 생각하는 것도 싫거니와 믿거나 말거나 선생에게 진실로 애정을 갖고 있거든요. 따라서 제가 선생을 찾아온 세 번째 이유는 솔직하고 허심탄회하게 권할 것이 있어서인데 ― 그냥 자수하십시오. 그편이 선생으로서는 훨씬 더 이로울 테고 저도 마찬가지겠지요, 어깨에서 무거운 짐을 내려놓는 것이니까요. 자, 어떻습니까, 이만하면 저도 참 솔직하지 않습니까, 예?"

라스콜니코프는 잠깐 생각했다.

"있잖습니까, 포르피리 페트로비치, 당신 입으로 이건 심리학일 뿐이라고 말하더니 어느새 수학의 영역으로 진입했네요. 자, 혹시 지금 당신이 잘못 안 것이라면?"

"아니요, 로지온 로마느이치, 그렇지 않습니다. 자그마한 단서가 있거든요. 이 단서는 그때 발견한 겁니다. 주님께서 보내 주셨거든요!"

"어떤 단서죠?"

"어떤 것인지는 말하지 않으렵니다, 로지온 로마느이치. 게다가 어쨌거나 이제는 더 이상 유예할 권리도 없습니다. 수감할 수밖에요. 그러니 잘 판단하십시오. 이제는 저야 아무래도 상관없으니까 오로지, 오직 선생을 위해서 이러는 겁니다. 틀림없이 그편이 더 좋을 겁니다, 로지온 로마느이치!"

라스콜니코프는 표독스러운 냉소를 머금었다.

"이쯤 되면 우스꽝스러울 뿐만 아니라 숫제 몰염치하달까요. 설령 제가 범인이라고 해도(그렇다는 얘기는 절대 아니지만) 그렇더라도 무슨 이유로 자수하겠습니까, 제가 당신의 저쪽에 갇혀 영원한 안식을 누릴 것이라고 당신 입으로 말하는데?"

"에잇, 로지온 로마느이치, 사람 말을 곧이곧대로 믿지는 마십시오. 완전히 영원한 안식은 아닐 수도 있잖습니까! 사실 이건 이론일 뿐, 더군다나 저의 이론일 뿐이고, 제가 선생에게 무슨 권위가 있겠습니까? 어쩌면 저는 지금도 선생에게 뭔가 숨기는 것이 있을지도 모릅니다. 저라고 느닷없이 모든 것을 털어놓으라는 법은 없으니까요, 헤-헤! 둘째로는, 어떤 이익이 있느냐는 말씀이십니까? 그렇게 할 경우 얼마나 감형이 될지는 선생도 아시잖습니까? 게다가 선생이 언제, 어떤 순간에 자수하시는 셈입니까? 제발 이 점을 생각해 보십시오! 이미 다른 사람이 죄를 뒤집어쓰고 사건이 전부 뒤죽박죽된 때가 아닙니까? 저는 하느님께 맹세코, '저쪽에서는' 선생의 자수를 전혀 뜻밖의 일처럼 여기도록 꾸미고 그렇게 손을 써 놓겠습니다. 이따위 심리학은 전부 그만둡시다, 선생에 대한 혐의도 전부 없던 걸로 하고요. 그러면 선생의 범행은 일종의 정신착란처럼 보일 테고, 양심에 비추어 봐도 정신착란이 맞지요. 저는 정직한 사람입니다, 로지온 로마느이치, 제 입으로 내뱉은 말은 꼭 지키겠습니다."

라스콜니코프는 서글픈 표정을 지으며 입을 다물고 고개를 숙였다. 그는 오랫동안 생각하다가 마침내 다시 피식 웃었지만 그것은 이미 온화하고도 서글픈 미소였다.

"에잇, 필요 없습니다!" 그는 포르피리에게는 더 이상 숨길 것이 전혀 없다는 듯 말했다. "그럴 가치가 없습니다! 당신의 감형 따위는 전혀 필요 없어요!"

"이렇게 나오실까 봐 얼마나 걱정했는지!" 포르피리가 저도 모르게 열띤 어조로 소리쳤다. "이렇게 우리의 감형 따위는 필요 없다고 하실까 봐 걱정이었지요."

라스콜니코프는 감정이 듬뿍 밴 서글픈 눈으로 그를 바라보았다.

"에잇, 삶을 하찮게 여기지 마십시오!" 포르피리가 말을 이어 갔다. "앞날이 창창하지 않습니까. 어째서 감형이 필요 없다는 겁니까, 어째서! 참 성마른 사람이군요!"

"앞날이 뭐가 창창하단 말입니까?"

"삶이 창창하지요! 선생이 무슨 예언자라도 되십니까, 뭘 그리 많이 아십니까? 구하라, 그러면 찾을 것이다, 이 말입니다. 하느님께서도 선생이 그러시길 기다리셨을걸요. 게다가 영원한 것 것도 아니잖습니까, 그 족쇄 말입니다…….”

“감형을 해 줄 테니까…….” 라스콜니코프가 웃었다.

“아니, 왜요, 그런 부르주아적인 수치에 경악하셨습니까, 예? 그야 경악할 법도 하지만 그러면서도 스스로는 그것을 모르고 있으니, 역시 젊다는 소리입니다! 어쨌거나 선생은 자수를 무서워할 것도, 뭐랄까, 수치스러워할 것도 없습니다.”

“에-에잇, 썩을!” 라스콜니코프는 경멸하듯, 말도 하기 싫다는 듯 혐오감을 보이며 속삭였다. 그는 꼭 어디 가 볼 데가 있는 사람처럼 다시 일어나려다가 눈에 뜨일 만큼 절망에 찬 모습으로 다시 자리에 앉았다.

“거참, 썩을, 이라뇨! 사람에 대한 신뢰를 잃으셔서 제가 어설픈 아부나 한다고 생각하시는군요. 참, 얼마나 많이 사셨습니까? 많은 걸 이해하십니까? 이론을 생각해 냈으나 영 틀어져 버려서, 영 독창적이지 못한 놈이 나와 버려서 창피스러웠겠죠! 비열한 꼴이 됐고, 또 사실이 그렇지만, 그렇더라도 선생은 어쨌거나 구제불능의 비열한은 아닙니다. 절대 그런 비열한은 아니죠! 적어도 자기 자신을 오랫동안 기만하지 않고 단번에 최후의 기둥에 다다랐지요. 제가 선생을 어떤 사람으로 생각하고 있을까요? 바로, 믿음이든 신이든 찾아내기만 하면 창자를 도려내도 가만히 선 채로 미소를 지으며 고문자들을 바라볼 만한 자들 중 한 명으로 생각하고 있습니다. 자, 찾아내십시오, 그럼 살게 되겠지요. 선생은 첫째, 이미 오래전부터 공기를 바꿀 필요가 있었습니다. 뭐 어떻습니까, 고통도 역시나 좋은 일입니다. 고통받으십시오. 고통을 자처하는 미콜카가 옳은지도 모릅니다. 쉽사리 믿어지지 않는다는 것쯤은 저도 압니다만, 이것저것 너무 잔꾀를 부리지 마십시오. 생각은 그만하고 곧장 삶에 몸을 내맡기십시오. 염려할 것도 없습니다. 곧장 해안가로 이끌려 가 두 발로 서게 될 테니까요. 그럼, 어떤 해안가일까요? 저라고 어떻게 알겠습니까? 저는 그저 선생의 앞날이 창창하다는 것을 믿을 뿐입니다. 선생이 지금 제 말을 판에 박힌 설교쯤으로 받아들이신다는 것도 알고 있습니다. 하지만 아마 나중에 상기하시면 언제든 쓸모가 있을 겁니다. 그러시라고 이렇게 말씀드리는 것이고요. 노파만 죽이셨으니 그나마 다행입니다. 행여 다른 이론을 생각해 내셨더라면 억 배는 족히 더 추악한 일을 저지르셨을 테니까요! 하느님께 감사드려야겠지요. 선생이 어떻게 아시겠습니까, 하느님께서 뭔가를 위해 선생을 지켜 주시는지도 모르지요. 마음을 크게 갖고 무서움을 좀 버리십시오. 위대한 실행이 임박하자 겁이 나십니까? 아니요, 이럴 때 겁을 내는 것은 부끄러운 일입니다. 일단 그런 걸음을 내디뎠다면 힘을 내셔야지요. 이건 이미 정의의 문제입니다. 자, 이제 정의가 요구하는 것을 실행하십시오. 선생이 믿지 않으신다는 것쯤은 압니다만, 그래도 틀림없이 삶이 끝까지 이끌고 갈 겁니다. 나중에는 스스로 좋아하시게 될 테고요. 지금 선생에게는 오직 공기가 필요할 따름입니다, 공기, 공기가!"

라스콜니코프는 심지어 몸을 부르르 떨었다.

"당신은 대체 뭐 하는 사람입니까?" 그가 소리쳤다. "무슨 예언자라도 됩니까? 그래서 저 높은 곳에 평온하고 장엄하게 버티고 서서 저를 향해 오묘한 예언을 늘어놓는 겁니까?"

"제가 뭐 하는 사람이냐고요? 저로 말하자면 볼 장 다 본 인간입니다. 아마 느낄 줄도, 동정할 줄도 알고 또 뭔가 아는 것도 있지만 완전히 볼 장 다 본 인간요. 하지만 선생은 전혀 다릅니다. 하느님께서 선생을 위해 삶을 마련해 놓으셨거든요.(하긴 선생의 경우에도 그냥 연기처럼 사라져 아무것도 남지 않을지도 모르겠지만.) 뭐, 선생이 다른 부류의 사람들 쪽으로 옮겨 간들 뭐가 어떻겠습니까? 선생 같은 마음을 가진 분이 안락을 버리기가 아까운 건 아닐 테지요? 너무 오랫동안 아무도 선생을 보지 못한들 또 어떻습니까? 문제는 시간이 아니라 선생입니다. 태양이 되십시오, 다들 선생을 우러러볼 겁니다. 태양은 무엇보다도 태양이 되어야지요. 그 미소는 또 뭡니까, 제가 무슨 실러 같아서요? 장담하지만, 제가 지금 선생의 환심을 사려고 아부를 한다고 생각하실 테죠! 하긴 정말로 아부를 한다고 한들 어떻습니까, 헤-헤-헤! 로지온 로마느이치, 제 말을 곧이곧대로 믿지도 마시고, 아니, 아예 조금도 믿지 마십시오. 이거야말로 저의 고질병이거든요, 예, 그렇지요. 다만, 이 말만 덧붙이죠. 즉, 제가 얼마만큼 천박한 인간이고 또 얼마만큼 정직한 인간인지는 선생이 직접 판단하시면 될 것 같군요!"

"저를 언제 체포할 생각입니까?"

"글쎄, 하루하고도 반나절, 아니면 이틀쯤은 산책을 좀 하시도록 하려고요. 잘 생각해 보십시오, 선생, 하느님께 기도도 드리시고요. 게다가 그편이 더 이롭다니까요, 틀림없이 더 이로울 겁니다."

"혹시 도망이라도 친다면?" 어쩐지 이상야릇한 미소를 띠며 라스콜니코프가 물었다.

"아니요, 도망치지 않을 겁니다. 무지렁이라면 도망을 치겠고, 한창 유행하는 무슨 종파의 신도라면 도망을 치겠지요. 남의 사상의 노예니까, 또 해군 소위 드이르카*처럼 손가락 끝만 살짝 보여 줘도 평생 동안 뭐라도 믿을 양반들이니까요. 하지만 선생은 자신의 이론을 더 이상 믿지도 않으시면서 뭘 갖고 도망을 치시겠습니까? 게다가 도망 다니는 것이 뭐가 좋다고요? 도망자 생활은 치사하고 힘든 법인데 선생에게는 무엇보다도 삶과 일정한 지위와 그에 상응하는 공기가 필요합니다. 자, 그곳에 선생의 공기가 있답니까? 도망치신들 알아서 돌아오실 겁니다. 선생은 우리 없이는 안 되거든요. 만약 제가 선생을 감옥에 가두면 한 달이나 두 달, 아니면 석 달쯤 있다가 갑자기 제 말을 떠올리고는 알아서 자수하실걸요, 선생 스스로도 뜻밖이겠지만. 한 시간 전까지도 자기가 자수할 줄은 모르고 있을 테고요. 심지어 저는 선생이 '숙고 끝에 고통을 받아들이기로 결심할 것'이라는 확신마저 있습니다. 지금은 제 말을 안 믿으시겠지만 선생 스스로 이런 생각에 골몰하시게 될

---

* 고골의 희곡 「결혼」의 1막 16장에서 언급되는 인물인데, 2막 8장에 나오는 해군 소위 페투호프와 혼동한 듯하다.

겁니다. 고통이란, 로지온 로마느이치, 위대한 것이거든요. 거참, 내가 왜 이리 뚱뚱해졌나, 그렇게 보지 마십시오, 뭐 하게요, 안 그래도 저도 잘 아는걸요. 이런 걸 비웃지 마십시오, 고통에는 이념이 있거든요. 아무래도 미콜카가 옳습니다. 아니요, 선생은 도망치지 않으실 겁니다, 로지온 로마느이치."

라스콜니코프는 자리에서 일어나며 모자를 집어 들었다. 포르피리 페트로비치도 일어났다.

"산책이라도 나가시려고요? 저녁 날씨가 좋을 것 같군요, 뇌우만 퍼붓지 않는다면. 하긴 공기가 신선해질 테니까 그편이 더 좋을지도 모르겠습니다……."

그도 역시 모자를 집었다.

"포르피리 페트로비치." 라스콜니코프가 준엄하고 고집스레 말했다. "오늘 제가 자백했다는 생각에 너무 뻐기지는 마십시오. 당신이 워낙 이상한 사람이라서 그저 호기심에서 당신 말을 경청했을 뿐입니다. 사실 저는 당신에게 아무것도 자백하지 않았습니다……. 이 점, 명심하십시오."

"뭐, 알다마다요, 명심하지요. 아이고, 심지어 덜덜 떠시는군요. 염려하지 마십시오, 선생. 다 선생 뜻대로 될 테니까요. 산책이나 좀 하시지요. 다만, 산책도 너무 오래 하시면 안 됩니다. 어떻든 만일의 경우에 대비하여 자그마한 부탁이 있습니다." 그가 목소리를 낮추며 덧붙였다. "좀 민감하면서도 중요한 부탁입니다. 혹시 모르니까, 즉 만일의 경우(하긴 그럴 리 없다고 믿고 선생은 절대 그럴 사람이 아니라고 생각하지만), 만일의 경우 — 뭐, 그야말로 만일의 경우에 대비하여 — 요

40~50시간 내에 선생이 일을 어떻든 다른 방식, 즉 어딘가 환상적인 방식으로 끝낼 마음이, 그러니까 선생 자신을 슬쩍 해치울 마음이 생긴다면(엉뚱한 가정이지만, 뭐, 이러는 제 심정도 헤아려 주십시오.) 짤막하게나마 적절한 메모를 남겨 주십시오. 예, 두 줄, 딱 두 줄이면 충분하고 돌 얘기도 살짝 해 주시고요. 그러면 좀 더 고상하지 않겠습니까. 자, 그럼 이만……. 좋은 생각 많이 하시고, 복된 일 많이 꾸리시길!"

포르피리는 라스콜니코프를 보지 않으려는 듯 왠지 등을 구부린 채 나갔다. 라스콜니코프는 창가로 다가갔고, 짜증스럽고 초조한 마음으로 시간을 재며 상대방이 거리로 나가 멀찍이 가길 기다렸다. 그런 다음 그도 서둘러 방을 나갔다.

3

그는 스비드리가일로프의 숙소를 향해 걸음을 재촉했다. 이 사람에게 무엇을 기대할 수 있을지는 그 자신도 몰랐다. 하지만 이 사람에게는 그를 지배할 만한 어떤 권력이 숨어 있었다. 일단 이 사실을 의식하자 더 이상 마음 편히 있을 수도 없고 게다가 이제는 시간이 온 것이다.

길을 가는 동안 유달리 그를 괴롭힌 의문이 하나 있었다. 혹시 스비드리가일로프가 포르피리를 찾아갔을까?

그가 판단할 수 있는 한 맹세코 — 절대 가지 않았으리라! 그는 생각에 생각을 거듭하고 포르피리의 방문을 모두 되짚어보고 앞뒤를 따져 보았다. 아니, 가지 않았다, 물론, 가지 않았다!

하지만 아직 가지 않았다면 앞으로 포르피리를 찾아갈까, 아닐까?

지금으로서는 일단 가지 않을 것으로 생각되었다. 왜? 그것도 설명할 수 없겠지만, 그럴 수 있다고 해도 지금은 그걸로 특별히 골머리를 앓지는 않을 것이다. 이 모든 일 때문에 괴로워하면서도 동시에 왠지 그것은 안중에도 없었다. 아무도 믿지 못할 이상한 일이지만, 그는 이제 곧 목전에 닥칠 자신의 운명에 어쩐지 심드렁하고 막연하게 신경을 썼다. 그를 괴롭힌 것은 뭔가 다른, 훨씬 더 중대하고 굉장한 문제로서 다른 누구도 아닌 바로 그 자신에 관한 문제, 하지만 뭔가 다르고 뭔가 주요한 문제였다. 게다가 오늘 아침은 최근 그 어느 때보다 머리가 잘 돌아갔음에도 극심한 정신적 피로를 느꼈다.

더군다나 이제 와서, 그런 일까지 있었던 마당에 이 모든 새롭고 시시껄렁한 난관을 이겨 내려고 노력할 가치가 있었을까? 가령, 스비드리가일로프가 포르피리에게 가지 못하도록 음모를 꾸미려고 노력할 가치가, 스비드리가일로프 같은 인간을 연구하고 조사하느라 시간을 허비할 가치가 있었을까!

오, 정말 이 모든 것에 신물이 났다!

그러는 와중에도 어쨌거나 그는 스비드리가일로프의 숙소를 향해 걸음을 재촉했다. 그에게서 뭔가 새로운 것을, 지시나 출구 같은 것을 기대했던 것은 아닐까? 지푸라기라도 잡는 심정으로! 운명이, 무슨 본능이 그들을 하나로 엮어 주는 것은 아닐까? 어쩌면 이것은 오직 피로감 때문, 절망 때문이었는지도 모른다. 정작 필요한 존재는 스비드리가일로프가 아닌 다른 누군가였을 수도 있는데 마침 스비드리가일로프가 나타났을 뿐인지도 모른다. 소냐는? 하긴 지금 왜 소냐를 찾아가겠는가? 또다시 그녀에게 눈물을 구걸하려고? 더군다나 그는 소냐가 무서웠다. 소냐는 가차 없는 선고이자 바꿀 수 없는 결정이었다. 이 경우에는 그녀의 길이냐, 그의 길이냐, 이다. 특히 이 순간은 그녀를 볼 만한 상태가 아니었다. 아니, 스비드리가일로프를 시험해 보는 편이 더 낫지 않을까. 대체 어떤 인간일까? 그러자 이자가 정말로 이미 오래전부터 뭔가를 위해 자기에게 필요한 존재였음을 내심 인정하지 않을 수 없었다.

뭐, 하지만 그들 사이에 무슨 공통점이 있을 수 있을까? 그들에게는 악행조차도 똑같을 수 없으리라. 이자는 게다가 몹시 불쾌하고 십중팔구 굉장히 방탕한 인간, 틀림없이 교활하고 위선적인 데다가 몹시 사악한 인간인지도 모른다. 그를 두고 그렇고 그런 숱한 소문이 떠돌고 있다. 사실 그는 카체리나 이바노브나의 아이들 뒤를 봐주고 있지만 무슨 의도가 있는지, 이것이 무슨 뜻인지 누가 알겠는가? 이 인간은 영원히 무슨 속셈에 계략이 있으니까.

요 며칠 동안 라스콜니코프의 머릿속에서는 한 가지 생각이 수시로 어른거렸는데, 떨쳐 내려고 애썼지만 참 무던히도 그를 괴롭혔다. 그로서는 정말 괴로운 생각이었다! 이따금씩 그가 생각한 내용은 이렇다. 즉, 스비드리가일로프가 계속 그의 주변을 맴돌았고 지금도 맴돌고 있다, 스비드리가일로프는 그의 비밀을 알아냈다, 스비드리가일로프는 두냐에게 좋지 않은 속셈을 품고 있었다. 혹시 지금도 그럴까? 거의 확신을 갖고 그렇다라고 말할 수 있으리라. 한데 그의 비밀을 알아내고 이런 식으로 그에 대한 권력을 획득한 지금, 그것을 두냐를 해칠 무기로 이용하려 든다면?

이런 생각은 때로 꿈에서도 그를 괴롭혔지만, 이토록 선연하게 의식의 지평 위로 떠오른 것은 스비드리가일로프에게 가고 있는 지금이 처음이었다. 이런 생각만으로도 이미 그는 침울한 울분에 사로잡혔다. 첫째, 그때는 이미 모든 것이 달라질 것이고 그 자신의 상황도 그럴 것이다. 즉, 당장 두네치카에게 비밀을 털어놓아야 한다. 두네치카가 혹시 부주의한 행보를 하는 일이 없도록 자수해야 할지도 모른다. 그 편지는? 오늘 아침에 두냐가 무슨 편지를 받았다지 않는가! 이 페테르부르크에서 그 애에게 편지를 보낼 사람이 누가 있을까?(설마 루쥔일까?) 사실 이런 쪽으로는 라주미힌이 잘 지켜보고 있다. 하지만 라주미힌은 아무것도 모르지 않는가. 라주미힌에게도 털어놓아야 할까? 이런 생각이 들자 라스콜니코프는 혐오감을 느꼈다.

'어쨌거나 가능한 한 빨리 스비드리가일로프를 만나야 한다.' 그는 속으로 최종적인 결정을 내렸다. '다행히도, 이 경우에는 일의 본질에 비해 자질구레한 말은 별로 필요 없다. 하지만 혹시 이자가, 이 스비드리가일로프가 만에 하나라도 두냐에게 뭔가 좋지 않은 일을 꾸민다면, 혹시 그렇다면 그때는⋯⋯.'

라스콜니코프는 최근 내내, 요 한달 내내 얼마나 지쳤는지, 이제는 이와 같은 문제에 대해 한 가지 결론밖에 내릴 수 없었다. '그때는 그놈을 죽여 버릴 테다.' 싸늘한 절망에 휩싸여 이렇게 생각했던 것이다. 괴로운 감정이 그의 심장을 짓눌렀다. 그는 거리 한복판에서 걸음을 멈추고 지금 걷는 이 길이 어딘지, 자기가 어디로 들어섰는지 주위를 두리번거리기 시작했다. 방금 지나온 센나야 광장에서 삼사십 걸음쯤 떨어진 ○○ 거리였다. 왼쪽 건물의 2층이 전부 음식점이었다. 창문은 모두 활짝 열려 있었는데, 그 주변에 사람들의 모습이 어른거리는 것으로 봐서 음식점이 꽉 찬 것 같았다. 홀에서는 노랫소리가 넘쳐흐르고 클라리넷과 바이올린이 울리고 터키 북이 둥둥거렸다. 여자들의 새된 소리도 들려왔다. 그는 자기가 대체 왜 ○○ 거리로 들어섰는지 의아해하며 막 돌아서려다가, 갑자기 음식점의 맨 끝 쪽, 열려 있는 창문 너머로 창가 바로 옆의 탁자 앞에 파이프를 물고 앉아 있는 스비드리가일로프를 발견했다. 어찌나 무서웠는지, 그 충격은 공포에 가까웠다. 스비드리가일로프는 그를 말없이 관찰하며 살펴보고 있었으며, 라스콜니코프로서는 이 역시 충격이었는데, 누가 알아보기 전에 살그머니 나가려고 막 일어서려는 것 같았다. 라스콜니코프도 당장에 그를 알아보지 못한 척, 그냥 생각에 잠겨 먼 산만 바라보는 척했고, 그러면서도 정작은 곁눈질로 계속 그를 관찰했다. 심장이 불안하게 고동쳤다. 아니나 다를까, 스비드리가일로프는 확실히 남의 눈에 띄는 것이 싫은 눈치였다. 그는 입에서 파이프를 떼고 진즉에 몸을 감추려고 했다. 하지만 자리에서 일어나 의자를 밀어낸 순간 갑자기 라스콜니코프가 자기를 보며 관찰하고 있음을 분명히 알아챈 모양이었다. 그들 사이에는 라스콜니코프가 자고 있을 때 그의 집에서 이루어진 첫 만남과 어딘가 유사한 장면이 연출되었다. 스비드리가일로프의 얼굴에 의뭉스러운 미소가 일더니 점점 더 얼굴 전체로 퍼져 갔다. 이쪽, 저쪽 둘 다 서로를 보며 관찰하고 있음을 알았다. 마침내 스비드리가일로프가 큰 소리로 웃음을 터뜨렸다.

"자, 자! 내키면 들어와요. 나는 여기 있습니다!" 그가 창문 너머에서 소리쳤다.

라스콜니코프는 음식점으로 올라갔다.

그가 있는 곳은 창문이 하나밖에 없는, 큰 홀에 붙은 몹시 작은 뒷방이었는데, 스무 개의 작은 탁자가 있는 저쪽 홀에서는 가수들의 필사적인 합창이 비명처럼 울려 퍼지는 가운데 상인과 관리를 비롯한 온갖 무수한 사람들이 차를 마시고 있었다. 어디서는 당구공 부딪치는 소리가 들려왔다. 스비드리가일로프의 탁자 위에는 새로 딴 샴페인 병과 반쯤 채워진 술잔이 놓여 있었다. 방에는 작은 손풍금을 든 손풍금장이 소년과 줄무늬 치마를 허리띠에 끼우고 리본 달린 티롤 모자를 쓴, 볼이 발그스레하고 건강한 열여덟 살쯤 된 가수 아가씨가 있었는데, 그녀는 다른 방의 합창 소리에도 굴하지 않고 손풍금 반주에 맞추어 상당히 걸걸한 저음으로 무슨 통속 가요를 부르고 있었다…….

"자, 그만 됐어!" 라스콜니코프가 들어오자 스비드리가일로프는 노래를 끊었다.

아가씨는 노래를 딱 그치고 공손한 자세로 가만히 기다렸다. 운율이 들어간 얄궂은 통속 가요를 부를 때도 역시나 얼굴에 어딘가 진지하고 공손한 빛을 띠고 있었다.

"헤이, 필립, 술잔!" 스비드리가일로프가 소리쳤다.

"술은 마시지 않겠습니다." 라스콜니코프가 말했다.

"그야 좋을 대로 하십시오, 어차피 당신을 위한 술잔이 아니올시다. 마셔, 카챠! 오늘은 더 필요 없을 테니 그만 가 보고!" 그는 그녀에게 술 한 잔을 가득 부어 주고 노란색 지폐를 꺼내 주었다. 카챠는 보통 여자들처럼 술잔을 단숨에, 즉 술잔에서 입을 떼지 않고 스무 모금을 연거푸 마신 다음 지폐를 받아들고, 스비드리가일로프가 극히 진지하게 내민 손에 입을 맞추고는 방을 나갔으며 그녀의 뒤를 따라 손풍금 소년도 터벅터벅 걸어 나갔다. 둘 모두 거리에서 불러 온 자들이었다. 스비드리가일로프는 페테르부르크에 산 지 일주일도 안 됐지만 주변의 모든 것이 어딘가 부족사회의 느낌을 주었다. 음식점 하인인 필립도 이미 '단골손님'의 비위를 맞춰 주었다. 홀로 통하는 문을 잠가 두었기 때문에 스비드리가일로프는 이 방을 자기 방처럼 썼고 여기서 몇 날 며칠을 보낸 듯했다. 음식점은 지저분하고 허름한 것이 아예 이류도 못 될 정도였다.

"당신에게 가던 길이었습니다, 당신을 찾고 있었어요." 라스콜니코프가 말문을 열었다. "하지만 지금 왜 갑자기 센나야 광장에서 ○○ 거리로 방향을 튼 것일까요! 이쪽 방향으로 돈 적도, 이쪽에 발을 들여놓은 적도 전혀 없는데. 보통은 센나야 광장에서 오른쪽으로 돌거든요. 게다가 당신 숙소도 이쪽 길은 아니죠. 그런데 방향을 틀기가 무섭게 당신이 있지 뭡니까! 이상한 노릇입니다!"

"차라리 대놓고, 이건 기적이다, 라고 말씀하시지!"

"그야 그냥 우연일지도 모르죠."

"이런 부류의 인간은 전부 사고방식이 참!" 스비드리가일로프는 껄껄 웃음을 터뜨렸다. "속으로는 기적을 믿으면서도 인정하지는 않거든요! 당신도 그냥 우연'일지도 모른다.'고 말씀하시잖습니까. 이곳 사람들이 자기만의 견해에 관한 한 어찌나 겁쟁이인지, 상상도 못할걸요, 로지온 로마느이치! 당신 얘기를 하는 것은 아닙니다. 당신은 자기만의 견해가 있고 또 그런 것을 갖는 것을 겁내지 않죠. 그 때문에 당신이 나의 호기심을 자극했던 것이기도 하고요."

"그 밖에는 아무것도 없고요?"

"그 정도면 충분하죠, 뭐."

스비드리가일로프는 분명히 흥분한 상태였지만 아주 약간만 그랬다. 술도 겨우 반잔만 마셨으니까.

"당신이 나를 찾아왔을 때는 내가 당신이 말하는 자기만의 견해를 가질 능력이 있는 자임을 알기 전이었던 것 같은데요." 라스콜니코프가 일침을 가했다.

"뭐, 그때는 사정이 달랐지요. 누구나 자기 흐름이 있잖습니까. 기적 얘기를 하자면, 당신은 요 이삼 일간 잠만 자고 있었던 것 같군요. 이 음식점은 내가 직접 가르쳐 준 것이므로 당신이 곧장 여기로 온 것은 기적도 뭣도 아닙니다. 음식점의 위치며 찾아오는 길이며 전부 설명해 주고 몇 시에 오면 여기서 나를 만날 수 있는지도 얘기했거든요. 기억나죠?"

"잊어버렸습니다." 라스콜니코프가 놀라며 대답했다.

"그렇겠죠. 두 번이나 말했는데. 그래서 그 주소가 당신의 기억 속에 기계적으로 각인된 겁니다. 역시나 기계적으로 이쪽으로 방향을 돌렸지만, 실은 자신도 알지 못하는 사이에 철저히 주소에 따라 움직인 셈이죠. 그때 말을 하면서도 당신이 내 말을 알아들었으리라고 기대하지는 않았습니다. 정말 은연중에 본심을 드러내는군요, 로지온 로마느이치. 그리고 또 한 가지, 내가 확신하는 바로, 페테르부르크에는 길을 걸으며 혼잣말을 하는 사람들이 참 많습니다. 이곳은 반미치광이들의 도시입니다. 만약 우리 나라에도 학문이 있다면 의학자든 법학자든 철학자든 제각기 전공에 따라 페테르부르크에 대해 아주 귀중한 연구를 할 수 있을 겁니다. 페테르부르크만큼 인간의 영혼에 음울하고 과격하고 이상한 영향을 많이 미치는 곳도 드물 테니까요. 기후만 해도 얼마나 큰 영향을 미칩니까! 그런 데다가 이곳은 전(全) 러시아의 행정적 중심이니까 그 성격이 모든 것에 반영될 수밖에 없습니다. 하지만 지금 문제는 이게 아니라 내가 벌써 몇 번이나 당신을 옆에서 바라보았다는 점입니다. 당신은 집에서 나설 때만 해도 머리를 똑바로 들고 있습니다. 스무 걸음쯤 가면 이미 머리를 떨어뜨리고 뒷짐을 집니다. 분명히 앞을 바라보는 것도 아닌데 그렇다고 옆을 보는 것도 아닙니다. 급기야 입술을 달싹이며 혼잣말을 하기 시작하고 그것도 모자라 어떨 때는 급기야 한 손을 풀고 연설이라도 하듯 길 한복판에 오래도록 멈춰 서 있습니다. 몹시 좋지 않은 일이죠. 내가 아닌 다른 누가 당신을 눈여겨 볼 수도 있고, 어떻든 이로울 것이 없는 일이라고요. 나야 본질적으로 다 상관없고 당신을 치료할 것도 아니지만, 물론 내 말 뜻은 알아들을 겁니다."

"내가 미행당하고 있다는 사실을 알고 있군요?" 라스콜니코프는 뭔가를 캐내려는 눈빛으로 그를 쳐다보며 물었다.

"아니요, 전혀 모르는 일입니다." 스비드리가일로프가 깜짝 놀랐다는 듯 대답했다.

"뭐, 그럼 나를 그냥 내버려 두세요." 인상을 쓰면서 라스콜니코프가 중얼거렸다.

"좋습니다, 그렇게 합시다."

"그보다도 말입니다, 당신이 술을 마시러 이 집을 자주 드나들고 당신을 만나려면 여기로 오라고 두 번이나 말했으면서도, 정작 내가 방금 거리에서 창문을 쳐다봤을 때는 왜 몰래 내빼려고 했습니까? 그러는 걸 똑똑히 봤거든요."

"헤-헤! 그럼 왜 당신은 내가 그때 당신 댁 문지방에 서 있을 때 자는 척 눈을 감고 소파에 누워 있었습니까, 사실 자는 것도 아니었으면서? 그러는 걸 똑똑히 봤답니다."

"나야…… 그럴 만한 이유가 있었을 테고…… 이 점은 당신이 더 잘 알 텐데요."

"나도 내 나름의 이유가 있었을 테죠, 당신이 알아내지는 못하겠지만요."

라스콜니코프는 오른쪽 팔꿈치를 탁자 위에 올려놓고 오른쪽 손가락으로 턱을 괸 채 스비드리가일로프를 뚫어져라 응시했다. 전에도 항상 충격을 안겨 주던 그의 얼굴을 잠깐 동안 뜯어보았다. 어딘가 이상야릇한 얼굴, 가면을 닮은 듯한 얼굴이었다. 뽀얀 얼굴에 볼은 발그스레하고 입술은 발그스레하다 못해 새빨갛고 턱수염은 밝은 금발이고 머리카락도 숱이 상당히 많은 금발이었다. 눈은 어딘가 너무 푸르고 그 시선은 어딘가 너무 무거운 데다가 움직임이 없었다. 나이에 비해 굉장히 젊어 보이는 이 잘생긴 얼굴에는 뭔가 아주 기분 나쁜 것이 깃들어 있었다. 스비드리가일로프는 세련되고 가뿐한 여름옷을 입고 있었는데, 특히 와이셔츠로 멋을 냈다. 손가락에는 값비싼 보석이 박힌 굵은 반지를 끼고 있었다.

"당신과 또 괜히 실랑이를 벌여야 할까 싶군요." 라스콜니코프는 갑자기 초조함에 몸이 달아 곧장 노골적으로 나오며 이렇게 말했다. "당신이 한번 해를 입히려 들면 아주 위험한 사람일 수 있다고 해도, 더 이상은 바보처럼 희희낙락하기 싫습니다. 나는, 당신 생각이야 필경 그럴 테지만, 몸을 사리는 사람은 아닙니다, 지금 당장이라도 보여 드리죠. 또 명심하셔야 하는데, 내가 당신을 찾아온 것은 단도직입적으로 할 말이 있어서입니다. 즉, 만약 당신이 나의 여동생에게 예의 그 속셈을 계속 품고 있고 또 그것을 위해 최근에 밝혀진 모종의 사실을 이용할 생각이라면 당신이 나를 감옥에 처넣기 전에 내가 먼저 당신을 죽여 버릴 겁니다. 내 말은 틀림없습니다. 내가 이 말대로 할 수 있으리라는 것, 당신도 알 겁니다. 둘째, 만약 나에게 무슨 할 얘기가 있으면 — 계속 나에게 뭔가 하고 싶은 말이 있는 것처럼 여겨졌거든요 — 어서 빨리 하십시오, 시간도 귀하거니와 조금만 지나도 이미 늦을 수 있거든요."

"어딜 그리 급히 가려고요?" 스비드리가일로프가 호기심을 갖고 그를 뜯어보며 물었다.

"누구나 자기 흐름이 있으니까요." 라스콜니코프가 침울하고 성마른 어조로 말했다.

"방금 자기 입으로 솔직하게 얘기하자고 해 놓고서는 첫 질문부터 대답을 거절하니, 원." 스비드리가일로프가 미소를 지으며 한마디 했다. "계속 나에게 어떤 목적이 있는 것 같은 생각이 드니까 그런 의심의 눈초리로 나를 보는 겁니다. 하긴 어쩌겠습니까, 당신 입장에서는 충분히 이해할 만한 일이죠. 하지만 지금 당신과 친해지고 싶은 생각이 아무리 간절해도, 어쨌거나 굳이 그런 생각을 불식하려 들지는 않겠습니다. 틀림없이 수지가 안 맞는 장사인 데다가 당신과 무슨 특별한 얘기를 나눌 계획은 없었으니까요."

"그럼 그때는 내가 왜 그토록 필요했던 거죠? 계속 내 주변을 맴돌았잖습니까?"

"그냥 호기심을 자극하는 관찰 대상이었으니까요. 당신의 그 환상적인 처지가 마음에 들었죠, 예, 바로 그겁니다! 그 밖에도, 당신은 내가 많은 관심을 가졌던 여성의 오빠이고, 끝으로, 옛날에 바로 그 여성에게서 당신 얘기를 퍽이나 많이 들은 덕분에 당신이 그녀에게 큰 영향력을 가진 사람이라는 결론을 내렸습니다. 아니, 이걸로 부족합니까? 헤-헤-헤! 하지만, 솔직히 말해, 당신의 질문은 나로서는 극히 복잡한 것이어서 뭐라고 대답하기가 힘들군요. 가령 지금도 당신이 나를 찾아온 것은 무슨 용건 때문일 리 만무하고 뭔가 새로운 것을 노린 거죠? 그렇죠? 그렇지 않습니까?" 스비드리가일로프는 의뭉스러운 미소를 지으며 고집을 부렸다. "자, 이런 상황이건만,

글쎄, 나도 이곳으로 오는 기차 안에서부터 당신을 염두에 두고서 당신이 뭔가 새로운 것을 말해 줄 것이고 당신에게서 뭐라도 슬쩍할 수 있지 않을까 생각했지 뭡니까! 우리도 참 부자(富者)라니까요!"

"뭘 슬쩍한다는 말입니까?"

"글쎄, 어떻게 말해야 할까요? 무엇인지 난들 알겠습니까? 보다시피, 나는 계속 무슨 허름한 음식점에 죽치고 앉아 있는데, 이런 것이 내 나름의 낙이랄까요, 아니, 낙이라기보다는 사람은 어디든 앉아 있어야 하니까요. 뭐, 하다못해 저 불쌍한 카챠만 해도 말입니다. 봤지요……? 내가 대식가이거나 클럽을 전전하는 식도락가라면 모를까, 사실 이 정도만 해도 충분히 먹을 만하거든요!(그는 손가락으로 작은 식탁의 한쪽 모서리를 가리켰는데, 거기 양철 접시에는 끔찍한 비프스테이크와 감자 찌꺼기가 놓여 있었다.) 그나저나 식사는 했습니까? 나는 입가심을 좀 했더니 더는 생각이 없군요. 가령 술이라면 전혀 마시지 않습니다. 샴페인 말고는 전혀 안 마시는데, 그 샴페인도 저녁 내내 딱 한 잔만 마시고 그 정도로도 머리가 아프군요. 지금 이것도 기운을 내려고 내오라고 한 것인데, 실은 어디 가려던 참이라서 당신이 나를 봤을 때 기분 상태가 좀 그랬던 겁니다. 방금 초등학생처럼 슬그머니 숨은 것도 당신이 거치적거릴 것 같은 생각이 들어서고요. 하지만 (그는 시계를 꺼냈다.) 한 시간쯤은 당신과 함께 있을 수 있겠군요. 이제 4시 반이니까요. 믿을지 모르겠지만, 뭐라도 있어야 할 것 같단 말입니다. 뭐, 지주든 아버지든 창기병이든 사진작가든 저널리스트든 하여간 뭐는 되어야 할 것 같은데…… 도무지 아-아무것도 아니고 아무 전공도 없으니, 원! 어떨 때는 지루하기도 합니다. 사실 당신이 뭔가 새로운 것을 말해 줄 것이라고 생각했답니다."

"당신은 대체 누구이고, 여기는 대체 왜 왔습니까?"

"내가 누구냐고요? 아시다시피, 귀족이고 이 년간 기병대에서 복무했고 그 후에는 이곳 페테르부르크에서 이렇게 빌빌댔고 그 후에는 마르파 페트로브나와 결혼해 시골에서 살았지요. 이게 나의 전기올시다!"

"도박사 같은데요?"

"아니요, 도박사는 무슨. 야바위꾼입니다, 도박사가 아니라."

"야바위꾼이었다고요?"

"예, 그랬지요."

"그럼 얻어맞은 적도 있겠군요?"

"그런 일도 있었지요. 그래서 뭐요?"

"뭐, 그럼 결투 신청을 받았을 수도 있겠고…… 대체로 신나는 인생이군요."

"당신 말에 굳이 토를 달지는 않겠습니다, 게다가 탁상공론에는 별 재주도 없고요. 솔직히 말해, 내가 서둘러 여기에 온 것은 아무래도 여자 때문입니다."

"마르파 페트로브나의 장례를 치르자마자?"

"뭐, 그렇죠." 스비드리가일로프는 상대를 압도할 만큼 솔직한 미소를 지었다. "그게 뭐가 어때서요? 내가 여자를 두고 이런 말을 해서 어딘가 지저분하다고 생각하는 모양이죠?"

"즉, 내가 음탕을 지저분하다고 생각하느냐, 아니냐, 그 말입니까?"

"음탕이라! 거참, 너무 나가시네! 그래도 우선 여자라는 것 전반에 대해 차근차근 대답해 드리죠. 아시겠지만, 수다를 떨고 싶거든요. 어디 말씀해 보시죠, 내가 무엇을 위해서 나 자신을 억제해야 할까요? 아니, 여자가 좋은데 굳이 왜 멀리해야 하죠? 이것도 적어도 일인걸요."

"그럼 여기서 오직 음탕에만 기대를 걸고 있군요?"

"뭐, 어떻습니까, 음탕이라고 해 두죠! 이 양반, 음탕이란 말에 아주 흠뻑 빠졌군. 예, 적어도 그렇게 직설적으로 물어보니까 좋군요. 이 음탕이라는 것에는 적어도 항구적인, 심지어 본성에 기초한, 환상 따위에 종속되지 않는 뭔가가 있습니다, 항상 작열하는 석탄 조각처럼 핏속에 머물며 영원히 불타오르고 세월이 흘러도 쉽사리 꺼지지 않고 오래가는 뭔가가 말이지요. 이것도 그 나름의 일이라고 생각지 않습니까?"

"그렇다고 좋아할 건 또 뭡니까? 그건 병입니다, 더군다나 중병이죠."

"아, 거참 너무 멀리 나가시네! 그게 병이라는 것에는 나도 동의하지만, 사실 정도를 넘어서는 것이 전부 다 그렇고 이 경우에는 반드시 정도를 넘어설 수밖에 없잖습니까. 하긴 그것도 첫째, 사람마다 다르고, 둘째, 당연히 모든 일에서 정도를 지키고 비록 비열한 것일지라도 이해타산을 가져야 하지만, 그래도 어쩌겠습니까? 그런 것이 없을 경우에는 그냥 권총으로 자살할 수밖에요. 멀쩡한 사람이라면 권태로워해야 할 의무가 있다는 것에는 찬성하지만, 그래도……."

"그럼 자살할 수도 있겠군요?"

"아, 거참!" 스비드리가일로프는 혐오감을 보이며 되받아 쳤다. "제발 그런 얘기는 하지 마십시오." 그는 서둘러 이렇게 덧붙였는데, 아까 말끝마다 보이던 허세도 말끔히 사라졌다. 심지어 얼굴빛도 변한 것 같았다. "솔직히 말해 용서받을 수 없는 약점이지만, 어쩌겠습니까. 나는 죽음이 무섭고 그 얘기를 듣는 것도 싫습니다. 내가 약간은 신비주의자라는 거, 모릅니까?"

"아! 그 마르파 페트로브나의 환영들! 그래, 계속 찾아옵니까?"

"아니, 말도 꺼내지 마십시오. 페테르부르크에서는 아직 안 왔습니다. 빌어먹을 것들!" 그는 어쩐지 짜증스러운 표정을 지으며 소리쳤다. "아니요, 그 얘기는 차라리…… 하긴…… 음! 에잇, 시간이 얼마 없어서 당신과 오래 있을 수가 없군요, 유감입니다! 알려 드렸으면 하는 것이 있는데."

"뭡니까, 혹시 여자 문제입니까?"

"예, 여자 문제인데, 이건 어떤 뜻밖의 경우랄까…… 아니, 이 얘기를 하려던 건 아닙니다."

"그래, 그 모든 추잡한 정황이 이미 아무렇지도 않습니까? 이미 정지할 힘을 잃은 겁니까?"

"이런, 그런 힘까지 바랍니까? 헤-헤-헤! 진즉에 이럴 줄 알았지만, 방금 당신 얘기는 정말 놀랍군요, 로지온 로마느이치. 당신이 내 앞에서 음탕과 미학을 논하다니! 당신은 실러입니다, 이상주의자란 말입니다! 물론 응당 그래야겠고, 다른 식이었다면 오히려 놀랄 일이었겠지만, 어쨌거나 실로 어딘가 이상하군요……. 아휴, 시간이 얼마 없어서 유감입니다, 당신이란 인간은 정말 호기심을 자극하는데! 그나저나 실러를 좋아합니까? 나는 끔찍이도 좋아합니다."

"어쨌거나 참 대단한 허풍쟁이군요!" 다소간의 혐오감을 드러내며 라스콜니코프가 말했다.

"설마요, 절대 아니올시다!" 스비드리가일로프가 껄껄 웃으며 대답했다. "하지만 허풍쟁이라고 해도 굳이 반박하지는 않겠습니다. 하긴 남한테 모욕을 주는 것이 아닐진대 허풍 좀 떨면 또 어떻습니까. 칠 년 동안 마르파 페트로브나의 시골집에 살다가 지금 당신처럼 현명한 사람, 현명할뿐더러 극도로 호기심을 자극하는 사람에게 달려들어 수다를 떠니 마냥 기쁠 따름이고, 그 밖에도 또 술을 반잔 마셨더니 벌써부터 머리가 알딸딸하군요. 한데 무엇보다도, 마음이 몹시 달뜰 만한 사정이 하나 있는데 그것은…… 그냥 침묵하렵니다. 어딜 가려고요?" 스비드리가일로프가 갑자기 깜짝 놀라며 물었다.

라스콜니코프는 일어서려는 참이었다. 마음이 무겁고 갑갑해진 데다가, 뭐 하러 여기를 다 왔나 싶어 왠지 거북해졌다. 스비드리가일로프에 대해서는 그가 세상에서 가장 한심하고 형편없는 인간이라고 확신했다.

"에-에잇! 좀 앉으시죠, 그냥 계시라고요." 스비드리가일로프가 애걸했다. "차라도 내오라고 하십시오. 자, 좀 앉으세요, 허튼소리, 즉 내 얘기는 집어치우겠습니다. 대신 뭐든 이야기를 들려 드리죠. 자, 한 여자가 나를, 당신의 화법을 빌려, '구원'한 이야기를 해 드리면 어떨까요? 이것은 당신의 첫 질문에 대한 대답이기도 할 텐데, 실은 그 여성분이 바로 당신의 여동생이거든요. 이야기해도 될까요? 시간도 때울 겸 말입니다."

"이야기하는 건 좋지만 혹시 당신이……."

"오, 염려하지 마십시오! 게다가 아브도치야 로마노브나는 나처럼 추하고 실없는 사람에게도 오직 깊은 존경만 불러일으킬 뿐이니까요."

4

"아실지도 모르겠는데요.(하긴 내 입으로 이야기했군요.)" 스비드리가일로프가 말을 시작했다. "나는 막대한 부채 때문에 이곳 채무자 감옥에 갇혀 있었는데, 갚을 방법이 전혀 없는 상태였습니다. 그때 마르파 페트로브나가 내 몸값을 내준 얘기는 새삼스레 늘어놓을 것도 없겠지요. 여자가 사랑에 빠지면 때때로 얼마나 넋이 나갈 수 있는지 압니까? 정직하고 제법 영리한 여자였는데도 말입니다.(비록 교육은 전혀 받지 못했지만.) 글쎄, 상상이 됩니까, 그 질투심 많고 정직한 여자가 숱한 끔찍한 광란과 책망 끝에 결국 몸을 낮추어 나와 계약을 맺었으며 결혼 생활이 지속되는 내내 그것을 이행했습니다. 문제인즉, 그녀는 나보다 상당히 나이가 많았을뿐더러 항상 입에 무슨 패랭이꽃을 물고 다녔지요. 나는 영혼이 짐승 같은 만큼이나 나름의 정직한 구석도 있어서, 그녀에게 당신한테 완전히 충실할 수는 없노라고 직설적으로 선언했습니다. 이 고백을 듣고 그녀는 광란에 사로잡혔지만 나의 무자비한 솔직함이 어느 정도는 마음에 들었던 모양입니다. '미리 선언하는 걸 보니 속이는 건 자기도 싫다는 소리군.' 뭐, 질투심 많은 여자에게는 이게 제일 큰 문제지요. 오랫동안 울고불고 한 끝에 우리 사이에는 다음과 같은 종류의 구두 계약이 성립됐습니다. 첫째, 절대 마르파 페트로브나를 버리지 않을 것이며 영원히 그녀의 남편으로 남아 있을 것. 둘째, 그녀의 허락 없이는 잠시도 집을 비우지 않을 것. 셋째, 절대 고정적인 정부를 두지 않을 것. 넷째, 그 대신 때때로 행랑채 처녀들을 건드리는 것쯤은 허락하되 반드시 마르파 페트로브나의 내밀한 승낙이 있어야 한다는 것. 다섯째, 우리와 같은 계층의 여자를 사랑하는 것은 죽어도 안 된다는 것. 여섯째, 혹시라도 뭔가 강렬하고 진지한 열정에 사로잡히면 마르파 페트로브나에게 털어놓아야 한다는 것. 하지만 마지막 사항에 관한 한 마르파 페트로브나는 시종일관 상당히 평온했습니다. 현명한 여자였던 까닭에 나를 진지한 사랑은 할 수 없는, 방탕한 바람둥이로 보았던 것이지요. 하지만 현명한 여자와 질투심 많은 여자는 전혀 별개의 존재이고, 바로 이것이 큰 문제인 겁니다. 하긴 어떤 사람들을 공명정대하게 판단하기 위해서는 모종의 선입견을, 또 평소 우리의 주변 사람과 대상에 대한 진부한 관습을 미리부터 거부해야 합니다. 나는 당신의 판단을 그 누구의 판단보다 더 신뢰할 권리가 있습니다. 마르파 페트로브나에 대해서는 이미 우스꽝스럽고 터무니없는 얘기를 아주 많이 들었겠지요. 실제로 그녀에게는 극히 우스꽝스러운 습관이 더러 있었습니다. 하긴, 솔직한 말로, 그녀가 나로 인해 겪은 그 숱한 괴로움은 진심으로 유감입니다. 뭐, 이 정도면 자상한 남편이 자상한 아내에게 바치는 극히 점잖은 oraison funèbre(조사(弔詞))로는 충분한 것 같군요. 부부 싸움을 할 때면 나는 대부분 신경질도 내지 않고 침묵만 지켰는데, 그런 신사적인 태도로 거의 항상 소기의 목적을 달성했습니다. 이것이 그녀에게 모종의 영향을 미쳤고 심지어 마음에 들었던 것이지요. 흐뭇해한 경우도 있었고요. 하지만 당신의 여동생은 어쨌거나 참지 못했습니다. 어쩌다가 그렇게 눈부신 미인을 가정교사로 집 안에 들일 모험을 한 것일까요! 따져 보면, 마르파 페트로브나가 정열적이고 감수성이 풍부한 여자라서 그녀 쪽에서 당신의 여동생에게 푹 빠져 버린 것이 아닐까 — 문자 그대로 빠져 버린 것이죠 — 싶습니다. 뭐, 사실 아브도치야 로마노브나 정도라면! 나는 첫눈에 일이 고약하게 됐음을 십분 깨달았고, 자, 어떻게 생각합니까? 그녀에게는 눈길도 주지 않겠노라고 결심했습니다. 하지만 아브도치야 로마노브나 쪽에서 먼저 첫걸음을 내딛었지 뭡니까, 믿깁니까? 마르파 페트로브나는 내가 당신의 여동생에 대해 항상 침묵한다고, 자기는 아브도치야 로마노브나에게 푹 빠져 끊임없이 찬사를 늘어놓는데 내가 너무 무관심하다고 화를 내기까지 했는데, 역시나 믿깁니까? 대체 그녀가 원한 것이 무엇인지 나도 잘 모르겠습니다! 뭐, 물론, 마르파 페트로브나는 아브도치야 로마노브나에게 내 얘기를 속속들이 다 해 버렸습니다. 그녀에게는 아무나 붙들고 우리 가정의 모든 비밀을 얘기하고 또 끊임없이 나에 대한 불평을 늘어놓는 안타까운 특징이 있었거든요. 하물며 그처럼 아름다운 새 친구를 가만히 놔뒀을 리 없잖습니까? 짐작으로는 그들 사이에는 내 얘기 말고는 마땅히 다른 화젯거리도 없었을 테고 사람들이 내 탓이라고 생각하는 모든 음침하고 비밀스러운 이야기들도 틀림없이 아브도치야 로마노브나의 귀에 들어갔을 테지요……. 장담코, 당신도 그런 유의 얘기를 들었겠지요?"

"예, 들었습니다. 루쥔은 당신이 어떤 어린아이의 죽음에도 원인을 제공했다고 하던데요. 사실입니까?"

"제발 부탁인데, 그런 속된 얘기는 전부 제쳐 둡시다." 혐오스럽다는 듯, 꺼림칙하다는 듯 스비드리가일로프가 발뺌을 했다. "그 황당한 일의 내막을 기필코 알고 싶다면 언제 따로 얘기해 드리겠지만 지금은……."

"당신의 시골집 하인 얘기도 있던데, 역시나 당신이 어떻게 원인을 제공했다는 식으로 말입니다."

"제발 좀, 그만합시다!" 스비드리가일로프가 또다시 노골적으로 초조감을 내비치며 말을 가로막았다.

"그 사람이 죽은 다음에 당신의 파이프에 담배를 채워 주러 왔다는 그 하인 아닌가요…… 일전에 직접 얘기해 주었던?" 라스콜니코프는 점점 더 신경이 날카로워졌다.

스비드리가일로프는 라스콜니코프를 주의 깊게 바라보았다. 라스콜니코프는 그 시선에서 한순간 독기 어린 냉소가 번개처럼 번쩍하는 것 같았지만 스비드리가일로프는 이내 자제력을 발휘하여 극히 정중한 태도로 대답했다.

"예, 그 하인 맞습니다. 보아하니 역시 당신도 그 모든 얘기에 굉장히 흥미를 느끼는 모양인데, 언제 기회가 되는 대로 의무감을 갖고서 조목조목 짚어 가며 호기심을 만족시켜 드리겠습니다. 젠장! 실제로 내가 누구의 눈에는 소설적인 인물로 보일 수도 있겠다 싶군요. 그러니 한번 생각해 보십시오, 죽은 마르파 페트로브나가 당신의 여동생에게 내 얘기를, 호기심을 자극할 만한 비밀스러운 얘기를 잔뜩 해 주어서 얼마나 감사해야 할지. 그렇게 해서 어떤 인상을 심어 주었는지는 감히 판단할 수 없지만, 어쨌거나 나에게는 유리한 것이었습니다. 아브도치야 로마노브나는 나에게 자연스럽게 혐오감을 느끼고 나 역시 항상 음침하고 정나미 떨어지는 태도를 취했지만, 결국 그녀는 내가, 이 구제불능의 인간이 안쓰러워진 겁니다. 처녀의 마음에 안쓰러움이 깃들면, 물론 그 처녀로서는 가장 위험한 일이지요. 그쯤 되면 기어코 '구원'하고 계몽하고 부활시키고 보다 더 고귀한 목표 의식을 심어 주고 다시 새로운 삶과 활동을 시작하도록 이끌고 싶은 마음이 생기거든요. 뭐, 아시다시피, 이런 유의 몽상에 빠질 수 있잖습니까. 나는 이 작은 새가 알아서 그물로 날아들 것임을 곧장 알아채고는 만반의 준비를 갖추었습니다. 인상을 쓰는 것 같은데요, 로지온 로마느이치? 괜찮습니다, 아시다시피, 일은 그냥 썰렁하게 끝났거든요.(젠장, 술을 얼마나 마시고 있는 거야!) 있잖습니까, 나는 당신의 여동생이 2세기나 3세기에 어디 공국의 대공이나 저어기 무슨 통치자나 소아시아 총독의 딸로 태어나는 운명을 누리지 못한 것이 맨 처음부터 항상 안쓰러웠습니다. 그녀는 틀림없이 온갖 수난을 견뎌 내는 순교자 축에 들었을 사람이고 시뻘겋게 달군 불집게로 젖가슴을 지져도 물론 미소를 지었을 겁니다. 스스로 이런 일을 자청했을 것이고 4세기나 5세기라면 이집트의 황야로 떠나 그곳에서 풀뿌리와 황홀경과 환시(幻視)로 연명하면서도 삼십 년은 족히 살았을 겁니다. 그저 그녀 스스로 어서 빨리 누구를 위해서든, 무슨 고통이든 감수하기를 갈망하고 또 요구할 것이며 그런 고통이 주어지지 않을 때는 창밖으로 뛰어내리고도 남을 사람이지요. 라주미힌이라는 신사에 대해서도 들은 얘기가 있습니다. 사려 깊은 청년이라던데(성(姓)을 봐도 그렇지만 분명히 신학도일 테죠.) 뭐, 그 양반이 당신의 여동생을 지켜 주면 되겠지요. 한마디로, 나는 그녀의 됨됨이를 알게 된 것 같아서 그것만도 영광으로 생각합니다. 하지만 그 당시, 즉 서로를 처음 알아 가던 때에는, 아시겠지만, 왠지 항상 더 경솔하고 멍청해져서는 사태를 잘못 보고 또 엉뚱한 것을 보기도 하지요. 젠장, 그녀는 대체 왜 그렇게 예쁜 걸까요? 내 잘못이 아니란 말입니다! 한마디로, 내 감정은 그야말로 억누를 수 없는 정욕의 격발에서 시작됐습니다. 아브도치야 로마노브나는 너무나, 그야말로 유례가 없을 정도로 순결한 여자니까요.(당신의 여동생의 이런 특성을 기정사실로서 알려 드린다는 점, 유념해 두십시오. 그녀는 그 폭넓은 지성에도 불구하고 거의 병적일 정도로 순결한데, 이것이 그녀에게 해가 될지도 모르겠습니다.) 마침 그때 우리 집에 파라샤라는 처녀가 나타났는데, 이 검은 눈의 파라샤는 이제 막 다른 시골에서 데려온 행랑채 처녀라서 나도 그때까지는 본 적이 없었습니다. 무척 예쁘장하지만 믿기 힘들 정도로 멍청한 처녀였습니다. 눈물을 쏟아 내며 온 집 안이 떠나갈세라 울고불고 하는 바람에 난리가 났지 뭡니까. 한번은 아브도치야 로마노브나가 식사 후, 정원의 오솔길에 혼자 있는 나를 일부러 찾아내서는 두 눈을 번득이며 저 불쌍한 파라샤를 좀 가만히 내버려 두라고 요구하더군요. 이것이 우리 둘이서 나눈, 거의 첫 대화였지 싶습니다. 물론 나는 그녀의 소원을 들어주는 것을 영광으로 생각했기 때문에 충격과 당혹감에 사로잡힌 척하려고 애썼는데, 뭐, 한마디로 그런 역할을 썩 나쁘지 않게 연기해 냈지요. 교섭, 비밀스러운 대화, 훈계, 설교, 탄원, 간청이 시작됐고 눈물마저 등장했습니다, 믿깁니까, 눈물마저! 이렇듯 어떤 처녀들의 경우에는 선전을 향한 열정이 어지간히 대단한 힘을 얻는단 말입니다! 나는 물론 모든 것을 운명 탓으로 돌리고 빛에 굶주려 그것을 갈망하는 척하고 마침내는 여성의 마음을 정복할 가장 위대하고 확고부동한 방법을, 절대 아무도 실망시키지 않고 하나에서 열까지 어떤 예외도 없이 모두에게 단연코 영향력을 행사하는 방법을 사용했습니다. 누구나 다 아는 그 방법이란 바로 아첨입니다. 세상에는 솔직함보다 어려운 것도 절대 없고 또 아첨보다 쉬운 것도 절대 없습니다. 솔직함 속에 백 분의 일이라도 가짜의 음조가 섞여 들면 당장 불협화음이 일고 이어 스캔들이 시작됩니다. 반면 아첨은 마지막 음조까지 전부 가짜일지라도 그때조차도 다들 그것을 받아들이고 적잖이 만족을 맛보며 경청하는 법입니다.

조잡한 만족일지라도 어쨌거나 만족은 만족이지요. 또 아첨이란 아무리 조잡할지라도 적어도 그중 절반은 반드시 진실처럼 보이는 법이거든요. 지적인 성숙도나 사회 계층을 막론하고 누구나 다 마찬가지입니다. 아첨만 잘하면 베스타의 제녀(祭女)도 유혹할 수 있습니다. 하물며 보통 사람은 말할 것도 없지요. 생각하면 지금도 웃음이 나는 일인데, 한번은 남편과 아이들, 그리고 자신의 정절에 헌신한 어느 귀부인을 유혹한 적이 있습니다. 정말 신나고 정말 손쉬운 일이었지요! 그 귀부인은 정말로 정절이 높은, 적어도 자기 식으로는 그런 사람이었습니다. 나의 전략이란 기껏해야 매 순간 그녀의 순결에 압도되어 무작정 엎드리는 것이었습니다. 무자비한 아첨을 늘어놓아 손을 잡는, 하다못해 시선이라도 끄는 위업을 달성하면 이내 나 자신을 질책했습니다. 즉, 이것은 내가 완력을 써서 탈취한 것이다, 그녀는 저항했다, 그녀의 저항이 너무도 거셌기 때문에 내가 그렇게 악덕한 놈이 아니었다면 절대 아무것도 얻어 내지 못했을 것이 분명하다, 그녀는 워낙 순결했던지라 이런 간계를 미처 알아채지도 못했으며 그 자신은 알지도, 인식하지도 못한 채 무의식적으로 넘어가 버린 것이다 등등. 한마디로, 나는 모든 것을 손에 넣었고, 나의 그 귀부인은 자기는 순수하고 순결하며 모든 의무와 책임을 다하고 있으나 순전히 어쩌다가 신세를 망친 것이라고 철석같이 믿었습니다. 끝에 가서 내가 나의 진솔한 확신에 따르면 그녀도 나처럼 쾌락을 추구했을 따름이라고 말했더니, 그야말로 노발대발하더군요. 가엾은 마르파 페트로브나도 아첨 앞에서는 속절없이 무너졌는데, 내가 그럴 마음만 있었다면 물론 그녀가 살아 있었을 때 이미 그녀의 영지를 모조리 내 명의로 돌렸을 겁니다.(그나저나 나도 엄청나게 퍼마시고 지껄여 대는군.) 지금 아브도치야 로마노브나에게서도 똑같은 효과가 나타나기 시작했다고 말해도 너무 화내지 말았으면 합니다. 한데 내가 그만 어리석고 초조하게 구는 바람에 일을 완전히 망쳐 버렸습니다. 아브도치야 로마노브나는 전에도 몇 번이나 (한 번은 왠지 유달리) 내 눈의 표정을 무척 마뜩치 않아 했는데, 믿깁니까? 한마디로, 그 눈에서 어떤 불꽃이 점점 더 강렬하고 부주의하게 타올랐고 그 때문에 화들짝 놀란 그녀가 급기야는 증오마저 느끼게 됐습니다. 속속들이 얘기할 것도 없지만, 우리는 그대로 헤어졌습니다. 그러면서 나는 또다시 바보 같은 짓을 저질렀습니다. 그 모든 선전과 호소를 아주 조잡한 방식으로 조롱하기 시작한 겁니다. 파라샤도 다시 등장하고, 아니, 그 애 혼자만도 아니고, 한마디로 말해, 소돔이 시작된 거죠. 아, 평생에 한 번이라도, 로지온 로마느이치, 당신 여동생의 두 눈을, 그 눈이 때로 어떻게 반짝이는지 본 적이 있는지요! 내가 지금 좀 취했지만 그거하곤 상관없고요, 벌써 한 잔을 다 마셨지만 진심으로 하는 말입니다. 진짜로, 그 시선이 꿈에도 나옵니다. 결국에는 그녀의 원피스가 사각거리는 소리만 들어도 이미 참을 수가 없더군요. 사실 나는 간질 발작이라도 일어날 줄 알았습니다. 내가 그런 광란 상태가 될 수 있으리라고는 절대 상상도 못했거든요. 한마디로, 타협하는 수밖에 없었지만 이미 불가능한 일이었습니다. 그래서, 한번 상상해 보십시오, 그때 내가 무슨 짓을 했을까요? 사람이 미쳐 날뛰다 보면 얼마나 아둔해지는지 모릅니다! 미쳐 날뛸 때는 절대 아무 일도 시작하지 마십시오, 로지온 로마느이치. 아브도치야 로마노브나가 본질적으로 거지나 다름없음을(앗, 죄송합니다, 이런 단어를 쓸 생각은 아니었는데…… 하지만 뜻이 같다면야 상관없지 않습니까?) 한마디로, 자기 손으로 벌어먹고 사는 처지에 어머니와 당신까지(앗, 젠장, 또 인상을 쓰는군요…….) 부양해야 하는 처지임을 고려하여 그녀에게 내 돈을 전부(그때도 30,000 정도까지 융통할 수 있었거든요.) 내놓기로 결심했는데, 나와 함께 이곳 페테르부르크로라도 도망치자는 조건이 붙었지요. 물론, 그때 영원한 사랑이니 지극한 행복이니 온갖 맹세를 다 했을 테고요. 믿을지 모르겠지만, 그때 그녀에게 얼마나 푹 빠져 있었는지, 그녀가 마르파 페트로브나를 찔러 죽이든 독살하든 하고 결혼하자고 말했다면 당장에 그리 했을 겁니다! 하지만 모든 일이 당신도 이미 알다시피 결국 파국으로 끝났습니다. 그때 마르파 페트로브나가 루쥔이라는 저 비열하기 짝이 없는 관청 놈을 구해 와 혼담을 거의 다 성사시켜 놓은 것을 알게 되면서 내가 얼마나 미쳐 날뛰었을지는 능히 짐작할 텐데, 본질적으로 그 결혼이나 내가 제안했던 것이나 똑같은 셈이죠. 그렇죠? 그렇죠? 그렇잖습니까? 보아하니 뭔가 귀가 솔깃하는 모양인데…… 당신은 참 재미있는 청년입니다……."

스비드리가일로프는 초조해하며 주먹으로 탁자를 내리쳤다. 얼굴도 시뻘게졌다. 라스콜니코프는 그가 눈에 띄지 않게

홀짝홀짝 마신 한 잔 혹은 한 잔 반의 샴페인이 슬슬 병적인 영향력을 발휘하고 있음을 분명히 알아차리고는 그 기회를 이용하기로 결심했다. 그에게는 스비드리가일로프가 몹시 수상적은 존재였다.

"뭐, 그렇게 나오니 당신이 내 여동생을 염두에 두고 이곳에 왔다는 확신이 서는군요." 그는 스비드리가일로프의 신경을 더욱더 자극하기 위해 속내를 감추지 않고 직설적으로 말했다.

"에잇, 됐습니다." 스비드리가일로프는 갑자기 아차 싶은 모양이었다. "이미 말했잖습니까…… 더군다나 당신의 여동생은 그렇지 않아도 나라는 인간을 참을 수 없어 한다니까요."

"그 애가 그러리라는 것은 나도 확신하지만 지금 문제는 그게 아니죠."

"그러리라고 확신한다고요?(스비드리가일로프는 실눈을 뜨고 빈정대듯 미소를 지었다.) 당신 말이 맞습니다, 그녀는 나를 사랑하지 않아요. 하지만 부부나 연인들 사이에 있었던 일은 절대 단언할 수 없는 법입니다. 거기에는 항상, 항상 세상의 그 누구도 모르는, 오직 그들 둘밖에 모르는 조그마한 구석이 하나 있거든요. 아브도치야 로마노브나가 나를 혐오의 눈으로 봤으리라고 단언합니까?"

"당신의 이야기 중에 나온 몇몇 단어, 몇 마디 말로 미루어 보아 지금도 두냐에 대해 무슨 꿍꿍이와 아주 절박한 속셈이 있는 것 같은데, 물론 비열한 것이겠죠."

"세상에! 내 입에서 그런 단어와 말이 튀어나왔던가요?" 스비드리가일로프는 속셈이라는 말에 붙은 형용사는 깡그리 무시한 채 아주 순진하게 경악했다.

"지금만 해도 그런 말이 튀어나오는걸요. 가령 뭐가 그리 무섭습니까? 지금 무엇에 그리 경악한 거죠?"

"내가 무서워하고 겁낸다고요? 당신을 겁낸다는 겁니까? 오히려 당신이 나를 무서워하겠지요, cher ami.(친애하는 벗이여.) 그나저나 참 썰렁한 얘기군······. 하긴 취하기도 취했나 봅니다, 그러네요. 또 헛말을 지껄일 뻔했으니. 빌어먹을 술 같으니! 이봐, 물!"

그는 술병을 움켜쥐더니 아무 거리낌 없이 창밖으로 내던졌다. 필립이 물을 가져왔다.

"전부 허튼소리입니다." 스비드리가일로프가 수건을 물에 적셔 머리에 갖다 대며 말했다. "나는 한마디 말로 당신을 눌러 버리고 모든 의혹을 먼지처럼 날려 버릴 수 있습니다. 가령, 내가 결혼한다는 사실을 압니까?"

"전에도 했던 말인걸요."

"말했다고요? 깜빡했습니다. 하지만 그때만 해도 확실한 얘기는 할 수 없었습니다, 신붓감을 보지도 못한 상태였으니까요. 다만 그럴 의향이 있었을 뿐이지요. 이제는 신붓감도 있고 일이 성사됐답니다. 절박한 일만 아니라면 지금이라도 기어코 당신을 그들 집에 데려갔을 텐데. 당신의 조언을 구하고 싶거든요. 에잇, 젠장! 십 분밖에 안 남았군요. 거봐요, 시계를 한번 보십시오. 어쨌거나 얘기를 해 드리죠, 꽤나 재미있는,

즉 그 나름대로는 재미있는 얘기거든요, 이 혼담 말입니다. 어딜 가려고요? 또 그만 가 보려고요?"

"아니요, 이제는 가지 않을 참입니다."

"아예 안 간다는 말입니까? 두고 봅시다! 꼭 그 집에 데려가서, 정말입니다, 신붓감을 보여 드리겠습니다. 하지만 지금은 영 안 되겠군요. 지금은 당신이 곧 가 봐야 하니까요. 당신은 오른쪽, 나는 왼쪽으로 가죠. 혹시 저 레슬리흐라는 여자를 압니까? 저어기 바로 그 레슬리흐라는 여자 집에서 내가 지금 방을 빌려 쓰고 있는데요, 예? 듣고 있습니까? 아니, 무슨 생각을 하는지 몰라도, 그 여자를 두고서 어떤 계집애가 겨울에 물에서 뭘 어쨌다는 식의 얘기가 있는데, 자, 듣고 있습니까? 듣고 있냐고요? 뭐, 그 여자가 이 모든 일을 후다닥 성사시켰답니다. 어지간히 따분할 텐데 잠깐 기분 전환이나 하시우, 하고요. 나는 원래 음울하고 따분한 사람이거든요. 내가 명랑한 사람이라고 생각합니까? 아니요, 음울한 사람입니다. 해로운 일을 하지는 않지만 구석에 틀어박혀 있지요. 사흘씩이나 말을 하지 않을 때도 더러 있습니다. 그런데 레슬리흐, 이 망할 년이, 당신이니까 하는 말인데, 속에 무슨 꿍꿍이가 있단 말입니다. 내가 싫증을 내고서 마누라를 버리고 떠나면 그 여자 손에 떨어질 테고 그 여자는 내 마누라를 우리 계층, 즉 좀 더 높은 계층 사이에서 써먹기 시작할 겁니다. 그 여자 말론, 몸이 몹시 약해진 아버지가 있는데 퇴직 관리로서 휠체어 신세에 삼 년째 다리를 쓰지 못한답니다. 어머니도 있는데 사리 분별력이 있는 부인이랍니다. 아들은 어디 도에서 근무하고 있으나 집안 살림을 돕지는 않고요. 딸은 시집을 가서 병문안을 오는 일이 없고, 어린 조카를 둘씩이나(자기 자식만으로는 부족했던지) 맡아 키우고 있는데, 계집애 하나를, 그러니까 김나지움 과정도 다 마치지 않은 막내딸을 중퇴시켰답니다. 이 아이가 한 달 후면 딱 열여섯 살이 되니까, 고로 한 달 후면 시집을 보낼 수 있다는 거죠. 그러니까 나에게 보낸단 말입니다. 우리는 함께 가 보았습니다. 그 집에서 참 웃겼지 뭡니까. 내 소개를 합니다. 가문도 좋고 인맥도 대단하고 재산도 넉넉한 지주이자 홀아비라고요. 자, 내가 쉰 살이고 저쪽은 열여섯 살도 안 된들 무슨 상관입니까? 누가 이런 것에 신경이나 쓰나요? 뭐, 아닌 게 아니라 참 매혹적이지 않습니까, 하-하? 내가 그 애의 부모를 상대로 대화하는 모습을 봤더라면! 그 순간의 내 모습은 돈을 내고라도 볼 만했을 텐데요. 계집애가 나와서 무릎을 살짝 구부리며 인사를 하는데, 짤막한 원피스를 입은 모습이, 글쎄, 상상이 되겠지만, 아직 피지도 않은 꽃봉오리인데다가 얼굴이 발그스레해지다가 아침놀처럼 확 붉어지더군요.(물론, 어른들에게 들은 얘기가 있겠지요.) 여자의 얼굴에 대해 어떤 생각을 갖고 있는지 모르겠지만, 내 생각에 이 열여섯 살이란 아직도 어린아이 같은 저 두 눈이며 저 겁먹은 태도며 저 수치심에 가득 찬 눈물방울이며 — 내 생각으론 이건 아름다움 이상이며, 이 아이는 더군다나 그 자체로 한 폭의 그림이더군요. 양털처럼 곱슬곱슬하고 자그맣게 땋아 올린 밝은 색 머리카락, 도톰하고 발그스름한 입술, 날씬한 다리 — 정말 매혹적이더군요……! 자, 이렇게 인사를 나눈 다음 나는 집안 사정 때문에 좀 급하다고 했고, 이튿날, 즉 그저께 우리는 약혼의 축복을 받았습니다. 이제 그 집에 가면 그 아이를 내 무릎에 앉히고 아예 내려놓지 않는답니다……. 뭐, 아이는 아침놀처럼 얼굴을 붉히고, 나는 쉴 새 없이 키스를 하지요. 물론 애엄마가 이분은 너의 남편이니까 원래 이렇게 하는 것이라고 주입하겠지만, 한마디로 끝내주지 않습니까! 그리고 지금 이 상태, 즉 신랑감의 상태가 사실 남편의 상태보다 더 좋을 수도 있습니다. 이건 이른바 la nature et la vérité(자연과 진리)랄까요! 하-하! 나는 그 아이와 두어 번 정도 얘기를 나누어 봤는데, 절대 바보가 아니더군요. 때때로 나를 살짝 훔쳐보면 온몸이 확 달아오를 지경입니다. 한데 그 아이의 얼굴은 라파엘로의 마돈나를 닮았습니다. 원래 「시스티나의 마돈나」의 얼굴은 환상적이며 비애에 찬 유로지브이의 얼굴이잖습니까, 그 점이 눈에 확 들어오지 않던가요? 뭐, 그런 종류의 얼굴이지요. 약혼의 축복을 받자마자 이튿날 1,500루블어치의 물건을 가져갔습니다. 다이아몬드 장신구 한 벌, 진주 장신구 한 벌, 그리고 여성용 은제 화장품 상자 등 크기도 크기이거니와 온갖 것이 두루두루 들어 있으니 그 아이, 그 마돈나조차 얼굴이 새빨개지더군요. 어제 그 아이를 무릎에 앉히면서 내가 너무 거리낌 없이 굴었는지, 아이는 얼굴을 확 붉히고 눈물을 뚝뚝 흘렸고, 또 속내를 보여 주기 싫어하면서도 온몸은 활활 타오르더군요. 다들 잠깐 나가 주고 우리 둘만 남게 되자 갑자기 내 목을 감싸 안더니(자기 스스로 이러기는 처음이었습니다.) 나를 그 작은 두 팔로 껴안고 키스를 하며 나에게 순종하는 정숙하고 착한 아내가 될 것이고 나를 행복하게 해 줄 것이고 한평생을, 인생의 매 순간을 바칠 것이고 모든 것, 모든 것을 희생할 것이라고, 그 모든 대가로 나에게 받고 싶은 것은 오직 나의 존경뿐이라고 맹세하더군요. 더 이상은 '아무것도, 아무것도 필요 없어요, 그 어떤 선물도!'라고 말하더군요. 당신도 같은 생각이겠지만, 레이스 달린 원피스를 입고 머리를 땋아 올린, 처녀 특유의 부끄러움에 얼굴을 붉히고 두 눈에 열광의 눈물방울이 맺힌 이런 열여섯 살짜리 천사와 단둘이 앉아 이런 고백을 듣는다니 — 당신도 같은 생각이겠지만, 상당히 유혹적인 일이죠. 참 유혹적이지 않습니까? 제법 가치가 있지 않습니까, 예? 뭐, 그렇지 않나요? 뭐…… 뭐, 그런데 말이죠…… 뭐, 내 신붓감을 보러 갑시다…… 다만, 지금은 안 되겠군요!"

"한마디로, 나이와 지적 수준이 괴물처럼 차이가 나니까 정욕이 생기나 보군요! 설마 정말로 그런 결혼을 하려고요?"

"아니, 뭐가 어때서요? 꼭 해야죠. 누구나 제 앞가림은 알아서 하는 것이고 자기를 제일 잘 속일 줄 아는 자가 제일 즐겁게 사는걸요. 하-하! 한데 왜 당신은 도덕군자가 못 돼서 안달합니까? 좀 봐주시죠, 선생, 이 몸은 워낙 죄 많은 인간이라서요. 헤-헤-헤!"

"그러면서도 카체리나 이바노브나의 아이들에게 갈 곳을 마련해 주었더군요. 하긴…… 하긴 나름대로 그럴 만한 이유가 있었겠죠…… 이제야 전부 알겠습니다."

"대체로 아이들을 좋아합니다, 참 좋아하죠." 스비드리가일로프가 껄껄 웃었다. "이런 쪽으론 몹시 흥미진진한 에피소

드도 하나 얘기해 드릴 수 있는데, 아직도 진행 중이랍니다. 이곳에 도착한 바로 그날 저 온갖 흉악한 소굴로 갔는데, 뭐, 칠 년 만이니 그야말로 달려들었지요. 분명히 알아차렸겠지만, 나는 내 패거리, 즉 옛 친구나 동료 들과 어울리려고 호들갑을 떠는 편은 아닙니다. 뭐, 어지간하면 그들 없이 최대한 오래 버텨 볼 겁니다. 실은 말이죠, 시골의 마르파 페트로브나 집에 살 무렵에는 그 모든 은밀한 곳들과 장소들, 아는 사람이면 많은 것을 발견할 수 있는 그것들의 추억이 떠올라 죽도록 괴로워했습니다. 젠장! 민중은 술이나 퍼마시고, 교육받은 청년들은 무위에 시달리며 실현할 수 없는 꿈과 몽상으로 타들어 가다가 이론의 불구가 됩니다. 어디선가 유대인들이 몰려들어 돈을 감추고 나머지는 몽땅 음탕에 절어 살지요. 이 도시에 발을 들여놓기가 무섭게 저 익숙한 냄새가 코를 찌르더군요. 이른바 저녁 무도회에 가게 됐는데 정말 끔찍한 소굴이어서(나는 기왕이면 아주 질 나쁜 소굴을 좋아합니다.) 뭐, 물론 우리 시절에는 있지도 않았던, 듣지도 보지도 못한 캉캉을 추는 겁니다. 예, 이런 쪽에도 진보가 있더군요. 보고 있자니, 갑자기 열세 살쯤 된 소녀가 아주 예쁘장하게 차려입고서 어느 춤꾼과 춤을 추고 있고, 그 소녀 앞에는 또 다른 춤꾼이 마주 보고 서 있고요. 벽 옆, 의자에는 소녀의 어머니가 앉아 있습니다. 뭐, 그 캉캉이 어땠는지는 능히 상상할 수 있겠죠! 소녀는 당황하여 얼굴을 붉히더니 결국엔 모욕감이 드는지 울음을 터뜨립니다. 춤꾼은 소녀를 들어 올려 빙글빙글 돌리고 그 소녀 앞에서 재주를 선보이는데, 주위 사람들은 다들 낄낄 웃고 ― 캉캉에 빠진 청중일지언정 이런 순간의 우리 청중을 나는 사랑합니다 ― 낄낄 웃으면서 소리를 질러 댑니다. '옳거니, 암, 저래도 싸! 아이들을 데려오면 쓰나!' 뭐, 나야 침이나 뱉어 주면 그만이지, 그들이 즐기는 방식이 논리적이든 그렇지 않든 무슨 상관입니까! 나는 이내 내 자리를 점찍어 그 어머니 옆에 앉은 다음, 나도 외지 사람이다, 여기에는 죄다 무식쟁이밖에 없다, 저놈들은 참된 가치를 분간할 줄도 모를뿐더러 응당 필요한 존경을 품을 줄 모른다, 하면서 말문을 열었습니다. 돈이 많다는 사실도 슬쩍 알려 주고 내 마차로 집까지 바래다주겠다는 제안도 했습니다. 실제로도 바래다주고 안면을 텄지요.(이제 막 도착하여 세입자들한테 빌린 어떤 골방에 묵고 있더군요.) 이렇게 안면을 트게 돼 자기도, 딸도 무한한 영광이라고 하더군요. 나는 그들이 땡전 한 푼 없는 신세이고 무슨 관청에 무슨 탄원을 하러 왔다는 것을 알게 되었습니다. 해서, 여러 수고를 아끼지 않겠고 돈도 대 주겠다고 했습니다. 알고 보니, 그들은 정말로 춤추는 법을 가르쳐 주는 줄 알고 실수로 그 저녁 모임에 간 것이었습니다. 나는 자진해서 이 젊은 아가씨가 교육을 받도록, 프랑스어와 춤을 배우도록 도와주겠노라고 했습니다. 그들은 열광하며 내 제안을 영광으로 여긴다며 받아들였고 지금까지도 알고 지냅니다……. 어떻습니까, 한번 가 보시죠, 다만, 지금은 안 되겠군요."

"그만하시죠, 그 특유의 비열하고 천박한 얘기는 그만 좀 하라고요, 참 음탕하고 천박하고 음란한 인간이군요!"

"실러, 우리의 실러, 실러! Où va-t-elle la vertu se nicher?

(정절은 어디에 깃들어 있는고?)* 글쎄, 당신의 호통 소리를 듣기 위해 일부러라도 이런 얘기를 할 겁니다. 쾌감을 맛본달까요!"

"여부가 있겠습니까, 나라고 해서 이 순간 내가 우습지 않겠습니까?" 라스콜니코프가 적의를 드러내며 중얼거렸다.

스비드리가일로프는 목청껏 껄껄 웃었다. 마침내 그는 필립을 불러 계산을 하고 자리에서 슬슬 일어났다.

"하긴 좀 취하긴 했지, assez causé!(술주정은 그만!)" 그가 말했다. "쾌감!"

"그야 쾌감을 느끼지 않을 리가 있습니까." 이렇게 소리치는 라스콜니코프도 자리에서 일어났다. "당신처럼 닳고 닳은 방탕한 인간이 그런 종류의 무슨 괴물 같은 흑심을 품은 채 그런 모험담을 늘어놓는데 쾌감을 느끼지 않을 수 있겠습니까, 더군다나 이런 상황에서 나 같은 사람을 상대로 얘기하니……. 짜릿하시겠지."

"뭐, 만약 그렇다면" 하고서 스비드리가일로프가 심지어 다소 놀란 기색으로 라스콜니코프를 뜯어보며 대답했다. "그렇다면 당신도 점잖은 냉소주의자인 겁니다. 적어도 내적으론 그럴 만한 소질이 많은 거죠. 많은 것을 의식할 수 있을 텐데, 많은 것을…… 뭐, 많은 것을 할 수도 있을 테고요. 하지만 그만합시다. 많은 얘기를 나누지 못해 진정으로 유감이지만

---

* 몰리에르가 자신의 실수를 지적하는 어느 거지에게 한 말로 볼테르의 「몰리에르의 생애」(1739)에 언급된다고 한다.

어차피 당신은 나를 떠나지 못할 테니까……. 그저 잠깐만 기다려 주시죠……."

스비드리가일로프는 음식점을 훌쩍 나갔다. 라스콜니코프도 그의 뒤를 따랐다. 스비드리가일로프는 그나저나 별로 많이 취하지 않았다. 한순간 머리가 띵했을 뿐, 취기는 시시각각 가시고 있었다. 그는 뭔가, 뭔가 굉장히 중대한 근심이 있는지 인상을 썼다. 어떤 기대가 그를 흥분과 불안의 도가니로 몰아넣은 듯했다. 얼마 전부터는 라스콜니코프를 대하는 태도도 왠지 갑자기 돌변하여 시시각각 점점 더 거칠고 냉소적으로 굴었다. 이 모든 것을 알아챈 라스콜니코프도 역시나 심란해졌다. 스비드리가일로프가 몹시 수상쩍어 보였던 것이다. 그래서 그의 뒤를 따라가기로 결심했다.

두 사람은 보도로 나왔다.

"당신은 오른쪽, 나는 왼쪽으로 갑시다, 그 반대도 괜찮고요. 그저 adieu, mon plaisir(그럼 안녕히 가십시오, 즐거웠습니다), 또 즐거운 마음으로 봅시다!"

그러고서 그는 오른쪽, 센나야 광장 쪽으로 걸어갔다.

5

라스콜니코프는 그의 뒤를 따라갔다.

"이건 뭡니까!" 스비드리가일로프가 뒤돌아보며 소리쳤다. "내가 분명히 말한 것 같은데⋯⋯."

"이건 내가 이제 당신에게서 떨어지지 않겠다는 뜻입니다."

"뭐-뭐-라고요?"

두 사람은 발걸음을 멈추고 상대방을 가늠하듯 잠깐 서로를 노려보았다.

"당신이 반쯤 취해서 늘어놓는 얘기를 쭉 듣다가" 하고 라스콜니코프가 과격하게 딱 잘라 말했다. "확실히 결론을 내렸는데, 당신은 내 여동생에 대한 그 비열하기 짝이 없는 속셈을 버리기는커녕 오히려 그 어느 때보다도 더 그것에 골몰해 있군요. 오늘 아침 내 여동생이 어떤 편지를 받은 사실도 알고 있습니다. 또 당신은 줄곧 안절부절못했고요……. 가령, 당신이 오다가다 무슨 신붓감을 찾아낼 수 있었다고 칩시다. 하지만 그런 것은 아무런 의미도 없습니다. 내가 친히 확인하고 싶은 것은……."

라스콜니코프는 자기가 지금 정확히 무엇을 할 생각인지, 정확히 무엇을 친히 확인하고 싶은 것인지 거의 규정할 수 없었다.

"그 말이로군요! 그럼, 어떻습니까, 지금 당장 경찰을 부를까요?"

"불러 보시지!"

그들은 또다시 잠깐 동안 서로 마주보고 서 있었다. 마침내 스비드리가일로프의 안색이 달라졌다. 라스콜니코프가 협박에 끄떡도 하지 않는 것을 확인한 그는 갑자기 아주 명랑하고 다정스러운 표정을 지었다.

"거참 사람하곤! 나는, 물론 호기심이 발동했지만, 당신의 그 일에 관해서는 일부러 말도 꺼내지 않았습니다. 환상적인 일 아닙니까. 다른 기회로 미뤄 뒀으면 싶고, 또 사실 당신은 죽은 사람의 성질도 돋울 수 있는 양반이니……. 자, 갑시다. 단, 미리 말해 두지만, 나는 지금 잠깐 돈을 가지러 집에 들를 겁니다. 그다음에는 문을 잠그고 마차를 불러 저녁 내내 섬에 가 있을 겁니다. 자, 나를 어디까지 따라오려고요?"

"일단 그 집으로 갈 겁니다. 당신 집 말고 소피야 세묘노브나의 집 말인데, 장례식에 못 간 것을 사과하려고요."

"그야 마음대로 하면 될 테지만, 소피야 세묘노브나는 집에 없습니다. 아이들을 전부 데리고 어느 부인, 어느 명망 있는 노부인에게 갔는데, 나와는 옛날부터 잘 아는 사이로 무슨 고아원 원장이죠. 내가 그 부인의 환심을 산 것은 카체리나 이바노브나의 그 햇병아리 셋 앞으로 돈을 내고 덤으로 고아원에 기부금까지 낸 덕분입니다. 끝으로, 소피야 세묘노브나의 사정도 뭐 하나 숨김없이 다 얘기해 주었고요. 효과가 그만이더군요. 자, 그래서 소피야 세묘노브나는 오늘, 그 귀부인이 잠깐 별장을 나와 임시로 묵고 있는 ○○ 호텔로 곧장 찾아가기로 한 것입니다."

"상관없어요, 어쨌거나 들를 테니까."

"마음대로 하십시오. 단, 내가 당신의 동행도 아닌데 무슨 상관입니까! 자, 이제 집에 다 왔군요. 어떻습니까, 당신이 나를 수상쩍어하는 것은 내가 여러모로 조심스러워한 데다가 지금까지 이것저것 성가시게 캐묻지 않았기 때문인 것 같은데, 그런 확신이 드는데…… 무슨 말인지 알겠죠? 이렇게 나오니 예사롭지 않게 보였겠죠. 맹세코, 그럴 테죠! 그러니까 이제 좀 조심하시죠."

"또 문 옆에서 엿들어 보시지!"

"아, 그 얘기였군요!" 스비드리가일로프가 웃음을 터뜨렸다. "하긴 이쯤 됐는데도 당신이 그 얘기를 꺼내지 않았다면 참 놀랐을 겁니다. 하-하! 그때 당신이…… 저기서…… 소피야 세묘노브나에게 마구잡이로 늘어놓은 얘기 중에서 알아들은 것이 좀 있긴 하지만, 대체 그게 무슨 소리입니까? 내가 워낙 구닥다리 같은 사람이라 그런지, 아무것도 이해할 수 없더군요. 제발 설명 좀 해 주십시오, 선생! 최신 원칙으로 깨우쳐 주시죠."

"아무것도 듣지 못했으면서 계속 거짓말만 늘어놓는군요!"

"아니, 나는 그 얘기, 그 얘기가 아니라(뭘 좀 듣긴 했지만) 당신이 왜 자꾸 이렇게 아이고, 아이고, 탄식만 하고 있느냐는 얘기입니다! 당신의 내부에서 실러가 쉴 새 없이 난리를 치고 있는 겁니다. 이제 와서 한다는 소리가 문 옆에서 엿듣지 말라니. 정 그럴 거면, 얼른 해당 관청을 찾아가 이러저러한 경위로 비상사태가 발생했다, 이론상 사소한 오류가 생겼다, 하고 알리십시오. 문 옆에서 엿듣는 일은 하지 말아야 되는 반면 노파쯤은 자기만족을 위해 닥치는 대로 처리해도 된다고 확신한다면, 어서 빨리 어디 아메리카 같은 곳으로 떠나십시오! 얼른 도망치쇼, 젊은 양반! 아직은 시간이 있을지도 모르죠. 진심으로 하는 말입니다. 혹시 돈이 없습니까? 여비는 내가 주리다."

"그런 생각은 아예 하고 있지도 않습니다." 라스콜니코프가 혐오감을 보이며 말을 가로막으려 했다.

"알겠습니다.(하지만 너무 무리하지는 마십시오. 괜찮다면 말도 많이 하지 말고요.) 지금 당신이 어떤 문제로 골머리를 앓고 있는지 알겠습니다. 도덕적인 문제겠죠, 예? 시민과 인간의 문제인가요? 그런 것은 그냥 옆으로 치워 버리세요. 이제 와서 그런 것이 무슨 필요가 있습니까? 헤-헤! 당신이 여전히 시민과 인간이기 때문에? 그렇다면 괜히 주제넘게 나서지 말았어야죠. 자기 일도 아닌 것에 손을 댈 이유도 없었고요. 뭐, 권총으로 자살이라도 하시죠. 왜요, 내키지 않나요?"

"지금 나를 떼 버리려고 일부러 약을 올릴 생각인 것 같은
데……."

"이런 괴짜를 다 봤나. 여하튼 다 왔으니 이쪽 계단으로 갑
시다. 보이죠, 여기가 소피야 세묘노브나 집 입구인데요, 봐
요, 아무도 없잖습니까! 못 믿겠다? 카페르나우모프에게 물어
봐요. 그녀가 그 집에다 열쇠를 맡기더라고요. 마침 madame
de 카페르나우모프(카페르나우모프 부인)가 나오는 군요, 그렇
죠? 뭐라고요?(부인은 귀가 좀 먹었어요.) 나갔다고요? 어디로
요? 거 봐요, 이제 들었죠? 지금 집에 없고 아마 밤늦도록 돌
아오지 않을 겁니다. 자, 이제 내 집으로 갑시다. 가 보고 싶어
했잖아요? 자, 여기가 내 집입니다. Madame 레슬리흐(레슬리
흐 부인)는 집에 없군요. 뭐가 그리 바쁜지 항상 싸돌아다니지
만 좋은 여자죠, 정말로…… 당신이 조금만 더 명민하다면 당
신에게도 꽤 도움이 될 텐데 말입니다. 자, 그럼, 한번 봐요. 지
금 내가 이 책상 서랍에서 이 5퍼센트 이자의 채권을 꺼내는
데(거참, 많기도 많지요!) 이놈은 오늘 환전소로 갈 겁니다. 자,
봤습니까? 나도 이제 더 이상 시간을 낭비할 필요가 없겠군
요. 책상 서랍도 잠그고 집도 잠그고, 자 또 계단이군요. 어떻
게 할까요, 마차를 빌립시다! 나는 섬으로 갑니다. 어떻게, 같
이 타렵니까? 자, 저 마차를 빌려 옐라긴 섬에 갈까 하는데, 어
떻습니까? 싫다고요? 못 참겠다고요? 같이 타고 갑시다, 괜찮
아요. 비가 쏟아질 것 같긴 해도 괜찮아요, 덮개를 내리면 되
니까……."

스비드리가일로프는 벌써 마차에 탄 상태였다. 라스콜니코프는 자신의 의심이 적어도 이 순간만큼은 잘못된 것이라고 판단했다. 그는 한마디 대꾸도 하지 않고 몸을 돌려 센나야 광장 쪽으로 되돌아갔다. 만약 도중에 한 번만 뒤돌아 봤어도 스비드리가일로프가 불과 백 걸음도 가지 않고 마차 삯을 지불한 다음 보도로 내려서는 것을 볼 수 있었을 터이다. 하지만 그는 아무것도 보지 못한 채 이미 길모퉁이로 돌아섰다. 깊은 혐오감에 사로잡힌 나머지 스비드리가일로프에게서 멀리 떨어져 나온 것이다. "한순간이나마 저런 조잡한 악당 놈한테서 뭘 기대했다니, 저 음탕한 호색한, 저 비열한 놈한테서!" 저도 모르게 이런 소리가 터져 나왔다. 사실 라스콜니코프의 판단은 너무 성급하고 경솔한 것이었다. 스비드리가일로프를 둘러싼 모든 정황에는, 신비스러움은 아닐지언정, 적어도 모종의 독특한 분위기를 풍기는 뭔가가 있었다. 그 모든 것 중 여동생 문제에 관한 한 라스콜니코프는 어쨌거나 스비드리가일로프가 그 애를 곱게 내버려 두지 않을 것이라는 확신을 버리지 않았다. 하지만 이 모든 것을 생각하고 곱씹는 것이 너무나 괴로워 참을 수가 없어졌다!

혼자 남게 되자 그는 평소 습관대로 스무 걸음도 채 가지 않아 깊은 생각에 빠져들었다. 다리까지 올라간 다음에는 난간 옆에 멈추어 서서 강물을 바라보기 시작했다. 한데 그런 그를 아브도치야 로마노브나가 지켜보며 서 있었다.

그는 다리 입구에서 그녀와 마주쳤지만 알아보지도 못하고 그냥 지나쳤다. 오빠가 이런 모습으로 거리에 나와 있는 것을 전혀 본 적이 없는 두네치카는 무서리우리만큼 충격을 받았다. 걸음은 멈추었으나 오빠를 불러야 할지 말아야 할지 알 수 없었다. 그때 갑자기 센나야 광장 쪽에서 서둘러 이쪽으로 다가오는 스비드리가일로프를 발견했다.

그런데 그는 왠지 몰래, 조심스럽게 접근하는 중이었다. 다리 위로 올라가지는 않고 보도 한쪽에 멈추어 섰는데 라스콜니코프의 눈에 띄지 않으려고 애쓰는 것이었다. 그는 진즉에 두냐를 알아보고서 신호를 보내기 시작했다. 그녀는 그것을 오빠를 부를 것 없이 그냥 내버려 두고 자기 쪽으로 오라는 뜻으로 이해했다.

두냐는 그대로 했다. 그녀는 살그머니 오빠 옆을 지나 스비드리가일로프 쪽으로 다가갔다.

"빨리 갑시다." 스비드리가일로프가 그녀에게 속삭였다. "로지온 로마느이치가 우리가 만나는 것을 몰랐으면 좋겠거든요. 미리 말해 두지만, 그가 나를 찾아내는 바람에 여기서 멀지 않은 술집에 여태껏 함께 앉아 있다가 간신히 떼 놓고 왔습니다. 어찌된 영문인지 내가 당신에게 보낸 편지에 대해서도 알고 있고 뭔가 미심쩍어하더군요. 물론, 당신이 털어놓은 것은 아니겠죠? 하지만 당신이 아니라면 누가 그랬을까요?"

"자, 우리도 벌써 모퉁이를 돌았어요." 두냐가 말을 가로챘다. "오빠는 이제 우리를 못 볼 거예요. 분명히 말해 두지만, 더 이상은 당신과 같이 가지 않겠어요. 여기서 전부 말해 주세요. 길거리에서도 전부 말할 수 있는 얘기일 테니까요."

"첫째, 이건 길거리에서는 절대 할 수 없는 얘기입니다. 둘째, 당신은 소피야 세묘노브나의 얘기도 들어 봐야 합니다. 셋째, 당신에게 보여 줄 서류도 좀 있고……. 뭐, 끝으로, 당신이 내 방까지는 못 가겠다고 계속 고집을 부리면, 나는 어떤 설명이든 다 마다하고 당장 떠나겠습니다. 그와 더불어 당신이 애지중지하는 오빠의 극히 흥미진진한 비밀이 오롯이 내 손 안에 있다는 사실을 잊지 마십시오."

두냐는 머뭇거리며 걸음을 멈추고서 상대를 꿰뚫을 것 같은 눈초리로 스비드리가일로프를 쏘아보았다.

"뭘 그리 무서워합니까!" 상대방은 침착하게 일침을 가했다. "도시는 시골과 다릅니다. 그 시골에서도 당신은 나에게 내가 당신에게 한 것보다 더 많은 해를 입혔는데 하물며 여기서는……."

"소피야 세묘노브나와는 사전에 얘기가 됐겠지요?"

"아니요, 그분에게는 한마디도 하지 않았을뿐더러 지금 그분이 집에 있는지 어떤지도 완전히 확신할 수 없군요. 하긴 분명히 집에 있을 겁니다. 오늘 가족의 장례를 치렀는데 이런 날 어디 놀러 가지는 않았을 테니까요. 때가 될 때까지는 아무에게도 이 얘기를 하고 싶지 않고 심지어 당신에게 알린 것도 다소 후회가 됩니다. 이 경우에는 조금만 부주의하게 굴어도 밀고를 하는 셈이 되거든요. 나는 바로 여기, 이 집에 살고 있습니다, 이제 거의 다 왔군요. 저자가 우리 집의 문지기입니다. 나를 워낙 잘 알고 있어서, 보십시오, 저렇게 인사를 하는군요. 그는 내가 이렇게 여성과 함께 걷는 것을 보고 있으니까 물론 당신의 얼굴도 기억에 새겨 뒀겠고, 행여 내가 그렇게 무섭고 미심쩍다면 그것이 당신에게 도움이 될 겁니다. 이렇게 거칠게 말해서 죄송합니다. 나는 여기 세입자에게서 방을 빌려 쓰고 있습니다. 소피야 세묘노브나도 그렇게 방을 빌려 쓰는 형편인데, 나와는 벽 하나를 사이에 두고 있지요. 층 전체가 다 셋집입니다. 그런데 어린아이처럼 뭘 그리 두려워합니까? 아니, 내가 그렇게까지 무섭습니까?"

스비드리가일로프는 얼굴을 일그러뜨리며 너그러운 미소를 지었다. 하지만 이미 미소를 지을 상태가 아니었다. 심장이 쿵쾅거리고 숨결이 거칠어져 가슴이 막힐 것 같았다. 그는 점점 더 거세지는 흥분을 감추기 위해 일부러 더 큰 소리로 말했다. 하지만 두냐는 이 특별한 흥분을 알아챌 겨를도 없었다. 나를 어린아이처럼 두려워한다, 내가 그렇게까지 무섭냐, 하는 지적에 너무나 신경질이 났던 것이다.

"나는 당신이…… 파렴치한 인간이라는 것은 잘 알고 있지만 당신이 조금도 두렵지 않아요. 앞장서세요." 그녀는 겉보기에 제법 침착하게 말했지만, 얼굴은 몹시 창백했다.

스비드리가일로프는 소냐의 방 옆에서 걸음을 멈추었다.

"집에 있는지 어떤지 봅시다. 없는 것 같은데. 낭패로군요! 하지만 내가 알기로는 조만간에 돌아올 겁니다. 외출을 했다면 분명히 그 고아들 일로 어느 부인을 찾아간 것일 테니까요. 아이들의 어머니가 죽었잖습니까. 나도 이 일에 관여하여 조치를 취했지요. 소피야 세묘노브나가 십 분이 지나도 돌아오지 않으면, 나는 그분더러 직접 당신에게 가 보라고 하겠습니다, 원한다면 오늘이라도 당장. 자, 여기가 바로 내 숙소입니다. 보다시피, 방 두 칸이고요. 이 문 뒤에 우리 집 주인인 레슬리흐 부인이 살고 있습니다. 이제 이쪽을 보십시오, 내가 가진 중요한 서류들을 보여 드리리다. 내 침실의 이 문은 지금 세를 내놓은, 완전히 텅 빈 두 칸의 방으로 통합니다. 바로 저 방인데…… 당신은 저것을 좀 더 유심히 봐 둘 필요가 있습니다……."

스비드리가일로프는 가구가 딸린 상당히 넓은 방 두 칸을 쓰고 있었다. 두네치카는 미심쩍은 눈초리로 주위를 둘러보았지만 방 안의 꾸밈새나 배치에서 별다른 것은 전혀 찾아볼 수 없었다. 굳이 눈에 뜨인 것이 있다면, 가령 스비드리가일로프의 방이 거의 빈 방이나 다름없는 두 방 사이에 용케 끼여 있는 셈이라는 정도였다. 그의 집 입구도 복도에서 곧장 나 있는 것이 아니라 거의 텅 빈, 주인집 방 두 칸을 통하도록 돼 있었다. 스비드리가일로프는 침실 쪽에서 열쇠로 잠가 놓은 문을 열고서 세를 내놓은, 역시나 텅 빈 방을 두네치카에게 보여 주었다. 두네치카는 무엇 때문에 자기에게 이것을 보라고 하는지 이해가 안 돼 문지방에 우뚝 멈추어 섰는데, 스비드리가일로프가 서둘러 설명을 늘어놓았다.

"자, 이쪽, 이 두 번째 방, 큰 방을 보십시오. 이 문을 눈여겨보십시오, 열쇠로 잠가 됐지요. 문 옆에 의자가 있잖습니까, 방 두 칸을 통틀어 하나뿐인 의자입니다. 좀 더 편하게 들으려고 내 방에서 가져왔습니다. 자, 바로 저 문 뒤에 소피야 세묘노브나의 탁자가 있습니다. 그녀는 거기 앉아서 로지온 로마느이치와 얘기를 나누었습니다. 나는 이쪽 의자에 앉아 이틀 저녁을 연거푸, 두 번 다 두 시간씩 엿들었고, 그래서 물론 뭔가를 알아낼 수 있었는데, 어떻게 생각합니까?"

"엿들었다고요?"

"예, 엿들었습니다. 이제 내 방으로 갑시다. 여기는 앉을 데도 없으니까."

그는 아브도치야 로마노브나를 다시, 거실로 쓰는 첫 번째 방으로 데려가 의자에 앉으라고 권했다. 그 자신은 탁자의 반대편 끝, 그녀에게서 적어도 1사젠은 족히 떨어진 곳에 앉았지만, 그의 눈에서는 분명히 언젠가 두네치카를 그토록 경악시켰던 그 불꽃이 번쩍였다. 그녀는 몸서리를 치며 미심쩍은 눈초리로 한 번 더 주위를 둘러보았다. 무의식적인 몸짓이었는데, 미심쩍은 심정을 드러내기 싫은 모양이었다. 그럼에도 스비드리가일로프의 방이 너무 외진 곳에 있어서 결국에는 충격을 받고 말았다. 하다못해 주인아주머니라도 집에 있느냐고 물어보고 싶었지만 그러지 않은 것은…… 자존심 때문이었다. 게다가 그녀의 마음속에는 또 다른 고통이, 일신의 안녕에 관한 공포와는 비교도 안 될 만큼 큰 고통이 도사리고 있었다. 그녀는 참을 수 없을 정도로 괴로웠다.

"자, 당신이 보낸 편지예요." 그녀는 그것을 탁자 위에 올려놓으며 말문을 열었다. "여기에 쓴 내용이 과연 가능한 일일까요? 당신은 오빠가 무슨 범죄라도 저지른 것 같은 암시를 하더군요. 그것도 너무나 분명한 암시던데, 이제 와서 발뺌을 하지는 못할걸요. 당신이 말을 꺼내기 전에도 그 얼토당토않은 얘기를 들은 적이 있지만 나는 한마디도 믿지 않아요,

꼭 알아 두세요. 이렇게 더럽고 우스꽝스러운 혐의를 걸다니
요. 나는 그 얘기가 어떻게, 또 왜 만들어졌는지 그 경위도 알
고 있어요. 당신에게는 어떤 증거도 있을 리 없어요. 자, 증거
를 내놓겠다고 약속했으니 말해 보세요! 하지만 미리 알아 두
세요, 나는 당신의 말을 믿지 않아요! 믿지 않아요⋯⋯!"

두네치카는 허겁지겁 빠른 속도로 이런 말을 했고, 그 바람
에 한순간 얼굴이 확 빨개졌다.

"믿지도 않았다면 과연 당신 혼자서 나를 찾아오는 위험을
감수할 수 있었을까요? 대체 왜 왔습니까? 그저 호기심에 사
로잡혀서?"

"나를 괴롭히지 말고 그냥 말씀하세요, 말해요!"

"당신이 당찬 아가씨라는 건 말할 것도 없겠군요. 틀림없
이 라주미힌 씨에게 여기까지 같이 가 달라고 부탁할 줄 알았
어요. 하지만 그는 당신과 함께 오지도 않았고 내가 아무리 열
심히 살펴봐도 당신 주변에도 없더군요. 이건 대담한 행동, 즉
로지온 로마느이치를 아끼는 마음에서 나온 행동이겠지요.
하긴 당신은 내적으로 어딜 보나 경이로우니까⋯⋯. 당신의
오빠에 관한 한 무슨 얘기를 해야 할까요? 당신도 방금 봤잖
습니까. 어떻습디까?"

"설마 그것만을 근거로 삼으려는 건 아니죠?"

"아니요, 그것이 아니라 그가 직접 한 말이 근거입니다. 자,
그는 이틀 저녁을 연거푸 여기 소피야 세묘노브나를 찾아왔
습니다. 그들이 어디에 앉아 있었는지는 보여 주었잖습니까.
그는 그녀 앞에서 그야말로 고해성사를 했습니다. 그는 살인

자입니다. 관리 미망인이자 고리대금업자인 노파를 죽였는데, 그 자신도 거기에 물건을 전당 잡혀 놓았지요. 노파를 죽이는 동안 마침 우연찮게 들어온 여동생, 즉 장사를 하는 리자베타라는 이름의 여자까지 죽였습니다. 그들 둘을 자기가 갖고 갔던 도끼로 죽인 겁니다. 금품을 훔치려고 죽였고 또 실제로 훔쳤습니다. 돈과 물건도 좀 챙겼고요……. 이 모든 얘기를 자기 입으로 토씨 하나 틀리지 않고 소피야 세묘노브나에게 들려주었습니다. 그녀는 비밀을 알고 있는 유일한 사람이지만 살인 사건에는 말로나 행동으로나 전혀 관여하지 않았고 오히려 지금의 당신처럼 공포에 사로잡혔습니다. 안심하십시오, 그녀가 고발하는 일은 없을 테니까요."

"그럴 리 없어요!" 두네치카는 죽은 사람처럼 입술이 새파랗게 질리는 가운데 이렇게 중얼거렸다. 숨도 헐떡였다. "그럴 리 없어요, 이유가 전혀 없잖아요, 어떤 이유도, 어떤 동기도……. 그건 거짓말이에요! 거짓말!"

"그는 금품을 훔쳤고, 그것이 이유의 전부입니다. 돈과 물건을 챙겼고요. 실은, 그 자신의 고백에 따르면, 돈이든 물건이든 손도 대지 않고 그냥 어디 돌 밑에 갖다 놓았고 지금도 거기에 있지만. 어쨌거나 그건 손을 댈 용기가 없었던 탓이지요."

"아니, 오빠가 도둑질을, 강도질을 하다니, 있을 법한 일인가요? 그런 생각이라도 할 수 있는 사람인가요, 어디?" 두냐는 소리를 지르며 의자에서 벌떡 일어났다. "당신도 오빠를 알잖아요, 직접 봤잖아요? 아니, 어딜 봐서 도둑질을 할 사람이던가요?"

그녀는 꼭 스비드리가일로프에게 애걸복걸하는 것 같았다. 오죽하면 공포심마저 깡그리 잊었다.

"여기에는, 아브도치야 로마노브나, 수천, 수백만 개의 조합과 분류가 있습니다. 도둑은 도둑질을 하는 대신 내심 자기가 비열한 놈이라는 것을 압니다. 한데 어디서 들은 얘기인데, 어떤 점잖은 사람이 우체국을 부순 일이 있습니다. 누가 알겠습니까, 그 양반은 자기가 정말로 훌륭한 일을 했다고 생각했을 수 있지요! 물론, 제삼자에게 전해 들었다면 나도 당신처럼 믿지 못했을 겁니다. 하지만 자기 귀는 믿을 수밖에 없잖습니까. 그는 소피야 세묘노브나에게 모든 이유를 설명했습니다. 하지만 그쪽도 처음에는 자기 귀를 믿지 못했지만 결국 눈은, 자기 자신의 눈은 믿더군요. 아닌 게 아니라 그가 직접 얘기를 전했으니까요."

"대체 무슨…… 이유로!"

"얘기하자면 깁니다, 아브도치야 로마노브나. 여기에는, 글쎄, 어떻게 표현해야 될까마는, 그 나름의 이론이 개입되어 있는데, 내가 이해하기론, 가령 주된 목적이 좋다면 개개의 악행쯤은 허용된다는 것과 똑같은 이치랄까요. 단 하나의 악과 백 가지 선이지요! 그것도 물론, 장점을 두루 갖추었고 자존심도 한없이 강한 청년으로서는 가령 3,000 정도만 있어도 모든 출세 가도가, 그의 인생의 목적에 있어 모든 미래가 다른 식으로 형성될 것인데 문제의 이 3,000이 없다는 사실을 절감해야 한다니, 얼마나 모욕적이겠습니까. 여기에다 굶주림, 좁아터진 방, 누더기 같은 옷, 참 휘황찬란한 사회적 처지는 물론 여동생과 어머니의 처지에 대한 또렷한 의식 등에서 비롯되는 짜증까지 덧붙여 보십시오. 무엇보다도, 허영심이, 오만함과 허영심이 문제이지만, 하긴 아무도 모를 일이죠, 좋은 성향을 갖고 있었는지도……. 사실 그를 비난하는 건 아닙니다, 부디 그렇게는 생각하지 마십시오. 어차피 내 일도 아니고요. 여기에도 역시 그 나름으로 이론이 하나 있었는데 ― 그저 그런 이론인데 ― 그것에 따르면 사람은, 그러니까 재료와 특별한 사람들, 즉 자신들의 드높은 처지 덕분에 법률의 구애도 받지 않을뿐더러 오히려 재료 혹은 쓰레기나 다름없는 나머지 사람들을 위해 직접 법률을 만드는 부류의 사람들로 나누어진다는 겁니다. 특별할 것도 없는 그저 그런 이론이지요, une théorie comme une autre.(이론이란 그놈이 다 그놈이니까요.) 나폴레옹에 흠뻑 빠졌는데, 즉 원래는 몹시 많은 천재적인 인간들이 개개의 악은 개의치도 않았고 심사숙고할 것도 없이 그냥 넘고 지나갔다는 사실에 흠뻑 빠졌던 겁니다. 아무래도 자기도 천재적인 인간이라고 상상했던 모양, 즉 얼마간은 그렇게 확신했던 모양입니다. 자기는 이론을 정립할 줄은 알았지만 심사숙고할 것도 없이 그냥 뛰어넘는 법은 몰랐다, 그럴 능력이 없었다, 고로 천재적인 인간이 아니다, 하는 생각 때문에 심적인 괴로움이 컸으며 지금도 괴로워하고 있습니다. 뭐, 이건 자존심이 강한 청년에게는 굴욕적인 일이지요, 우리 시대에는 특히나 더……."

"그럼 양심의 가책은요? 그렇다면 오빠에게 어떤 도덕적 감정도 없다고 생각하세요? 과연 오빠가 그런 인간일까요?"

"아휴, 아브도치야 로마노브나, 지금은 모든 것이 흐릿해졌고, 하긴 질서정연했던 시절은 딱히 없었군요. 러시아인은 대체로 광활한 사람들입니다, 아브도치야 로마노브나, 그들의 땅처럼 광활하며 환상적인 것에, 무질서한 것에 굉장히 많이 이끌리는 편입니다. 하지만 특별한 천재성도 없는 주제에 광활한 것이 큰 문제입니다. 기억납니까, 저녁마다 식사 후에 우리는 단둘이 정원의 테라스에 앉아 이런 종류, 이런 주제로 참 많은 얘기를 주고받았지요. 그때 당신은 바로 저 광활함을 운운하며 나를 책망했더랬지요. 누가 알겠습니까, 우리가 그 얘기를 하던 바로 그때 그는 여기에 누워 자기만의 생각을 가다듬고 있었을지도 모르지요. 우리네 식자층에게는 특별히 신성한 전통이란 것이 사실상 없으니, 아브도치야 로마노브나, 기껏해야 누가 책에 따라 어떻게 구성하거나…… 혹은 연대기에서 뭘 끄집어낼 따름이지요. 하지만 그나마도 주로 학자들, 그러니까 그 나름으로 죄다 얼간이들이 하는 일이라서 사교계 사람 눈에는 영 볼썽사나울 수도 있습니다. 하긴 내 견해라면 당신도 대체로 알고 있겠지만, 나는 단연코 아무도 비난하지 않습니다. 나 자신도 백수거니와 그걸 고수하고 있으니까요. 이 얘기도 우리는 벌써 여러 번 했군요. 행복하게도 당신은 심지어 내 의견에 흥미를 보였고……. 얼굴이 몹시 창백하군요, 아브도치야 로마노브나!"

"오빠의 그 이론은 나도 알아요. 잡지에 실린 오빠의 논문을 읽었는데, 모든 것이 허용되는 사람들에 대한 논문이었어요······. 라주미힌이 가져다줬어요······."

"라주미힌 씨가요? 당신 오빠의 논문을요? 잡지에 실렸다고요? 그런 논문이 있습니까? 몰랐군요. 그것 참 흥미진진하겠군요! 한데 어딜 가려고요, 아브도치야 로마노브나?"

"소피야 세묘노브나를 만나고 싶어서요." 힘없는 목소리로 두네치카가 말했다. "그분 방에 가려면 어떻게 가야 하죠? 지금쯤은 와 있을지도 모르잖아요. 꼭 만나고 싶어요. 그분이 직접······."

아브도치야 로마노브나는 말을 다 끝맺지 못했다. 숨이 문자 그대로 탁 끊겨 버린 것이다.

"소피야 세묘노브나는 밤까지 돌아오지 않을 겁니다. 내 추측으론 그래요. 원래 아주 빨리 돌아와야 했는데, 그러지 않다는 소리는 아주 늦을 것이라는······."

"그렇담, 거짓말이군! 훤히 보여······ 당신은 거짓말을 한 거야······ 전부 거짓말이었어······! 나는 당신 말을 믿지 않아! 믿지 않는다고! 믿지 않아!" 두네치카는 완전히 이성을 잃고 진짜 광란에 휩싸여 소리쳤다.

그녀는 거의 기절하다시피, 스비드리가일로프가 황급히 갖다 바친 의자로 쓰러졌다.

"아브도치야 로마노브나, 왜 이러세요, 정신 차리십시오! 여기 물. 한 모금 마셔요······."

그는 그녀에게 물을 튀겼다. 두네치카는 몸을 부르르 떨며 정신을 차렸다.

"효과가 너무 셌군!" 스비드리가일로프가 인상을 쓰며 혼잣말로 중얼거렸다. "아브도치야 로마노브나, 진정하십시오! 그에게는 친구들이 있다는 걸 알아 두시고요. 우리가 그를 구할 겁니다, 구출해 낼 겁니다. 어떻습니까, 외국으로 데려갈까요? 나는 돈이 있으니까 사흘 안에 표를 손에 넣겠습니다. 사람을 죽였다고는 하지만 앞으로 좋은 일을 많이 할 테고 그러면 모든 죄과가 씻길 겁니다. 안심하십시오. 앞으로 위대한 사람이 될지도 모르잖습니까. 아니, 왜 이러세요? 기분은 좀 어때요?"

"나쁜 인간! 이 인간, 아직도 사람을 갖고 놀고 있어. 그만 보내 줘요……."

"어디를 가려고요? 대체 어디를?"

"오빠한테요. 오빠는 어디 있어요? 알고 있어요? 이 문은 왜 잠겨 있는 거죠? 우리는 여기 이 문으로 들어왔는데, 지금은 열쇠로 잠가 놨네요. 어느 틈에 이렇게까지 잠근 거죠?"

"우리가 여기서 주고받은 말이 이 방 저 방 다 들리도록 소리칠 종류는 아니니까요. 사람을 갖고 놀다니요, 나는 그저 그런 말투로 얘기하는 데 넌덜머리가 났을 뿐입니다. 아니, 그런 모습으로 어딜 가려고요? 혹시 그를 넘겨 줄 생각입니까? 그를 미쳐 날뛰도록 만들어 그 스스로 자신을 넘길걸요. 그가 미행당하고 있다는 것을 알아 두십시오, 이미 꼬리를 잡혔거든요. 그래 본들 당신은 그저 그를 내주는 꼴이 될 뿐입니다. 좀 기다려 보십시오. 나는 방금 그를 보았고 얘기도 나눴습니다. 아직은 그를 구할 수 있습니다. 좀 기다려요, 자, 앉아서 함께 생각을 모아 봅시다. 단둘이서 이 문제를 얘기하고 좋은 생각을 모아 보려고 당신을 불렀던 겁니다. 제발 좀 앉아요!"

"어떤 식으로 오빠를 구할 수 있다는 거죠? 정말로 구할 수는 있는 건가요?"

두냐가 자리에 앉았다. 스비드리가일로프는 그녀 옆에 앉았다.

"이 모든 것이 당신에게 달렸습니다, 당신, 당신 한 사람에게." 그는 눈을 번득이며 거의 속삭이듯 말을 시작했는데, 너무 흥분한 나머지 갈팡질팡하고 어떤 말은 제대로 발음하지도 못했다.

두냐는 경악하며 그에게서 움찔 몸을 멀리 뺐다. 그도 온몸을 부들부들 떨고 있었다.

"당신이…… 당신의 말 한마디면 그는 구원될 겁니다! 내가…… 내가 그를 구할 테니까요. 나는 돈과 친구들이 있습니다. 즉시 그를 떠나보내겠습니다, 내 손으로 여권을, 여권을 두 장 구하도록 하고요. 한 장은 그의 것이고 또 한 장은 내 것이고요. 나는 친구들이 있습니다, 수완이 좋은 녀석들이지요……. 어떻습니까? 당신의 여권도 구해 드리죠…… 당신 어머니 것도…… 당신한테 라주미힌 따위가 대체 뭡니까? 나 역시 당신을 이렇게 사랑하는데……. 나는 당신을 한없이 사랑합니다. 당신의 원피스 자락에 입을 맞추게 해 줘요, 제발! 제발요! 나는 그 원피스 스치는 소리도 가만히 듣고 있을 수 없어요. 뭘 하라고 말하면, 전부 그대로 하리다! 무엇이든 하겠습니다. 불가능한 일도 하겠어요. 당신이 믿는 것이라면 나도 믿겠습니다. 무엇이든 전부 다 하겠어요! 나를 그런 눈으로 쳐다보지 말아요, 제발! 정말이지 나는 당신 때문에 죽을 것만 같아요……."

그는 심지어 헛소리까지 하기 시작했다. 갑자기 그에게 무슨 일이 일어났고, 갑자기 머리가 획 돈 것 같았다. 두냐는 벌떡 일어나 문 쪽으로 달려갔다.

"문 열어 주세요! 문 좀!" 그녀는 사람을 부르며 두 손으로 문을 흔들면서 문 너머로 소리쳤다. "제발 열어 주세요! 정말 아무도 없나요?"

스비드리가일로프는 자리에서 일어나며 정신을 차렸다. 아직도 떨고 있는 그의 입가에 서서히 표독스러운 냉소가 어리었다.

"그쪽은 아무도 집에 없습니다." 그가 조용히, 띄엄띄엄 말했다. "주인아주머니가 나갔으니 소리를 질러 봤자 헛수고입니다. 괜히 흥분만 가중시킬 뿐이지요."

"열쇠는 어디 있지? 당장 문을 열어, 지금 당장, 저열한 인간 같으니!"

"열쇠는 잃어버려서 찾을 수가 없군요."

"아! 그럼 폭력을 쓰시겠다!" 이렇게 소리친 뒤 두냐는 죽음처럼 창백해진 채 방구석으로 달려가서 마침 손에 닿은 탁자 뒤로 얼른 몸을 숨겼다. 비명을 지르지는 않았지만 이 박해자를 뚫어져라 노려보며 그의 일거수일투족을 살피고 있었다. 스비드리가일로프도 자리에서 꿈쩍하지 않고 방의 맞은편 끝에 그녀와 마주한 채 서 있었다. 자제력을 발휘하기도 했다, 적어도 겉으로는. 하지만 얼굴은 아까처럼 창백했다. 냉소가 그의 입술에서 사라지지 않았다.

"방금 '폭력'이라고 했습니까, 아브도치야 로마노브나. 만약 폭력이라면, 내가 나름의 조치를 취했다는 사실을 당신이 직접 판단할 수 있겠군요. 소피야 세묘노브나는 집에 없고, 카페르나우모프의 집은 아주 멀리 있어 잠겨 있는 방을 다섯 칸이나 지나야 하지요. 끝으로, 나는 당신보다 적어도 두 배는 더 힘이 세고, 그 밖에도 걱정할 이유가 전혀 없는 것이 나중에도 당신이 고소를 할 수는 없을 테니까요. 설마 오빠를 정말로 내주고 싶지는 않겠지요? 더군다나 아무도 당신 말을 믿어 주지 않을 겁니다. 아니, 무슨 연유로 처녀가 혼자서 홀로 사는 남자의 집을 찾아갔을까? 그러니까 설령 오빠를 희생한들, 그래 본들 아무것도 증명하지 못할 겁니다. 폭력을 증명하기란 몹시 힘들지요, 아브도치야 로마노브나."

"비열한 놈!" 두냐가 격분하며 속삭였다.

"그야 어쩔 수 없지만, 내 말이 아직은 가정의 형식일 뿐임을 유념해 두십시오. 내 개인적인 신념으론, 당신 말이 전적으로 옳습니다. 폭력이란 추잡한 것이지요. 거기에 내가 보태고 싶은 말은 그저 당신이…… 설령 당신이 자발적으로 나서서 내가 제안한 방식대로 오빠를 구원하고 싶어 한다고 할지라도 양심에 거리낄 것은 그야말로 전혀 없으리라는 점입니다. 당신은 그냥, 그러니까 상황에, 뭐, 힘에 굴복했다고 할까요, 굳이 이 말을 써야 된다면 말이지요. 이 점을 좀 생각해 보십시오. 즉, 당신 오빠와 어머니의 운명이 내 손에 달려 있습니다. 나는 당신의 노예가 되겠어요…… 평생토록…… 자, 여기서 이렇게 기다리리다······."

스비드리가일로프는 두냐로부터 여덟 걸음쯤 떨어진 곳에 있는 소파에 앉았다. 그녀는 그의 결심이 확고부동하다는 것에 이미 일말의 의심도 품지 않았다. 더군다나 그가 어떤 인간인지 알고 있었으니까······.

갑자기 그녀는 호주머니에서 권총을 꺼내 공이치기를 올린 다음 권총을 든 손을 탁자 위에 내려놓았다. 스비드리가일로프는 자리에서 벌떡 일어났다.

"아하! 그런 것이었군!" 그는 놀라면서, 하지만 표독스러운 미소를 흘리면서 소리쳤다. "뭐, 그렇게 나오면 일의 흐름이 완전히 바뀌지! 당신이 나서서 내 일을 굉장히 순조롭게 만들어 주는군요, 아브도치야 로마노브나! 아니, 그 권총은 어디서 구했습니까? 설마 라주미힌 씨가? 어라! 내 권총이군! 오래되고 익숙한 녀석이지! 그때 한참 찾았는데······! 시골에 살 때 영광스럽게도 당신에게 사격술을 가르쳐 준 것이 헛되지는 않았군요."

"당신 권총이 아니야, 당신이 죽인 마르파 페트로브나 것이지, 이 나쁜 놈! 부인의 집에 당신 것이라고는 하나도 없었어. 당신이 무슨 짓을 저지를지 의심이 들자마자 챙긴 거야. 한 발짝이라도 움직이면 죽여 버릴 테야, 진짜로!"

두냐는 광란 상태였다. 권총은 언제라도 쏠 기세로 쥐고 있었다.

"그럼, 오빠는? 그냥 호기심에서 여쭤 봅니다만." 스비드리가일로프는 계속 그 자리에 선 채로 물었다.

"밀고해 보시지, 정 그러시다면! 꼼짝도 하지 마! 움직이지 말라고! 쏴 버리겠어! 당신은 아내를 독살했어, 나는 알아, 당신이야말로 살인자야……!"

"내가 마르파 페트로브나를 독살했다는 굳은 확신이 있으신지?"

"당신 짓이야! 당신이 직접 은근슬쩍 암시했잖아, 나에게 독 얘기를 했고…… 그걸 구하러 어딜 갔다 온 사실도 알고 있어…… 당신은 준비를 해 놓고 있었던 거야……. 틀림없이 당신 짓이야…… 비열한 놈!"

"사실이 그렇다고 해도 그건 당신 때문이었겠지…… 어쨌거나 당신이 원인이었을 거야."

"거짓말! 나는 당신을 항상 증오했어, 항상……."

"애개, 아브도치야 로마노브나! 잊으신 모양인데, 선전에 열중한 나머지 황홀경에 빠져 거의 넋이 나가셨지……. 눈빛만 봐도 알 수 있을 정도였거든요. 기억나십니까, 저녁이었고 달빛이 비치고 꾀꼬리가 울고?"

"거짓말!(두냐의 눈에서는 분노의 불꽃이 이글거렸다.) 거짓말이야, 이 협잡꾼!"

"거짓말이라고? 뭐, 거짓말이라고 해 두지. 내가 거짓말을 했어. 여자들에게 그런 소리를 상기시킬 건 없는데.(그는 씩 웃었다.) 당신이 기어코 쏘리라는 것쯤은 알고 있어, 예쁘장한 짐승 같은 아가씨. 자, 쏴 보시지!"

두냐는 권총을 들어 올렸으며 죽은 사람처럼 창백하고 핏기가 싹 가신 아랫입술을 파르르 떨면서 불꽃처럼 이글거리는 커다란 검은 두 눈으로 그를 쏘아보았는데, 결심을 굳히고 서 저쪽에서 처음으로 움직일 순간을 기다리고 가늠하는 중이었다. 그는 그녀가 이토록 아름다운 것을 결코 본 적이 없었다. 권총을 들어 올리는 순간 그녀의 눈에서 번득인 불꽃이 그를 태워 버릴 것 같았고, 그의 심장이 고통스럽게 죄어들었다. 그가 한 발짝을 내딛자 총성이 울려 퍼졌다. 총알은 그의 머리카락을 스치고 뒤쪽 벽에 맞았다. 그는 걸음을 멈추고 조용히 웃었다.

"벌에 쏘였다! 곧장 머리를 겨누다니……. 이건 뭐지? 피군!" 그는 오른쪽 관자놀이를 따라 가느다랗게 흘러내리는 피를 닦으려고 손수건을 꺼냈다. 총알은 분명히 두피를 살짝 건드린 모양이었다. 두냐는 권총을 떨어뜨리고는 무섭다기보다는 왠지 낯설고 얼떨떨한 상태로 스비드리가일로프를 쳐다보았다. 자기가 무슨 짓을 했는지, 이게 다 무슨 일인지 그녀 자신도 이해가 안 되는 모양이었다!

"이런, 헛방이군요! 다시 쏴 봐요, 기다리리다." 스비드리가일로프는 계속 웃으면서 조용히 말했지만 어딘가 음산했다. "그러다가는 공이치기를 올리기 전에 내가 당신을 붙잡아 버리겠는걸요!"

두네치카는 몸을 파르르 떨더니 서둘러 공이치기를 올리고 또다시 권총을 들어 올렸다.

"나를 내버려 둬요!" 그녀가 절망적으로 말했다. "진짜로 또 쏠 거예요……. 나는…… 죽이고 말 거예요……!"

"뭐, 그렇지…… 세 발짝 거리에서 죽이지 못할 리가 있나.

뭐, 죽이지 못하면…… 그때는…….” 그는 눈을 번득이며 두 발짝을 더 내딛었다.

두네치카가 총을 쏘았고, 불발이었다!

“장전을 꼼꼼히 하지 못했군요. 괜찮습니다! 거기 총에 뇌관이 더 있거든요. 손을 좀 봐요, 기다려 줄 테니까.”

그는 그녀 앞, 두 발짝쯤 떨어진 곳에 서서 기다렸고, 야성적인 결의를 갖고 정열에 불타는 괴로운 시선으로 그녀를 바라보고 있었다. 두냐는 이자가 자기를 풀어 줄 바에는 차라리 죽이고 말리라는 것을 알았다. ‘그러니…… 그러니까 물론 지금 이자를 죽일 것이다, 두 발짝밖에 떨어져 있지 않으니까……!’

갑자기 그녀는 권총을 내던졌다.

“내던졌군!” 스비드리가일로프는 놀라며 이렇게 말한 뒤 숨을 깊이 몰아쉬었다. 뭔가가 순식간에 그의 심장에서 떨어져 나간 것 같았는데, 죽음의 공포가 주는 무게만은 아니었으리라. 아니, 그 순간, 그가 그런 공포를 느꼈을 리 만무하다. 그것은 또 다른, 보다 더 슬프고 음산한 감정, 그 자신도 도무지 정의할 수 없는 감정으로부터의 해방이었다.

그는 두냐에게 다가가 한 손으로 조용히 그녀의 허리를 껴안았다. 그녀는 저항하지는 않았으나 온몸을 나뭇잎처럼 바들바들 떨며 애원하는 눈빛으로 그를 바라보았다. 그는 무슨 말을 하려고 했으나 입술만 일그러졌을 뿐, 말을 내뱉지는 못했다.

“나를 놓아줘!” 두냐가 애원하며 말했다.

스비드리가일로프는 몸서리를 쳤다. 이 놓아줘라는 반말은 이미 아까와는 사뭇 다른 느낌이었다.

"그럼 사랑하지 않는 건가?" 그가 조용히 물었다.

두냐는 부정의 뜻으로 고개를 내저었다.

"그리고…… 그럴 수도 없고……? 절대?" 그가 절망에 차서 속삭였다.

"절대!" 두냐가 속삭였다.

스비드리가일로프의 마음속에서는 무언의 끔찍한 투쟁의 순간이 지나갔다. 뭐라 형언할 수 없는 시선으로 그는 그녀를 바라보았다. 그러다 갑자기 손을 거두고 몸을 돌리더니 빨리 창가로 물러나 그 앞에 섰다.

또 한순간이 지났다.

"여기 열쇠!(그는 외투의 왼쪽 호주머니에서 열쇠를 꺼내더니 두냐를 보지도, 그쪽으로 몸을 돌리지도 않고 등 뒤의 탁자 위에 올려놓았다.) 가져가요. 어서 가 버려요……!"

그는 집요하게 창문만 쳐다보고 있었다.

두냐는 열쇠를 챙기려고 탁자 쪽으로 다가갔다.

"어서! 어서!" 스비드리가일로프는 여전히 꿈쩍도 않고 몸도 돌리지 않은 채 같은 말을 반복했다. 하지만 이 '어서'라는 말 속에서 어떤 끔찍한 음조가 울려 퍼지는 것 같았다.

그 음조를 이해한 두냐는 열쇠를 거머쥐자마자 문 쪽으로 달려가 재빨리 문을 따고 방을 뛰쳐나갔다. 잠시 후에는 미친 여자처럼 정신없이 운하로 뛰어나와 ○○ 다리를 향해 달리고 있었다.

스비드리가일로프는 삼 분쯤 더 창가에 서 있다가 마침내 천천히 몸을 돌려 주위를 둘러보면서 손바닥으로 이마를 조용히 쓸어내렸다. 이상한 미소가 일면서 그의 얼굴이 일그러졌다. 애처롭고 서글프고 힘없는 미소, 절망의 미소였다. 손바닥에는 벌써 바싹 마른 피가 엉겨 붙어 있었다. 그 피를 원한이 담긴 눈초리로 쳐다보았다. 그런 다음 그는 수건에 물을 적셔 관자놀이를 닦았다. 갑자기 두냐가 내던져서 문가에 떨어진 권총이 눈에 들어왔다. 그는 그것을 집어 들고 살펴보았다. 작은 포켓용 삼연발 권총으로 구형이었다. 그 안에는 아직 탄알 두 발과 뇌관 하나가 남아 있었다. 한 번은 더 쏠 수 있었다. 그는 잠깐 생각을 하더니 권총을 호주머니에 쑤셔 넣고서 모자를 들고 나갔다.

6

그날 저녁 내내, 밤 10시까지 그는 온갖 술집과 소굴을 하나둘 번갈아 가며 전전했다. 어디선가는 카챠를 발견했는데, 그녀는 어떤 '비열한 폭군'이 '카챠에게 키스하기 시작했네', 어쩌고 하는 또 다른 통속 가요를 부르고 있었다. 스비드리가일로프는 카챠, 손풍금장이, 가수들, 하인들, 무슨 서기 둘 등 모두에게 술을 대접했다. 이 서기들과 어울리게 된 것은 원래 그들 둘 다 코가 비뚤었기 때문이다. 한 명은 코가 오른쪽으로, 또 한 명은 왼쪽으로 비뚤었다. 이것이 스비드리가일로프에게 충격을 주었다. 그들은 마침내 그를 어느 유원지로 이끌었고, 그곳 입장료는 그들 몫까지 그가 지불했다. 그 유원지에는 가냘픈 삼 년생 소나무 한 그루와 관목 세 그루가 있었다. 그 밖에 '간이역'이 마련돼 있었는데 사실상 술집이었지만 차도 마실 수 있고 덧붙여 초록색 탁자와 의자도 몇 개 있었다.

또 얄궂은 가수들의 합창과 딸기코에 어딘가 광대 같지만 왠지 굉장히 우울한 표정을 한, 술 취한 뮌헨 출신의 어떤 독일인이 청중의 흥을 돋우고 있었다. 그 서기들은 어떤 다른 서기들과 말다툼을 하다가 주먹질까지 할 태세였다. 스비드리가일로프가 그들의 심판으로 뽑혔다. 그는 벌써 십오 분이나 심판 노릇을 했지만 그들이 너무 고함을 질러 대는 바람에 도무지 뭐 하나 제대로 파악할 수도 없었다. 그나마 제일 그럴듯한 얘기는 이렇다. 즉, 그들 가운데 한 명이 무엇을 훔쳤고 심지어 마침 그 자리에 나타난 어떤 유대인에게 당장 팔아 버렸는데 그 돈을 동료와 나누려고 하지 않았다는 것이다. 결국 팔아 치운 물건은 원래 간이역 소유의 찻숟가락으로 밝혀졌다. 간이역 측에서 그것을 알아차리는 바람에 일이 더 번거로워졌다. 스비드리가일로프는 찻숟가락 값을 지불해 주고 자리에서 일어나 유곽을 나왔다. 10시경이었다. 그동안 쭉 술은 한 잔도 마시지 않았고 간이역에서도 차만 주문했는데 그나마도 구색을 맞추려고 그런 것이었다. 그나저나 후텁지근하고 음울한 저녁이었다. 10시쯤에는 사방에서 무서운 먹구름이 몰려들면서 천둥번개가 치고 비가 억수같이 퍼부었다. 빗물은 방울방울 떨어지는 것이 아니라 완전히 물줄기처럼 땅바닥으로 쏟아졌다. 쉴 새 없이 번개가 번쩍했는데, 한 번 번쩍할 때마다 다섯은 족히 셀 수 있을 정도였다. 그는 비에 흠뻑 젖은 채 집까지 와서 문을 잠근 다음 사무용 책상 서랍을 열어 있는 돈을 전부 꺼내고 서류 두세 장은 찢어 버렸다. 그러고는 호주머니에 돈을 쑤셔 넣었고 옷을 바꿔 입을까 했지만 창밖을 내다보고 뇌우와 빗소리에 귀를 기울이다가 한 손을 내젖고는 모자를 집어 들고 방문도 잠그지 않은 채 밖으로 나왔다. 그는 곧장 소냐의 방으로 갔다. 마침 집에 있었다.

그녀는 혼자가 아니라 카페르나우모프의 어린아이들 넷에게 둘러싸여 있었다. 소피야 세묘노브나는 아이들에게 차를 대접하는 중이었다. 그녀는 말없이, 공손히 스비드리가일로프를 맞이했는데, 흠뻑 젖은 그의 옷을 깜짝 놀란 눈으로 훑어보면서도 무슨 말을 하지는 않았다. 아이들은 뭐라 표현할 수 없을 만큼 기겁하며 모두 줄행랑을 쳤다.

스비드리가일로프는 탁자 앞에 앉으며 소냐에게도 옆에 앉으라고 권했다. 그녀는 다소곳이 경청할 자세를 취했다.

"저는, 소피야 세묘노브나, 아메리카로 떠날지도 모르겠습니다." 스비드리가일로프가 말했다. "당신을 만나는 것도 이것이 마지막일 것 같아 몇 가지 일을 처리하려고 왔습니다. 그래, 오늘 그 부인은 만나셨습니까? 그 부인이 당신에게 무슨 말을 했는지 저도 알고 있기 때문에 굳이 다시 말씀해 주실 필요는 없습니다.(소냐는 몸을 움직이려다가 얼굴을 붉혔다.) 그런 부류의 사람들은 또 그 나름의 방식이 있거든요. 당신의 어린 남매들에 관한 한, 정말로 거처는 안정이 되었고 아이들에게 할당된 돈도 제가 일일이 영수증을 받아 절차대로 믿을 만한 곳에 맡겼습니다. 그래도 혹시 모르니까 이 영수증은 당신이 받아 두십시오. 자, 받으십시오! 그럼, 이제 이 일은 끝났습니다. 자, 여기 5퍼센트 이자의 채권이 석 장 있는데, 전부 3,000 정도 됩니다. 당신의 몫으로 받아 두시되, 이 일은 아무도 모르도록, 또 나중에 무슨 말이 나지 않도록 우리 둘만의 비밀로 합시다. 요긴할 때가 있을 겁니다. 소피야 세묘노브나, 옛날처럼 사는 것은 추악하고 사실 더 이상 그럴 필요도 전혀 없지요."

"고아들 일이며 돌아가신 어머님 일이며 이미 이렇게 많은 신세를 졌는데요." 소냐가 서둘러 말했다. "여태껏 감사하다는 말씀도 제대로 못 드리고…… 그렇다고 해서……."

"에이, 됐습니다, 됐어요."

"그리고 이 돈은, 아르카지 이바노비치, 정말 고맙지만, 이제는 필요 없답니다. 제 한 몸은 거뜬히 먹여 살릴 수 있거든요, 배은망덕하게 군다고 생각지는 말아 주세요. 정 인정을 베풀고 싶으시다면 이 돈은……."

"당신, 당신 몫이니까, 소피야 세묘노브나, 별다른 얘기는 하지 맙시다, 저는 시간도 없단 말입니다. 요긴해질 때가 있을 겁니다. 로지온 로마노비치 앞에는 두 가지 길이 있습니다. 이마에 총알을 박든지, 아니면 블라지미르카*로 가든지.(소냐는 얼떨떨한 시선으로 그를 쳐다보며 몸을 파르르 떨었다.) 염려하지 마십시오, 전부 본인에게 직접 들어서 아는 것이니까요. 또 저는 입이 가벼운 사람이 아니므로 아무에게도 말하지 않을 겁니다. 그때 당신은 자수하라고 권하셨는데, 잘하신 일입니다. 그편이 그에게 훨씬 더 유리할 테니까요. 자, 블라지미르카 쪽으로 결론이 난다면, 그래서 그가 그 길로 간다면, 당신도 따라가실 거 아닙니까? 그러실 테죠? 예, 그렇지 않습니까? 그

---

* 시베리아로 호송되는 유형수들이 지나가던 길.

렁다면 돈이 필요해지겠지요. 그를 위해서 필요할 겁니다, 아시겠습니까? 당신에게 줌으로써 어쨌거나 그에게 주는 셈입니다. 게다가 당신은 저 아말리야 이바노브나에게도 빚을 갚겠다고 약속하셨잖습니까, 저도 들었습니다. 대체 왜, 소피야 세묘노브나, 잘 생각해 보시지도 않고 자꾸 그런 계약이나 채무를 떠맡으시는 겁니까? 사실 저 독일 여자에게 빚을 진 것은 카체리나 이바노브나이지, 당신이 아니고 그 여자쯤은 깡그리 무시하면 되는 겁니다. 그런 식으론 세상 살기 힘들어요. 뭐, 혹시 누가 언제 당신에게 제 얘기나 저와 관련된 얘기를 묻는다면 — 뭐, 내일이든 모레든 — (어쨌든 당신에게 물어볼 테니까요.) 제가 지금 당신 댁에 들렀다는 말은 한마디도 하지 마시고, 돈은 절대 보여 주지도 말거니와 제가 드렸다는 얘기는 아무에게도 하지 마십시오. 자, 그럼 다음에 또 봅시다.(그는 의자에서 일어났다.) 로지온 로마느이치에게 안부 전해 주시고요. 그나저나 돈은 때가 될 때까지 라주미힌 씨에게라도 맡겨 두십시오. 라주미힌 씨를 아시지요? 물론 아실 테지요. 썩 괜찮은 양반입니다. 내일이나…… 언제 시간이 될 때 그에게 갖고 가십시오. 그 전까지는 어디 깊숙이 숨겨 두시고요."

소냐도 역시 의자에서 벌떡 일어나, 깜짝 놀란 눈으로 그를 쳐다보았다. 뭔가 말하고 싶고 물어보고 싶었지만 처음에는 용기도 나지 않았을뿐더러 어떻게 운을 띄워야 할지도 몰랐다.

"설마…… 지금 이렇게 비가 오는데 어떻게 가시려고요?"

"뭐, 아메리카로 떠나면서 비를 무서워하겠습니까, 헤-헤! 안녕히 계십시오, 친애하는 소피야 세묘노브나! 사십시오, 오래오래 사십시오, 다른 사람들에게 도움이 되실 분이니까. 그나저나…… 라주미힌 씨에게 제가 고개 숙여 안부를 전하더라는 말씀 좀 해 주십시오. 그냥 그렇게 전해 주시면 됩니다. 아르카지 이바노비치 스비드리가일로프가 고개 숙여 안부를 전하더라고. 꼭 좀 부탁드리겠습니다."

그는 소녀에게 놀람과 경악과 어딘가 막연하고 힘겨운 의혹만 남겨 놓은 채 나가 버렸다.

나중에 밝혀진 바로는, 그날 밤 11시를 넘긴 시각 그는 한군데 더 극히 괴상한 뜻밖의 방문을 했다. 비는 계속 그치지 않고 내렸다. 비에 흠뻑 젖은 그는 11시 20분에 바실리예프스키 섬, 3번가, 말라야 거리에 있는 약혼녀 부모의 비좁은 집으로 들어섰다. 마구 두들겨 겨우 문이 열렸으나 처음에는 거의 큰 소동이 일어날 뻔했다. 하지만 아르카지 이바노비치는 마음만 먹으면 극히 매혹적인 예의범절을 선보일 수 있는 사람이었고, 그 때문에 사려 깊은 약혼녀 부모들이 처음에 품은, 아르카지 이바노비치가 어디서 곤드레만드레 취하도록 퍼마셔서 분명히 제정신이 아닌 모양이라는 추측도(하긴 극히 예리했지만) 이내 저절로 사라져 버렸다. 인정 많고 사려 깊은 약혼녀의 어머니는 몸이 약해진 바깥양반을 휠체어에 태워 아르카지 이바노비치 앞으로 데려왔고, 평소 습관대로 곧장 무슨 동떨어진 질문부터 던지기 시작했다.(이 여자는 절대 단도직입적으로 질문을 던지는 일이 없어서 항상 처음에는 미소를 흘리고 손을 비벼 댔으며 그다음에 뭔가 꼭 확실히 알아내야 할 것이 있다면, 가령 아르카지 이바노비치가 보기에 결혼식 날짜는 언제가 좋겠는가, 하는 것이 궁금하면, 일단 파리와 그곳 궁정 생활을 두고 몹시 호기심에 찬, 거의 탐욕스럽기까지 한 질문 공세를 퍼붓고 그런 다음에야 비로소 순서에 따라 바실리예프스키 섬의 3번가 얘기에 이르렀다.) 다른 때 같으면 이 모든 것이 물론 두루 존경을 불러일으켰겠지만, 이번만큼은 아르카지 이바노비치도 어쩐지 유달리 조급하게 굴었고, 아주 처음부터 약혼녀는 진즉에 잠자리에 들었다고 알렸음에도 불구하고 꼭 약혼녀를 보겠다고 고집을 부렸다. 물론, 약혼녀는 나왔다. 아르카지 이바노비치는 대뜸 극히 중요한 사정이 하나 있어 잠깐 페테르부르크를 떠나야 한다고 하면서, 은화와 각종 지폐를 섞어 15,000루블을 가져왔는데 오래전부터 결혼식을 앞두고 이런 변변찮은 것이라도 건넬 참이었으니까 선물이라 생각하고 받아 달라고 부탁했다. 이 선물과 즉각적인 출발, 또 이러려고 억수같이 비가 퍼붓는 야밤에 기필코 그들을 찾아와야 했던 필연성 사이에 특별히 논리적 관계가 있는지는 이 정도의 설명만으론 물론 전혀 밝혀지지 않았지만, 그래도 일은 극히 순조롭게 마무리되었다. 심지어 이런 경우에 항상 따라붙는 '아', '오'와 같은 탄식도, 질문 공세나 놀람도 왠지 갑자기 이례적일 만큼 절제되고 누그러진 느낌이었다. 대신에 아주 열렬한 감사가 표명되었고 사려 깊은 어머니의 눈물까지 덧붙여졌다. 아르카지 이바노비치는 자리에서 일어나면서 웃었고 약혼녀에게 입을 맞추고 뺨을 톡톡 치며 곧 돌아올 것이라고 몇 번이나 되뇌었다. 그러고는 그녀의 눈에서 어린애다운 호기심과 더불어 몹시 진지한 어떤 무언의 질문을 발견하고서 잠깐 생각에 잠겼다가 또 한 번 그녀에게 키스를 했는데, 그 순간, 이 선물이 당장 저 사려 깊은 어머니의 자물통 속에 고이 간직되리라는 생각에 내심 진정으로 짜증이 났다. 그는 모두를 이례적인 흥분의 도가니에 빠뜨려 놓고서 밖으로 나갔다. 하지만 인정 많은 애엄마는 당장에 반쯤 속삭이듯 빠른 말투로 몇 가지 중대한 의혹을 해결해 버렸다. 다름 아니라, 아르카지 이바노비치는 대단한 사람이다, 업무도 많고 인맥도 풍부하고 돈도 많은 사람이다, 그러니 저기 저분의 머릿속에 당최 무슨 생각이 들어 있는지 어찌 알겠는가, 마음이 내켰으니 떠난 것이고 또 마음이 내켰으니 돈을 준 것이다, 따라서 놀랄 건 전혀 없다, 하는 것이었다. 물론, 비에 흠뻑 젖은 모습인 것은 수상쩍다, 하지만 가령 영국인은 그보다 더 괴상하지 않은가, 게다가 저 상류층 사람들은 전부 남들이 자기에 대해 무슨 소리를 하든 별로 개의치 않고 격식을 차리지도 않는다. 어쩌면 자기는 아무도 무섭지 않다는 것을 과시하기 위해 일부러 저렇게 다니는 것인지도 모르겠다. 무엇보다도, 이 일은 아무에게도 입도 뻥긋하지 말아야 한다, 행여 그로 인해 무슨 일이 생길지 누가 알겠는가, 돈은 어서 빨리 자물통으로 채워 두자, 물론 제일 다행인 것은 마침 페도시야가 부엌에 죽치고 있어 준 것이다, 무엇보다도 저 약아 빠진 레슬리흐에게는 절대, 절대, 절대 비밀로 해야 한다 등이었다. 이렇게 그들은 거의 2시까지 앉아서 속닥댔다. 하긴 약혼녀는 놀라고 약간은 슬픈 표정을 지으며 훨씬 더 일찍 잠자리에 들었지만 말이다.

한편 스비드리가일로프는 정확히 자정에 페테르부르그스

카야 구역으로 통하는 ○○ 다리를 건너고 있었다. 비는 그쳤지만 스산한 바람이 불고 있었다. 몸이 으슬으슬 떨리는 가운데 그는 한순간 어떤 특별한 호기심을, 심지어 어떤 의문을 갖고 말라야 네바 강의 검은 물을 바라보았다. 하지만 강물을 내려다보고 서 있자니 금방 몹시 추워지는 것 같아서 몸을 돌려 ○○ 거리로 나갔다. 그는 끝없이 이어지는 ○○ 거리를 몹시 오랫동안, 거의 반시간이나 걸었으며 어둠이 자욱한 목조 포장도로에서 몇 번이나 비틀거리면서도 호기심을 갖고 계속 거리의 오른쪽을 살피며 뭔가를 찾고 있었다. 최근에 어쩌다 이 근처를 지나다가 여기 어딘가, 거리가 거의 끝나는 지점에 목조이지만 상당히 규모 있는 호텔을 봐 두었는데, 기억을 더듬자면 이름이 아드리아노폴인가 그랬다. 그의 짐작은 틀리지 않았다. 이렇게 후미진 곳에 위치한 호텔은 눈에 확 들어오는 점과 같아서 어둠이 자욱한 와중에도 쉽사리 찾을 수 있었다. 그것은 거무스름해 보이는, 기다란 목조 건물이었는데, 늦은 시각임에도 아직 불이 밝혀져 있고 어느 정도 활기마저 느껴졌다. 그는 안으로 들어가, 복도에서 그를 맞이한 허름한 종업원에게 빈방이 있느냐고 물었다. 허름한 종업원은 스비드리가일로프를 슬쩍 훑어보고 몸을 다잡더니 그 즉시 그를 멀리 떨어진 후텁지근하고 좁아 터진 방으로 데려갔는데, 복도 제일 끝 어디, 계단 밑의 구석방이었다. 방이 다 차서 빈방이라고는 그것뿐이었다. 허름한 종업원은 의문에 찬 시선을 던졌다.

"차 좀 마실 수 있나?" 스비드리가일로프가 물었다.

"예, 그럼요."

"또 뭐가 있나?"

"송아지 고기도 있고 보드카도 있고 안주도 있는데요."

"송아지 고기와 차를 갖다 주게."

"더 필요한 건 없으시고요?" 허름한 종업원은 다소 의아스러운 기색마저 보이며 물었다.

"전혀, 전혀 없네!"

허름한 종업원은 완전히 실망한 표정을 지으며 물러났다.

'꽤 좋은 곳이 분명한데.' 하고 스비드리가일로프는 생각했다. '왜 여태껏 몰랐던 걸까. 내 몰골도 참, 분명히 어디 카바레 같은 데서 돌아오다가 도중에 사고라도 당한 사람처럼 보이는 모양이군. 그나저나 궁금한걸, 대체 어떤 사람이 이런 곳에 묵는 것일까?'

그는 촛불을 켜고 방을 좀 더 자세히 둘러보았다. 스비드리가일로프의 머리가 천장에 닿을 만큼 작은, 거의 새장이나 다름없는 방이었고 창문도 하나밖에 없었다. 아주 더러운 침대, 색을 칠해 놓은 평범한 탁자와 의자가 공간의 거의 전부를 차지하고 있었다. 벽은 판자에 닳아 빠진 벽지를 발라 놓은 것 같은 모습이었고, 그나마도 워낙 먼지투성이에 너덜너덜해져서 원래의 색깔(노란색이었다.)은 겨우 짐작할 수 있었으나 무늬는 전혀 알아볼 수 없었다. 벽과 천장의 한 부분은 보통 다락방처럼 비스듬히 잘려 있었는데, 마침 여기는 그 경사면 위쪽이 계단이었다. 스비드리가일로프는 촛불을 내려놓고 침대에 걸터앉아 생각에 잠겼다. 하지만 끊임없이 속삭이다가 이따금씩은 거의 고함에 가까워지는 옆방의 이상한 소리가 결국에는 그의 주의를 붙들어 놓았다. 이 속삭임은 그가 방에 들어설 때부터 끊이지 않고 있었다. 그는 귀를 기울였다. 누군가 욕을 퍼붓고 거의 눈물마저 쏟으며 다른 사람을 나무라고 있었으나 한 사람 목소리만 들렸다. 스비드리가일로프는 일어나 손으로 촛불을 가렸고, 그러자 벽의 틈새로 당장 불빛이 반짝였다. 그는 다가가 안을 들여다보기 시작했다. 자기 방보다 좀 큰 방에 두 명의 투숙객이 있었다. 그중 프록코트를 입지 않은 한 명이 심한 곱슬머리에 벌겋게 상기된 얼굴을 하고서, 균형을 잡기 위해 다리를 떡 벌리고 연사 같은 자세로 서서 한 손으로 자기 가슴팍을 치며 비장한 어조로 다른 사람을 꾸짖고 있었다. 즉, 너는 거지 같은 인간이다, 숫제 관등도 없지 않느냐, 나는 너를 수렁에서 꺼내 주었으니까 마음만 내키면 언제든지 내쫓을 수도 있다, 이 모든 일을 하느님만은 알고 계신다, 하는 것이었다. 꾸지람을 듣는 친구는 의자에 앉아, 재채기가 하고 싶어 미칠 것 같지만 도무지 잘되지 않는 사람 같은 표정을 짓고 있었다. 그는 간간이 숫양처럼 흐리멍덩한 눈을 하고서 연사를 쳐다보지만 무엇이 문제인지 아무 개념도 없고 거의 아무 말도 들리지 않는 것이 분명했다. 탁자 위에는 촛불이 다 타들어 가고 있었고 거의 텅 빈 보드카 병, 술잔, 빵, 물잔들, 오이들, 진즉에 다 마시고 찌꺼기만 남은 찻잔 등이 널브러져 있었다. 이 광경을 유심히 살펴본 스비드리가일로프는 아무 관심 없다는 듯 벽의 틈새에서 떨어져 나와 다시 침대에 걸터앉았다.

허름한 종업원은 차와 송아지 고기를 들고 돌아온 김에 참지를 못하고 또 한 번 "뭐 더 필요한 건 없습니까?"라고 물어보았으나 이번에도 없다는 대답을 듣자 깨끗이 물러났다. 스비드리가일로프는 몸을 녹이려고 얼른 찻잔을 쥐고 한 잔을 다 마셨지만 식욕이 전혀 없어서 고기는 한 조각도 먹지 못했다. 아무래도 열병이 시작될 것 같았다. 그는 코트와 재킷을 벗은 다음 담요를 덮어쓰고 침대에 누웠다. 신경질이 났다. '이번에는 좀 건강하면 좋으련만.' 이런 생각이 들자 쓴웃음이 나왔다. 방 안은 후텁지근하고 촛불은 희미하게 타오르고 밖에서는 바람이 윙윙 불고 방구석 어디에서는 쥐가 뭘 갉아 댈뿐더러 대체로 온 방에서 쥐 냄새와 무슨 가죽 냄새가 풍기는 듯했다. 그는 침대에 누워 망상 속을 헤매는 것 같았다. 생각이 꼬리에 꼬리를 물고 이어졌다. 상상을 통해 뭐든 특별히 붙잡고 싶은 모양이었다. '창문 아래에 정원이 있는 것이 분명해.' 그가 생각했다. '나무들이 저렇게 서걱거리며 소리를 내잖아. 폭풍우가 치는 캄캄한 밤에 나무들이 서걱거리는 소리, 정말 싫다, 느낌이 더럽거든!' 그러고는 아까 페트로프스키 공원 옆을 지날 때 혐오감마저 느끼며 이 생각을 한 일을 떠올렸다. 그러자 겸사겸사 ○○ 다리며 말라야 네바가 떠오르면서 또다시 아까 강물을 내려다보며 서 있을 때처럼 오한이 이는 것 같았다. '나는 평생 동안 한 번도 물을 좋아한 적이 없었어, 심지어 풍경화 속의 물도.' 새삼스레 이런 생각이 들자 갑자기 야릇한 상념에 휩싸이며 또 쓴웃음을 지었다. '사실 이제는 이따위 미학과 안락은 전부 상관없어야 하는데, 이런 경우에 꼭 자기 자리를 고르는 짐승처럼 예민해졌군……. 아까 페트로프스키 공원 쪽으로 꺾어야 했는데! 너무 어둡고 또 추웠던 모양이야, 헤-헤! 상쾌한 감각이 필요했던 건 아닐까……! 그나저나 나는 왜 촛불도 끄지 않고 있을까?(그는 촛불을 불어 껐다.) 옆방 사람들은 잠자리에 들었군.' 아까 그 틈새로 빛이 보이지 않자 이렇게 생각했다. '거참, 마르파 페트로브나, 지금이야말로 당신이 나타나면 좋겠구려, 어둡고 장소도 안성맞춤이고 참 절묘한 순간이니까. 하지만 지금은 또 절대 오지 않겠지…….'

왠지 갑자기, 아까 두네치카에 대한 계획을 실행에 옮기기 한 시간 전 라스콜니코프에게 그녀의 신변 보호는 라주미힌에게 맡기라고 권한 일이 떠올랐다. '저 라스콜니코프도 짐작했겠지만, 그때 내가 이 말을 한 것은 정말로 나 스스로 부아를 돋우기 위해서였을 거야. 그나저나 이 라스콜니코프란 녀석, 제법 악당이야! 그렇게 큰일을 해치우다니. 엉뚱한 생각만 떨쳐 내면, 머지않아 엄청난 악당이 될 수 있을 텐데 지금은 너무나 살고 싶은 모양이지! 이런 점에서 보면 이런 부류는 비열한 놈들이야. 뭐, 젠장, 놈들이 어떻든 말든 내가 무슨 상관이람.'

아무래도 잠이 들지 않았다. 시나브로 아까 만난 두네치카의 모습이 눈앞에 어른거리기 시작하더니 갑자기 전율이 온몸을 훑고 지나갔다. '아니야, 이런 건 이제 버려야 해.' 그는 정신을 차리며 생각했다. '뭐든 다른 생각을 하자. 이상하고 웃긴 일이야. 나는 누구를 심하게 증오한 적도, 유달리 복수심을 품어 본 적도 절대 없는데, 사실 이건 나쁜 징조, 나쁜 징조

다! 논쟁도 별로 좋아하지 않고 열을 올린 적도 없는데, 역시
나 나쁜 징조다! 그런 내가 아까 그녀에게는 참 많은 약속을
남발했지, 쳇, 젠장! 하여간 그녀라면 나를 어떻게든 개과천
선하게 했을 텐데…….' 그는 또 입을 다물고 이를 악물었다.
그러자 또 두네치카의 모습이 눈에 선하게 떠올랐다. 처음 총
을 쏴 놓고서 너무나 경악한 나머지 권총을 떨어뜨리고 완전
히 사색이 된 채 그를 바라보던 그녀, 그때 그녀를 두 번은 족
히 껴안을 수 있었을 것이고 만약 그가 일러 주지 않았다면 그
녀는 손을 들어 자기를 방어할 생각도 못했을 것이다. 그 순간
그녀가 너무 가엾어서 심장이 다 죄어 오는 것 같던 일이 떠올
랐다……. '에잇! 젠장! 또 이 생각이군, 이런 건 전부 버려야
해, 버려야……!'

그는 이미 의식이 가물가물해졌다. 오한도 가라앉았다. 갑
자기 뭔가가 담요 밑으로, 그의 손발을 스쳐 지나가는 것 같았
다. '쳇, 젠장, 혹시 쥐 새끼 아니야!' 그가 생각했다. '송아지
고기를 식탁 위에 그냥 뒀기 때문이다…….' 담요를 걷고 일어
나 오들오들 떠는 것이 끔찍이도 싫었지만, 또다시 뭔가가 기
분 나쁘게 그의 발을 쓰윽 훑고 지나갔다. 그는 담요를 걷어
내고 촛불을 밝혔다. 몸이 오한으로 으슬으슬 떨리는 가운데
침대를 살펴보려고 몸을 굽혔지만 아무것도 없었다. 담요를
털어 내자 갑자기 침대보 위로 쥐 한 마리가 튀어나왔다. 냅다
붙잡으려고 했지만 쥐는 침대에서 뛰어내리지도 않고 지그재
그를 그리며 사방팔방을 휘젓고 그의 손가락 사이를 쏙쏙 빠
져나가 손등을 가로지르더니 갑자기 베개 밑으로 얼른 숨어

버렸다. 베개를 걷어 냈지만 한순간 뭔가가 그의 품속으로 뛰어들어 온몸을, 잔등이며 루바쉬카 밑을 쓰윽 훑고 지나가는 것 같은 느낌이 들었다. 그는 신경질적으로 몸을 바들바들 떨면서 잠에서 깼다. 방은 캄캄했고 그는 아까처럼 담요를 온몸에 칭칭 감은 채 침대에 누워 있고 창문 밑에서는 바람이 스산한 소리를 냈다. '기분 진짜 더럽군!' 그는 신경질을 내며 생각했다.

그는 침대에서 일어나 등을 창문 쪽으로 돌리고 침대 끝에 걸터앉았다. '차라리 아예 자지 않는 편이 낫겠어.' 이렇게 결심했다. 한데 창문 쪽에서 싸늘하고 눅눅한 기운이 들어왔다. 그는 자리에서 일어나지 않고 담요를 끌어당겨 몸을 감쌌다. 촛불은 켜지 않았다. 그는 아무것도 생각하지 않았고 또 생각하고 싶지도 않았다. 하지만 망상이 꼬리에 꼬리를 물었고 상념의 파편들이 밑도 끝도 없이 어른거렸다. 그는 반수면 상태에 빠져드는 것 같았다. 추위 탓인지, 어둠 탓인지, 습기 탓인지, 창문 밑에서 스산한 소리를 내며 나뭇가지를 흔드는 바람 탓인지 그의 내부에서는 어떤 집요한 환상적인 끌림과 욕망이 환기되었지만, 그러면서도 눈앞에서는 계속 꽃들이 어른거렸다. 매혹적인 풍경이 그려지기도 했다. 화창하고 따뜻한, 거의 무더운 날씨의 축일, 오순절이었다. 부유하고 화려한 영국식 시골 오두막, 그 집을 한 바퀴 쭉 돌면서 꽃향기를 물씬 뿜어내는 화단이 가꿔져 있다. 현관 입구는 장미꽃 덤불에 둘러싸이고 덩굴식물에 칭칭 휘감겨 있다. 화려한 양탄자를 깔아 놓은 밝고 시원한 계단 옆에는 희귀한 꽃이 꽂혀 있는 중국

꽃병이 쭉 서 있다. 창턱에 있는, 물이 담긴 꽃병에 꽂힌 하얗고 나긋나긋한 수선화 다발이 유달리 그의 눈에 띄었는데, 그것은 밝은 초록색의 기다랗고 통통한 줄기에 매달려 고개를 살짝 기울인 채 짙은 향기를 풍기고 있었다. 꽃들을 떠나기 싫었지만 그는 계단을 올라가 천장이 높은, 넓은 홀로 들어섰다. 여기도 창가든 테라스를 향해 활짝 열린 문 주변이든 또 바로 테라스든 곳곳이 꽃 천지였다. 마룻바닥에는 방금 베 온 듯 향기를 풍기는 싱싱한 풀이 흩뿌려져 있고, 창문이 다 열려 있어 신선하고 가볍고 시원한 공기가 방 안을 파고들고, 창문 밑에서는 새들이 지저귀고, 홀 한가운데, 하얀 공단을 씌운 탁자 위에는 관이 놓여 있었다. 하얀 비단으로 싼 다음 가두리에 하얗고 두툼한 주름 장식을 달아 놓은 관이었다. 화환이 그 관을 사방에서 휘감고 있었다. 그 안에는 한 소녀가 온몸을 꽃에 파묻은 채, 하얗고 얇은 실크 원피스를 입고 대리석으로 조각한 것 같은 두 손을 가슴팍에 꼭 붙인 채 누워 있었다. 하지만 소녀의 풀어헤친 머리카락, 그 밝은 금발은 축축했고, 머리에는 장미 화관이 씌워져 있었다. 이미 굳어 버린 소녀의 준엄한 옆얼굴도 대리석으로 조각한 것 같은 느낌이었지만 창백한 입술에 맴도는 미소는 어딘가 어린애답지 않은 한없는 비애와 크나큰 원망을 담고 있었다. 스비드리가일로프는 이 소녀가 누구인지 알았다. 관 옆에는 성상도, 불 밝힌 양초도 없고 기도 소리도 들리지 않았다. 이 소녀는 물속에 몸을 던져 자살한 것이었다. 겨우 열네 살이었지만, 그 마음은 이미 산산이 부서진 채로 스스로를 파멸시켰다. 이 어린애의 앳된 의식에 공포와 경악을 불어넣고 천사처럼 순결한 소녀의 영혼을 억울한 수치심으로 물들이고 캄캄한 밤, 암흑과 추위 속에 눈이 반쯤 녹아 질척대고 스산한 바람이 부는데 절망에 찬 최후의 비명을 질러도 들어 주는 이 하나 없고 오히려 참혹하게 짓밟혀야 했던 모욕으로 인해 상처를 입은 채……

스비드리가일로프는 정신을 차리고서 침대에서 일어나 창가로 걸어갔다. 어둠속을 더듬어 빗장이 만져지자 창문을 열었다. 바람이 비좁은 골방 안으로 맹렬하게 휘몰아쳐 그의 얼굴에, 루바쉬카 한 장만 걸친 가슴에 싸늘한 서릿발처럼 엉겨붙었다. 창문 밑에는 진짜로 정원 비슷한 것이 있는 모양이었고 그 역시 유흥을 위한 장소인 것 같았다. 분명히 낮에는 여기서 가수들이 노래를 부르고 식탁으로 차를 내오고 했을 것이다. 하지만 이제는 나무와 관목 숲에서 빗물만 창문으로 날아들 뿐, 사위가 지하 창고처럼 어두운 까닭에 거뭇거뭇한 무슨 반점만 갖고서 사물을 간신히 알아볼 수 있었다. 스비드리가일로프는 몸을 숙여 창턱에 팔꿈치를 세우고서 벌써 오 분째 눈도 떼지 않고 이 암흑을 응시하고 있었다. 한밤의 자욱한 어둠을 뚫고 대포 소리가 울려 퍼지더니 곧이어 한 발이 더 터졌다.

'아, 경보다! 강물이 범람하는군.' 그가 생각했다. '아침쯤이면 저쪽 저지대는 길거리로 물이 쏟아져 지하실과 창고가 물에 잠기고 지하실의 생쥐들이 떠오르고 비바람이 몰아치는 가운데 사람들이 흠뻑 젖은 채 서로 욕설을 퍼부으며 자기 집 쓰레기를 위층으로 끌어 올리기 시작하겠지……. 그나저나 지금 몇 시일까?' 이 생각을 하자마자 어딘가 가까운 곳에서 벽시계가 재깍재깍 소리를 내며 젖 먹던 힘까지 다해 호들갑을 떨더니 3시를 울렸다. '애개, 한 시간만 있으면 날이 새겠군! 대체 뭘 기다리는 건가? 지금 당장 나가서 곧장 페트로프스키 공원으로 가자. 거기 어디서 잎이 무성한 관목을 고르자, 비에 흠뻑 젖었을 테니까 어깨로 툭 치기만 해도 무수한 물방울이 머리 위로 우수수 떨어지겠지…….' 그는 창가에서 물러나며 창문을 잠근 다음 촛불을 밝히고 조끼와 코트를 입고 모자를 쓰고 촛불을 든 채 복도로 나갔는데, 어디 골방, 온갖 잡동사니와 양초 토막 사이에서 자고 있을 허름한 종업원을 찾아 숙박료를 치르고 호텔을 나갈 참이었다. '절호의 순간이다, 이보다 더 좋은 순간은 고를 수도 없을 만큼!'

그는 길고 좁은 복도를 한참 동안 이리저리 오갔지만 아무도 보이지 않아서 아예 소리쳐 부르려고 했는데, 그때 갑자기 낡은 장롱과 문 사이의 어두운 구석에서 뭔가 살아 있는 것 같은, 어떤 이상한 물체를 알아보았다. 촛불을 들고 몸을 구부려 보니 어린아이, 그러니까 기껏해야 다섯 살쯤 된, 바닥 걸레처럼 흠뻑 젖은 원피스를 입고 온몸을 바들바들 떨면서 울고 있는 계집아이였다. 아이는 스비드리가일로프를 보고도 별로 무섭지 않은지, 까맣고 큰 눈에 어리둥절하고 놀란 표정을 담은 채 그를 바라보며 간간이 훌쩍댔는데, 보통 어린아이들이 오래오래 울다가 진즉에 울음을 그치고 마음도 가라앉았지만 갑자기 뜬금없이 또 훌쩍댈 것 같은 모습이었다. 아이는 창백하고 기진맥진한 얼굴이었다. 너무 추위에 떨어 꽁꽁 언 것 같은데, '어쩌다 이런 데 있게 됐을까? 다시 말해 여기에 숨어 있다가 밤새 잠도 못 잔 모양'이었다. 그는 이것저것 캐묻기 시작했다. 아이는 갑자기 생기를 띠며 예의 그 어린애다운 말투로 빨리, 아주 빨리 뭐라고 옹알댔다. 뭔가 '엄마' 얘기였고 '엄마가 때렸고' 자기가 무슨 찻잔을 '깼쪄'(깼어)라는 얘기인 것 같았다. 아이는 입을 다물지 않고 계속 말했다. 이 얘기 저 얘기를 다 듣고 어떻게 짐작을 해 보니, 이 아이는 항상 술에 절어 있는 이곳 호텔 요리사인 것 같은 여자의 천덕꾸러기 딸로서 엄마한테 얻어맞고 잔뜩 겁을 집어먹은 모양이었다. 한데 엄마의 찻잔을 깨고는 너무 겁이 나서 저녁 무렵부터 도망쳐 나와 분명 오랫동안 비를 맞으며 마당 어디에 몸을 숨겼다가 마침내 이곳으로 몰래 들어와 장롱 뒤에 숨었고 그렇게 이곳 구석에 앉아 밤새도록 울고 또 습기와 어둠, 조만간 이 모든 일을 빌미로 호되게 얻어맞을 것이라는 불안 때문에 떨고 있었던 것이리라. 그는 아이를 품에 안고 자기 방으로 와서 침대에 앉히고 옷을 벗겨 주었다. 맨발에 신고 있던 구멍 난 신발이 어찌나 흠뻑 젖었는지, 밤새도록 웅덩이 속에 잠겨 있었던 것 같았다. 그는 옷을 다 벗긴 아이를 침대에 눕히고 머리부터 발끝까지 담요를 덮어 감싸 주었다. 아이는 금세 잠이 들었다. 이 모든 일을 마친 후에는 다시 음울한 생각에 잠겼다.

'어쩌다가 또 이런 일에 엮여 들었담!' 갑자기 분노에 찬 무거운 심정으로 이런 결론에 다다랐다. '정말 허튼수작이야!' 짜증이 난 그는 가서 무슨 수를 쓰든 그 허름한 종업원을 찾아서 빨리 여기를 떠나려고 촛불을 집어 들었다. '에잇, 계집

애가 있구나!' 참 빌어먹을 일이라고 생각하며 그는 이미 문을 열던 중에 다시 한 번 계집애를 보려고, 잠들었는지 어떤지, 또 어떻게 자고 있는지를 보려고 돌아왔다. 조심스레 담요를 들어 올렸다. 아이는 단잠에 푹 빠져 있었다. 담요로 몸을 데운 덕분에 창백한 뺨이 이미 발그스레하게 상기돼 있었다. 하지만 이상한 노릇인데, 그 빛깔이 보통 어린아이의 홍조보다 더 새빨갛고 강렬한 느낌을 주었다. '이건 열병이 났을 때 보이는 홍조인데.' 스비드리가일로프가 생각했다. 이건 술로 인한, 그것도 사람들의 강권으로 한 잔을 쭉 들이켰을 때나 볼 수 있을 법한 홍조이다. 새빨간 입술은 꼭 불붙은 듯 타오르고 있다. 아니, 이건 또 뭘까? 그가 보기에 갑자기 아이의 길고 검은 속눈썹이 파르르 떨리고 깜박하면서 위로 살짝 치켜 올라가는가 싶더니 그 밑으로 보이는 한쪽 눈이 간특하고 날카로운, 어딘가 어린아이답지 않은 윙크를 하는 것 같았다. 아무래도 아이는 잠든 것이 아니라 그냥 그런 척하는 듯했다. 과연 그랬다. 아이의 입술에 미소가 한껏 번진다. 억지로 참는 것인지 입술 끝이 파르르 떨린다. 하지만 이미 아예 참는 시늉도 하지 않는다. 이것은 이미 웃음, 노골적인 웃음이다. 뭔가 도발적이고 뻔뻔스러운 것이 전혀 아이답지 않은 이 얼굴에서 빛난다. 이쯤 되면 음탕이요 이쯤 되면 창녀의 얼굴, 프랑스 창녀의 뻔뻔스러운 얼굴이다. 이제는 더 이상 새삼스레 감출 것도 없이 두 눈을 뜬다. 낯 뜨겁도록 활활 타오르는 시선이 그를 쓰윽 훑어보고 그를 부르며 웃는다…… 한없이 추하고 모욕적인 뭔가가 이 웃음, 이 눈, 이 어린아이의 얼굴에 그야

말로 더러운 모습으로 깃들어 있었다. '세상에! 겨우 다섯 살
짜리가!' 진짜로 공포에 질린 스비드리가일로프가 중얼거렸
다. '대체…… 대체 이건 뭐지?' 하지만 아이는 이미 활활 타
오르는 얼굴을 그에게로 완전히 돌리고서 손을 뻗는다…….
'이런, 빌어먹을 년!' 공포에 질린 스비드리가일로프가 소리
를 지르며 아이를 후려치려고 손을 치켜 올렸다……. 하지만
그 순간 그는 잠에서 깼다.

　그는 똑같은 침대에 누워 담요로 몸을 감싸고 있었다. 촛불
은 켜져 있지 않았으나 창밖으로 희끄무레하게 날이 새고 있
었다.

　'밤새도록 악몽이군!' 그는 성질이 난 채 몸을 일으켰는데
온몸이 만신창이가 된 기분이었다. 뼈마디가 다 쑤셔 왔다. 마
당에는 짙은 안개가 자욱이 깔려 아무것도 분간할 수 없다.
5시가 가까워지고 있다, 늦잠을 잔 것이다! 그는 일어나서 아
직도 축축한 재킷과 코트를 입었다. 호주머니를 뒤져 권총을
꺼낸 다음 뇌관을 바로잡았다. 그러고는 자리에 앉아 호주머
니에서 수첩을 꺼내서 눈에 제일 잘 띄는 겉장에 큼직한 글씨
로 몇 줄을 썼다. 그것을 거듭 읽어 보고서 그는 탁자에 팔을
괴고 생각에 잠겼다. 권총과 수첩은 거기, 팔꿈치 옆에 놓여
있었다. 잠에서 깬 파리들이 손도 대지 않고 식탁 위에 그대로
놓아 둔 송아지 고기에 새카맣게 들러붙어 있었다. 그는 오랫
동안 그 녀석들을 바라보다가 마침내, 놀고 있던 오른손으로
파리 한 마리를 붙잡으려 했다. 오랫동안 진이 빠지도록 용을
썼지만 도저히 잡을 수 없었다. 마침내 자기가 이토록 흥미로

운 작업에 몰입하고 있는 것을 깨닫자 퍼뜩 정신을 차리고 몸을 부르르 떨더니 자리에서 일어나 단호히 방을 나섰다. 잠시 후 그는 거리에 나와 있었다.

짙은 우윳빛 안개가 도시를 자욱이 덮고 있었다. 스비드리가일로프는 말라야 네바를 향해 미끄럽고 더러운 목조 포장도로를 걸어갔다. 그의 머릿속에서는 밤새 부쩍 불어난 말라야 네바 강물, 페트로프스키 섬, 축축한 오솔길, 축축한 풀, 축축한 나무와 관목 숲이 어른거렸고 마침내 바로 그 관목이 어른거렸다……. 그는 뭐든 다른 생각을 해 보려고 짜증스럽게 건물들을 뜯어보기 시작했다. 길에는 행인도, 마부도 전혀 보이지 않았다. 덧문을 닫아 놓은 밝은 노란색의 목조 건물들은 침울하고 더러운 모습이었다. 추위와 습기가 뼛속까지 스며들어 오한이 일었다. 간간이 구멍가게, 채소 가게의 간판이 보일라치면 그것을 하나하나 꼼꼼히 다 읽었다. 자, 이미 목조 포장도로는 끝났다. 이미 큰 석조 건물까지 다 온 상태였다. 추위에 꽁꽁 얼어붙은 더러운 개 한 마리가 꼬리를 똘똘 만 채 그의 앞에서 길을 건너갔다. 인사불성이 될 만큼 술에 취한, 외투를 입은 어떤 자가 얼굴을 아래로 처박고 보도를 가로질러 나자빠져 있었다. 그를 쳐다보고는 가던 길을 계속 갔다. 왼쪽으로 높은 소방 망루가 언뜻 보였다. '어라!' 그가 생각했다. '저기가 안성맞춤이군, 페트로프스키까지 갈 이유가 어디 있나? 적어도 공식적인 증인이 보는 데서…….' 그는 이 새로운 생각에 살며시 쓴웃음을 지으며 ○○ 거리로 방향을 꺾었다. 거기에는 커다란 소방 망루 건물이 있었다. 그 건물의 잠가 놓은 큰 대문 옆에는 사병용 회색 외투를 입고 아킬레우스 투구 같은 청동색 철모를 쓴, 별로 크지 않은 사람이 문에 어깨를 기대고 서 있었다. 그는 자기 쪽으로 다가오는 스비드리가일로프를 게슴츠레한 눈길로 쌀쌀맞게 힐끔 쳐다보았다. 그의 얼굴에는 유대인이라면 누구나 예외 없이 그토록 신랄하게 각인돼 있는 저 영구적인 떨떠름한 비애가 엿보였다. 스비드리가일로프와 아킬레우스, 그 둘은 얼마간 침묵하며 서로를 살펴보았다. 아킬레우스는 마침내, 술에 취한 것도 아닌 사람이 세 발짝쯤 앞에 선 채 자기를 뚫어져라 응시하며 아무 말도 하지 않는 것이 심상치 않게 여겨졌다.

"이보시오, 여기에 무슨 용무가 있소?" 그는 계속 꿈쩍도 않고 또 자세도 바꾸지 않고 말했다.

"별일 아닐세, 그래, 안녕하신가!" 스비드리가일로프가 대답했다.

"여기서 그럴 건 아니오."

"나는, 이보게, 남의 나라로 간다네."

"남의 나라라고요?"

"아메리카 말일세."

"아메리카라뇨?"

스비드리가일로프는 권총을 꺼내 공이치기를 올렸다. 아킬레우스는 눈썹을 치켜 올렸다.

"이보시오, 아니, 여기는 그런 짱난을(장난을) 칠 곳이 아니오!"

"여기서는 왜 안 된다는 건가?"

"안 되니까 안 된다는 거요."

"이보게, 아무렴 어떤가. 장소야 안성맞춤이지. 누가 물어 보면 그냥 아메리카로 갔다고 대답해 주게."

그는 권총을 오른쪽 관자놀이에 갖다 댔다.

"이보시오, 여기서는 안 된다니까, 여기는 그럴 곳이 아니란 말이오!" 아킬레우스는 점점 더 눈알을 부라리며 펄쩍 뛰었다.

스비드리가일로프는 공이치기를 당겼다.

7

같은 날, 하지만 저녁 6시가 지난 시각, 라스콜니코프는 어머니와 여동생의 집, 즉 라주미힌이 바칼레예프의 건물에 마련해 준 집에 거의 다 온 상태였다. 계단 입구는 거리로 나 있었다. 라스콜니코프는 계속 머뭇거리며 들어갈지 말지 망설이듯 발걸음을 뗐다. 하지만 어떤 일이 있어도 되돌아가지는 않을 것이었다. 그렇게 결심했으니까. '게다가 아무렴 어때, 저들은 아직 아무것도 모르는걸.' 그는 생각했다. '또 벌써 나를 괴짜로 여기는 데 익숙해졌고……' 그의 옷차림은 엉망이었다. 밤새도록 비를 맞아 무척 지저분하고 군데군데 해지고 너덜너덜했다. 얼굴도 피로감과 악천후와 육체적인 탈진, 또거의 하루 종일 계속된 자신과의 투쟁 때문에 거의 말이 아니었다. 간밤에도 아무도 모르는 곳에 쭉 혼자 있었다. 하지만 적어도 결단은 내렸다.

그는 문을 두드렸다. 문을 열어 준 것은 어머니였다. 두네치카는 집에 없었다. 마침 하녀도 보이지 않았다. 풀헤리야 알렉산드로브나는 너무 기쁘고 놀란 나머지 처음에는 할 말을 잃어버렸다. 그러다 이내 그의 손을 잡고 방 안으로 이끌었다.

"드디어 이렇게 와 주었구나!" 그녀는 너무 기쁜 나머지 더듬대며 말문을 열었다. "이렇게 바보처럼 눈물을 질질 짜며 너를 맞이하지만, 로쟈, 그래도 엄마한테 화를 내지는 말아 다오. 사실 이건 우는 게 아니라 웃는 거란다. 이 엄마가 울고 있다고 생각하니? 아니, 기뻐서 이러는 건데, 그만 이런 바보 같은 습관이 들었지 뭐냐. 눈물이 줄줄 흐르는구나. 나도 참, 네 아버지가 돌아가신 다음부터는 걸핏하면 이렇게 우네. 앉아라, 얘야, 피곤한 모양이구나, 훤히 보인다. 아휴, 옷이 정말 더럽구나."

"어제 비를 맞았어요, 엄마……." 라스콜니코프가 말을 시작했다.

"아니, 아무렴 어때!" 풀헤리야 알렉산드로브나가 그의 말을 가로막으며 외쳤다. "너는 내가 여자들의 케케묵은 버릇대로 이것저것 캐물을 줄 알았겠지만 염려할 것 없다. 나도 이해한다, 모조리 다 이해해, 이제는 이곳의 생리를 익혔고 사실 이곳 사람들이 더 현명하다는 것도 알겠구나. 단번에 완전히 판단을 내린 것인데, 내가 어떻게 너의 생각을 이해할 수 있으며 또 어떻게 너에게 해명을 요구할 수 있겠니? 네 머릿속에 어떤 일과 계획이 들어 있는지, 저어기 무슨 생각이 꿈틀대고 있는지 하느님만 아실 거 아니냐. 그런데 내가 나서서 무슨 생각을 하는지 말하라고 채근하다니. 나는 그러니까……. 아휴, 맙소사! 왜 이렇게 이리저리 갈팡질팡할까, 꼭 미친 여자처럼……. 나는, 로쟈, 잡지에 실린 네 논문을 벌써 세 번째 읽고 있단다, 드미트리 프로코피이치가 갖다 줬거든. 보자마자 곧 탄식을 내질렀지 뭐냐. 그래서 속으로 생각했지. 나는 참 바보였구나, 그 애가 이런 일을 하고 있는데 말이야, 이제야 수수께끼가 풀린다! 그 무렵 그 애의 머릿속에는 새로운 생각이 꿈틀대고 그 생각에 골몰해 있는데, 나는 그 애를 괴롭히고 심란하게 하다니. 물론, 애야, 읽어도 제대로 이해는 안 되더구나. 하긴 당연한 일이지. 내가 무슨 수로 이해하겠니?"

"보여 주세요, 엄마."

라스콜니코프는 신문을 들고 자기 논문을 슬쩍 봤다. 그의 처지나 상태에는 대단히 모순되는 일이지만, 그는 자기가 쓴 글이 인쇄된 것을 처음 봤을 때 저자가 맛보게 마련인 저 이상야릇한, 톡 쏘는 것 같으면서도 달콤한 감정을 느꼈으며 더군다나 스물세 살이라는 나이가 위력을 발휘했다. 이런 감정은 한순간만 지속되었다. 몇 줄을 읽고 나자 절로 인상이 찌푸려지고 무서운 우수에 심장이 죄어 왔다. 최근 몇 달에 걸친 심리적 투쟁이 한꺼번에 상기되었다. 혐오감과 짜증을 느끼며 그는 논문을 탁자 위로 던졌다.

"하지만 로쟈, 내가 아무리 바보라도 말이야, 나는 네가 우리 학계의 제일 최고까지는 아니더라도 어떻든 아주 빠른 시일 내에 제일가는 사람의 대열에 낄 것이라는 것쯤은 판단할 수 있단다. 그런데도 사람들은 너를 두고 감히 정신이 나갔다고 생각하다니. 하-하-하! 너는 모르겠지만, 사실 그렇게들 생각했지 뭐냐! 아휴, 미천한 벌레들 같으니, 그놈들이 지적 재능이 뭔지 어떻게 이해하겠어! 실은 두네치카도 거의 그렇게 믿을 뻔했으니, 정말 기가 찰 노릇이지! 돌아가신 너의 아버지는 잡지사에 두 번이나 원고를 보내셨는데, 처음에는 시였고(그 공책이 그대로 있으니까 언제 보여 주마.) 그다음엔 온전한 소설이었단다.(정서를 하게 해 달라고 내가 고집을 부렸더랬지.) 원고가 채택되게 해 달라고 우리 둘이서 그렇게 기도했건만 결국 안 됐지 뭐냐! 로쟈, 엿새나 이레쯤 전만 해도 네 옷차림이며 네가 사는 모습, 네가 먹는 것이며 입는 것을 보고서 마음이 아파 죽을 뻔했다. 이제야 내가 또 바보 같았다는 것을 알겠구나, 사실 너는 마음만 내키면 그 머리와 재능을 써서 지금이라도 당장 모든 것을 손에 넣을 수 있잖니. 다시 말해 지금으로서는 일단 그런 데는 마음이 없다는, 훨씬 더 중요한 일에 전념하고 있다는 소리이고…….”

“두냐는 집에 없는 거죠, 엄마?”

“그렇구나, 로쟈. 나를 혼자 내버려 두고 집을 비우는 일이 아주 잦아. 드미트리 프로코피이치가, 어찌나 고마운지, 잠깐씩 들러 함께 있어 주고 네 얘기도 계속 해 준단다. 그 양반은 너를 좋아하고 또 존경하더라, 얘야. 그렇다고 네 동생이 나를 소홀히 한다는 얘기는 아니야. 나도 투덜대는 건 아니다. 그 애도 성깔이 있고 나도 나대로 그렇잖니. 한데 그 애는 뭔가 자기만의 비밀이 생겼어. 나야 뭐, 너희들한테 숨길 비밀이 아무것도 없다만. 물론, 나는 두냐가 무척 현명할뿐더러 나와 너를 사랑한다는 것쯤은 철석같이 믿고 있지만…… 계속 이러다가는 나중에 무슨 일이 생길지 모르겠구나. 지금도, 로쟈, 네가 이렇게 와서 나를 행복하게 해 주는데 그 애는 나돌아 다니고 있잖니. 그 애가 오면 얘기해야겠다. 네가 없을 때 오빠가 다녀갔는데 대체 너는 어디서 시간을 보냈느냐고. 한데 로쟈, 이 엄마를 너무 오냐오냐하지는 마라. 형편이 되면 들러 주고, 안 되면 하는 수 있냐, 그냥 기다리마. 어쨌거나 나는 네가 나를 사랑한다는 것을 알 것이고, 그만해도 충분하단다. 이렇게 네 글을 읽고 모두에게서 네 얘기를 듣고 그러고도 또 네가 문안 인사를 하러 오면 그 이상 좋은 일이 어디 있겠니? 지금만 해도 이 어미를 위로해 주려고 들렀잖니, 나도 다 안단다…….”

여기서 풀헤리야 알렉산드로브나는 갑자기 울음을 터뜨렸다.

“내가 또 이러는구나! 이 바보 같은 어미는 신경 쓰지 마라! 아휴, 맙소사, 내가 왜 이렇게 앉아만 있는 거냐.” 그녀는 자리에서 벌떡 일어나며 소리쳤다. “커피가 있는데 내올 생각도 하지 않고! 바로 이런 게 할망구의 이기주의라는 거야. 지금, 지금 당장 내오마!”

“엄마, 그냥 두세요, 곧 갈 거예요. 그러려고 온 것도 아니고요. 이제 내 얘기 좀 들어 주세요.”

풀헤리야 알렉산드로브나는 조심스럽게 그에게로 다가갔다.

“엄마, 무슨 일이 있어도, 나에 대해 무슨 말을 듣더라도, 사람들이 내 얘기를 어떻게 하더라도 나를 지금처럼 사랑해 주실 거죠?” 그는 갑자기 가슴이 벅차올라, 자기가 무슨 말을 하는지 생각지도 않고, 그 내용을 가늠해 보지도 않고 이렇게 물었다.

"로쟈, 로쟈, 너, 무슨 일이냐? 아니, 어떻게 그런 걸 물어볼 수가 있니! 아니, 누가 너를 두고 나한테 이러쿵저러쿵한단 말이냐? 누가 나를 찾아오든 나는 누구의 말도 곧이듣지 않을 거다, 그냥 쫓아내고 말지."

"이렇게 온 건 내가 항상 엄마를 사랑했다는 얘기를 꼭 해 주기 위해서이고, 지금 우리 둘만 있게 돼서 기뻐요, 심지어 두냐가 없으니 더 기쁘고요." 그가 아까와 같은 격정을 담아 말을 이어 갔다. "엄마한테 솔직히 터놓고 할 얘기가 있어서 왔는데요, 설령 엄마가 불행해져도 어쨌거나 꼭 알아 두세요, 엄마의 아들은 지금 엄마를 자기 자신보다 더 사랑하고, 또 엄마가 나에 대해 생각했던 모든 것, 즉 내가 매정한 자식이고 엄마를 사랑하지 않는다는 생각은 전부 사실이 아니에요. 나는 언제까지나 엄마를 사랑할 거예요……. 이제 됐어요. 이렇게 해야 한다고, 이런 말부터 꺼내야 한다고 생각했거든요……."

풀헤리야 알렉산드로브나는 말없이 그를 껴안고 자기 가슴팍에 꼭 붙이며 조용히 울었다.

"너 정말 무슨 일이니, 로쟈, 통 영문을 모르겠구나." 그녀가 마침내 말했다. "나는 요새 줄곧 네가 우리한테 정말 싫증이 난 것이라고 생각했는데, 하지만 이제야 여러 모로 너에게 크나큰 괴로움이 닥칠 것이고 그 때문에 네가 힘겨워한다는 것을 알겠구나. 벌써 오래전부터 그런 예감이 들었단다, 로쟈.

이런 말을 꺼내서 미안하다마는, 계속 이 생각을 하느라 밤마다 잠도 제대로 못 잔단다. 간밤에는 네 동생도 누워서 밤새껏 잠꼬대를 하던데 줄곧 네 얘기더라. 뭘 좀 알아듣긴 했다만 무슨 얘기인지 통 알아먹을 수가 있어야지. 아침 내내 처형을 코 앞에 둔 사람처럼 왔다 갔다 하며 뭔가를 기다리고 어떤 예감에 시달렸는데 결국 올 것이 온 거야! 로쟈, 로쟈, 대체 어딜 가는 거냐? 어디 멀리 가는 거지, 엉?"

"예, 그래요."

"내 그럴 줄 알았다! 정 그렇다면 나도 함께 갈 수 있잖니. 두냐도 그렇고. 그 애가 너를 얼마나 사랑하는지, 정말 사랑한단다. 필요하다면 소피야 세묘노브나도 우리와 함께 가면 돼. 그렇잖아도 나는 그 아가씨를 기꺼이 딸 삼아 데리고 가마. 드미트리 프로코피이치가 우리가 함께 떠나도록 도와줄 테고…… 그나저나…… 넌 대체 어딜…… 그렇게 멀리 가는 거냐?"

"안녕히 계세요, 엄마."

"세상에! 오늘이냐!" 그녀는 아들을 영원히 잃기라도 하듯 비명을 질렀다.

"더는 안 되겠어요, 그만 가 봐야 해요, 정말 급한 사정이 있어서요……."

"내가 함께 가면 안 되겠니?"

"안 돼요, 엄마는 무릎을 꿇고 나를 위해 하느님에게 기도해 주세요. 엄마의 기도라면 들어주실지도 모르죠."

"그럼 너에게 성호를 긋도록 해 다오, 너를 축복해 주마! 옳지, 그렇지. 오, 맙소사, 대체 우리가 지금 뭘 하고 있는 거냐!"

그렇다, 그는 아무도 없이 어머니와 단둘만 있어서 기뻤다, 몹시 기뻤다. 요 끔찍했던 시간 이후 마음이 한꺼번에 부드러워지는 기분이었다. 그는 어머니 앞에 쓰러져 그 발에 입을 맞추었고, 모자는 서로 부둥켜안고 울었다. 이번에는 어머니도 놀라워하지도, 이것저것 캐묻지도 않았다. 아들에게 뭔가 끔찍한 일이 일어나고 있음을, 이제 어떤 무서운 순간이 닥쳐왔음을 벌써 오래전에 깨달은 탓이었다.

"로쟈, 요 귀여운 것, 내 첫아이야." 그녀가 흐느끼며 말했다. "지금 모습이 어렸을 때와 똑같구나, 지금처럼 이 엄마한테 와서 꼭 안고 입을 맞추었지. 네 아버지가 살아 있을 때는 비록 가난한 살림이었지만 네가 우리와 함께 있는 것만으로도 위안이 됐단다. 네 아버지를 묻었을 때는 지금처럼 우리 둘이 이렇게 부둥켜안고 네 아버지 무덤 앞에서 얼마나 많이 울었던지. 내가 오래전부터 울고 있는 것도 이런 어미의 마음으로 재앙을 예감했기 때문이란다. 그날 저녁에 너를 처음 보자마자, 기억나니, 그때 여기 도착해 네 눈빛만을 보자마자 금방 감이 오면서 그때 가슴이 철렁했는데, 오늘 문을 열어 줄 때도 너를 보자마자, 아무래도 운명의 시간이 닥친 모양이다, 하는 생각이 들었단다. 로쟈, 로쟈, 설마 지금 떠나는 건 아니겠지?"

"그렇지는 않아요."

"또 와 줄 거지?"

"예…… 그럴게요."

"로쟈, 화내지 마라, 꼬치꼬치 캐묻지는 않을 테니. 이렇게 물어서는 안 될 것 같다마는, 그래도 한두 마디만 해 다오, 어디 아주 멀리 떠나는 거냐?"

"예, 아주 멀리요."

"그럼 거기에 뭐냐, 무슨 업무나 출셋길이라도 있는 거냐, 엉?"

"그야 하느님 뜻이고요…… 엄마는 그냥 나를 위해 기도나 해 주세요……."

라스콜니코프는 문 쪽으로 걸어갔지만 어머니는 아들을 붙잡고서 절망적인 눈빛으로 아들의 눈을 바라보았다. 그녀의 얼굴이 공포로 일그러졌다.

"됐어요, 엄마." 라스콜니코프는 이렇게 말했는데 뭐 하러 여기에 왔는지 심히 후회가 됐다.

"영영 떠나는 건 아닐 테지? 설마 영영 떠날 리야 없잖니? 어차피 또 올 거잖니, 내일도 와 줄 거지?"

"올게요, 온다니까요, 안녕히 계세요."

그는 마침내 벗어났다.

상쾌하고 포근하고 맑은 저녁이었다. 날씨가 아침부터 갰던 것이다. 라스콜니코프는 집으로 가는 중이었다. 발걸음이 빨라졌다. 모든 것을 해가 지기 전에 끝내고 싶었다. 그때까지는 아무와도 마주치고 싶지 않았다. 자기 방으로 올라가면서 그는 나스타시야가 잠깐 사모바르에서 손을 떼고 자기를 유심히 쳐다보며 눈으로 배웅하고 있는 것을 알아챘다. '설마 내 방에 누가 와 있는 걸까?' 이런 생각이 들었다. 혐오감이 일면서 포르피리의 얼굴이 어른거렸다. 하지만 방 앞에 이르러 문을 열자 두네치카가 보였다. 혼자 외로이 앉아 깊은 생각에 빠져 있는 것을 보니 벌써 오래전부터 기다린 모양이었다. 그는 문지방에서 걸음을 멈추었다. 그녀는 소스라치게 놀라면서 소파에서 일어나 그 앞에 똑바로 섰다. 꼼짝도 않고 그에게 고정된 그녀의 눈빛에는 공포와 달랠 길 없는 비애가 서려 있었다. 그 눈빛만으로 이미 그는 그녀가 모든 것을 알고 있음을 당장에 깨달았다.

"어쩔까, 네가 안에 있는데 들어갈까, 아니면 그냥 나갈까?" 그가 의구심에 차서 말했다.

"하루 종일 소피야 세묘노브나 집에 있었어. 둘이 같이 오빠를 기다렸지. 우리는 오빠가 꼭 그리로 올 거라고 생각했거든."

라스콜니코프는 방 안으로 들어와 기진맥진한 채 의자에 털썩 주저앉았다.

"어쩌 기운이 없어, 두냐. 피곤해 죽겠다. 이 순간이라도 나 자신을 완전히 제어하면 좋겠는데 말이야."

그는 의구심에 차서 그녀를 힐끔 보았다.

"간밤에는 대체 어딜 갔던 거야?"

"기억이 잘 안 나. 있잖아, 두냐, 나는 최후의 결단을 내리고 싶어서 네바 강 근처를 몇 번이나 서성였어, 이건 기억이 나. 거기서 끝장을 내고 싶었지만…… 결단을 내리지 못했어……." 그는 이렇게 중얼거리며 또다시 의구심에 차서 두냐를 쳐다보았다.

"천만다행이야! 바로 그걸 얼마나 걱정했는지 몰라, 나도, 소피야 세묘노브나도! 그러니까 오빠는 아직 삶을 믿고 있는 거야. 천만다행, 천만다행이야!"

라스콜니코프는 씁쓸한 웃음을 머금었다.

"그런 믿음이 있었던 것은 아니지만, 방금 어머니와 서로 부둥켜안고 함께 울었지. 그런 믿음은 없지만 어머니에게 나를 위해 기도해 달라고 부탁했어. 일이 어찌 될지 누가 알겠어, 나는 그건 정말 모르겠어."

"어머니한테 갔어? 어머니한테 말한 거야?" 두냐가 공포에 질려 소리쳤다. "설마 결국 말해 버린 거야?"

"아니, 말하지 않았어…… 말은 하지 않은 셈이지. 하지만 어머니는 대충 다 이해하셨어. 네가 밤에 잠꼬대하는 소리도 들으셨고. 나는 어머니가 이미 절반은 이해하신다고 확신해. 그렇게 들린 것이 못난 짓이었는지도 몰라. 뭐 하러 그랬는지 모르겠어. 나는 천한 인간이야, 두냐."

"천한 인간이 고통받으러 갈 준비를 한다고! 어차피 가긴 갈 거잖아?"

"그렇지. 지금 곧. 그래, 이 수치를 피하기 위해 물에 빠져 죽고 싶은 심정이었지만, 두냐, 벌써 물을 내려다보고 있는 상황에서, 만약 내가 나 자신을 지금까지 강한 자로 여겼다면 이제 와서 새삼스레 수치를 겁낼 것은 없지 않느냐, 하는 생각이 들었어." 그러고서 그는 혼자 앞서 가며 이렇게 말했다. "이건 오만일까, 두냐?"

"그래, 로쟈, 오만이야."

흐릿해졌던 그의 두 눈에서 불꽃이 번쩍하는 것 같았다. 자기가 아직도 오만하다는 사실에 기분이 좋아진 모양이었다.

"내가 물이 겁나서 움찔했다고 생각하는 건 아니지, 두냐?" 그는 보기 흉한 냉소를 머금고 그녀의 얼굴을 힐끗 쳐다보며 물었다.

"오, 로쨔, 됐어, 좀!" 두냐가 쓰디쓰게 소리쳤다.

이 분 정도 침묵이 흘렀다. 그는 눈을 내리깔고 바닥만 내려다보며 앉아 있었다. 두네치카는 책상의 맞은편 끝에 서서 고통스러운 눈으로 그를 바라보았다. 갑자기 그가 일어났다.

"늦었어, 그만 가 봐야지. 나는 지금 자수하러 간다. 하지만 무엇을 위해 자수하는지 모르겠어."

굵은 눈물방울이 그녀의 뺨을 따라 흘러내렸다.

"우는구나, 두냐, 그럼 나에게 손을 내밀어 줄 수도 있을까?"

"그걸 말이라고 해?"

그녀는 그를 꼭 껴안았다.

"고통받으러 간다는 것만으로도 이미 죄의 절반은 씻는 셈 아닐까?" 그녀는 이렇게 외치며 그를 꼭 껴안고 입을 맞추었다.

"죄라고? 무슨 죄?" 갑자기 그가 어떤 느닷없는 광분에 휩싸이며 소리쳤다. "저 추잡하고 해로운 이〔蝨〕를, 가난한 자들의 피를 쪽쪽 빨아먹는, 아무에게도 필요 없는 전당포 노파를 죽였으니 마흔 가지 죄악은 용서받을 텐데, 그것이 죄라고? 나는 그것을 죄라고 생각하지도 않고 그 죄를 씻을 생각도 없어. 그런데 왜 다들 사방에서 나에게 '죄야, 죄!' 하며 손가락

질을 하느냔 말이야. 다만, 내가 어처구니없을 만큼 옹졸했다
는 것쯤은 이제 톡톡히 알겠고, 그래서 이제 저 불필요한 수치
를 감내하러 갈 결심을 한 거야! 그저 나의 천함과 무능함 때
문에 이런 결심을 한 것이지, 저어기…… 저 포르피리가 제안
한 것처럼 무슨 이익 때문은 아니야……!"

"오빠, 오빠, 세상에 그런 말이 어디 있어! 어쨌거나 오빠는
남의 피를 흘렸잖아!" 두냐가 절망에 차서 소리쳤다.

"다들 흘려 놓는 그 남의 피 말이지." 그가 거의 미친 듯 흥
분하며 말을 받았다. "이 세상에 언제나 폭포처럼 넘쳐 났고
지금도 넘쳐 나는 피, 샴페인처럼 넘쳐흐르는 피, 그 피 덕분
에 카피톨리누스 신전에서 월계관을 씌우고 나중에는 인류의
은인이라는 칭호도 주었지.* 자, 제발 눈을 똑바로 뜨고 유심
히 잘 살펴봐! 나도 사람들에게 선을 베풀고 싶은 마음이 있었
고 이 한 가지 멍청한 짓, 아니, 숫제 멍청한 짓도 아니고 그냥
어설픈 짓 대신에 수백, 수천 가지의 좋은 일을 했을지도 모르
거니와 사실 이 사상 자체는 지금 보이는 것처럼 그렇게 멍청
한 것은 절대 아니었는데, 실패하는 바람에…….(실패할 경우
에는 전부 멍청해 보이지!) 이 멍청한 짓을 통해 자립할 기반을
마련하고 첫걸음을 내딛고 그 수단을 손에 넣고 싶었을 따름
이고, 그랬다면 상대적으로 말해 무한한 이익을 통해 모든 것
이 깨끗이 상쇄됐을 텐데……. 하지만 나는, 나는 그 첫걸음도

---

* 페르가몬에서 해적들을 처형하고 로마로 돌아온 율리우스 카이사르가 군
사령관이 된 사실을 말한다.

견뎌 내지 못했어, 비열한 놈이니까! 바로 이게 문제의 핵심이야! 어쨌거나 너희들과 같은 시각을 갖지는 않겠어. 만약 성공했더라면 나에게 월계관을 씌워 주었겠지만 이제는 꼼짝없이 올가미다!"

"하지만 정말이지 그건 아니잖아, 절대 그건 아니야! 오빠, 세상에 그런 말이 어디 있어!"

"아! 형식이 틀렸단 말이야, 미학적으로 그렇게 좋은 형식이 아니었거든! 뭐, 나는 진짜 모르겠는데, 왜 사람들을 향해 폭탄을 던지고 포위 공격을 일삼는 것이 보다 더 점잖은 형식일까? 미학에 대한 두려움은 무기력의 첫 번째 징후야……! 이 사실을 지금보다 더 또렷이 의식한 적은 결코, 결코 없었고 지금은 그 어느 때보다도 더 나의 죄를 이해하지 못하겠어! 지금보다 더 강하고 확신에 찼던 적은 결코, 결코 없었단 말이야……!"

지칠 대로 지친 그의 창백한 얼굴에는 홍조마저 감돌았다. 하지만 마지막 말을 외치다가 문득 두냐와 눈이 마주쳤고 그 시선에서 자기 때문에 생긴 깊은, 정말 깊은 고뇌를 보자 저도 모르게 정신이 번쩍 들었다. 어쨌거나 그는 저 가련한 여자 둘을 불행에 빠뜨렸음을 절감했다. 어쨌거나 그가 원흉이다…….

"두냐, 얘야! 혹시 내가 잘못했다면 용서해 줘.(정말 잘못했다면 용서할 수도 없겠지만.) 그럼 잘 가! 논쟁은 그만하자! 가 봐야겠어, 정말로 가 봐야 돼. 나를 따라오지 마, 제발 부탁이야, 또 가 봐야 할 곳이 있거든……. 이제 얼른 가서 어머니 곁에 있어 줘. 제발 좀 그래 줘! 이건 내가 너에게 하는 마지막 부탁이자 가장 큰 부탁이야. 어머니 곁을 잠시도 떠나지 마. 어머니를 심란하게 해 놓고 그냥 나와 버렸으니 좀처럼 견디기 힘드실 거야. 죽거나 미치거나 하실 테지. 어머니 곁에 있어 줘! 라주미힌이 함께 있어 줄 거야, 내가 말해 놨으니까……. 나 때문에 울지는 마. 비록 살인자라고 해도 평생 의연하고 성실한 사람이 되도록 노력할 테니까. 어쩌면 언젠가 네가 내 이름을 듣게 될지도 모르겠다. 너희들 얼굴에 먹칠을 하지는 않을 거야, 두고 보렴. 증명해 보일 테니까…… 지금은 그만 헤어지자." 그는 자기가 마지막 말과 함께 약속을 할 때 두냐의 눈에 또다시 어떤 이상한 표정이 어리는 것을 알아채고는 서둘러 말을 끝맺었다. "왜 그렇게 우는 거야? 울지 마, 울지 말라고. 완전히 헤어지는 것도 아니잖아……! 아휴, 참! 잠깐만, 깜박했군……!"

그는 책상으로 다가가 먼지가 자욱이 앉은 두꺼운 책 한 권을 집어 들고 펼치더니 책갈피에서 상아 위에 수채화로 그린 작은 초상화를 꺼냈다. 그것은 주인아주머니의 딸이자 열병으로 죽은 그의 약혼녀, 수녀원에 들어가고 싶어 했던 그 이상한 처녀의 초상화였다. 잠깐 동안 그는 표정이 풍부하면서도 병색이 완연한 그 얼굴을 들여다보고는 초상화에 키스를 하고 두네치카에게 건네주었다.

"그 애와 그 얘기를 많이 나누었지, 오직 그 애하고만." 그가 생각에 잠겨 말했다. "나중에 가서 그토록 추한 모습으로 실현된 것 중 많은 것을 그 애의 마음속에 불어넣었지. 염려하지 마." 그는 두냐 쪽을 보았다. "그 애도 너처럼 동의하지 않았거든. 그래서 지금 그 애가 없는 것이 기뻐. 무엇보다도, 무엇보다도 이제 모든 것이 새로이 시작되고 두 동강 날 거야." 그는 또다시 예의 그 우수에 사로잡히며 갑자기 소리쳤다. "모든 것, 모든 것이 그렇지만, 과연 나는 그럴 준비가 된 것일까? 나 자신은 그것을 원하는 걸까? 나의 시련을 위해 필요한 일이라고들 말하지! 이 모든 무의미한 시련이 무슨, 무슨 소용이 있을까? 그게 다 무슨 소용이며, 과연 내가 이십 년 동안의 유형살이 이후 고뇌와 백치 상태에 짓눌리고 늙어 빠져 쇠약해질 그때 지금보다 더 잘 의식할 수 있을까, 그때는 사는 것이 무슨 의미가 있겠어? 어쩌자고 나는 지금 이렇게 사는 데 동의하는 걸까? 오, 오늘 새벽녘에 네바 강을 내려다보며 서 있을 때 내가 비열한 놈이라는 것을 알았어!"

둘은 마침내 밖으로 나왔다. 두냐는 힘겨웠지만 오빠를 사랑하고 있었다! 걸음을 떼 놓았지만 쉰 걸음쯤 갔을 때 그를 보기 위해 다시 한 번 몸을 돌렸다. 아직도 그의 모습이 보였다. 한데 모퉁이까지 가서 그도 몸을 돌렸다. 그들의 시선이 마지막으로 마주쳤다. 하지만 동생이 자기를 보고 있는 것을 알아챈 그는 성마르게, 숫제 신경질을 내며 어서 가라고 한 손을 내젓고는 모퉁이를 획 돌며 방향을 틀었다.

'나는 참 못된 놈이야, 그런 줄은 나도 안다.' 잠시 뒤 두냐에게 신경질적인 손짓을 한 것을 부끄러워하며 그는 속으로 생각했다. '하지만 저들은 어쩌자고 나를 이렇게 사랑하는 걸까, 정말 그럴 가치가 없는 놈인데! 오, 만약 내가 혼자였다면,

아무도 나를 사랑하지 않고 나 역시 아무도 절대 사랑하지 않았다면! 이 모든 일은 없었을 텐데! 한데 궁금하군, 앞으로 십오 년, 이십 년이 지나면 내 영혼도 이미 제법 얌전해져서 말끝마다 나 자신을 강도라고 부르면서 사람들 앞에서 경건한 마음으로 흐느끼게 될까? 그래, 그렇다, 바로 그렇다! 그러라고 저들은 지금 나를 유형지로 보내는 것이다, 바로 이것이 필요한 것이다……. 저들은 전부 거리를 앞뒤로 정신없이 쏘다니는데, 이미 천성만 봐도 너 나 할 것 없이 죄다 비열한에 강도이다. 아니, 그보다 더 할 테지, 백치니까! 내가 어쩌다 유형을 피하게 되면, 저들은 모두 고결한 분노에 사로잡혀 날뛰겠지! 오, 저들이 정말 싫다, 모조리 다!'

그는 깊은 상념에 빠져들었다. '어떤 과정을 거쳐야, 마침내 온갖 생각을 접고 저들 모두 앞에서 얌전해질 수 있을까, 신념에 있어서 얌전해질 수 있을까! 아니, 왜 그럴 수 없겠는가? 물론 마땅히 그렇게 되어야 한다. 이십 년간 끊임없이 박해를 받다 보면 기어코 그렇게 되지 않을까? 물방울이 바위를 뚫지 않나. 그렇다면 왜, 대체 왜 살아야 하며 지금 나는 대체 왜 가고 있는 것일까, 이 모든 것이 그야말로 책에 쓰인 대로 될 것임을 잘 알면서!'

그는 어제 저녁부터 벌써 백번은 족히 스스로에게 이런 질문을 던졌지만, 그럼에도 계속 걸었다.

8

 그가 소냐의 방에 들어섰을 때는 이미 어스름이 내리고 있었다. 소냐는 하루 종일 끔찍이 흥분한 상태로 그를 기다렸다. 두냐와 함께 말이다. 두냐는 소냐가 '그 일을 알고 있다.'라는, 어제 스비드리가일로프가 한 말을 상기하고서 아침 녘부터 그녀를 찾아온 것이었다. 두 여자가 눈물을 흘리며 어떤 대화를 나누었는지, 또 그들이 서로 얼마나 가까워졌는지는 세세히 전하지 않겠다. 두냐는 이 만남에서 적어도 오빠가 혼자가 아닐 것이라는 한 가지 위안을 얻게 됐다. 오빠는 고백하기 위해 그녀, 즉 소냐를 제일 먼저 찾아갔다, 사람이 필요해졌을 때 오빠는 그녀를 찾았다, 그녀는 운명이 이끄는 대로 어디든 오빠를 따라갈 것이다. 두냐는 굳이 묻지는 않았지만 그렇게 될 것임을 알았다. 그녀는 어딘가 황송한 마음으로 소냐를 바라보았으며, 소냐는 상대가 이런 황송한 감정을 보이자 거의 당혹스러울 정도였다. 심지어 울음을 터뜨릴 뻔했는데, 오히려 자기는 두냐를 바라볼 자격조차 없는 존재라고 생각했기 때문이다. 라스콜니코프의 방에서 처음 만났을 때 두냐가 주의와 존경을 담아 작별 인사를 건넨 이래 두냐의 아름다운 형상은 평생 가장 아름다운 신성불가침의 현현 중 하나로 영원토록 그녀의 영혼 속에 아로새겨졌던 것이다.

두네치카는 결국 견디다 못해 그냥 오빠의 방에서 기다리려고 소냐의 방을 나왔다. 계속 오빠가 그쪽으로 먼저 올 것 같아서였다. 한편 혼자 남겨진 소냐는 그가 끝내 정말로 자살할지도 모르겠다는 생각에 이내 무섭고 괴로워졌다. 두냐가 걱정한 것도 바로 그 문제였다. 하지만 그들 둘은 하루 종일 앞을 다투어 그럴 리는 없을 것이라고 온갖 근거를 대면서 서로의 생각을 불식했고, 그래서 둘이 함께 있는 동안에는 그나마 마음이 좀 편했다. 하지만 막상 헤어지고 나니 이제는 곧장 이쪽도, 저쪽도 그 생각만 하게 됐다. 소냐는 어제 스비드리가일로프가 한 말이 떠올랐다, 라스콜니코프에게는 두 가지 길밖에 없다는 말이, 블라지미르카거나 아니면……. 더구나 그녀는 그가 허영심과 자존심이 강하고 거만한 데다가 믿음이 없다는 것을 알고 있었다. '과연 옹졸함과 죽음에 대한 두려움만으로 그에게 살도록 강요할 수 있을까?' 그녀는 마침내 절망에 차서 생각했다. 그러는 사이에 어느덧 해가 지고 있었다. 그녀는 슬픈 표정을 지으며 창가에 서서 창밖을 유심히 살펴보았지만 보이는 것은 아직 빛이 바래지 않은 거대한 이웃집 벽뿐이었다. 마침내 저 불행한 이의 죽음을 완전히 확신하게 됐을 무렵, 당사자가 그녀의 방으로 들어선 것이다.

그녀의 가슴에서 환희의 외침이 터져 나왔다. 하지만 그의 얼굴을 유심히 들여다본 다음에는 갑자기 창백해졌다.

"자, 그래!" 라스콜니코프가 쓴웃음을 지으며 말했다. "당신의 십자가를 받으러 왔어, 소냐. 나를 교차로로 보내 놓고서는 정작 일이 이 지경에 이르자 이제는 겁이 나는 건가?"

소냐는 깜짝 놀라며 그를 쳐다보았다. 이 어조가 이상하게 여겨진 까닭이다. 온몸에 싸늘한 전율이 일었지만 한순간 뒤 그녀는 이 어조도, 이 말도 전부 허세라는 것을 알아차렸다. 그녀와 말을 하면서도 왠지 엉뚱한 구석을 보는 것이 꼭 그녀의 얼굴을 똑바로 쳐다보지 않으려는 것 같았다.

"아무래도, 소냐, 이렇게 하는 것이 좀 더 유리할 것 같다는 판단을 내렸어. 여기에는 어떤 사정이 있는데……. 뭐, 얘기하자면 길뿐더러 사실 딱히 얘기할 것도 없지. 다만, 정말 열 받는 일이 있는데, 뭔지 알아? 저 바보 같고 짐승 같은 낯짝들이 당장에 모조리 나를 둘러싸고 곧장 눈알을 부라리고 바보 같은 질문을 퍼부으며 대답을 강요할 테고 손가락질도 하겠지, 정말 신경질 나……. 쳇! 있잖아, 난 포르피리에게는 가지 않으려고 해. 그 작자는 신물이 났거든. 차라리 내 친구인 포로흐한테 갈 건데, 그러면 놀래 줄 수도 있고 또 그러면 나름의 효과도 얻는 셈이잖아. 하지만 좀 더 냉정해질 필요가 있어, 최근 들어 신경이 너무 예민해졌거든. 믿거나 말거나, 방금만 해도 동생이 마지막으로 내 얼굴을 한 번 보려고 몸을 돌렸다고 해서 거의 주먹까지 휘두르며 윽박질렀다니까. 돼지처럼 추잡해, 이런 상태란! 에잇, 내가 어쩌다 이 지경까지 왔지! 그래, 어쨌거나 그 십자가는 어디 있어?"

그는 제정신이 아닌 것 같았다. 한순간도 제자리에 서 있지 못하고 주의를 한군데로 집중하지도 못했다. 생각은 꼬리에 꼬리를 물고 서로 뒤엉켰으며 그는 횡설수설했다. 손까지 살짝 떨고 있었다.

소냐는 말없이 서랍에서 삼나무 십자가와 청동 십자가, 이렇게 십자가 두 개를 꺼내 스스로 성호를 긋고 그에게도 성호를 그어 준 다음 그의 가슴팍에 삼나무 십자가를 걸어 주었다.

"이건 말하자면 내가 십자가를 짊어진다는 상징인가, 헤-헤! 그야 그렇지, 지금까지는 별로 고통받지 않았으니까! 삼나무 십자가라니, 평민들이 두루 쓰는 것이지. 청동 십자가는 리자베타 것으로 당신이 가질 텐데, 좀 보여 줄래? 그럼 그 여자가 이걸 걸고 있었던 건가…… 그 순간에? 나도 이 비슷한 십자가 두 개를 알고 있어, 은 십자가와 성상이 달린 십자가였어. 그때 노파의 가슴팍에 던져 버린 것들이지. 사실 그거, 그거야말로 지금 내가 걸어야 되는 것인데……. 하긴 계속 허튼 소리만 하고 있군, 이러다가 정작 본론은 잊어버리겠는걸. 어째 넋이 나간 것 같아……! 이봐, 소냐, 내가 온 건 원래 미리 알리고 싶은 것이 있어서, 당신이 알았으면 하는 것이 있어서야……. 뭐, 그게 다야……. 실은 오직 그 때문에 온 거야.(음, 할 말이 더 많을 줄 알았는데.) 당신도 내가 가 주길 바랐으니까, 자, 내가 감옥에 갇혀 있으면 당신 소원도 성취되는 셈이지. 아니, 왜 울고 있지? 당신마저 우는 건가? 그만해, 됐어. 아, 이런 건 정말 괴롭다!"

하지만 그의 내부에서는 감정이 북받쳐 올랐다. 그녀를 보고 있자니 심장이 죄어들었다. '이 여자, 이 여자는 왜 이럴까?' 그가 속으로 생각했다. '자기한테 내가 뭐라고? 이 여자는 왜 우는 걸까, 어머니나 두냐처럼 나를 챙겨 주려는 걸까? 유모가 돼 줄 모양이지!'

"성호를 긋고 한 번이라도 기도를 해." 소냐가 떨리는 목소리로 조심스럽게 부탁했다.

"오, 그런 거야 당신이 원한다면 얼마든지 하지! 순수한 마음, 소냐, 순수한 마음으로⋯⋯."

하지만 정작 그가 하고 싶은 말은 뭔가 다른 것이었다.

그는 몇 번이나 성호를 그었다. 소냐는 숄을 집어서 머리에 덮어썼다. 그것은 초록색 모직 숄이었는데, 그때 마르멜라도프가 '가족 공용'이라고 말한 그 숄이 분명했다. 라스콜니코프의 머릿속에서는 얼핏 이런 생각이 스쳐 갔지만, 굳이 묻지는 않았다. 정말로 자기가 완전히 넋이 나가고 어째 흉할 정도로 불안에 사로잡혀 있는 것이 이미 스스로도 느껴졌다. 이 사실에 그는 경악했다. 소냐가 함께 가고 싶어 한다는 사실도 갑자기 충격으로 와 닿았다.

"왜 이래! 어딜 가려고? 그냥 있어, 그냥! 나 혼자 갈 거야." 그는 옹졸하게 짜증을 내며, 거의 성질을 부리며 이렇게 소리치고는 문 쪽으로 걸어갔다. "뭐 하러 이런 일에 수행원까지 나서냔 말이야!" 이렇게 중얼거리며 방을 나갔다.

소냐는 방 한가운데에 혼자 남았다. 아예 작별 인사도 하지 않다니, 그는 이미 그녀를 잊었다. 오직 독기와 반항심 가득한 의심만이 그의 영혼 속에서 들끓고 있었다.

'이런 것일까, 과연 이래야 할까?' 계단을 내려가며 그는 또다시 생각했다. '지금이라도 그만두고 모든 것을 다시 바로잡을 수는 없을까……. 가지 않으면 안 될까?'

하지만 그럼에도 그는 계속 걸었다. 갑자기, 새삼스레 질문을 던질 것도 없다는 느낌이 결정적으로 들었다. 거리로 나온 뒤에야 자기가 소냐에게 작별 인사도 하지 않았다는 사실이, 그녀가 초록색 숄을 두른 채 그의 고함 소리에 꿈쩍도 하지 못하고 방 한가운데 혼자 남았다는 사실이 떠올라 잠깐 걸음을 멈추었다. 바로 그 순간 갑자기 한 가지 생각이 떠오르면서 머릿속이 훤해졌는데, 꼭 그에게 결정적인 충격을 안겨 주려고 벼른 것 같았다.

'아니, 무엇을 위해, 대체 왜 지금 그녀에게 갔던 것일까? 말로는 용건이 있어서라고 했지만 대체 무슨 용건이었지? 용건은 무슨! 간다라는 사실을 공표하기 위해서였나. 아니, 그래서? 그럴 필요가 있었을까! 혹시 그녀를 사랑하는 걸까, 그런 걸까? 설마, 설마? 방금만 해도 그녀를 강아지처럼 쫓아 버리지 않았나. 정말 그녀에게서 꼭 십자가를 받아야 했을까? 오, 나란 인간이 이토록 천하게 타락하다니! 아니, 나는 그녀의 눈물이 필요했던 것이다, 그녀가 경악하는 것을 보고 마음이 아프다 못해 갈기갈기 찢어지는 것을 지켜봐야 했던 것이다! 지푸라기라도 붙잡아야 했고 능장을 부려야 했다, 사람을 봐야 했던 것이다! 그리고 감히 나는 스스로에게 그런 기대를 걸고

그런 꿈을 꾸었다, 비렁뱅이에 한심하고 야비한, 야비한 놈 같으니!'

그는 운하 도로를 걷고 있었고, 목적지는 얼마 남지 않았다. 하지만 다리까지 와서 걸음을 멈추고 갑자기 다리 쪽, 옆쪽으로 방향을 틀어 센나야 광장으로 향했다.

그는 게걸스럽게 좌우를 두리번거리고 어떤 대상이든 긴장을 갖고 들여다보았지만 아무것에도 주의를 집중할 수 없었다. 모든 것이 미끄러져만 갔다. '이제 일주일 후, 한 달 후면 저 죄수용 마차에 실린 채 이 다리를 지나 어디론가 끌려갈 것이고 그때 나는 어쩌다 이 운하를 보게 될 것이다 ── 이 일이 기억날까?' 그의 머릿속에서는 이런 생각이 스쳐 갔다. '자, 저 간판의 경우, 그때 내가 저 글귀를 어떻게 읽게 될까? 자, 여기에는 '성회'*라고 쓰여 있는데, 바로 저 ㅓ를, ㅓ라는 모음을 기억해 두었다가 한 달 후에 그것을, 바로 저 ㅓ를 보면 그때는 과연 어떤 느낌일까? 그때는 뭔가 색다른 느낌과 생각이 들까……? 맙소사, 이 모든 것이 정말 천하다, 지금 나의 이 모든…… 근심들이! 물론, 이 모든 것이 정말 흥미진진하긴 하지…… 그 나름대로는…….(하-하-하! 나도 참, 생각하는 것하곤!) 나는 어린아이가 돼 가고 있다, 나 자신 앞에서 허세나 부리고 있으니. 아니, 왜 나 자신을 부끄러워하는 걸까? 쳇, 다들 참 어지간히 떠미는군! 바로 저 뚱뚱한 사람이 ── 분명히 독

---

* 원문에서는 '상회'라는 뜻의 단어 Tovarishchestvo가 Tavarishchestvo로 되어 있다.

일인일 거야 — 방금 나를 떠밀었다. 그래, 자기가 떠민 사람이 누구인지 알기나 할까? 애를 데리고 구걸하고 있는 저 아줌마는 내가 자기보다 행복한 사람일 것이라고 생각할 테니, 얼마나 웃긴가. 자, 그럼, 심심풀이로 몇 푼 줘 볼까나. 어라, 5코페이카짜리 동전이 호주머니 안에 남아 있었구나, 어디서 난 것일까? 자, 자…… 받으쇼, 아줌마!'

"하느님께서 지켜 주시길!" 여자 거지의 울먹이는 목소리가 들려왔다.

그는 센나야 광장으로 들어섰다. 사람들과 부딪치는 것이 불쾌했지만, 그것도 몹시 불쾌했지만 그럼에도 사람들이 더 많이 보이는 쪽으로 걸어갔다. 혼자 남을 수만 있다면 세상의 모든 것을 다 내주었을 것이다. 하지만 단 한순간도 혼자 있지 못할 것임을 스스로 절감했다. 군중 속에서 어떤 술 취한 사람이 추태를 부리고 있었다. 그는 자꾸만 춤을 추고 싶었지만 자꾸만 엉뚱한 쪽으로 나뒹굴었다. 사람들이 그를 에워쌌다. 라스콜니코프는 군중 속을 헤치고 들어가 몇 분간 그 술 취한 사람을 보다가는 갑자기 짧고 단속적인 웃음을 쏟아 냈다. 잠시 뒤에는 이미 그를 잊었고 심지어 그를 보고 있으면서도 보지 못했다. 마침내 그 자리를 떴는데 자기가 어디에 있는지도 모른 채였다. 하지만 광장 한복판까지 나오자 갑자기 몸을 한 번 움찔하는가 싶더니, 어떤 감각이 일시에 그를 장악함과 동시에 몸과 마음을 전부 사로잡아 버렸다.

갑자기 소냐의 말이 떠올랐다. '교차로로 가서 사람들 앞에 절을 하고 땅에 입을 맞춰, 그 땅에 죄를 지었으니까. 그리고 온 세상을 향해 큰 소리로 '나는 살인자다!'라고 말해.' 이 말이 떠오르자 온몸이 떨려왔다. 최근 들어 쭉, 특히 최근 몇 시간 동안 저 출구 없는 우수와 불안에 너무나 거세게 짓눌렸던 탓에, 그는 이 충만하고 완벽하고 새로운 감각의 가능성에 마냥 몸을 맡겼다. 그것은 무슨 발작처럼 갑자기 엄습하여 영혼 속에서 하나의 불꽃처럼 타오르는가 싶더니 갑자기 불길이 되어 그를 휘어 감았다. 그의 내부에 있던 모든 것이 한꺼번에 누그러지고 눈물이 왈칵 솟구쳤다. 그는 서 있던 자세 그대로 땅바닥에 쓰러졌다…….

그는 광장 한복판에 무릎을 꿇고 땅바닥까지 몸을 숙여 절을 하고 쾌감과 행복을 맛보며 그 더러운 땅에 입을 맞추었다. 일어난 다음에도 또 한 번 절을 했다.

"저 봐, 술에 떡이 됐군!" 근처에 있던 어떤 청년이 한 소리 했다.

웃음소리가 울려 퍼졌다.

"이건 말이오, 저 양반이 예루살렘으로 떠나는 참에, 여러분, 자식들과 조국에 작별 인사를 고하고 온 세상을 향해 절을 하고 수도인 상트-페테르부르크와 그 토양에 입을 맞추는 거라오." 술에 취한 어떤 소시민이 덧붙였다.

"아직 새파랗게 젊은데!" 또 다른 누군가가 끼어들었다.

"귀족 출신인 것 같아!" 누군가가 엄정한 목소리로 한 소리 했다.

"요즘은 누가 귀족이고 누가 아닌지 통 분간할 수가 있어야지."

이 모든 품평과 얘기가 라스콜니코프를 억제하는 바람에 혀끝에서 맴돌던 '내가 죽였다.'라는 말도 속에서 스러지고 말았다. 그래도 그는 이런 야유를 모두 차분한 마음으로 참아 내고 주위를 둘러보지도 않고 곧장 골목을 가로질러 경찰서 쪽으로 걸어갔다. 도중에 어떤 환영 같은 것이 하나 눈앞에 어른거렸지만 놀라지는 않았다. 응당 그럴 수밖에 없으리라는 예감이 진즉부터 들었던 것이다. 센나야 광장에서 땅바닥까지 몸을 숙여 한 번 더 절을 하고 왼쪽으로 방향을 틀었을 때 그는 쉰 걸음쯤 떨어진 곳에서 소냐를 발견했다. 그녀는 그를 피해 광장의 어느 목조 가건물 뒤에 몸을 숨기고 있었는데, 그러니까 그의 서글픈 여정을 계속 함께하고 있었던 것이다! 라스콜니코프는 그 순간 소냐는 이제 영원토록 그와 함께할 것이며 운명이 그를 어디로 이끌든 세상 끝이라도 그를 따라갈 것임을 단번에 느꼈고 또 깨달았다. 가슴이 송두리째 뒤집혔지만…… 자, 이미 그는 숙명적인 장소에 다다랐다.

그는 제법 씩씩하게 마당으로 들어섰다. 3층까지 올라가야 했다. '일단은 올라가자.' 그가 생각했다. 대체로, 숙명적인 순간까지는 아직 멀고 시간도 많이 남았고 많은 것을 다시 생각해 볼 여유도 있는 것 같았다.

나선형 계단에는 이번에도 예의 그 쓰레기와 달걀 껍질이 흩어져 있고 이번에도 집집마다 문이 활짝 열려 있고 이번에도 부엌에서 탄내와 악취가 풍겨 나왔다. 라스콜니코프는 그때 이후로 여기에 온 적이 없었다. 다리가 저려 오면서 수시로 꺾였지만 그럼에도 계속 걸어갔다. 그나마 잠깐 걸음을 멈춘 것은 숨을 돌리고 옷매무새를 바로잡기 위해, 사람다운 모습으로 들어가기 위해서였다. '하지만 무엇을 위해서? 대체 왜?' 자신의 거동을 따져 본 뒤 갑자기 생각했다. '어차피 이 잔을 마셔야 한다면 죄다 상관없지 않은가? 더러울수록 더 좋다.' 그 순간 머릿속에서 일리야 페트로비치 포로흐의 모습이 어른거렸다. '과연, 정말로 이 양반에게 가야 할까? 다른 사람에게 가면 안 될까? 니코짐 포미치에게 가면 안 될까? 지금 당장 방향을 틀어 곧장 경찰 서장의 집으로 간다면? 그러면 적어도 가족적인 방식으로 마무리되지 않을까……. 아니, 아니다! 포로흐, 포로흐에게 가자! 기왕지사 마실 바에는 단숨에 마셔 버리자…….'

냉정을 되찾고 정신이 좀 들자 그는 경찰서 문을 열었다. 이 번에는 사람들이 거의 없고 무슨 문지기와 평민 같은 사람이 서 있을 뿐이었다. 간수는 칸막이 너머로는 눈길도 주지 않았다. 라스콜니코프는 다음 방으로 갔다. '아직은 말하지 않아도 될지 몰라.' 속으로 이런 생각이 언뜻 들었다. 거기에는 서기 같은 사람 한 명이 사복을 입고 사무용 책상 앞에 딱 붙어 앉아 뭔가를 쓰고 있었다. 구석에는 서기가 한 명 더 앉아 있었다. 자묘토프는 없었다. 니코짐 포미치도 물론 없었다.

"아무도 없습니까?" 라스콜니코프가 사무용 책상 앞에 앉은 사람을 향해 물었다.

"누구를 찾습니까?"

"아-아-아! 들리는 소식도 없고 그 모습도 보이지 않지만 러시아 사람 냄새가 솔솔…… 저어기 무슨 동화더라, 그런 얘기가 있잖습니까…… 잊어버렸군! 여하튼 어-서 오-십-쇼!"
갑자기 귀에 익은 목소리가 소리쳤다.

라스콜니코프는 몸을 부르르 떨었다. 그의 앞에 포로흐가
서 있었다. 세 번째 방에서 갑자기 나온 것이었다. '이것이야
말로 운명이란 것인가.' 라스콜니코프가 생각했다. '이 양반이
왜 여기 있지?'

"우리를 찾아오셨습니까? 무슨 용건으로?" 일리야 페트로
비치가 소리쳤다.(보아하니 그는 더할 나위 없이 기분 좋은 상태,
심지어 약간은 흥분한 상태였다.) "혹시 용건이 있어서 오셨다면
좀 빨리 오셨는걸요. 나도 지금 우연찮게……. 어쨌거나 기꺼
이 도와드리지요. 한데 솔직히…… 그쪽 성함이? 성함이 어떻
게 됐더라? 죄송합니다만……."

"라스콜니코프입니다."

"아, 맞습니다, 라스콜니코프! 설마 내가 당신을 잊어버렸
다고 생각하지는 않으셨겠지요! 제발 나를 그런 뭐로 생각하
지 말아 주십시오……. 로지온 로…… 로…… 로지오느이치,
그랬던 것 같은데?"

"로지온 로마느이치입니다."

"예, 예-예! 로지온 로마느이치, 로지온 로마느이치! 그걸
알고 싶어 무진장 애를 썼답니다. 수차례나 문의를 해 보기도
했고요. 솔직히 그때 이후 진심으로 괴로웠거든요, 그때 당신
에게 그렇게…… 나중에 사람들의 설명을 듣고서야 알게 됐
지 뭡니까, 당신이 젊은 문학가에 학자이기도 하고…… 말하
자면 이제 막 첫발을 내딛었다고……. 오, 맙소사! 아니, 문학

가나 학자치고 첫 출발이 독특하지 않은 사람이 누가 있겠습니까! 나도, 내 처도, 우리 둘 다 문학을 존경하는데 특히 처는 아주 열정적일 정도지요……! 문학과 예술이라면 사족을 못 쓴다니까요! 고결하기만 하면 나머지는 재능과 지식, 분별력, 천재성을 통해 전부 획득할 수 있잖습니까! 이를 테면, 모자의 경우, 예, 모자란 대체 무엇입니까? 모자란 찐빵이나 다름없으니까 나도 침머만 가게에서 살 겁니다. 하지만 모자 밑에 간직돼 있는 것, 모자 속에 숨겨져 있는 것은 나로서는 살 수 없잖습니까……! 솔직히, 당신을 찾아가서 해명이라도 하고 싶은 심정이었습니다, 예, 그럴 생각이었는데, 혹시 당신이……. 하지만 물어보지 않으렵니다. 한데 정말로 무슨 용건이 있어서 오신 겁니까? 들리는 말로는 가족이 오셨다고 하던데?"

"예, 어머니와 여동생이 왔습니다."

"당신의 여동생은 영광스럽고 행복하게도 직접 뵙기도 했는데, 교양 있고 매력적인 분이시더군요. 솔직히, 그때 당신과 열을 올리며 다툰 것이 유감스러울 정도였습니다. 그런 비상 사태가! 그때 기절하시는 바람에 당신을 다소 살펴보게 됐는데, 나중에 아주 멋지게 설명이 됐습니다! 광신과 열광이랄까요! 그때 격분하셨던 것도 십분 이해합니다. 가족이 오셨으니 집도 옮기시겠네요?"

"아니요, 저는 그냥……. 이렇게 들른 것은 물어볼 것이 좀 있어서…… 여기 오면 자묘토프를 보게 될 줄 알았거든요."

"아, 예! 두 분이 제법 친해졌지요, 들었습니다. 하지만 자묘토프는 여기 없습니다. 어쩌죠, 못 만나셔서. 실은 우리가 알렉산드르 그리고리예비치를 잃어버렸지 뭡니까! 어제부터 자리에 없습니다. 전근을 갔는데…… 떠나는 와중에도 모두와 한판 욕지거리를 하고…… 그것도 정말 무례했지요……. 경박한 녀석일 뿐, 더는 뭣도 아닙니다. 제법 장래성이 있어 보였지만 저들, 우리네 저 휘황찬란한 청년들이 별수 있습니까! 무슨 시험을 볼 생각이라던가, 여하튼 우리 나라에서는 시험도 말 몇 마디 하고 허풍만 좀 떨면 끝나는 것 아닙니까. 이런 치들은 당신이나 저어기 당신 친구인 라주미힌 씨 같은 사람과는 완전히 다른 부류입니다! 당신은 학문적인 영역에서 활동하니까 실패한들 뭐 그리 대수입니까! 당신에게는 삶의 이 모든 아름다움도 말하자면 nihil est(무(無)이다.)라는 식이지요, 금욕주의자에 수도승에 은둔자 선생……! 당신을 위해 책이 있는 법, 귓등에 펜을 꽂고 학문적인 연구에 몰입하고 바로 그럼으로써 당신의 정신이 비상하잖습니까! 나도 약간은…… 리빙스턴의 수기*를 읽어 보셨습니까?"

"아니요."

"나는 읽었답니다. 하긴 요즘 허무주의자들이 부쩍 많이 늘었지요. 뭐, 시대가 시대이니만큼 이해할 만한 일입니다, 안 그렇습니까? 그래도 나와 당신은…… 당신은 물론 허무주의자는 아니잖습니까! 솔직히, 솔직히 대답해 보시죠!"

"아-아닙니다……."

---

* 데이비드 리빙스턴(1813~1873. 스코틀랜드의 여행가)의 『잠베지 강과 그 지류 탐험에 대한 이야기』를 말한다.

"아니, 있잖습니까, 나를 대할 때는 그냥 탁 터놓고 말씀하십시오, 혼자 계실 때처럼 아무 거리낌 없이! 업무 얘기라면 사정이 다르지요, 다르다마다요…… 내가 우정*이란 말을 할 줄 아셨겠지만, 천만에요, 잘못 짚으셨습니다! 우정이 아니라 시민이자 인간으로서 갖는 감정, 인도적 감정, 절대자를 향한 사랑의 감정이올시다. 나는 공무원에다가 직책도 있지만 내적으로는 항상 나를 시민이자 인간으로 느낄, 그렇게 이해할 의무가 있지요……. 방금은 자묘토프 얘기를 꺼내셨지요. 이 자묘토프라는 작자는 점잖지 못한 곳에서 샴페인이나 돈 강에서 나는 술을 앞에 두고서 프랑스식으로 추태를 부릴 겁니다 — 당신의 자묘토프란 이런 위인입니다! 하지만 이 몸은 말하자면 충성심과 고상한 감정에 불타고 있으며 더욱이 무게도, 지위도 있고 자리도 하나 차지하고 있단 말씀! 결혼도 했고 자식들도 있고요. 이렇게 시민과 인간으로서의 의무를 다 하고 있지만, 그자는 누구입니까, 예? 나는 당신을 교양과 품격을 갖춘 분으로 알고 그렇게 대하는 것입니다. 또 한 말씀 드리자면, 이런 유의 산파들이 부쩍 많이도 늘었더군요."

라스콜니코프는 의아스럽다는 듯 눈썹을 치켰다. 방금 식사를 하고 나온 것이 분명한 일리야 페트로비치의 말들이 그의 귀청을 톡톡 때렸지만 대부분은 다 텅 빈 소리처럼 흩어졌다. 그래도 일부분은 어쨌거나 용케 알아들을 수 있었다. 그는 의아스러운 눈초리로 상대를 쳐다보았는데 이 모든 것이 어

---

* 업무(sluzhba)와 우정(druzhba) 두 단어로 말장난을 하는 것.

떻게 끝날지 알 수 없었다.

"머리를 짧게 깎은 저 처자들 얘기입니다." 수다 떨기 좋아하는 일리야 페트로비치가 말을 이어 갔다. "나는 저들에게 산파라는 별명을 붙였고, 아주 안성맞춤이라고 생각합니다. 헤-헤! 아카데미에 들어가 해부학을 공부하고 있겠지만*, 자, 어떻습니까, 내가 병이 날 경우 날 좀 치료해 주십쇼, 하고 그 처자를 부를까요? 헤-헤!"

일리야 페트로비치는 자신의 말솜씨에 탄복하며 웃음을 터뜨렸다.

"그야 뭐 계몽을 향한 무절제한 갈망이라고 칩시다. 하지만 계몽됐으면 그걸로 충분한 겁니다. 악용할 이유는 어디 있습니까? 저 몹쓸 자묘토프처럼 고결한 인물들을 모욕할 이유는 또 어디 있습니까? 대체 왜 그 녀석은 나를 모욕했을까요, 예? 또 한 말씀 드리자면, 이런 유의 자살이 부쩍 늘었는데, 당신은 상상도 할 수 없을 정도입니다. 마지막 남은 돈까지 죄다 써 버리고 자살까지 하는 겁니다. 계집애들, 사내애들, 어르신들까지……. 오늘 아침만 해도 이곳에 온 지 얼마 안 되는 어떤 신사에 관한 보고가 들어왔습니다. 닐 파블르이치, 닐 파블르이치! 방금 보고된 그 신사 말이야, 페테르부르그스카야 구역에서 권총으로 자살한 그 양반, 이름이 뭐였지?"

"스비드리가일로프입니다." 다른 방에서 누군가가 목쉰 소

---

* 당시 러시아 여성의 고등교육은 조산사와 교사 양성으로 제한됐는데 전자를 담당한 기관이 외과 아카데미였다.

리로 심드렁하게 대답했다.

라스콜니코프는 몸을 부르르 떨었다.

"스비드리가일로프! 스비드리가일로프가 자살을 하다니!"
그가 소리쳤다.

"세상에! 스비드리가일로프를 아십니까?"

"예…… 압니다……. 이곳에 온 지 얼마 안 됐는데……."

"그렇지요, 온 지 얼마 안 됐고 상처를 했고 행실이 엉망진
창인 사람이었는데 갑자기 권총으로 자살을 했고 그것도 상
상할 수 없을 만큼 추태에 가까운 방식이었고…… 수첩에 몇
마디를 남겼어요, 제정신으로 죽는 것이니 자기 죽음을 놓고
아무에게도 죄를 묻지 말라고. 돈깨나 있었다고 하더군요. 한
데 어떻게 알고 계십니까?"

"저는…… 좀 아는 사이인데…… 제 여동생이 그 집에 가정
교사로 있었거든요……."

"어라, 어라, 어라……. 그렇다면 우리에게 그 사람 얘기를
들려줄 수도 있겠군요. 혹시 무슨 수상한 점은 없었습니까?"

"어제 봤는데…… 그는…… 술을 마셨고…… 저는 아무것
도 몰랐습니다."

라스콜니코프는 뭔가가 자기 몸 위로 떨어져 짓누르는 것
같은 느낌이 들었다.

"또 안색이 창백해지시는 것 같군요. 이곳 공기가 갑갑하다
보니……."

"예, 그만 가 봐야겠습니다." 라스콜니코프가 중얼거렸다.
"죄송합니다, 폐를 끼쳐서……."

"오, 천만의 말씀, 얼마든지 오십시오! 덕분에 즐거웠습니다, 이런 말을 하는 것도 기쁘고요……."

일리야 페트로비치는 심지어 손을 내밀기도 했다.

"저는 그저…… 자묘토프를 볼 생각으로……."

"압니다, 알고 있습니다, 덕분에 즐거웠습니다."

"저도…… 몹시 기쁩니다…… 그럼 또 뵙겠습니다……."
라스콜니코프가 미소를 지었다.

그는 밖으로 나왔다. 몸이 휘청거렸다. 머리도 빙빙 돌았다. 자기가 두 발로 서 있는지 어떤지도 잘 느껴지지 않을 정도였다. 그는 오른손으로 벽을 짚으며 계단을 내려가기 시작했다. 한 손에 수첩을 든, 문지기 같은 사람이 맞은편에서 경찰서로 올라가며 그를 밀친 것 같았다. 또 어떤 강아지가 아래층 어디에서 짖어 대는 것 같고 어떤 여자가 그 강아지를 향해 방망이를 던지며 고함을 지르는 것 같았다. 그는 아래로 내려가 마당으로 나갔다. 거기 마당, 출구에서 멀지 않은 곳에 창백하다 못해 완전히 사색이 된 소냐가 서 있었으며 그녀는 기이한, 기이한 시선으로 그를 바라보았다. 그는 그녀 앞에서 걸음을 멈추었다. 그녀의 얼굴에는 뭔가 고통스럽고 괴로운 것이, 뭔가 절망적인 것이 어리었다. 그녀는 두 손을 탁 마주쳤다. 얼빠진 것 같은 흉한 미소가 그의 입가에 맴돌았다. 그는 잠깐 서 있다가 쓴웃음을 지으며 다시 위층의 경찰서로 방향을 틀었다.

일리야 페트로비치는 자리에 앉아 무슨 서류를 뒤적이고 있었다. 그의 앞에는 방금 계단을 올라가며 라스콜니코프를 밀쳤던 그 사내가 서 있었다.

"아-아-아? 또 오셨군요! 뭘 두고 가셨습니까……? 아니, 왜 그러십니까?"

라스콜니코프는 창백해진 입술, 미동도 없는 시선으로 조용히 그를 향해 걸어가 책상 앞까지 바투 다갔으며 한 손으로 책상을 짚고 뭔가 말하려고 했지만 그러지 못했다. 들리는 건 종잡을 수 없는 무슨 소리뿐이었다.

"몸 상태가 영 엉망이시구려, 자, 의자! 여기 의자에 앉으세요, 좀 앉아요! 물 좀 가져와!"

라스콜니코프는 의자에 털썩 주저앉았지만, 영 마뜩치 않은 듯 깜짝 놀란 일리야 페트로비치의 얼굴에서 눈을 떼지 않았다. 두 사람은 잠시 서로를 쳐다보며 기다렸다. 물을 가져왔다.

"바로 제가……." 라스콜니코프가 말문을 열었다.

"물부터 마셔요."

라스콜니코프는 한 손으로 물을 물리치고 조용히 띄엄띄엄, 하지만 또박또박 말했다.

"바로 제가 그때 관리 미망인인 노파와 그 여동생 리자베타를 도끼로 살해하고 금품을 훔쳤습니다."

일리야 페트로비치는 입을 딱 벌렸다. 사방팔방에서 사람들이 몰려들었다.

라스콜니코프는 자신의 진술을 되풀이했다.

에필로그

1

시베리아. 광활하고 황량한 강기슭에 러시아의 행정 중심지에 속하는 한 도시가 있다. 도시에는 요새가 있고 요새에는 감옥이 있다. 이 감옥에 제2급 유형수 로지온 라스콜니코프가 벌써 아홉 달째 수감되어 있었다. 그가 범행을 저지른 날로부터는 거의 일 년 반의 세월이 흘렀다.

그의 사건에 대한 재판은 별다른 어려움 없이 진행되었다. 범인은 확고하고 정확하고 명료한 태도로 자신의 진술을 확증해 주었고 상황을 혼동하거나 자기에게 유리한 쪽으로 완화시키는 일도, 사실을 왜곡하는 일도 없었으며 아주 사소한 부분도 절대 잊지 않았다. 그는 살인 과정을 마지막 사항에 이르기까지 모조리 이야기했다. 살해된 노파의 손에 쥐어져 있던 담보물(철판을 덧댄 나무판자 조각)의 비밀도 해명했다. 피살자에게서 열쇠를 빼앗은 경위도 자세히 이야기하고 그 열쇠,

또 궤짝과 그 내부가 무엇으로 채워져 있었는지도 묘사해 주었다. 심지어 그 안에 들어 있던 물건 몇 개는 일일이 열거하기도 했다. 리자베타 살해에 관한 수수께끼도 해명했다. 코흐가 와서 문을 두드렸고 뒤이어 대학생이 온 얘기를 했고 그들 사이에 오간 대화 내용도 전부 전달했다. 이미 범행을 저지른 다음 나중에 계단을 뛰어 내려가다가 미콜카와 미치카의 외침 소리를 들은 일이며 텅 빈 아파트에 숨어 있다가 집으로 돌아간 일을 얘기했으며, 끝으로 보즈네센스키 대로의 어느 건물 마당, 대문 근처에 있는 바윗돌을 일러 주었으며, 실제로 그 밑에서 물건들과 지갑이 발견되었다. 한마디로, 사건은 분명해졌다. 예심판사들과 판사들은 그런데, 그가 지갑과 물건을 감추긴 했으되 사용하지는 않았다는 사실, 더군다나 제 손으로 훔친 물건을 일일이 다 기억하지도 못할뿐더러 그 수량조차 잘못 알고 있다는 사실에 몹시 놀라워했다. 지갑을 단 한 번도 열어 보지 않았기 때문에 그 안에 돈이 정확히 얼마나 들어 있는지도 몰랐다는 것, 본질적으로 이런 정황 자체가 있을 수 없는 일처럼 여겨졌다.(지갑 안에는 317루블의 은화와 20코페이카짜리 은화 세 닢이 들어 있었는데, 바윗돌 밑에 너무 오래 있었던 탓에 위에 있던 고액 지폐 몇 장은 심하게 썩은 상태였다.) 피고가 다른 모든 점에서 자발적이고 정직하게 자백하면서도 정확히 이 한 가지 정황만은 왜 거짓말을 하는지 알아내려고 오랫동안 애를 썼다. 결국, 몇몇 사람들(특히 심리학자들)은 그가 실제로 지갑 안을 들여다보지 않았고 때문에 그 안에 무엇이 있는지도 몰랐으며 그런 상태에서 그것을 바윗돌 밑에 묻었을 가능성조차 있다고 생각했다. 그러나 그를 통해 이내, 범죄 자체가 모종의 일시적인 정신착란 상태, 앞으로의 목적이나 무슨 이해타산을 염두에 두지 않은 채 말하자면 살인강도라는 병적인 편집증적 상황에서 발생한 것일 수 있겠다는 결론을 내렸다. 마침 그때 일시적인 정신착란에 관한 최신 유행이론이 등장하는 바람에 그것을 현대의 몇몇 범인에게 적용시키려는 노력이 왕왕 있었다. 게다가 라스콜니코프가 오래전부터 우울증 상태였다는 사실은 의사 조시모프, 그의 옛 학우들, 하숙집 주인아주머니, 하녀 등 많은 증인이 정확히 진술해 주었다. 이 모든 것이 라스콜니코프가 보통 살인범이나 강도, 절도범과는 별로 닮지 않았다는, 여기에는 뭔가 다른 것이있다는 결론을 내리는 데 제법 일조했다. 이런 견해를 지지하는 사람들로서는 대단히 짜증스러운 일인데, 정작 범인은 자신을 변호하려는 시도를 거의 하지 않았다. 정확히 무엇이 그를 살인 행위로 이끌었으며 무엇이 강도짓을 하도록 추동했는가, 하는 결정적인 질문에 대해서는 그 모든 원인이 자신의 처참한 처지, 빈곤, 의지할 데 없는 상황 때문이었노라고, 피살자에게서 적어도 3,000루블쯤은 발견하리라 기대했고 그 돈을 밑천으로 인생의 출셋길을 위한 첫걸음을 다지려는 소망이 있었기 때문이었노라고 극히 분명하고 아주 조잡하면서도 정확하게 대답했다. 한편 범죄를 결심한 것은 원래 경솔하고 옹졸한 성격인 데다가 궁핍과 실패 탓에 신경이 더욱더 예민해진 탓이라는 것이었다. 정확히 무엇이 자수를 하도록 추동했는가, 하는 질문에 대해서는 진심으로 뉘우치고 있기 때문이라고 직설적으로 대답했다. 이쯤 되면 이미 거의 난폭한 수준이었다…….

하지만 판결은 그가 저지른 범행을 고려할 때 예상보다 더 가벼웠으며, 이는 다름 아니라 범인이 변명하려고 들지도 않았을뿐더러 자기 죄를 더욱더 무겁게 하려는 바람마저 내보인 덕분이었다. 이 사건의 이상하고 특별한 정황이 모두 주목을 끌었다. 범행을 저지르기 직전까지 범인이 병적이고 참혹한 상태였다는 사실은 전혀 의심의 여지가 없었다. 훔친 금품을 사용하지 않은 것은 일정 부분 뉘우침의 소산으로, 또 일정 부분 범행을 저지르는 동안 지적 능력이 온전하지 못했던 탓으로 여겨졌다. 우연찮게 리자베타를 살해한 정황은 심지어 이 가정을 뒷받침하는 예가 되었다. 사람이 두 번의 살인을 저지르면서 동시에 문을 열어 놓은 사실을 잊다니! 끝으로, 좌절한 광신자(니콜라이)의 허위 자백 때문에 사건이 이례적으로 뒤죽박죽돼 있을 때, 뿐더러 진범에게는 명백한 증거도 없거니와 거의 혐의조차 두지 않았던 그때(포르피리 페트로비치는 철저히 약속을 지켰다.) 자수를 한 사실이 모두 피고의 운명을 완화시키는 데 결정적인 기여를 했다.

그 밖에도 전혀 뜻밖에 피고에게 자못 큰 도움이 된 다른 정황도 알려졌다. 한때 대학생이었던 라주미힌은 어디서 알아냈는지 여하튼 범인 라스콜니코프가 대학 재학 시절에 마지막 남은 생활비마저 탈탈 털어 어느 가난한 폐병쟁이 학우를 도와주고 반년에 걸쳐 그를 거의 부양하다시피 했다는 증거를 제시했다. 그 학우가 사망하자 홀로 남겨진 고인의 늙고

쇠약한 아버지를 돌봐 주고(그 학우는 거의 열세 살 때부터 자기 손으로 아버지를 부양하고 먹여 살렸다.) 마침내는 그 노인을 입원시키고 그가 사망하자 장례도 치러 주었다는 것이다. 이 모든 정보가 라스콜니코프의 운명을 결정짓는 데 제법 좋은 영향을 미쳤다. 라스콜니코프의 하숙집 주인이자, 지금은 죽었으나 그의 약혼녀였던 아가씨의 어머니인 미망인 자르니츠이나도 자기들이 다른 집, 즉 퍄치 우글로프에 살던 시절 밤중에 불이 났는데 그때 라스콜니코프가 불길에 휩싸인 어느 아파트에서 어린아이 두 명을 구해 주고 그 와중에 화상을 입었노라고 증언했다. 이 사실은 철저히 조사되었고 많은 증인을 통해 상당히 훌륭하게 입증되었다. 한마디로, 범인은 자수한 사실을 비롯하여 그의 죄를 경감시켜 주는 몇몇 정황을 참작하여 겨우 팔 년에 불과한 제2급 징역형을 선고받았다.

재판이 시작될 때부터 라스콜니코프의 어머니는 몸이 편찮아졌다. 두냐와 라주미힌은 재판이 진행되는 기간 동안 그녀를 페테르부르크에서 데리고 나가도 되겠다고 생각했다. 라주미힌은 페테르부르크에서 가까운 철도변의 도시를 골랐는데, 재판 진행 상황을 하나도 빠짐없이 정기적으로 지켜봄과 동시에 아브도치야 로마노브나를 가능한 한 자주 만나기 위해서였다. 풀헤리야 알렉산드로브나의 병은 좀 이상한 신경 계통의 병으로서 완전히는 아니더라도 적어도 부분적으론 정신이상과 비슷한 증상을 동반했다. 두냐가 오빠를 마지막으로 만나고 돌아왔을 때 어머니는 이미 완전히 편찮은 몸으로 신열에 들떠 헛소리를 하고 있었다. 그날 저녁 그녀는 어머니가 오빠 얘기를 캐물으면 정확히 뭐라고 대답할지 라주미힌과 의논했고, 라스콜니코프가 어머니를 위하는 마음에서 마침내 부와 명성을 가져다줄 어떤 개인적인 임무를 띠고 러시아의 국경 지방 어딘가로 멀리 떠났다는 이야기를 둘이 함께 꾸며 보기도 했다. 하지만 충격적이게도, 풀헤리야 알렉산드로브나는 그때도 나중에도 자기 쪽에서 이 일을 두고 뭘 캐묻는 일이 없었다. 오히려 그녀 나름대로 아들이 느닷없이 떠난 것에 관한 온전한 이야기를 만들어 놓았다. 그녀는 아들이 작별 인사를 하러 자기를 찾아온 얘기를 눈물을 흘리며 늘어놓았다. 그 와중에 자기만 극히 중대하고 은밀한 사정을 많이 알고 있고 로쟈는 몹시 강력한 적이 많으므로 심지어 몸을 숨겨야 한다고 은근슬쩍 암시하기도 했다. 아들의 장래에 관한 한 몇몇 적대적인 정황이 사그라지면 틀림없이 눈부신 성공을 거둘 것으로 생각했다. 라주미힌에게는 자기 아들은 때가 되면 거뜬히 국가적인 인물이 되리라고, 그의 논문과 눈부신 문학적 재능이 그 증거라고 단언하기도 했다. 그 논문을 그녀는 끊임없이 읽었으며 이따금씩은 큰 소리로 읽기도 하고 거의 품에 안고 잘 정도였다. 그럼에도 로쟈가 지금 정확히 어디에 있는지는 거의 캐묻지 않았는데, 사람들이 그녀와는 그 얘기를 하지 않으려는 기색이 역력하고 그것만으로도 이미 애가 탔을 텐데도 말이다. 마침내 다들 풀헤리야 알렉산드로브나가 몇 가지 부분에 대해 이렇게 이상한 침묵을 고수하는 것이 슬슬 걱정됐다. 가령 옛날에 고향 소도시에 살 때는 어서 빨리 사랑하는 로쟈의 편지를 받을 희망과 기대만으로 살았던 그녀가 이제는 편지 한 통 오는 일이 없어도 푸념하지 않았다. 이것은 도무지 설명이 안 되는 사실이었고 때문에 두냐는 심히 불안해졌다. 어머니가 아들의 운명에 대해 뭔가 끔찍한 예감에 사로잡힌 나머지 뭔가 더 끔찍한 것을 알게 될까 봐 캐묻는 것 자체를 두려워한다는 생각이 들었던 것이다. 어쨌든 두냐는 풀헤리야 알렉산드로브나의 정신 상태가 온전치 못하다는 사실은 분명히 알 수 있었다.

그래도 한두어 번은 그녀 쪽에서 대화를 교묘하게 이끌어 로쟈가 지금 정확히 어디에 있는지를 언급하지 않고는 대답을 할 수 없도록 한 적이 있었다. 그렇게 얻은 대답이 어쩔 수 없이 썩 만족스럽지도 않고 어딘가 미심쩍었기 때문에 그녀는 갑자기 굉장히 슬퍼하고 침울해하고 또 말이 없어졌는데, 그 상태가 몹시 오래갔다. 두냐는 마침내, 거짓말을 하거나 얘기를 꾸며 내기가 어렵다는 것을 깨닫고서 어떤 사항에 대해서는 아예 입을 다무는 편이 낫겠다는 결론을 최종적으로 내렸다. 하지만 가련한 어머니가 뭔가 끔찍한 의심에 사로잡혀 있다는 것이 점점, 점점 더 불 보듯 뻔해졌다. 두냐는 검사겸사, 스비드리가일로프와 그 장면을 연출한 이후, 그 최후의 숙명적인 날을 맞이하기 전날 밤 자기가 잠결에 내뱉은 헛소리를 어머니가 귀담아 들었다는 오빠의 말이 떠올랐다. 그때 어머니가 뭔가 알아들은 것은 아닐까? 간혹, 때로는 며칠간, 심지어 몇 주간 암담하고 음울한 침묵을 고수하며 말없이 눈물만 흘리던 환자가 어쩐지 히스테릭할 정도로 생기를 띠면서 갑자기 큰 소리로 아들과 자신의 희망과 미래에 대해 거의 입을 다물지 않고 말하기 시작했다……. 그녀의 공상은 어떨 때는 몹시 이상했다. 그녀를 위로하면서 맞장구를 쳐 주었는데 (그냥 이렇게 맞장구를 치며 위로해 줄 따름임을 그녀도 분명히 알았을 것이다.) 어쨌거나 그녀는 말을 멈추지 않았다…….

범인이 자수하고 나서 다섯 달 후에 판결이 나왔다. 라주미힌은 가능할 때마다 수감된 그를 만났다. 소냐도 마찬가지였다. 마침내 이별의 순간이 왔다. 두냐는 오빠에게 이 이별도 영원하지는 않을 것이라고 맹세했다. 라주미힌도 마찬가지였다. 라주미힌의 젊고 뜨거운 머릿속에서는 앞으로 삼사 년은 가능한 한 장래의 기틀이라도 닦아 놓고 얼마간이라도 돈을 모으자는, 그래서 모든 면에서 토양은 비옥하지만 노동력이나 인력과 자본은 부족한 시베리아로 옮겨 가자는 계획이 확고히 굳어졌다. 그러고는 로쟈가 가게 될 그 도시에 정착하고 또…… 다 함께 새로운 삶을 시작하자는 계획 말이다. 작별 인사를 나눌 때는 다들 울었다. 라스콜니코프는 최근 며칠간은 생각이 무척 많았고 자꾸 어머니 얘기를 캐물으며 걱정을 많이 했다. 심지어 어머니 때문에 너무 괴로워하자 두냐도 심란해졌다. 어머니의 편찮은 상태를 자세히 알고 난 뒤에는 몹시 침울해졌다. 소냐와는 어쩐지 요 기간 동안 쭉 유달리 말이 없었다. 소냐는 스비드리가일로프가 남겨 준 돈으로 이미 오래전부터 호송 시 그가 포함될 죄수 일행을 따라갈 채비를 하고 만반의 준비를 갖추었다. 이 일을 두고 그녀와 라스콜니코프 사이에는 한마디도 오간 적이 없었다. 하지만 둘 다 그렇게 되리라는 것을 알고 있었다. 한편, 마지막 작별 인사를 나누는 자리에서 여동생과 라주미힌이 그가 감옥을 나올 무렵이면 행복한 미래가 펼쳐질 것이라며 열렬히 장담하자 그는 야릇한 미소를 머금었고, 어머니의 편찮은 상태가 조만간 좋지 않게 끝날 것이라고 예언했다. 그와 소냐는 드디어 길을 떠났다.

두 달 후 두네치카는 라주미힌과 결혼했다. 결혼식은 서글프고 쓸쓸했다. 하객 중에는 그래도 포르피리 페트로비치와 조시모프가 끼여 있었다. 최근 내내 라주미힌은 확고한 결의를 다진 사람의 모습이었다. 두냐는 그가 자신의 계획을 실행에 옮길 것이라고 맹목적으로 믿었으며 더욱이 그렇게 믿지 않을 수 없었다. 이 사람에게서는 강철 같은 의지가 엿보였으니 말이다. 한편, 그는 학업을 마치기 위해 다시 강의를 듣기 시작했다. 그들 둘은 쉴 새 없이 미래를 설계했다. 둘의 계산으로는 오 년 후에는 확실히 시베리아로 옮겨 갈 수 있을 것 같았다. 그때까지는 그쪽에 있는 소냐에게 희망을 걸 수밖에 없었다…….

풀헤리아 알렉산드로브나는 라주미힌과 결혼하는 딸을 기꺼이 축복해 주었다. 하지만 이 결혼 후에는 더욱더 슬픔과 근심에 잠긴 모습이었다. 잠시나마 그녀의 기분을 띄워 주려고 라주미힌은 겸사겸사 그 대학생과 그의 노쇠한 아버지 얘기며 로쟈가 작년에 어린것 둘의 목숨을 구하느라 화상을 입고 심지어 앓아눕기까지 한 얘기를 들려주었다. 두 소식 덕분에 가뜩이나 정신이 교란된 풀헤리야 알렉산드로브나는 거의 황홀경에 빠지고 말았다. 그녀는 끊임없이 이 얘기를 하고 길거리에서도 사람들에게 말을 붙이기도 했다.(두냐가 항상 옆에 같이 있는데도 말이다.) 합승 마차든, 상점이든 아무나 말을 들어줄 사람을 붙잡기만 하면 자기 아들과 그의 논문 얘기, 그가 대학생을 도와준 얘기, 화재가 났을 때 화상을 입은 얘기 등을 늘어놓는 것이었다. 두네치카는 어머니를 어떻게 말려야 할지 알 수 없었다. 이렇게 지나친 황홀경에 빠진 병적인 상태도 위험하거니와 혹시 누가 지난번 형사 사건과 관련하여 라스콜니코프라는 성(姓)을 상기하고서 얘기를 꺼낼 수도 있으니, 그것만으로도 난리가 날 일이었다. 풀헤리야 알렉산드로브나는 심지어 화재에서 구출된 두 어린것의 어머니의 주소까지 알아냈으며 꼭 그 집에 가 보고 싶다고 했다. 마침내 그녀의 불안은 극에 달했다. 갑자기 울음을 터뜨리는 일이 더러 있는가 하면 병이 나서 신열에 들떠 헛소리를 하는 일도 자주 있었다. 한날 아침에는 자기의 계산에 따르면 조만간 로쟈가 도착할 때가 됐다고, 작별 인사를 나눌 때 정확히 구 개월 후에는 자기를 볼 수 있다고 말했다고, 똑똑히 기억한다고 대뜸 선언했다. 그러고는 집을 대대적으로 정돈하여 아들 맞을 준비를 하고 아들 방으로 점찍어 둔 방(원래 그녀 자신의 방)을 손보고 가구를 닦고 물걸레질을 하고 커튼도 새로 달았다. 두냐는 애가 타도 아무 말 하지 않았으며 심지어 오빠를 맞이하여 방을 정돈하는 일을 도와주기도 했다. 하루를 끊임없는 환상과 기쁜 몽상과 눈물로 가득 채우며 불안하게 보내고 밤이 되자 그녀는 앓기 시작했고 아침 녘에는 이미 신열에 들떠 헛소리를 해 댔다. 열병이었다. 이 주일 후 그녀는 죽었다. 헛소리를 하며 그녀가 내뱉은 말로 미루어 보아 그녀가 아들의 운명에 대해 사람들이 추측했던 것보다 훨씬 더 끔찍한 의심에 시달렸다는 결론을 내릴 수 있었다.

라스콜니코프는 시베리아에 정착한 초창기부터 페테르부르크와 편지를 주고받을 수 있었지만 어머니의 죽음에 대해서는 한동안 모르고 있었다. 편지 왕래는 소냐를 통해 이루어졌는데, 그녀는 매달 꼬박꼬박 페테르부르크의 라주미힌에게 편지를 썼고 매달 꼬박꼬박 페테르부르크에서 답장을 받았다. 처음에는 두냐도, 라주미힌도 소냐의 편지가 어딘가 딱딱하고 못마땅하게 여겨졌다. 하지만 결국에 가서는 둘 다 이보다 더 잘 쓸 수는 없겠다고 생각하게 됐는데, 결과적으로 어떻든 이 편지를 통해 저 불운한 오빠의 운명을 가장 완전하고 정확하게 그려 볼 수 있었기 때문이다. 소냐의 편지는 그야말로 평범한 일상생활, 즉 라스콜니코프의 감옥 생활과 관련된 모든 정황에 대한 가장 간단하고 명료한 묘사로 가득 차 있었다. 거기에는 그녀 자신의 희망의 피력이나 미래에 대한 추측, 감정 토로도 전혀 없었다. 그의 심리 상태나 내적인 삶 전반을 설명하는 대신 사실만, 즉 그 자신의 말이나 그의 건강 상태에 관한 상세한 소식, 면회 갔을 때 무엇을 원했고 무엇을 부탁했고 무슨 일을 맡겼는가와 같은 얘기만 쭉 나왔다. 이런 소식을 모두 굉장히 자세히 전해 주었다. 그래서 결국에 가서는 불운한 오빠의 모습이 저절로 살아나면서 정확하고 또렷하게 그려졌다. 여기에는 전부 믿을 만한 사실들뿐이었기 때문에 오해도 있을 수 없었다.

하지만 이 소식들을 접한 두냐와 그녀의 남편은 기뻐할 일을 별로 찾을 수 없었으며 처음에는 특히 더 그랬다. 소냐가 끊임없이 알려 준 바로 그는 항상 침울하고 말수가 적을뿐더러 그녀가 받은 편지에서 매번 그에게 알려 주는 내용에도 거의 무관심하다는 것이었다. 이따금씩은 어머니 소식을 묻는다고 했다. 그래서 그가 이미 진상을 짐작하고 있을 것 같아 결국 어머니가 돌아가셨다는 소식을 전해 주었을 때도, 몹시 놀랍게도, 그 소식도 그리 심한 영향을 끼치지 않은 것 같다고, 적어도 외견상으로는 그렇게 보였다고 했다. 한편, 그녀가 전해 준 바로, 그는 일견 자기 내부로 침잠하고 모두에게 마음의 문을 걸어 잠근 것 같지만 그럼에도 자신의 새로운 삶에 대해서는 몹시 소탈하고 단순한 태도를 취한다고 했다. 자신의 처지를 또렷이 이해하고 있으며 조만간에 어떻게든 더 나아지리라 기대하거나 무슨 경솔한 희망을 품는 일도 없다고(그의 처지에서는 무척 당연한 일이지만) 또 예전과 비교하면 닮은 점이 거의 없는 새로운 환경에 처해 있음에도 무엇에든 좀처럼 놀라는 일이 없다고 했다. 그의 건강 상태가 양호하다는 얘기도 전해 주었다. 노역을 나가는데 그것을 마다하지도, 그렇다고 굳이 나서서 하지도 않는다고 했다. 음식에는 거의 무관심한 편이지만 그 음식이란 것이 일요일이나 축일을 빼면 너무 형편없기 때문에 결국엔 매일 자기 숙소에서 차를 조달하기 위해 그녀, 즉 소냐에게서 기꺼이 얼마간의 돈을 받아 간다고 했다. 그 밖의 일은 전혀 걱정하지 말라고 부탁하면서 그렇게 자기 걱정을 해 준들 괜히 짜증만 돋울 뿐이라고 이르더라고 했다. 이어 소냐는 감옥 안 그의 거처가 공용이라는 사실을 알려 주었다. 숙사의 내부는 그녀도 보지 못했지만 비좁고 불결하고 비위생적인 곳이라고 단정 지었다. 그는 판자 위에 펠트 천을 깔고 자는데, 딱히 다른 것은 갖추려고 하지 않는다고 했다. 하지만 그가 이렇게 조잡하고 가난하게 사는 것은 결코 무슨 편견 섞인 계획이나 의도가 있어서가 아니라 그냥 자신의 운명에 신경을 쓰지 않고 대놓고 무관심하기 때문이라고 했다. 소냐가 직설적으로 쓴 바로, 특히 초창기에는 그녀의 방문에 관심을 갖지도 않았을뿐더러 거의 신경질을 내기까지 했으며 말도 별로 하지 않고 거친 태도를 보이기도 했지만 결국에는 이 면회가 습관, 아니 거의 욕구로 바뀌었고 때문에 그녀가 몸이 아파서 며칠 동안 그를 방문하지 못했을 때는 몹시 울적해했다는 것이다. 한편 그녀는 축일에는 감옥의 정문 옆이나 위병소에서 호출 받은 그를 몇 분 정도 면회하고, 평일에는 작업장이나 벽돌 공장, 이르트이쉬 강가*에 있는 창고 등 그가 노역을 나간 일터에 들른다고 했다. 자기 일에 관한 한, 소냐는 도시의 몇몇 사람과 인사를 나누고 도움도 받을 수 있게 되었다고 알렸다. 삯바느질을 하고 있는데, 이 도시에는 재단사가 거의 없는 실정이라 많은 집에서 자기가 꼭 필요한 존재가 되었다는 것이다. 그녀 덕분에 라스콜니코프도 상부의 선처를 받았다는, 그래서 작업량이 줄었다는 얘기는 아예 언급도 하지 않았다. 마침내 또 소식이 왔는데(두냐는 그녀의 최근 편지에서 다소 특별한 흥분과 불안마저 감지했다.) 그가 모두를

---

* 시베리아 오브 강의 지류.

꺼려하고 감옥 안의 유형수들도 그를 싫어하게 되었다는, 그
가 몇 날 며칠 침묵을 고수하고 있고 안색도 몹시 창백해졌다
는 것이었다. 소냐가 마지막 편지에서 갑자기 쓴 바론, 몹시
위중한 병에 걸려 병원의 죄수용 병동에 앓아누워 있다는 것
이었다…….

2

그는 벌써 오래전부터 아팠다. 하지만 그를 꺾은 것은 유형 생활의 공포도, 노역도, 음식도, 삭발한 머리도, 누더기 옷도 아니었다. 오! 이 모든 고통과 괴로움은 안중에도 없었다! 오히려 노역을 달가워했을 정도였다. 노역을 하느라 육체적으로 지쳐 버리면 적어도 몇 시간은 달콤한 숙면을 취할 수 있었다. 그리고 음식이, 바퀴벌레가 둥둥 떠 있는 멀건 쉬가 그에게 무슨 의미가 있었을까? 옛날 학창 시절에는 그나마도 먹지 못하는 일이 허다했다. 옷은 따뜻했고 그의 생활양식에도 적합했다. 족쇄는 몸에 차고 있다는 느낌도 없었다. 삭발한 머리와 줄무늬 재킷*이 수치스러웠을까? 하지만 누구 앞에서? 소냐 앞에서? 소냐는 그를 무서워하는데 과연 그가 그녀 앞에서

---

* 죄수복을 말한다.

수치스러웠을까?

한데 어떤가? 그는 소냐 앞에서도 수치스러워했고 그 때문에 그녀를 경멸하듯 거칠게 대하며 괴롭혔다. 삭발한 머리와 족쇄가 수치스러웠던 것은 아니다. 자존심에 심한 상처를 입었고 그 상처받은 자존심 때문에 병이 났던 것이다. 오, 만약 스스로 죄를 인정할 수 있었다면 얼마나 행복했을까! 그랬다면 모든 것을, 수치와 치욕마저도 견뎌 낼 수 있었으리라. 하지만 자신을 아무리 엄중하게 심판하고 양심을 모질게 다져봐도 지난 일에서 누구에게나 일어날 수 있는 실책 외에는 유달리 끔찍한 죄를 도무지 발견할 수 없었다. 그가 수치스러워한 것은 다름 아니라 그, 즉 라스콜니코프라는 인간이 운명의 어떤 맹목적인 선고에 따라 그토록 맹목적이고 허망하고 먹먹하고 어리석게 파멸했으며 만약 스스로를 조금이라도 진정시킬 마음이 있다면 저 무슨 선고의 '어처구니없음'과 타협하고 그것에 굴복해야 한다는 점이었다.

현재로서는 대상도, 목적도 없는 불안이, 또 미래를 봐서도 아무런 보상도 없는 끊임없는 희생만이, 바로 이런 것이 그의 앞에 도사린 세상의 전부였다. 팔 년 후에도 그는 겨우 서른두 살밖에 되지 않고 고로 얼마든지 인생을 새로이 시작할 수 있다고 한들 무슨 상관이란 말인가! 대체 왜 살아야 하는가? 무엇을 염두에 둬야 하는가? 무엇을 지향해야 할까? 그저 존재하기 위해서 산다? 하지만 예전에도 이념을 위해, 희망을 위해, 심지어 환상을 위해 자신의 존재를 내놓을 각오를 했던 일이 천 번은 족히 됐다. 존재한다는 것만으로는 항상 부족했다.

그는 항상 더 많은 것을 원했다. 오직 자신의 소망의 힘만 믿고서 그 무렵 스스로를 다른 사람보다 더 많은 것이 허용된 사람으로 여겼는지도 모르겠다.

설령 운명이 그에게 회한을, 가슴을 저미고 잠을 쫓아 버리는 타는 듯한 회한을 보냈다고 한들, 그로 인한 끔찍한 고통 때문에 눈앞에 올가미와 심연이 어른거렸다고 한들! 오, 그는 그것을 반겼으리라! 고통과 눈물, 사실 이것도 삶이 아닌가. 하지만 그는 자신의 범죄에 회한을 느끼지는 않았다.

적어도 그는 예전에 자신을 감옥까지 몰고 간 그 추악하고 정말 바보 같은 행동에 분개했듯 자신의 어리석음에 분개할 수도 있었으리라. 하지만 이미 감옥에 들어와 자유를 누리는 지금 자신의 모든 행동을 새로이 검토하고 숙고해 보니 그것이 예전의 그 운명적인 순간에 생각됐던 것처럼 그렇게 어리석고 추악하게 생각되지는 않았다.

'대체 어떤, 어떤 점에서' 하고 그는 생각했다. '나의 사상이 천지개벽 이래 이 세상에서 우글대고 서로 충돌하는 다른 사상이나 이론보다 더 어리석었을까? 진부한 영향에 구애받지 않고 완전히 독립적이고 폭넓은 시선으로 사건을 바라볼 필요가 있고, 그렇다면 물론 나의 사상도 결코 그렇게…… 이상한 것은 아닐 것이다. 오, 5코페이카짜리 은화 한 닢의 값어치밖에 없는 부정론자와 현자여, 그대들은 왜 중도에 멈추어 서는가!'

'그래, 나의 행동이 무엇 때문에 그들에게 그토록 추악하게 여겨지는 것일까?' 그가 스스로에게 말했다. '그것이 악행이기 때문에? '악행'이라는 말은 대체 무엇을 뜻하는가? 나의 양심은 평온하다. 물론, 형사상의 범죄를 저질렀다. 물론, 법조항이 파괴됐고 피를 보았으니, 뭐 그렇다면 법조항에 대한 대가로 내 머리를 가져가시라······ 그걸로 충분하지 않은가! 물론 그런 경우라면 권력을 세습받은 것이 아니라 자기 스스로 쟁취한 인류의 은인들 대다수가 최초의 첫걸음을 내딛자마자 처형됐어야 마땅하리라. 하지만 그자들은 그 걸음을 견뎌 냈고 그랬기에 그들은 옳았던 반면 나는 견뎌 내지 못했고 그랬기에 나는 스스로에게 그 걸음을 허용할 권리가 없었던 것이다.'

바로 이 점, 즉 그것을 견뎌 내지 못하고 자수했다는 점에서만 그는 자신의 죄를 인정했다.

그를 고통스럽게 만든 생각이 또 있었다. 그때 왜 자살하지 않았을까? 그때 강물을 내려다보며 서 있을 때 왜 자수하는 편이 낫다고 생각했을까? 정녕 살고 싶은 저 욕망이 그토록 강력했으며 그 욕망을 극복하기가 그토록 힘들었던 것일까? 죽음을 두려워한 스비드리가일로프도 극복하지 않았던가?

그는 고뇌하며 스스로에게 이런 질문을 던졌고, 강물을 내려다보며 서 있던 그때 이미 자신의 내면과 신념 속에 도사린 깊은 기만을 예감했을지도 모른다는 사실을 이해할 수 없었다. 이 예감이 그의 인생에서 맞이하게 될 미래의 전환과 미래의 부활과 미래의 새로운 인생관을 예고해 주는 전조일 수 있음을 이해하지 못했던 것이다.

그는 이 경우 차라리 그의 입장에서 떨쳐 낼 수도 없고 그렇다고 (나약하고 보잘것없었기 때문에) 넘어설 힘도 없는, 본능의

둔중한 중압감만을 인정한 셈이었다. 동료 유형수들을 보고 놀라기도 했다. 그들 모두 얼마나 삶을 사랑하고 아끼는가! 감옥에 있으면 자유로운 상태였을 때보다 더 삶을 사랑하고 더 가치 있게 여기고 더 많이 아낀다는 생각이 들었다. 그들 중 어떤 자들, 가령 부랑자들은 어떤 무서운 고통인들, 고문인들 참아 내지 못했을까! 정녕 한 가닥의 햇살 같은 것이나 울창한 숲, 어디 미지의 깊은 숲속에서 벌써 삼 년쯤 전에 점찍어 둔 차가운 샘물이 그들에게 그토록 많은 의미를 지닐 수 있을까, 저 부랑자는 애인과의 밀회를 꿈꾸듯 그 샘물을 꿈꾸고 꿈에서도 그것과 그 주변에 돋아 있는 초록색 풀과 관목 속에서 지저귀는 새를 보지 않는가? 자세히 살펴볼수록 더욱더 설명할 수 없는 예들이 보이는 것이었다.

감옥을 비롯하여 자기를 에워싼 환경에서 그는 물론 많은 것을 인지하지 못했고 또 아예 그러고 싶지도 않았다. 왠지 그는 눈을 내리깔고 살았다. 뭘 보는 일이 너무 역겨워 참을 수 없었던 것이다. 하지만 결국에 가서는 많은 것에 놀라고 옛날에는 생각지도 못했던 것을 어쩌다 부지불식간에 인지하기 시작했다. 대체로 가장 놀란 것은 자기와 이 모든 무리 사이에 도사린 도무지 건널 수 없는 저 무서운 심연이었다. 그와 그들은 서로 다른 종족인 것 같았다. 그와 그들은 서로를 적의에 찬 미심쩍은 눈으로 쳐다보았다. 그는 양쪽이 이렇게 갈라질 수밖에 없는 원인을 알았고 또 이해했다. 하지만 예전에는 이 원인들이 실제로 이렇게까지 뿌리 깊고 강력하리라는 것을 절대 인정하지 않았다. 감옥에는 폴란드 유형수들, 정치범

들도 있었다. 이자들은 이 모든 무리를 무지렁이에 노비 취급하면서 깔보고 경멸했다. 이곳에는 이런 족속을 너무나 경멸하는 러시아인도 더러 있었는데, 전직 장교 한 명과 신학생 두 명이 그랬다. 라스콜니코프는 그들이 잘못한다는 것을 분명히 인지하고 있었다.

한데 그를 다들 좋아하지도 않았을뿐더러 슬슬 피했다. 결국에 가서는 그를 싫어하기도 했다. 왜일까? 그로서는 알 수 없는 일이었다. 다들 그를 경멸하고 비웃었으며, 그보다 더 죄질이 나쁜 범죄를 저지른 자들조차 그의 범죄를 비웃었다.

"네놈은 귀족 나리잖아!" 그는 이런 말을 들었다. "그런 양반이 도끼를 들고 다니다니, 도무지 귀족 나리가 할 짓이 아니지."

사순절의 두 번째 주, 숙사 동료들과 함께 정진할 차례가 됐다. 그는 다른 사람들과 함께 기도를 하러 교회에 다녔다. 무엇 때문인지는 그 자신도 몰랐는데, 한날은 말다툼이 일어났다. 다들 한꺼번에 분기탱천하며 그에게 덤벼들었다.

"네놈은 불신자야! 하느님을 믿지 않잖아!" 그를 향해 이렇게들 외쳤다. "너 같은 놈은 죽여 버려야 해."

그들과 하느님이나 믿음에 대해 말해 본 적이 한 번도 없었음에도 그들은 그를 불신자로 치부하며 죽이려 들었다. 그는 침묵만 고수할 뿐, 별다른 반박을 하지 않았다. 어떤 유형수는 숫제 발악하며 그에게 달려들려고 했다. 라스콜니코프는 침착하게 말없이 그의 공격을 기다렸다. 눈썹 하나 까딱하지 않고 얼굴선 하나 떨지 않았다. 때마침 호송병이 그와 살인범 사이를 가로막았기에 망정이지 안 그랬다간 피를 봤을 것이다.

그에게는 해결되지 않은 의문이 하나 더 있었다. 왜 그들은 모두 소냐를 그토록 좋아하게 된 것일까? 그녀가 그들의 비위를 맞추어 주는 것도 아니었다. 그들이 그녀를 보는 일도 드물어, 이따금씩 그녀가 잠깐씩 그를 만나러 작업장으로 나올 때뿐이었다. 그런데도 다들 벌써 그녀를 알고 있었고 또 그녀가 그의 뒤를 따라왔으며 어디서 어떻게 살고 있는지 알고 있었다. 그녀가 그들에게 돈을 준 적도, 특별히 뭘 도와준 적도 없었다. 그저 성탄절에 감옥 사람 모두에게 나눠 주라며 피로그와 칼라치*를 가져온 일이 한 번 있을 뿐이었다. 하지만 그들과 소냐 사이에는 시나브로 좀 더 친밀한 관계가 형성되었다. 그녀는 그들 가족에게 보내는 편지를 대신 써 주고 우편으로 부쳐 주기도 했다. 이 도시를 찾아온 그들의 친척들은 남녀를 막론하고 그들의 지시에 따라 물건은 물론 돈까지도 소냐의 손에 맡겼다. 그들의 아내나 애인도 그녀를 알고 있어서 자주 오곤 했다. 그리고 그녀가 라스콜니코프에게 가려고 작업장에 나타나거나 작업장으로 가는 죄수 무리와 마주칠 때면 다들 모자를 벗고 고개 숙여 인사를 했다. "어머니, 소피야 세묘노브나, 당신은 상냥하고 인정 많은 우리의 어머니요!" 범죄자의 낙인이 찍힌 저 거친 유형수들이 이 작고 여윈 피조물에게 이렇게 말하는 것이었다. 그녀는 미소를 지으며 답례했는데, 그녀가 미소 짓는 모습을 다들 좋아했다. 그들은 그녀의

---

* 식빵과 유사한 둥글고 부드러운 빵.

걸음걸이마저 좋아하여 그녀가 지나가면 뒤태를 보려고 몸을 돌리고 칭찬했다. 그녀의 체구가 참 자그마한 것도 칭찬했고, 무슨 건수로 칭찬해야 할지 모를 정도가 됐다. 심지어 치료를 받기 위해 그녀를 찾아가는 사람도 있었다.

그는 사순절이 끝날 무렵과 성주간 내내 병원에 누워 있었다. 이미 건강이 회복된 다음, 신열에 시달리며 혼미 상태로 누워 있을 때 꾼 꿈이 떠올랐다. 병을 앓는 그의 머릿속에 어른거린 환몽인즉, 전 세계가 아시아의 오지에서 유럽으로 들어온, 지금껏 듣지도 보지도 못한 어떤 무서운 돌림병의 희생양이 될 운명에 처한 것이었다. 몇몇 선택된 극소수만 빼고 다들 파멸할 수밖에 없었다. 어떤 새로운 선모충(旋毛蟲)이, 인체에 기생하는 미생물이 나타난 것이다. 하지만 이 미생물은 지능과 의지를 부여받은 영적 존재였다. 그것이 몸 안으로 침투하면 그 사람들은 즉시 귀신에 들린 듯 미쳐 갔다. 하지만 이렇게 감염된 사람들은 여태껏 유례가 없을 정도로 스스로를 대단히 현명한 자로, 진리에 있어 확고부동한 자로 간주했다. 마찬가지로 자신의 판결, 학문적 결론, 도덕적 신념과 믿음 등을 그 어느 때보다 더 확고부동한 것으로 간주했다. 마을이면 마을, 도시면 도시, 민족이면 민족이 모조리 다 감염되어 미쳐 갔다. 다들 불안에 떨었고 서로를 이해하지 못했으며, 누구나 자기 하나만 진리를 갖고 있다고 생각하여 남을 보면서 괴로워하고 자기 가슴을 치면서 울며불며 손을 쥐어뜯었다. 누구를 어떻게 심판해야 할지 몰랐고, 무엇이 악이고 무엇이 선인지 서로 합의를 볼 수 없었다. 누가 유죄이고 누가 무죄인지 결정할 줄도 몰랐다. 사람들은 무슨 터무니없는 적의에 사로잡혀 서로를 죽였다. 서로에 맞서 완전한 군대를 결성했지만 진군하기가 무섭게 갑자기 자기 편을 못살게 굴기 시작했고 대열은 흐트러지고 병사들은 서로를 향해 덤벼들어 서로 찌르고 베고 물고 뜯고 잡아먹었다. 도시에서는 하루 종일 경종을 울리며 모두를 소집했지만, 누가 무엇을 위해 부르는지도 모른 채 다들 불안에 떨기만 했다. 원래 종사하던 생업도 내팽개쳤는데, 누구나 자기 생각이며 개선 사항을 제안하는 바람에 서로 합의를 볼 수 없었던 까닭이다. 농사일도 중단되었다. 어디선가는 사람들이 떼 지어 몰려들어 함께 무슨 합의를 하고 서로 헤어지지 말자고 맹세했지만, 이내 자기들이 방금 생각했던 것과는 전혀 다른 뭔가를 벌여 주먹다짐과 칼부림이 일어났다. 화재가 시작되고 기근이 시작됐다. 모든 사람이, 모든 것이 파멸해 갔다. 돌림병은 기세등등해져 점점, 점점 더 멀리 퍼져 갔다. 전 세계를 통틀어 목숨을 건질 수 있었던 사람은 몇 명에 불과했는데, 그들이야말로 인류의 새로운 종과 새로운 삶을 시작할, 대지를 갱신하고 정화할 소명을 부여받은 순결하고 선택된 자들이었으나 아무도 그 어디서도 그 사람들을 보지도, 또 그들의 말과 목소리를 듣지도 못했다.

라스콜니코프는 이 어처구니없는 미망이 기억 속에 너무나 슬프고 고통스러운 잔영을 남겨서, 이 열병의 환몽이 남긴 인상이 너무나 오랫동안 사라지지 않아서 괴로웠다. 성주간이 지나고 벌써 둘째 주로 접어들었다. 포근하고 화창한 봄날의 연속이었다. 죄수 병동에서는 창문을(격자 쇠창살 밑으로 보초병이 오가고 있었다.) 열어젖혔다. 소냐는 그가 병동에 몸져 누워 있는 동안 병문안을 두 번밖에 못 왔다. 매번 허가를 받아야 했고 그것이 꽤 어려운 일이었기 때문이다. 그래도 종종, 특히 저녁 무렵이면 병원의 마당, 창문 밑으로 찾아오곤 했는데, 이따금씩은 그냥 마당에 잠깐 서서 멀리서나마 병동의 창문을 보려고 그랬다. 그러던 어느 저녁 무렵, 이미 거의 다 나은 라스콜니코프는 잠이 들었다. 그러다가 잠에서 깨어나 무심코 창가로 다가갔더니 갑자기 멀리, 병원 대문 옆에 소냐가 보였다. 서서 뭔가를 기다리는 것 같았다. 그 순간 뭔가가 그의 심장을 찌르는 것 같았다. 그는 몸을 부르르 떨며 얼른 창가에서 물러났다. 다음 날, 소냐는 오지 않았고 그다음 날도 마찬가지였다. 그는 자기가 염려하는 마음으로 그녀를 기다리고 있음을 인지했다. 마침내 그는 퇴원했다. 감옥에 와서야, 소피야 세묘노브나가 몸져눕는 바람에 문밖출입을 못한다는 것을 죄수들을 통해 알게 되었다.

그는 몹시 염려돼서 그녀의 상태를 알아봐 달라며 사람을 보냈다. 곧 그녀의 병이 별로 위중하지 않다는 사실을 알게 되었다. 소냐는 또 그녀대로 그가 자기를 몹시 그리워하고 걱정한다는 사실을 알게 되자, 연필로 쓴 쪽지를 보내 병세는 한결 좋아졌으며 병은 그냥 별것 아닌 가벼운 감기였을 뿐이라고, 조만간, 그야말로 조만간 작업장으로 그를 만나러 가겠노라고 알려 왔다. 이 쪽지를 읽자 그는 심장이 아플 만큼 거세게 뛰었다.

그날도 화창하고 포근했다. 이른 아침 6시경 그는 작업장인 강기슭으로 향했는데, 그곳 창고에는 설화석고를 굽는 가마가 있고 그것을 갈기도 했다. 그리로 보내진 일꾼은 세 명뿐이었다. 그중 죄수 한 명은 호송병과 함께 무슨 연장을 가지러 요새에 갔다. 또 다른 죄수는 장작을 패서 가마에 쌓기 시작했다. 라스콜니코프는 창고에서 강기슭으로 나온 다음 창고 옆에 쌓아 놓은 통나무 위에 앉아 광활하고 황량한 강을 바라보기 시작했다. 높이 솟은 강기슭에서 광활한 주변 정경이 한눈에 들어왔다. 맞은편의 먼 강기슭에서는 노랫소리가 어렴풋이 들려왔다. 그곳, 햇살을 듬뿍 받은 아득한 초원에는 유목민들의 천막이 가물가물한 점처럼 거무스름해 보였다. 그곳에는 자유가 있고 이곳과는 전혀 다른 사람들이 살고 있었으며, 그곳은 아예 시간이 멈춘 듯 아브람과 그 양떼의 세기가 여전히 끝나지 않은 것 같았다. 라스콜니코프는 자리에 앉아 꼼짝도 하지 않고 눈도 떼지 않고 앞만 바라보았다. 그의 상념은 환몽으로, 관조로 바뀌었다. 아무것도 생각하지 않았지만 어떤 우수에 마음이 달뜨고 괴로웠다.

갑자기 그의 옆에 소냐가 와 있었다. 살그머니 다가와 나란히 앉은 것이었다. 몹시 이른 시각이라 아침의 냉기가 채 가시지 않았다. 그녀는 예의 그 빛바랜 낡은 망토 코트를 입고 초록색 숄을 두르고 있었다. 얼굴은 아직 병색이 가시지 않아 헬쑥하고 창백하고 수척해져 있었다. 그녀는 그에게 기쁨에 찬 상냥한 미소를 지었지만, 그래도 평소처럼 조심스레 한 손을 내밀었다.

그녀는 항상 조심스레 한 손을 내밀었는데, 어떨 때는 그가 자기를 뿌리칠까 봐 두려운지 아예 그나마도 하지 못했다. 그는 항상 혐오감 같은 것을 보이며 그녀의 손을 잡았고 항상 신경질이 난 사람처럼 그녀를 맞이했으며 어떨 때는 그녀가 와 있는 내내 고집스레 침묵만 고수했다. 그런 그가 무서워진 그녀가 깊은 슬픔에 젖은 채 그를 떠나는 일도 있었다. 하지만 지금은 그들의 손이 서로 떨어지지 않았다. 그는 살짝, 얼른 그녀를 쳐다보고는 아무 말도 하지 않고 시선을 땅바닥으로 떨어뜨렸다. 그들 둘뿐이었고, 그들을 보는 사람은 아무도 없었다. 호송병은 그때 마침 몸을 돌린 상태였다.

어떻게 이런 일이 일어났는지 그 자신도 알지 못했지만, 갑자기 뭔가가 그를 훌쩍 들어 올려 그녀의 발밑으로 내던진 것 같았다. 그는 울면서 그녀의 무릎을 끌어안았다. 첫순간, 그녀는 너무 경악한 나머지 얼굴이 죽은 사람처럼 질려 버렸다. 그녀는 자리에 벌떡 일어나 벌벌 떨면서 그를 바라보았다. 하지만 이내, 바로 그 순간 모든 것을 깨달았다. 그녀의 눈은 무한한 행복으로 빛났다. 그녀가 깨달은 사실, 더 이상 의심의 여지가 없는 사실이란 그가 자기를 사랑한다는 것, 무한히 사랑한다는 것, 마침내 이 순간이 도래했다는 것이었……

그들은 말을 하고 싶었지만 그럴 수가 없었다. 눈에는 눈물이 고였다. 둘 다 창백하고 여위었다. 하지만 병색이 완연한 이 창백한 얼굴에서 이미 새로워진 미래의 아침놀이, 새로운 삶을 향한 완전한 부활의 아침놀이 빛나고 있었다. 사랑이 그들을 부활시켰고, 한 사람의 마음이 다른 사람을 위해 무한한 생명의 원천이 되어 주었다.

그들은 기다리며 참기로 마음먹었다. 그들에게는 아직 칠 년이라는 세월이 남아 있었다. 그때까지 참을 수 없는 고뇌가, 무한한 행복이 얼마나 많이 있을까! 하지만 그는 부활했고, 그는 그것을 알고 또 자신의 새로워진 온 존재로 흠뻑 느끼고 있었으며 그녀는, 그녀로 말할 것 같으면 오직 그의 삶만으로 살지 않았던가!

그날 저녁, 이미 숙사가 다 잠겼을 때 라스콜니코프는 판자 침대에 누워 그녀를 생각했다. 그날은 예전에 그의 적이었던 모든 유형수들이 이미 자기를 다른 시선으로 보는 듯 여겨지기도 했다. 자기 쪽에서 말을 걸어 보기도 했는데 그들도 상냥하게 대답해 주었다. 이제야 그럴 생각이 들었지만 원래 그랬어야 하지 않을까. 정녕 이제는 모든 것이 변해야 하지 않을까?

그는 그녀를 생각했다. 자기가 항상 그녀를 괴롭히고 그녀의 마음을 아프게 한 일을 떠올렸다. 그녀의 창백하고 여윈 얼굴을 또한 떠올렸지만 이제는 이런 추억도 별로 괴롭지 않았다. 이제 자기가 얼마나 무한한 사랑을 쏟아야만 그녀의 이 모든 고통을 보상할 수 있을지 알았기 때문이다.

게다가 과거의 이 모든, 모든 고뇌가 대체 무엇이란 말인가! 모든 것이, 범죄도 판결도 유형도 모든 것이 최초의 격정에 사로잡힌 지금은 어떤 외적이고 이상한 사실처럼, 숫제 자기에게 일어난 일이 아닌 것처럼 여겨졌다. 그렇지만 그날 저녁 그는 뭔가를 오랫동안 꾸준히 생각할 수도, 뭔가에 생각을 집중할 수도 없었다. 아니, 지금은 의식으로써 해결할 수 있는 것은 아무것도 없으리라. 그는 오직 느낄 따름이었다. 변증법 대신에 삶이 도래했고, 의식 속에서는 뭔가 완전히 다른 것이 생겨나야 했다.

그의 베개 밑에는 복음서가 놓여 있었다. 그는 그것을 기계적으로 집어 들었다. 이 책은 그녀의 것으로서 그에게 라자로의 부활 부분을 읽어 준 바로 그 책이었다. 유형 생활 초기에 그는 그녀가 종교 문제로 자기를 괴롭힐 것이라고, 복음서 얘기를 꺼내고 그런 책을 강요할 것이라고 생각했다. 하지만, 대단히 놀랍게도, 그녀는 한 번도 그런 얘기를 꺼낸 적이 없었고 복음서를 권한 적도 한 번도 없었다. 병이 나기 얼마 전 그가 먼저 부탁을 했고 그녀는 그 책을 말없이 갖다 주었다. 그때 이후 그는 여태껏 펴 보지도 않고 있었다.

지금도 그것을 펴 보지 않았지만 머릿속에서는 한 가지 생각이 번득였다. '과연 그녀의 신념이 이제 나의 신념이 될 수는 없을까? 적어도 그녀의 감정, 그녀의 갈망이라도…….'

그녀도 그날 하루 종일 달떠 있었고 밤에는 심지어 병이 재발했다. 하지만 그녀는 너무 행복하여 거의 자신의 행복에 소스라치게 놀랄 정도였다. 칠 년, 겨우 칠 년! 이 행복이 막 시작됐을 무렵, 어떤 순간에는 그들 둘 다 이 칠 년을 칠 일처럼 바라볼 준비가 돼 있었다. 심지어 그는 새로운 삶이 거저 주어지지 않는다는 것도, 그것을 사기 위해 비싼 값을 치러야 하고 그 대가를 지불하기 위해 앞으로 위대한 업적을 이룩해야 한다는 것도 모를 정도였다…….

하지만 여기서 이미 새로운 이야기가, 한 인간이 점차 새로워지는 이야기이자 점차 다시 태어나는 이야기, 점차 하나의 세계에서 다른 세계로 옮겨 가 여태껏 전혀 몰랐던 새로운 현실을 알아 가는 이야기가 시작된다. 이것은 새로운 얘기의 주제가 될 수 있겠지만, ─ 우리의 지금 얘기는 끝났다.

작품 해설

라스콜니코프의 몽상과 환멸
──"변증법 대신에 삶이 도래했다"

1 작가 전기: 가난, 유형, 간질, 도박

표도르 미하일로비치 도스토옙스키는 1821년 10월 30일(신력 11월 11일) 모스크바에서 태어나 1881년 1월 28일(신력 2월 9일)에 죽었다. 거의 60년에 이르는 그의 생애는 그의 소설만큼이나 극적인 사건들로 가득 차 있다. 그중 네 가지를 뽑아 보자.

첫째, 가난 혹은 돈이다. 첫 작품 『가난한 사람들』(1846)에서 보이듯, 도스토옙스키가 가장 큰 관심을 가진 문제는 사람들, 즉 '인간'의 속성으로서의 '가난'이다. 그의 아버지는 마린스키 자선 병원의 군의관이었는데, 모스크바 근처에 조그만 영지가 있긴 했지만 소지주에 불과했다. 이 점에서 도스토옙스키는 방대한 규모의 영지를 소유했던 귀족 작가 톨스토이,

투르게네프와 출발점부터가 달랐다. 밑천이라곤 자신의 머리밖에 없는 '지식인 프롤레타리아', 즉 '잡계급' 출신이었으니 말이다. 애초 그는 당시로선 명문 축에 들었던 페테르부르크 공병학교를 졸업하고서 공병단의 제도국에 편입되었다.(최종 계급은 소위였다.) 하지만 학창 시절부터 그를 사로잡았던 문학을 직업으로 선택하기에 이른다. 전업 작가가 된 순간부터 가난은 그에게 필연이 되었다. 소설 속의 단어 하나하나는 곧 돈이었다. 가난과 신분 콤플렉스는 그다지 매력적이지 않은 외모(『악령』의 샤토프는 작가의 직접적인 분신이다.), 열등감과 자만심을 오가는 극단적인 성격, 인간을 향한 병적일 만큼 강렬한 연민 못지않게 작가를 힘들게 했다. 원고료도 여타 귀족 작가들보다 적었던 것으로 알려져 있다.

둘째, 8년에 걸친 유형 생활이다. 도스토옙스키가 사회주의적 경향을 띤 페트라셉스키 모임('금요일' 모임)에 출입하다가 사형선고를 받은 것은 스물여덟 살 때였다. 가장 큰 죄목은 고골에게 보내는 벨린스키의 '불온한' 편지를 낭독했다는 것이었다. 비록 「분신」, 「여주인」 등이 평단의 냉대에 부딪쳤지만, 어떻든 그 무렵 그는 전도유망한 신예 작가로서 많은 중단편 소설을 써냈다. 심지어 상당한 규모의 장편소설(『네토치카 네즈바노바』)도 발표하기 시작했지만 갑작스러운 체포로 작업이 중단되었다. 그러나 다행스럽게도, 애초부터 '경고형'으로 계획됐던 사형 집행은 극적인 순간에 취소되었다. 이후 그는 4년을 옴스크 감옥에서, 나머지 4년을 사병 신분으로 시베리아 지역의 세미팔라친스크의 부대에서 보낸다. 감옥에서 그가 읽을 수 있었던 유일한 책이 『성경』이었음은 익히 알려진 사실이다. 1859년 자유의 몸이 되었을 때 도스토옙스키는 그 야말로 극우 보수주의자(슬라브주의자)가 되어 있었다. 이때부터 초기작에는 거의 보이지 않던 신(혹은 그리스도)이 소설의 화두로 등장한다.

셋째, 간질병을 간과할 수 없다. 첫 발작 시기에 대해서는 의견이 분분하지만, 여하튼 작가가 된 이후 도스토옙스키는 평생 동안 주기적으로 간질 발작에 시달렸다. 『백치』의 므이시킨 공작, 『악령』의 키릴로프에 이어 『카라마조프가의 형제들』의 스메르쟈코프를 통해 묘사되는 간질 발작이 몹시 생생한 것은 이 때문이다. 간질병이 도스토옙스키에게 선사한 것은 말하자면 순간의 미학 혹은 '문턱의 시간'이다. 간질 발작이 시작되고 의식이 완전히 명멸하기 직전의 순간을 작가는 세계의 모든 비밀을 꿰뚫을 수 있는 순간이라고 말했다. 이 절대적인 황홀경의 체험은 동시에 죽음의 체험이기도 하다. 한 인간으로서도 무척이나 귀중했을 삼십 대를 감옥에서 보내게 한 공상적 사회주의, 더 근원적으로 유토피아를 향한 꿈이야말로 간질 발작의 절정과 같은 것이 아니겠는가. 이는 또한 그의 소설 속에 등장하는 가난뱅이들, 술주정뱅이 들의 광기에 가까운 몽상과도 일맥상통한다. 진리의 깨달음이든 일확천금의 획득이든 천년왕국의 도래든 그것은 찰나적인 한 순간에 신기루처럼 반짝하다가 곧 사라진다.

끝으로, 도박에 대한 열정을 지적해야겠다. 『노름꾼』에 직접적으로 표현된바, 도박은 돈 자체보다도 자신의 운명에 대한 시험 및 도전의 동의어이다. 승부가 나기 직전, 도박자는 사형대에 묶여 있는 순간이나 간질 발작 직전의 순간처럼 은 유적인 죽음을 — 예의 그 황홀경 및 파국의 순간을 — 체험 한다. 도스토옙스키의 장편소설이 늘 모종의 절정을 겨냥하 는 것도, 주인공들이 모든 측면에서 극단을 달리며 파열 일 보 직전인 것도 이와 무관하지 않다. 그의 도박벽은 실제 생 활에도 적잖은 영향을 미쳤다. 하지만 생활인으로서의 도스 토옙스키는, 일반인들의 편협한 오해나 억측과는 달리, 마냥 허랑방탕한 한량 내지는 신경증 환자가 절대 아니었다. 유형 이후 20여 년간 그가 쓴 글은 엄청난 양의 에세이나 칼럼을 제외하고 소설만 쳐도 우리의 원고지 매수로 대략 환산해서 4만 매에 육박한다. 이 정도의 일 욕심을 지닌 사람치곤 남편 으로서도, 아버지로서도 평균을 충분히 웃도는 편이었다. 그 럼에도 그는 분명히 타고나길 현실 감각과 재무 능력이 없 었다. 말년에 페테르부르크 한 귀퉁이에 비좁은 아파트라도 한 채 장만할 수 있었던 것은 거의 전적으로 아내의 노력 덕 분이었다. 안나 그리고리예브나는 14년간의 결혼 생활 동안 남편이 창작에만 전념할 수 있도록 알뜰한 살림꾼이자 뛰어 난 조력자가 되어 주었다. 그의 도박벽조차도 아내와 아이들 이 함께 해 준 일상의 테두리를 심하게 벗어나지는 않았던 것이다.

대체로 전기적인 사실들만 보면 작가로서의 도스토옙스키 는 제법 천운을 타고난 편이다. 하지만 가난, 사형선고 및 유 형 생활, 간질병, 도박벽은 그 자체로는 개인사의 불행 내지는 결함에 지나지 않는다. 그것들이 의미심장한 사건으로 변모되는 것은 그가 그 토대 위에서 소설을 썼기 때문이다. 문학이 인간을 '구원'하고 '불멸'로 이끄는 것도 바로 이 지점이다. 하지만 촉망받는 신예 작가가 러시아의 대표 작가로 군립하는 과정은 간질 발작처럼 찰나적인 것이 아니었다. 당시로서는 서유럽에 비해 후진국이었던 러시아의 '촌뜨기' 작가가 세계 문학의 정상에 우뚝 설 거목으로 자라난 것 역시도 마찬가지이다. 실상 그의 첫 작품은 가난한 사람들의 일상과 심리를 휴머니즘적인 관점에서 사실적으로 그려 냄으로써 1840년대 러시아 문단을 뒤흔들었지만 그 자체로 러시아 문학의 패러다임을 바꿔 놓을 수는 없었다. 발자크와 같은 대가가 되겠다는 당찬 야망을 빼면 그다지 뛰어날 게 없었던 가난한 문청이 문학사를 훌쩍 뛰어넘는 위업을 이룩하기까지는 기나긴 시간이 필요했다. 도스토옙스키의 작가 인생을 조망할 때 『지하로부터의 수기』(1864)가 변태와 탈각(脫殼)의 순간을 보여 준다면 『죄와 벌』(1866)은 그 이후의 모습이 진면목을 드러낸 첫 소설이다.

2 『죄와 벌』: 라스콜니코프의 몽상과 환멸 ── "변증법 대신에 삶이 도래했다"

1860년대 후반, 무더위가 기승을 부리는 7월 초의 페테르부르크. 저녁 7시가 지난 시각, 한 청년이 도끼로 전당포 노파를 죽인다. 거의 그 직후에 귀가한 노파의 이복 여동생 리자베타마저 죽인다. 그제야 청년은 자신이 첫 번째 범행을 저지르는 동안 문을 잠가 놓지 않았음을 깨닫는다. 그가 걸쇠를 걸기가 무섭게 노파의 지인 두 명이 차례로 나타난다. 그들은 집 안에 사람이 있으면서도 일부러 문을 열어 주지 않는 것임을 알아차리고는 나름의 대책을 강구한다. 그러다 그들이 모두 자리를 비운 아주 짧은 틈에 청년은 노파의 아파트를 빠져나간다. 도중에 계단을 올라오는 사람들과 마주칠 뻔하지만, 마침 열려 있던 텅 빈 아파트로 들어가 몸을 숨겼다가(그때 훔친 금품 하나를 떨어뜨리고 그것을 나중에 칠장이 니콜라이가 줍게 된다.) 적시에 밖으로 나온다. 그러고는 하숙방으로 돌아가 거의 기절하다시피 쓰러진다.

이것이 『죄와 벌』 1부의 줄거리이다. 여기까지 읽었을 때 독자는 문제의 청년, 즉 로지온 로마노비치 라스콜니코프가 대학에 다녔으나 경제적인 형편 때문에 학업을 중단했을뿐더러 하숙비가 밀려 끼니조차 때우지 못하는 상황이라는 것, 3년간 떨어져 있던 어머니와 여동생이 조만간 페테르부르크에 올 것이며 그에 앞서 여동생의 약혼자인 루쥔이 그를 방문하리라는 것 등을 알게 된다. 노파의 전당포를 방문한 직후 우연히 허름한 술집에 들렀다가 만난 마르멜라도프와 그의 가족(특히 '황색 감찰'을 갖고 사는 소녀)도 다소간 흥미를 자극한다.

보다시피 소설이 막 시작된 시점에서 핵심적인 사건, 즉 누가 누구를 언제 어떤 방식으로 죽였는지가 모조리 알려졌다. 따라서 이제 문제는 여느 범죄소설과는 다소 다르게 범행의 동기('왜')와 그 귀추이다. 실제로 총 6부와 에필로그로 구성된 이 소설의 나머지 부분은 관처럼 비좁고 갑갑한 하숙방(지하!)에 스스로를 감금하고 자기만의 '몽상'에 탐닉하다가 기어코 거리(지상!)로 나와 '그 일'을 감행하고 그로써 선악의 피안을 넘어선(러시아어에서 '넘어서다(perestupit′)'라는 동사는 '범죄(prestuplenie)'라는 명사와 어근이 같다.) 한 청춘이 겪는 '환멸과 좌절'의 기록이다. 도무지 왜 죽였는가? 물론 어떤 근거나 목적이 있으면 사람을 죽일 수 있거나 죽여도 된다는 생각 자체가 작가가 가장 경계한, 정녕 죄스러운 것이라는 전제하에 라스콜니코프의 '죄와 벌'을 둘러싼 일련의 정황을 짚어보자.

우선 라스콜니코프의 사회적 입지가 주목을 요한다. 그는 단기적으론 학업을 위해, 장기적으론 입신출세를 위해 페테르부르크에 온 지방 출신의 명문대 학생, 더군다나 법학도이다. 그의 동선은 중심(대도시의 번화가, 상류층-귀족)과 주변(대도시의 빈민굴, 하류층-민중)을 아우를 법하지만 대체로 후자에 더 집중된다. 어떤 수사를 갖다 붙여도, 또 아무리 호기를 부려 봐도 가난에 짓눌려 '주눅'이 든 것도 사실이다. 덧붙여 그가 가장이나 다름없는 처지에 온 가족의 희망임을 상기하자. 즉, 그의 '몽상'에는 앞으로의 성공을 위한 토대를 마련함과 동시에 가족의 희생에 보답하고 그들의 생계를 책임지고자 하는 장자 콤플렉스가 깔려 있다. 계급의식(라스콜니코프는 '잡계급'에 속한다.)도 제법 엿보인다. 그렇다면 라스콜니코프의 범행은 생계형인가.

스물세 살의 청년이 육십 대의 전당포 노파와 지적 능력이 떨어지는 삼십 대 중반의 여성을 살해하고 금품을 빼앗은 흉악 범죄에 이른바 메시아 콤플렉스가 개입돼 있다는 것은 아이러니가 아닐 수 없다. 이 점에서 그의 첫 번째 꿈이 여러 모로 상징적이다. 어린 로쟈는 아버지와 함께 할머니의 추도 미사에 다녀오는 길에 술 취한 남자들이 허약한 암말을 채찍으로 휘갈기는 장면을 목격하고는 연민에 사로잡힌다. 암말(약자)을 구원하려는 소년 로쟈와 '그 일'을 감행하려는 청년 로지온 사이에 묘한 유비 관계가 형성된다. 한데 전자는 간절한 열망에도 불구하고 말을 죽음에서 구하지 못하고(결과만 놓고 보면 타인의 고통을 외면한 로쟈의 아버지와 비슷해진다.) 후자는 구원이라는 명분을 내세워 살인을 정당화하려한다.(결국 폭력을 즐기는 술 취한 남자들과 다를 바 없어진다.) 이런 모순을 명민한 라스콜니코프가 몰랐을까. 말(馬) 꿈을 꾼 직후, 즉 범행 전날 그는 예수 그리스도의 겟세마네 기도를 연상시키는 기도를 읊조린다. "주여! (중략) 저에게 저의 길을 보여 주십시오, 그러면 저는 저 빌어먹을…… 저의 몽상을 단념하겠습니다!"(1부, 113쪽) 그러나 단념은커녕 이튿날 일종의 환시(사막의 오아시스)를 보자마자 곧장 방을 뛰쳐나가 '몽상'을 실행에 옮긴다. 과연 하나의 악을 통해 수천, 수만 개의 선을 행하고 나아가 '공동의 행복'이 보장되는 유토피아가 건설되었는가.

라스콜니코프에게 가장 어려운, 더 정확히, 가장 하기 싫은 일은 자기기만을 인정하는 것이었으리라. 핍박받는 민중을 구원하는 것이 아니라 그럴 능력과 자격을 갖춘 메시아가 되는 것, 그 가능성을 점쳐 보는 것이 문제였으며 결과적으로 '그 일'은 오만한 자기중심주의와 자폐적인 선민의식의 산물이었다는 것. 소냐를 앞에 두고 그는 광적인 어조로 고백한다. "나는 그냥 죽였어. 나 자신을 위해, 나 하나만을 위해 죽인 거야. (중략) 나는 그때 내가 다른 사람들처럼 이(蝨)에 불과한지, 아니면 인간인지를 알아야만 했어, 그것도 어서 빨리 알아야만 했지. 즉, 내가 넘어설 수 있는지, 아니면 그럴 수 없는지를!"(5부, 263쪽) 3부에서 얘기되는 라스콜니코프의 논문을 참조한다면 자기와 비슷한 존재를 생산하는 것 외에는 아무 일도 하지 않는 '평범한 사람'('재료')인가, 아니면 '새로운 말'을 할 수 있고 그 과정에서 장애물을 발견하면 과감하게 '처리'할 수 있는 권리를 지닌 '비범한 사람'인가. 간단히, 나폴레옹인가, 그냥 이(蝨)인가. 그 답이 무엇인지는 분명하다. "나폴레옹이 '노파'의 침대 밑으로 기어"(3부, 495쪽)들겠는가. 이렇게 '미학'에 사로잡힌 그는 스스로를 조롱조로 "미학적 이(蝨)"(3부, 496쪽)라고 부르기에 이른다. 하지만 미학만이 문제인가.

라스콜니코프는 소설이 끝날 때까지 절대 자신의 범죄를 뉘우치지 않는다. 그가 문제 삼는 것은 시종일관 판단 착오로 인해 주제넘게 (자기에게는 있지도 않은!) '넘어섬'의 권리를 행사하려 들었다는 사실이다. 범행 이후에 꾸는 꿈에서 조롱당

하는 것도 일차적으론 바로 이 오류이다. 꿈속에서 그는 여전히 도끼를 내리치지만 노파는 죽지도 않을뿐더러 키득키득 웃고 있으며 심지어 그 모습을 감추려고 몸을 최대한 수그린다. 그 주변으로 구경꾼들까지 몰려들어 수군대며 그를 비웃는다. 범행이 완료된 순간부터 그를 괴롭힌 '미학적 수치'가 얼마나 큰 것이었는지를 보여 주는 대목이다. 하지만 여기서 미학적 수치는 윤리적 수치와 하나가 된다. 철학자 레비나스의 개념을 빌려 표현하자면 리자베타가 그 절절한 몸짓과 표정을 통해 상처받을 가능성을 지닌 타자의 얼굴로 나타났음에도 그는 멈추지 않았다.(혹은 그럴 수 없었다!) 비웃음으로 무장한 불멸의 노파와 익명의 타자들은 그런 자신에 대한 단죄로 읽히기도 한다. 스스로를 나폴레옹으로 내세우며 장애물을 당당히 처리한 자, 그렇게 "사람을 죽이고도 (중략) 창백한 천사처럼 거리를 활보"(6부, 331쪽)한 자에게 내려진 가장 참담한 선고는 '너는 나쁜 놈이야!'가 아니라 '너는 웃긴 놈이야!'이기 때문이다. 백야의 미망에서 깨어난 라스콜니코프를 기다리는 것은 더 참담한 희화, 즉 타자와의 대면이다. 애초 1인칭 소설로 구상되어 일정 부분 그렇게 쓰였던 작품이 현재와 같은 3인칭 소설로 바뀐 이유 중 하나도 주인공의 바깥 세계를 보여 주기 위해서였다.

작품 전체를 놓고 볼 때 라스콜니코프와 그의 사상을 패러디하는 대표적인 인물은 스비드리가일로프이다.(루쥔과 레베쟈트니코프도 비슷한 역할을 한다.) 그가 그 특유의 음습한 아이러니와 냉소가 담긴 어조로 말하듯, 라스콜니코프의 사상은 "그저 그런 이론"에 불과하고 대체로 "이론이란 그놈이 다 그 놈"(6부, 395쪽)이다. 그의 나폴레옹 숭배도 냉소적으로 속화 되고 희화되거나, 더 극악하게는 원래 그런 사상이었음이 폭 로된다. 한편 스비드리가일로프는 그 자체로 극히 완성도가 높은 인물로서 라스콜니코프의 이상적 낭만주의('실러') 이 후의 단계인 환멸적 낭만주의를 구현한다. 청춘 이후의 시간, 말하자면 시간적인 뒷골목을 보여 준다고 할까. 고(故) 마르 파 페트로브나의 환영 얘기 끝에 그가 피력하는 독특한 내세 관(거미줄이 쳐진 시커먼 시골 목욕탕의 모습을 한 저 세계)에서는 허무주의의 극단이 엿보인다. 과연 그의 말대로 그와 라스콜 니코프 사이에는 동질성이 존재한다. 그를, 즉 '분신'을 죽임 으로써 작가는 '주인공-영웅'인 라스콜니코프를 살린다. 이 를 위해 '어둠-죽음'(스비드리가일로프)의 맞은편에 '빛-삶' (포르피리, 소냐)을 마련해 놓은 것이기도 하다.

포르피리는 문제의 사건을 맡았을 때부터 라스콜니코프 에게 혐의를 두었으며 나중에는 결정적인 단서(그것이 무엇 인지는 끝내 말하지 않는다.)까지 확보한다. 하지만 바로 그 순 간에 오히려 라스콜니코프의 실질적인 구원자가 된다. '양날 의 칼'을 휘두르며 쥐를 갖고 노는 고양이처럼 라스콜니코프 를 괴롭힌 것은 정녕 '기법-수법'(심리전)이었던 것이다. 용의 자의 하숙방에 '살짝' 들러 "에잇, 삶을 하찮게 여기지 마십시 오!"(6부, 336쪽)라고 말하며 자수를 권하는 예심판사! 서른다 섯 살밖에 되지 않았음에도 '볼 장 다 본 노인'처럼 구는, 골초에 치질로 고생하는 이 뚱뚱한 예심판사가 작가의 목소리를 대변하는 것이다. "이론을 생각해 냈으나 영 틀어져 버려서, 영 독창적이지 못한 놈이 나와 버려서 창피스러웠겠죠! (중략) 생각은 그만하고 곧장 삶에 몸을 내맡기십시오. (중략) 저는 그저 선생의 앞날이 창창하다는 것을 믿을 뿐입니다."(6부, 337~338쪽) 포르피리와의 접촉을 통해서 라스콜니코프의 몽상과 시험은 이론(사상)의 차원에서 실제(삶), 아니 생존의 차원으로 이월한다.

소냐 마르멜라도바에 관한 한, 라스콜니코프는 그녀를 직접 보기 전부터 그녀에게 막연한 끌림을 느낀다. 동질감 때문이다. 그녀와 대면하게 됐을 때 그는 "결국 당신도 똑같은 짓을 한 셈이잖아? 당신도 역시 넘어섰으니까…… 넘어설 수 있었으니까."(4부, 99쪽)라고 말한다. 그들은 세계의 부조리에 맞서는 태도는 달랐지만(겸허한 수용 대 오만한 반역, 이타주의 대 이기주의) 어쨌거나 '넘어섬'으로써 자신의 것이든 타인의 것이든 삶-생명을 파멸시키고 카인의 표식을 달게 된다. 죄의 체험과 그 인식이 두 청춘을 엮어 주는 절망의 친화력으로 작용한다. 나아가, 작가가 명백히 의도했듯, 소냐의 자기희생적인 삶과 광신에 가까운 신심이 어떤 식으로든 영향력을 발휘하여 라스콜니코프의 심리적 갈등을 종결시키는 데 기여한다. 특히 6부의 마지막 장면에서는 소냐가 최후의 심판의 주체이자 용서의 주체가 되고 이로써 거의 신의 사도 역할을 맡는 듯하다. 라스콜니코프의 마지막 말("바로 제가 그때 관리 미망인인 노파와 그 여동생 리자베타를 도끼로 살해하고 금품을 훔쳤습니다."(6부, 467쪽))은 자수이면서 동시에 고해성사이기도 하다. 이렇게 '고매한 살인자'와 '성스러운 매춘부'의 결합이 종교적인 차원에서 실현된다. 하지만 아직도 소설은 끝나지 않았다.

라스콜니코프는 정말로 공기를 바꿀 필요가 있었다. 포르 피리와 스비드리가일로프의 입을 빌려 이 점을 강조한 작가는 에필로그에 이르러 한여름의 페테르부르크 대신 한겨울의 시베리아를 자신의 젊은 주인공에게 선사한다. 이 연옥의 시공간에서 라스콜니코프는 와병 중에 꿈을 꾼다. 인류가 일종의 선모충(旋毛蟲)에 감염되어 자멸의 길을 걷는다는 내용인데, 이로써 그의 사상의 맹점이 드러남과 동시에 부활의 가능성이 암시된다. 병에서 회복된 라스콜니코프와 소냐가 이른 아침에 강기슭에 나란히 앉아 있는 장면도 비슷하다. 그들을 두고 작가는 "변증법 대신에 삶이 도래했고, 의식 속에서는 뭔가 완전히 다른 것이 생겨나야 했다."(에필로그, 498쪽)라고 썼다. 이 '변증법 대 삶'이라는 이분법이야말로 도스토옙스키적 사유의 특수성을 보여 주는 것이다.

변증법, 즉 라스콜니코프의 이념은 뒤로 물러섰을 뿐, 삶에 의해 기각된 것이 아니다. 이론이란 오직 그와 똑같은 층위의 어떤 것에 의해서만 '지양'될 수 있기 때문이다. 「에필로그」에서 부정되는 것은 과거에 일어났던 사건일 뿐, 이론은 희화되고 속화된 채로 고스란히 주인공의 삶의 저편으로 넘겨진다. 그렇다면 "변증법 대신에 삶"은 결과라기보다는 두 인물 앞에

놓인 과제에 가깝다. 작가의 의도를 좇자면 지금까지 『죄와
벌』을 지탱해 온 '이념의 변증법'이 '삶의 변증법'으로 치환되
고 나아가 진정으로 '죄를 통한 구원'이 이루어져야 한다. 소
냐가 가져다 준 복음서는 그 상징이다. 하지만 도스토옙스키
는 에필로그에서도 라스콜니코프가 성경책을 펼치는 모습을
보여 주지 못했다. 근대적 주인공의 방황 이후의 풍경, 이른바
갱생과 부활을 담은 새로운 이야기 역시 『죄와 벌』의 바깥으
로 넘겨진다.

　결국 인물은 물론이거니와 작가적 차원에서도 '넘어섬'은
완료되지 못했다. 하지만 『죄와 벌』이 매력적인 것은 인물이
든 작가든 그들 스스로 설정한 특정한 '선'(혹은 '벽')과 그것을
넘어서려는 의지 사이의 긴장 때문이다. 작가는 "스비드리가
일로프 — 절망, 가장 냉소적인 / 소냐 — 희망, 가장 실현 불가
능한"(『죄와 벌』 작가 노트)이라는 메모를 남겼다. 라스콜니코
프의 몽상과 환멸은 이 양극단의 팽팽한 줄다리기 때문에 아
름다운 것이다. 강렬한 소설에 싱거운 사족처럼 붙은 에필로
그와 영원히 쓰이지 못한 후속편도 마찬가지이다. 근대의 미
망이라고 할 수 있는 '이성의 광기'를 '영성'으로 극복하려는
의지야말로 도스토옙스키의 소설을 이끌고 가는 보이지 않는
원동력인 것이다.

번역 과정에서 몇 종의 영역본, 불역본, 일역본, 기존의 국역본을 두루 참조하며 많은 도움을 받았다.

흔히 라스콜니코프의 사상을 (좀 더 뒤에 나올 니체의 사상과 유사한 측면이 있기 때문에) '초인 사상'이라 부르지만 '초인'도, '초인 사상'도 『죄와 벌』에서는 언급되지 않는 단어이다. '비범인(非凡人) 사상' 역시 포르피리와 라스콜니코프가 후자의 논문 「범죄론」을 논하며 사용하는 개념을 토대로 만들어진 조어이다. 기존의 국역본에서 '범인(凡人)'과 '비범인'으로 옮겨진 러시아어 단어는 각각 '평범한 사람(들)'과 '비범한 사람(들)'으로 옮겼다. 원어 자체도 극히 평범한 것이거니와 라스콜니코프의 사상 역시 진부할 정도로 평범한 것이라는 사실, 바로 이것이 그의 절망의 핵심이기 때문이다. 덧붙여, 이 부분에서 나폴레옹, 마호메트, 리쿠르고스와 함께 '비범한 사람'의 예로 언급되는 또 다른 인물은 '솔론'으로, 기존의 국역본에서 '솔로몬'으로 잘못 옮긴 것을 바로잡았다.

한편 러시아어의 따옴표 중 하나인《 》가 라스콜니코프의 말과 관련될 때는 번역에 좀 더 신중을 기했다. '말했다', '외쳤다' 등이 명시되지 않은 경우 내적 독백(작은따옴표)인지 광기에 찬 혼잣말(큰따옴표)인지는 맥락에 따라 해석했다. 19세기 러시아 행정구역 단위 중 하나를 그동안 '현(縣)'으로 옮긴 것은 일본어 번역을 참조했던 것인데 이번 기회에 '도(道)'로 바꾸었다. 끝으로, 라스콜니코프의 초상을 완성하기 위해 꼭 필요한 '짙은 아마(亞麻) 색 머리카락'에서 '아마 색'을 '황갈색'으로 바꾼 것도 사소하지만 제법 큰 결단을 요구하는 일이었다.

*

여러 말이 필요 없다. 『죄와 벌』은 모든 소년소녀의 로망이었다. 소년소녀의 머릿속에 생각에 대한 생각, 즉 삶과 관념 사이의 틈새가 생겨날 때 '라스콜(리)니코프'는 그 자체로 인간이었다. '도스토옙스키'라는 길고도 기괴한 이름은 소설가의 동의어였고 『죄와 벌』은 소설-문학의 동의어였다.

2001년 초, 러시아에서 아카데미판 도스토옙스키 전집을 구입하자마자 제일 먼저 펼쳐든 책은 물론 『죄와 벌』이었다. 해빙의 봄이, 이어 백야의 여름이 오기까지 매일매일 수험생처럼 『죄와 벌』을 읽어 갔고 그와 나란히 『죄와 벌』을 패러디하는 소설을 썼다. 그 소설을 출간하지는 못했으나 그렇게 읽고 쓰면서 한 시절을 살아 냈다.

오랫동안 꿈꾸었던 『죄와 벌』 번역을 맡기까지 우여곡절이 있었다. 번역을 하는 동안 뜻밖에도 더 많은 우여곡절을 겪게 됐다. 번역을 시작할 무렵 나는 하루에 두 갑 정도의 담배는 거뜬히 바닥내는 충직한 골초였다. 초고를 잡아 갈 즈음에 뱃속에서 아이가 자라났다. 내 머릿속을 헤적이는 온갖 말들에 멋들어진 따귀를 갈기듯 아이가 나왔다. 정녕 '변증법' 대신에 '삶-생명'이 도래했다. 흔한 말로 '내 배 아파서' 낳은 아이에게 젖을 먹이며 초고를 다듬었다. 그동안 이런저런 글을 적잖이 썼는데, 여하튼 내 손으로 번역한 『죄와 벌』은 아이와 만난 이후 완성된 첫 번째 책이다. 최선을 다했고, 현재로서 내가 내놓을 수 있는 최선의 번역이다. 십오육 년쯤 뒤 내 아이가 읽을 책이기도 하다.

2012년 3월
김연경

작가 연보

1821년   10월 30일(신력으로 11월 11일) 모스크바 마린스키 빈민 병원의 군의관 미하일 안드레예비치 도스토옙스키의 둘째 아들로 태어남.

1833~1837년   모스크바 기숙학교 수학.

1837년   1월 29일, 푸쉬킨이 당테스와의 결투에서 사망하자 몹시 흥분함.

2월 27일, 어머니 마리야 표도로브나 도스토옙스카야(네차예바) 사망.

1838년   1월 16일, 페테르부르크 공병학교 입학.

1839년   6월 8일, 아버지가 다로보예 영지의 농노들에 의해 피살.

1843년   8월 12일, 장교 수업 과정을 끝내고 공병국 제도실에서 근무하기 시작.

1844년	6~7월, 발자크의 『외제니 그랑데』 번역, 발표.
	10월 19일 소위로 제대.
1845년	5월, 『가난한 사람들』 완성. 비평가 벨린스키, 시인 네크라소프를 비롯한 문학인들과 친교.
	가을, 벨린스키 클럽에 출입하기 시작.
1846년	1월 15일, 《페테르부르크 모음집》에 『가난한 사람들』 발표.
	「분신」(2월), 「프로하르친 씨」(10월)를 《조국 수기》에 발표.
1847년	연초에 벨린스키와 사상적, 감정적 이유로 절연.
	봄부터 페트라솁스키의 '금요일' 모임에 출입.
	4~6월, 에세이 「페테르부르크 연대기」(총 4편)를 신문 《상트-페테르부르크 통보》에, 10~12월, 소설 「여주인」을 《조국 수기》에 발표.
1848년	5월, 벨린스키 사망.
	「약한 마음」, 「폴준코프」, 「정직한 도둑」, 「크리스마스트리와 결혼식」, 「백야」, 「남의 아내와 침대 밑의 남편」 등의 단편을 《조국 수기》에 발표.
1849년	1~2월, 미완의 장편 『네토치카 네즈바노바』의 일부를 《조국 수기》에 발표.
	4월 15일, 페트라솁스키 모임에서 고골에게 보내는 벨린스키의 편지 낭독.
	4월 23일, 당국에 의해 체포되어 페트로파블로프스크 요새에 감금됨.

9월 30일, 재판 시작, 11월 13일, 상기 편지 낭독 죄로 사형을 언도받음.

12월 22일, 세묘노프스키 연병장에서 사형이 집행되기 직전, 황제 니콜라이 1세의 칙령에 의해 사형집행이 중지되고 강제 노동형으로 감형됨.

1850년   1월, 토볼스크 체류 중 12월 당원(제카브리스트)의 부인들의 방문을 받고, 이 중 폰비지나 부인에게서 성경을 건네받음.

1월 23일, 옴스크의 요새의 형장에 도착. 이후 1854년 2월까지 복역.

1854년   3월, 사병으로 강등되어 세미팔라친스크에 배치됨. 이곳의 세무관 이사예프와 안면을 트고 그의 아내 마리야 드미트리예브나 이사예바를 사랑하게 됨.

1855년   2월 18일, 니콜라이 1세 사망.

8월 4일, 이사예프 사망.

1857년   2월 6일, 미망인이 된 마리야 드미트리예브나와 결혼.

8월, 페트로파블로프스크 요새에서 구상, 일부 집필했던 「꼬마 영웅」을 《조국 수기》에 발표.

시베리아 유형의 경험을 기록하기 시작.

1859년   3월 18일, 퇴역.

7월 2일 세미팔라친스크를 떠나 8월 19일 트베리 도착, 가을을 보냄.

11월, 페테르부르크 거주 허가를 얻고 12월, 10년 만에 페테르부르크로 돌아옴.

『아저씨의 꿈』(3월), 『스체판치코보 마을 사람들』(11~12월)을 각각 《러시아의 말》과 《조국 수기》에 발표.

1860년　9월, 신문 《러시아 세계》에 『죽음의 집의 기록』 초반부 발표.

모스크바에서 첫 작품집(총 2권)이 출간됨.

1861년　1월, 형 미하일과 함께 잡지 《시대》 창간, 첫 호에 『상처 받은 사람들』 발표. 이때부터 1865년까지 아폴리나리야 수슬로바와 친교, 서신 교환 및 여행.

1862년　1월, 《시대》에 『죽음의 집의 기록』 후반부 발표.

6월, 첫 유럽 여행. 베를린, 드레스덴, 프랑크푸르트, 쾰른, 파리 등을 돌고, 1846년부터 알고 지내던 사상가 겸 작가 게르첸, 무정부주의자 바쿠닌 등을 런던에서 만남.

12월, 《시대》에 「악몽 같은 이야기」 발표.

1863년　2~3월, 《시대》에 「여름 인상에 대한 겨울 메모」 연재.

5월, 《시대》가 정치적 이유로 발행 정지 조치를 받음.

8월부터 10월까지 유럽 여행. 바덴바덴, 함부르크 등에서 도박으로 많은 돈을 잃음.

1864년　1월, 형 미하일과 함께 두 번째 잡지 《세기》 창간 허가를 받음.

3월 21일,《세기》첫 호에 『지하로부터의 수기』발표.

4월 15일, 아내 마리야 드미트리예브나 사망. 7월 10일, 형 미하일 사망. 9월 25일, 문우인 아폴론 그리고리예프 사망. 잇따른 불행으로 인해 심리적, 경제적 어려움에 시달림.

1865년　6월,《세기》2호에 고골의 「코」를 모델로 한 단편 「악어」발표. 거의 직후,《세기》지가 재정난으로 발행 중단됨.(통권 13호.)

여름, 출판업자 스첼로프스키와 1866년 11월 1일까지 특정 분량의 새 소설을 탈고하고 모든 작품을 양도하며 이를 어길 시 이후 모든 작품의 저작권을 넘긴다는 굴욕적인 계약을 체결. 그의 출판사에서 그동안의 작품을 모은 작품집이 나옴.

7월부터 10월까지 독일의 비스바덴으로 세 번째 유럽 여행을 떠남.

11월, 수슬로바에게 청혼하지만 거절당함.

1866년　1월,《러시아 통보》에 『죄와 벌』연재 시작, 12월에 완결. 모스크바와 그 근교 류블리노에 체류.

10월 4일부터 29일까지, 원고 마감일에 맞추기 위해 속기사 안나 그리고리예브나 스니트키나를 고용하여 『노름꾼』전부와 『죄와 벌』마지막 부분을 속기하게 함.

1867년　2월 15일, 안나 그리고리예브나와 결혼.

4월 14일, 유럽으로 떠나 각국을 돌며 이후 4년간 머무름. 그동안 드레스덴 미술관에서 라파엘로의 「시스티나의 성모」, 바젤 미술관에서 한스 홀바인의 「무덤 속 그리스도의 주검」을 보고 큰 감명을 받음. 끊임없이 도박에 손을 대서 경제 사정이 매우 악화됨. 『백치』 집필 시작. 리가 방문, 바쿠닌의 강연을 들음.

1868년   2월 22일, 딸 소피야 출생, 석 달 후 사망.

가을, 밀라노를 거쳐 피렌체로 감.

《러시아 통보》에 『백치』 발표.

1869년   7월, 드레스덴으로 돌아옴.

9월 14일, 딸 류보비 출생.

11월, 모스크바에서 '네차예프 사건' 발생, 『악령』의 소재가 됨.

1870년   《서광》에 초기작 「남의 아내와 침대 밑의 남편」을 토대로 한 『영원한 남편』 발표.

1871년   1월, 《러시아 통보》에 『악령』 연재 시작, 1872년 완결.

7월, 가족과 함께 드레스덴에서 페테르부르크로 돌아옴.

7월 16일, 아들 표도르 출생.

1872년   5월, 가족과 함께 페테르부르크 근교의 스타라야 루사로 떠나 이곳에서 여름을 보냄.

1873년   메셰르스키 공작의 잡지 《시민》의 편집장이 됨과 동시에 「작가 일기」라는 지면을 마련하여 각종 시사 칼럼, 에세이, 단편소설 등을 싣기 시작.

1874년   봄, 메셰르스키 공작과의 마찰 및 건강상의 이유로 《시민》편집 일을 그만둠.

4월, 《조국 수기》에 실을 장편소설을 부탁하기 위해 네크라소프가 도스토옙스키를 방문.

6월, 건강 악화로 요양차 독일의 엠스로 떠남. (1875년, 1876년, 1879년에도 한 차례씩 방문.)

8월, 스타라야 루사로 돌아와서 겨울 동안 『미성년』 집필.

1875년   1월, 『미성년』을 《조국 수기》에 발표하기 시작.

8월, 아들 알렉세이 출생.

1876년   1월, 《작가 일기》를 단행본 형태의 월간 잡지로 출간, 대성공을 거둠.

《작가 일기》 11월 호에 단편 「온순한 여자」 발표.

1877년   《작가 일기》 4월 호에 단편 「우스운 인간의 꿈」 발표.

12월 2일, 러시아 과학아카데미의 어문학 분과 위원으로 선출됨.

12월 27일, 네크라소프 사망, 30일, 그의 장례식에서 추도문 낭독.

1878년   5월, 아들 알렉세이, 갑작스러운 간질 발작으로 사망.

철학자 블라지미르 솔로비요프와 함께 옵치나 푸

스트인 수도원 방문.

1879년	《러시아 통보》에 『카라마조프가의 형제들』을 발표하기 시작.
1880년	5월 23일, 푸쉬킨 동상 제막식 행사 참석차 모스크바 도착.

1880년 5월 23일, 푸쉬킨 동상 제막식 행사 참석차 모스크바 도착.

6월 8일, 상기 행사 관련 모임에서 이른바 「푸쉬킨론」 낭독, 열광적인 반응을 얻음.

11월, 『카라마조프가의 형제들』 완결.

1881년 1월, 《작가 일기》 1881년 첫 호를 집필하기 시작.

1월 26일, 여동생이 찾아와 상속 문제로 다투고 간 뒤 각혈.

1월 28일 저녁 8시 38분, 폐동맥 파열로 사망.

2월 1일, 페테르부르크의 알렉산드르 네프스카야 대수도원 묘지에 묻힘.

세계문학전집 **285**

죄와 벌 2

1판 1쇄 펴냄 2012년 3월 30일
1판 36쇄 펴냄 2024년 10월 2일

지은이 표도르 도스토예프스키
옮긴이 김연경
발행인 박근섭, 박상준
펴낸곳 (주)민음사

출판등록 1966. 5. 19. (제 16-490호)
서울특별시 강남구 도산대로1길 62(신사동) 강남출판문화센터 5층 (우편번호 06027)
대표전화 02-515-2000 팩시밀리 02-515-2007
www.minumsa.com

ISBN 978-89-374-6285-6 04800
ISBN 978-89-374-6000-5 (세트)

* 잘못 만들어진 책은 구입처에서 교환해 드립니다.

세계문학전집 목록

세계문학전집은 계속 간행됩니다.